U0460690

中国历代通俗演义

两晋通俗演义 上

蔡东藩 著

中国书籍出版社
China Book Press

图书在版编目（CIP）数据

两晋通俗演义：全 2 册/蔡东藩著 . —北京：中国书籍出版社，
2015. 10

（中国历代通俗演义）

ISBN 978 - 7 - 5068 - 5236 - 4

Ⅰ . ①两… Ⅱ . ①蔡… Ⅲ . ①章回小说 - 中国 - 现代 Ⅳ . ①
I246. 4

中国版本图书馆 CIP 数据核字（2015）第 249839 号

两晋通俗演义 （上）

蔡东藩　著

图书策划	武　斌　崔付建	
责任编辑	刘　娜	
责任印制	孙马飞　马　芝	
出版发行	中国书籍出版社	
地　　址	北京市丰台区三路居路 97 号（邮编：100073）	
电　　话	（010）52257143（总编室）　（010）52257153（发行部）	
电子邮箱	chinabp@ vip. sina. com	
经　　销	全国新华书店	
印　　刷	阳谷毕升印务有限公司	
开　　本	880 毫米×1230 毫米　1/32	
字　　数	713 千字	
印　　张	28.5	
版　　次	2016 年 1 月第 1 版　　2021 年 2 月第 2 次印刷	
书　　号	ISBN 978 - 7 - 5068 - 5236 - 4	
总 定 价	980.00 元（全十一卷）	

自　序

　　《晋书》百三十卷，相传为唐臣房乔等所撰，盖采集晋朝十有八家之制作，及北魏崔鸿所著之《十六国春秋》等书，会而通之，以成此书。独宣、武二帝纪，与陆机、王羲之传论，出自唐太宗手笔，故概以"御撰"称之，义在尊王，无足怪也。后书评论《晋书》之得失，不一而足，而涑水《通鉴》紫阳《纲目》叙述晋事，书法与《晋书》相出入者，亦不胜举焉。

　　愚谓当今之时，以古为鉴，不必问其史笔之得失，但当察其史事之变迁。两晋之史事繁矣，即此内讧外侮之复杂，仆已更难详。宫闱之祸，启自武元；藩王之祸，肇自汝南；胡虏之祸，发自元海。卒致铜驼荆棘，蒿目苍凉，鳌坠三山，鲸吞九服，君主受青衣之辱，后妃遭赭寇之污，此西晋内讧外侮之大较也。王敦也，苏峻也，陈敏杜弢、祖约也，孙恩、卢循、徐道复也，而桓玄则为篡逆之尤，此东晋内讧之最大者。二赵也，三秦也，四燕、五凉也，成夏也，而拓跋魏则为强胡之首，此为东晋外侮之最甚者。盖观于东西两晋之一百五十六年中，除晋武开国二十余年外，无在非祸乱侵寻之日，不有内讧，即有外侮，甚矣哉！有史以来未有若两晋祸乱之烈也。夫内政失修，则内讧必起，内讧起则外侮即乘之而入，木朽虫生，墙罅蚁入，自古皆然，晋特其较著耳。

　　鄙人愧非论史才，但据历代之事实，编为演义，自南北朝以迄民国，不下十数册，大旨在即古证今，惩恶劝善，而于《两晋演义》之着手，则于内讧外侮之所由始，尤三致意焉。盖今日之大患，不在外而在内，内讧迭起而未艾，吾恐五胡十六国之祸，不特两晋为然，而两晋即今日之前车也。天下宁有蚌鹬相争，而不授渔人之利乎？若夫辨忠奸、别贞淫、抉明昧、核是非，则为书中应有之余义，非敢谓上附作者之林，亦聊以寓劝戒之意云尔。惟书成仓猝，不免讹误，匡我未逮，是所望于阅者诸君。

中华民国十三年夏正季秋之月
古越蔡东藩自叙于临江寄庐

目　录

第一回

祀南郊司马开基 立东宫庸雏伏祸

华夷混杂，宇宙腥膻，这是我国历史上，向称为可悲可痛的乱事。其实华人非特别名贵，夷人非特别鄙贱，如果元首清明，统御有方，再经文武将相，及州郡牧守，个个是贤能廉察，称职无惭，就是把世界万国联合拢来，凑成一个空前绝后的大邦，也不是一定难事，且好变做一大同盛治了。眼高于顶，笔大如椽。无如我国人一般心理，只守定上古九州的范围，不许外人羼入，又因圣帝明王，寥寥无几，护国乏良将相，殖民乏贤牧守，仅仅局守本部，还是治多乱少；所以旧儒学说，主张小康，专把华夷大防，牢记心中，一些儿不肯通融，好似此界一溃，中国是有乱无治，从此没有干净土了。

看官！试搜览古史，何朝不注重边防，何代能尽除外患？日日攘外夷，那外夷反得步进步，闹得七乱八糟，不可收拾。究竟是备御不周呢？还是别有他故呢？古人说得好："人必自侮，然后人侮；家必自毁，然后人毁；国必自伐，然后人伐。"又云："木朽虫生，墙罅蚁入。"这却是千古不易的名言。历朝外患，往往从内乱引入，内乱越多，外患亦趋深。照此看来，明明是咎由自取，应了前人的遗诫，怎得专咎外夷与防边未善呢？别具只眼。

小子尝欲将这种臆见，抒展出来，好待看官公决是非，但又虑事无左证，徒把五千年来的故事，笼笼统统的说了一番，看官或且诮我为空谈，甚至以汉奸相待，这岂不是多言招尤么？近日笔墨少闲，聊寻证据，可巧案左有一部《晋书》，乃是唐太宗汇集词臣，撰录成书，共得一百三十卷，当下顺手一翻，看了一篇《序言》，是总说五胡十六国的祸乱，因猛然触起心绪，想到外祸最烈，无过晋朝，晋自武帝奄有中原，仅阅一传，便已外患迭起，当时大臣防变未然，或说是罢兵为害，山涛。或说是徙戎宜早，郭钦、江统。言谆谆，听藐藐，遂致后来外祸无穷，由后思前，无人不为叹惜。那知牝鸡不鸣，群雄自息；八王不乱，五胡何来？并且貂蝉满座，麈尾挥尘，大都龌龌龊龊，庸庸碌碌，没一个文经武纬，没一个坐言起行。

看官试想！这种败常乱俗的时局，难道尚能支持过去么？假使兵不罢，戎早徙，亦岂果能慎守边疆，严杜狡寇么？到了神州陆沉，铜驼荆棘，两主被虏，行酒狄庭，无非是内政不纲，所以致此。既而牛传马后，血统变迁，阳仍旧名，阴实易姓，王马共天下，依然是乱臣贼子，内讧不休，一波未平，一波又起，单剩得江表六州，扬、荆、江、湘、交、广。尚且朝不保暮，还有什么余力，要想规复中原呢？幸亏有几个智士谋臣，力持危局，淝水一役，大破苻秦，半壁江山，侥幸保全；那大河南北，长江上游，仍被杂胡占据，虽是倏起倏衰，终属楚失楚得，就中非无一二华族，夺得片土，与夷人争衡西北，张实据凉州，李暠据酒泉，冯跋据中山。究竟势力甚微，无关大局；且仇视晋室，仍似敌国一般。东晋君臣，稍胜即骄，由骄生情，毫无起色，于是篡夺相寻，祸乱踵起，不能安内，怎能对外？大好中原，反被拓跋氏逐渐并吞，成一强国，结果是枭雄柄政，窥窃神器，把东晋所有的区宇，也不费一兵，占夺了去。

咳！东西两晋，看似与外患相终始，究竟自成鹬蚌，才有渔翁。西晋尚且如此，东晋更不必说了。有人谓司马篡魏，故后嗣亦为刘裕所篡，这是从因果上着想，应有此说；但添此一番议论，更见得晋室覆亡，并非全是外患所致。伦常乖舛，骨肉寻仇，是为亡国第一的祸胎；信义沦亡，豪权互阋，是为亡国的第二祸胎。外人不过乘间抵隙，可进则进，既见我中国危乱相寻，乐得趁此下手，分尝一脔，华民虽众，无拳无勇，怎能拦得住胡马，杀得过番兵。眼见得男为人奴，女为人妾，同做那夷虏的仆隶了。伤心人别有怀抱。自古到今，大抵皆然，不但两晋时代，遭此变乱，只是内外交迫，两晋也达到极点。为惩前毖后起见，正好将两晋史事，作为榜样。奈何后人不察，还要争权夺利，扰扰不休，恐怕四面列强，同时入室，比那五胡十六国，更闹得一塌糊涂，那时国也亡，家也亡，无论豪族平民，统去做外人的砧上鱼，刀上肉，无从幸免，乃徒怨及外人利害。试问外人肯受此恶名吗？论过去兼及未来，真是眼光四射。

话休叙烦，且把那两晋兴亡，逐节演述，作为未来的殷鉴。看官少安毋躁！待小子援笔写来：晋自司马懿起家河内，曾在汉丞相曹操麾下，充当掾吏。及曹丕篡汉，出握兵权，与吴蜀相持有年，迭著战绩。懿死后，长子师嗣，后任大将军录尚书事，都督中外各军，废魏主曹芳及芳后张氏，权焰逼人。未几师复病死，弟昭得承兄职，比乃兄还要跋扈，居然服衮冕，着赤舄。魏主曹髦，忍耐不住，尝谓司马昭之心，路人皆知。因即号召殿中宿尉及苍头官僮等，作为前驱，自己亦拔剑升辇，在后督领，亲往讨昭，才行至南阙下，正撞着一个中护军，面目狰狞，须眉似戟，手下有二三百人，竟来挡住乘舆。这人为谁，就是平阳人贾充。特别提出，不肯放过贼臣，且为该女乱晋张本。魏主髦喝令退去，充非但不从，反与卫士交锋起来，约莫有一两个时辰。充寡不敌众，将要败却，适太子舍人成济，也带兵趋入，问为何事相争？充厉声道："司马公豢养汝等，正为今日，何必多问！"成济乃抽戈直前，突犯车驾。魏主髦猝不及防，竟被他手起戈落，刺毙车中。兄废主，弟弑主，一个凶过一个。余众当然逃散。

司马昭闻变入殿，召群臣会议后事。尚书仆射陈泰，流涕语昭道："现在惟有诛贾充，尚可少谢天下。"看官！你想贾充是司马氏功狗，怎肯加诛？当下想就了张冠李戴的狡计，嫁祸成济，把他推出斩首，还要夷他三族。助力者其视诸！一面令长子中抚军炎，迎入常道乡公曹璜，继承魏祚。璜改名为奂，年仅十五，一切国政，统归司马昭办理。昭复部署兵马，遣击蜀汉、骁将邓艾钟会两路分进，蜀将望风溃败，好容易攻入成都，收降蜀汉主刘禅。昭引为己功，进位相国，加封晋公，受九锡殊礼。俄而进爵为王，又俄而授炎为副相国，立为晋世子。正拟安排篡魏，偏偏二竖为灾，缠绕昭身，不到数日，病入膏肓，一命呜呼。世子炎得袭父爵，才过两月，即由司马家臣，奉书劝进，胁魏受禅。魏主奂早若赘疣，至此只好推位让国，生死唯命。

司马炎定期即位，设坛南郊。时已冬暮，雨雪盈涂，炎却遵吉称尊，服衮冕，备卤簿，安安稳稳的坐了法驾，由文武百官拥至郊外，燔柴告天。炎下车行礼，叩拜穹苍，当令读祝官朗声宣诵道：

> 皇帝臣司马炎，敢用玄牡，明告于皇皇后帝。魏帝稽协皇运，绍天明命以命炎。昔者唐尧熙隆大道，禅位虞舜，舜又禅禹。迈德垂训，多历年载。暨汉德既衰，太祖武皇帝，拨乱济时，辅翼刘氏，又用受命于汉。粤在魏室，仍世多故，几于颠坠，实赖有晋匡拯之德，用获保厥肆祀，弘济于艰难，此则晋之有大造于魏也。诞惟四方，罔不祗顺。廓清梁岷，包怀扬越，八纮同轨，祥瑞屡臻，

天人协应，无思不服。肆予宪章三后，用集大命于兹。炎维德不嗣，辞不获命，于是群公卿士，百辟庶僚，黎献陪隶，暨于百蛮君长，佥曰："皇天鉴下，求民之瘼，既有成命，固非克让所得距违。天序不可以无统，人神不可以旷主。"炎虔奉皇运，寅畏天威，敬简元辰，升坛受禅，告类上帝，永答众望。

祝文读毕，祭礼告终。司马炎还就洛阳宫，御太极前殿，受王公大臣谒贺。这班王公大臣，无非是曹魏勋旧，昨日臣魏，今日臣晋，一些儿不以为怪，反且欣然舞蹈，曲媚新朝。攀龙附凤，何代不然？随即颁发诏旨，大赦天下，国号晋，改元泰始。封魏主奂为陈留王，食邑万户，徙居邺宫。奂不敢逗留，没奈何上殿辞行，含泪而去。朝中也无人饯送，只太傅司马孚，拜别故主，欷歔流涕道："臣已年老，不能有为，但他日身死，尚好算做大魏纯臣哩。"看官道孚为何人？乃是司马懿次弟，即新主司马炎的叔祖父，官至太傅，生平尝洁身远害，不预朝政，所以司马受禅，独孚未曾赞成。但年已八十有余，筋力就衰，不能自振，只好自尽臣礼，表明心迹，这也不愧为庸中佼佼了。

过了一日，诏遣太仆刘原往告太庙，追尊皇祖懿为"宣皇帝"，皇伯考师为"景皇帝"，皇考昭为"文皇帝"，祖母张氏为"宣穆皇后"，母王氏为皇太后。相传王太后幼即敏慧，过目成诵，及长，能孝事父母，深得亲心。既适司马氏，相夫有道，料事屡中。后来生了五子，长即司马炎，次名攸，又次名兆，又次名定国、广德。兆与定国、广德三人，均皆早夭，惟炎、攸尚存。炎字安世，姿表过人，发长委地，手垂过膝，时人已知非常相。攸字大猷，早岁岐嶷，成童后饱阅经籍，雅善属文，才名籍籍，出乃兄右，司马昭格外钟爱。因兄师无后，令攸过继，且尝叹息道："天下是我兄的天下，我不过因兄成事，百年以后，应归我兄继子，我心方安。"及议立世子，竟遂属攸，左长史山涛劝阻道："废长立少，违礼不祥。"贾充已进爵列侯，亦劝昭不宜违礼。还有司徒何曾、尚书令裴秀，又同声附和，请立嫡长，因此炎得为世子。炎篡位时，正值壮年，春秋鼎盛，大有可为，初政却是清明，率下以俭，驭众以宽。有司奏称御牛丝靷，已致朽敝，不堪再用，有诏令用麻代丝。高阳人许允为司马昭所杀，允子奇颇有材思，仍诏为太常丞，寻且擢为祠部郎。海内苍生，讴歌盛德，哪一个不望升平？但天下事靡不有初，鲜克有终，晋主炎正坐此弊，所以典午家风，午肖马，典者司也，故旧称司马为典午。不久即坠呢。这事备详后文，看官顺次细阅，自见分晓。惟晋主炎的庙号，叫做武帝，小子沿着史例，便称他为晋武帝。

且说晋武帝已经篡魏，复力惩魏弊，一意更新。他想魏氏摧残骨肉，因致孤立，到了禅位时候，竟无人出来抗衡，平白地让给江山，自己虽侥幸得国，若使子子孙孙，也像曹魏时孤立无援，岂不要仍循覆辙么？于是思患预防，大封宗室，授皇叔祖父孚为安平王，皇叔父干，司马懿第三子。为平原王，亮懿第四子。为扶风王，伷懿第五子。为东莞王，骏为汝阴王，懿第六子京早卒，骏为第七子。肜懿第八子。为梁王，伦懿第九子。为琅琊王，皇弟攸为齐王，鉴为乐安王，机为燕王。鉴与机为晋武异母弟。还有从伯叔父，及从父兄弟，亦俱封王爵，列作屏藩。名称不详，因无关后来治乱，所以从略。上文如亮、如伦，为八王之二，故例须并举。进骠骑将军石苞为大司马，封乐陵公，车骑将军陈骞为高平公，卫将军贾充为鲁公，尚书令裴秀为钜鹿公，侍中荀勖为济北公，太保郑冲为太傅兼寿光公，太尉王祥为太保兼睢陵公，丞相何曾为太尉兼朗陵公，御史大夫王沈为骠骑将军兼博陵公，司空荀顗为临淮公，镇北大将军卫瓘为菑阳公。此外文武百僚，各加官进爵有差。

转瞬间已过残腊，便是泰始二年，元旦受朝，不消细说。有司请建立七庙，武帝恐劳民伤财，不忍徭役，但将魏庙神主，徙置别室，即就魏庙作为太庙，所有魏氏诸王，皆降封为侯。旋册立王妃杨氏为皇后，杨氏为弘农郡人，名艳，字琼芝，父名文宗，曾仕魏为通事郎，母赵氏产女身亡，女寄乳舅家，赖舅母抚育成人，生得姿容美丽，秀外慧中，相士尝说她后当大贵，司马昭乃纳为子妇，伉俪甚谐。昭纳杨女为媳，明明是有心篡国。及得立为后，追怀舅氏旧恩，请敕封舅氏赵俊夫妇，武帝自然依议。俊兄赵虞，也得授官。虞有一女，芳名是一粲字，颇有三分姿色，杨后召她入宫，镇日里留住左右，就是武帝退朝，与后叙谈，粲亦未尝回避，有时却与武帝调情。杨后玉成人美，遂劝武帝纳作嫔嫱，赐号夫人。武帝还道杨后大度，毫不妒忌，哪知杨后正要这中表姊妹，来做帮手，一切布置，仿佛与美人计相似，武帝为色所迷，怎能窥破杨后的私衷呢？这也是杨后特别作用，与普通妇人不同。

杨后初生一男，取名为轨，二岁即殇，嗣复生了二子，长名衷，次名东。衷顽钝如豕，年至七八岁，尚不能识之无，虽经师傅再三教导，也是旋记旋忘。武帝尝谓此儿不肖，未堪承嗣，偏杨后钟爱顽儿，屡把立嫡以长的古训，面语武帝，惹得武帝满腹狐疑，勉强延宕了一年。衷已年至九岁了，杨后常欲立衷为太子，随时絮聒，又经赵夫人从旁帮忙，只说"衷年尚幼冲，怪不得他童心未化，将来大器晚成，何至不能承统。今主上即位二年，尚未立储，似与国本关系，未免欠缺，应速立衷为嗣"云云。从来妇人私语，最易动听，况经一妻一妾，此倡彼和，就使铁石心肠，也被销熔。况晋武帝牵情帷闼，无从摆脱，怎能不为它所误，变易成心？泰始三年正月，竟立衷为皇太子。祸本成了。内外官僚，哪个来管司马家事？且衷为嫡长，名义甚正，更令人无从置喙，大众不过依例称贺，乐得做个好好先生，静观成败罢了。

是年特下征书，起蜀汉郎官李密为太子洗马。密父虔早殁，母何氏改醮，单靠祖母刘氏抚养，因得长成。是时刘氏年近百岁，起居服食，统由密一人侍奉。密乃上表陈情，愿乞终养。表文说得非常恳切，一经呈入，连武帝也为动情，且阅且叹道："孝行如是，毕竟名不虚传呢。"《陈情表》传诵古今，不待录入，惟事可讽世，因特笔表明。待至刘终服阕，仍复征为洗马，不久即出为守令，免官归田，考终原籍。随手了结，免致阅者疑问。

泰始四年，皇太后王氏崩，武帝居丧，一遵古礼，迨丧葬既毕，还是缞经临朝。先是武帝遭父丧时，援照魏制，三日除服，但尚素冠蔬食，终守三年。至是改魏为晋，法由己出，因欲仿行古制，持三年服，偏百官固请释缞，乃姑允通融，朝服从吉，常服从凶，直到三年以后，才一律改除。不没晋武孝思，惟不能力持古礼，尚留遗憾。事有凑巧，晋室方遭大丧，那孝子王祥，亦老病告终。祥系琅琊人氏，早年失恃，继母朱氏，待祥颇虐，卧冰求鲤的故典，便是王祥一生的盛名。后仕魏至太尉，封睢陵侯，武帝即位，迁官太保，进爵为公。见上文。祥以年老乞休，一再不已，乃听以睢陵公就第，禄赐如前。已而病殁，赙赠甚优，予谥曰"元"。祥弟名览，为朱氏所出，屡次谏母护兄，孝友恭恪，与祥齐名，后来亦官至光禄大夫。门施五马，代毓名贤，这岂不是善有善报么？叙祥及览，连类并书。

且说晋武帝新遭母丧，无心外事，但将内政稍稍整顿，已是兆民乐业，四境蒙庥。过了年余，方欲东向图吴，特任中军将军羊祜为尚书左仆射，出督荆州军事。祜坐镇襄阳，日务屯垦，缮备军实，意者待时而动，不愿与吴急切启衅，故在军中常轻裘缓带，有儒雅风。武帝亦特加宠信，听他所为。不意雍凉交界，忽出了一个外寇，叫做秃发树机能。这树机能系出鲜卑，为秦汉时东胡遗裔，散居塞北鲜卑山，因即沿称为鲜卑种。鲜卑酋匹孤，集得部众千人，从塞北入居河西。妻抪掖氏方孕，延至足月，陡欲分娩，不及起床坐蓐，竟在被中产出一儿，鲜卑人呼被为秃发，乃以"秃发"两字，为婴儿姓氏，取名寿阗。寿阗年长，嗣父遗业，却也没甚奇异，不过部众日繁，约得数千人。寿阗子就是树机能，骁果多谋，集众数万，出没雍凉，当邓艾破蜀时，上表乞降，遂任他居住。偏偏养痈贻患，到了泰始六年，居然造起反来，是为胡人蠢动的第一声。提要钩元。小子有诗叹道：

　　　豺狼生性本猖狂，聚众咆哮敢肆殃。
　　　不信晋朝开国日，已闻叛贼树西方。

欲知树机能造反后事，容待下回叙明。

　　本回开宗明义，揭出西晋外患，由内乱而起，确是探原之论，并足援古证今，为未来之龟鉴。可见作者别具苦心，特借史事以讽世，冀免沦胥之苦，非好为是浪费笔墨也。魏蜀之亡，应详见《后汉演义》中，故从简略，独提出贾充之助逆，作一伏案，盖佐晋开国者贾氏，误晋乱国者亦贾氏，所关甚大，不容恝视。及晋主炎篡位以后，封宗室，立杨后，俱属振领提纲之笔，至册皇子衷为太子，事出晋主之误信妇人，帷帝之言，十有九败，何辨之不早辨也？至若晋武之终丧，及李密、王祥之尽孝，均随事叙入，惩恶而劝善，其犹有良史之遗风欤。

第二回

堕诡计储君纳妇　慰痴情少女偷香

　　却说树机能拥众造反，气焰甚盛，雍凉边境，多被劫掠，十室九空。晋武帝本恐杂胡作乱，尝从雍、凉二州故土，析置秦州，并遣胡烈为秦州刺史，令他屯兵镇守，严防胡人。胡烈莅任，甫及一年，树机能便即蠢动。烈当然督兵往讨，与树机能对垒争锋。树机能确是乖巧，先用老弱残众，出来诱敌，略经交战，马上遁去。烈三战三胜，便藐视树机能。树机能乃自来挑战，待烈出营，即麾众倒退，烈追赶一程，树机能退走一程，至烈欲收军回来，他又拨转马头，作进逼状。好几次相持不舍，激得胡烈性起，向前直追，约行数十里，见前面都是乱山深箐，险恶得很，树机能部下，统向山谷中跑入，杳无人影。烈未免惶惑，且未知此处地名，只好勒兵不进。谁知山冈上一声胡哨，竟张起一面叛旗，旗下立着一个番酋，戟手南指，口中呶呶不休，大约是辱骂晋军。无非诱敌。烈又忍耐不住，策马当先，驰入山中。霎时间叛胡四起，把晋军截作数段，烈冲突不出，身受数创，创重身亡；部下军士，大半陷没，逃归的不过数人。看官听着！这地方叫作万斛堆，山上立着的番酋，就是秃发树机能。树机能既诱杀胡烈，势益猖獗，西陲大震。

　　扶风王司马亮，方都督雍凉军事，急遣将军刘旂往援。旂闻胡烈败没，不敢进击，但在中道逗留。那寇警日甚一日，连洛都中亦屡有急报，上下震惊。武帝乃传诏责亮，贬亮为车骑将军，并饬亮执送刘旗，处以死刑。亮复称节度无方，咎在臣亮，乞免刘旗死罪。武帝更下诏道："若罪不在旗，当有他属。"因将亮免官召归，另简尚书石鉴为安西将军，都督秦州军事，出讨树机能。更命前河南尹杜预为秦州刺史兼邲车将军。预与鉴素有宿嫌，鉴欲借此陷预，遂令预孤军出战，不得延期。预知鉴有意为难，复书辩驳，大致说是"胡马方肥，势又甚盛，不可轻敌。且官军远行乏粮，更难久持，宜并力运足刍米，待至来春大进，方可平虏"等语。鉴得书大怒，即劾预张皇寇势，挠阻士心。有诏遣御史至秦州，囚预入都，械付廷尉。亏得预为皇室懿亲，曾尚帝姑高陆公主，内线一通，便有人出来解免，想总不外杨后等人。援照议亲减罪故例，准他图功自赎。预才得出狱，还归私宅。那石鉴一再发兵，统被树机能击退，日久无功。忮忌如是，怎能有成？到了泰始七年，树机能且与北地叛胡，互相连结，进围金城。凉州刺史牵弘，复为所杀。从前高平公陈骞，尝言："胡烈牵弘，有勇无谋，不堪重任。"武帝以为讳言，及二将先后阵亡，方悔不用骞议，但已是无及了。

于是趁着秋狝时候，再简将帅，特任鲁公兼车骑将军贾充，都督秦、凉二州军事。这诏一下，累得贾充日夕徬徨，不知所措。他本来没甚韬略，徒靠着谄媚逢迎伎俩，得列元勋。看官阅过上文，应知他有两大功劳，第一着是弑魏主，第二着是劝立冢子。嗣是邀殊宠，位上公，蟠踞朝堂，党同伐异。太尉临淮公荀颉、侍中荀勖、越骑校尉冯紞皆与充友善，朋比为奸。独侍中任颉、中书令庾纯，刚直守正，不肯附充。充长女荃又为齐王攸妃，任颉等恐他威焰日加，必为后患，可巧武帝择将西征，遂入内密陈，请命充都督秦、凉。武帝竟允所请，骤然颁下诏书，迅雷不及掩耳，几令充莫名其妙。及仔细探听，方知由任顗等所荐举。外示推崇，实是排斥，不由的懊恨异常，但又无法推辞，只好托词募兵，迁延数月；到了寒信迭催，不便再挨，只好硬着头皮，上朝辞行。

百僚往饯夕阳亭，盛筵相待，酒至半酣，充离座更衣，荀勖亦起身随入，两人得一处密谈。充颦眉道："我实不愿有此行，公可为我设策否？"勖答道："公为朝廷宰辅，乃受制一夫，煞是可恨。勖为公筹画已久，苦无良策，近得宫中消息，却有一隙可乘，若得成事，公自得免远行了。"充问有何事？勖又道："闻主上为太子议婚，公尚有二女待字，何不乘此营谋，倘蒙俞允，是遣嫁在迩，主上亦不使公行了。"充狞笑道："恐无此福。"勖凑机道："事在人为。"说至此，又与充附耳数语。充喜出望外，向勖再拜，恨不得跪下磕头。极力形容。勖慌忙答礼，握手并出，还座畅饮。待至日暮兴阑，彼此方才告别。

充徐徐就道，每日不过行了数里，老天有意做人美，竟连宵降雪，变成一个粉妆玉琢的世界，千山皆白，飞鸟不通，何况这远行军士呢？充即遣使飞奏，说是雨雪载涂，难以行道，惟有待晴再往一法。果然皇恩浩荡，曲体军心，便令充折回都门，缓日起程。充喜如所期，匆匆还都。时来福凑，皇太子结婚问题，竟被充运动到手，得将三女许字青宫，这正是一大喜事，差不多似锦上添花。

原来太子衷年已十二，武帝欲为他择配，拟纳卫瓘女为太子妃。充妻郭槐，早思将己女许配太子，暗地里纳赂宫人，托她们向杨后处说合。妇人家耳朵最软，屡经左右提及贾女，说她如何有德，如何有才，不由的艳羡起来，便乘武帝入宫时，劝纳贾女为冢妇。武帝摇首道："不可，不可。"杨后惊问何因？武帝道："我意愿聘卫女，不愿聘贾女。卫氏种贤，并且多子，女貌秀美，身长面白，贾氏种妒，子息不蕃，女貌丑劣，身短面黑，两家相较，优劣不同，难道舍长取短么?"初意原是不差。杨后道："闻贾女颇有才德，陛下不应固执成见，坐失佳妇。"武帝仍然不答。杨后又固请武帝访问群臣，证明可否。武帝方略略点首。越宿召群臣入宴，与论太子婚事，荀勖正得列座，力言贾女贤淑，宜配储君。再加荀瑾、冯统亦极口称赞贾女，说得天花乱坠，娓娓动听。武帝不觉移情，便问："贾充共有几女?"荀勖答道："充前妻生二女，已经出嫁，后妻生二女，尚未字人。"武帝又问："未字二女，年龄几何?"勖又答道："臣闻他季女最美，年方十一，正好入配青宫。"武帝道："十一岁未免太幼。"勖即接口道："还是贾氏三女，已十有四龄，貌虽未及幼女，才德比幼女为优，女子尚德不尚色，还请圣裁!"好一个有德女子，请看将来。武帝道："既如此说，不如叫贾氏三女，入配吾儿。"勖等闻言，便离席拜贺。媒人做成了，我且当为媒人贺喜。武帝也有喜色，再令勖等入席，续饮数巡，方撤席而散。是日充正还都，荀勖等一出殿门，便欢天喜地，跑往贾府称贺去了。

　　小子走笔至此，更不得不将贾充二妻，详叙一番。充本娶魏中书令李丰女为妇，颇有才行，生下二女，长名荃，便是齐王攸妃;次名濬，亦得适名门。李丰前为司马师所杀，充妻李氏，亦坐父罪被戍，与充诀别，自往戍所。充不耐鳏居，更娶城阳太守郭配女，叫做郭槐。槐性妒悍，为充所惮。晋武践阼，颁诏大赦，李氏蒙恩释归，留居母家。武帝方感贾充旧惠，即对司马昭固请立长之功。特别隆宠，命得置左右夫人。充母柳氏，亦嘱充迎还故妇，郭槐攘袂忿争道："佐命荣封，惟我得受，李氏乃一罪奴，怎得与我并等?"充素畏阃威，未便逆命，只好委曲答诏，托言臣无大功，不敢当两夫人盛礼。武帝还道他谦卑自牧，哪知是河东狮吼，从中作梗哩。俗称惧内多富，充之富贵，想即出此。已而长女荃得为齐王攸妃，复欲替母设法，令得迎还。充终畏郭槐，但筑室居李，未尝往来。荃至充前，吁请一往，充仍不许。及充奉命西行，荃复与妹濬同往劝充，求充会母，甚至叩头流血，尚不见允。郭槐却妒上加妒，定欲将己女入配东宫，与荃比势。她有二女，长名南风，幼名午；南风矮胖不文，午虽短小，尚有姣容。此次与太子为配，正是矮而且胖的贾南风。贾充闻武帝俯允婚事，自然笑逐颜开，对着荀勖等人，称谢不置。还有屏后探信的郭槐，得着这个好消息，真个是喜从天降，愉快莫名。自是备办食具，无日不忙。充亦几无暇晷，把西征事搁在脑后，就是武帝也并不问及。至年暮下诏，仍令充复居原职，两老二小，团圞过年，快意更可知了。

泰始八年二月，为太子衷纳妃佳期。坤宅是相府豪门，纷华靡丽，不消细说，只忙煞了一班官僚，既要两边贺喜，又要双方襄礼，结果是蠢儿丑女，联合成双，也好算是无独有偶，天赐良缘了。调侃得妙。武帝见新妇面目，果如所料，心中不免懊悔，好在两口儿很是亲热，并无忤言，也乐得假痴假聋，随他过去罢了。惟郭槐因女入东宫，非常贵显，因欲往省李氏，自逞威风。充从旁劝阻道："夫人何必自苦，彼有才气，足敌夫人，不如勿往。"郭槐不信，令左右备了全副仪仗，自坐凤舆，呼拥而去。行至李氏新室，李氏不慌不忙，便服出迎。槐见她举止端详，容仪秀雅，不由的竦然起敬，竟至屈膝下拜。李氏亦从容答礼，引入正厅，谈吐间不亢不卑，转令郭槐自惭形秽，局促不堪。多去献丑。勉强坐了片刻，便即告辞。李氏亦不愿挽留，由她自归。她默思李氏多才，果如充言，倘充或一往，必被李氏羁住，因此防闲益密，每遇充出，必使亲人随着，隐为监督。傍晚必迫充使归，充无不如命，比王言还要敬奉，堂堂宰相，受制一妇，乃真是可愧可恨哩。回应荀勖语，悚人心骨。

　　充母柳氏，素尚节义，前闻成济弑主，尚未知充为主使，因屡骂成济不忠，家人俱为窃笑。充益讳莫如深，不敢使母闻知。会柳母老病不起，临危时由充入问："有无遗嘱？"柳母长叹道："我教汝迎李新妇，汝尚未肯听，还要问什么后事哩？"遂瞑目长逝。充料理母丧，仍不许李氏送葬，且终身不复见李氏。长女荃抑郁成瘵，也即病终。不忠、不孝、不义、不慈，充兼而有之。

　　还有一件贾府的丑史，小子也连类叙下，免得断断续续，迷眩人目。自贾女得为太子妃，充位兼勋戚，复进官司空尚书令，领兵如故。当时有一南阳人韩寿，为魏司徒韩暨曾孙，系出华胄，年少风流，才如曹子建，貌似郑子都，乘时干进，投谒相门。贾充召令入见，果然是翩翩公子，丰采过人，及考察才学，更觉得应对如流，言皆称意。充大加叹赏，便令伲为司空掾，所有相府文牍，多出寿手，果然文成倚马，技擅雕龙。相国重才，格外信任，每宴宾僚，必令寿与席，充作招待员。寿初入幕，尚有三分拘束，后来已得主欢，逐渐放胆，往往借酒鸣才，高谈雄辩，座中佳客，无不倾情。好容易物换星移，大小宴不下数十次，为了他议论风生，遂引出一位绣阁娇娃，前来窃听。一日宾朋满座，寿仍列席，酒酣兴至，又把这饱学少年，倾吐了许多积愫。偏那屏后的锦帷，无风屡动，隐约逗露娇容，好似芍药笼烟，半明半灭。韩寿目光如炬，也觉帷中有人偷视，大约总是相府婢妾，不屑留神。谁知求凰无意，引凤有心，帷间的娇女儿，看这韩寿丰采丽都，几把那一片芳魂，被他勾摄了去。等到酒阑席散，尚是呆呆的站着一旁，经侍婢呼令入室，方才怏怏退回。既入房中，暗想世上有这般美男子，正是目未曾睹，若得与他结为鸳侣，庶不至辜负一生。当下问及侍婢，谓席间少年，姓甚名谁？侍婢答称韩寿姓名，并说是府中掾吏。那娇女儿既是一喜，又是一忧。喜的是萧郎未远，相见非难；忧的是绣闺重扃，欲飞无翼。再加那脉脉春情，不堪外吐，就使高堂宠爱，究竟未便告达，因此长吁短叹，抑郁无聊，镇日里偃息在床，不思饮食，竟害成一种单思病了。倒还是个娇羞女子。

看官道此女为谁？就是上文说过的少女贾午。午自胞姊出嫁，闺中少了一个伴侣，已觉得无限寂寥，蹉跎蹉跎，过了一两年，已符乃姊出阁年龄，都下的公子王孙，哪个不来求婚。怎奈贾充不察，偏以为只此娇儿，须要多留几年，靠她娱老。俗语说得好："女大不中留。"贾午年虽尚稚，情窦已开，听得老父拒婚，已有一半儿不肯赞成，此次复瞧见韩寿，不由的惹动情魔，恹恹成病。贾充夫妇，怎能知晓？总道她感冒风寒，日日延医调治，医官几番诊视，未始不察出病根，但又不便在贾充面前唐突出言，只好模模糊糊的拟下药方，使她煎饮。接连饮了数十剂，毫不见效，反觉得娇躯越怯，症候越深。治相思无药饵。充当然忧急，郭槐更焦灼万分，往往迁怒婢女，责她们服侍不周，致成此疾。其实婢女等多已窥透贾午病源，不过似哑子吃黄连，无从诉苦，就中有个侍婢，为贾午心腹，便是前日与午问答、代为报名的女奴。她见午为此生病，早想替午设法，好做一个撮合山，但一恐贾午胆怯，未敢遽从，二恐贾充得闻，必加严谴，所以逐日延挨，竟逾旬月。及见午病势日增，精神亦愈觉恍惚，甚至梦中呓语，常唤韩郎，心病必须心药治，不得已冒险一行，潜至幕府中往见韩寿。

寿生性聪明，蓦闻有内婢求见，已料她来意蹊跷，当下引入密室，探问情由。来婢即据实相告，寿尚未有室，至此也惊喜交并，忽转念道："此事如何使得？"便向来婢答复，表明爱莫能助的意思。来婢愀然道："君如不肯往就，恐要害死我娇姝了。"寿又觉心动，更问及贾女容色，来婢舌上生莲，说得人间无二，世上少双，寿正当好色，怎能再顾利害，便嘱来婢返报，曲通殷勤。婢当即回语贾午，午也与韩寿情意相同，惊喜参半。婢更为午设谋，想出往来门径，令得两下私会。午为情所迷，一一依议，乃嘱婢暗通音好，厚相赠结，即以是夜为约会佳期。彼此已经订定，午始起床晚妆，匀粉脸，刷黛眉，打扮得齐齐整整，静候韩郎。该婢且整理衾裯，熏香添枕，待至安排妥当，已是更鼓相催，便悄悄的趑至后垣，屏息待着。到了柝声二下，尚无足音，禁不住心焦意乱，只眼巴巴的望着墙上，忽听得一声异响，即有一条黑影，自墙而下，仔细一瞧，不是别物，正是日间相约的韩幕宾。婢转忧为喜。私问他如何进来？韩寿低语道："这般短墙，一跃可入，我若无此伎俩，也不敢前来赴约了。"毕竟男儿好手。婢即与握手引入，曲折至贾午房中。午正望眼将穿，隐几欲寐，待至绣户半开，昂头外望，先入的是知心慧婢，后入的便是可意郎君，此时身不由主，几不知如何对付，才觉相宜。至韩寿已趋近面前，方慢慢的立起身来，与他施礼。敛衽甫毕，四目相窥，统是情投意合，那婢女已出户自去，单剩得男女二人，你推我挽，并入欢帏。这一宵的恩爱缠绵，描摹不尽。最奇怪的是被底幽香，非兰非麝，另一种沁人雅味。寿问明贾午，方知是由西域进贡的奇香，由武帝特赐贾充，午从乃父处乞来，藏至是夕，才取出试用。寿大为称赏，贾午道："这也不难，君若明夕早来，我当赠君若干。"寿即应诺，待晓乃去。俟至黄昏，又从原路入室，再续鸾交。贾午果不食言，已向乃父处窃得奇香，作为赠品。这一段便是贾女偷香的故事，小子有诗咏道：

逾墙钻穴太风流，处子贪欢甘被搂。
莫道偷香原韵事，须知淫贱总包羞。

究竟两人欢会情状，后来被人知晓否，容至下回续详。

　　阅坊间旧小说，言情者不可胜计，多半是说豪府佳人，倾情才子，即如前清时代之袁简斋，亦有"美人毕竟大家多"之句，是皆悬空揣拟，不足取信。试观贾充二女，即可略见一斑。充固权相也，二女为相府娇娃，应该饶有美色，乃南风短而黑，午虽较乃姊为优，史册中究未尝称美，度亦不过一寻常女子耳。所可信者权奸之门，往往无佳子女，如南风之配储君，而其后淫乱不道，卒以乱国，如午之私谐韩寿，而其后嗣子不良，亦致赤族。女子之足以祸人，固不必其尽为尤物也。本回专叙贾充二女，实为后文亡国败家之伏笔；且举其奸丑情状，首先揭出，俾阅者知始谋不正，后患无穷，骗婚不足取，偷香亦岂可效尤乎？

第三回

杨皇后枕膝留言　左贵嫔擢才上颂

却说韩寿得了奇香，怀藏回寓，当然不使人知，暗地收贮。偏此香一着人身，经月不散。寿在相府当差，免不得与人晋接，大众与寿相遇，各觉得异香扑鼻，诧为奇事。当下从旁盘诘，寿满口抵赖，嗣经同僚留心侦察，亦未见有什么香囊，悬挂身上。于是彼此动疑，有几个多嘴多舌的人，互相议论，竟致传入贾充耳中。充私下忖度，莫非就是西域奇香，但此香除六宫外，唯自己得邀宠赏，略略分给妻女，视若奇珍，为什么得入寿手？且近日少女疾病，忽然痊愈，面目上饶有春色，比从前无病时候，且不相同，难道女儿竟生斗胆，与寿私通，所以把奇香相赠么？惟门闳森严，女儿又未尝出外，如何得与寿往来？左思右想，疑窦百出，遂就夜半时候，诈言有盗入室，传集家僮，四处搜查，僮仆等执烛四觅，并无盗踪，只东北墙上，留有足迹，仿佛狐狸行处，因即报达贾充。充愈觉动疑，只外面不便张皇，仍令僮役返寝，自己想了半夜，这东北墙正与内室相近，好通女儿卧房，想韩寿色胆如天，定必从此入彀。*是夕未知韩寿曾否续欢，若溜入女寝，想亦一夜不得安眠。*

俄而晨鸡报晓，天色渐明，充即披衣出室，宣召女儿侍婢，秘密查问，一吓二骗，果得实供，慌忙与郭槐商议。槐似信非信，复去探问己女，午知无可讳，和盘说出，且言除寿以外，宁死不嫁。槐视女如掌中珠，不忍加责，且劝充将错便错，索性把女儿嫁与韩寿，身名还得两全。充亦觉此外无法，不如依了妻言。当下约束婢女，不准将丑事外传，一面使门下食客，出来作伐，造化了这个韩幕宾，乘龙相府，一番露水姻缘，变做长久夫妻。诹吉入赘，正式行礼，洞房花烛，喜气融融，从此花好月圆，免得夜来明去。尤妙在翁婿情深，竟蒙充特上荐牍，授官散骑常侍，妻荣夫贵，岂不是旷古奇逢吗？若使断章取义，真是天大幸事。

话分两头。且说安平王司马孚，位尊望重，进拜太宰，武帝又格外宠遇，不以臣礼相待，每当元日会朝，令孚得乘车上殿；由武帝迎入阼阶，赐他旁坐。待朝会既毕，复邀孚入内殿，行家人礼。武帝亲捧觞上寿，拜手致敬。孚下跪答拜，各尽义文。武帝又特给云母辇，青盖车，但孚却自安淡泊，不以为荣，平居反常有忧色。至九十三岁，疾终私第，遗命诸子道："有魏贞士河内司马孚，字叔达，不伊不周，不夷不惠，立身行道，终始若一，当衣以时服，殓用素棺。"诸子颇依孚遗嘱，不敢从奢。凡武帝所给厚赙，概置不用。武帝一再临丧，吊奠尽哀，予谥曰"宪"，配飨太庙。孚虽未尝忘魏，然不能远引，仍在朝柄政，自称有魏贞士，毋乃不伦。孚长子邕袭爵为王，余子亦授官有差，外如博陵公王沈、钜鹿公裴秀、乐陵公石苞、寿光公郑冲、临淮公荀顗等，俱相次告终。又有武帝庶子城阳王宪、东海王祗，亦皆夭逝。武帝屡次哀悼，常有戚容。不意福无双至，祸不单行，那杨皇后做了八九年的国母，已享尽人间富贵，竟致一病不起，也要归天。后与武帝情好甚笃，六宫政令，委后独裁，武帝从未过问。就是后庭妾御，为数无多，也往往敝服损容，不敢当夕。自从武帝即位，至泰始八年，除旧有宫妾外，只选了一个左家女，拜为修仪。左女名芬，乃是秘书郎左思女弟。

左思字太冲，临淄人氏，家世儒学，夙擅文名，尝作《齐都赋》，一年乃成，妃白俪黄，备极工妙。嗣又续撰《三都赋》，魏、吴、蜀三都。构思穷年，自苦所见未博，因移家京师，搜采各书，朝夕浏览，每得一句，即便录出，留作词料。蕾阳公卫颛及著作郎张载，中书郎刘逵等，闻思好学能文，皆引与交游，且荐为秘书郎。思得了此官，所有天府藏书，任他取阅，左宜右有，始得将《三都赋》制成。屈指年华，正满十稔，后人称他为"炼都十年"。三赋脱稿，都下争抄，洛阳为之纸贵，就是"左太冲"三字的价值，也冠绝一时。随笔带入左思炼都，意在重才。左芬得兄教授，刻意讲求，仗着她慧质灵心，形诸歌咏，居然能下笔千言，作一个扫眉才子。武帝慕才下聘，左思只好应命，遣芬入宫，更衣承宠，特沐隆恩。可惜她姿貌平常，容不称才，武帝虽然召幸，终嫌未足，因此得陇望蜀，复欲广选绝色女子，充入后庭。

会海内久安，四方无事，遂诏选名门淑质，使公卿以下子女，一律应选，如有隐匿不报，以不敬论。那时豪门贵族，不敢违慢，只好将亲生女儿，盛饰艳妆，送将进去。武帝挚了杨后，临轩亲选。但见得粉白黛绿，齐集殿门。杨后阴怀妒忌，表面上虽无愠色，心计中早已安排，待各选女应名趋入，遇有艳丽夺目，即斥为妖冶不经，未堪中选，惟身材长大，面貌洁白，饶有端庄气象，才称合格。娶媳时何不操定此见？武帝也无可奈何，只好由她拣择。俄有一卞家女冉冉进来，生得一貌如花，格外娇艳，武帝格外神移，掩扇语后道："此女大佳。"后应声道："卞氏为魏室姻亲，三世后族，今若选得此女，怎得屈以卑位？不如割爱为是。"好辩才。武帝窥透后意，只好舍去。卞女退出，复来了一个胡女，却也艳丽过人，惟乃父奋为镇军大将军，女秉有遗传性质，婀娜中有刚直气，后乃不复多说，便许武帝选定。当时中选女子，概用绛纱系臂，胡女笼纱下殿，自思不得还见父母，未免含哀，甚至号泣有声。左右忙摇手示禁道："休哭！休哭！恐被陛下闻知。"胡女反朗声道："死且不怕，怕什么陛下？"倒是一个英雌。武帝颇有所闻，暗暗称奇。嗣复选得司徒李胤女、廷尉诸葛冲女、太仆臧权女、侍中冯荪女等，共数十人。乃退入后宫。

是夕不传别人，独宣入胡家女郎，问她闺名，系一"芳"字。当下叫她侍寝，胡女到了此时，也只好唯命是从。一夜春风，恩周四体，翌晨即有旨传出，着洛阳令司马肇奉册入宫，拜胡芳为贵嫔。复因左芬先入，恐她抱怨，也把贵嫔绿秩，赏给了她。后来复召幸诸女，只有诸葛女最惬心怀，小名叫一"婉"字，颇足相副，因亦封为夫人，但尚未及胡贵嫔的宠遇，一切服饰，仅亚杨后一等，后宫莫敢与争。独后由妒生悔，由悔生愁，竟致染成一病，要与世长辞了。插入此段，包含无数笔墨。

武帝每日入视，且迭征名医诊治，始终无效，反逐渐加添起来。时已为泰始十年初秋，凉风一霎，吹入中宫，杨后病势加剧，已是临危。武帝亲至榻前，垂涕慰问，后勉强抬头，请武帝坐在榻上，乃垂头枕膝道："妾侍奉无状，死不足悲，但有一语欲达圣聪。陛下如不忘妾，请俯允妾言！"武帝含泪道："卿且说来，朕无不依从。"杨后道："叔父骏有一女，小字男胤，德容兼备，愿陛下选入六宫，补妾遗恨，妾死亦瞑目了。"言讫，呜咽不止。武帝也忍不住泪，挥洒了好几行，并与后握手为誓，决不负约。杨后见武帝已允，才安然闭目。竟在武帝膝上，奄然长逝，享年三十七岁。

看官！你道杨后何故有此遗言？她恐胡贵嫔入继后位，太子必不得安，所以欲令从妹为继，既好压制胡氏，复得保全储君，这也是一举两得的良策。谁知后来反害死叔父，害死从妹。武帝也瞧破隐情，但因多年伉俪，不忍相违，所以与后为誓，勉从所请。当下举哀发丧，务从隆备，且令有司卜吉安葬，待至窀穸有期，又命史臣代作哀策，叙述悲怀，随即予谥曰"元"，奉葬峻阳陵。左贵嫔芬，独献上一篇长诔，追溯后德，诔文不下数千言，由小子节录如下。何必多出风头，难道想做继后不成？

维泰始十年秋七月丙寅，晋元皇后杨氏崩。呜呼哀哉！昔有莘适殷，姜姒归周，宣德中闺，徽音永流。樊卫二姬，匡齐翼楚，马邓两妃，亦毗汉主。元后光嫔晋宇，伉俪圣皇，比踪往古。遭命不永，背阳即阴，六官号咷，四海恸心。嗟予鄙妾，衔恩特深。这是乏色的好处。追慕三良，甘心自沉。何用存思？不忘德音。何用纪述？托词翰林。乃作诔曰：

赫赫元后，出自有杨，奕世朱轮，耀彼华阳。维岳降神，显兹祯祥。笃生英媛，休有烈光。含灵握文，异于庶姜。率由四教，匪怠匪荒。行周六亲，徽音显扬。显扬伊何？京室是臧。乃娉乃纳，聿嫔圣皇。正位闺阃，维德是将。鸣珮有节，发言有章。思媚皇姑，虔恭朝夕。允厘中馈，执事有恪。于礼斯劳，于敬斯勤。虽曰齐圣，迈德日新。亦既青阳，鸣鸠告时。躬执桑曲，率导媵姬。修成歪簇，分茧理丝。女工是察，祭服是治。祗奉宗庙，永言孝思。于彼六行，靡不蹈之。皇英佐舜，涂山翼禹，惟卫惟樊，二霸是辅。明明我后，异世同轨，内敷阴教，外毗阳化。绸缪庶正，密勿夙夜。恩从风翔，泽随雨播，遐迩咏歌，中外禔福。天祚贞吉，克昌克繁，则百斯庆，育圣育贤。教逾妊姒，训迈姜嫄，堂堂太子，惟国之元。济济南阳，后子东封南阳王。为屏为藩。本支莪蔚，四海荫焉。积善之堂，五福所并，宜享高年，匪隙匪倾。如彭之齿，如聃之龄，云胡不造？于兹祸殃。寝疾弥留，瘵寐不康，巫咸骋术，扁鹊奏方。祈祷无应，尝药无良。形神既离，载昏载荒。奄忽崩殂，湮精灭光。哀哀太子，南阳繁昌。攀援不寐，擗踊摧伤。呜呼哀哉！阖宫号咷，宇内震惊。奔者填衢，赴者塞庭。哀恸雷骇，流涕雨零，欷歔不已，若丧所生。惟帝与后，契阔在昔。比翼白屋，双飞紫阁。悼后伤后，早即窀穸。言斯既及，涕泗陨落。追维我后，实聪实哲。通于性命，达于俭节。送终之礼，比素上世。襚无珍宝，含无明月。潜辉梓宫，永背昭晰。

臣妾哀号，同此断绝。庭宇遏密，幽室增阴。空设帷帐，虚置衣衾。人亦有言，神道难寻。悠悠精爽，岂浮岂沉？丰奠日陈，冀魂之临。黩云元后，不闻其音。乃议景行，景行已溢。乃考龟筮，龟筮袭吉。爰定宅兆，克成玄室。魂之往兮，于以今日。仲秋之晨，启明始出。星陈凤驾，灵舆结驷。其舆伊何？金根玉箱。其驷伊何？二骆双黄。习习容车，朱服丹章。隐隐辒轩，弁绖缞裳。华毂曜野，素盖被原。方相亿亿，旌旐翻翻，挽童引歌，白骥鸣辕。观者夹涂，士女涕涟。千乘万骑，迄彼峻山。峻山峨峨，层阜重阿。弘高显敞，据洛背河。左瞻皇姑，右睇帝家，惟存揆亡，明神所嘉。诸姑姊妹，娣姒媵御，追送尘轨，号咷衢路。王侯卿士，云会星布。群官庶僚，缟盖无数。中外俱临，同哀并慕。有始有终，天地之经。自非三光，谁能不零？存播令德，没图丹青。先哲之志，以此为荣。温温元后，实宣慈焉。抚育群生，恩惠滋焉。遗爱不已，永见思焉。悬名日月，垂万春焉。呜呼庶妾，感四时焉。言思言慕，涕涟洒焉。

这篇诔文，经武帝览着，看她说得悲切，也出了许多眼泪，并重芬词藻，屡加恩赐。但芬体素弱，多愁多病，终不能特别邀宠，镇日里闷坐深宫，除笔墨消遣外，毫无乐趣。从来造物忌才，左家女有才无色，也是天意特留缺陷，使她无从得志哩。幸亏有此，才得令终。越年正月朔日，颁诏大赦，改元咸宁，追尊宣帝为"高祖"，景帝为"世宗"，文帝为"太祖"，并录叙开国功臣，已死得配享庙食，未死得铭功天府。夸德如春，盈庭称颂。武帝自杨后殁后，虽然不免悲感，但也有一桩好处，妃嫔媵嫱，尽可随意召幸，不生他虑。无如人主好色，且往往喜新厌故，宫中虽有数百个娇娥，几次入御，便觉味同嚼蜡，因此复下诏采选，暂禁天下嫁娶，令中官分驰州郡，专觅娇娃。可怜良家女子，一经中官合意，无论如何势力，不能乞免，只好拜别爹娘，哭哭啼啼，随着中使，趋入宫中。统共计算，差不多有五千人。武帝朝朝挹艳，夜夜采芳，把全副龙马精神，都向虚牝中掷去，究竟娥眉伐性，力不胜欲，徒落得形容憔悴，筋骨衰颓。咸宁二年元日，竟不能视朝，托词疾疫，病倒龙床，接连有数日未起。朝野汹汹，俱言主上不讳，太子不堪嗣立，不如拥戴皇弟齐王攸。河南尹夏侯和，且私语贾充道："公二婿亲疏相等，充长女适齐王，次女适太子，均见前回。立人当立德，不可误机。"和岂不知充有悍妇吗？充默然不答。既而武帝得了良医，病幸渐瘳，仍复出理朝政。荀勖、冯紞阿谀取容，素为齐王攸所嫉，积不相容。勖乃乘间行谗，使紞进说武帝道："陛下洪福如天，病得痊愈。今日为陛下贺，他日尚为陛下忧。"武帝道："何事可忧？"紞嗫嚅道："陛下前立太子，无非为传统起见，但恐将来或有他变，所以可忧。"武帝复问为何因？紞又道："前日陛下不豫，百僚内外，统已归心齐王。陛下试想万岁千秋后，太子尚能嗣立么？"是谓肤受之愬。武帝不觉沉吟。紞见武帝心动，更献计道："臣为陛下画策，莫若使齐王归藩，免滋后虑。"武帝也不多言，惟点首至再。及紞既趋出，复遣左右随处探访，得知夏侯和前日所言。仍徙和为光禄勋，并迁贾充为太尉，罢免兵权。惟见攸守礼如恒，无瑕可指，因暂令任职司空，再作计较。外如何曾得进位太傅，陈骞得迁官大司马，不过挨次升位，并没有什么关系。独汝阴王骏，受职征西大将军，都督雍、凉等州军事，专讨树机能；都督荆州军事羊祜，加官征南大将军，专御孙吴。

转瞬间为杨后二周年，遣官往祭峻阳陵，并忆及杨后遗言，拟册杨骏女为继后，先令内使往验女容，果然修短得中，纤秾合度，乃援照古制，具行六礼，择吉初冬，续行册后典仪。届期这一日，龙章丽采，凤辇承恩，当然有一番热闹。礼成以后，下诏大赦，颁赐王公以下及鳏夫寡妇有差。新皇后入宫正位，妃嫔等无不趋贺。左贵嫔也即与列，当由武帝特旨赐宴，并命左贵嫔作颂。左贵嫔略略构思，便令侍女取过纸笔，信手疾书，但见纸上写着：

峨峨华岳，峻极泰清。巨灵导流，河渎是经。惟渎之神，惟渎之灵，钟于杨族，载育盛明。穆穆我后，应期挺生。含聪履哲，岐嶷凤成。如兰之茂，如玉之莹。越在幼冲，休有令名。飞声八极，翕习紫庭。超任邈姒，比德皇英。京室是嘉，备礼致聘，令月吉辰，百僚奉迎。周生归韩，诗人是咏。我后戾止，车服辉映，登位太微，明德日盛。群黎欣戴，函夏同庆。翼翼圣皇，睿哲孔纯。愍兹狂戾，阐惠播仁。蠲蚰涤秽，与时惟新。沛然洪赦，恩诏退震。后之践祚，图围虚陈。万国齐欢，六合同欣。坤神*舞，天人载悦。兴顺降祥，表精日月。和气氤氲，三光朗烈。既获嘉时，寻播甘雪。玄云晻蔼，灵液霏霏。既储既积，待旸而晞。曨眠沾濡，柔润中畿。长享丰年，福禄永绥。

属稿既成，另用彩纸誊真，约有一二个时辰，已将颂词缮就，妃嫔等同声赞美，推为隽才。可巧武帝在外庭毕宴，慢慢的踱入中宫，新皇后以下，一律迎驾。左贵嫔即将颂词呈上，由武帝览阅一周，便称赏道："写作俱佳，足为中宫生色了。"说着，亲举玉卮，赐饮三觞。左贵嫔受饮拜谢，时已昏黄，便各谢宴散去。小子有诗赞左贵嫔道：

> 曹氏大家常续史，左家小妹复能文。
> 从知大造无偏毓，巾帼多才也轶群。

宫中已经散席，帝后两人共入龙床，同去做高唐好梦了。欲知后事，请看下回。

　　祸晋者贾氏，而成贾氏之祸者，实惟杨皇后。立蠢儿为太子，一误也；纳悍女为子妇，二误也；至临危枕膝，尚以从妹入继为请，死且徇私，可叹可恨。盖妇人心性，往往只知有己，不知有家，家且不知，国乎何有？晋武为开国主，何其沾沾私爱，甘心铸错？甚至误信佞臣，疑忌介弟，试思有子如衷，有媳如南风，尚堪付畀大业乎？左贵嫔一诔一颂，类多粉饰之词，不足取信，但以一巾帼妇人，多才若此，足令须眉汗下。本回两录原文，为女界贡一词采，非漫誉两杨后也。

第四回

图东吴羊祜定谋　讨西虏马隆奏捷

　　却说武帝继后杨氏，名芷，字李兰，小名叫做男胤，年方
二九，饶有姿容，并且德性婉顺，能尽妇道。详叙后德，影射下
文贾后之悍。自从入继中宫，与武帝情好甚欢，大略与前后相
似。后父骏曾为镇军将军，至是进任车骑将军，封临晋侯。骏
有弟珧，任职卫将军，独上表陈情道："从古以来，一门二
后，每不能保全宗族，况臣家功微德薄，怎堪受此隆恩？乞将
臣表留藏宗庙，庶几后日相证，尚可曲邀天赦，免罹祸殃。"
似有先见，然看到后文，实是要挟语。武帝准如所请，乃将珧表留
藏。惟骏自恃国戚，怙宠生骄，尚书郭奕等，表称骏器量狭
小，不宜重任，武帝为后推爱，竟不少省。又是一误。镇军将
军胡奋，见骏骄侈，竟直言相规道："公靠着贵女，乃更增豪
侈么？历观前朝豪族，与天家结婚，辄至灭门，不过略分迟早
呢。"骏瞿然道："君女亦纳入天家，何必责我？"见前回。奋
微笑道："我女虽然入宫，只配与公女作婢，怎得相比？我家
却无关损益，不如公门显赫，令人侧目，此后还请公三思！"
可谓诤友。骏终不以为意，且还疑奋有妒意，怏怏别去。

　　既而卫将军杨珧等，上言"古时封建诸侯，实为屏藩王室
起见，今诸王公皆在京师，实与古意未合，应一律遣使出镇，
俾就外藩。且异姓诸将，散屯边疆，非皆可恃，亦宜参用亲
戚，隐为监制"云云。武帝乃核定国制，就户邑多少为差，分

为三等。大国置三军，共五千人；次国二军，共三千人；小国一军，共一千五百人。凡诸王兼督军事，各令出镇，于是徙扶风王亮为汝南王，出为镇南大将军，都督豫州诸军事；琅琊王伦为赵王，兼领邺城守事；渤海王辅司马孚三子；为太原王，监并州诸军事；东莞王伷已莅徐州，徙封琅琊王；汝阴王骏已赴关中，徙封扶风王；又徙太原王颙司马孚孙，为后来八王之一。为河间王，河间王威为章武王。威亦孚孙。尚有疏戚诸王公，悉令就国。大家恋恋都中，不愿远行，奈因王命难违，不得已涕泣辞去。寻又立皇子玮为始平王，允为濮阳王，该为新都王，遐为清河王，数子年尚幼弱，皆留居京师。

　　征南大将军羊祜，久镇襄阳，垦田得八百余顷，足食足兵。襄阳与吴境接壤，吴主孙皓，系吴主孙权长孙，粗暴骄盈，好酒渔色。祜本欲乘隙图吴，因吴左丞相陆凯，公忠体国，制治有方，所以虚与周旋，未敢东犯。及凯已病殁，乃潜请伐吴，适益州兵变，又致迁延。祜有参军王濬，奉调为广汉太守，发兵讨益州乱卒，幸即荡平。濬得任益州刺史，讲信立威，绥服蛮夷。武帝征濬为大司农，祜独密表留濬，谓欲灭东吴，必须凭借上流。濬才可专阃，不宜内用，武帝乃仍令留任，且加濬龙骧将军，监督梁、益二州军事。

　　当时吴中有童谣云："阿童复阿童，衔刀浮渡江。不畏岸上兽，但畏水中龙。"濬籍隶弘农，小名正叫做阿童，小具大志，丰姿俊逸。燕人徐邈，有女慧美，及笄未嫁，邈甚是钟爱，令女自择偶，迄未当意。会邈出守河东，濬得选为从事，年少英奇，颇为邈所赏识。邈因大会佐吏，使女在幕内潜窥，女指濬告母，谓此子定非凡器。独具慧鉴。邈闻女言，即将女嫁濬为妻，琴瑟和谐，不消细说。事与贾午相似，但彼为苟合，此实光明。嗣投羊祜麾下，祜亦加优待，每事与商。祜兄子暨尝伺间语祜道："濬好大言，恐滋他患，宜预加裁抑，休使胡行！"祜粲然道："如汝怎能知人？濬有大才，一得逞志，必建奇功，愿勿轻视！"*徐女尚垂青眼，何况羊叔子。*

及濬得监督梁益二州，祜欲借上流势力，顺道伐吴，并因濬名与童谣相符，即表闻晋廷，请饬濬密修舟楫，为东略计。武帝依言诏濬。濬即大作战舰，长百二十步，可容二千余人。舰上用木为城，架起楼橹，四面开门，上可驰马往来，又在各船头上，绘画鹢首怪兽，以惧江神。*绘兽惊神，未免近愚。*工作连日不休，免不得有木头竹屑，被水漂流，随江东下。吴建平太守吾彦，留心西顾，瞧见江心竹木，料知上流必造舟楫，当即捞取呈报，谓晋必密谋攻吴，宜亟加戍建平，堵塞要冲。吴主皓方盛筑昭明宫，大开苑囿，侈筑楼观，采取将吏子女，入宫纵乐，还有何心顾及外侮？得了吾彦的表章，简直是不遑细览，便即搁过一边。吾彦不得答诏，自命工人冶铁为锁，横断水路，作为江防。适吴西陵督军步阐，惧罪降晋，吴大司马陆抗，*凯从弟。*自乐乡督兵讨阐，围攻西陵。祜奉诏往援，自赴江陵，别遣荆州刺史杨肇攻抗。抗分军抵御，击败杨肇。祜闻肇败还，正拟亲往督战，偏西陵已被抗攻入，步阐被诛，屠及三族。祜只好付诸一叹，率兵还镇。武帝罢杨肇官，任祜如旧。祜乃敛威用德，专务怀柔，招徕吴人。有时军行吴境，刈谷为粮，必令给绢偿值，或出猎边境，留止晋地，遇有被伤禽兽，从吴境奔入，亦概令送还。就是吴人入掠，已为晋军所杀，尚且厚加殡殓，送尸还家。如得活擒回来，愿降者听，愿归者亦听，不戮一人。吴人翕然悦服。祜又尝通使陆抗，互有馈遗。抗送祜酒，祜对使取饮，毫不动疑。及抗有小疾，祜合药馈抗，抗亦即取服。部下或从旁谏阻，抗摇首道："羊叔子岂肯鸩人？"*叔子即祜表字。*抗又遍戒边吏道："彼专行德，我专行暴，是明明为丛敺雀了。今但宜各保分界，毋求细利。"*羊祜对吴，无非笼络计策，即陆抗亦为所愚。*

　　吴主皓反以为疑，责抗私交羊祜。抗上疏辩驳，并荩守国时宜十二条，均不见行。皓且信术士刁元言，谓："黄旗紫盖，出现东南。荆扬君主，必有天下。"乃大发徒众，杖铖西行，凡后宫数千人，悉数相随。行次华里，正值春雪兼旬，凝寒不解，兵士不堪寒冻，互相私语道："今日遇敌，便当倒戈。"皓颇有所闻，始引兵还都。陆抗忧国情深，抑郁成疾，在镇五年，竟致溘逝。遗表以西陵建平，居国上游，不宜弛防为请。吴主皓因命抗三子分统部军，抗长子名元景，次名元机，又次名云，机云善属文，并负重名，独未谙将略。吴主却令他分将父兵，真所谓用违其长了。

　　术士尚广，为吴主卜筮，上问休咎。尚广希旨进言，说是"岁次庚子，青盖当入洛阳"。吴主大喜。已而临平湖忽开，朝臣多称为祯祥。临平湖自汉末湮塞，故老相传："湖塞天下乱，湖开天下平。"吴主皓以为青盖入洛，当在此时，因召问都尉陈顺。顺答说道："臣止能望气，不能知湖的开塞。"皓乃令退去。顺出语密友道："青盖入洛，恐是衔璧的预兆。今临平湖无故忽开，也岂得为佳征么？"嗣复由历阳长官奏报，历阳山石印封发，应兆太平。皓又遣使致祭，封山神为王，改元天纪。东吴方相继称庆，西晋已潜拟兴师，羊祜缮甲训卒，期在必发，因首先上表，力请伐吴，略云：

　　　先帝顺天应时，西平巴蜀，南和吴会，海内得以休息，兆庶有乐安之心，而吴复背信，使边事更兴，夫期运虽天所授，而功业必由人而成。蜀平之时，天下皆谓吴当并亡，蹉跎至今，又越十三年，是谓一周。今不平吴，尚待何日？议者尝谓吴楚有道后服，无礼先强，此乃诸侯之时耳，今当一统，不得与古同论。夫适道之言，未足应权，是故谋之虽多，而决之欲独。凡以险阻得存者，谓所敌者同，力足自固，苟其轻重不齐，强弱异势，则智士不能谋，而险阻不可保也。蜀之为国，非不险也，高山寻云霓，深谷肆无影，束马悬车，然后得济，皆言一夫荷戟，千人莫当。及进兵之日，曾无藩篱之限，新将搴旗，伏尸数万，乘胜席卷，径至成都，汉中诸城，皆鸟栖而不敢出，非皆无战心，力不足以相抗也。至刘禅降服，诸营堡者索然俱散，今江淮之隘，不过剑阁，山川之险，不如岷汉；孙皓之暴，侈于刘禅；吴人之困，甚于巴蜀；而大晋兵众；多于前世；资储器械，盛于往时，今不于此平吴，更阻兵相守，征夫苦役，日寻干戈，经历盛衰，不可长久，宜乘时平定，以一四海，今若引梁益之兵，水陆俱下，荆楚之众，进临江陵，平南豫州，直指夏口，徐、扬、青、兖，并会秣陵，鼓旆以疑之，多方以误之，以一隅之吴，当天下之众，势分形散，所备皆急，一处倾坏，上下震荡，虽有智者，不能为谋。况孙皓恣情任意，与下多忌，将疑于朝，士困于野，平常之日，独怀去就，兵临之际，必有应者，终不能齐力致死，已可知也。又其俗急速，不能持久；弓弩戟楯，不如中国；唯有水战，是其所长。但我兵入境，则长江非复彼有，还保城池，去长就短，我军悬进，人有致节之志，吴人战于其内，徒有凭城之心。如此则军不逾时，克可必矣。乞奋神断，毋误事机，臣不胜橐鞬待命之至。

这表呈上，武帝很为嘉纳，即召群臣会议进止。贾充、荀勖、冯紞力言未可，廷臣多同声附和，且言秦凉未平，不应有事东南。武帝因饬祜且缓进兵。祜复申表固请，大略谓："吴虏一平，胡寇自定，但当速济大功，不必迟疑。"武帝终为廷议所阻，未肯急进。祜长叹道："天下不如意事，常十居八九，当断不断，天与不取，恐将来转无此机会了。"既而有诏封祜为南城郡侯，祜固辞不拜。平时嘉谟入告，必先焚草，所引士类，不令当局得闻，或谓祜慎密太过，祜慨然道："美则归君，古有常训。至若荐贤引能，乃是人臣本务，拜爵公朝，谢恩私室，更为我所不取呢。"又尝与从弟琇书道："待边事既定，当角巾东路，言归故里，不愿以盛满见责。疏广见汉史。便是我师哩。"如此志行，颇足令后人取法。

咸宁四年春季，祜患病颇剧，力疾求朝，既至都下，武帝命乘车入视，使卫士扶入殿门，免行拜跪礼，赐令侍坐。祜仍面请伐吴，且言："臣死在朝夕，故特入觐天颜，冀偿初志。"武帝好言慰谕，决从祜谋。祜乃趋退，暂留洛都。武帝不忍多劳，常命中书令张华，衔命访祜。祜语华道："主上自受禅后，功德未著，今吴主不道，正可吊民伐罪，混一六合，上媲唐虞，奈何舍此不图呢？若孙皓不幸早殁，吴人更立令主，虽有众百万，也未能轻越长江，后患反不浅哩。"华连声赞成。祜欷歔嘘道："我恐不能见平吴盛事，将来得成我志，非汝莫属了。"华唯唯受教，复告武帝。武帝复令华代达己意，欲使祜卧护诸将。祜答道："取吴不必臣行，但取吴以后，当劳圣虑，事若未了，臣当有所付授，但求皇上审择便了。"未几疾笃，乃举杜预自代。预已起任度支尚书，应第二回。至是因祜推荐，即拜预为镇南大将军，都督荆州诸军事。预尚未出都，祜已疾终私第，享年五十八。武帝素服临丧，恸哭甚哀。是时天适严寒，涕泪沾着须鬓，顷刻成冰，及御驾还宫，特赐祜东园秘器，并朝服一袭，钱三十万，布百匹，追赠太傅，予谥曰"成"。

祜本南城人，九世以清德著名。补述籍贯，以地表人，本书著名人物，概用此例。自祜出镇方面，起居服食，仍守俭素。禄俸所入。皆分赠九族，或散赏军士，家无余财，遗命不得厚殡，并不得以南城侯印入枢。武帝高祜让节，许复本封。原来祜曾受封巨平侯，巨平系是邑名，与南城不同。襄阳百姓，闻祜去世，追忆遗惠，号哭罢市。祜生前在襄阳时，好游岘山，百姓因就山立祠，岁时享祭，祠外建碑，道途相望，相率流涕，后来杜预号此碑为堕泪碑。太傅何曾，同时逝世。曾性颇孝谨，整肃闺门，自少至长，绝意声色，晚年与妻相见，尚各正衣冠，礼待如宾。惟阿附贾充，无所建白。自奉甚厚，一食万钱，尚谓无下箸处。博士秦秀，为曾议谥，慨语同僚道："曾骄侈过度，名被九域，生极恣情，死又无贬，王公大臣，尚复何惮？谨按谥法，名与实异曰缪，怙乱肆行曰丑，可谥为'缪丑公'。"恰也爽快。武帝忆念勋旧，不欲加疵，仍策谥为"孝"。比羊叔子何如？

　　正拟举兵伐吴，忽闻凉州兵败，刺史杨欣又复战死，武帝又未免踌躇，仆射李憙，独举匈奴左部帅刘渊，使讨树机能，侍臣孔恂谏阻道："非我族类，其心必异，刘渊岂可专征？若使他讨平树机能，恐西北边患，从此益深了。"武帝乃不从憙言。

　　看官听着！刘渊是西晋祸首，小子既经叙及，不得不详为表明。从前南匈奴与汉和亲，自称汉甥，冒姓刘氏。魏祖曹操，曾命南匈奴单于呼厨泉，入居并州境内，分匈奴部众为五部。左部帅刘豹，系呼厨泉兄子，部族最强。后司马师用邓艾计，分左部为二，另立右贤王，使居雁门。豹子名渊，字元海，幼即俊异，师事上党人崔游，博习经史，尝语同学道："我常耻随陆无武，绛灌无文。随何陆贾、绛侯周勃、灌婴，皆汉初功臣。随陆遇汉高祖，不能立业封侯；绛、灌遇汉文帝，不能兴教劝学，这岂非一大可惜么？"于是兼学武事，日演骑射，少长已膂力过人，入为侍子，留居洛阳。安东将军王浑父子，屡称渊文武兼长，可为东南统帅；李憙又荐他督领西军，俱被孔恂等谏阻。渊得知消息，密语好友王弥道："王李见知，每相推荐，非徒无益，恐反为我患哩。"因纵酒长啸，欷歔流涕。当有人告知齐王攸，攸入奏武帝道："陛下不除刘渊，臣恐并州不能久安。"王浑在侧，独替渊解免道："大晋方以信义怀柔殊俗，奈何无故加疑，杀人侍子呢？"晋主遂释渊不诛，未几豹死，竟授渊为左部帅，出都而去。纵虎归山。

已而复闻树机能攻陷凉州，武帝且忧且叹道："何人为我讨平此虏？"道言未毕，左班内闪出一人道："陛下若肯任臣，臣决能平虏。"武帝瞧将过去，乃是司马督马隆，便接口道："卿能平贼，当然委任，但未知卿方略何如？"隆答道："臣愿募勇士三千人，率领西行，陛下不必预问战略，由臣临敌制谋，定能报捷。"武帝大喜道："卿能如是，朕复何忧？"当下命隆为讨虏将军，兼武威太守。廷臣多言隆本小将，妄谈难信，且现兵已多，何必再募勇士？武帝不听，一意委隆。隆设局募兵，悬标为的，须引弓四钧，挽弩九石，方得合选。隆亲自简试，得三千五百人，称为已足。又自至武库选仗，武库令但给敝械，与隆忿争。隆复入白武帝，陈明武库令阻难情形。武帝因传谕武库令，任隆自择。隆始得往取精械，分给勇士，一面入朝辞行。武帝面许给三年军资，隆拜命出都，向西进发。行过温水，树机能等拥众数万，据险拒守。隆见山路崎岖，不易轻进，乃令部下造起扁箱车，载兵徐进。遇着地方辽阔，联车为营，四面排设鹿角，相随并趋，一入狭径，另用木屋覆盖车上，得避弓弩。胡兵虽有埋伏，也觉技无所施，就使出来拦阻，亦被隆逐段杀退。始终不外持重。隆且战且前，并令勇士挽弓四射，发无不中。胡兵多应弦倒地，有几个侥幸脱毂，均皆骇散。因此隆冒险进兵，如同平地，转战千里，未尝一挫，反杀伤胡虏数千人，得直抵武威镇所。

自从隆领兵西进，音问杳然，好几月不见军报，朝廷颇以为忧。或谓隆已陷没，故无音耗。及隆使到达，始知他已安抵武威。武帝抚掌欢笑，自喜知人，诘朝召语群臣道："朕若误信卿等，是已无秦凉了。"群臣怀惭退去。武帝即降诏奖隆，假节宣威将军，加赤幢曲盖鼓吹。未几，又得隆捷报，已擒降鲜卑部酋数人，得众万余。又未几更闻报大捷，十年以来的巨寇树机能，竟被隆乘胜奋斫，枭首凉州，秦、凉各境，一律肃清。小子有诗咏道：

用兵最忌是拘牵，良将功成在任专。
十载胡氛从此扫，明良相遇自安全。

秦、凉既平，武帝拟按功行赏，偏朝上一班奸臣，又复出来阻挠，毕竟隆众能否邀赏，且看下回再表。

《商书》有言："取乱侮亡。"吴主孙皓，淫暴无道，已寓乱亡之兆，羊祜之决议伐吴，亦即取乱侮亡之古义耳。惟前时吴尚有人，内得陆凯之为相，外得陆抗之为将，故羊祜虚与周旋，未敢进逼。"将军欲以巧胜人，盘马弯弓故不发。"羊叔子庶几近之，或谓其刘谷偿绢，送还猎兽，第愚弄吴人之狡术，殊不足道，不知外交以才不以德，必拘拘然绳以仁义，几何而不蹈宋襄之覆辙也。况岘首筑祠，堕泪名碑，三代以下，亦不数觏。本回详为演述，褒扬之义，自在言中。彼如马隆之得平树机能，未始非晋初名将，观晋武之倚重两人，乃知开国之主，必有所长，不得以外此瑕疵，遽掩其知人之明也。

第五回

捣金陵数路并举　俘孙皓二将争功

却说马隆既讨平秦、凉，朝议将加赏西征将士，偏有人出来阻挠，谓西征将士，已加显爵，不宜更授。独卫将军杨珧进驳道："前由隆募选骁勇，稍加爵命，不过为鼓励起见，今隆众已荡平西土，未得增赏，将来如何用人，反觉得朝廷失信了。"武帝也以为然，遂颁诏酬勋，赐爵加秩如例。

先是西北未平，尚不暇顾及东南。吴主孙皓，还道是四境平安，乐得淫佚。每宴群臣，必令沉醉，又尝置黄门郎十余人，密为监察。群臣醉后忘情，未免失检，那黄门郎立即纠弹，皓即令将失仪诸臣，牵出加罪，或剥面，或凿眼。可怜他无辜遭谴，徒害得不死不活，成为废人。晋益州刺史王濬，察知东吴情事，遂奉表晋廷，略谓："孙皓荒淫凶逆，宜速征伐，臣造船七年，未得出发，反致朽败。且臣年七十，死亡无日，愿陛下无失时机，亟命东征！"武帝复召廷臣会议，贾充、荀勖等仍执前说，力阻行军，唯张华忆羊祜言，赞同濬议。适将军王浑调督扬州，镇守寿阳，与吴人屡有战争，遂上言："孙皓不道，意欲北上，应速筹战守为宜。"朝议以天已严寒，未便出师，决待来春大举，武帝亦乐得休暇。一日，正召入张华弈棋，忽由襄阳递入急奏，武帝不知何因，忙即展览，奏中署名，是荆州都督杜预，大略说是：

故太傅羊祜，与朝臣异见，不先博谋，独与陛下密议伐吴，故朝臣益致龃龉。凡事当以利害相较，今此举之利，十有八九，而其害止于无功耳。近闻朝廷事无大小，异议蜂起，虽人心不同，亦由恃恩不虑后难，故轻相同异也。昔汉宣帝议赵充国所上事，获效之后，召责前时异议诸臣，始皆叩头而谢，此正所以塞异端，杜众枉耳。今自秋以来，讨贼之形颇露，若又中止，孙皓怖而生计。或徙都武昌，更完修江南诸城，远其居民，城不可攻，野无所掠，则明年之计，亦得无及矣。时哉勿可失，惟陛下察之！

武帝览毕，顺手递视张华。华看了一周，便推枰敛手道："陛下圣明神武，国富兵强，号令如一。吴主荒淫骄虐，诛杀贤能，及今往讨，可不劳而定，幸勿再疑！"武帝毅然道："朕意已决，明日发兵便了。"华乃趋出。翌晨由武帝临朝，面谕群臣，大举伐吴，即命张华为度支尚书，量计运漕，接济军饷。贾充闻命，忙上前谏阻，荀勖冯紞亦附和随声。武帝不禁动怒，瞋目视充道："卿乃国家勋戚，为何屡次挠我军谋？今已决计东征，成败不干卿事，休得多言！"充碰了一鼻子灰，又见武帝变色，且惊且骇，忙即免冠拜谢。荀、冯二人亦随着磕头。丑态毕露。武帝方才霁颜，命镇军将军琅琊王伷出涂中，安东将军王浑出江西，建威将军王戎出武昌，平南将军胡奋出夏口，镇南大将军杜预出江陵，龙骧将军王濬与广武将军唐彬，率巴蜀士卒，浮江东下，东西并进，共二十余万人；并授太尉贾充为大都督，行冠军将军杨济骏弟。为副，总统各军。分派既定，武帝才辍朝还宫。

吏部尚书山涛，素以公正著名，尝甄拔人物，各为题奏，时称为《山公启事》。他见武帝决意伐吴，不便多嘴，至退朝后，但私语同僚道："自非圣人，外宁必有内忧。今若释吴以为外惧，未始非策，何必定要出兵呢？"山公语亦似是而非，彼时祸根已伏，即不伐吴，亦岂能免乱？及东征军陆续出发，西方捷报又至，武帝益锐意东略，督促进军。龙骧将军王濬，筹备已久，一经奉命，率舟东下，长驱至丹阳。丹阳监盛纪，出兵迎战，怎禁得濬军一股锐气，横冲直撞，无坚不破。纪不及奔还，立被濬军擒去。濬顺流直进，探得江碛要害，统有铁锁截住，江心又埋着铁锥，逆距战船，乃作大筏数十，方百余步，缚草为人，被甲持仗，令善泅诸水手，在水中牵筏先行。筏遇铁锥，辄被引去，再用火炬长十余丈，大数十围，灌渍麻油，爇着猛火，乘风烧毁铁锁，锁被火熔，当即断绝，于是船无所碍，鼓棹直前。时已为咸宁六年仲春，和风嘘拂，春水绿波，濬与广武将军唐彬，驱兵至西陵，西陵为吴要塞，吴遣镇南将军留宪、征南将军成璩及西陵监郑广、宜都太守虞忠，并力扼守。不防濬军甚是厉害，一鼓作势，四面攀登，吴兵统皆骄惰，毫无斗志，蓦见敌军乘城，顿时骇散。留宪、成璩等还想巷战，奈手下已皆遁去，单剩得主将数人，孤立无助，眼见得束手成擒了。濬又乘胜攻克荆门、夷道二城，擒住吴监军陆晏，再下乐乡，擒住吴水军统领陆景，江东大震。吴平西将军施洪等望风投降。

晋安东将军王浑，出发横江，得破寻阳，击走吴将孔忠，俘得周兴等数人，收降吴厉武将军陈代、平虏将军朱明；又镇南大将军杜预，进向江陵，密遣牙将管定、周旨等，泛舟夜渡，袭据巴山，张旗举火，作为疑兵。吴都督孙歆，望见大骇，不禁咋舌道："北来诸军，怕不是飞渡长江么？"当下派兵出拒，被管定、周旨等预先埋伏，突起交锋，杀得吴军大败奔还。歆尚未得知，安坐帐中，至敌军冲入，方惊起欲遁，不防前后左右，已是敌人环绕，就使力大如牛，也无从摆脱，被他活捉了去。管、周二将向预报功，预即亲抵江陵，督兵攻城。吴将伍延佯请出降，暗中却部署兵士，登陴抵御。预已先料着，趁他行列未整，即命部众缘梯登城。守兵措手不及，城即被陷，伍延战死。江陵既下，沅湘以南各州郡，望风归命，奉送印绶。预仗节称诏，一一抚慰，令各就原官，远近肃然。平南将军胡奋，亦得克江安，会奉晋廷诏命，令胡奋与王濬、王戎合攻夏口、武昌，杜预但当静镇、零桂、零陵、桂阳。怀辑衡阳，且待江汉肃清，直指吴都未迟。预乃分兵益濬，奋与戎亦互助濬军，一战破夏口，再战平武昌，更泛舟东下，所向无前。

可巧春雨水涨，谣诼纷纭，贾充首先倡议，表请罢兵，略谓"百年逋寇，未可悉定，况春夏交际，江淮卑湿，一旦疫疠交作，反为敌乘，宜急召还各军，置作后图。且此次行军，虽似顺手，所损实多，虽腰斩张华，未足以谢天下！"等语。充屡次阻兵，究未知所操何见，想无非是妒功忌能耳。幸武帝不为少动，把充表留中不报。杜预闻充议辍兵，急忙抗表固争，一面征集各军，会议进取，有人从旁梗议，大旨与贾充相似。预奋然道："昔乐毅战国时燕人。借济西一战，几并强齐；今兵威已振，譬如破竹，数节以后，迎刃而解，还要费什么大力呢？"遂指授群帅，径进秣陵。

吴遣丞相张悌及督军沈、莹诸葛靓等，率众三万，渡江逆战，行次牛渚，莹语悌道："上流诸军，素无戒备，晋水师顺流前来，势必至此，不如整兵待着，以逸制劳。今若渡江与战，不幸失败，大事去了。"悌慨然道："吴国将亡，贤愚共知，及今渡江，尚可决一死战，不幸丧败，同死社稷，可无遗恨。若坐待敌至，士众尽散，除君臣迎降以外，还有什么良策？名为江东大国，却无一人死难，岂不可耻？我已决计效死了。"到此已无良策，如悌为国而死，还算是江东好汉。言讫，遂麾众渡江。到了板桥，与晋扬州刺史周濬军相值。悌便即迎击，两下相交，晋军甚是骁悍，吴兵尽管退却。约阅一二小时，但见吴人弃甲抛戈，纷纷遁去。诸葛靓料难支持，劝悌逃生，悌洒泪道："今日是我死日了。我忝居宰相，常恐不得死所，今以身死国，死也值得，尚复何言。"靓垂涕自去。悌尚执佩刀，左拦右阻，格杀晋军数名。既而晋军围裹过来，你一枪，我一槊，竟将悌刺死了事。沈莹见悌死节，也不顾性命，力战多时，至身受重创，倒地而亡。

吴人视此军为孤注，一经覆没，当然心惊胆落，风鹤皆兵。晋将军王濬，闻板桥得胜，便自武昌拥舟东下，直指建业。即吴都。扬州别驾何恽，得悉王濬东来，进白刺史周濬道："公已战胜吴军，乐得进捣吴都，首建奇功，难道还要让人么？"濬使恽走告王浑，浑摇首道："受诏但屯江北，不使轻进，且令龙骧受我节度，彼若前来，我叫他同时并进便了。"恽答道："龙骧自巴蜀东下，所向皆克，功在垂成，尚肯来受节度么？况明公身为上将，见可即进，何必事事受诏呢？"浑终未肯信，遣恽使还。

原来濬初下建平，奉诏受杜预节制，至直趋建业，又奉诏归王浑节制。濬至西陵，杜预遗濬书道："足下既摧吴西藩，便当进取秣陵，平累世逋寇，救江左生灵，自江入淮，肃清泗汴，然后泝河而上，振旅还都，才好算得一时盛举呢！"濬得书大悦，表呈预书，随即顺流鼓棹，再达三山。吴游击将军张象，带领舟军万人，前来抵御，望见濬军甚盛，旌旗蔽空，舳舻盈江，不由的魂凄魄散，慌忙请降。濬收纳张象，即举帆直指建业。王浑飞使邀濬，召与议事，濬答说道："风利不得泊，只好改日受教罢。"来使自去报浑。濬直赴建业。

吴主孙皓，连接警报，吓得无法可施。将军陶濬，自武昌逃归，入语皓道："蜀船皆小，若得二万兵驾着大船，与敌军交锋，或尚足破敌呢。"皓已惶急得很，忙授濬节钺，令他募兵退敌。偏都人已相率溃散，只剩得一班游手，前来应募，吃了好几日饱饭。待陶濬驱令出发，又复溃去。陶濬也无可奈何，复报孙皓。皓越加焦灼，并闻晋王濬已逼都下，还有晋琅琊王司马伷，亦自涂中进兵，径压近郊，眼见得朝不保暮，无可图存。光禄勋薛莹、中书令胡冲，劝皓向晋军乞降。皓不得已令草降书，分投王濬王浑，并向司马伷处送交玺绶。王濬接了降书，仍驱舰大进，鼓噪入石头城。吴主孙皓，肉袒面缚，衔璧牵羊，并令军士舆榇及亲属数人，至王濬垒门，流涕乞降。濬亲解皓缚，受璧焚榇，延入营中，以礼相待。随即驰入吴都，收图籍，封府库，严止军士侵掠，丝毫不入私囊，一面露布告捷。

晋廷得着好音，群臣入贺，捧觞上寿。武帝执爵流涕道："这是羊太傅的功劳呢！"惟骠骑将军孙秀，系吴大帝孙权侄孙，前为吴镇守夏口，因孙皓见疑，惧罪奔晋，得列显官，他却未曾与贺，且南面垂涕道："先人创业，何等辛勤，今后主不道，一旦把江南轻弃，悠悠苍天，伤如之何？"前已甘心降敌，此时却来作此语，欺人乎？欺己乎？武帝以濬为首功，拟下诏褒赏，忽接到王浑表文，内称濬违诏擅命，不受自己节度，应照例论罪。武帝未以为然，举表出示群臣。群臣多趋炎附势，不直王濬，请用槛车征濬入朝。武帝不纳，但下书责濬，说他"不从浑命，有违诏旨，功虽可嘉，道终未尽"等语。看官！你想这平吴一役，全亏王濬顺流直下，得入吴都，偏王浑出来作梗，竟要把王濬加罪，可见天下事不论公理，但尚私争。武帝还算英明，究未免私徇众议，所以古今来功臣志士，终落得事后牢骚，无穷感慨呢。一声何满子，双泪落君前。原来王浑闻濬入吴都，方率兵渡江，自思功落人后，很是愧忿，意欲率兵攻濬。濬部下参军何攀，料浑必来争功，因劝濬送皓与浑。浑得皓后，虽勒兵罢攻，意终未惬，乃表濬罪状，濬既奉到朝廷责言，因上书自讼，略云：

　　臣前受诏书，谓："军人乘胜，猛气益壮，便当顺流长鹜，直造秣陵。"奉命以后，即便东下。途次复被诏书谓："太尉贾充，总统诸方，自镇东大将军伷及浑濬彬等，皆受充节度。"无令臣别受浑节度之文。及臣至三山，见浑军在北岸，遗书与臣，但云暂来过议，亦不语"臣当受节度"之意。臣水军风发，乘势造贼，行有次第，不便于长流之中，回船过浑，令首尾断绝。既而伪主孙皓，遣使归命，臣即报浑书，并录皓降笺，具以示浑，使速会师石头。臣军以日中至秣陵，暮乃得浑所下当受节度之符，欲令臣还围石头，备皓越逸。臣以为皓已出降，无待空围，故驰入吴都，封库待命。今诏旨谓臣忽弃明制，专擅自由，伏读以下，不胜战栗。臣受国恩，任重事大，常恐托付不效，辜负圣明，用敢投身死地，转战万里，凭赖威灵，幸而能济。臣以十五日至秣陵，而诏书于十二日发洛阳，其间悬阔，不相赴接，则臣之罪责，宜蒙察恕。假令孙皓犹有螳螂举斧之势，而臣轻军单入，有所亏丧，罪之可也。

　　臣所统八万余人，乘胜席卷，皓以众叛亲离，无复羽翼，匹夫独立，不能庇其妻子，雀鼠贪生，苟乞一活耳。而江北诸军，不知其虚实，不早缚取，自为小误。臣至便得，更见怨恚，并云守贼百日，而令他人得之，言语嚣沓，不可听闻。案《春秋》之义，大夫出疆，有利专之，臣虽愚蠢，以为事君之道，惟当竭力尽忠，奋不顾身，苟利社稷，死生以之。若其顾护嫌疑，以避咎责，此是人臣不忠之利，实非明主社稷之福也。夫佞邪害国，自古已然，故无极破楚，宰嚭灭吴，及至石显倾乱汉朝，皆载在典籍，为世所戒。昔乐毅伐齐，下城七十，而卒被谗间，脱身出奔。乐羊战国时魏人。既返，谤书盈箧，况臣疏顽，安能免谗慝之口？所望全其首领者，实赖陛下圣哲钦明，使浸润之谮，不得行焉。

然臣孤根独立，久弃退外，交游断绝，而结恨强宗，取怨豪族，以累卵之身，处雷霆之冲，茧栗之质，当豺狼之路，易见吞噬，难抗唇齿。夫犯上干主，罪犹可救。乖忤贵臣，祸常不测。故朱云折槛，婴逆鳞之怒，望之周堪，违忤石显，虽阖朝嗟叹，而死不旋踵，俱见汉史。此臣之所大怖也。今王浑表奏陷臣，其支党姻族，又皆根据磐牙，并处世位，闻遣人在洛中，专共交构，盗言孔甘，疑惑亲听。臣无曾参之贤，而罹三至之谤，敢不悚栗。本年平吴，诚为大庆，于臣之身，独受咎累，恶直丑正，实繁有徒。欲构南箕，成此贝锦。但当陛下圣明之世，而令济济之朝，有谗邪之人，亏穆穆之风，损皇代之美，是实由臣疏顽，使至于此。拜表流汗，言不识次，伏乞陛下矜鉴！

武帝得书，也知濬为王浑所忌，不免有媒蘖等情，因下诏各军，班师回朝，待亲讯功过，核定赏罚云云。王浑既得絷皓，乃与琅琊王伷会衔，送皓入洛，皓至都门，泥首面缚。由朝旨遣使释免，给皓衣服车乘，赐爵归命侯，拜孙氏子弟为郎。所有东吴旧望，量才擢叙。从前王濬东下，吴城戍将，望风归降；惟建平太守吾彦，婴城固守，及孙皓被俘，方才投诚。武帝调彦为金城太守。诸葛靓姊，为琅琊王妃，靓自板桥败后，即窜入姊家，武帝素与靓相识，亲往搜寻。靓为魏扬州都督诸葛诞子。诞在魏主髦四年，讨司马昭不克，被杀，故靓奔吴，事见《三国演义》。靓复避匿厕中，被武帝左右牵出，始跪拜流涕道："臣不能漆身毁面，使得复见圣颜，不胜惭愧。"武帝慰谕至再，面授靓为侍中。靓固辞不受，情愿放归乡里。武帝不得已依议，听他自去。终身起坐，不向晋廷，后幸善终。靓于晋有君父大仇，乃不能与张悌同死，徒为是小节欺人，亦何足道。

武帝复颁诏大赦，改元太康。会值诸将陆续还都，因临轩召集，并引见孙皓，赐令侍坐，且顾语皓道："朕设此座待卿，已好几年了。"皓指帝座道："臣在南方，亦设此座待陛下。"史家记载皓言，未及"指帝座"三字，遂启后人疑窦，经著书人添入，方合口吻。贾充已回朝复命，时亦在侧，向皓冷笑道："闻君在南方，凿人目，剥人面，此刑施于何人？"皓答说道："人臣有敢为弑逆，及奸邪不忠，方加此刑。"充听了此言，不由的面目发赪，掉头趋退。自取其辱，但皓只御人口给，不能自保宗社，究有何益？王浑、王濬相继入朝，彼此尚争功不已。武帝命廷尉刘颂，叙次战绩。颂不免袒浑，列浑为首功，濬为次功。武帝因颂考绩徇私，左迁京兆太守。怎奈王浑私党，充斥朝廷，浑子济又尚公主，气焰逼人，大家统为浑帮护，累得武帝不便专制，也只好委曲通融，乃增浑食邑八千户，进爵为公。授濬为辅国大将军，与杜预、王戎等并封县侯。以下诸将，赏赐有差。遣使祭告羊祜庙，封祜夫人夏侯氏为万岁乡君，食邑五千户。一番东征事迹，至此结局。王濬以功大赏轻，始终不服，免不得怨忿交并，小子有诗叹道：

　　　　楼船直下扫东吴，功业初成已被诬。
　　　　何若当时范少伯，一舸载美去游湖。

　　欲知王濬后来情事，且至下回叙明。

　　蜀亡在晋武开国之先，故本编首回，略略叙及，并不加详。至大举灭吴，则晋武即位，已十有余年矣。此固当列诸晋史，不得以吴列三国，应属诸《三国演义》，可以删繁就简也。惟晋之伐吴，倡议为羊祜，立功为王濬，而从中怂恿者为张华，余子碌碌，皆因人成事而已。武帝非不明察，卒因朝臣右袒王浑，独封浑为公，而濬以下不过封侯，无怪濬之愤悒不平也。然功成者退，知足不辱，濬乃为小丈夫之悻悻，始终未释，其后来之得全首领者，尚其幸耳。韩彭菹醢，晁错受戮，非炎盛开国时耶？史家谓浑既害善，濬亦矜功，诚足为一时定评云。

第六回

纳群娃羊车恣幸　继外孙螟子乱宗

　　却说王濬因功高赏轻，时怀不平，每在朝右自陈战绩及诸多枉屈情形，武帝虽有所闻，亦如聋瞽一般，绝不与谈。濬不胜愤懑，往往不别而行。武帝念他有功，始终含忍过去。益州护军范通，为濬外亲，尝入语濬道："公有平吴大功，今乃不能居守，未免可惜。"濬惊问何因？通答道："公返旆后，何不急流勇退，角巾私第，口不言功，如有人问及，可答称圣主宏谟，群帅戮力，若老夫实无功可言。从前蔺相如屈服廉颇，便得此意。见战国时代。公能行此，也足令王浑自愧了。"濬瞿然道："我亦尝惩邓艾覆辙，邓艾事在前。自恐遭祸，不能无言。及今已隔多日，胸中尚不免介介，这原是我器量太小呢。"通即起贺道："公能自知小过，便足保全。"说毕乃退。濬自是稍稍敛抑，不欲争功。博士秦秀，太子洗马孟康等，却代为濬诉陈枉抑，武帝乃迁濬为镇军大将军，加散骑常侍，领后军将军。时都中竞尚奢侈，濬本俭约，至此恐功高遭媒，乐得随风张帆，玉食锦衣，优游自适。后又受调为抚军大将军，开府仪同三司，延至太康六年病终。年已八十，得谥为"武"。濬得令终，幸有范通数语。

　　看官听说！在晋武未曾受禅以前，本来是三国分峙，各据一方，自西蜀入魏，降王刘禅，受封为安乐公，三国中已少了一国。及魏变为晋，吴又并入晋室，晋得奄有中原，规复秦汉旧土，遂划全国为十九州，分置郡国百五十余。小子特将十九州的名目，析述如下：

> 司 兖 豫 冀 并 青 徐 荆 扬 凉 雍 秦
> 益 梁 宁
> 幽 平 交 广

小子还有数语交代，那安乐公刘禅的死期，是在晋泰始七年间；归命侯孙皓的死期，是在晋太康二年间，两降主俱病死洛阳，已无后患。就是废居邺城的魏曹奂，无拳无勇，好似鸟入笼中，受人豢养，得能饱暖终身，还算是新朝厚惠。他最后死，直到晋惠帝泰安元年，方病殁邺城。叙结三主生死，是揭晋武厚道处，即见晋武骄盈处。武帝既混一宇内，遂思偃武修文，下诏罢州郡兵，诏云：

> 自汉末四海分崩，刺史内亲民事，外领兵马，今天下为一，当韬戢干戈，刺史分职，皆如汉时故事。悉去州郡兵，大郡但置武吏百人，小郡五十人，以示朕与民安乐，共享太平之意。

这诏颁下，交州牧陶璜，便即上书，略谓："州兵不宜减损，自示空虚。"武帝不纳。右仆射山涛，因病告假，闻朝廷下诏罢兵，亦不以为然。会武帝亲至讲武场，搜阅士卒，涛力疾入朝，随驾讲武，当下乘间进言，谓不宜去州郡武备，语意甚是剀切。武帝也为动容，但自思天下已平，不必过虑，既已颁诏四方，也未便朝令暮改，因此将错便错，延误过去。

俗语说得好："饱暖思淫欲。"武帝不脱凡俗，一经安乐，便勾起那淫欲心肠。他闻得南朝金粉，格外鲜妍，乘此政躬清泰，正好选入若干充作妾婢，借娱晨夕。可巧吴宫伎妾，多半被将士掠归，洛阳都下，凑娶吴娃，但教一道命令，传下都门，将士怎敢违旨？便将所得吴女，一股脑儿送入宫中。武帝仔细点验，差不多有五千名，个个是雪肤花貌，玉骨冰肌，不由的龙心大喜，一齐收纳，分派至各宫居住。自是掖廷里面，新旧相间，约不下万余人。武帝每日退朝，即改乘羊车，游历宫苑，既没有一定去处，也没有一定栖止，但逢羊车停住，即有无数美人儿，前来谒驾。武帝约略端详，见有可意人物，当即下车径入，设宴赏花。前后左右，莫非丽妹，待至酒下欢肠，惹起淫兴，便随手牵了数名，同入罗帏。这班妖淫善媚的吴女，巴不得有此幸遇，挨次进供，曲承雨露。武帝亦乐不忘疲，今朝到东，明朝到西，好似花间蝴蝶，任意徘徊。只是粉黛万余，惟望一宠，就使龙马精神，也不能处处顾及，有几个侥幸承恩，大多数向隅叹泣。于是。狡黠的宫女想出一法，各用竹叶插户，盐汁洒地，引逗羊车。羊性嗜竹叶，又喜食盐，见有二物，往往停足。宫女遂出迎御驾，好把武帝拥至居室，奉献一脔。武帝乐得随缘，就便临幸。待至户户插竹，处处洒盐，羊亦刁猾起来，随意行止，不为所诱。宫女因旧法无效，只好自悲命薄，静待机缘罢了。何必定要望幸？

惟武帝逐日宣淫，免不得昏昏沉沉，无心国事。后父车骑将军杨骏及弟卫将军珧、太子太傅济乘势擅权，势倾中外，时人号为"三杨"。所有佐命功臣多被疏斥。仆射山涛屡有规讽，武帝亦嘉他忠直，怎奈理不胜欲，一遇美人在前，立把忠言撇诸脑后，还管什么兴衰成败呢？一日，由侍臣捧入奏章，呈上御览，武帝顺手披阅，乃是侍御史郭钦所奏，大略说是：

戎狄强犷，历古为患。魏初民少，西北诸郡，皆为戎居，内及京兆、魏郡、弘农，往往有之。今虽服从，若百年之后，有风尘之警，胡骑自平阳上党，飚忽南来，不三日可至孟津，恐北地、西河、太原、冯翊、安定、上郡，尽为狄庭矣。宜及平吴之威，谋臣猛将之略，渐徙内郡杂胡于边地，峻四夷出入之防，明先王荒服之制，此万世之长策也。

武帝看了数行，嗤然笑道："古云杞人忧天，大约如此。"遂置诸高阁，不复批答。仍乘着羊车，寻欢取乐去了。女色盅人，一至于此。后来得着昌黎军报，乃是鲜卑部酋慕容涉归，导众入寇。幸安北将军严询，守备颇严，把他击退。慕容氏始此，详见后文。武帝越加放心，更见得郭钦奏疏，不值一览。未几又有吴人作乱，亦由扬州刺史周浚剿抚兼施，得归平靖。南北一乱即平，君臣上下，统说是幺麽小丑，何损盛明？于是权臣贵戚藻饰承平，你夸多，我斗靡，直把那一座洛阳城，铺设得似花花世界，荡荡乾坤。

当时除三杨外，尚有中护军羊琇，后将军王恺统仗着椒房戚谊，备极骄奢。琇是晋景帝即司马师。见第一回。继室羊后从弟，恺是武帝亲舅，乃姊就是故太后王氏，亦见第一回中。两家是帝室懿亲，安富尊荣，还在人意料中，不意散骑常侍石崇，却比两家还要豪雄，羊琇自知不敌，倒也不敢与较，只王恺心中不服，时常与崇比富。

崇字季伦，系前司徒石苞幼子，颇有智谋，苞临终分财，派给诸子，独不及崇，谓崇将来自能致富，不劳分授，果然崇年逾冠，即得为修武令，嗣迁城阳太守，帮同伐吴，因功封安阳乡侯。旋复受调为荆州刺史，领南蛮校尉，加鹰扬将军。平居孳孳为利，在荆州时，暗属亲吏扮作盗状，往劫豪贾巨商，遂成暴富。入拜卫尉，筑室宏丽，后房百数，皆曳纨绣、珥珠翠，且暮不绝丝竹，庖膳务极珍馐。王恺家用饴糖也，与怡通。

沃釜，崇独用蜡代薪；王恺作紫丝布步障四十里，崇作锦布障
五十里以敌恺。恺涂屋用椒，崇用赤石脂相代。恺屡斗屡败，
因入语武帝，欲假珊瑚树为赛珍品，武帝即赐与一株，高约二
尺许。恺扬扬自得，取出示崇，总道崇家必无此珍奇，定要认
输了事。哪知崇并不称美，反提起铁如意一柄，把珊瑚树击成
数段。看官！你想王恺到此，怎得不怒气直冲，欲与石崇拼
命？崇反从容笑语道："区区薄物，值得什么？"遂命家僮取
出家藏珊瑚树，约数十株，最高大的约三四尺，次约二三尺，
如恺所示的珊瑚树，要算是最次的，便指示恺道："君欲取
偿，任君自择。"恺不禁咋舌，赧然无言，连击碎的珊瑚树，
也不愿求偿，一溜烟的避去。崇因此名冠洛阳。多利厚亡，请看
将来。车骑司马傅咸，目击奢风，有心矫正，特上书崇俭道：

　　臣以为谷帛虽生，而用之不节，无缘不匮，故先王之
化天下，食肉衣帛，皆有其制。窃谓奢侈之费，甚于天
灾。古者尧有茅茨，今之百姓，竞丰其屋；古者臣无玉
食，今之贾竖，皆厌粱肉；古者后妃，乃有殊饰，今之婢
妾，被服绫罗；古者大夫，乃不徒行，今之贱隶，乘轻驱
肥；古者人稠地狭，而有储蓄，由于节也，今者土广人
稀，而患不足，由于奢也。欲时之俭，当诘其奢，奢不见
诘，转相夸尚，弊将胡底？昔毛玠为吏部尚书时，无敢好
衣美食者，魏武帝叹曰："孤之法不如毛尚书，今使诸部
用心，各如毛玠，则风俗之移，在所不难矣。"臣言虽鄙，
所关实大，幸乞垂察！

　　书入不报。司隶校尉刘毅鲠直敢言，尝劾羊琇纳赂违法，
罪应处死，亦好几日不见复诏。毅令都官从事程衡，驰入琇
营，收逮琇属吏拷问，事皆确凿，赃证显然，乃再上弹章，据

实陈明。武帝不得已罢免琇官。暂过旬月，又使琇白衣领职。贪夫得志，正士灰心，一班蝇营狗苟的吏胥，当然暮夜辇金，贿托当道，苞苴夕进，朱紫晨颁，大家庆贺弹冠，管什么廉耻名节？到了太康三年的元旦，武帝亲至南郊祭天，百官相率扈从，祭礼已毕，还朝受谒。校尉刘毅，随班侍侧，武帝顾问道："朕可比汉朝何帝？"毅应声道："可比桓、灵。"这语说出，满朝骇愕。毅却神色自若，武帝不禁失容道："朕虽不德，何至以桓、灵相比？"毅又答道："桓、灵卖官，钱入官库，陛下卖官，钱入私门，两相比较，恐陛下还不及桓灵呢！"再加数语，也可谓一身是胆。武帝忽然大笑道："桓灵、时不闻有此言，今朕得直臣，终究是高出桓、灵了。"受责不怒，权谲可知。说毕，乃抽身入内，百官联翩趋出，尚互相惊叹。刘毅仍不慌不忙，从容自去。

尚书张华甚得主宠，独贾充、荀勖、冯紞等，因伐吴时未与同谋，常相嫉忌。适武帝问及张华，何人可托后事？华朗声道："明德至亲，莫如齐王。"武帝闻言，半晌不出一语。华也自知忤旨，不再渎陈。原来齐王攸为武帝所忌，前文中已略述端倪，见第三回。此次由张华突然推荐，更不觉触起旧情，且把那疑忌齐王的私心，移到张华身上，渐渐的冷淡下来。荀勖、冯紞乘间抵隙，遂将捕风捉影的蜚语，诬蔑张华。华竟被外调，出督幽州军事兼安北将军。他本足智多谋，一经莅任，专意怀柔，戎夏诸民，无不悦服。凡东夷各国历代未附，至是也慕华威名，并遣使朝贡。

武帝又器重华才，欲征使还朝，付以相位。议尚未定，已被冯紞窥透隐情，趁着入传时间，与武帝论及魏晋故事。紞怃然道："臣窃谓钟会构衅，实由太祖。"即司马昭，见第三回。武帝变色道："卿说什么？"紞免冠叩谢道："臣愚蠢妄言，罪该万死，但惩前毖后，不敢不直陈所见。钟会才智有限，太祖乃夸奖太过，纵使骄盈，自谓算无遗策，功高不赏，因致构逆。假使太祖录彼小能，节以大防，会自不敢生乱了。"说至此，见武帝徐徐点首，且说出一个"是"字，便又叩首道："陛下既俯采臣言，当思履霜坚冰，由来有渐，无再使钟会复生。"武帝道："当今岂尚有如会么？"统又答道："谈何容易！且臣不密即失身，臣亦何敢多渎？"武帝乃屏去左右，令他极言。统乃说道："近来为陛下谋议，著有大功，名闻海内，现在出踞方镇，统领戎马，最烦陛下圣虑，不可不防。"谗口可畏。武帝叹息道："朕知道了。"于是不复召华，仍倚任荀、冯等一班佞臣。

既而贾充病死，议立嗣子，又发生一种离奇的问题。先是充尝生一子，名叫黎民，年甫三龄，由乳母抱儿嬉戏，当阁立着，可巧充自朝退食，为儿所见，向充憨笑。充当然爱抚，摩弄儿顶，约有片时，不料充妻郭槐，从户内瞧着，疑充与乳母有私，竟乘充次日上朝，活活将乳母鞭死。可怜三岁婴孩，恋念乳母，终日啼哭，变成了一个慢惊症，便即夭殇。未几复生一男，另外雇一乳母，才阅期年，乳母抱儿见父，充又摩抚如初，冤冤相凑，仍被郭槐窥见，取出老法儿处死乳母，儿亦随逝，此后竟致绝嗣。充为逆臣，应该有此妒妇。充死年已六十六，尚有弟混子数人，可以入继。偏郭槐想入非非，独欲将外孙韩谧，过继黎民，为贾氏后。看官！试想三岁的亡儿，如何得有继男？况韩谧为韩寿子，明明是贾充外孙，如何得冒充为孙？当时郎中令韩咸与中尉曹轸，俱面谏郭槐道："古礼大宗无后，即以小宗支子入嗣，从没有异姓为后的故例，此举决不可行。"郭槐不听，竟上书陈请，托称贾充遗意，愿立韩谧为世孙。可笑武帝糊涂得很，随即下诏依议，诏云：

　　太宰鲁公贾充，崇德立勋，勤劳佐命，背世祖陨，每用悼心。又胤子早终，世嗣未立，古者列国无嗣，取始封支庶以绍其统，而近代更除其国。至于周之公旦，汉之萧何，或豫建元子，或封爵元妃，盖尊显勋劳，不同常例。太宰素取外孙韩谧为世子黎民后，朕思外孙骨肉至近，推恩计情，合于人心，其以谧为鲁公世孙，以嗣其国，自非功如太宰，始封无后，不得援以为例。特此谕知！

看官阅过第二回，应知贾午偷香，是贾门中一场风流佳话。此次又将贾午所生的儿子，还继与贾充为孙，益觉得闻所未闻。风流佳话中，又添一种继承趣事了。那韩谧接奉诏旨，即改姓为贾，入主丧务，一切仪制，格外丰备。武帝厚加赙赐，自棺椑至丧葬费，钱约二千万缗，且有诏令礼官拟谥。博士秦秀道："充悖礼违情，首乱大伦，从前春秋时代，鄅养外孙莒公子为后，《麟经》大书莒人灭鄅；今充亦如此，是绝祖父血食，开朝廷乱端，岂足为训？谥法昏乱纪度曰荒，请谥为'荒公'。"武帝怎肯依议，再经博士段畅，拟上一个"武"字，方才依从，这且待后再表。

且说齐王攸德望日隆，中外属望，独荀勖、冯紞日思排挤，并加了一个卫将军杨珧，也与攸未协，巴不得将他摔去。三人互加谗间，尚未见效，冯紞是谗夫中的好手，竟入内面请道："陛下遣诸侯至国，成五等遗制，应该从懿亲为始。懿亲莫若齐王，奈何勿遣？"武帝乃命攸为大司马，都督青州军事。命令一下，朝议哗然。尚书左仆射王浑，首先谏阻，略言："攸至亲盛德，宜赞朝政，不应出就外藩。"武帝不省。嗣由光禄大夫李憙、中护军羊琇、侍中王济甄德、皆上书切谏，又不见从。王济曾尚帝女常山公主，甄德且尚帝妹京兆长公主，两人因谏阻无效，不得已乞求帷帟，浼两公主联袂入宫，吁请留攸。两公主受夫嘱托力劝武帝，不意也碰了一鼻子灰。小子有诗叹道：

> 上书谏阻已无功，欲借蛾眉启主聪。
> 谁料妇言同不用，徒教杏靥并增红。

欲知两公主被斥情形，且至下回再详。

  山涛之谏阻罢兵，郭钦之疏请徙戎，未始非当时名论，但徒务外攘，未及内治，终非知本之言。武帝平吴，才及半年，即选吴伎妾五千人入宫，此何事也？乃不闻力谏，坐使若干粉黛，蛊惑君心，一褒姒、妲己足亡天下，况多至五千人乎？不此之察，徒断断于兵之遽罢，戎之未徙，试思君荒臣奢，淫侈无度，即增兵徙戎，宁能不乱？后之论者，辄谓山涛之言不听，郭钦之疏不行，致有他日之祸乱，是所谓知二五不知一十者也。贾充妻郭槐，以韩谧为继孙，妇人之徇私蔑礼，尚不足怪，独怪武帝之竟从所请，清明之气，已被无数娇娃，斫丧殆尽。志已昏而死将随之矣，更何惑乎齐王攸之被遣哉！

第七回

指御座讽谏无功　侍帝榻权豪擅政

　　却说武帝决意遣攸，不愿从谏。蓦见两公主入宫，至御座前敛衽下拜，力请留攸。武帝道："汝等妇女，怎知国事？不必来此纠缠！"两公主跪不肯起，甚至叩头涕泣，惹得武帝怒起，拂衣外出，趋往别殿。两公主见他自去，无从再求，没奈何起身归家。那武帝怒尚未息，至别殿间，正值侍中王戎值日，便顾语道："兄弟至亲，今出齐王，乃是朕家事，甄德王济，横来干涉，今且遣妻入宫，向朕哭泣，朕不死，何劳彼哭？齐王亦未尝死，更何劳彼哭呢！"妇人两行珠泪，最能动人，不意此次却用不着。王戎听了，也不敢多言。武帝即令戎草诏，黜济为国子祭酒，德为大鸿胪。济与德因公主归来，复述武帝拒谏情形，更觉得自寻没趣，及左迁命下，越加扫兴，惟与公主相对涕涟罢了。独羊琇以杨珧排攸，运动最力，意欲与珧面论是非，怀刃寻衅。偏杨珧预先防备，托疾不出，暗嘱有司劾琇。琇降官太仆，恚愤而死。得死为幸。光禄大夫李憙，亦因年老辞职，罢死家中。是时已值年暮，齐王攸奉诏未行，暂留京都守岁。越年仲春，诏命太常议定典礼，崇锡齐王，促令就道。博士、庾旉、秦秀等再上章挽留，仍不见报。祭酒曹志叹道："亲如齐王，才如齐王，不令他树本助化，反欲远徙海隅，晋室恐不能久盛了。"乃复上书极谏，谓当从博士等言。武帝览书大怒道："曹志尚不明朕心，何论他人！"遂黜免志官，并庾勇等七人除名。

原来中书监荀勖，曾在武帝前进谗，谓百僚已归心齐王，试诏令就国，必致朝议沸腾。武帝先入为主，且见群臣陆续留攸，果如勖言，免不得忮心愈甚，所以奏牍上陈，无一见信，反加严谴。齐王攸亦不愿莅镇，奏乞守先后陵，仍被驳斥。满腔孤愤，无处上伸，累得攸郁郁成疾，竟至呕血。这也何必。武帝遣御医诊视，御医希旨承颜，复称齐王无疾。武帝遂连番下诏，催促起程。攸素好容仪，犹力自整肃，入阙辞行。武帝见他举止如恒，益疑他居心多诈。哪知过了两日，即由攸子同呈入讣音，称攸呕血不止，竟尔逝世。武帝以变生意外，不禁大恸。冯紞在旁劝解道：“齐王名不副实，盗誉有年，今自毙逝，未始非社稷幸福，陛下何必过哀。”武帝乃收泪而止。诏为齐王发丧，礼仪如安平王孚故事，见第三回。并亲自往吊。攸子同对帝悲号，诉称为御医所诬，武帝也觉不忍，令即收诛御医。但知希旨，不知有此一着。命同承袭父爵，同亦八王之一。谥攸为“献”。攸为晋室贤王，享年只三十有六。扶风王骏，闻武帝遣攸出镇，也曾上书力阻，嗣因武帝不从，忧愤成疾，与攸同时告终。骏遗爱及民，西人多树碑志德，悲泣盈途，晋廷追赠为大司马，予谥曰“武”。叙攸及骏，不没贤王。乃进汝南王亮为太尉，录尚书事，光禄大夫山涛为司徒，尚书令卫瓘为司空。

涛年垂八十，老病侵寻，因固辞不许，力疾入谢，途中又感冒风寒，归卧不起，旋即去世。武帝优加赙给，赐谥曰“康”。涛字巨源，河内人氏，早年丧父，食贫居贱，尝向妻韩氏道：“勉耐饥寒，我将来当位至三公，但未知卿堪做夫人否？”及年已四十，始为郡曹，从祖姑为宣穆皇后生母，宣穆皇后见首回。瓜葛相连，得与武帝为中表亲，乃累迁至尚书仆射，兼领吏部铨衡。有知人鉴，平居贞顺节俭，家无妾媵，禄赐俸秩，分赡亲故，殁后只遗旧屋十间，子孙不敷居住。左长史范晷，为白朝廷，武帝乃令有司拨款，代为营室，总算是酬答勋亲的惠意；另简右仆射魏舒为司徒。

舒籍隶任城，幼即失怙，寄食外家宁氏。宁氏尝增筑居宅，有堪舆家相宅道："此宅应出贵甥。"舒闻言自负，欣然语人道："当为外家成此宅相。"已而与宁氏别居，身长八尺二寸，仪容秀伟，不修小节，专喜骑射，以渔猎为生涯，尝投宿野王逆旅，闻有车马声隐隐前来，约至门外，即有人互相问答。问语为是男是女？答语称是男子。接连又有人应声道："是男至十五岁，当死兵刃。"过了片刻，复问为何人借宿？答称为魏公舒。言迄遂去。舒卧至天明，起询寓主，始知主人妻夜产一男，乃记忆而行。蹉跎蹉跎，已过了十五年，贫困如故，往探野王主人，问及生男所在？主人黯然答述，谓："伐桑伤斧，创重身亡。"舒觉前闻已验，惟年登强仕，故我依然，又似前兆未符，转思平时不学，何从上达？不如发愤攻书，借博功名。由是月习一经，期月有成，出与郡试，得升上第，除渑池长，迁濬仪令，入为尚书郎，不数年位至尚书，晋职司徒。舒处事明决，持躬清俭，散财好施，与山涛相同，所以德望亦与涛相亚。舒亦晋初名臣，故随笔插叙。司空卫瓘，向与舒友善，至此更同心来辅，整饬纪纲，故太康年间，虽经武帝荒淫、三杨用事，尚赖两老臣极力维持，幸得少安。

瓘世居安邑，父顗曾仕魏为尚书，中年去世，瓘得袭父荫，弱冠已仕尚书郎，后来佐晋立功，受封菌阳公。第四子宣，得尚帝女繁昌公主，瓘得邀宠眷，遇事掳忠，尝虑储贰非人，欲密请废立，屡次入见，且吐且茹，始终未敢直陈。会武帝幸凌云台，召集百僚，各赐盛宴。瓘饮至数觥，佯为醉状，起身至御座前，下跪道："臣有言上陈，未知圣意肯容纳否？"武帝许令直陈。瓘欲言又止，如是三次，乃用手抚床道："此座可惜。"武帝已悟瓘意，权词相答道："公真大醉么？"瓘亦知武帝托词，叩头而退。及宴毕还宫，过了数日，武帝想出一法，特召东宫官属，悉数入殿，概令侍宴。暗中却封着尚书疑案，遣内侍赍付东宫，令太子判决，当即复命。太子衷呆笨得很，骤接来文，晓得什么裁答，慌忙召问僚属，急切不见一人，那时仓皇失措，只好入问床头夜叉，与她商议。贾妃南风虽然读过好几年诗书，略通文墨，但欲代为答复，亦觉自愧未能，急来抱佛脚，忙遣侍婢趋问外臣，当有人代为拟草，引古证今，备具典博，传婢持报贾妃。妃恐忙中有错，再召入给事张泓，使决可否。泓摇首道："太子不学，为圣上所深知，今答诏多引古义，明明是倩人代拟，一或查究，水落石出，属稿吏当然被谴，恐太子亦不能安位了。"贾妃大惊道："这却如何是好？'泓答道："不如直率陈词，免得陛下动疑。"贾妃乃转惊为喜，温言与语道："烦公为我善复，他日当与共富贵。"泓因为具草，令太子自写。太子衷勉强录成，再由泓复阅，方交内使持去。武帝接视复文，词句虽多鄙俚，意见却是明通，不由的放下忧怀，既欲考验太子，何妨召入面试，乃仍辗转退回，堕入狡吏计中，何其不明若是？便又召入卫瓘，持示答草。瓘才阅数行，即逡巡谢过，左右始知瓘有毁言，齐称陛下圣明。不受谗间，说得瓘满面怀惭，容身无地，还是武帝替他调解，方使瓘徐徐引退，尚得盖愆。

是时贾充尚在，得此消息，使人语贾妃道："卫瓘老奴，几破汝家。"妃因此恨瓘，尝思设计报复，只因武帝知瓘忠诚，宠遇日隆，一时无可下手，不得不容忍过去。及瓘为司空，遇有军国大事，武帝辄令会商，瓘亦有所献替，补益颇多。会日蚀过半，瓘与太尉汝南王亮、司徒魏舒联名上表，固请避位，有诏不许。至太康五年正月，龙现武库井中，武帝亲自往观，颇有喜色。百官将提议庆贺，瓘独无言。边有一人闪出道："昔龙降夏庭，终为周祸，寻案旧典，并无贺龙故例，怎得创行？"璀闻言急视，乃是尚书左仆射刘毅，是由司隶校尉新升，便随口接下道："刘仆射所言甚当，何必贺龙。"百官才打消贺议。武帝亦命驾驰归。

先是魏尚书陈群，因吏部不能相士，特命郡国各置中正，州置大中正，令取本地人士，甄别才德，列为九品，吏部得援格补授。相沿日久，奸弊丛生，往往中正非人，徇私去取。刘毅不忍缄默，因力请更张，期清宿敝，奏疏有云：

> 臣闻立政者以官才为本。官才有三难，而国家兴替之所由也。人物难知，一也；爱憎难防，二也；情伪难明，三也。今立中正，定九品，高下任意，荣辱在手，操人主之威福，夺天朝之权势，爱憎决于心，情伪由于己，公无考校之负，私无告讦之忌，用心百态，求者万端，廉让之风灭，苟且之俗成，窃为圣朝耻之。
>
> 臣尝谓中正之设，未获一益，反得八损。高下逐强弱，是非随兴衰，一人之身，旬日异状，或以货赂自通，或以亲私登进，是以上品无寒门，下品无势族，慢主罔时，实为乱源，所损一也；重其任而轻其人，所立品格，徒凭一人之意见，未经众望之所归，卒使驳违之论，横于州里，嫌仇之隙，结于大臣，所损二也；推立格之意，以为才德有优劣，伦辈有首尾，序列高下，若贯鱼之成次，秩然不乱，乃法立而弊生，名是而实非，公以为格，坐成其私，徒使上欺明主，下乱人伦，优劣易地，首尾倒错，所损三也；国家赏罚，自王公以至庶人，无不如法，今置中正，委以重柄，无赏罚之防，遂至清平者寡，怨讼者众，听之则告讦无已，禁绝则侵枉无极，上明不下照，下情不上闻，所损四也；一国之士，多者千数，或流徙异

地，或取给殊方，面犹不识，遽问才力，而中正无论知否，但采誉于台府，纳毁于流言，任己则有不识之蔽，听受则有彼此之偏，所损五也；职有大小，事有剧易，酌功叙绩，庶足鼓舞人才，今则反是，当官著效者，或附卑品，在官无绩者，转得高叙，抑功实而隆虚名，长浮华而废考绩，所损六也；官不同事，人不同能，得其能则成，失其能则败，今不状才能之所宜，而徒第为九品，以品取人，或非才能之所长，以状取人，则为本品之所限，即使鉴衡得实，犹虑品状相仿，况意为取舍，黑白混淆，所损七也；前时铨次九品，朝廷犹诏令善恶必书，以为褒贬，故当时犹有所忌，今之九品，所下不彰其恶，所上不列其善，废褒贬之义，任爱憎之断，清浊同流，惩劝不明。天下人焉得不赚行而骛名，所损八也。由此论之，职名中正，实为奸府，事名九品，实有八损。古今之失，无逾于此。臣以为宜罢中正，除九品，弃魏氏之弊法，立一代之美制，则铨政清而人才出矣。事关重要，恳切上闻！

这疏上后，武帝虽尝优容，仍然不见施行。司空卫瓘，更与太尉汝南王亮等，申请尽除中正，规复乡举里选的古制。乡举里选，可行于上古，不可行于后世。试看今日选举，便可知晓。武帝但务因循，终不能改。未几刘毅疾殁，魏舒又以老疾辞官，旋亦谢世。朝议征令镇南大将军杜预，还都辅政。预已六十三岁，自荆州奉诏启行，行次邓县，一病不起，告终驿馆。自武帝罢撤兵备，吏惰民嬉。独预镇襄阳，常言天下虽安，忘战必危，所以文武并重，内立泮宫，外严堡寨，又引滍淯诸水以溉原田，疏通扬、夏诸水以达漕运，公私同利，兵民永赖，时人称为杜父，又号为"杜武库"。平居无事，辄流览经籍，自撰《春秋经传集解》，又参考众家牒弟，著成释例，再作

《盟会图》、《春秋长历》。再四斟酌，至老乃竣。当时侍中王济善相马，和峤善聚财。预谓济有马癖，峤有钱癖，唯自已有《左传》癖，迄今杜氏《集解》，流传不替。

预殁后归葬京兆，追赠开府，得谥为成。天不憗遗，老成雕谢，只剩了一个卫司空，孤立无援，内为贾妃所忌，外为杨氏所嫌，免不得表里相倾，不安于位。卫宣曾尚帝女，见上文。复好作狭邪游，伉俪间不甚和协。杨骏等乘间设谋，谓宣若离婚，瓘必逊位，因嘱黄门侍郎等劝瓘父子，讽武帝夺宣公主。瓘当然惭惧，告老乞休。武帝准如所请，听令原爵休致，并命繁昌公主入宫居住，示与卫氏绝婚。有司又奏宣所为不法，应付廷尉治罪，武帝总算不问。后来知宣被诬，拟令公主仍归卫家，哪知缘分已断，不能再续，宣已病瘵亡身，徒使那金枝玉叶，坐守空帏，岂不可叹！

杨骏既排去卫瓘，复忌及汝南王亮，多方媒孽，不由武帝不从，竟命亮为大司马，出督豫州诸军事，使镇许昌。又徙封皇子南阳王柬为秦王，使出督关中；始平王玮为楚王，使出督荆州；濮阳王允为淮南王，使出督扬、江二州军事。柬、玮、允三王，已见前文。更立诸子乂为长沙王，颖为成都王，乂颖与玮，并列“八王”中。晏为吴王，炽为豫章王，演为代王，皇孙遹为广陵王，遹为太子家嗣，但不由嫡出，乃是宫姜谢玖所生。谢玖本系武帝宫中的才人，才人系女官名。秀外慧中，颇邀睿赏，特给赐东宫，使充妾媵。才阅年余，便生一男，取名为遹。遹年五岁，颖悟绝伦。一夕，侍武帝侧，蓦闻宫外失火，左右惊惶，武帝欲登楼觇视，遹牵住武帝衣裾，不使上楼。武帝问为何意？遹答说道：“昏夜仓猝，宜备非常，不可使火光照见人主。”武帝不禁点首。至火已救熄，内外安静，益称遹为“奇儿”。小时了了，大未必佳。且谓遹酷肖宣帝，将来必能纂承大统，所以太子不才，武帝未尝不晓，只因遹生性敏慧，有恃无恐，所以不愿废储，照旧过去。

贾妃南风，甚是妒悍，不悦皇孙，自谓得生长，更恐他姜再复生男，严加防检。适有一姜怀妊，腹大便便，为妃所觉，便用戟掷刺孕姜，随刃仆地，且责宫女防闲不密，自持刃杀死数人。武帝闻报大怒，命修金墉城冷宫，将妃废锢。充华赵粲见首回。为妃缓颊，从容入白道：“贾妃年少，未能免妒，待至长成以后，自当知改，愿陛下三思！”就是杨后亦替她劝解，再加杨珧亦为进言，谓：“贾充有功社稷，不应遽忘，毋致废及亲女。”此时力为悍妃帮忙，宁知后来反噬耶？武帝乃寝议不行。当断不断，反受其乱。

转瞬间已是太康十一年，改元太熙，进王浑为司徒，起卫瓘为太保，加光禄大夫石鉴为司空。三人虽同心秉政，权力终不敌三杨。更因武帝晚年，渔色成疾，常不视朝。杨后居中用事，屡召入乃父杨骏，商榷要政。至太熙元年孟夏，武帝病剧，索性将杨骏留侍禁中，一切诏令，俱出骏手，诸王大臣，无一与谋。骏得擅易公卿，私树心腹。武帝连日昏沉，不省人事，既而回光返照，偶觉清明，居然能起阅案牍，省视黜陟，适见骏所拟诏书，用人非才，因正色语骏道：“怎得便尔？”骏惶恐谢罪。武帝又道：“汝南王亮，已启程否？”骏答言尚未。武帝又道：“快令中书草诏，留他立朝辅政。”骏不得已传命出去。武帝卧倒床上，又昏昏睡着。骏慌忙趋出，直至中书处索阅草诏，持还禁中，越宿尚未缴出。中书监华廙入叩宫门，向骏乞还原稿，骏不肯与。

到了傍晚，复传入华廙及中书令何劭，由杨后口宣帝旨，令作遗诏，授骏为太尉，兼太子太傅，都督中外诸军，录尚书事。廙与劭不敢违慢，当即草就，呈与杨后。杨后却故意引入两人，使就帝榻前作证。两人跪请帝安，然后由杨后递过草诏，使武帝自视。但见武帝睁着两眼，看了许多时候，方才掷下，一些儿不加可否。及飏与劢叩辞出宫，武帝已经弥留，临危时忽问左右道："汝南王来否？"左右答言："未来。"武帝不能再言，长叹一声，呜呼崩逝。在位二十五年，享寿五十五岁。小子有诗叹道：

> 欲垂燕翼贵诒谋，悍媳蚕儿已兆忧。
> 况复托孤无硕彦，帷墙怎得免戈矛？

欲知武帝死后，宫中如何行动，待至下回叙明。

齐王攸忧死而晋无贤王，山涛、魏舒，相继谢世而晋无贤臣。司空卫瓘，似尚为庸中佼佼者流，然不能直言无隐，徒假此座可惜之言，为讽谏计，已觉胆小如鼷！至阅及太子答草，又未敢发奸摘伏，皇然谢过，以视刘毅诸人，尚有愧焉。武帝既知太子不聪，复恨贾妃之奇悍，废之锢之，何必多疑，乃被欺于狡吏而不之知，牵情于皇孙而不之断，受朦于宫帷而不之觉，卒至一误再误，身死而天下乱，名为开国，实是覆宗，王之不明，宁足福哉？阅此已为之一叹焉！

第八回

怙势招殃杨氏赤族　逞凶灭纪贾后废姑

　　却说杨骏见武帝已崩，即入居太极殿，主持国政，引太子衷即位枢前，颁诏大赦，骤改太熙元年为永熙元年，何其匆促乃尔？尊皇后杨氏为皇太后，立贾妃南风为皇后。会梓宫将殡，六宫出辞，骏并不下殿，反用虎贲百人，环卫殿门，一面促令汝南王亮即日赴镇。亮不敢临丧，但在大司马门外，北向举哀，又表求送葬山陵，然后启行。骏哪里肯依，并恐亮有别图，因即告知太后，诬亮谋变，且迫令嗣主手诏遣兵，声罪讨亮。还亏司空石鉴，从中劝阻，不致遽发。亮已微闻消息，商诸廷尉何勖。勖笑说道："今朝野皆惟公是望，公不能讨人，乃怕人讨么？"亮素胆小，但知趋避，竟黉夜出都，驰赴许昌，方得免难。骏弟杨济及骏甥李斌，皆劝骏留亮，骏终不从。济语尚书左丞傅咸道："家兄若召还大司马，令主朝政，自己洁身退避，门户尚可保全。"济与珧非无一隙之明，乃不能自拔，相与沦胥，亦何足道？咸答道："但当召还大司马，秉公夹辅，便致太平，何必故意趋避呢？况宗室外戚，谊关唇齿，唇亡齿寒，恐非吉征。"济闻言益惧。又问诸侍中石崇，崇答如咸言。济乃托崇谏骏，骏方自幸得志，怎能改过不吝，从谏如流？而且前此一班老臣，多已雕谢，就是荀勖、冯紞等亦相继病终，荀冯二人之死，亦随笔带过。宫廷内外，没人敢与骏相抗。骏乐得作威作福，任意横行。越月即奉梓宫出葬峻阳陵，庙号

· 65 ·

"世祖"，尊谥"武帝"。

　　骏自知平时威望，未满人意，因欲大加封爵，笼络众心。左军将军傅祗，向骏贻书，谓："从古以来，未有帝王始崩，臣下得论功加封，请即辍议！"骏又不听从，竟劝嗣主下诏，凡中外群臣，皆增位一等，预丧各官，得增二等，二千石以上，统封关内侯，复租调一年。散骑侍郎何攀，又奏言："班赏行爵，超过开国功臣及平吴诸将帅，他日将何以善后？务请收回成命！"奏入不报。未几又有诏传下，授骏为太傅大都督，假黄钺，录朝政，百官总己以听。尚书左丞傅咸入朝语骏道："谅闇本是古制，近世久不见行，今主上谦冲，委政明公，天下乃不以为是，试问公能当此重任么？周公大圣，尚致流言，况嗣主已非冲幼，公又地居贵戚，与周公不同，何不乘山陵事毕，慎图行止？可退即退，毋拂众情！"骏忿然作色，不答一词。咸乃告退。未几又复入谏，骏恨他多嘴，将出咸为郡守，骏甥李斌，谓斥逐正士，恐失人望，骏乃罢议。杨济密遗咸书，略云："生子痴，了官事，今日官事恐未易了呢。虑君撄祸，故敢直告。"咸复称："矫枉过正，卖直市名，或不免遭祸杀身。若控控愚忠，反致见怨，咸所未闻。"济得书付诸一叹，不复再白。咸亦不再谏骏，因得无恙。看官记着！这晋主衷嗣位以后，蠢顽如故，外事悉委杨骏，内政全出贾南风，自己同木偶一般，毫无守文气象。不过史家沿称庙号，叫作"惠帝"，所以小子也不得不援例相呼。特笔提明。

　　杨骏虽得专政柄，也恐贾后阴险多谋，时加防备。特令甥段广为散骑常侍，执掌机密，私党张劭为中护军，督领禁兵，所有诏命，先示惠帝，继白杨太后，始付颁行，其实统由骏一人主裁，太后与帝无非唯唯承诺，从未尝有一异言。中外臣僚，因骏独断独行，专擅严愎，啧有烦言。冯翊太守孙楚，直言规骏，终不见纳；弘训官名。少府蒯钦，为骏姑子，亦屡进箴规，不嫌烦渎。他人多为钦惧祸，钦慨然道："杨文长系骏表字。虽暗，尚能知人无罪，不可妄杀；我言不见听，不过为彼所疏，我得疏乃可免患，否则将与彼俱族了。"骏不杀谏士，还是一些小善，钦借此解嘲，未免狡狯。既而骏选匈奴东部人王彰为司马，彰逃避不受，有彰友从旁怪问，彰答语道："古来一姓二后，少有不败。况杨太傅昵近小人，疏远君子，专权自恣，终必败亡。我逾海出塞，远避千里，尚恐及祸，奈何应他辟召，自投罗网呢？且武帝不思择嗣，负荷大业，受遗又不得人，天下大乱，翘足可待，还想什么功名？我所以见机远行了。"友人方佩服彰言。

先是侍中和峤，尝启奏武帝，谓："太子朴诚，颇有古风，但末世多伪，质朴如太子，恐不能了陛下家事。"武帝默然。嗣峤复与荀勖入传，武帝顾语道："太子近日，颇有进境，卿等可往觇虚实。"峤与勖奉旨往验，及复命时，勖满口贡谀，独峤直说道："圣质如初。"武帝愀然变色，拂座竟入。峤当然返归。这语传入贾南风耳中，未免记在心里，隐含悢意。要你倒什么醋罐。及惠帝嗣位，经过半年，立广陵王遹为太子，进中书监何劭为太子太师，吏部尚书王戎为太子太傅，卫将军杨济为太子太保；还有少师一职，任用了卫尉裴楷，少傅一职，因幽州都督张华入朝，留任太常卿，因即迁授。和峤得厕职少保，六大臣辅遹入宫，谒见贾后，后见峤在列，触起前憾，一张半青半黑的脸上，不由的露出嗔容。摹写得妙。峤神色夷然，佯若未见，俟太子谒毕，贾后入室，少顷，见惠帝出来，顾问和峤道："卿常谓我不了家事，今果何如？"玥明是受意贾后。峤从容答道："臣昔事先帝，曾有此言，如臣言无效，便是国家幸福了。"惠帝被峤一说，反弄得哑口无言。峤与众大臣徐徐引退，太子遹亦辞赴青宫，不消细表。

惟贾后生性阴鸷，素来是个不安本分的泼妇，此时统领六宫，内权在手，又想出预外政，偏上有太后，下有杨骏，每事受他牵掣，不能任所欲为，因此积怨成仇，恨不得速除二人。再加武帝在日，杨太后阴为调停，阳申劝诫，贾后未知太后暗护，反因太后责言，疑她播弄是非，所以处心积虑，徐图报复。自正位中宫后，日夕思逞，可巧殿中中郎孟观、李肇，为骏所憎，屡遭诟斥，平时衔骏切骨，愿做中宫耳目，为后效劳，甚且构造蜚言，谓骏将危社稷，不可不防。从中牵合的叫做董猛，向为东宫给使，超列黄门。贾后倚为腹心，辄遣他通使观肇，密谋除骏，并废太后。又令肇往唆汝南王亮，使亮入清君侧，亮怯不敢承，肇因转告楚王玮。

玮少年气锐，性又狠戾，便满口应允，表请入朝。杨骏本已忌玮，尝欲征召，只因玮勇悍难制，坐此迁延，及闻他自请入朝，喜如所愿，遂劝惠帝诏从所请。时已为永熙二年，诏复改元，号为永平，春光和煦，最便行人。玮与淮南王允，联袂入朝，贾后闻玮已入都，便即发难，嘱令孟观、李肇，夜启惠帝，称骏谋反。惠帝晓得什么真假，遽付手书，降黜骏官，令以列侯就第。观与肇以为未足，便请发兵讨骏。惠帝复命东安公繇，履历详后。率殿中兵四百人，往围骏第。楚王玮亦带领随兵，驻扎司马门，且令淮南相刘颂为三公尚书，入卫殿中。

散骑常侍段广闻变，急驰入见帝，跪伏座前，且泣且语道："杨骏受恩先帝，竭忠辅政，且年老无子，岂有反理？愿陛下审慎后行！"惠帝不答。广知无可言，因即趋出，报知杨骏。骏已得内变音耗，忙召众官入商，主簿朱振献议道："今内变猝起，定由阉竖为贾后设谋，不利公家。公宜亟率家甲，往烧云龙门，索交乱首，一面引东宫及外营兵，拥皇太子入宫，迫取奸人，殿内震惧，当将首犯斩送出来，否则不能免祸了。"骏平居很是骄愎，至此反狐疑不决，且嗫嚅道："云龙门为魏明帝所造，工费甚大，怎好烧去？"侍中傅祇，见骏多疑，料知不能成事，便起座语骏道："祗愿入宫观察事势，就便转圜。"复掉头语群僚道："宫中亦不可无人。徒在此聚议，亦属无益。"大众听了，起身皆走。独尚书武茂，还是坐着，祗瞋目顾茂道："公非朝廷大臣么？今内外隔绝，不知天子所在，怎得安坐？"茂乃惊起，随众同出。傅祗劝众同行，无非是为避患起见，可见杨骏当日，已是众叛亲离。骏党左军将军刘豫，陈兵万春门，遇右军将军裴颁，问及太傅所在，颁随口设诳道："我曾在西掖门遇着太傅，见他乘着素车，带了二人，向西出走了。"豫惊诧道："我将何往？"颁答道："可至廷尉处自陈。"豫为颁所绐，匆匆径去。颁即接诏代豫，领左军将军，扼守万春门。

贾后恐太后救父，作为内应，即派心腹密往监守，果然得太后帛书，自宫中射出城外，上面写着"救太傅者有赏"六字。因扬言："太后与骏同反，大众不得妄从！"太后造反，自古罕闻。东安公繇，已率殿中兵围烧骏第，又令兵弩手等，分登阁上，环射骏门。骏与家属，俱不得出走。繇麾众掩入，四面搜寻，随手捕戮，约不下百余人，独不见有杨骏。再往马厩中缉捕，始觉有人蜷伏厩隅，群呼不应，各用戟攒刺进去，但听得几声惨号，已是溅血成红，死于非命。兵士拖尸出认，不是别人，正是前日赫声濯灵的杨太傅。争权夺利者其视诸。孟观、李肇又分收杨珧、杨济、张劭、李斌、段广、刘豫、武茂及散骑常侍杨邈、中书令蒋骏、东夷校尉文鸯等，俱至市曹斩首，各夷三族，共死数千人。杨珧临刑时，呼东安公繇，憿声与语道："表在石函，可问张华。"回应第四回。繇置诸不睬。贾氏族党，又促使行刑，珧尚号叫不止，蓦闻砉然一声，头破脑裂，方倒地而死。狡黠无益。

汲郡有高士孙登，营窟北山。夏时编草为裳，冬季用发自覆，好读《易》、抚琴，见人辄笑。杨骏在日，尝闻登名，遣使征召。登不肯就征，已而自至骏第，骏给以金帛，俱辞谢不受，又改赠布被，登携被出门外，随手乱劈，大呼道："斫斫刺刺!"及被皆扯碎，又奄卧道旁，作已死状。自骏以下，俱目登为疯人，听他僵毙，越宿出视，竟不知去向。既而温县又有一狂徒，自造四语，歌诸市上云："光光文长，大戟为墙，毒药虽行，戟还自伤。"当时俱莫名其妙。至骏居内府，用戟为卫，死时又被戟攒刺，始知狂徒也是高人。就是孙登举动，统有先觉，不过未曾道破，转令人索解无从呢。骏既诛死，遗骸委弃，无人敢收，惟太傅舍人阎纂，不忘故主，挺身独出，替他棺殓，却也未尝遭诛。是夕刑赏大权，统出自东安公繇。

繇为琅琊王伷第三子，伷平吴后，恭俭自处，病殁青州。长子觐承袭父爵，又不永年。觐子睿嗣，就是将来的东晋元帝。预伏后文。繇得受封东安公，曾官散骑常侍。此次应诏除骏，威振内外，太子太傅王戎与语道："大事已成，此后当谢权远势，毋蹈覆辙。"繇不能从。越宿乃奉诏大赦，复改永平元年为元康元年。贾后矫制，使后将军荀悝徙杨太后至永宁宫。特全太后母庞氏生命，许与太后同居，暗中复唆使群臣，纠弹太后。群臣趋炎附势，不敢逆命，遂联衔上奏道：

> 皇太后阴渐奸谋，图危社稷，飞箭系书，要募将士，同恶相济，自绝于天。鲁侯绝文姜，《春秋》所许，盖以奉承祖宗，任至公于天下，陛下虽怀无已之情，臣下不敢奉诏，可宣敕王公于朝堂，会议进止。

当下有诏答复，说是："事关重大，当妥议后行。"有司又复申奏，大略说是：

> 逆臣杨骏，借外戚之资，居冢宰之任，陛下既居谅

暗，委以重权，至乃阴图凶逆，布树私党。皇太后内为唇齿，协同逆谋，祸衅既彰，背捍诏命，阻兵负众，血刃宫省，而复流书募众，以奖凶党，上背祖宗之灵，下绝亿兆之望。昔文姜与乱，《春秋》所贬，吕宗衅庭，高后降配，宜废皇太后为峻阳庶人，以为大逆不道者戒！

牝鸡司晨，灭伦害理，盈廷僚佐，一大半党恶助虐，附和同声。只有太子少傅张华，新任中书监，还抱定一折衷主义，敷奏上去，略谓："太后非得罪先帝，不过与父同恶，有悖母仪。宜依汉废赵太后为孝成后故事，号为武帝皇后，徙居离宫，以全终始。"此说已是牵强，但于群言庞杂，尚有可取。偏偏张议甫上，又有一个下邳王晃，系司马孚第四子，串同左仆射荀恺等，定要贬太后尊号，废锢金墉城。晃等是否有母，奈何贪昧至此？再加各王公大臣，接连奏请，应从晃等所言。那时诏书随下，竟废杨太后为庶人，出锢金墉城中。

谁知贾南风心如蛇蝎，已把皇太后废去，还想把太后母庞氏，结果性命。一不做，二不休，再唆动狐群狗党，狂吠朝堂，无非说是："杨骏造反，家属同坐，怎得曲赦庞氏？"有诏尚佯称不忍，难从所请。至奏牍迭呈，援引"大义灭亲"四字，作为铁证。可怜白发皤皤的庞太君，竟奉到诏旨，枭首宫门。肚子太不争气，何故生一皇后？废太后怎忍母死，抱持悲号，且截发稽颡，上表贾后，自称为妾，乞全母命。一死便罢，何必如此倒霉？看官！试想这都是穷凶极恶的贾南风，唆使出来，怎肯出尔反尔，放下屠刀？废太后拼命哀求，悍皇后反加催促，刀光闪闪，绝不留情，霎时间庞氏陨首，并将废太后杨氏，硬送入金墉城，幽禁了事。贾氏党羽，还是你一奏，我一疏，请尽诛杨骏官属，幸亏侍中傅祗，出为谏阻，方许赦免，不再滥刑。随即征汝南王亮为太宰，与太保卫瓘并录尚书事，进秦王柬为大将军，柬封秦王，见前回。东平王楙为抚军大将军，楙系司马孚庶孙。楚王玮为卫将军，下邳王晃为尚书令，东安公繇为尚书左仆射，晋爵为王，加封董猛为武安侯，孟观、李肇等皆拜爵有差。

汝南王亮入都辅政，又追论诛杨骏功，普加爵赏，封拜至千余人。傅咸已迁任御史中丞，一再致书谏亮：第一次是咎亮滥赏，第二次是劝亮让权，亮皆不愿听受，渐渐的自用自专。不知鉴及前车，真是愚愤。贾后族兄贾模，从舅郭彰，及贾充嗣孙贾谧，又俱得梯荣邀宠，蟠踞朝纲。楚王玮与东安公繇，也乘势干政。宗室外戚，双方分峙，又不免彼此生嫌。繇见贾后暴悍，恐不免害及己身，因与徒党密谋，拟设法废去悍后。既有今日，何必当初。计尚未定，偏遇那同胞兄弟，先加倾轧，暗肆谗言，竟把繇排挤出去。原来繇次兄淡，曾受封东武公，向与繇不相和协，屡次至太宰亮处进谗，说他专行诛赏，欲擅朝政。亮信为真言，奏免繇官。繇与东平王楙，常相往来，至是失官生怨，与楙谈及，有诋亮语，复为亮所闻知，遂遣楙赴镇，并谪繇至带方。

繇既远去，又少一个著名的宗亲，贾谧、郭彰权焰益隆，眼见得宗室日弱，敌不过外戚威权。小子有诗讥汝南王亮道：

> 危厦何堪一木支，材庸器小更难持。
> 蟠根未固先戕叶，怎奈南风再折枝。

毕竟宗室外戚，有无冲突，容至下回再表。

读此回，令人愤又令人叹，悍哉！贾南风，何凶恶至此？自来称悍后者，莫如吕武，然吕雉有相夫开国之才，故渐得预政；武曌有蛊主倾城之色，故渐得弄权。何物贾氏才不足以驭众，色不足以动人，乃一为皇后，便置杨骏于死地！骏虽有自取之咎，然其罪不过专擅而止，诬以大逆，戮及亲党，宁非罪轻罚重乎？杨太后深居宫中，本无罪恶，飞箭示赏，志在全父，焉有父女之亲，而坐视不救者？贾南风乃借此诬陷，唆动群臣，妇可废姑，伦常扫地。骏妻庞氏，为太后生母，又复为悍后所戮。古人谓貌美者心毒，不意丑黑如南风，其毒亦若是其甚也！至若满廷王公，不能与丑妇相争，反从而助其虐，是更不值一唾也已！

第九回

遭反噬楚王受戮　失后援周处捐躯

却说贾氏私党，权焰日盛，太宰亮未曾加防，反因楚王玮刚愎好杀，拟撤他兵权，遣令归镇，另用临海侯裴楷代任。太保卫瓘亦赞成亮议。玮自恃有功，怎肯俯首听命？裴楷亦不敢受职。玮长史公孙宏及舍人岐盛，素行无赖，为玮所昵，因替玮设法，劝他与贾后结欢。贾后本恐玮难制，密怀猜忌，只因他自来迁就，也乐得曲为周旋，留作心膂，遂命玮领太子少傅。亮与瓘所谋未遂，不免加忧，瓘又因岐盛向附杨骏，后来反噬杨氏，居心反复，不可不除，因欲请诏诛盛。盛微有所闻，竟驰往积弩将军李肇宅中，诈称玮命，报告亮、瓘有废立意。肇已为贾后功狗，深得后宠，便把盛言转达贾后。后前曾怨瓘，又因瓘与亮同掌朝政，自己仍不能专恣，索性乘势摔去，可以逞志横行，乃自草密书，胁令惠帝照写。书中略云："太宰、太保欲行伊、霍故事，王宜宣诏调兵，分屯宫门，并免二公官爵。"惠帝惟后是从，匆匆写就，遂由贾后交付黄门，叫他乘夜授玮。

玮得惠帝手书，也不禁踌躇，谓当入内复奏。黄门驳说道："事宜急行，若辗转需时，一或漏泄，转非密诏本意。"玮亦知谋出贾后，为争权计，但自思亮瓘二人，与己有隙，此时正好借端报复，一快私忿；况二人得除，将来亦可进揽朝纲，自遂大欲。你会逞刁，那知别人比你更刁。遂慨然应允，令黄门返报，一面部勒本军，再矫诏召入三十六军，手令晓谕道："太宰、太保密图不轨，我受密诏，都督中外诸军，汝等皆应听我节制，助顺讨逆！"诸军闻令，相率惊顾，但亦不敢不唯命是从。玮又矫诏传示亮、瓘僚属，教他们预先散归，概不连坐；若不奉诏，便军法从事。于是遣李肇与公孙宏，领兵讨亮。侍中清河王遐，*武帝子，见第四回。*率吏收瓘。

亮尚未得确音，由帐下督李龙跄跄入报，请即严拒外交。亮尚疑为讹传，不肯照行。俄而府第被围，外兵登墙哗噪，亮始出问道："我并无二心，何故得罪？"公孙宏答道："奉诏讨逆，不知有他。"亮又谓："既有诏书，何不见示？"*呆极。*宏全然不理，但麾众攻入。亮乃返身入内，适遇长史刘准，向他泣涕。准忿然道："这必是宫中奸谋，公府内俊义如林，尚可并力一战。"亮仍然不决。*实是庸徒。*未几，由李肇趋入，指麾兵士，把亮缚住。亮仰首长叹道："似我忠心，可披示天下，如何无道，枉杀不辜？"肇既执亮，使坐车下。时当六月，夜间犹热，人皆挥汗，亮被缚着，汗出如渖。有几个监守军人，悯他无罪，替他搧凉。肇从旁觑着，竟下令军中道："有人斩亮，赏布千匹！"乱兵闻利动心，一齐下手，或割鼻，或劈耳，或截手足，霎时间将亮送命，投尸北门。亮子矩亦为所杀，惟少子羕等，年尚幼稚，由婢仆等窃负逃出，避匿临海侯裴楷家。楷与亮有姻谊，密为保护，一夕八迁，始得免害。

那清河王遐趋至瓘第，宣诏逮瓘，瓘左右亦疑遐矫诏，劝瓘上表自讼，俟得报后，就戮未迟。瓘不欲抗旨，坦然趋出，接受诏书。正拟束手就缚，不防遐背后闪出一人，拔出利刃，手起刀落，把瓘挥作两段，并趁势闯入，捕得瓘三子恒、岳、裔及瓘孙六人，一并杀死。这人为谁？乃是被瓘所逐的帐下督荣晦。晦又屠戮瓘门，得报宿怨，复因瓘尚有二孙，未得搜获，还想率众严索，幸二孙璪、玠有病就诊，适寓医家，无从

捕戮。清河王遐，已恨晦专杀，叱令返报。晦乃随遐白玮，公
孙宏、李肇等，亦皆至玮前缴令。岐盛又入语玮道："亮、瓘
虽诛，贾谧、郭彰未除，宜一并剪灭，方可正王室，安天
下。"计议甚是，但不容汝奈何？玮接口道："这……这事恐不可
再行呢。"盛叹息而出。

　　时已天明，太子少傅张华，使董猛往说贾后道："楚王既
诛二公，威权在手，试问帝后如何得安？何勿责玮擅杀大臣，
摒除后患！"贾后喜道："我正虑此，卿等与我同见，幸速转
告张公，事在速行。"悍妇好杀，过于暴男。猛驰白张华，华即
入内启帝，立遣殿中将军王宫赍驺虞幡，出麾玮众道："楚王
矫诏杀人，汝等如何盲从？"言甫毕，众皆骇走。玮左右不留
一人，窘迫不知所为，亟驾着牛车，将赴秦王柬第。途遇卫士
追来，立把玮拖落车下，押交廷尉，一道诏书，接连颁下，说
玮擅杀二公父子，又欲诛灭朝臣，谋图不轨，罪大恶极，应速
正大典，特遣尚书刘颂监刑，颂奉诏后。当命将玮推出市曹，
玮从怀中取出青纸，就是前次惠帝手书，令诛亮、瓘，当下递
示刘颂，且泣语道："受诏行事，怎得为擅？自谓托体先帝，
谋安社稷，乃反被见诬，幸为申奏！"迟了。颂亦欷歔涕下，
不能仰视。无如朝旨迫促，未便稽留，只得强作威容，喝令斩
玮。玮既斩讫，复有诏命诛公孙宏、岐盛，并夷三族。一股冤
气，冲上九霄，顿时大风骤雨，卷入刑场，再加那电光似火，
雷声如鼓，吓得刘颂以下，慌忙逃回。天非怜玮，实是恨后。惟
玮既受诛，亮与瓘应该昭雪，偏偏过了数日，未见明文。瓘女
向廷臣上书，为父讼冤；又有太保主簿刘繇等，亦各执黄幡，
挝登闻鼓，请追申枉屈，兼惩余凶。大致说是：

　　　前矫诏者至太保第，太保承诏当免，重敕出第，子身
　　从命，如矫诏之文，唯免太保官，右军以下，即承诈伪。

违基本文，辄戮宰辅，不复表上，横收太保子孙，辄皆行刑。贼害大臣父子九人，伏见诏书，为楚王所诳误，非本同谋者皆弛遣。如书之旨，第谓吏卒被驱，逼赍匕杖者耳。律称受教杀人，不得免死，况乎手害功臣，贼杀忠良，虽云非谋，理所不赦。今元恶虽诛，凶竖犹存，臣惧有司未详事实，或有纵漏，不加详尽，使太保仇贼不灭，冤魂永恨，诉于穹苍，酷痛之臣，悲于明世。臣等身被创痍，殡殓始讫，谨陈瓘在司空时，帐下给使荣晦，有罪被黜，转投右军麾下，不自知过，反思修怨。此次变起，晦在门外，即扬声丑诋，及入门，宣毕讹诏，即敢加刃，彼又素知太保家属，按次收捕，悉加斩斫，屠戮全门，实由于晦。劫盗府库，亦皆晦所为。考晦一人，众奸毕集，乞验尽情伪，加以族诛。庶已死者犹可瞑目，而未死者尚得逃生。雪冤情，戡凶焰，臣等不胜哀吁之至！

　　自经繇等吁请，廷议乃归罪荣晦。执晦枭首，并诛每族，且追复亮、瓘爵位。谥亮曰"文成"，谥瓘"曰成"。嗣是贾后得志专政，委任亲党，用贾模为散骑常侍，兼加侍中。贾谧亦得任散骑常侍，并领后军将军。谧为后谋画，谓："张华系出庶姓，不致逼上，且儒雅有识，素孚众望，宜以专政相委。"贾后转问裴頠，頠很是赞成，乃命华为侍中，兼中书监，頠为侍中，頠从叔楷*即临海侯。*为中书令，加侍中，与左仆射王戎，并掌机要。华尽忠帝室，弥缝衮阙，朝野倚为柱石。后虽凶险，亦加敬礼。华常作《女史箴》，呈入宫中，明明为讽后起见，后虽不肯改，却也未尝恨华。贾模、裴頠并服华才略，遇有大议，皆推华主张，故元康年间，主德虽昏，犹得安然无事。郭彰亦稍自敛抑，未敢横行；独贾谧少年好事，恃宠增奢，室宇崇闳，器服珍丽，歌僮舞女，选极一时。惟好延宾客，往往开阁相迎，凡贵游豪戚及海内文士，陆续趋附，尝与谧饮酒论文，相得甚欢，当时号为"二十四友。"小子特将各友姓名，编次如下：

> 郭彰太原人，见前。石崇渤海人。欧阳建同上。潘岳荥阳人。陆机、陆云吴人，见第四回。缪征兰陵人。杜斌京兆人。挚虞同上。诸葛诠琅琊人。王粹弘农人。杜育襄城人。邹捷南阳人。左思齐人，见第三回。崔基清河人。刘瑰沛人。和郁汝南人，即和峤弟。周恢籍贯同上。牵秀安平人。陈眕颍川人。许猛高阳人。刘讷彭城人。刘舆、刘琨中山人。

这二十四友，不是豪家，就是名士。此外奔走谧门，伺候颜色，就使多方诏媚，谧只以泛交相待，未尝许为知己。谧本有文名，更得二十四人，竟为标榜，声誉益隆。贾后得谧为助，更觉似虎添翼，或需文字煽惑，皆令谧草，别人怀宝剑，我有笔如刀，可为贾后写照。贾后越无忌惮，任性妄行。

故太后杨氏，出居金墉城，尚有侍女十余人，充当役使，嗣复为贾后所夺，甚至无人进膳，一代母后，竟至绝粒八日，奄奄饿死，年才三十有四。虽是武帝害她，但前此何必阴护贾氏，养虎自噬，夫复谁尤？贾后贼胆心虚，尝怨冤魂未泯，棺殓时用物覆面，又用许多符书、药物，作为镇压，才得放怀。这是元康二年间事。越年，弘农雨雹，深约三尺。又越年，淮南寿春大水，山崩地陷。上谷、居庸、上庸亦遭水灾，伤及禾稼，人民大饥。未始非阴气太盛所致。又越年，荆、扬、兖、豫、青、徐六州，又复大水，接连是武库火灾，所有累代藏宝，如孔子履及汉高斩蛇剑等，悉数被焚。他如军械遭毁，不可胜计。宗亲如秦王柬、下邳王晃等，相继亡故；耆旧如石鉴、傅咸等，亦病殁数人。中书监张华，得进位司空。陇西王泰，系宣帝司马懿弟，早膺封爵，至是入为尚书令。梁王肜已为卫将军，复加官太子太保，循资迁授，毋庸细表。

惟匈奴部落，出没朔方，渐有蠢动状态。悍目郝散，纠众万人，进攻上党，戕杀长官。当由邻近州郡，发兵往援，击退郝散。散兵败乞降，冯翊都尉防他反复，诱散入语，把他处斩。散弟度元，率兄余部，逃出境外，好容易招兵买马，卷土重来，誓为乃兄复仇，且勾结马兰山中的羌人，卢水附近的胡骑，一同作乱，闯入北地。太守张损督兵堵御，反被杀得大败亏输，死于非命。冯翊太守欧阳建，前往协剿，也被他数路夹攻，丧失许多人马，狼狈奔回。徒能凑奉贾谧，焉足抵制郝度元？晋廷正授赵王伦见首回及第四回。为征西大将军，都督雍梁二州军事。此次逆虏犯境，应由伦运筹决胜，制服叛徒，怎奈伦未谙韬略，徒靠那皇家势力，得握兵权，并有一个嬖人孙秀，此孙秀系琅琊人，与五回之孙秀人异名同。从中揽柄，贻误戎机。所以羌胡蜂起，无术荡平。雍州刺史解系，献议伦前，愿分兵御寇，独当一面。孙秀谓系有异志，断不可从，且促系出讨羌胡。系督兵出战，果遭羌胡夹击，失利而还。伦因此劾系，系亦劾伦，彼此各执一词。司空张华，直系曲伦，请召伦还朝，另简军帅，乃改授梁王肜出镇雍、梁，领征西将军。调还赵王伦，不加谴责，反授他为车骑将军。秦、雍二州的氐羌，见晋廷赏罚不明，索性乘机抗命，聚众造反，推戴了一个氐帅，叫作齐万年，僭称帝号，围攻泾阳。梁王肜甫经莅镇，因氐羌猖獗，飞使奏闻，请即济师。晋廷特派安西将军夏侯骏为统帅，率同建威将军周处、振威将军卢播，往讨齐万年。中书令陈准入谏道："骏与梁王，俱系贵戚，司马师尝纳夏侯尚女为妃，武帝追尊为后。骏系尚后裔，故云贵戚。非将帅才，进不求名，退不畏罪。周处，吴人，忠勇果敢，有怨无援，必致丧身。宜诏积弩将军孟观，带领精兵万人，为处先驱，庶足殄寇，否则梁王必使处前行，迫陷绝地，寇不可灭，徒亡一国家良将，岂不可惜？”偏廷议说他过虑，不肯照行。或劝处道：“君有老母，何不以终养为名，辞去此任？”处慨然道：“忠孝不能两全，既已辞亲事君，不能顾全私义。今日是处死日了。”遂率军西去。

看官道周处何故誓死？就是陈准等人，又何故知处必死？说来又是话长，待小子将周处履历，从头叙来。处系义兴人氏，父名鲂，曾仕吴为鄱阳太守。处早年丧父，不修细行，弱冠时膂力过人，好勇斗狠，为乡里患。处自知不满人口，颇思改过。一日游里社间，见乡父老愁眉不展，各有忧色，便开口问道：“现今时和年丰，何为不乐？”父老答道：“三害未除，何乐可言？”处又问三害底细，父老道：“南山白额虎，长桥下蛟，还有一害，且不必说了。”处定要问明，父老始直言为汝。处笑答道：“这有何患？凭诸我手，一并除尽，可好么？”父老道：“汝若果能除尽，乃是一郡的大幸了。”处欣然辞出，即往家中取了弓箭，径赴南山，静候谷中。傍晚，果见猛虎奔来，由处连发二矢，俱中要害，虎竟倒毙。又复投水搏蛟，蛟或沉或浮，行数十里，处相随不舍，仗剑与争，约斗了三日三夜，方得斩蛟首，还里报命。里人因处往除蛟，三日不返，疑他已死，互相庆贺。蓦见处斩蛟归来，又不免喜中带忧。处窥透里人隐情，便慨语道：“二害已除，处亦从此改行。如再怙恶，定遭天殛。”里人见他语出真诚，才欢然道谢。叙周处改过事，不脱劝善宗旨。

处乃入吴，往访陆机，机适他出，与机弟陆云相遇，具陈悔过情状，且欷歔道：“本欲自修，恐年已蹉跎，学亦无及。”云答道：“古人贵朝闻夕改，况君方在壮年，但患志不立，何忧名不彰？”却是名言。处唯唯受教。嗣是励志好学，克己复礼。言必信，行必果。期年州府交辟，仕吴为东观左丞。吴亡

入洛，迭任新平广汉太守，皆有政声，寻拜散骑常侍，复迁御
史中丞，守正不阿，所有纠弹，不避宠戚。梁王肜尝犯法为
非，廷臣因他位兼亲贵，无一敢言，独处执法相绳，登诸白
简。肜坐是怨处，权贵也恨处鲠直，遂乘那氏帅僭逆，梁王西
征，把处遣发出去，好使梁王借刀杀人，互泄私忿，所以处自
知必死。与处交好的士大夫，也无一不为处耽忧，就是氐帅齐
万年，探得处奉命从军，亦顾语部众道："周府君尝为新平太
守，我知他才兼文武，不可轻敌，若专断而来，只有退避一
法。今闻受他人节制，必遭牵掣，来此亦要成擒了。"乃率众
七万人，分屯梁山，据险待着。

　　处与夏侯骏等，同见梁王，梁王肜果然挟嫌，佯称处忠勇
过人，足为前驱，令领骁骑五千人，前攻梁山寇垒。处宣言
道："军无后继，必至覆败。处死不足惜，但为国取羞，岂非
大误？"肜冷笑道："将军平日毫不畏人，今乃临敌生畏吗？"
处尚欲自辩，夏侯骏在座，遽接入道："将军放心前往，我当
令卢将军、解刺史等，同为后应便了。"骏设词诳处，比肜尤奸。
处怏怏前进，行至六陌，距房营不过里许，乃整阵以待，守候
卢播、解系两军。才越一宵，那梁王肜的催战令，已到过两
次。翌日黎明，军尚未食，又是一道催命符，立促进战。处待
卢、解二军，并未见到，料知梁王肜有意逞刁，自分必死，乃
上马长吟道："去去世事已，策马观西戎。藜藿甘梁黍，期之
克令终。"吟毕，便麾军急进。齐万年亦驱众前来，两下交
锋，各拼死决斗。自旦至暮，战到数百回合，番奴死伤甚多，
但番众聚至七万，处兵只有五千，一方面逐渐加添，一方面逐
渐减少，并且腹馁肠鸣，弦绝矢尽，回望后援，一些儿没有影
响。处左右劝处速退，处按剑瞋目道："这是我效节授命的时
日，怎得言退？况诸军负约，令我独战，明明是置我死地，我
死便罢！"说至此，拍马向前，力杀番众数十名。番奴重重环

绕，竟把这位周将军，搠死阵中。小子有诗叹道：

> 知过非难改过难，一行传吏便胪欢。
> 如何正直招人忌，枉使沙场暴骨寒。

周处殉国，余军尽死，欲知晋廷如何处置，试看下回便知。

史称元康元年，皇后杀太宰亮，太保瓘及楚王玮，不书诛而书杀，且冠以"皇后"二字，嫉贾后也。但亮与瓘非无致死之咎，而玮之致死，更不足惜。亮既远谪东安公繇，复欲遣玮还镇，是明明自戕宗室，授贾氏以可乘之隙。瓘知惠帝之不足为君，何不预先告老，高蹈远祸，乃与亮同入漩涡，共为悍后所杀。嗜权利者必致丧身，亮与瓘其前鉴也。玮为后除骏，复为后杀高瓘，甘心作伥，仍为虎噬，党恶之报，莫逾于此。若夫梁王肜之挟怨陷人，自坏长城，误处之罪尚小，误晋之罪实大，晋室诸王，除琅琊扶风及齐王攸外，类多失德，此所以相与沦胥也。

第十回

讽大廷徙戎著论　诱小吏侍宴肆淫

却说晋廷闻周处战死，明知为梁王所陷，所有权臣贵戚，反私相庆幸，没一人为处呼冤；就是张华、陈准等人亦不敢纠劾梁王，不过奏陈周处忠勇，应该优恤。有诏赠处为平西将军，赐钱百万，葬地一顷，又拨给王家近田，赡养处母，便算了事。转眼间又是一年，已至元康八年。梁王肜与夏侯骏等，逗留关中，毫无战绩。张华、陈准因复保荐积弩将军孟观，出讨齐万年。观奉命出发，所领宿卫兵士，类皆矫捷勇悍，一往无前。既至关中，梁王肜等知观为宫府宠臣，不敢与较，索性将关中士卒，尽付调遣。观得专戎事，不虑牵制，遂努力进讨，大小数十战，俱由观亲当矢石，无坚不摧。齐万年穷蹙失势，窜入中亭，观穷加搜剿，竟得把万年擒住，就地枭首，悬示番奴。氐羌遗众，望风奔角，不敢再贰。观乘胜转剿郝度元，度元遁去，窜死沙漠。于是马兰羌及卢水胡，相继乞降。秦雍、梁三州，一律廓清。晋廷命观为东羌校尉，暂镇西陲，征梁王肜还朝，录尚书事，明明有罪，反畀以重权，可愤孰甚！独将雍州刺史解系免官，勒归私第。

原来赵王伦奉召还都，解系复上书劾伦，并请诛孙秀以谢氐羌。张华亦知孙秀不法，曾密托梁王肜令他收诛，偏被孙秀闻知，暗赂梁王参军傅仁，替他解免，方得随伦入京。秀见贾氏势盛，劝伦厚贿贾、郭，为徼宠计，伦遂如秀议。果然钱可通神，非但贾、郭与他交欢，就是恣肆中宫的悍后，亦渐加亲信。遇伦上奏，往往曲从，此番亦着了道儿，看下文便知。伦因得劾免解系，且复求录尚书事，后亦意动。偏张华、裴頠、固言不可，伦又求为尚书令，又被张、裴二人阻挠，自是伦深恨二人，要与他势不两立了。伏笔。太子洗马江统，因羌胡初平，未足惩后，特著《徙戎论》以儆朝廷，论文不下数千言，由小子节录如下：

夫夷蛮戎狄，地在要荒，禹平水土，而西戎即叙。然其性气贪婪，凶悍不仁，四夷之中，未有甚于戎狄者。弱则畏服，强则侵叛。当其强也，以汉之高祖，尚困于白登；及其弱也，以元成之微，而单于入朝。是以有道之君，待之有备，御之有常。虽稽颡执贽，而边城不弛固守；强暴为寇，而兵甲不加远征。期令境内获安，疆场不侵而已。汉建武中，光武帝时。马援领陇西太守，讨平叛羌，徙其余种于关中，居冯翊河东空地。数岁之后，族类蕃息，既恃其肥强，且苦汉人侵之。永初汉安帝年号。之元，群羌叛乱，覆没将守，屠破城邑，邓骘败北，侵及河内，十年之中，夷夏俱敝，任尚、马贤，仅乃克之。自此之后，余烬不尽，小有际会，辄复侵叛。魏兴之初，与蜀分隔，疆场之戎，一彼一此。魏武帝徙武都氐于秦川，欲以弱寇强国，捍御蜀虏，此实权宜之计，非万世之利也。今者当之，已受其敝矣。

夫关中土沃物饶，帝王所居，未闻戎狄宜在此土也。非我族类，其心必异，而因其衰敝，迁居畿服，士庶玩习，侮其轻弱，使其怨恨之气，冲入骨髓。至于蕃育众盛，则坐生其心，以贪悍之性，挟愤怒之情，候隙乘便，辄为横逆，此必然之势，已验之事也。当今之宜，须及兵

威方盛，徙冯翊、北地、新平、安定诸羌，使居先零、罕
并、析支诸地，徙扶风、始平、京兆诸氐，出还陇右，仍
居阴平武都之界，各附本种，反其旧土，使属国抚夷，就
安集之，则华戎不杂，并得其所，纵有猾夏之心，而绝远
中国，隔间山河，为害亦不广矣。至若并州之胡，昔为匈
奴，桀恶之寇也。建安中，汉献帝时。使右贤王古旱，诱
质呼厨泉，听其部落，散居六郡，分为五部。咸熙魏主曹
奂年号。之际，一部太强，分为三率；泰始见前。之初，
又增为四。今五部之众，户达数万，人口之盛，过于西
戎．其天性骁勇，弓马便利，倍于氐羌，若有不虞．风尘
猝警，则并州之域，可为寒心，郝散之变，其近证也。魏
正始中，魏主曹芳时。毌丘俭讨高句骊，徙其余种于荥
阳，始徙之时，户落百数，子孙孳息，今以千计。数世之
后，亦必殷炽，夫百姓失职，犹或叛亡，犬马肥充，且有
噬啮，况于戎狄能不为变乎？自古为邦者忧不在寡而在不
安，以四海之广，士民之富，岂须夷虏在内，然后取足
哉？此等皆可申谕发遣，还其本域，慰彼羁旅怀土之思，
释我华夏纤介之忧，惠此中国，以绥四方，德施永世，于
计为长也。

　　晋廷终不能用，眼见得外族日盛，侵逼中原。时匈奴左部
帅刘渊，已进任五部大都督，号"建威将军"，封汉光乡侯，
威振朔方。回应第四回。又有慕容涉归子廆，遣使降晋，亦受
封为鲜卑都督。相传慕容氏世居塞外，号称"东胡"，后为匈
奴所逐，走保鲜卑山，因以为名。魏初有莫护跋入居辽西，纠
集部众，建牙棘城，见燕人多戴步摇冠，因亦敛发仿效，令部
众尽冠步摇，番音讹称步摇为慕容，遂以为氏或云慕二仪之
德，继三光之容，因号"慕容"。究竟孰是孰非，无从考明。

莫护跋生木延，木延生涉归，迁邑辽东，世附中国，得拜为鲜卑大单于。武帝时，涉归始入寇昌黎，为安北将军严询所败，遁归本帐。见第六回。已而涉归病死，弟删篡立，将杀涉归子廆，廆亡命避难，国人不服，群起杀删，迎廆入嗣。廆姿容秀伟，身长八尺，雄健有大度。从前张华为安北将军，得见廆貌，许为大器，赠给簪帻。及廆既嗣位，因与邻近宇文部素有嫌隙，特向晋廷上表，请讨宇文氏。晋廷不许，廆怒寇辽西，不得逞志，乃复奉书乞降，受诏为鲜卑都督。廆以辽东僻远，复徙居大棘城，事大并小，渐见强盛。

此外尚有略阳氐杨茂搜，亦据住仇池，自号"辅国将军右贤王"。仇池在清水县中，约得百顷，旁绕平地，计二十余里，四面斗绝，高凌九霄，中有羊肠蟠道，须经过三十六回，方登绝顶。氐人杨驹，始居此地，驹孙千万附魏，封百顷王，千万孙飞龙，徙居略阳。飞龙无嗣，以外孙令狐茂搜为子，茂搜遂冒姓杨氏。自齐万年扰乱关中，茂搜率部落四千家，由略阳退保仇池。关中人士，亦避乱往归，因此部众渐盛，也得称霸一方。

杨氏以外，更有巴氐李氏，从前秦始皇并吞中国，在巴地设黔中郡，薄赋人口，令每岁出钱四千，巴人呼赋为賨，故号为"賨人"。东汉季年，张鲁据汉中，賨人李氏，挈族依鲁，鲁为魏武所灭，徙李氏全族五百家，至略阳北上，名曰"巴氐"。李氏本巴西蛮种，强名为氐。后来出了兄弟三人，皆有勇略，长名特，次名庠，又次名流，至齐万年作乱，关中荐饥，略阳、天水等六郡人民，迁移就食，流入汉川，多至数万家。沿路饥民累累，辄至病仆。特兄弟仗义疏财，倾囊赈救，因得众心。流民至汉中上书，乞寄食巴蜀，朝议不许，但遣侍御史李苾，持节往抚。苾受流民赂遗，表称流民十万余口，非汉中一郡所能赈赡，应从流民所请，听往巴蜀。朝廷乃许令就食蜀中，李特乘机入剑阁，遍览形势，不禁叹息道："刘禅有如此要险，乃面缚降人，岂非庸才？"遂与二弟并居蜀地，渐思谋蜀。事见后文。匈奴、鲜卑及氐并列五胡，故从详叙。

晋廷的王公大臣，但顾眼前富贵，不顾日后利害。就中如张华、裴頠，稍称明达，但防御内讧，恐尚不及，如何能抵制外患？他若左仆射王戎，进位司徒，旋进旋退，毫无建树，性复贪吝，田园遍诸州，尚自执牙筹，昼夜会计；家有好李，得价便沽，又恐人得种，先将李核钻空，然后卖去。一女为裴頠妇，贷钱数万，日久未偿。女归宁时，戎有愠色，且多烦言；女立即偿清，始改为欢颜。从子将婚，尝给一单衣，婚讫仍向他索还，时人讥为膏肓宿疾。守财奴怎得为相？惟素好游散，自诩风流，尝与嵇康阮籍等，作竹林游，号"竹林七贤。"

这七贤中，谯人嵇康，善弹琴，能操《广陵散》，声调绝伦，终因放荡不羁，得罪当道，为司马昭所杀，第一人先不得令终。阮籍嗜酒善啸，不循礼法，平居尝为青白眼，与人莫逆，方觉垂青，否即反白，自作《咏怀诗》八十余篇，以适性为本旨，又著《达庄论》专尚无为，作《大人先生传》痛诋正士，总算得幸全首领，老死陈留。从子名咸，亦旷达不拘，与籍相契，历任散骑侍郎。武帝说他耽酒蔑礼。出为始平太守，亦得寿终。河内向秀与嵇康论养生诀，往复数万言，世称"康善锻，秀为佐"，后仕至散骑常侍而卒。尚有沛人刘伶，嗜酒如命，出入必以酒自随，伶妻捐酒毁器，涕泣劝戒，伶托言至神前宣誓，令具酒肉，及酒肉具陈，乃向天跪祝道："天生刘伶，以酒为名，一饮一斛，五斗解酲，妇女之言，慎不可听。"语足解颐。说毕即起，仍引酒食肉，颓然复醉。伶妻无法，只好付诸一叹。伶醉后或与人相忤，争论不休，粗暴之徒，奋拳相向，伶却徐徐道："鸡肋岂足当尊拳？"这语说出，令人自然气平，一笑而去。犯而不校，却可为负气者鉴。晋初开国，文士对策，昌言无为盛治，皆得高第，独伶以无用被斥，未几遂殁，只有一篇《酒德颂》传诵后世。尚书仆射山涛，涛籍贯，见第七回。亦列入"竹林七贤"中，闻望最隆。涛以后要推王戎，通籍临沂，属琅琊郡。素称望族，独惜他与世浮沈，徒尚虚骛，有所赏拔，也统是名实未符。阮咸子瞻，尝投刺谒戎，戎传见后，顾问瞻道："圣人贵名教，老庄明自然，有无异同？"瞻答了"将毋同"三字。戎叹为知言，遂辟为掾属，时人呼他为"三语掾"。

戎有从弟名衍，神情朗秀，风度安详。总角时往见山涛，涛也为叹赏，及衍别去，目送良久道："何物老妪，生这宁馨儿？但误天下苍生，必属是人。"不愧真鉴。衍年十四，诣仆射羊祜第，申陈事状，侃侃敢言，左右目为奇童。杨骏欲以女妻衍，衍佯狂自免。武帝闻衍名，尝问戎道："夷甫衍表字。当世何人可比？"戎答道："世无衍匹，当从古人中搜求。"无非标榜。武帝乃加意录用，累迁至尚书郎，出补元城令，终日清谈，不理政务。寻复入为黄门侍郎，高谈如故。每当宾朋满座时，自执玉柄麈尾，与手同色，娓娓陈词，无非宗尚老庄，偏重虚无，遇有义理未足，即随口变更，无人敢驳，但赠他一个雅号，叫作"信口雌黄"。衍不以为愧，且自比子贡，到处鼓吹，风靡一时。娶妻郭氏，系贾后中表亲，杨家女不可娶，郭家女乃可娶么？郭氏恃势作威，贪鄙无厌，衍以妻为非，口不言钱。郭氏令婢用钱绕床，使不得行，至衍晨起见钱，召婢与语道："快将阿堵物搬去。"终不道及"钱"字。幽州刺史李阳，与衍同乡，时称大侠，颇为郭氏所惮。衍尝语郭氏道："如卿所为，非但我言不可，李阳亦尝谓不可。"郭氏方才稍敛，惟衍终得因妻取荣，超擢至尚书令。衍弟名澄，聪悟似衍，每有品评，衍不复置议，举世推为定论。

河南尹乐广，亦好清谈，与衍兄弟为莫逆交。更有僚吏阮修、胡母辅之、谢鲲、王尼、毕卓等，皆与澄友善，谑浪笑傲，穷欢极娱。辅之尝酣饮，子谦之大呼父字道："彦国年老，怎复如是？"辅之毫不动怒，反笑呼谦之，引与共饮。此亦与孺子牛相类。毕卓亦素来好酒，闻邻有佳酿，很是垂涎。夜半悄起，往邻盗饮，醉卧瓮旁，黎明为邻人所缚，取烛审视，乃是毕吏部。毕曾为吏部郎。因释毕缚，毕尝谓右手持酒杯，左手持蟹螯，便足了过一生。乐广虽然放达，却与胡母辅、之毕卓等，不甚赞成，尝笑语道："名教中自有乐地，何必乃尔？"侍中裴頠，且作了一篇《崇有论》评驳时弊。无如敝俗已成，积重难返，徒靠着一二人正言指导，怎能挽救人心？眼见是礼教沦亡，祸不旋踵了。误尽苍生，古今同慨。

　　贾谧、郭彰等却另是一派举止，穷奢极欲，骄恣无比。晋廷只是两派人物，一尚虚无一尚奢侈。郭彰年老病死，贾谧恃才傲物，目空一切，尝与太子通博弈争道，不肯少让，甚至谩语相侵。成都王颖，见第七回。方官散骑常侍，旁坐观博，不由的厉声呵斥道："皇太子为一国储君，贾谧怎得无礼？"谧闻颖言，辍局遽起，悻悻而出，往诉贾后。后当然袒谧，竟出颖为平北将军，镇守邺城。又因无故调颖，太露形迹，可巧梁王肜还朝，遂将河间王颙，同时简放，使镇关中。颙见第四回。

　　先是武帝遗制，藏诸石函，非至亲不得守关中。颙系疏族，因他轻才爱士，夙孚舆论，特故畀重镇，且与颖一同外调，免滋物议，这也是贾后的苦心。惠帝好同傀儡，事事受教宫闱，或行或止，唯后所命。会值年年水灾，四方饥馑，惠帝闻报，随口语道："何不食肉糜？"左右并皆失笑。又尝游华林园，得闻虾蟆声，便问左右道："虾蟆乱鸣，为官呢？为私呢？"左右又笑不可仰。有一人答道："在官地为官，在私地为私。"惠帝尚一再点头。昏骏如此，所以军国重权，全在贾后掌握，甚且龙床里面，亦有人替惠帝效劳。惠帝也全然未觉，任凭贾后择人侍寝，一些儿不加防闲。可谓慷慨。太医令程据，状貌颀晰，为后所爱，后借医病为名，一再召诊，竟要他值宿宫中，连宵侍奉。定然是神针法灸，难道是燕侣莺俦？据惮后淫威，不得已勉承后命，疗治相思。偏后得陇望蜀，多多益善，除程据外，又尝令心腹婢媪，在都下招寻美少年，入宫交欢，稍稍厌忤，便即处死，省得他溜出宫门，传播秽事。

　　惟洛南有盗尉部小吏，面目韶秀，仿佛好女。失踪数日，又复出现，身上穿着袇衣，乃是宫锦制成，不同常服，偶为同人所见，问从何来？小吏不肯实对，同人遂疑为窃取，互相私议。适贾后有疏亲被盗，向尉求缉，遂致小吏为嫌疑犯，不得不当堂对簿。小吏始实供云："日前在途，遇一老妪。谓家中人有疾病，问诸师卜，宜得城南少年，入家厌禳，今欲相烦，必当重报。于是随主登车，车有重帷，帷内有篦箱，由老妪令居篦箱中，遂饬车夫御行。约十余里，跨过六七门限，方将篦箱开启，呼令下车。说也奇怪，下车四望，统是楼阙好屋，与宫殿无二。当下问为何地？老妪答称天上，即替我香汤沐浴，易以锦衣，饲以美食。到了傍晚，复随老妪入一复室，见一贵妇人上坐，年约三十五六，身短且胖，面色青黑，眉后有疵，她竟下座挽留，同席共饮，同床共寝。如是数日，方许告归，临别时赠此袇衣，并嘱言切勿外泄，如或转告外人，必遭天谴。今被疑作贼，不能再默，只好直供"云云。说至此，那原告人不禁面赤，但言小吏既非盗犯，不必再问，因即辞去。尉亦解意，令此后毋得妄言，一笑退堂去了。

　　看官！试想这小吏所遇的贵妇，不是贾后，还有何人？小吏为后所爱，乃得幸全，这也是命不该绝，方有此造化呢。俗语说得好："欲要不知，除非莫为。"为了贾后淫凶，有几个稍知忧国的大臣，秘密商议，欲将贾后废去。小子有诗叹道：

不是冶容也肆淫，矧兼怨毒入人深。

由来女宠多倾国，如此凶横绝古今。

究竟何人欲废贾后，下回再当叙明。

读江统《徙戎论》，未始不叹为要言，但终非揆本之策。古人谓天子有道，守在四夷，四夷尚为之守，何必沾沾过虑，坚请外徙耶？若暗主尸于上，忮后横于内，王公大臣，苟且偷安，恣肆如贾郭，空谈如戎衍，内乱已成，即无五胡之祸，亦宁能长治久安？况贾后凶暴未足，继以淫黩，中冓丑声，播闻中外，古今有如是之浊秽，而不至乱且亡者，未之闻也。小吏入宫一节，本诸《贾后列传》中，特录述之以为左证，非第志宫闱之失德，且以作后世之炯戒云。

第十一回

草逆书醉酒逼储君　传伪敕称兵废悍后

却说贾后淫虐日甚，秽闻中外。侍中裴頠等，引以为忧；就是后党贾模，亦恐祸生不测，累及身家，因未免心下不安。裴頠已窥透模意，乃至模私第，商议秘密，可巧张华亦至，一同晤谈。頠与华本来莫逆，不必避嫌，因质直相告，拟把贾后废去，更立太子遹生母谢淑媛。谢淑媛就是谢玖，见第七回。自遹为太子，母以子贵，得封淑媛。贾后很是妒忌，不令太子见母，但使淑媛静处别宫，仿佛与禁锢相似。此次裴頠倡议废后，当然欲将谢淑媛抬举起来，偏模与华齐声说道："主上并无废后意见，我等乃欲擅行，倘主上不以为然，如何是好？且诸王方强，各分党派，一旦祸起，身死国危，非徒无益，反致有损了。"贾模不足道，张华号称多才，何以如此胆怯？頠半晌才道："公等所虑亦是，但中宫如此昏虐，乱可立待，我等岂果能置身事外么？"华便接口道："如公等两人，与中宫皆关亲戚，何勿进陈祸福，预为劝诫？言或见信，当可改过迁善，易危为安，天下不致大乱，我等方得优游卒岁了。"淫虐如贾南风，岂肯从谏？张华此言更是痴想。原来，模为贾后族兄，頠母为贾充妻郭槐姊妹，两人与贾后互有关系，故华言如此。模颇赞同华议，頠亦不便拘执己见，姑依华言进行，当下趋诣贾第，入白姨母郭槐，托她戒谕贾后，勉盖前愆，并宜亲爱太子。模亦屡入中宫，为后指陈利害。

看官！试想这凶残淫暴的贾南风，习与性成，岂尚肯采纳良言，去邪归正么？郭槐是贾后生母，向后进规，虽然不肯见从，尚无他恨，至模一再渎陈，反以为模有异心，敢加毁谤，索性嘱令宫竖，拒模入谒。模且忧且恨，竟生了一种绝症，便登鬼箓。不幸中之大幸。有诏进裴頠为尚书仆射，頠上表固辞，略谓："贾模新亡，将臣超擢，偏重外戚，未免示人不公，恳即收回成命。"复诏不许。或向頠进言道："公为中宫亲属，可言即当尽言，言不见听，不若托病辞官。若二说不行，虽有十表，恐终未能免祸了。"頠颇为感动。但初念欲见机而作，转念又且住为佳，因此日误一日，仍复在位。这是常人的通病，怎知祸足杀身！

那贾、郭二门的子弟，恃权借势，卖爵鬻官，贿赂公行，门庭如市。南阳人鲁褒，尝作《钱神论》讥讽时事，谓："钱字孔方，相亲如兄，无德反尊，无势偏热，排金门，入紫闼，危可使安，死可使活，贵可使贱，生可使杀，无论何事，非钱不行。洛中朱衣，当涂人士，爱我家兄，皆无已已"云云。时人俱为传诵，互相倾倒。平阳名士韦忠，为裴頠所器重，荐诸张华，华即遣属吏征聘，忠辞疾不至。有人问忠何不就征？忠慨然道："张茂先华字茂先。华而不实，裴逸民頠字逸民。欲而无厌，弃典礼，附贼后，这岂大丈夫所为？逸民每有心托我，我常恐他蹈溺深渊，余波及我，怎尚可褰裳往就呢？"关内侯索靖，亦知天下将乱，过洛阳宫门，指着铜驼，咨嗟太息道："铜驼铜驼，将见汝在荆棘中了。"国家兴亡，匹夫有责，徒付慨叹，亦觉无谓。

太子遹储养东宫，少小时本来颖悟，偏到了成童以后，不务正业，但好狎游，就是左师右保，亦不加敬礼，唯与宦官宫妾，嬉嬲度日。无端变坏，想是司马氏家运。贾后素忌太子，正要他隳名败行，可以借端废立，因此密嘱黄门阉宦，导令为非，尝向太子前怂恿道："殿下正可及时行乐，何必常自拘束？"及见太子拂意时怒诋役吏，又复从旁凑奉道："殿下太觉宽仁，若辈小竖，不加威刑，怎能使他畏服呢？"古人有言："一傅众咻。"又说是："习善则善，习恶则恶。"东宫中虽有三五师傅，怎禁得这班宵小，朝夕鼓煽？就是生性聪慧，也被他陷入恶途，成为习惯了。太子生母谢淑媛，幼时微贱，家世业屠。太子偏秉遗传，辄令宫中为市，使人屠酤，能手揣斤两，轻重不差。又令西园发卖葵菜、篮子鸡、面等类，估本牟利，倒是一个经济家。逐日收入，随手散给，却又毫不吝惜。东宫旧制，按月请钱五十万缗，作为费用，太子因月费不足，尝索取两月俸钱，供给嬖宠。平居雕题刻桷，役使不已，若要修墙缮壁，偏好听阴阳家言，动多顾忌。

洗马江统，上陈五事，规谏太子，一是请随时朝省，二是请尊敬师保，三是请减省杂役，四是请撤销市酤，五是请破除迷信，太子无一依从。舍人杜锡，也常劝太子修德进善，毋招谗谤。太子反恨他多言，俟锡入见时，先使人至锡座毡中，插针数枚，锡怎能预料，一经坐下，被针刺臀，血满裤裆，真似哑子吃黄连，说不出的苦楚。

散骑常侍贾谧，与太子年龄相仿，更为中表弟兄，免不得时往过从。太子喜怒无常，有时与谧相狎，有时与谧相谤，或令谧自坐，径往后庭嬉戏，不再顾谧。谧屡遭白眼，当然挟嫌。詹事裴权进谏道："贾谧为中宫宠佞，一旦交构，大事去了，愿殿下屈尊相待，免滋他变。"太子勃然变色，连称可恨，说得权不敢再言，俯首辞去。其实，太子并非恨权，不过因权数语，触起旧忿，致有恨声。先是贾后母郭槐，欲令韩寿女为太子妃，太子亦欲结婚韩氏，自固地位。寿妻贾午，却不愿意。贾后更不乐赞成，另为太子聘王衍女。衍女有二，长女貌美，少女貌陋。太子既不得韩女，乃转思纳衍长女为妃。偏贾谧又来作梗，垂涎彼美，乞后作主。后方宠谧，便为谧妻衍长女，但使太子与衍少女为婚。太子得了丑妇，自然恨忌及谧，此时听着权言，怎能不感愤交并，流露言表？嗣被谧探知消息，也惹动前日弈棋的恶感，向贾后处进谗，弈棋事见前回。还亏后母郭槐，从中保持，不使贾后得害太子，故太子尚得无恙。此非郭槐好处，还是装颜功劳。

未几，郭槐病重。贾后过省，槐握住后手，嘱以二语：一语是保全太子，一语是赵粲、贾午，必害汝家。这却可谓先见。贾后虽然应诺，心中总未以为然。至郭槐死后，谧虽守丧，仍然出入中宫。一夕，踉跄入白道："太子蓄私财，结小人，无非欲害我贾氏，若宫车晏驾，彼得入立，不特臣等遭诛，恐皇后亦坐废金墉了。"贾后不禁骇愕，便与赵粲、贾午谋废太子。可巧午生一儿，遂嘱令送入宫中，佯称自己有娠，预备产具，一面嘱令内史，暴扬太子过恶，将为李代桃僵的诡计。宫廷内外，多已瞧透阴谋。中护军赵俊密请太子举兵废后，太子不敢照行。左卫军刘卞私白张华，且替华设策道："东宫俊义如林，卫兵不下万人，若得公命，请太子入录尚书事，废锢贾后，徙居金墉城，但教两黄门费力，便足办到此事。"华瞿然道："今天子当阳，太子乃是人子。我又未得阿衡重任，乃胆敢与太子行此大事，是变做无父无君的贼子了，就使有成，尚难免罪。况权戚满朝，威柄不一，怎见得果能成事呢？"可与适道，未可与权。卞太息而去。不意过了一宵，即有诏出，卞为雍州刺史。卞疑有人泄谋，因有此诏，遂服药自尽。胆小如此，如何为华设谋？

元康九年十二月，太子长男彭音彬。有疾，太子为儿祷祀求福，忽由内廷颁到密诏，乃是皇上不豫，令太子立即入朝。太子只好前往，趋入宫中，不意有内侍出来，引太子暂憩别室，静待后命。太子莫名其妙，但入别室休息，甫经坐定，即由宫婢陈舞，左手持枣一盘，右手执酒一壶，行至太子座前，传诏令饮。太子酒量素浅，饮了一半，已是醉意醺醺，便摇手道："我不能再饮了。"陈舞瞋目道："天赐殿下酒，乃不肯饮尽，难道酒中有恶物么？"太子无可奈何，把余酒一吸而尽，遂至大醉。既而又来宫婢承福，持给纸笔，并原稿二纸，逼令太子录写。太子辞不能书，复由承福矫诏逼迫。太子醉眼模糊，也不辨为何语，但看原稿中为何字，依次照录，字迹多歪歪斜斜，残缺不全，好容易录就二纸，交与承福持去。太子酒尚未醒，当由内侍拥掖出宫，扶上寝舆，使他自返。翌晨，由惠帝御式乾殿，召令王公大臣，使黄门令董猛，赍出二纸，遍示群僚，且对众宣谕道："这是不肖子遹所书，如此悖逆，只好把他赐死罢。"百官听了，多半惊心，张华、裴頠，更觉诧异，便接阅二纸，第一纸写着：

> 陛下宜自了，不自了，吾当入了之；中宫又宜速自了，不自了，吾当手了之。

大众看这数语，都为咋舌。还有一纸，文字越觉离奇，有云：

> 吾母宜刻期两发，勿疑犹豫致后患。茹毛饮血于三辰之下，皇天许当扫除患害，立道文为王，蒋氏为内主，愿成当以三牲祠北君，大赦天下。要疏如律令。

看这语意，似内达谢淑媛，与约同日发难。文中所叙的道文，便是太子长男彪表字，蒋氏乃是太子所宠的美人。大众瞧罢，彼此面面相觑，不发一言。都是饭桶。独张华忍耐不住，竟向座前启奏道："这是国家的大不幸事，惟从古到今，往往因废黜正嫡，遂致丧乱，愿陛下核实乃行。"裴頠亦续奏道："东宫果有此书，究由何人传入？且安知非他人伪造，诬陷太子？请验明真伪，方可立议。"惠帝接连闻奏，好似痴聋一般，噤不复言。那殿后却趋出内侍，奉贾后命，取了太子平日手启十余笺，令群臣对核笔迹，张华、裴頠等即互相比视，笔迹大略相符，惟一是恭缮，笔画端正；一是急书，姿势潦草，一时也辨不出真假，无从指驳。原来贾后使太子录书，原稿系嘱黄门侍郎潘岳草成，及太子录就进呈，字画缺漏，仍由岳补添成字。岳善模仿笔迹，一经改写，与頠子手书无殊，故足使人迷乱心目。潘岳何为者？惟裴頠定要查究传书的姓名，张华谓须召太子对质，此外一班大臣，依违两可，聚讼不决。

　　贾后暗坐屏后，听着张裴、两人的议论，大咈己意，那惠帝又一言不发，任令絮聒，恨不得走将出去，喝住众口。倒好独断独行，只是大庭广众，未便越礼，勉强容忍了半天。看看日影西斜，还是没有结果，不由的怒气上冲，便召董猛入内，嘱使传语道："事宜速决。为何议了半日，尚未定夺？如群臣不肯传诏，应该军法从事。"猛奉命出宣，道言甫毕，张华即驳斥道："国家大政，应由皇上主裁，汝系何人？妄传内旨，淆乱圣听。"裴頠亦喝道："董猛休得多言，圣上明明御殿，难道我等未奉明诏，反依内旨不成？"猛且惭且愤，返报贾后。贾后恐事情中变，因即令侍臣草表，请免太子为庶人。这表传出，惠帝便即依议，拂袖退朝。于是使尚书和郁等，速诣东宫，废太子遹为庶人。遹方游玄圃，闻使节持至，改服受诏，步出承华门，乘粗犊车，往居金墉城；遹妃王氏，及三子虨、臧、尚，同时随徙。独虨母蒋氏，坐蛊惑太子罪名，生生杖毙，甚且归咎谢淑媛，一并赐死。王衍闻变，自恐株连及祸，急忙表请离婚，你有大女婿作靠，此时何必作忙？有诏准议。于是遹妃王氏，与遹永诀，恸哭一场，辞归母家。王女却是多情。

越年，改元永康，西戎校尉司马阎缵，舆棺诣阙，上书切谏，略言："汉戾太子称兵拒命，尚有人主从轻减，说是罪不过笞；今遹罪不如戾太子，理应重选师傅，先加严诲，若不悛改，废弃未迟。"这书呈入，当然不报。<small>缵不见缝，还是皇恩广大。</small>贾后因异议沸腾，终究未妙，不如下一辣手，致死太子，方绝后患，乃再行设计，嘱使黄门自首，诡言与遹谋逆。有诏将黄门自首表文，颁示公卿，遂命卫士押徙太子，往锢许昌宫，不许官僚送行。洗马江统、潘滔，舍人王敦、杜蕤、鲁瑶等，冒禁往饯，至伊水旁涕泣拜辞，不意司隶校尉满奋已奉诏驰至，把江统等一并拘去，分系河南、洛阳两狱中。河南尹乐广，不待赦书，已悉数放归。洛阳令曹摅未敢遽释罪囚，经都官从事孙琰向贾谧处说情，方得一律释出。

右卫督司马雅系是晋室疏亲，平时常给事东宫，得遹宠爱，每思为遹效力，设法复位，乃与从督许超、殿中郎士猗等日夕营谋，彼此互议，统说张华裴頠贪恋禄位，未足与图大事，不如右军将军赵王伦手握兵权，素性贪冒，尚可假彼行权。<small>冒昧图逞，亦非良策。</small>因往说孙秀道："中宫凶妒，与贾、谧等诬废太子，无道已甚。今国无嫡嗣，社稷垂危，大臣将起行大事，公乃素奉中宫，与贾、郭亲善，外人皆谓公实预内谋，一朝变起，祸必相及，何勿先事预防呢？"秀被他一说，也觉寒心，当即转告赵王伦，拟废去贾后，迎还太子。伦惟言是从，密结通事令史张林及省事张衡等，使为内应，待期举发。

偏孙秀又变了一计，再与伦语道："太子聪明刚猛，若得还东宫，必图报复。明公素党贾后，道路共知，今虽为太子建立大功，太子且未必见德，一有衅隙，仍然加罪；不若迁延缓期，俟贾后害死太子，然后为太子报仇，入废贾后，名正言顺，更无他患，岂不是一举两得么？"这是卞庄刺二虎之计，我亦佩服。伦拍手赞成，连称好计。秀复散布谣言，谓殿中人欲废皇后，迎太子，一面往见贾谧，劝他早除太子，杜绝众望。谧立白贾后，后正得外间谣传，阴启杀心，一闻谧语，便召入太医令程据，使合毒药。据即用巴豆、杏仁，研末为丸，交与贾后。后复令黄门孙虑，假传上命，赴许昌毒死太子。

太子至许昌后，常恐见鸩，所有饮食，必令宫人当面煮熟，方敢取尝。孙虑到了许昌，先与监守官刘振说明，振即徙太子至小坊中，绝不与食。宫人得太子厚恩，尚从墙上递给食物，俾得充饥。那孙虑急欲复命，径持入毒药，逼令太子吞下。太子不肯照服，托词如厕。虑袖出药杵，从太子背后，掷击过去，太子中杵倒地，再由虑拾起药杵，用力猛捶，太子大声哀呼，声彻户外，及要害受伤，一声惨号，气绝而逝。年才二十三岁。孙虑如此凶横，难道能长寿不成？虑回都复命，有司请用庶人礼葬遹，贾后即假托慈悲，上表帝前，略云：

> 遹不幸丧亡，伤其迷悖，又早短折，不能自已。妾常冀其刻肌刻骨，更思孝道，使得复正名号，此志不遂，重以酸恨。遹虽罪大，犹是王者子孙，便以匹庶送终，情实可悯，特乞天恩，赐以王礼。妾诚暗浅，未识礼义，不胜至情，冒昧陈闻。录入此表，以见贾后之狡诈。

惠帝得贾后表，方命用广陵王礼，厚葬太子。会天象告警，尉氏雨血，妖星现西方，太白昼现，中台星坼，中外诧为怪象。张华少子名韪，劝华即速辞职，为避祸计。华踌躇多时，方答说道："天道幽远，未尽可凭，不如修德禳灾，静俟天命。"利令智昏。既而，孙秀使司马雅见华，屏人与语道："赵王欲与公共匡社稷，为天下除害，使雅以实情告公，请公勿疑！"华摇首不答。雅不禁怒起，掉头趋出，且行且语道："刃将加颈，尚作此态么？"当下诣赵王伦府第中，敦促起事。伦遂矫称诏敕，遍谕三部司马晋左右二卫，有前驱由基强弩三部司马。道："中宫与贾谧等杀我太子，为此命车骑将军兼领右军将军赵王伦，入废中宫，汝等皆当从命！事成当赐爵关内侯。如或不从，罪及三族。"

三部司马接了此敕，哪有不从之理？齐王冏见前文。方任翊军校尉，亦与伦通谋，遂与三部司马突入宫中，排闼趋进。华林令骆休为内应，引冏至惠帝住室，迫帝出御东堂，一面召入贾谧。谧无从趋避，应召而至，及见甲杖如林，复走至西钟下面，大呼阿后救我！声尚未绝，已有人追至背后，拔刀砍去，首随刀落。贾后闻谧呼救声，慌忙出视。正与齐王冏相遇，便惊问道："卿来此做什么？"冏答道："有诏收后。"后复道："诏当从我发出，这是何处诏旨？"一面说，一面返身入内，趋上阁中，凭槛遥呼道："陛下有妇，乃使人废去，恐陛下亦将被废了。"冏复带兵入阁，胁后徙居。后复问起事为谁？冏答称梁、赵二王。原来尚书令梁王肜，曾预闻伦事，也愿赞成，故冏有是言。贾后长叹道："系狗当系颈，今反系尾，怎得不尔？"乃出居建始殿中，由冏派兵监守。随即收捕赵粲、贾午，驱入暴室，一顿杖责，把两个如花似玉、貌美心毒的妇人送归冥府，往销阎王簿据去了。就是韩寿兄弟子侄，也共同连坐，诛黜有差。偷香结果，一至于此，可见天道恶淫。

伦复召入中书监侍中黄门侍郎等，夤夜入殿，趁势拿下司空张华，及仆射裴頠。华顾通事张林道："汝等欲害我忠臣么？"林矫诏诘责道："卿为宰相，不能保全太子，及太子废死，又复不能死节，怎得称忠？"华驳说道："式乾殿中的争议，臣尝力谏，尽可复按。"见上。林不待说毕，便接口道："力谏不从，何不去位？"中肯语。华听到此语，无言可驳，只好俯首就刑，遂与裴頠一同受戮，并至夷族。华是日昼寝，梦见屋坏，入夜即验。死时年六十九。著有《博物志》十篇及文章等并传后世。华长子散骑常侍祎及少子散骑侍郎韪，同时遇害。頠死时才三十四岁。二子嵩、该，由梁王肜代为保护，谓："頠父裴秀，有功王室，不应殄绝后嗣。"因得免死，流徙带方。校尉阎缵，时尚在都，入抚张华尸首，且泣且语道："我曾劝君逊位，君乃不从，今果见戮，莫非是命中注定么？"小子有诗讥张华道：

> 蹉跎已届古稀年，何事名缰尚被牵？
> 老且受诛儿并戮，如斯结局也堪怜！

华頠既死，赵王伦未肯罢手，还要杀死数人。欲知何人被杀，待看下回报明。

典午得国，始自贾充之弑曹髦，厥后贾女入宫，种种淫恣，即酿成八王之乱，而西晋即因是覆亡。天道好还，亶其然乎？张华裴頠位登台辅，不能拨乱反正，虽由二人之才识不足，亦天意之未许建功耳。况太子遹幼即聪明，一变而为淫僻昏顽之豚犬，置酒别室，醉草逆书，是何莫非大造之巧为播弄，假手悍后，有以斫其根面栽其本欤？及后恶贯满盈，不使张华裴頠之从权废立，而反令贪鄙阴狡之伦秀二人，乘隙图功，一祸才了，一祸复起，天之不欲安晋也明矣。此外已尽见细评，姑不赘述云。

第十二回

坠名楼名姝殉难　夺御玺御驾被迁

　　却说赵王伦杀死裴、张二人，本意是报复旧怨，不论罪状。事见前文。还有前雍州刺史解系，前时已为伦所谮，免官居京，伦余恨未泄，也将他拘至，并将系弟结一并下狱。梁王肜复出来救解，伦怫然道："我在水中见蟹，犹谓可恨，况解系兄弟，素来轻我，此而可忍，孰不可忍？"系为西征事招怨，亦见前文。肜苦争不得。系、结皆为伦所杀，并戮及妻孥。结尝为御史中丞，有一女许字裴氏，择定嫁期，正在解家被祸的第二日，裴氏欲上书营救。女泣叹道："全家若此，我生何为？"遂亦坐死罪。后来晋廷怜女无辜，始改革旧制，女不从坐。

　　惠帝全无主意，一任伦滥杀无辜。伦又恃孙秀为耳目，秀言可杀即杀，秀言不可杀即不杀。伦也是个傀儡。秀复为伦决计，废贾后为庶人，迁往金墉城。后党刘振、董猛、孙虑、程据等一体捕诛。刘振等死有余辜。司徒王戎，系裴頠妇翁，坐是罢职。此外文武百官，与贾、郭、张、裴四家，素关亲戚，不是被诛，便是被黜，简直是不胜枚举了。

　　于是赵王伦托称诏制，大赦天下，自为都督中外诸军事兼相国侍中，一依宣、文宣帝、文帝。辅魏故事。置左右长史司马及从事中郎四人，参军十人，掾属二十人，府兵万人。使长子荂音敷。领冗从仆射；次子馥为前将军，封济阳王；三子虔

为黄门郎，封汝阴王；幼子诩为散骑侍郎，封霸城侯。长子未
曾封王，是欲为将来袭封起见。孙秀为中书令，受封大郡。司马
雅、张林等并皆封侯，得握兵权。百官总己，听伦指挥。孙秀
从中主政，威振朝廷。有诏追复故太子遹位号，使尚书和郁，
率领东宫旧僚，赴许昌迎太子丧。太子长男彪，已经夭逝，亦
得追封南阳王，彪弟臧为临淮王，臧弟尚为襄阳王。有司奏称
尚书令王衍，备位大臣，当太子被诬时，志在苟免，不思营
救，应禁锢终身，诏从所请。衍既免官还第，尚恐遇害，佯狂
自免。任你如何刁滑，到头总难免横死。前平阳太守李重，素有令
名，由伦辟为长史。重知伦有异志，托疾不就，偏经伦再三催
逼，硬令人扶曳入府，胁令就官。重满腔忧愤，无处可伸，归
家后果然成疾，不愿医治，未几遂亡。

　　淮南王允，前曾随楚王玮入朝，见前第九回。玮被戮后，
允仍然莅镇。至太子被废，朝议将立允为太弟，复密促还朝，
留住都中。太弟议尚未定夺，赵王伦已经发难，允两不袒护，
置身事外，至此乃受诏为骠骑将军，开府仪同三司，兼领中护
军。允性沈毅，为宿卫将士所畏服，他见伦不怀好意，便豫养
死士，密谋诛伦。伦毫无闻知，惟孙秀瞧料三分，劝伦防允。
伦方才加防，且恐贾后与允勾结，或致死灰复燃，因与秀密
商，想出两条计策：一是鸩死贾后，一是册立皇太孙。当下遣
尚书刘弘，赍金屑酒至金墉城，赐贾后死。贾后无可奈何，只
得一吸而尽，一代悍后，至此乃终。晋室江山，已被她一半收拾
了。弘既复旨，即立临淮王臧为皇太孙，召还故太子妃王氏，
令她抚养。所有太子旧僚，就作为太孙官属。赵王伦兼为太孙
太傅，追谥故太子曰"愍怀"，改葬显平陵。

　　中书令孙秀，既得逞志，计无不遂，便逐渐骄淫，闻石崇
家有美姜绿珠，妖冶善歌，兼长吹笛，遂使人向崇乞请，谓肯

以绿珠见赠，当起复崇官。看官阅过前文，应知崇为贾谧好友，贾氏得祸，崇已坐谧党褫职，惟家产未遭籍没，崇仍得席丰履厚，护艳藏娇。且崇有别馆，在河阳金谷中，号为"金谷园"。自崇罢职后，常居园中休养，登高台，瞰清流，日与数十婢妾，饮酒赋诗，逍遥自在，反比那供职庙堂，更加快活。恐不能安享此福。及孙秀使至，崇含糊对付，遣使返报。秀竟再令人带着绣舆，往迓绿珠。崇尽出婢妾数十人，由来使自择。来使左眄右盼，个个是飘长裾，曳轻袖，绮罗斗艳，兰麝熏香，端的是金谷丽姝，不同凡艳。便问崇道："孙公命迓绿珠，未识孰是？"崇勃然道："绿珠是我爱妾，怎得相赠？"为一美妾而覆家，也不值得。来使道："公博古通今，察远照迩，愿加三思，免贻后悔。"崇仍然不允。来使既去复返，再为劝导。崇始终固执，叱退来使。秀得来使归报，当然大怒，便拟设计害崇。

崇亦自知惹祸，与甥欧阳建及旧友黄门郎潘岳，私下商酌，为除秀计。秀前为岳家小吏，岳恨他狡黠，辄加鞭挞，及秀为中书令，岳时与相值，尝问秀道："孙令公，尚记得前日周旋否？"秀引古语相答道："中心藏之，何日忘之。"见《诗经·小雅》。岳知他怀恨未忘，很加忧惧，与崇建等议及除秀，谓不如交结淮南王，劝令起事，摔去伦、秀二人。淮南王允，正思讨灭伦、秀，既得潘岳等相劝，筹备益急。伦与秀探察得实，遂迁允为太尉，阳示优礼，实夺兵权。允称疾不拜，秀遣御史刘机逼允，收允官属，并矫诏责允拒命，大逆不敬。允取诏审视，系秀手书，便怒叱道："孙秀何人，敢传伪诏！"说至此，返身取剑，欲杀刘机。机狂奔出门，幸逃性命。

允追机不及，便顾语左右道："赵王欲破我家。"随即召集部兵七百人，出门大呼道："赵王造反，我将讨逆，如肯从

我，速即左袒！"兵吏常仇怨赵王，多左袒趋附。允率众赴
宫，适尚书左丞王舆，闻变先入，闭住掖门。允不得趋入，乃
转围相府。伦与秀仓猝调兵，与允相持，屡战屡败，死伤约千
余人。太子左率陈徽，勒东宫兵，鼓噪宫内，作为内应。允列
阵承华门前，令部众各持强弩，迭射伦兵。伦正督众死战，矢
及身前，主书司马眭秘，挺出翼伦，可巧一箭射来，向胸穿
入，立即倒毙。伦不禁着忙，旁顾门右，幸有大树数株，便挈
领官属，趋至树后，借树为蔽。树上矢如猬集，伦幸得免。自
辰至未，尚是喊杀连天，未曾罢斗。

　　中书令陈准，系陈徽胞兄，入值宫中，意欲助允，便请诸
帝前，谓宜遣使持白虎幡，出解战事。乃使司马督护伏胤，率
骑兵四百，持幡从宫中出来。胤藏着空板，古时诏书录板，板以
桐木为之，长约尺许。诈称有诏，径至允阵前，取板遥示。允还
道他是前来帮助，又见他持着诏书，定有他命，便令军士开阵
纳胤，自己下马受诏。不防胤突至允前，拔出利刃，竟将允挥
为两段。允众相顾错愕，胤复对众宣诏，略言"允擅自称兵，
罪在不赦，除允家外，胁从罔治"等语。于是大众骇散。允子
秦王郁、汉王迪等，均被胤追捕，相继杀死。看官道是何因？
原来白虎幡是借以麾军，并非解斗。陈准因惠帝昏愚，托言解
斗，实欲麾动允军，威吓伦兵，使知允众攻伦，实出帝命，偏
遣了一个贪利怀诈的伏胤，受命出宫，行过门下省，与伦子汝
阴王虔相值。虔邀入与语，誓同富贵，嘱令变计图允。胤坐此
生心，便去诳允。允见他持着白虎幡，又是赍奉诏敕，明明是
得着内援，怎得不为胤所绐？哪知一场好事，竟成恶果，这也
是晋朝的气数。无可归咎，又只好归之于天。

　　允既被害，赵王伦越加威风，复饬令严索允党，一体同
罪。孙秀遂指称石崇、欧阳建、潘岳等，奉允为逆，应该伏

诛。崇正在楼上高坐，与绿珠等欢宴，蓦闻缇骑到门，料知有变，便旁顾绿珠道：“我今为汝得罪了，奈何，奈何？”绿珠涕泣道：“妾当效死公前，不令公独受罪。”遂叩头谢别，抢步临轩，一跃下楼。崇慌忙起座，欲揽衣裾，已是不及，但见下面倒着娇躯，已是头破血流，死于非命。绿珠本贻祸石家，幸有坠楼殉主，尚可自解。崇不禁垂泪道：“可惜！可惜！我罪亦不过流徙交、广，卿何必至此！”你既钟爱绿珠，何不随同坠楼，且还想活命，真是痴人说梦。遂驾车诣狱。未到狱门，已有人传到敕书，令赴东市就刑。崇至东市，方长叹道：“奴辈利我家财。”旁有押吏应声道：“早知财足害身，何不散给乡里？”崇不能答，仰首就戮。崇甥欧阳建，亦同时被杀，绝命时尚口占诗章，词甚凄楚。崇母兄及妻子等十五人，骈戮无遗，家产籍没。有司按录簿籍，得水碓三十余区，苍头八百余人，田宅货财，不可胜数。多藏厚亡，视崇益信。

黄门郎潘岳，并为所害。岳字安仁，少美丰姿，尤工词藻。弱冠以前，尝挟弹出洛阳，妇女皆掷果相赠，满载以归。嗣为河阳令，遍植桃树，时人号为“一县花”。妻殁作悼亡词，哀艳绝伦，惟躁急干进，不安恬淡。岳母尝责岳道：“汝当知足，奈何奔竞不休？”岳不能从。及被收时，始入与母诀道：“负阿母！”出至东市，见崇亦在列，相顾欷歔。崇呼岳道：“安仁亦遭此祸么？”岳泣答道：“可谓白首同所归。”这一语，乃是岳寄金谷园诗，不料竟成谶语。岳死，家属亦多毙刀下，惟兄子伯武，在逃得免。

赵王伦又收捕淮南王弟吴王晏，拟即加刑，经光禄大夫傅祗力争，始得贷死，贬为宾徒县王。齐王冏与伦相结，迁任游击将军，冏尚未满意，颇有恨色。秀即白伦，将冏外调，令出为平东将军，使镇许昌，免得在内生变，伦趾高气扬，拟自加九锡殊礼。吏部尚书刘颂道："从前汉锡魏武，魏锡晋宣，俱系一时异数，并非古礼。周勃、霍光立功甚大，并不闻有九锡的宠命呢。"权词讽谏，可算苦心。伦党张林，斥颂为张华余党，因有异议，将加颂死刑。还是孙秀进言道："杀张、裴已乖物望，不宜再杀刘颂。"伦乃罢议。秀为伦嘱使群僚，均至相府称道功德，应用九锡典命，伦佯为谦让，再由朝使持诏敦勉，方才拜受。进秀为侍中兼辅国将军，仍领相国司马，相府增兵至二万人，与禁中宿卫相同。

秀子会为校尉，年已二十，形短貌丑。少时尝在城西，为富家贩马，此时骤得贵显，居然欲与帝子结婚。惠帝已同虚设，但教伦、秀二人，如何裁决，便即允行，伦遂为秀子作伐，使尚帝女河东公主。秀即把将军孙旗外孙女羊氏，为帝说合，请为继后。旗与秀同族，旗婿为尚书郎羊玄之，生有一女，名叫献容，姿容秀媚，倾国倾城，与前时贾南风相比，判若天渊。永康元年仲冬，羊女得册为后，好算是非常遭际，喜从天来。吉期已届，盛妆启行，不料衣上忽然起火，几吓得魂胆飞扬，还亏左右侍女，急忙扑救，才得将火光灭熄，但一袭翟衣，半成焦黑，已觉得预兆不祥。为后文伏案。慌忙将原衣脱去，再从宫中乞取后服，重复穿上，方好登舆入宫。礼成以后，见惠帝年逾四十，面目粗蠢，知识愚钝，不由的大失所望，只得自悲命薄，蹉跎度日罢了。河东公主下嫁蠢子，羊女献容上配愚君，彼此不偶，岂非天命！惟后父羊玄之，却得超拜光禄大夫，特进散骑常侍，加封兴晋侯，自夸奇遇，深感秀德。谁料到腊尽春来，竟出了一桩篡国奇闻，好好一位新皇后，竟随了一个老皇帝，同徙金墉城，这真是祸福无常，福为祸倚了。

看官！不必细猜，便可知那篡国的贼臣，就是柜国赵王伦。伦迷信神鬼，好听巫言。孙秀欲迫伦篡位，自为首功，乃密使牙门赵奉，诈为宣帝神语，命伦早入西宫。又言宣帝在北邙山，阴为伦助。伦乃在邙山立宣帝庙，私自祷祝，潜构逆谋，令太子詹事裴劭、左军将军卞粹等，充当相府从事中郎，作为帮手。更使义阳王威司马孚曾孙。与黄门郎骆休，闯入内廷，逼夺玺绶，伪作禅诏。诏既草就，即付尚书令满奋，及仆射崔随，令并玺绶送往相府，禅位与伦。伦又假作谦恭，固让不受，一班寡廉鲜耻的王大臣，早已由孙秀运动，一齐趋至，满口是功德巍巍、天与人归的套话，趋奉伦前，再三劝进。伦遂直任不辞，于是遣左卫将军王舆、前军将军司马雅等，率甲士入殿，晓谕三部司马，示以威赏。三部莫敢抗议，唯唯听命。

伦乃备卤簿，乘法驾，昂然入宫，登太极殿，受百官朝谒，大赦天下，改元建始。一面徙惠帝及羊后，出居金墉城，阳尊惠帝为太上皇，改称金墉城为永昌宫。废皇太孙臧为濮阳王，立长子荂为皇太子，封次子馥为京兆王，三子虔为广平王，幼子诩为霸城王，皆兼官侍中，分握兵权；又用梁王肜为宰衡，何劭为太宰，孙秀为侍中中书监，兼骠骑将军，仪同三司。义阳王威为中书令，张林为卫将军，余党皆为卿将，越次超迁；下至奴卒，亦加爵位。每遇朝会，貂蝉盈座，都下竞相传语道："貂不足，狗尾续。"真是一班摇尾狗。伦既据大位，亲祠太庙，还遇大风，吹折麾盖。伦也觉不安，因密使人害死濮阳王臧，省却后患。越要逞凶，越不久长。且恃孙秀为长城，每有号令，必先示秀。秀得意为窜改，或自书青纸，充作诏书。朝令夕更，百官常转易如流。孙旂子弼及弟子髦、辅、琰四人，因与秀同族，旬月三迁，皆得为将军，受封郡侯，并加旂为车骑将军，使得开府。旂正出镇襄阳，闻子侄辈受伦官爵，恐为家祸，因遣幼子回入都消让，迫令辞职。弼等方致位通显，履坚策肥，怎肯勒马悬崖，幡然谢去？仍令回返报乃父，极称平安。旗不能遥制，惟有自悲自痛罢了。自己何不远引？

卫将军张林，与孙秀积有夙嫌，并怨不得开府，因私与荂笺，具言秀专权擅政，未协众心，应速诛为是。荂持书白伦，伦又复示秀，气得秀咆哮不已，急请诛林，伦怎敢不从？当即往华林园，佯言会宴，召林入侍，立即拘住，赏他一刀，并夷三族。林原该死，但为伦所杀，怎得瞑目？秀复虑齐王冏、成都王颖、河间王颙等，各据方面，拥强兵，无从控制，乃悉遣亲党，往为三王参佐，且加冏为镇东大将军，颖为征北大将军，皆开府仪同三司，隐示羁縻。偏齐王冏不受笼络，首先发难，传檄讨伦，一面遣使四出，联结诸王。成都王颖，接冏来使，便召邺令卢志入商，志答说道："赵王篡逆，神人同愤，殿下能助顺讨逆，何患不克？"颖乃命志为谘议参军兼左长史，即日调发兖州刺史王彦、冀州刺史李毅，督护赵骧、石超等为前驱，自率部兵为后继。

行抵朝歌，远近响应，得众二十万，声势大振。常山王乂，本来是受封长沙，因与楚王玮为同母兄弟，连坐被贬，徙封常山，既得冏书，即与太原内史刘暾，率众应冏。还有新野公歆，扶风王骏子。闻冏起事，未知所从。嬖人王绥道："赵亲而强，齐疏而弱，公宜从赵。"参军孙洵在座，厉声叱道："赵王凶逆，人人得诛，有什么亲疏强弱呢？"洵与卢志，俱不失为义士。歆乃与冏连兵，愿作声援。前安西将军夏侯奭，在始平纠合党羽，得数千人，与冏相应。并致书河间王颙，约同赴义。颙初用长史李含谋，遣振武将军张方，率兵诱奭，擒至长安市，把奭腰斩。及冏使驰至，复将他拘住，使张方押使入都，并为伦助。方至华阴，颙得二王兵盛消息，忙着人将方追还，更附二王。颐本心已不可靠。

各种警报，次第传入洛阳。伦与秀始相顾惊惶，不能安枕，忙遣上军将军孙辅，折冲将军李严，率兵七千，出延寿关；征虏将军张泓、左军将军蔡璜、前军将军闾和，率兵九千，出堮阪关；镇军将军司马雅、扬威将军莫原，率兵八千，出成皋关；这三路兵马，统往拒齐王冏。再令孙秀子会，督率将军士猗许超，领宿卫兵三万名，出敌成都王颖。更召东平王楙见前文。为卫将军，都督军事。再命次子京兆王馥，三子广平王虔，领兵八千，为三军继援。分拨已定，尚觉心绪不宁。伦秀两人，日夜祈祷宣帝庙，拜道士胡沃为太平将军，替他求福禳灾，并使巫祝选择战日。秀又潜令亲党往嵩山，身服羽衣，诈称仙人王乔，贻书与伦，说他福祚灵长。伦将伪书宣告大众，为欺人计。哪知此次变起，曲直昭然，一切欺饰手段，全然用不着了，小子有诗咏道：

情同鬼蜮太离奇，一举敢将帝座移。
待到楚歌传四面，欺人诡计究谁欺？

毕竟后来胜败如何，且看下回续叙。

绿珠坠楼，古今传为美谈，良以绿珠身为妓妾，犹知报主，石家虽破，名节尚存，略迹原心，不能不为之称叹也！本回前半篇，本叙淮南王允事，绿珠坠楼，第连类及之，而标目偏以绿珠为主脑，亦非无因，石崇却孙秀之求，乃与潘岳、欧阳建等密谋，怂恿淮南王起事，是淮南王之发难，未始不由于绿珠，故谓石崇之被覆于绿珠可也；谓淮南王之被覆于绿珠，亦无不可。何物娇娃？招此祸水，其所由舍瑕录瑜者，幸有此坠楼之殉节耳！若赵王伦实一庸徒耳，见欺孙秀，潜构异图；名除贾、郭，实害裴、张，甚且夺玺绶于深宫，受朝谒于前殿，此而欲逆取顺守，宁可得耶？三王联兵，二凶丧气，犹欲托诸神鬼，诳惑人民，可笑可恨，无逾于此。彼附伦为逆者，诚绿珠之不若矣。

第十三回

迎惠帝反正除奸　杀王豹擅权拒谏

却说齐王冏兵至颍阴，正与张泓军相遇，彼此交锋，冏军失利，死亡至数千人，辎重亦半为所夺。冏收集败卒，再图一战，乃分军渡颍，复为张泓所遇，不能前进。泓遂于颍上列阵，日夜防守。孙辅等亦陆续相会，与泓分地屯兵。冏乘夜掩击，泓军不动，独孙辅骇退，遁还洛阳，诣阙入报道："齐王兵盛，势不可当，张泓等已战没了。"赵王伦不禁战栗，飞召三子虔及许超入卫。超匆匆驰归，虔亦继至，会接到张泓捷报，谓已击退冏军，乃复遣许超出赴军前。看官！试想出兵打仗，全靠纪律，忽而召还，忽而遣去，怎得不令人生疑，自挫锐气？伦之愚瞀，于此益见。不过齐王冏非将帅才，尚在颍上相持，一时未能攻入。张泓且麾军渡颍，直攻冏营。冏几乎被乘，幸部众猛力截杀，得破泓部将孙髦、司马谭，泓始退去。孙髦司马谭部下败兵，散归洛阳。孙秀还诈称得胜，宣示都下，谓已破灭冏营，朝臣皆贺。已而孙会败报又至，瞒无可瞒，吓得伪皇帝瞠目结舌，不知所为。如此没用，也想为帝，一何可笑？

原来孙会与士猗、许超，出拒颍军，行抵黄桥，一鼓作气，得破颍前锋军士，俘斩至万余人。颍欲退保朝歌，参军卢志进谏道："今我军失利，敌新得志，势必轻我，我若退缩，士气沮丧，不可复用。况胜负乃兵家常事，不若更选精兵，出奇制胜，方可得志。"颖乃汰弱留强，涕泣宣誓，激动众心，鼓勇再进。孙会等果然轻颖，不复设备，及颖军已到营前，方驱兵出战。这番接仗，与前次大不相同，颖军俱蓄怒前来，好似江上秋潮，一发莫御。会与士猗、许超，见来军如此利害，不由的胆战心惊，步步倒退。战了两三个时辰，但见头颅乱滚，血肉纷飞，部下士卒，除战死外，多半逃亡，会料知不妙，拨马先奔，士猗、许超相继骇走，都一口气跑回洛阳。所有宿卫兵三万人，任他自生自灭，无暇再问下落了。

孙秀见会等奔还，也急得无法可施，只好集众会议：或谓应收集余众，背城一战；或谓且毁去宫室，诛锄异党，挟伦南就孙旗、孟观，再图后举。孙旗已见前文。孟观自擒灭齐万年后，由东羌校尉任内调入为右将军，赵王伦篡位，令观出监沔北诸军事。齐王冏檄观讨伦，观粗知天文，仰望紫宫帝座，并无他变，还道伦得应天象，不至速败，因仍为伦固守，不愿应冏。失之毫厘，谬以千里。孙秀恐旗、观二人，未必可恃，所以迟疑不决。那外边的警报，杂沓传来，不是说颖军渡颍，就是说冏军逾河。都下将吏，汹汹思变。左卫将军王舆与尚书广陵公漼琅琊王伷第四子。乘风转舵，号召营兵七百余人，自南掖门入宫，倡言反正。三部司马也乐得依声附和，联同一气。舆令三部兵分卫宫门，自率部曲至中书省，拿捉孙秀，秀忙将省门闭住，不使舆入。舆纵兵登墙，掷入火具，毁及房屋，霎时烟焰满室，不可向迩。秀与士猗、许超冒烟出走，正遇左部将军麾下赵泉，舞刀过来，顺手劈去，巧巧剁落三个头颅。又搜杀秀子孙会，与前将军谢俶、黄门令骆休、司马督王潜、尚书左丞孙弼。即孙旗长子。

舆还屯云龙门，使人入白赵王伦，速即迎还惠帝。伦不得已，宣令道："我为孙秀所误，激怒二王，今已诛秀，可迎太上皇复位，我当归老农亩，不问朝事。"也想做太上皇么？令既发出，复使亲校执骆虞幡，至宫门外麾示罢兵，一面挈领家属，出华林东门，退归私第。与乃使甲士数千人，赴金墉城，迎还惠帝。帝与羊后并驾入宫，道旁百姓，咸称万岁，当下由惠帝亲自登殿，召集百官，群臣皆顿首谢罪。犹记得向伦劝进否？诏送伦父子至金墉城，派兵监守，改元永宁，大酺五日，且分遣使臣慰劳冏、颖、颙三王。

梁王肜首先上表，请诛伦父子以谢天下。有诏令百官会议，百官皆如肜旨，共请诛伦。总算善变。乃使尚书袁敞持节责伦，赐饮金屑酒。请君亦尝此美味。伦取酒饮毕，用巾覆面，且泣且呼道："孙秀误我！孙秀误我！"未几即毒发而毙。做了一百日的皇帝，也算威风，不应徒怨孙秀。伦子荂、馥、虔、诩，一并捕诛。此外如伦、秀私党，并皆斥免，台省府卫，所存无几。成都王颖，驰入都中，使部将赵骧、石超，往助齐王冏，讨张泓等。泓等闻都中复辟，伦已受戮，没奈何向冏乞降。自兵兴六十余日，两下战死，差不多有十万人。闾和孙髦、张衡、伏胤等，自成所还洛，均因情罪较重，斩首东市。蔡璜畏罪自杀。义阳王威，尝入宫夺玺，惠帝记在心中，至是语廷臣道："阿皮可恨！夺我玺绶，致掜我指，不可不杀。"阿皮为威小字，因即遭诛。东平王楙免官。河间王颙与齐王冏先后入都，同部众约数十万，威震京师，复传檄襄沔，令诛孙旗、孟观。襄阳太守宗岱承檄斩旗，饶冶令空桐机承檄斩观，皆传首洛阳，并夷三族。那时孙辅、孙惔，为旗犹子，当然骈首市曹。不必细表。

惠帝封赏功臣，授齐王冏为大司马，加九锡殊礼，备物典策，如宣、景、文、武并见前文。辅政故事。成都王颖为大将军，都督中外诸军事，并假黄钺，录尚书事，亦加九锡。河间王颙为待中太尉，常山王乂为抚军大将军，兼领左军。进广陵公漼爵为王，领尚书，加待中。新野公歆，亦进爵为王，都督荆州诸军事。授梁王肜为太宰，领司徒。起前司徒王戎为尚书令，王衍为河南尹，立襄阳王尚为皇太孙，复宾徒县王晏改封，仍为吴王。大司马齐王冏，表请呈复张华、裴頠及解结兄弟原官，有诏令廷臣会议，积久未决。越年，始得如冏所请，为张、裴、二解昭雪，复还官阶，拨归原产，且遣使吊祭。

　　海内想望太平，总道是拨乱反正，除逆申冤，好从此重见天日了。哪知天不祚晋，内乱未已，东莱王蕤与左卫将军王舆，共谋害冏，骤欲生变。事前被发，始致败谋。蕤系齐王冏庶兄，素性强暴，使酒凌人，冏生平常为所侮，只因谊关手足，格外包容。及冏起兵讨伦，伦收蕤下狱，尚未加刑。惠帝反正，蕤得释出，闻冏至洛阳，往迎路旁。冏但颔以首，未尝下马与谈。蕤愤詈道："我为尔几罹死罪，何太无友于情？"既而冏入辅政，蕤只得为散骑常侍，益觉怏怏，因向冏乞求开府。冏答说道："武帝子吴王晏，尚未得开府，兄且少待。"蕤闻冏言，恨上加恨，遂密劾冏专权不道，将为管、蔡。惠帝当然不报。

　　左卫将军王舆，自谓有复辟大功，未得厚赏，因与蕤表示同情，拟伏兵阙下，俟冏入朝时，把他刺死。偏被冏得悉阴谋，立即奏闻，捕舆斩首，诛及三族，废蕤为庶人，徙居上庸。上庸内史陈钟，私伺冏意，将蕤谋毙，冏亦不复过问。冏虽寡情，蕤却自取其死。为了兄弟相戕，遂致诸王疑议，又复生出无数乱端。新野王歆，将赴荆州，与冏同出谒陵，因密语冏道："成都王系是至亲，同建大勋，当留与辅政，否则宜撤彼兵权，毋令生祸！"冏点首会意，不再答言。常山王乂，亦与成都王谒陵，乘间语颖道："天下系先帝的天下，王宜好为维持，毋使齐王逞志！"颖与乂同系武帝庶子，故有是言。颖也以为然，还语参军卢志。志进言道："齐王众号百万，与张泓等相持颍水，日久未决；大王直前渡河，首先入都，功无与比，朝野共知。今齐王欲与大王共辅朝政，志闻两雄不并立，何不因太妃微疾，求还定省，委重齐王，得收物望？这乃是今日的上策呢。"颖为武帝才人程氏所生，太妃即指程才人。

颖素信志言，便即依议。越日入朝，由惠帝引至东堂，面加褒奖，颖拜谢道："这都是大司马冏的功劳，臣怎能掠美呢？"言毕趋出，即上表称冏功德，宜委以万机。自陈母疾，愿即归藩，为终养计。一面匆匆治装，不待复诏，便告辞太庙，径乘车出东阳门，西向归邺。相随只卢志等数人，不令营中与闻。就是齐王冏府第中，也只遣人贻书告，别外无他语。冏得书大惊，急驾马往追，驰至七里涧，方得见颖。颖停车叙别，涕泣滂沱，但言太妃疾苦，引为深忧，故无暇面辞。言毕，即驱车别去，毫不谈及时政。冏也即还都，尚自称为咄咄怪事。

颖既还邺，诏遣使臣再申前命，颖但受大将军职衔，辞九锡礼，且表称："兴义功臣，应并封公侯。前时大司马屯兵颖上，日久民困，乞运河北米十五万斛，赈给饥民"云云。又自制棺木八千余口，即移成都国俸为衣服，殓祭黄桥死士，并各抚家属，比普通战死为优。又命温县瘗埋赵王伦部卒，得万四千余人。看官听着！成都王颖这种行为，统是卢志替他划策，教他笼络人心，收集时誉。果然，两河南北，交口称颂，就是都城内外，也没一个不号为贤王。若能长此过去，虽属矫情，亦必终誉。还有中书郎陆机，从前为赵王府中的参军，齐王冏入都后，得伦受禅诏书，疑是陆机所为，即欲加诛，亏得颖力为解救，方得免罪。颖爱机才，后表请为平原内史，机弟云为清河内史，晋廷自然允准，立遣二人赴任。机友人顾荣、戴渊，为言中国多难，劝机还吴。机感颖厚惠，且谓颖有时望，可与立功，乃逗留不去。谁知兄弟二人后来皆死颖手。

颖方惠民礼士，刻意求名。冏却植党营私，但务纵欲，所有立功将佐，如葛旟、路秀、卫毅、刘真、韩泰五人，皆封为县公，号曰"五公"。委以心膂，并就乃父齐王攸故第，增筑广厦，所有邻近庐舍，不问公私，统被拆毁，使大匠刻意经营，规制与西宫相等。又凿通千秋门墙，得达西阁，后房遍设钟悬，前庭屡舞八佾，沉湎酒色。常不入朝，长子冰得封乐安王，次子英得封济阳王，三子超得封淮南王。好容易过了一年，太孙尚又复夭逝，梁王肜相继去世，诏复封常山王乂为长沙王，领骠骑将军；起东平王楙为平东将军，都督徐州军事，使镇下邳。召还东安王繇给复官爵，<small>繇被废徙带方事，见前文。</small>且拜为宗正卿，再迁至尚书左仆射。齐王冏欲久专国政，见皇孙俱已死亡，成都王颖为众望所归，倘立为皇太弟，于自己大有不利，因表请立清河王覃为太子。覃系惠帝弟遐长男，年才八岁，当即择日册立，入居东宫，使冏为太子太师。

是时，尚有东海王越，为"八王"之殿。为宣帝从子，父泰曾受封高密王。泰死后越得袭爵，改封东海。越少有令名，不慕富贵，恂恂如布衣。永康初，始入为中书令，冏思联为臂助，进拜越为侍中，寻复授职司空，领中书监，越乃渐得预闻政事。侍中嵇绍，见惠帝昏庸如故，内权属齐王冏，外望归成都王颖，将来必启争端，乃上疏防变，大略说是：

> 臣闻改前辙者车不倾，革往弊者政不爽，故存不忘亡，安不忘危，为大易之至训。今愿陛下无忘金墉，大司马无忘颍上，大将军无忘黄桥，则祸乱之萌，无由而兆矣。

绍既上疏，又致冏书，援引唐虞茅茨，夏禹卑宫的美迹，作为规讽。冏虽巽言答复，终不少改。那惠帝是个糊涂人物，不识好歹，就使嵇侍中上书万言，也似不见不闻，徒然置诸高阁罢了。冏坐拜百官，符敕三台，选举不公，嬖佞用事。殿中御史桓豹，因事上奏，未曾先报冏府，即被遣斥。南阳处士郑方，露书谏冏，且陈五失，冏亦不省。主簿王豹抗直敢言，向冏上笺，请冏谢政归藩。去了一豹，又来一豹，俱可称为豹变之君子，可惜遇着顽豚。辞云：

豹闻王臣蹇蹇，匪躬之故，将以安主定时，保存社稷者也。是以为人臣而欺其君者，刑罚不足以为诛；为人主而逆其谏者，灵厉不足以为谥。伏惟明公虚心下士，开怀纳善，而逆耳之言，未入于听。豹思晋政渐阙，始自元康以来，宰相在位，皆不获善终。今公克平祸乱，安国定家，若复因前日倾败之法，寻中国覆车之轨，欲冀长存，非所敢闻。今河间树根于关右，成都盘桓于旧魏，新野大封于江汉，三面贵王，各以方刚强盛，并典戎马，处险害之地。明公兴义讨逆，功盖天下，以难赏之功，挟震主之威，独据京都，专执大权。进则亢龙有悔，退则蒺藜生庭，冀此求安，未知其福，敢以浅见陈写愚情。

昔武王伐纣，封建诸侯为二伯：自陕以东，周公主之；自陕以西，召公主之。及至其末，四海强兵，不敢遽阙九鼎，所以然者，天下习于所奉故也。今诚能遵用周法，以成都为北州伯，统河北之王侯，明公为南州伯，摄南土之官长，各因本职，出居其方，树德于外，尽忠于内。岁终率所领而贡于朝，简良才，命贤隽，以为天子百官，则四海长宁，万国幸甚，明公之德，当与周召并美矣。惟明公实图利之！

这笺上后，王豹待了十余日，并无答语，因再上一笺云：

第十三回　迎惠帝反正除奸　杀王豹擅权拒谏

豹上笺以来，十有二日，而盛德高远，未垂采察，不
赐一字之令，不敕可否之宜，豹窃疑之。伏思明公挟大
功、抱大名、怀大德、执大权：此四大者，域中所不能
容，贤圣所以战战兢兢，日昃不暇食，虽休勿休者也。昔
周公以武王为兄，成王为君，伐纣有功，以亲辅政，扶德
弘深，圣思博远，至忠至仁，至孝至敬。而摄政之日，四
国流言，离主出奔，居东三年，赖风雨之变，成王感悟，
若不遭皇天之应，神人之察，恐公旦之祸，未知所限也。
至于执政，犹与召公分陕为伯，今明公自视功德，孰㢟周
公旦？元康以来，宰相之患，危机窃发，不及营思，奇祸
潜起，辄在呼吸，岂复宴然得全生计？前鉴不远，公所亲
见也。君子不有远虑，必有近忧，忧至乃悟，悔无所及。
今若从豹此策，皆遗王侯之国，北与成都分河为伯；成都
在邺，明公都宛，宽方千里，以与圻内侯伯子男，小大相
率，结好要盟，同奖王家，贡御之法，一如周典。若合尊
旨，可先与成都共议，虽以小才，愿备行人。百里奚，秦
楚之商人也，一开其说，两国以宁。况豹虽陋，犹大州之
纲纪，与明公起事险难之主簿也，身虽轻而言未必否，倚
装以待，伫听明命！

冏连接二笺，方有明令批答道："得前后白事，具见悃诚，
当深思后行。"掾属孙惠，亦上笺谏冏，略言："大名不可久
荷，大功不可久任，大权不可久执，大威不可久居。宜思功成
身退之义，崇亲推近，委重长沙、成都二王，长揖归藩，方足
保全身名"等语。冏不能用，惠辞疾竟去。却是见机。冏问记
室曹摅道："或劝我委权还国，汝以为何如？"摅答道："大王
能居高思危，褰裳早去，原为上计。"冏始终不决。适长沙王
乂过访冏第，见案上列着书牍，便顺手展阅，看到王豹二笺，

不由的发怒道："小子敢离间骨肉，何不拖他至铜驼下，打杀了事？"冏听着此言，也不禁愤急起来，再经乂添入数语，好似火上加油，愈不可遏，便奏请诛豹，略云：

> 臣忿奸凶肆逆，皇祚颠坠，与成都、长沙、新野三王，共兴义兵，安复社稷，唯欲戮力皇家，与懿亲宗室，腹心从事。不意主簿王豹，妄造异言，谓臣忝备宰相，必构危害，虑在旦夕，欲臣与成都分陕为伯，尽出蕃王。上诬圣朝鉴御之威，下启骨肉乖离之渐，讪上谤下，谗内间外，构恶导奸，莫此为甚。昔孔丘匡鲁，乃诛少正，子产相郑，先戮邓析，诚以交乱名实，若赵高诡怪之类也。豹为臣不忠、不顺、不义，应敕赴都街，正国法以明邪正，谨此奏闻！

奏入，便奉诏依议，当下将豹推出东市，用鞭挞死。豹将死时，顾监刑官道："可将我头悬大司马门，使得见外兵攻齐哩。"小子有诗叹道：

> 逆耳忠言反受诛，臣心原可告无辜。
> 临刑尚订悬头约，犹是当年伍大夫。

豹既冤死，同僚多恐遭祸，随即告退。容至下回报明。

> 齐冏为名父之子，倡义勤王，足为功首。成都次之，长沙又次之，河间又次之。惠帝复辟，伦、秀就戮，叙功论赏，固无出齐王右者。为齐王计，能与诸王同心戮力，夹辅惠帝，则如周公之弼成王，诸葛孔明之相刘禅，谁曰不宜？否则急流勇退，委政而去，

亦不失为明哲士。乃逞心纵欲，居安忘危，有良言而
不见纳，有嘉谟而不肯从，甚至冤戮王豹，杜塞众
口，孔圣谓言莫予违，必致丧邦，况同为人臣乎？本
回于郑方、孙惠诸谏牍，俱皆从略，而独录豹二笺，
并及同奏，所以表豹之忠义，且嫉同之暴盭云。

第十四回

操同室戈齐王毕命　中诈降计李特败亡

却说王豹受戮，中外称冤，与豹同事的官僚，各有戒心。掾属张翰，见秋风徐来，忆及江南家景，有菰菜、莼羹、鲈鱼脍诸风味，便慨然自叹道："人生贵适意，何必恋情富贵呢？"遂上笺辞官，飘然引去。僚友顾荣，故意酣饮，不省府事。冏长史葛旟，说他嗜酒废职，被徙为中书侍郎。颍川处士庾衮，闻冏期年不朝，亦不禁歔欷道："晋室将从此衰微了。看来祸乱不远，我不便在此久居。"乃挈妻子逃入林虑山中。冏溺志宴安，终不自悟，且因河间王颙，前曾依附赵王伦，很不满意，任令还镇，并加意设防。颙长史李含，尝被征为翊军校尉，与梁州刺史皇甫商有嫌，商得参翊军事。含以此不安，冏右司马赵骧，又与含有积忿，含益恐罹祸，竟匹马出都，奔还关中。颙见含回来，当然惊问。含诈称传达密诏，令颙诛冏，颙将信将疑，含遂说颙道："成都王为皇室至亲，且有大功，今委政归藩，甚得众心。齐王冏越亲专政，朝野侧目，为大王计，可檄长沙王讨齐，齐王必诛长沙王，我得借此兴师，归罪齐王，师出有名，不患不胜。若除去齐王，使成都王辅政，除逼建亲，永安社稷，岂不是一番大功劳么？"播弄是非，图害二王，如此刁滑，最堪痛恨。颙贪立大功，居然依议，便抗表陈请道：

　　王室多故，祸难罔已。大司马冏虽曾倡义，有兴复皇位之功，而安定都邑，克宁社稷，皆成都王之勋力也，而冏不能固守臣节，实乖众望。自京城大定，篡逆诛夷，乃率百万之众，来绕洛城，阻兵经年，不一朝觐，百官拜伏，晏然南面，坏乐官市署，用自增广，取武库秘仗，严列不解。故东莱王蕤，知其逆节，表陈事状，横遭诬谮，加罪黜徙。彼益树植私党，僭立官属，幸妻嬖妾，名号比之中宫，宠竖顽僮，官爵侔同勋戚，密署心腹，实为货谋，斥罪忠良，窥窃神器，逆伦始谋，固犹是也。臣受重任，蕃卫方岳，见冏所行，实怀激愤。即日翊军校尉李含，乘驲密来，宣腾诏书，臣伏读感切，五情若灼，《春秋》之义，君亲无将。冏拥强兵，置党羽，权宦要职，莫非私人，虽加重责之诛，恐不义服。今特勒精卒十万，与州郡并协忠义，共会洛阳。骠骑将军长沙王乂，同奋忠诚，废冏还第；成都王颖，明德茂亲，功高勋重，往岁去就，允合众望，宜为宰辅，代冏阿衡之任。臣志安社稷，未敢营私，为此拜表摅诚，急切上闻！

　　颙既上表，即令李含为都督，出次阴盘，张方为前锋，进逼新安，距洛阳百二十里，一面遣使邀结成都王颖、新野王歆，并范阳王虓。音哮。虓系宣帝从孙，父绥尝封范阳王。绥死由虓袭封，拜安南将军，都督豫州军事，就镇许昌。诸王接到颙使，尚各按兵不动，坐观成败。也是中立政策。那齐王冏得了颙表，事出意外，不免惊惶，忙召百官，会议府中。冏首先开口道："孤首倡义兵，扫除元恶，区区臣心，可质神明。今二王听信谗言，忽构大难，究应如何对待，方保万全？"尚书令王戎应声道："如公勋业，原足盖世，但赏不及夽，故人怀贰心。今二王相结，恐不可当，公何不委权崇让，洁身就第？使二王无从借口，自然得安。"司空东海王越，也如戎议。

忽有一人趋入，怒目厉声道："赵庶人听任孙秀，移天易日，当时衮衮诸公，无一倡义，赖我王犯矢石，贯甲胄，攻围陷阵，事乃得济。今日计功行封，未遍三台，这是赏报稽迟，责不在府。今谗言肆逆，理应一致同心，共图诛讨，乃虚承伪书，令王就第，试想汉魏以来，王侯就第有能保全妻子否？谁主此议，实可斩首！"你想讨灭二王，果可保全妻子么？王戎闻言，大吃一惊，慌忙审视，乃是同门下中郎将葛旟。再顾齐王冏面色，也觉有异，更惶恐的了不得。眉头一皱，计上心来，托言腹胀如厕，装出龙钟状态，才至厕所，跌了一交，弄得满身粪秽，臭不可闻，乃跟跄逃去。亏他装做得出。百官莫敢置议，也陆续溜了出来。

冏恐长沙王乂为内应，忙遣心腹将董艾，引兵袭乂。偏乂已走了先著，率左右百余人，驰入中宫，阖住诸门，挟了惠帝，号召卫士，出攻大司马府。董艾陈兵宫西，纵火焚千秋神武诸门，乂亦遣部将宋洪，往烧冏第。两下里喊声大震，火光烛天。冏使黄门令王湖盗出驺虞幡，麾示大众，宣言长沙王矫诏为乱。乂却拥惠帝至上东门，御楼传旨，说是大司马谋反。董艾不顾利害，望见天子麾盖，竟令部众仰射，矢集御前，侍驾诸臣，多被射伤，或即倒毙。都下各军，见董艾如此无礼，遂疑冏谋反是实，于是相率攻冏，接连战了三日三夜，冏众大败。大司马长史赵渊，执冏请降，当由乂牵冏上殿，面见惠帝。冏自陈枉屈情形，伏地涕泣。惠帝不觉心动，意欲赦冏。乂亟叱左右推冏出外，一刀杀死，枭示六军。同党如董艾、葛旟等，皆夷三族，戮至二千余人。冏子冰、英、超，一并褫爵，幽禁金墉城。冏弟北海王寔，连坐被废。

乃复请惠帝登殿，下诏大赦，改元太安。进长沙王乂为太尉，都督中外诸军事。封废王蕤子焐为齐王，奉齐献王攸遗祀，且遥谕河间王颙等罢兵。颙乃召还李含、张方，含怏怏退归。原来含为颙计，檄义讨冏，本意是借义为饵，总道义非冏敌，必为所杀，待冏杀义后，势必具敝，正好乘衅入都，除冏废帝，迎立成都王颖，由颙为相，自己好佐颙预政。偏偏不如所料，又得一举杀冏，反把朝廷大权，平白地为义取去，真是替人作嫁，毫无益处。含因此失望，又想设法挑衅，劝颙除义。适值巴氏李特，倡乱成都，颙有西顾忧，遣督护衙博出屯梓潼，与特相持，不得不将内政问题，暂且搁起。小子也只好将李特乱事，随笔叙明。

自从李特兄弟，与流民西行入都，见前文。益州刺史赵廞，见特材武，引为己用。特弟庠、流，当然同处。特恃势掠民，为蜀人患。成都内史耿滕，密奏晋廷，略言"流民剽悍，蜀民懦弱，喧宾夺主，必为乱阶。刺史赵廞，不能控驭，反假权宠，应如何防患未然，酌量调遣"云云。晋廷遂征还赵廞，用滕为益州刺史。廞本贾后姻亲，接到朝旨，愈觉悚惶，自思晋廷衰乱，不如抗命据蜀，独霸一方。乃大发仓廪，遍赈流民，更厚待李特兄弟，倚作爪牙。待耿滕入州，竟发兵出攻，把滕击死。又诱杀西夷校尉陈总，自称大都督大将军益州牧，建置僚属，改易守令，分遣李特兄弟，屯守要害。庠招集各郡壮勇，得万余人，堵塞北道，受廞封为威寇将军。

廞长史杜淑、张粲，谓廞倒戈授人，恐为庠噬，廞从此忌庠。庠未曾闻知，反入劝廞速称尊号，语尚未毕，即被淑、粲两人，左右突出，把庠拿下，责他大逆不道，推出斩首。特与流在外握兵，乃骤斩一庠，岂非冒昧？一面遣人慰抚特、流，但言庠罪应死，兄弟不相连坐，尽可安心戍守。特与流哪里肯从？便引众趋归绵竹。廞恐二人报怨，拟遣将加防，适牙门将许弇，求为巴东监军，杜淑、张粲，固执不许。弇怒杀淑、粲，淑、粲左右复杀弇。三人皆廞心腹，同时毙命，廞如失左右手，不得已遣长史费远、蜀郡太守李苾、督护常俊，率领万余人，往戍绵竹附近的石亭。李特欲为弟报仇，潜募徒众，得七千余人，夜袭费远等军营。远等骇走，奔还成都。特乘胜进攻，日夜不休。远、苾与军祭酒张微，复斩关夜遁，文武尽散。廞孤立无助，只好带了妻孥，混出城门，驾着扁舟，走向广都。手下亲丁数名，见廞失势，顿时图变杀廞，函首送特。特已趋入成都，大掠三日。既得廞首，悬示城门，且遣使入都，表陈廞罪，伫待朝命。

先是梁州刺史罗尚，闻廞逆命，曾上言廞非雄才，不久必毙，已而果如尚言。晋廷以尚为能，即授尚平西将军，领益州刺史。尚率牙门将王敦、广汉太守辛冉，及新任蜀郡太守徐俭等入蜀。特闻尚来，且忧且惧，使季弟骧绕道出迎，赂贻珍玩，统是五光六色，价值连城。尚不禁大喜，见利即喜，贪鄙可知，乌足济事？立命骧为骑督，特与弟流复率部众牵牛担酒，驰至绵竹，为尚接风。王敦、辛冉语尚道："特等统是盗贼，可乘他来会，拿住斩首，方免后患。"尚不肯依议。厚抚特、流，偕入成都，更保举特为宣威将军，流为奋武将军。会秦、雍二州，接奉朝旨，令召还入蜀流民。又由御史冯该，往蜀督遣，流民多不愿行。特尚有兄辅，留居略阳，此时赴蜀，语特谓中国方乱，不宜遣还流民。特乃再致赂罗尚并及冯该，请展缓流民归期。两人得了货赂，许令宽限半年。

时方春季，转瞬间即到新秋，流民多为人佣工，无资可行，且因水潦方盛，五谷未登，更不便就道，复乞特再为缓颊。特因申禀罗尚，更请延期。尚颇欲允许，广汉太守辛冉，向尚力阻，坚持前约。就中还有一段隐情，乃是冉暗中舞弊，只手瞒天。当特、流二人受官时，诏书送下，令冉等调查流民，果与特等同讨赵廞，亦应按功加赏等语。冉昧下朝命，并未照办，且欲杀流民首领，劫取资财。流民相率怨冉，复相率感特。特欲收结众心，便在绵竹连置大营，安处流民，并移文至冉，请他法外施仁，毋使流民失所。冉阅特文，勃然大怒，索性悬赏通衢，募李特兄弟头颅。特闻冉悬赏购已，令人潜往揭榜，令弟骧添写数语，谓能斩送流民首级，每一头赏布百匹。

于是流民大愤，奔投特营，旬日间至二万余人。冉复立栅冲要，谋掩流民，且遣广汉都尉曾元、牙门张显率步骑三万人，夜袭特营。罗尚亦遣督护田佐为助。特正分部众为二垒，自居东营，令弟流居西营，缮甲厉兵，设伏以待。曾元、张显、田佐等到了特营，见营中灯火无光，寂无声响，总道特未曾防备，放胆直入。不料号炮一声，伏兵四出，特自营内杀出，流从营外杀入，一阵乱剁，把曾元张显田佐三人，一股脑儿了结性命，余众多死，逃脱的不过数千人。流民喜跃异常，共推特行镇北大将军，承制封拜。流行镇东大将军，兼号东督护。辅与骧亦俱为将军，进兵攻冉。冉督兵出战，屡为所败，遂溃围出走德阳。既不能战，又不能守，还想什么大富贵？特入据广汉，令李超为太守，再率众往攻成都。沿途晓示蜀民，与他约法三章，施舍赈贷，礼贤拔滞，军律肃然，秋毫无犯，蜀民大悦。是谓强盗发善心。罗尚出兵拒特，统被击退，不得已在城外筑垒，连营自固；一面贻书梁州及南夷校尉等处，乞请援师。

河间王颙，得成都被困消息，乃遣衙博带领兵士，往援成都。晋廷亦授张微为广汉太守，进军德阳。罗尚又遣督护张龟，出次繁城。三路人马，遥相呼应，为夹攻计。特使次子荡引兵袭博，自统部众击破张龟，再至德阳堵御张微。博引兵至梓潼，列营阳沔，突闻李荡掩至，仓猝出战，被他杀败，退保葭萌。梓潼太守张演，弃城遁去。巴西丞毛植，迎降荡军。荡再攻衙博，博又怯走，麾下兵悉数降荡。荡向特报捷，特遂自称大将军、益州牧，都督梁、益二州军事。改年建初，大发兵攻张微。微依高据险，与特相持，连日不决。待至特众惰弛，乃遣步兵循出而下，突入特营。特抵挡不住，且战且走。途中七高八低，险些儿为微所乘，几至全军覆没。忽见一少年将军，身穿重铠，手持长矛，大呼直前，让过李特，竟向微军中杀入，左挑右拨，无人敢当，接连刺死数十人，方将微军杀退。特瞧将过去，那少年不是别人，正是次子李荡，不由的喜出望外，复驱众返追微军。微见特追至，整阵再战，不料荡余勇可贾，仗着一杆蛇矛，摧锋陷阵，辟易千人。微军已胆弱气衰，不敢与斗，微只得逃回德阳。特既得胜仗，便欲引还，荡进言道："微已战败，士卒伤残，智勇俱竭。我军正可乘他劳敝，一鼓擒微，若失此机会，待微休养疮痍，再得振奋，恐未易图谋了。"特乃令荡进围德阳。微溃围出走，由荡驱众追杀，竟得将微刺死，并生擒微子存，旋师报特。特召存入见，存跪伏乞命。特乐得施恩释存使归，发还微尸。也知权诈。遣部将骞硕为德阳太守，正拟再攻成都。

忽闻河间王颙，又遣梁州刺史许雄，率兵前来，乃留众守候。俟雄军一到，便杀将过去。雄军远来困乏，怎敌得李特的生力军？战不数合，便即败退。越宿又战，雄军复败，遁回梁州。特乃得移兵西进，复攻罗尚。尚自特东去后，曾在郫水岸上，增戍加防，且因李流、李骧，未曾随特他去，仍然分驻毗桥，因此不敢远出，但遣兵出扰骧营。骧再战再胜，三战失利，奔入流营，与流并力回攻，又大破尚军。尚军真不耐战。尚急得没法，偏李特又潜军渡江，击退郫水戍卒，会集流、骧两营，直逼城下，声震山谷，直使尚叫苦不迭，寝食难安。尚尝谓蜀无雄才，试问自己有雄才否？成都尚有内外二城，内城叫做"太城"，外城叫做"少城"，蜀郡太守徐俭，见李特势盛，竟将少城降特。尚只孤守太城，越觉汹惧，不得已向特求和。特未肯遽许，入据少城。

是时，蜀人危惧，皆结坞自保，特遣使安抚，众皆听命。惟特尝申行禁令，不准侵掠。部下流民，趋集如蚁，免不得人多粮少，乃分遣流民，自向诸坞就食。李流入告道："诸坞新附，人心未固，宜令大姓子弟，入城为质，方保无虞。"特怒答道："大事已定，但当安民，奈何迫令入质，使他离叛呢？"徒知小惠，亦属不合。既而晋廷遣荆州刺史宗岱、建平太守孙阜，带领水军三万人，西援成都。岱令阜为前锋，进逼德阳。特亟遣李荡等往御阜军，一战失利，入守德阳。益州从事任睿，向尚献议道："特散众就食，骄怠无备，朝廷援军大至，将入德阳，这正是天意诛逆的时候了。乘此密结诸坞，约期同发，内外夹击，定可破贼。"尚乃令睿夜缒出城，往告诸坞。诸坞人民，正得阜军入境消息，便即从命，愿如睿约。睿还城报尚，又自请往特诈降。尚悉依睿计，睿又出城诣特。特问及城中虚实，睿答道："粮储将尽，只有货帛，不久便可破灭了。鄙意不甘同尽，故来投降。"特信为真言，留诸麾下。

睿在特营二日，备悉特军情状，乃求还省家，特仍不以为疑，听令自去。睿复入内城，部署兵马，如期出发，直薄特营。诸坞亦遵约四应，表里合击，杀得特众走投无路，东倒西歪。睿领着锐卒，冲至特前，特见睿到来，还疑他纠众来援，当拍马相迎，不防睿劈面一刀，立即送命，倒毙马下。李辅急上前相救，又被睿顺手杀死。惟李流、李骧及特少子李雄，挈领家属及所有残众，拼命杀出，遁往赤祖去了。罗尚出城安民，把李特、李辅尸身，一并焚骨扬灰，惟先时将两首枭下，遣使传送洛阳。小子因有诗叹道：

挺身百战逞强梁，一败偏遭马上亡。
莫笑当年刘后主，兴衰得丧本无常。

特既败死，荡在德阳，闻报即还，欲知后来情形，待至下回再表。

　　长沙王乂，随同起兵，未尝亲临一战，而因人成事，得复故封，此未始非一时之幸遇，为乂计，亦可以知足矣。乃与颖谒陵，即有乘间挑拨之言，小人得志，为鬼为蜮，诚哉其靡所底止也。李含之为颙设谋，比乂尤狡，乂欲借颖以除冏，含且借颙以除冏乂。假令当日者，冏乂果得并除，含计得逞，安知含之不再除颖颙也？然木必朽而后虫生，堤必裂而后蚁入，冏、颖、乂、颙，能知同族之不宜相戕，推诚相与，虽有百含，何能为哉？彼李特兄弟与流民同入成都，得良吏以驾驭之，未始不可收为爪牙，乃前有赵廞，后有罗尚，贪欲无艺，反使李特等乘怨行私，挟众为乱，至特诛而乱似可止矣，然罗尚犹存，民怨未已，蜀岂能有宁日乎？此贪夫之所以终为国祸也。

第十五回

讨逆蛮力平荆土　拒君命冤杀陆机

　　却说李流遁至赤祖，收集残众，尚不下数万人。李荡亦自德阳奔还，助流拒守。流与荡、雄各为一营，流居北，荡、雄居西。部众以军中无主，无所适从，因复推流为大将军，领益州牧，秣马厉兵，再图一战。是时，德阳已为孙阜所破，守将骞硕等被擒，阜退屯涪陵，罗尚却遣督护何冲、常深等，分道攻流。还有涪陵民药绅，亦起兵相助。流与李骧拒深，使荡与雄拒绅，何冲却乘虚攻北营。流已外出，只留部将苻成、隗伯等，居守营中。两将忽生变志，与冲为应，冲趁势杀入，不意营内出来一个女将军，擐甲执矛，麾动部众，拼命抵住。女将为谁，请看官掩卷一猜。冲不禁诧异，但令军士困住女将，与她厮杀。那女将毫不畏惧，反抖擞精神，当先冲突，好几次被她荡决，直使冲无可下手，目眙心惊。忽从刺斜里闪出一人，手执利刃，直奔女将，女将连忙闪避，那刀锋已到眉尖，伤及左目，顿时血泪交进，点滴不休，冲总道这女将受伤，必致败遁，偏女将仍复酣战，反觉得裂眦扬眉，拼个你死我活。

　　看官欲知女将来历，乃是特妻罗氏。刃伤罗氏左目，便是隗伯。罗氏已有死志，始终不肯退去。那营内却已被搅乱，眼见得危巢将覆，猛听得营门外面一声呼啸，有两大头目，率众杀到，一是李流，一是李荡。原来流往拒常深，得破深垒，深已遁去；荡往拒药绅，绅闻深败，不战自退，所以流与荡得收兵驰还，来救北营。何冲只一支孤军，怎禁得两路来攻。只好冲开一条血路，没命似的乱跑。苻成、隗伯也溃围突出，随冲同诣成都。流与荡尚不肯舍，在后力追。荡自恃勇力，持矛先驱，将到成都城下，不防苻成、隗伯翻身猛斗，苻执矛，隗执刀，双战李荡。荡格过了矛，又要防刀，格过了刀，又要防矛，略略一个失手，被苻成刺中腰胁，坠落马下。是亦与养由基之死艺相类。苻成正要枭取荡首，适值李流驰到，部众甚盛，料知不遑下手，亟与隗伯掉头入城。何冲已在城阃守候，见二人得入，立将城门阖住，阻遏外兵。

流抢得荡尸，涕泪并下，再拟鼓众攻城，忽有急足驰到，报称孙阜将至，没奈何长叹一声，载尸引还。既返北营，检点营中士卒，也被何冲一战，伤毙多人。自思兄、侄俱亡，孙阜又至，不由的悲惧交并。姊夫李含，曾由特任为西夷校尉。此李含与颙长史同姓同名，但不同人。惟含与特同姓结婚，究不脱蛮俗。至是劝流乞降阜军。流无可奈何，因遣子世及含子胡，至阜军为质，壹意求和。李骧、李雄交谏不从。胡兄离为梓潼太守，闻信驰还，欲谏不及，退与雄谋袭阜军。雄很是赞成，但虑流不肯发兵。离答道："事若得济，何妨擅行。"雄大喜过望，便语部众道："我等前已残虐蜀民，今一旦束手，便为鱼肉，为今日计，惟有同心袭阜，尚可死中求生。"众皆踊跃从命。

雄与离遂不复白流，率众径袭阜军。阜因流已求和，不复设备，竟被雄等捣入营垒，杀得一个落花流水。阜但率数骑遁去。宗岱驻军垫江，得病身亡，荆州军遂退。雄始向流报捷，流不禁愧服，嗣是一切军事，委雄主持。雄更出兵攻杀汶山太守陈图，夺踞郡城。相传雄为罗氏所生，与荡同出一母。罗氏尝梦见大蛇绕身，方致怀妊，阅十四月乃生。罗氏知非常人，告诸李特。特因取名为雄，表字仲俊。术士刘化，见雄有奇姿，尝语人道："关陇士人，皆当南移，李氏子中，惟仲俊有奇表，将来终为人主呢。"后果如刘化言，这且慢表。为下文李雄僭号张本。

　　且说晋廷闻蜀乱未平，再遣侍中刘沈，出统罗尚、许雄等军，申讨李流。沈行过长安，河间王颙慕沈才学，留为军司，表请易人。颙已有无君之心，故得截留军师。诏授沈为雍州刺史，使得与颙相处。另由颙派出一人，叫作席薳，也是有名无实，不闻西行。廷议欲再简良帅，蓦由新野王歆递入急奏，乃是义阳蛮酋张昌，聚众为逆，锋不可当，请朝廷急速发兵，分道进援。又起一波。当时荆州东南，蛮民伏处，尚知归服王化，自歆出镇荆州，政尚严急，失蛮人心。义阳蛮张昌，聚众数千人，乘隙思乱。适晋廷征发荆州丁壮，往讨李流，大众俱不愿远行，诏书一再督促，并责令地方官随地查察，不准役夫逗留。郡县有司，依诏办理，不敢违慢。被役兵民，急不暇择，索性相聚为盗。还有饥民趋集，约数千口。于是张昌四处煽诱，即就安陆县石岩山中，作为巢穴，自己移名改姓，叫作李辰，诸戍役及众饥民，多往趋附，众至万余。江夏太守弓钦，遣兵往讨，反为所败。昌遂出巢攻江夏郡，钦督众迎战，又复失利，竟与部将朱伺奔往武昌。

　　昌得入据江夏，又造出一种妖言，谓当有圣人出世，为万民主。已而得山都县吏邱沈，使改姓名曰刘尼，诈称汉后，奉为天子，且向众诳言道："这便是圣人呢。"昌自为相国，指野鸟为凤凰，充作符瑞，居然拥着邱沈，郊天祭地，号为神凤元年，徽章服色，一依汉朝故事。如有人民不肯应募，便即族诛。并捏称"江淮以南，统已造反，官军大起，悉加诛戮，惟得真主保护，方可免难"等语。为此种种讹传，煽动远近，遂致乱徒四起，与昌相应，旬月间多至三万人，皆首著绛帽，用马尾作髻，几与戏子演剧，仿佛相同。天下事莫非幻戏，何怪张昌。

新野王歆闻江夏失守，乃遣骑督靳满往剿。满至江夏，与昌交锋，不到半日，杀得大败亏输，慌忙奔还。歆因乞请济师，诏遣监军华宏往讨，又不是张昌的对手，败绩障山。廷议乃如歆所请，发兵三道：一是命屯骑校尉刘乔为豫州刺史，攻昌东面；一是命宁朔将军刘弘为荆州刺史，攻昌西面；一是诏河间王颙，使遣雍州刺史刘沈，率州兵万人，并征西府五千人，出蓝田关，攻昌北面。哪知颙不肯奉诏，止沈不遣。叛形已露。沈自领州兵至蓝田，又被颙遣使追还，北路兵完全无效。唯刘乔出屯汝南，刘弘及前将军赵骧、平南将军羊伊，出屯宛城。昌遣党羽黄林，率二万人向豫州，自统众攻樊城。新野王歆，因乱党逼近，不得已亲自出马，督兵往御。两下相值，彼此列阵，歆方麾兵接仗，不防部下一声哗噪，竟尔四散。那乱党竟摇旗呐喊，好似狂风猛雨，一齐扑来。歆心慌意乱，正思拍马逃奔，偏乱党已突至马前，把他围裹，你刀我槊，四面杀入，霎时间把一位晋室藩王，收拾性命，送往冥途。还算是为国而死，死尚值得。

败报传到洛阳，一道急诏，令刘弘代歆为镇南将军，都督荆州诸军事。弘，相州人，颇有才略，御下有律，宽严相济。昌党黄林，进薄弘营，被弘一鼓击退。及接朝廷诏敕，星夜就道，即向荆州进发。昌意图南扰，别遣悍党石冰，东寇扬州，击败刺史陈徽，诸郡尽被陷没。又攻破江州，连陷武陵、零陵、豫章、武昌、长沙诸州郡，沿江大震。临淮人封云，复起应石冰，骚扰徐州，遂致荆、江、扬、豫、徐五州境地，多为贼据。官吏或逃或降，由张昌另易牧守，专用部下一班盗贼。萑蒲小丑，何知抚字，一味的恃强行凶，到处掠夺，人民不堪暴虐，才思把盗贼驱除，蓄谋待变；再加刘弘御寇有方，一入荆州境内，便将司马歆的苛政尽行蠲除，然后遣南蛮长史陶侃为大都护，牙门将皮初为都战帅，进据襄阳，扼守要害。昌屡攻不克，退处竟陵。侃留皮初居守，自率兵攻竟陵城，与昌前后数十战，尽得胜仗，斩贼首至数万级，昌弃城遁去。侃号令贼中，降者免死，贼党遂弃戈抛甲，悉数投诚。刘乔亦遣部将李杨等进取江夏，诛死刘尼，荆土遂平。

　　弘至荆州城下，望见城门四闭，城上遍列官军，似与弘相仇敌。弘很是诧异，便呼城上人答话，叫他开门。守卒答道："我等奉范阳王令，到此守城。无论何人，概不放入。"弘答道："我受诏前来，督辖此土，岂范阳王尚未闻知么？究竟由何将监守，请出来相会，说个明白。"言毕停辔相待，好一歇才见开城，一将带兵出门，跃马当先，势甚凶猛。弘料他不怀好意，扬起马鞭，向后一招，将士等已一齐向前，截住来将，来将无从突入，始自报姓名职衔，说是长水校尉张奕，由范阳王虓差遣到此。弘出诏相示，奕仍不服，舞刀欲斗，经弘一声喝令，将士即将奕围住，好似群虎攒羊，不到半时，已把奕斫死了事。奕真该死。弘乃得入城安众，并将奕首送入阙廷，说奕兴兵拒诏，所以枭首，且自请擅杀的处分。有诏慰抚刘弘，不复问罪。倒还明白。弘因再发陶侃等剿捕张昌。昌窜入下俊山，由侃军入山搜缉，连斗数次，昌众尽死，只剩昌一人一骑，逃往清水，嗣被侃军追及，眼见是不能脱逃，身首两分。侃军回城报命，弘起座迎侃，欢颜与语道："我昔为羊公参军，蒙羊公器重，谓我他日必镇此地，今果得验。我看卿亦非凡器，他日亦必继老夫了。"羊公指羊祜。录入弘语，为陶侃都督荆州伏案。侃当然逊谢，不消细叙。

　　侃字士行，鄱阳人氏，少孤身贫，及长乃为县吏。鄱阳孝廉范逤，尝过访侃家。侃母湛氏，截发为双髻，假发。易钱市酒肴，款待范逤，畅饮尽欢。叙截发事，以表陶母。及逤别去，侃送逤至百里外。逤知侃微意，便语侃道："君是否欲为郡曹？"侃答道："正苦无人荐引，公能为我吹嘘否？"逤满口答应，方与侃握别。逤至庐江，见太守张夔，极称侃才。夔因召侃为督邮，领枞阳令，始有能名。夔又举侃为孝廉，侃乃得入为郎中，寻调吏部令史。弘受命出镇，辟侃为南蛮长史，令他从军，果然一战成功，更由弘叙劳上奏，封东乡侯，授江夏太守。又举皮初为襄阳太守，晋廷以襄阳名郡，恐皮初未能胜任，改令前东平太守夏侯涉补授。涉系弘婿，弘又表称涉系姻亲，例须避嫌，皮初有功，宜见酬报，诏乃从弘。弘复语人道："为政须秉大公，若必用亲戚，试想荆州十郡，莫非有十女婿不成？"知此方可致治。当下劝课农桑，宽刑省赋，公私交济，万姓腾欢。

惟叛党石冰，与临淮乱徒封云相结，攻陷临淮，寇焰尚盛。议郎周玘等，起兵江东，推前吴兴太守顾秘，都督扬州军事，传檄州郡，仗义讨贼。周玘系故将军周处子，颇有闻望，一经起义，四处响应。前侍御史贺循，起自会稽，庐江内史华谭及丹阳人葛洪、甘卓，均集众应玘。玘得连破石冰，斩首万级。冰自临淮退趋寿春，征东将军刘准，方戍广陵，闻冰将至，不禁惶骇。独度支陈敏，愿出击石冰，乃成军前往，与冰屡战屡胜。冰众十倍陈敏，统是乌合，故敏能用少胜多。冰奔往建康，敏再与周玘合师进击，冰复败走。冰党封云正留扰徐州，冰乃北窜就云，云部下张统，料二人不能成事，杀冰及云，献首军前，扬、徐二州乃平。玘与贺循，散众还家，不求封赏；惟陈敏得为广陵相，敏自是恃勇生骄，渐渐的发生出异志来了。比诸周玘、贺循，相去何如。

　　是时，洛阳都中，已闹得一塌糊涂，不可收拾。庸愚无识的晋惠帝，任人播弄，忽东忽西，几至身家不保，颠危得很，说来不但可恨，也觉可怜。河间王颙，不服朝命，日夕思逞，再加长史李含，从旁挑拨，越觉跋扈不臣。应第十四回。还有成都王颖，恃功骄弛，差不多与颙相似。长沙王乂，在都专政，虽事事就颖函商，颖尚未餍所欲，因此与颙交通，共图除乂。适皇甫商复为乂参军，商兄重出任秦州刺史。李含怀有宿怨，闻商兄弟俱得邀宠，不得不设计驱除，亦回应十四回。乃向颙进言道："商为乂所任重，重又出刺秦州，二人为乂爪牙，必为我患。今可表迁重为内职，诱令还过长安，顺便拘戮，也得除却一患了。"颙如言上表，晋廷亦准如所议。偏重已猜透含计，露檄上闻，竟发陇上兵讨含。乂因兵患方纾，决意和解，既征含为河南尹，又敕重罢兵息争。含喜得美缺，即日就征，重却不肯奉诏。颙遣金城太守游楷、陇西太守韩稚等，合兵攻重；复密遣人授意李含，使与侍中冯荪、中书令卞粹，共谋杀乂。偏又被皇甫商料着，向乂报闻，乂即捕杀李含，害人适以自害，何苦为此鬼蜮。便将冯荪、卞粹也即收戮。含党骠骑从事诸葛玫等，恐遭连坐，都逃赴长安，往报河间王颙。

　　颙不闻犹可，既已闻知，哪得不怒气直冲？便飞使邺城，约颖会师讨乂。颖即欲如约，左司马卢志入谏道："公前有大功，乃委权谢宠，甘心就藩，所以物望同归，交口称美。今因辅政非人，欲加整顿，何必带兵入阙，但教文服入朝，从容论治，自足服人。志料长沙王必未敢反抗呢。"颖本来深信卢志，及骄心一起，前后判若两人，所以良言进规，拒绝勿纳。又有参军邵续，亦谓兄弟如左右手，不应自去一臂，颖亦不从，遂许从颙约，与颙联名上表，劾"乂论功不平，且与右仆射羊玄之，左将军皇甫商，共擅朝政，杀戮忠良，请诛玄之皇甫商，遣义还镇”云云。不意朝廷下诏，亲出征颙，特命乂为太尉，都督中外诸军事。于是颙令张方为都督，统率精兵七万，自函谷东趋洛阳。颖亦出屯朝歌，令平原内史陆机，为前将军都督，统率北中郎将王粹、冠军将军牵秀、中护军石超等，领兵二十万，南向洛阳。

惠帝出都至十三里桥，由乂下令，遣皇甫商督兵万人，往拒张方。商至宜阳，被方掩击一阵，竟至败还。惠帝返驻芒山，转往缑氏。羊玄之忧惧成疾，数日告终。还是死得便宜。成都王颖进屯河南，使石超进逼缑氏，惠帝又走归洛阳。陆机等直薄都下，乂陈兵东阳门，击退机军。颖复遣将军马咸，为机臂助。机本文士，未娴军旅，且骤握重任，不能服人，王粹等多有异言，遂致全军生贰。为颖逼君，乂亦未安。机名为读书，奈何不明此义。乂奉惠帝御建春门，麾兵再战。司马王瑚，率数千骑为前驱，马上各系大戟，冲突机军。机军前队，由马咸督领，骤为王瑚所乘，顿时溃乱，咸马扑被擒，当即枭斩。牵秀、石超率部曲先遁，王粹亦去，机军大败，各赴七里涧逃生，多半溺死，涧水为之不流。偏将贾崇等十六人，悉遭陷没。尚有小督孟超，同时败死。

孟超兄叫做孟玖，系是成都王宠奴，尝乞简乃父为邯郸令，为机所阻，遂与机有隙。超虽随机出行，不受节制，自领万人为一队，到处大掠。机收逮超麾下将弁，超立率骑士百余名，入机帐中，竟把部将夺去，且悍然语机道：“看你蛮奴能作督否？”机司马孙拯，劝机杀超，机不能决。便是没有将才。超且出语大众道：“陆机将反。”又寄书与玖，诬机阴持两端。玖早欲进谗，会闻弟又败没，便诉诸颖前道：“机已私通长沙王，不可不除。”牵秀素来媚玖，又恐败还见责，便将失败情由，统委诸陆机身上，证成机罪。颖当即大怒，使秀率兵收机。参军王彰谏道："今日战事，强弱异势，愚人犹知必胜，今乃反是，实因机为吴人，北土旧将，不肯服从，所以有此挫失呢。还乞殿下赦机！"颖不肯听，促秀使去。

机闻秀至，释戎服，著白袷，与秀相见，并作笺辞颖，随即长叹道："华亭鹤唳，可再闻否？"谁叫你不听忠告。秀竟杀机。又收机弟清河内史云、平东祭酒耽及司马孙拯，一并下狱。记室江统、蔡克等，先后营救，统被孟玖阻住，且催令速杀云、耽，夷及三族。狱吏拷掠孙拯，甚至两髁露骨，仍言机冤。吏知拯义烈，乃语拯道："二陆沉冤，人已尽知，君奈何不自爱身呢？"拯仰天叹道："陆君兄弟，为当世奇才，我既蒙知遇，不能相救，难道还好忍心相诬么？"拯有门人费慈、宰意，诣狱省拯。拯与语道："我不负二陆，死亦甘心，汝等何必来此？"二人答道："先生不负二陆，我等怎敢负先生？"遂为拯上书，谓拯无罪。孟玖已令狱吏诈为拯供，亦夷三族，并将费慈、宰意二人，一律处斩。小子有诗叹道：

才高班马露英华，一跌丧身并覆家。
何若当年先引去，好随云鹤隐天涯。

究竟战事如何结局，待至下回叙明。

新野王歆，亦一狡诈徒，前随齐王同起义，冒功受爵，谒陵时，即有离间成都之言，假使无张昌之乱，速死战场，则后此颙、颖为逆，彼必不肯袖手，其与颙、颖辈并受恶名，同归死绝，亦势所必至者耳。故歆之得死于张昌，议者咎歆之无能，吾谓歆固无能，死于寇，视死于逆者犹较胜也。刘弘代歆，选陶侃为大都督，便得平逆，得人之效，固如此其彰著哉。河间王颙，跋扈不臣，原不足道。颖颇负时望，乃亦一变至此，甚至信用嬖人，枉杀机云，宜其终遭人噬，死且不容也。夫陆机附逆逼君，死本自取，但不死于朝廷之大法，而独死于逆党之谗言，则不得不为之呼冤，实则亦非真冤也。良禽择木而栖，良臣择主而事，谁令彼甘心事逆，自蹈死地？冤乎否乎，读史者自能辨之。

第十六回

刘刺史抗忠尽节　皇太弟挟驾还都

却说长沙王乂，既击败颖军，复转攻颙军，惠帝仍亲出督战。颙军都督张方，率众近城，众见乘舆麾盖，不禁气沮，便即退走。方亦禁遏不住，只好却还。乂竟驱兵杀来，把方军前队的兵士，多半杀毙，共约五千余人。方退屯十三里桥，众心未定，尚拟夜遁。方下令道："胜败乃兵家常事，古来良将用兵，往往能因败为胜。今我更向前营垒，出其不意，也是一兵家奇策呢。"遂乘夜前进数里，筑垒数重，为持久计。乂得战胜方军，总道是方不足忧。到了翌晨，接得侦报，才悉方又复进逼，连忙引兵往攻，那方已倚垒为固，无隙可乘。乂军上前挑战，方按兵不发，及见乂军欲退，乃开垒出战。一盈一竭，眼见是方军得势，乂军失利了。

乂败回都城，未免心慌，因与群臣集议军情。大众多面面相觑，你推我诿，结果是想出一个调停法子，拟先与颖和，然后并力拒颙。乂与颖本是兄弟，总望他顾及本支，罢兵息怨，乃使中书令王衍，光禄勋石陋等，同往说颖，令与乂分陕而居，颖竟不从。越亲越勿亲。衍等归报，乂再致书与颖，为陈利害，劝使还镇。颖复书请斩皇甫商等，方可退兵，乂亦不纳。颖又进兵薄京师，两镇兵士，齐逼都下，皇命所行，仅及一城，米石万钱，公私俱困。骠骑主簿祖逖，为乂设策道："雍州刺史刘沈，忠勇果毅，足制河间。今宜奏请遣沈，使袭颙后，颙欲顾全根本，必召还张方，一路退去，颖亦无能为了。"计非不善，奈肘腋间尚有一患，奈何？义当然称善，便即奏闻。惠帝无不依从，颁诏去讫。义又申请一敕，令皇甫商赍敕西行，饬金城太守游楷等罢兵，且使皇甫重进军讨颙。这又是一大失着，徒断送皇甫兄弟性命。商行至新平，与从甥相遇，述及密计，从甥与商有隙，驰往告颙。颙遣众往追，将商擒归，当即杀死，并遥令游楷等速攻秦州。幸皇甫重坚壁固守，部下亦愿为死战。

好容易又过一年，长沙王，鼓众誓师，出与颖军决战，屡得胜仗，斩俘至六七万人，颖军大沮。张方见颖军失败，亦欲退还，惟探得都城乏食，或有内乱可乘，所以留兵待变。果然不到数日，左卫将军朱默，与东海王越通谋，竟勾通殿中将士，把义拿下，入启惠帝，且免义官，锢置金墉城中。一面大赦天下，改元永安，开城与颖、颙二军议和。颖、颙二军，无词可驳，勉强从命，独义在金墉城上表道：

> 陛下笃睦，委臣朝事，臣小心忠孝，神祇、所鉴，诸王承谬，率众见责，朝臣无正，各虑私困，收臣别省，幽臣私宫，臣不惜躯命。但念大晋衰微，枝党将尽，陛下孤危，若臣死国宁，亦家之利，但恐快凶人之心，无益于陛下耳。幸陛下察之！

原来义居围城，侍奉惠帝，未尝失礼。城中粮食日窘，义与士卒同食粗粝，甘苦共尝，所以出御两军，胜多败少。偏出了一个东海王越，忌义成功，潜下毒手。越罪更甚于义，故语带抑扬。将士等初为所诳，因致盲从，及见外兵不盛，义表可哀，乃隐起悔心，复欲迎义拒越。越察得众情，不禁着忙，便召黄门侍郎潘滔入议道："众心将变，看来只有杀义一法，省得人心悬悬。"滔应声道："不可，不可！杀乂终负恶名，何勿让与别人。"滔更凶狡。越已会意，乃使滔密告张方。方系杀人不眨眼的魔星，得滔通报，立即派兵至金墉城，取乂入营，锁诸柱上，剥去衣服，四围用炭火焙着，好象烧烤一般。可怜乂身被火炙，号声震地，到了乌焦巴弓，才见毕命。方营中大小将士，睹此惨状，俱为流涕。惟方狰狞上坐，反露笑容。毒愈虎狼。乂死时只二十八岁，遗尸由故掾刘佑收埋，步持丧车，悲恸行路。方却目为义士，不复过问。这却如何晓得？先时洛下有谣言云："草木萌芽杀长沙。"乂死时适当正月二十七日，谣言果验。

　　成都王颖，得入京师，使部将石超等，率兵五万，分屯十二城门。殿中宿卫，平时为颖所忌，概皆处死。颖自为丞相，增封二十郡；加东海王越为尚书令，乃出都返镇；表卢志为中书监，参署丞相府事。雍州刺史刘沈，尚未闻都中情事，自得密诏后，即纠合七郡兵旅，径向长安进发。河间王颙，尚屯兵关外，为方声援，蓦闻刘沈起兵到来，慌忙退守渭城，并遣人飞召张方。方大掠洛中，掳得官私奴婢万余人，向西驰去。未及入关，颙已与沈军交战，败还长安。沈使安定太守衙博、功曹皇甫淡领着精甲五千，掩入长安城门，直逼颙帐。不意旁面杀出一彪人马，锐厉无前，把衙博等军，冲作两段。博等专望沈军来援，偏偏沈军迟至，致博等孤军失继，相率战死。这一路援颙的兵马，乃是冯翊太守张辅带来，他见博军无继，便来横击一阵，及刘沈驰至，前军已经覆没，只好收拾败卒，渐渐退去。适值张方西归，亟遣部将敦伟夜袭沈营，沈军惊溃。沈与麾下南走，被伟追及，射沈落马，活捉回来。当下押沈见颙，颙责他负德，沈朗声道："知己恩轻，君臣义重，沈奉天子诏命，不敢苟免，明知强弱异形，乃投袂起兵，期在致死，虽遭菹醢，甘亦如荠。"声可裂地。颙顿时怒起，鞭沈至百，方令腰斩，一道忠魂，上升天界去了。

颖与颙既相连接，颙上书称颖有大功，宜为储副。又言羊玄之怙宠为非，该女不宜为后；颖亦表称玄之已殁，未降明罚，宜废后以暴父罪。惠帝虽然愚钝，但对着如花似玉的羊皇后，却也不忍相离，因将两王表文，出示廷臣，商决可否。朝右百官，个个是贪生怕死，哪里还敢冲撞二王？再加东海王越，是与二王表里为奸，当然赞同二议。惠帝没法，乃将羊后废为庶人，徙居金墉城。皇太子覃，仍黜为清河王。立颖为皇太弟，都督中外诸军事，兼职丞相。乘舆服御，皆迁往邺中，进颙为太宰大都督，领雍州牧。起前太傅刘寔为太尉，寔自称老疾，固辞不拜。高尚可风。看官阅过前文，如汝南王亮，如楚王玮，如赵王伦，如齐王冏，如长沙王乂，没一个不是争权夺利、丛怨亡身。偏颖、颙、越三王，不思借鉴前车，也想挟权求逞，结果是凶终隙末，同室操戈，终落得蚌鹬相持，渔人得利，这岂不是司马家儿的大病么？标明八王乱本，且为后世大声疾呼，苦衷如揭。

成都王颖，既得为皇太弟，越加骄恣，不知有君。嬖人孟玖等，倚势横行，大失众望。右卫将军陈眕，殿中中郎逯苣成辅及长沙王故将上官巳等，怂恿东海王越，谋共讨颖。越乐得转风，借着众怒为名，好夺朝柄，便与陈眕勒兵入云龙门，称制召三公百僚，相率戒严，收捕颖将石超。超突出都门，奔往邺城，随即迎还庶人羊氏，仍立为后。就是清河王覃，亦复入东宫，再为太子。越奉惠帝北征，自为大都督，召前侍中嵇绍，扈跸同行。侍中秦准语绍道："今日随驾出征，安危难料，君可有佳马否？"绍正色道："臣子扈卫乘舆，遑计生死，要什么佳马呢？"准叹息而退。绍从惠帝出抵安阳，沿途由大都督越檄召兵士，陆续趋集，得十万余人。邺中震恐。颖召群僚问计，议论不一。东安王繇，新遭母丧，留居邺中，独入帐宣言道："天子亲征，臣下宜释甲缟素，出迎请罪。"颖闻言动怒道："莫非自去寻死么？"折冲将军乔智明，亦劝颖奉迎乘舆。颖复怒说道："卿名为晓事，投身事孤，今主上为群小所逼，勉强北来，卿奈何亦为此说，使孤束手就刑哩？"遂叱退繇、乔二人，立遣石超率兵五万，前往迎战。

越驻军荡阴，探得邺中人心不固，以为无患，竟不加严备，哪知石超驱兵杀来，势甚汹涌，立将越营攻破。越仓皇逃命，不暇顾及惠帝，一溜烟的走往东海。以惠帝作孤注，真好良心。惠帝猝不及避，被超军飞矢射来，颊中三箭，痛苦的了不得。百官侍御，有几个也遭射伤，纷纷窜去。独侍中嵇绍，朝服下马，登辇卫帝。超军一拥上前，将绍拖落，惠帝忙牵住绍裾，惶遽大呼道："这是忠臣嵇侍中，杀不得！杀不得！"但听超军回答道："奉太弟命，但不犯陛下一人。"两语才毕，已将绍一刀斫死，碧血狂喷，溅及帝衣，吓得惠帝浑身乱颤，兀坐不稳，一个倒栽葱，堕落车下，僵卧草中。随身所带的六玺，悉数抛脱，尽被超军拾去。还算超有些天良，见帝堕下，喝令部众不得侵犯，自己下马相救，叫醒惠帝，扶他上车，拥入本营，且问惠帝有无痛楚。惠帝道："痛楚尚可忍耐，只腹已久馁了。"超乃亲自进水，令左右奉上秋桃。惠帝吃了数枚，聊充饥渴。超向颖报捷，并言奉帝留营。颖乃遣卢志迎驾，同入邺城。颖率群僚迎谒道左，惠帝下车慰劳，涕泣交并。及入城以后，复下诏大赦，改永安元年为建武元年。一年两纪元，有何益处？皇弟豫章王炽、司徒王戎、仆射荀藩相继至邺，见惠帝衣上有血，请令洗浣。惠帝黯然道："这是嵇侍中血，何必浣去。"戎等亦皆叹息。

惟颖却请帝召越，颁诏东海，越怎肯赴邺？却还诏使。前奋威将军孙惠，诣越上书，劝越邀结藩方，同奖王室。越遂令惠为记室参军，与参谋议。北军中侯荀晞，往投范阳王虓，虓令为兖州刺史。陈眕、上官巳等，走还洛阳，奉太子清河王覃，保守都城。偏又来了一个魔贼张方，仗着一般蛮力，擅将都城占住。原来越出讨颖，颙曾遣张方救邺，及越已败走，惠帝被颖劫去，颙即令方折回中道，往踞洛阳。方至洛阳城下，上官巳与别将苗愿，出担方军，为方所败，便即遁去，方遂入洛都。太子覃至广阳门，迎方下拜，方下马扶住，偕覃入阙，派兵分戍城门。才越两日，复把羊皇后太子覃废去，居然皇帝无二，自作威福，独断独行。这真叫作天下无道、政及陪臣呢。

先是，安北将军王浚，即故尚书令王沈子。都督幽州。颖、颙、乂三王，入讨赵王伦时，曾檄令起兵为助，浚不应命。颖常欲讨浚，迁延未果。嗣令右司马和演为幽州刺史，密使杀浚。演与乌桓单于审登连谋，邀浚同游蓟城南泉清，为刺浚计。会天雨骤下，兵器沾湿，苦不得行。审登胡人，最迷信鬼神，疑浚阴得天助，因将演谋告浚。浚即与审登连兵杀演，自领幽州营兵。颖既劫入惠帝，欲为和演报仇，乃传诏征浚入朝。浚料颖不怀好意，索性纠合外兵，驰檄讨颖。乌桓单于遣部酋大飘滑、弟羯朱，引兵助浚，还有浚婿段务勿尘，系是鲜卑支部头目，也率众相从。浚既得两部番兵，势焰已盛，复约同并州刺史东嬴公腾，联兵攻邺。腾系东海王越亲弟，正接越书，令他联络幽州，攻颖后路。凑巧浚使亦到，自然答书如约。于是幽、并二州的将士及乌桓鲜卑的胡骑，合得十万人，直向邺城杀来。《纲目》予浚讨颖，故本编亦写出声势。颖遣北中郎将王斌及石超等出兵往御，复因东安王繇前有迎驾请罪的议论，恐他密应外兵，立即拿斩了事。

繇兄子琅琊王睿，惧祸出奔，自邺还镇。颖先敕关津严行检察，毋得轻放贵人。睿奔至河阳，适被津吏阻住，可巧有从吏宋典，自后继至，用鞭拂睿，佯作笑语道："舍长官，禁贵人，汝何故亦被拘住呢？"津吏与睿，不甚相识，蓦闻典言，疑是误拘，便向典问个明白。典又伪称睿是小吏，并非贵人，更兼睿微服出奔，容易混过，当由津吏放睿渡河。睿潜至洛阳，迎了太妃夏侯氏，匆匆归国去了。是为元帝中兴张本，故特叙明。

颖因外兵压境，也无心追问，但与僚属日议军事。王戎等谓胡骑势盛，不如与和。颖却欲挟帝还洛，暂避敌锋。忽见一相貌堂堂、威风凛凛的大元戎，趋入会议厅中，与大众行过了军礼，就座语颖道："今二镇跋扈，有众十余万，恐非宿卫将士及近郡兵马，所能抵制呢！愚意却有一计，可为殿下解忧。"颖见是冠军将军刘渊，便问他有何妙策？渊答道："渊曾奉诏为五部都督，今愿为殿下还说五部，同赴国难。"颖半晌才答道："五部果可调发么？就使发遣前来，亦未必能御鲜卑、乌桓。我欲奉乘舆还洛阳，再传檄天下，以顺制逆，未知将军意见如何？"渊驳说道："殿下为武皇帝亲子，有功皇室，恩威远著，四海以内，何人不愿为殿下效死？况匈奴五部，受抚已久，一经调发，无患不来。王濬竖子，东嬴疏属，怎能与殿下争衡？若殿下一出邺城，向人示弱，恐洛阳亦不能到了。就使得到洛阳，威权亦被人夺去，未必再如今日。不如抚勉士众，静镇此城，待渊为殿下召入五部，驱除外寇，二部摧东嬴，三部枭王濬，二竖头颅，指日可致，有什么可虑呢？"刘渊此言，虽为归国自主起见，但劝颖镇邺，未始非策。颖听了渊言，不禁心喜，遂拜渊为北单于，参丞相军事，即令刻日就道。纵虎归巢。

渊辞颖出发，行至左国城。匈奴右贤王刘宣等，早欲推渊为大单于，至是与部众联名，奉书致渊，愿上大单于位号。渊先让后受，旬日间得众五万，定都离石，封子聪为鹿蠡王。遣部将刘宏率铁骑五千，往援邺城。是时王濬与东嬴公腾，已击败颖将王斌，长驱直进。颖将石超，收兵堵御，平棘一战，又为潘先锋祁弘所败，退还邺城。邺中大骇，百僚奔走，士卒离散。中书监卢志劝颖速奉惠帝还洛阳，颖乃令志部署军士，翌日出发。军士尚有万五千人，均仓猝备装，忙乱一宵，越宿待命启行，守候半日，并无音响。大众当然动疑，及探悉情由，方知颖母程太妃，不愿离邺，因此延宕不决。俄而警报迭至，哗传外兵将到，大众由疑生贰，霎时溃散。颖惊愕失措，只得带同帐下数十骑，与卢志同奉惠帝，南走洛阳。

惠帝乘一犊车，仓皇出城，途中不及赍粮，且无财物，只有中黄门被囊中，藏着私蓄三千文。当由惠帝面谕，暂时告贷，向道旁购买饭食，供给从人。夜间留宿旅舍，有宫人持升余糠米饭及燥蒜、盐豉，进供御前。惠帝连忙啖食，才得一饱。*庸主之苦，一至于此。* 睡时无被，即将中黄门被囊展开，席地而卧。越日又复登程，市上购得粗米饭，盛以瓦盆，惠帝啖得两盂。有老叟献上蒸鸡，由惠帝顺手取尝，比那御厨珍馐，鲜美十倍。自愧无物可酬，乃谕令免赋一年，作为酬赏。老叟拜谢而去。行至温县，过武帝陵，下车拜谒，右足已失去一履，幸有从吏脱履奉上，方得纳履趋谒。拜了数拜，不由的悲感交集，潸然泪下。*儿女子态，不配为帝。* 左右亦相率欷歔。及渡过了河，始由张方子熊，带着骑士三千，前来奉迎。熊乘的青盖车，让与惠帝，自己易马相从。至芒山下，张方自领万余骑迎帝，见了御驾，欲行拜跪礼仪。惠帝下车搀扶，方不复谦逊，便即上马，引帝还都。

散众陆续踵至，百官粗备，乃升殿受朝，颁赏从臣，并下赦书。旋闻邺城探报，已被王潘各军，掳掠一空。乌桓部长羯朱，追颖不及，已与王潘等一同北归。惟鲜卑部掠得妇女，约八千人，因潘不许带归，均推入易水中，向河伯处当差去了。小子有诗叹道：

无端军阀起纷争，祸国殃民罪不轻。

更恨狼心招外寇，八千妇女断残生。

邺中已经残破，刘渊所遣部将王宏，驰援不及，也即引归，报达刘渊。究竟刘渊能否践约，且至下回再详。

刘沈发兵讨颙，虽为乂所遣，然所奉之诏敕，固明明皇言也。况颙固有可讨之罪乎？乂为张方所杀，死状甚惨，《纲目》不称其死义，而独予沈以死节，诚以乂受颙使，甘为乱首，当其杀齐王颙时，侥幸得志，代握大权，彼方欣欣然感颙之惠，不知助己者颙，杀己者亦颙，方为颙将，方杀乂，犹颙杀乂也。我杀人，人亦杀我，互相杀而国愈乱，乂死不得为枉，唯如刘沈之见危授命，不屑乞怜，乃真所谓气节士耳。本回以刘沈尽节为标目，良有以也。惠帝昏愚，听人播弄，忽西忽东，狼狈万状，愚夫不可与治家，遑言治国？读《晋书》者，所由不能无憾于武帝欤。

第十七回

刘渊拥众称汉王　张方恃强劫惠帝

　　却说刘渊得王宏归报，慨然语道："颖不用我言，弃邺南奔，真是奴才。但我尝受他知遇，保荐为冠军将军，寓邺以来，他总算待我不薄，我既与约相援，不可不救。"颖保荐刘渊，从渊口中叙出，笔不渗漏。说毕，即命右于陆王刘景、左独鹿王刘延年，率步骑兵二万，将讨鲜卑。刘宣等入阻道："晋人不道，待我如奴隶，我正恨无力报复，今彼骨肉相残，自相鱼肉，乃是天厌晋德，授我重兴的机会。鲜卑、乌桓与我同类，可倚以为援，奈何反发兵攻击？况大单于威德方隆，名震远迩，诚使怀柔外部，控制中原，就是呼韩邪基业，也好从此恢复了。"渊笑答道："卿言亦颇有见识，但尚是器小，未足喻大。试想禹出西戎，文王生东夷，帝王有何常种？今我众已至十余万，人人矫健，若鼓行而南，与晋争锋，一可当十，势若摧枯，上为汉高，下亦不失为魏武，呼韩邪亦何足道哩？"确是枭雄。刘宣等皆叩首道："大单于英武过人，明见万里，原非庸众所能企及，请即乘势称尊，慰我众望。"渊徐徐答道："众志果已从同，我亦何必援颖，且迁居左国城，再作计较。"宣等遵令起身，各整行装，随渊徙至左国城。远近依次归附，又达数万人。正拟拥众称尊，雄长北方，不料西方巴蜀，已有人先他称王，遂令野心勃勃的刘元海，急不暇待，便树起大汉的旗帜来了。

　　小子按时叙事，不得不先将蜀事表明，再述刘渊开国情形。李雄称成都王，比刘渊略早，本回虽以渊为主，但称王实始于雄，且正可就此带叙，故随笔插入。自李雄得取成都，遂奉叔父李流，一同居住。应十五回。蜀民相率避乱，或南入宁州，或东下荆州，城邑皆空，野无烟火。惟涪陵人范长生，挈千余家依青城山，依险自固。流无从掠食，部众饥困。平西参军徐轝，求为汶山太守，特向益州刺史罗尚献谋，谓"流已乏食，正好进讨，且可邀范长生为犄角，并力合攻"云云。偏尚不肯依议，惹动舆怒，反出城附流，并为流往说长生，运粮济困，尚固失策，舆亦不忠。流军复振。

　　既而流病将死，嘱部将等协力事雄，部将共愿遵嘱，迨流死后，即推雄为益州牧。雄使将校朴泰，通书罗尚，伪言愿为内应。尚遽令降氐隗伯攻郫城，陷伏被擒。雄赦免隗伯，使李骧带领降卒，夜至成都，诈称已得郫城，还兵报捷。守卒不知有诈，开门纳入。骧即杀死守吏，据住外城。惟内城还是关着，未曾失手。罗尚急登陴抵御，堵住外兵。骧留兵攻扑，自往截尚粮道。适值犍为太守袭恢，运粮前来，被骧麾兵掩击，将恢杀死，尽把粮车夺去。尚困守孤城，无粮可食，再经骧还军攻击，更由雄添兵相助，眼见得朝不保暮，危如累卵。三十六策，走为上策，乃留牙将张罗居守，自率左右开门夜遁。张罗以尚为镇将，还且弃城逃生，自己位居偏裨，何苦为国殉难，便即插起降旗，纳入骧军。骧迎雄入成都，兵不血刃，坐得了西蜀雄藩。梁州刺史许雄，坐视不救，由晋廷召还治罪。罗尚逃至江阳，遣使表闻，适晋廷大乱，无暇加谴，但令他权统巴东、巴郡、涪陵诸郡，收取军赋。尚又遣别驾李兴，赴荆州乞粮。镇南将军刘弘，拨给粮米三万斛，尚乃得自存，但苦兵力衰残，不能再复成都。

　　李雄占据成都数月，因范长生素有德望，见重蜀民，乃欲迎立为君，自愿臣事长生。长生不肯应命，雄乃自即成都王位，大赦境内，号为建兴元年。除晋弊制，约法七章，令叔父骧为太傅、兄始为太保、折冲将军李离为太尉、建威将军李云为司徒、翊军将军李璜为司空、材官李国为太宰，尊母罗氏为王太后，追号父特为"景王"，又遣使往迎范长生。长生自青城山登舆，布衣应征，及抵成都，甫入城闉，即见雄下马相迎，握手引进，延他上坐，称为范贤，详询政治。长生约略对答，甚惬雄心。雄即亲递板册，拜为丞相。长生也乐得受命，坐享安荣。嗣复劝雄称帝，便是这位范贤人了。句中有刺。

看官！试想李雄是个流民子弟，还能据地称雄，何况五部大都督刘渊，才兼文武，识迈华夷，怎尚肯蜷伏一隅，不思自主呢？当下由刘宣等奉书劝进，请他筑坛即位，立国纪元。渊笑语道："昔汉有天下，历世久长，恩结人心，所以昭烈帝仅据益州，尚能与吴、魏抗衡，相持至数十年。我本汉甥，约为兄弟，兄亡弟继，有何不可？我就称为汉王便了。"乃命就南郊筑坛，也是告天祭地，仿行汉制。登坛这一日，五部胡人，统来谒贺。刘渊令竖起大汉旗帜，居然祖述汉朝，下令谕众道：

　　昔我太祖高皇帝，以神武应期，廓开大业；太宗孝文皇帝，重以明德，升平汉道；世宗孝武皇帝，拓土攘夷，威倾中外；中宗孝宣皇帝，搜扬俊义，多士盈朝。是我祖宗道迈三王，功高五帝，故卜年倍于夏商，卜世过于姬氏。而元成多僻，哀、平短祚，贼臣王莽，滔天篡逆。我世祖光武皇帝，诞资圣武，恢复鸿基，祀汉配天，不失旧物。显宗孝明皇帝、肃宗孝章皇帝累叶重辉，炎光再阐。自和安以后，皇嗣渐颓，天步艰难，国统濒绝。黄巾海沸于九州，群阉毒流于四海。董卓因之，肆其猖獗；曹操父子，凶逆相寻，故孝愍委弃万国，昭烈播越岷蜀，冀否终有泰，旋轸旧京，何图天未悔祸，后帝窘辱？自社稷沦丧，宗庙之不血食，四十年于兹矣。今天诱其衷，悔祸皇汉，使司马氏父子兄弟，迭相残灭，黎庶涂炭，靡所控告。孤今猥为群公所推，绍修三祖之业，顾兹尫暗，战惶靡厝。但以大耻未雪，社稷无主，衔胆栖冰，勉从群议，特此令知。录入此文，见得张冠李戴，可发一噱。

此令下后，即改易正朔，称为元熙元年。国仍号汉，立汉高祖以下三祖五宗神主，筑庙祭祀，汉祖汉宗，不意有此贤子孙。追尊安乐公刘禅为"孝怀皇帝"。禅若有知，更乐不思蜀了。一切开国制度，皆依两汉故例。立妻呼延氏为王后，长子和为世子，鹿蠡王聪守职如故。族子曜生有白眉，目炯炯有赤光，两手过膝，身长九尺三寸，少时失怙，由渊抚养，成人后既长骑射，尤工文字，渊尝称为千里驹，因亦授为建武将军。合刘宣为丞相，召上党人崔游为御史大夫，后部人陈元达为黄门侍郎。崔游为上党耆硕，渊曾从受业。至是固辞不受。不愧醇儒。陈元达亦尝躬耕读书，渊为左贤王时，曾招为僚属，元达不答；此次驿书往征，却欣然就道，愿为渊臣。见利忘义，怎得善终。他如刘宏、刘景刘延年等，皆渊族人，并授要职，不消细说。

渊僭号旬日，即率众往攻东嬴公腾。腾遣将军聂玄率兵出拒，行次大陵，与渊军相值。两下交锋，勇怯悬殊，才及数合，玄军大败，狼狈遁归。腾闻败大惧，亟领并州二万余户，避往山东。渊乃四处寇掠，入居蒲子。是为五胡乱华之首。复遣曜进寇太原。曜兵锋甚锐，连陷泫氏、屯留长、子诸县。别将乔晞，往攻介休。介休县令贾浑，登城死守。约历旬日，内无粮草，外无救兵，斗大孤城，怎能支持得住，便被乔晞陷入。

浑尚率兵巷战，力竭被擒，晞勒令投降，浑正色道："我为大晋守令，不能保全城池，已失臣道，若再苟且求活，屈事贼虏，还有什么面目，得见人民？要杀便杀，断不降汝！"晞听着"贼虏"两字，当然发怒，即喝令推出斩首。裨将尹崧进谏道："将军何不舍浑，也好劝人尽忠。"晞怒答道："他为晋尽节，与我大汉何涉？"遂不从崧言，促使牵出。

忽有一青年妇人，号哭来前，与浑诀别。晞闻声喝问道："何人敢来恸哭？快与我拿来！"左右奉令，便出帐拘住妇人，牵至晞前，且报明妇人来历，乃是贾浑妻宗氏。晞见她散发垂青，泪眦变赤，颦眉似锁，娇喘如丝，不由的怜惜起来，便易怒为喜道："汝何必多哭，我正少一佳人呢。"语犹未了，外面已将浑首呈入，宗氏瞧着，越觉狂号。晞尚狞笑道："休得如此，好好至帐后休息，我当替你压惊。"宗氏听了，反停住了哭，戟指骂晞道："胡狗！天下有害死人夫，还想污辱人妇么？我首可断，我身不可辱，快快杀我，不必妄想！"斩钉截铁之语，得诸巾帼，尤属可敬。晞尚不忍加害，再经宗氏詈骂不休，激动野性，竟自拔佩刀，起身下手。宗氏引颈就戮，渺渺贞魂，随夫俱逝，年才二十余岁。叙入此段，特为忠臣义妇写照。

当有消息传报刘渊，渊不禁大怒道："乔晞敢杀忠臣，并害义妇，假使天道有知，他还望有遗种么？"遂命厚葬贾浑夫妇，且将乔晞追还镌秩四等。已而东嬴公腾，又遣部将司马瑜、周良、石鲜等，分统部曲，往攻离石，与渊将刘钦交锋，四战皆败，一并逃归。渊更得横行北方，无人敢撄。晋廷又内乱未休，还顾着什么边防？就是一座洛阳城中，也弄得乱七八糟，迄无宁日。张方迎帝入都，专制朝政，不但公卿百僚，无权无势，连太弟颖亦削尽权力。都下人士，统惮方凶威，莫敢发言。惟豫州都督范阳王虓、徐州都督东平王楙，从外上表道：

自愍怀被害，皇储不建，委重前相，辄失臣节。是以前年太宰颙与臣永维社稷之贰，不可久虚，特共启成都王颖，以为国副。受重之后，弗克负荷，小人勿用而以为心腹，骨肉宜敦而猜嫌荐至，险诐宜远而谗说殄行，此皆臣等不聪不明，失所宗赖，遂令陛下谬于降授，虽戮臣等，不足以谢天下。今大驾还宫，文武空旷，制度荒废，靡有孑遗。臣等虽劣，足匡王室，而道路流言，谓张方与臣等不同，悠悠之口，非尽可凭。臣等以为太宰憘德元元，著于具瞻，每当义节，辄为社稷宗盟之先。张方受其指教，为国效劳，此即太宰之良将，陛下之忠臣；但以秉性强毅，未达变通，且虑事翻之后，为天下所罪，故不即匜还耳。臣闻先代明主，未尝不全护功臣，令福流子孙。言中叶以来，陛下功臣，初无全者，非必人才皆劣，实由朝廷驾驭失宜，不相容恕。以一旦之咎，丧其积年之勋，亦违周礼议亲之典，且使天下人臣，莫敢复为陛下致节者。臣等此言，岂独为一张方？实为社稷远计，欲令功臣身守富贵。臣愚以为宜委太宰以关右之任，自州郡以下，选举受任，一皆仰成，若朝之大事，废兴损益，每辄畴咨，比则二伯述职，周召分陕之义，陛下复行于今时。遣方还郡，令群后申志，时定王室，所加方官，请悉如旧，则忠臣义士有劝，功臣必全矣。司徒戎异姓之贤，司空越公族之望，并忠国爱主，小心翼翼，宜干机事，委以朝政。安北将军王浚，率身履道，远近所推，如今日之大举，寔有定社稷之勋，此臣等所以叹息归功也。浚宜特崇重之以副众望，使抚幽朔，长为北藩。臣等竭力捍城，屏藩皇家，则陛下垂拱，而四海自正矣。乞垂三思，察臣所言。

未几，又再上一疏，略言："成都王弗克负荷，实为奸邪所误，不足深责，可降封一邑，保全生命"云云，张方得见二表，不禁忿恚道："我奉迎车驾，保全都城，明明是自守臣节，乃反讥我未识变通，促我西还。王戎庸驽，怎得称贤？东海专擅，怎能惬望？王澄称兵犯驾还，说他有功社稷，这等妄谈，不值一辩。我亦无意留此，就变通一着，免致小觑，看他如何对付呢？"原来方久留洛阳，部兵逐日剽掠，十室九空，群情扰扰，俱有归志。方正思拥帝西去，适为二表所激，乃决意一行，但恐帝及百官，未肯照从，只得借谒庙为名，诱帝出宫，才好劫驾登程。当下使人白帝，请出主庙祀，偏惠帝不肯亲出，答言须遣派诸王。惠帝未必有是聪明，当是有人教导。方顿时盛怒道："他不出谒庙，难道我不能使他西迁么？"当下传令部兵，齐集殿门，自率亲卒数百人，跨马入宫，胁迫乘舆。

惠帝闻变，慌忙趋避，驰匿后园的竹林中。方令士卒搜寻，当即觅着，硬将惠帝拥出。惠帝面色如土，托称乘舆未备，须备就乃行。士卒哗声道："张将军已驾好坐车，来迎陛下，陛下不必多虑。"惠帝无奈，垂涕出殿，由士卒扶掖登车。又要蒙尘，何命苦至此？方在宫门前候着，见惠帝驾车出来，才在马上叩首道："今寇贼纵横，宿卫单少，愿陛下亲幸臣垒，臣当竭尽死力，备御不虞。"何必要你这般费心？惠帝无词可答，四顾左右，也没有一个公卿，只中书监卢志在侧，恐是张方党羽，欲言不言。志启奏道："陛下今日，当概从张将军。"惠帝乃驰入方营，令方多具车辆，装载宫人宝物。方即令部卒入宫载运。部卒贪馋得很，遇着这个美差，正是意外飞来，当下拥入宫中，见有姿色的宫人，便任情调笑，逼令为妻。所有库中的宝藏，值钱的都藏入私囊，单剩那破败杂物，搬置车上，甚至你抢我夺，分配不匀，好好一顶流苏宝帐，被割至数十百块，取作马帕。经此一番劫掠，把魏晋以来百余年积蓄，荡涤无遗。

穷凶极恶的张方，还想将宗庙宫室，一概毁去，免得使人返顾。卢志亟向方谏阻道："董卓不道，焚烧洛阳，怨毒至今，尚未有已，将军奈何效此凶人？"方乃罢议。过了三日，方遂拥帝及太弟颖、豫章王炽等，西往长安。时适仲冬，天降大雪，途次非常寒冷。行到新安，惠帝忍冻欲僵，手足麻木，突然间堕落车下，伤及右足。尚书高光，正在帝后，忙下马搀扶，仍令登辇。惠帝始知足痛，扪伤垂泪。光自裂衣襟，代为裹创。惠帝且泣且语道："朕实不聪，累卿至此。"不经此苦，何能自觉？光亦为泣下。好容易到了霸上，遥见有一簇人马，站住道旁。惠帝似惊弓之鸟，又吓得冷汗淋漓。张方下马启奏道："太宰来迎车驾了。"惠帝才稍稍放心。

已而太宰颙趋至驾前，拱手拜谒。惠帝依着老例，下车止拜，遂由颙导入长安，就借征西府为行宫，休息数日，再议大政。那时仆射荀藩、司隶刘暾、太常郑球、河南尹周馥等，尚在洛阳，号为留台，承制行事，复称年号为永安。羊皇后为张方所废，仍居金墉城，未尝随驾。见前回。留台诸官，仍复迎她入宫，奉为皇后。于是关、洛各设政府，时人号为"东、西台"。太宰颙有意废颖，与张方商决可否，方不甚赞成，颙已立定主意，决计废颖立炽。惠帝有兄弟二十五人，相继死亡，惟颖、炽及吴王晏尚存。晏材质庸下，炽却早年好学，故颙推立为皇太弟，且因四方分裂，祸难未已，并请下诏调停，期得少安。小子有诗叹道：

> 扰扰江山已半倾，如何翻欲作干城？
> 狂澜一决难重挽，大错由谁误铸成。

欲知诏命如何，且看下回录叙。

刘渊为乱华之首，故本回叙述，特别加详。至插入李雄一段，因五胡十六国中，雄首先僭号，比刘渊尚早旬月。叙刘渊，不得不夹叙李雄，志祸始也。贾浑夫妇，忠烈绝伦，浑入《忠义传》，浑妻宗氏，入《列女传》，本回叙述无遗，意寓褒扬，为忠臣义妇作一榜样。典午之季，纲常坠地，得此二人以激励之，宁非一发千钧之所系耶？张方之恶，较诸王为尤甚，后可废，太子可黜，而车驾何不可西迁？独怪满朝文武，行尸走肉，毫无生气，一任恶人之肆行无忌，播弄朝纲。哀莫大于心死，而身死次之，晋臣固皆心死者也，何怪五胡之乘间乱华乎？而惠帝更不足责焉。

第十八回

作盟主东海起兵　诛恶贼河间失势

却说惠帝到了长安，政权为太宰颙所把持。颙议立豫章王炽为太弟，并及一切调停的法度，入白惠帝，当然依议颁诏。诏云：

> 天祸晋邦，冢嗣莫继，成都王颖，自在储贰，政绩亏损，四海失望，不可承重，其以王还第！豫章王炽，先帝爱子，令闻日新，四海注意，今以为皇太弟，以隆我晋邦。司空越可进任太傅，与太宰颙夹辅朕躬；司徒王戎，参录朝政；光禄大夫王衍为尚书左仆射；安南将军虓，即范阳王。平东将军楙，即东平王。平北将军腾，即东嬴公。各守本镇。高密王略为镇南将军，领司隶校尉，权镇洛阳。东中郎将模，为宁北将军，都督冀州，镇于邺。略模皆司空越弟。镇南大将军刘弘，领荆州以镇南土。其余百官，皆复旧职。齐王冏前应还第，长沙王乂轻陷重刑，可封其子绍为乐平县王，以奉其祀。自顷戎车屡征，劳费人力，供御之物，三分减二，户调田租，三分减一，蠲除苛政，爱人务本，清通之后，当还东京。此诏。

诏书既下，又大赦天下，改元永兴。命太宰颙都督中外诸军事，张方为中领军，录尚书事，领京兆太守；一切军国要政，迓颙为主，方为副。无论如何和解，要想辑睦宗室，慎固封疆，哪里有这般容易呢？东海王越，先表辞太傅职任，不愿入关。高密王略，拟奉诏赴洛，偏被东莱乱民，相聚攻略，连临淄都不能守，走保聊城。司徒王戎，当张方劫驾时，已潜奔郏县，避地安身，且年逾七十，怎肯再出冒险？当下称疾辞官，不到数月，果然病死。王衍素来狡猾，名为受职，未尝西行。只北中郎将模，往镇邺中，收拾余烬，募兵保守。

　　越年为永兴二年，张方又逼令惠帝，颁诏洛阳，仍饬废去羊皇后，幽居金墉城。不知彼与后何仇？留台各官，不得已依诏奉行。会秦州刺史皇甫重，累年被困，遣养子昌驰赴东海，向越乞援。越因东西遥隔，不愿出兵，昌径诣洛阳。诈传越命，迎还羊后入宫，即用后令，发兵讨张方，奉迎大驾。事起仓猝，百官不暇考察，相率依议。俄而察悉诈谋，便即杀昌，传首关中。颙方主和平行事，不欲久劳兵戎，因请遣御史赍诏宣重，敕令入朝行在。重又不肯奉命。秦州自遭围以后，内外隔绝，音信不通，即如长沙王遇害、皇甫商被杀等情，亦全未闻知。重问诸御史驺人，谓我弟早欲来援，如何至今未到？驺人答道："汝弟早为河间王所杀，怎得再生？"重闻言失色，也将驺人杀死。城中守卒，始知外援已断，群起杀重，函首乞降。颙调冯翊太守张辅为秦州刺史。辅莅任后，与金城太守游楷、陇西太守韩稚等有隙，互起战争，终至败死。了结皇甫重，并了结张辅，无非找足前文。这且搁过不提。

　　且说东海王越，既不愿入关受职，当然与太宰颙有隙，中尉刘洽，劝越往讨张方，为迎驾计。越已补卒蒐乘，整缮戎行，遂从刘洽言，传檄山东各州郡，谓当纠率义旅，西向讨罪，奉迎天子，还复旧都。东平王楙，先举徐州让越，自为兖州都督。范阳王虓与幽州都督王濬，亦与越相应，推为盟主，联兵勤王。越二弟腾模，并任方镇，均归乃兄节度。越托名承制，改选各州郡刺史，朝士多赴东海，乘便梯荣。如此乱世，何必定要做官？偏赵魏交界，又出了一个公师藩，独树一帜，往攻邺郡。师藩系成都王颖故将，闻颖被废，心甚不平，遂自称将军，声言为颖报怨，纠众至数万人，无论悍贼黠胡，并皆收用。

当时有个羯人石勒，原名为䟝，音佩。先世为匈奴别部小帅，因号为"羯"。羯亦五胡之一。勒寄居上党，年方十四，随邑人行贩洛阳，倚啸上东门，适为王衍所见，不禁诧异。嗣复顾语左右道："小小胡雏，便有这般长啸，将来必有异图，为天下患，不如早除为是。"乃遣人捕勒，勒已先机逃归，无从追获。过了数年，勒强壮绝伦，好骑善射，相士尝称他状貌奇异，不可限量。邑人嗤为妄言。

会并州大饥，刺史东嬴公腾用建威将军阎粹计议，掠卖胡人，充作军费。勒亦为所掠，卖与茌平人师欢为奴。欢令他耕作，身旁尝有鼓角声。并耕诸人屡有所闻，归告师欢。欢颇以为奇，别加优待，听令自由。牧师汲桑，与欢家毗邻，勒得往来过从，互相投契，且纠合壮士，作为朋侣。闻师藩起兵，竟与汲桑挈领牧人，并党与数百骑，投入师藩部下。桑始令他以石为姓，以勒为名。勒骁勇敢战，愿作前驱，连破阳平汲郡杀害太守李志、张延，转战至邺。邺中都督司马模，见上。亟遣将军赵骧出御，并向邻郡乞援。广平太守丁邵，引兵救模。范阳王虓，亦命兖州刺史苟晞往救。两路兵到了邺城，与赵骧合军御寇，师藩自然怯退，就是胆豪力大的石勒，也只得随众引归。石勒为晋后患，即十六国中之一寇，故详叙来历。

模为越弟，向越告捷。越因邺中无恙，使发兵西行。授刘洽为司马，尚书曹馥为军司，督军前进。留琅琊王睿屯守下邳，接济军需。睿请留东海参军王导为司马，越亦许诺。导字茂弘，系前光禄大夫王览孙，少有风鉴，识量清远，素与睿相亲善，故睿引入帷幄，使参军谋。导亦倾心推奉，知无不言。后来为中兴名相，此处乃是伏笔。越留此二人，放心西向，出次萧县，麾下约三万余人。范阳王虓，亦自许昌出屯荥阳，为越声援。越命虓领豫州刺史，调原任豫州刺史刘乔，移刺冀州，并使刘蕃为淮北护军，刘舆为颍川太守。虓亦令舆弟琨为司马，独刘乔不受越命，发兵拒虓，且上书行在，历陈刘舆兄弟罪恶，并说他"协虓为逆，应加讨伐"等语。

究竟刘舆兄弟，是何等人物？小子尚未曾叙及，应该就此说明。看官阅过前文，当知贾谧"二十四友"中，舆、琨亦尝列入。舆字庆孙，琨字越石，乃父就是刘蕃，系汉朝中山静王胜后裔。世居中山，兄弟并有才名，京都曾相传云："洛中奕奕，庆孙、越石。"两人相继为尚书郎，只因他党附贾谧，已受时讥。舆妹又适赵王伦世子俊，伦篡位时，舆为散骑侍郎，琨为从事中郎，父蕃为光禄大夫，一门皆受伪职，益致失名。及伦被诛，齐王冏辅政，器重二人，特从宥免，仍授舆为中书郎，琨为尚书左丞，转司徒左长史。琨后来颇有奇节，叙及前行，隐为改过者劝。至此由越派遣，不足服乔。乔因归罪二人，借以动众。太宰河间王颙，正虑师藩为乱，越又起兵，中夜徬徨。筹出二策，一面起成都王颖为镇军大将军，都督河北军事，给兵千人；授卢志为魏郡太守，随颖镇邺，抚慰师藩。一面请惠帝下诏，令东海王越等，各皆还国，不得构兵。其实乃是弄巧成拙，毫无益处。颖为颙所废，未免怨颙，怎肯再为颙尽力？越既出兵，自然不从诏命，仍使颙无法可施。

会接到刘乔书，喜得一助，便令乔讨虓，分越兵势，且使镇南大将军刘弘，征东大将军刘准等，助乔进攻。又遣张方为大都督，率领建威将军吕朗、北地太守刁默，集兵十万，讨舆兄弟，同会许昌。还要成都王颖，邀同故将石超，出屯河桥，为乔继援。范阳王虓，得知消息，忙向越告急。越即移师灵璧，援虢拒乔。乔令长子祐率兵御越，自引轻骑进击许昌。最可怪的是东平王楙，据住兖州，不发一兵，专事括赋，累得州县奔命。兖州刺史苟晞，前由虢遣往援邺，此时引军还镇，又为楙所拒。虢使楙徙镇青州，楙不愿移节，索性变易初志，与虢为敌，负了越约，竟同刘乔联盟去了。一班反复小人，那得不乱。独镇南大将军刘弘，志在息争，不欲偏袒，特分缮两书，一书寄乔，一书寄越，无非劝他们释怨罢兵，同扶王室。越与乔已势不两立，哪里还肯听从？弘因无法，乃驰表行在，申述意见，略云：

> 范阳王虓，欲代豫州刺史刘乔，乔举兵逐虓，司空东海王越，以乔不从命，讨之。臣以为乔忝受殊恩，显居州司，自欲立功于时，以殉国难，无他罪阙，而范阳代之，代之为非，然乔亦不得以虓之非，专威辄讨，诚应显戮，以惩不恪。自顷兵戈纷乱，猜祸锋生，疑隙构于群王，灾难延于宗子，今夕为忠，明日为逆，翩其反而，互为戎首。载籍以来，骨肉之祸，未有甚于今日者也，臣窃悲之。今边陲无预备之储，中华有杼轴之困，而股肱之臣，不维国体，职竟寻常，自相楚剥，为害转深。万一四夷乘虚为变，此亦猛兽交斗，自效于卞庄者矣。臣以为宜速发明诏，令越等两释猜疑，各保分局。自今以后，其有不被诏书，擅兴兵马者，天下共伐之。《诗》云：“谁能执热，逝不以濯。”若诚濯之，必无灼烂之患，永有泰山之固矣。谨陈鄙悃，伏乞采行！

颙得弘书，意亦少动，但自思山东连兵，方为己患，赖有刘乔为助，如何反加罪名？因此拒绝不纳。那刘乔已倍道前进，径至许昌城下，乘夜登城。虓不及备御，夺门出奔，渡河北去。司马刘琨，方往说汝南太守杜育，引兵还救，见许昌已为乔所夺，也与兄舆俱奔河北。惟琨父蕃为乔所执，琨思亲念重，恋主情深，由急生智，凭著那三寸妙舌，往说冀州刺史温羡，劝他让位与虓。羡却也慷慨得很，竟将刺史的印信，付琨带回，挂冠去职。乐得离开险路。虓得入冀州，再遣琨至幽州乞师。幽州都督王浚，见琨词气忠愤，涕泪交并，也慨然顾念同袍，特选突骑八百人，随琨返报。琨又招募冀州健卒，得数千人，鼓行南下，到了河上，见有数营扎住，便即攻入。营中守将，叫做王阐，是由石超遣来，防戍河滨。他在河上逍遥自在，并不防有战事，哪知琨引兵掩至，一时不及措手，立被琨突破营寨，欲逃无路，断命送终。虓闻琨得胜，也倾巢出来，为琨后应，相继渡河。

时成都王颖，因洛阳有变，乘隙进都，不在河桥，事见后文。只留石超把守。超见琨兵杀到，仓猝逆战，两下里杀了半日，未分胜负。不防虓又驱兵继至，以众临寡，顿时支持不住，奔往西南。虓与琨如何肯舍，策骑穷追。超众逃命要紧，沿途四散。单剩亲卒百余骑，保超飞奔。偏偏幽州突骑，赶得甚快，与风驰电掣相似，不多时被他追及，便将超围住，再加琨从后驰到，一声喊杀，千手并举，即将超砍死了事。砍得好。琨志在救父，不遑休息，复领健骑五千人，乘夜攻乔。乔正囚住琨父，进据考城，夜间阖城安睡。蕃被喊声惊醒，起视城上，已是火炬齐明，外兵猝上。乔料不可敌，慌忙遁去。琨父蕃囚住槛车，无人异取，幸得留下，琨一入城，当然将蕃释出，父子重逢，不胜欢忻。越宿，虓亦趋到，开宴相贺。酒后议及军情，琨进议道："刘乔败去，必往灵璧，与伊子合兵，我军正宜往迎东海，夹击刘乔父子。乔如可灭，便好乘胜入关了。"虓鼓掌称善。正拟拨兵迎越，忽有探卒入帐，报称东平王楙，已出屯廪邱，虓勃然道："楙乃反复小人，此来必接应刘乔，我当自去击他。"琨起身道："不劳大王亲往，琨愿当此任。"虓答道："卿去甚佳，再令田徽护助卿，可好么?"琨应声如命。虓即令督护田徽，与琨同行，步骑兵各数千人，将到廪邱，已接侦骑走报，楙怯战东归，仍还兖州去了。贪夫怎禁一战。

　　琨乃遣使报虓，自与田徽径趋灵璧。一日，行至灵璧附近，又由侦骑报明，刘乔父子，合兵杀败东海军，追往谯州。琨即顾语田徽道："果不出我所料，我等快往救东海王。"说毕，麾兵急进。到了谯州，正值刘乔父子，耀武扬威，驱杀越军。琨大喝一声，当先杀去。乔子祐见有来兵，持刀返斗，琨仗剑相迎，约有数十回合，未见胜败。田徽挥众上前，突入乔军。那东海王越，听得后面有战斗声，回头一顾，见有"刘"字旗号，料知刘琨等来援，也即返兵来战。两路军夹攻刘乔，乔拦阻不住，正在着忙，祐恐乃父有失，舍了刘琨，回马保父，忽斜刺里戳入一槊，适中祐胁，祐负痛伏鞍，兜头又劈下一剑，削去脑袋，坠死马下。这一槊是被田徽从旁刺入，一剑是由刘琨顺手劈下，两人结果祐命，越觉精神焕发，同往杀乔。乔哪里还敢招架，夺路飞跑。部众或死或溃，单剩得五百骑兵，奔投平氏县中，才得幸免。不听弘言，枉送长子性命。

　　刘琨、田徽，与越相会，越慰劳备至，遂进屯阳武，直指关中。幽州都督王濬，复遣部将祁弘，率领鲜卑、乌桓骑卒，前来助越，愿为先驱。于是兵威大盛，浩浩荡荡，杀奔长安。张方屯兵霸上，但遣吕郎往据荥阳，自己逗留不进。刘弘以张方残暴，料颙必败，因通书与越，愿归节制。刘准也按兵不动，眼见得关中大震，风鹤皆兵。颙闻刘乔败还，还想成都王颖，由洛拒越，阻他西行。颖既入洛都，当然不受颙命，究竟颖如何入洛，待小子表明原因。

　　当时留洛诸官，尚与关中传达消息，所有诏旨，多半遵行。忽有玄节将军周权，诈称被诏，复立羊后，自称平西将军，意图讨颙。洛阳令何乔，探悉诈谋，引兵杀权，又将羊后废锢，报告行在。颙因羊后忽废忽立，终为后患，索性遣尚书田淑，持了一道伪敕，赐后自尽。留台校尉刘暾等，不肯照行，即使田淑奉还表章，力保羊后，大致说是：

奉被诏书，伏读惶悚。臣按古今书籍，亡国破家，毁丧宗祊，皆由犯众违人之所致也。自陛下迁幸，旧京廓然，众庶悠悠，罔所依倚。家有跂踵之心，人想銮舆之声，思望大德，释兵归农，而兵缠不解，处处互起，岂非善者不至，人情猜隔故耶？今宫阙摧颓，百姓喧骇，正宜镇之以静，而大使忽至，赫然执药，当诣金墉，内外震动，谓非圣意。羊庶人门户残破，废放空宫，门禁峻密，若绝天地，无缘得与奸人构乱。众无智愚，皆谓不然，刑书猥至，罪不值辜。人心一愤，易致兴动。夫杀一人而天下喜悦者，宗庙社稷之福也。今杀一枯穷之人，而令天下伤惨，臣虑凶竖乘间，妄生变故。臣忝司京辇，观察众心，实已忧深，宜当含忍。谨密奏闻，愿陛下更深与太宰参详，勿令远近疑惑，取谤天下，国家幸甚！臣民幸甚！

颙览表大怒，命吕郎自荥阳带兵，入洛收暾。暾自恐得祸，已先机遁往青州。成都王颖，适至河桥，趁着这个机会，径入洛阳，闭城拒郎。郎只好退去，羊后才得免死。不如死得干净，省得后来出丑。颙不能遂志，又因越军逼近，屡次传诏，促颖击越，颖终不报。颙急得没法，没奈何想出一策，欲与越议和。颙有妻舅缪胤，尝为太子右卫军，胤从兄播，又为中庶子。当东海起兵时，两人拟为颖调停，诣越进言令颙奉帝还洛，约与越分陕为伯。越素重二人才望，倒也屈志相从，使二人报颙立约。颙亦欲依议，偏张方硬加阻挠，厉声语颙道：
"关中为形胜地，国富兵强。王挟天子以令诸侯，谁敢不从？
奈何拱手让人，甘为人制呢？"颙因此中止。

颙有参军毕垣，常为方所侮，衔恨不休，屡思设法害方，
至越军相迫，得乘间语颙道："张方久屯霸上，盘桓不进，必
有异谋。闻他帐下督郅辅，屡与密议，何不召入讯明，首先除
患？"缪播、缪胤，尚留关中，时亦在侧，也凑机插入道：
"山东起兵，无非为了张方一人，王诚斩方首以谢山东，东军
自然退去了。"颙不禁耳软，便令人往召郅辅。辅本长安富
人，方微时尝得辅资助，故引为心腹，此次应召入帐，毕垣在
帐外候着，即握住辅手，引至密室，附耳与语道："张方欲
反，有人谓君实知谋，所以王特召问，君来见王，将如何对
答？"辅愕然道："我实不闻方有反谋，如何是好？"垣又佯惊
道："休得欺我！"辅指天誓日，自明无欺。垣说道："平素知
君真诚，故特相告方谋反是实，君果不闻，倒也罢了，但王今
问君，君但当应声称是，休得取祸。"辅点首入帐，向颙谒
见。颙便启问道："张方谋反，卿可知否？"辅答了一个"是"
字。颙又说道："即遣卿取方首级，卿可能行否？"辅又答了
一个"是"字。颙乃付一手书，使辅送达张方，顺手取方首
级。辅连答三个"是"字，退出见桓。桓复道："君欲取大富
贵，便在此举，莫再误事。"

辅匆匆还入方营，时已黄昏，辅佩刀入帐，帐下守卒，因
辅是张方心腹，毫不动疑。方见辅回来，问为何事？辅递过颙
书，方在灯下启函，正要详阅，不图辅拔刀砍方，砉然一声，
方首落地。辅拾起方首，抢步趋出，竟向颙复命去了。小子有
诗咏道：

　　　　挟众横行已有年，刀光一闪首离肩。

从知天道无私枉，恶报到头不再延。

颙得方首，进辅为安定太守，并将方首传送越军，与越议和。毕竟越肯否允议，待至下回表明。

本回事实，最为繁杂，要之不外乎颙、越争权，张方煽乱，遂致生出许多纠缠。公师藩之起兵，名为助颖，实拒颙、越，虓与模之起兵，助越而拒颙也，刘乔之起兵，助颙而拒越也，东平王楙，忽而助越拒颙，忽而助颙拒越，尤为离奇。刘弘本不助越，亦不助颙，厥后复转而助越拒颙者，非嫉颙，实嫉张方耳。凶恶如方，人人以为可杀，而颙独信之，故越之讨方，实为正理，与颙相较，固有彼善于此者在耳。及颙杀方求和，为时已晚，况又非出自本心乎？平心论之，颙之恶实不亚于方云。

第十九回

伪都督败回江左　呆皇帝暴毙宫中

却说太宰河间王颙，把张方首送与越军。总道是越肯允和，兵可立解，偏越将方首收下，不允和议，叱还去使，即遣幽州将领祁弘为前锋，西迎车驾，一面令部将宋胄往徇洛阳，刘琨往取荥阳。琨持方首，径至荥阳城下，揭示守将吕朗，朗即开城迎降，胄行至中途。又遇邺中军将冯嵩，奉遣来劝，遂偕往洛都。成都王颖，兵单势寡，料不能守，便由洛阳出奔，西赴长安。到了华阴，闻颙已与越议和，且前次不受颙命，恐颙挟嫌谋害，不敢西进。颙因越军未退，复悔杀张方，穷诘郅辅，才察出虚情，把辅斩首。<small>不及二缪，究是妻舅。</small>遂遣弘农太守彭随与刁默等，统兵拒越，更令他将马瞻、郭伟为后应。

随与默行至关外，正与祁弘相遇。弘麾下多鲜卑兵，纵横驰突，锐厉无前，一阵冲击，把随、默所领的部众，裂作数段。随不能顾默，默不能顾随，便即骇散，被弘杀退数里，伤□□人。弘进至霸水，又遇颖将马瞻、郭伟，一边是转战直前，势如潮涌；一边是临敌先怯，隐兆土崩。战不多时，马、郭两将，又逃得不知去向，只晦气了许多士卒，冤冤枉枉，做了胡马脚下的垫底泥。<small>造语新颖。</small>败报连达关中，吓得颙魂驰魄散，不知所为。俄又有人入报道："敌军已经入关，猖獗的了不得，大王须亟自为计。"颙至此也顾不得别人，忙自上马，扬鞭急走。侥幸逃出城外，旁顾并无随兵，只有坐骑还算亲昵，负他飞奔。自思孤身只影，不能远避，还是窜入山谷，免得露眼，遂向太白山中，策骑驰去。军阀失势，如此如此。

祁弘杀入长安，无人敢当，一任鲜卑兵淫杀掳掠，伤亡至二万余人。百官都奔往山间，无处觅食，亏得橡实盈山，大家采拾若干，充作口粮。惠帝尚在行宫，无人保护，只好生死由命。幸司空越随后踵至，禁住淫掠，入宫谒见，又召集百官，即日东归。命太弟太保梁柳为镇西将军，留戍关中；自率各军奉帝还都。仓猝中不及备辇，便用牛车载着惠帝，及左右宫人，趋还洛阳，何必这般急急。途中还算安稳。及入洛城，由惠帝登御旧殿，朝见官僚。但觉得两阶积秽，四壁生尘，所有一切仪仗，统是七零八落，不由得悲感丛生，歔欷下涕。愚夫亦解此苦楚。越率扈驾诸臣，草草拜谒，便算礼毕。转谒太庙，也是蟏蛸在户，庙貌不华，及返至宫中，虚若无人，不过有三五个老宫婢及六七个穷太监，充当服役。惠帝寂寞得很，忙草了一道诏书，使宫监持至金墉城，迎还故后羊氏。羊皇后又惊又喜，略略梳裹，便与来使乘车入宫。桃花无恙，人面重逢，惠帝好生喜欢，自然令她仍主中宫，颁诏内外。看官听着！这羊皇后也算命薄，一为继后，便遇着赵王伦的乱祸，后来五废五复，真是死里逃生；哪知磨蝎重重，还是未了，请看官续阅下去，便见分晓哩。

是年为永兴三年六月，复改为光熙元年，诏赏迎驾诸臣。进司空越为太傅，录尚书事；范阳王虓为司空，仍令镇邺；宁北将军模为镇东大将军，守平昌公封爵，模前时已封平昌公。仍镇许昌；幽州都督王浚为骠骑大将军，都督东夷河北诸军事，兼领幽州刺史。此外如皇太弟以下，各仍旧职。惟颖与颙不复提叙，但下了一道赦书罢了。

说也奇怪，当惠帝在长安时，江东却出了一个假皇太弟，居然承制封官，占踞一方。这假皇太弟，究是何人？原来是丹阳人甘卓。卓本为吴王常侍，曾与陈敏等同讨石冰。冰被陈敏穷追，为下所杀，事见十五回。卓亦得叙功受封，列爵都亭侯。嗣由东海王越引为参军，出补离狐令。因见天下大乱，弃官东归。行抵历阳，巧与陈敏相遇，数年阔别，一旦相逢，当然有一番叙谈。但敏却有特别秘谋，急切不便明说。惟与卓格外欢昵，愿订婚姻。卓有一女，正与敏子景年貌相当，敏求卓女为子妇，卓亦便即允从。不消数旬，男婚女嫁，当即成礼。不料敏与卓密议，竟要他假充皇太弟，立帜江东。煞是奇闻。原来敏攻克石冰，自谓无敌，便想占据江左。敏父屡次呵阻，谓此子必灭我门，旋即忧死，敏丁艰去职。及东海起兵，越起敏为右将军前锋都督，乃易服从戎。灵璧一战，敏先败挫，得刘琨等助攻，方转败为胜。见前回。敏遂请东归，还次历阳，召集将士，意在图乱。适遇甘卓回来，想他作一帮手，于是先缔婚约，继与密谋。

　　卓已中敏计，没奈何将错便错，就把"皇太弟"三字，作为头衔，拜敏为扬州刺史。敏因遣次弟恢及部将钱端等，南略江州。季弟斌东略诸郡，江州刺史应邈、扬州刺史刘机、丹阳太守王旷，俱闻风遁去。敏得据有江东，遍征名士，召顾荣为右将军、贺循为丹阳内史、周玘为安丰太守。顾荣见第四回，贺循、周玘见十五回。循佯狂自免。玘亦称疾，不肯赴郡。荣前为中书侍郎，避乱家居，恐不从敏召，反触彼怒，乃从容前往，单骑见敏。敏正恨江东名士，多半却聘，拟尽加捕戮，闻荣肯来应召，怒气却消了一半，当即迎入。寒暄已毕，便与荣谈及恨事。荣答说道："中国丧乱，胡夷内侮，司马氏恐难复振，百姓不得安全，江南半壁，虽被石冰扰乱，人物尚称无恙。荣正虑无孙刘诸王，保抚人民，今得将军神武盖世，带甲数万，连下各州，先声已振，诚使委任君子，准诚相与，不记小怨，不听谗言。将见名流趋集，大事可图，上流各州郡，便传檄可定了。否则刑罚一加，人皆裹足，怎能济事？"幸有顾荣数语，方得保全江东名士。敏不禁心喜，起座谢教。遂使荣领丹阳内史，事辄与商。又复大会僚佐，嘱令大众推为楚公，都督江东诸军事，兼大司马，加九锡礼。伪言密授中诏，令自己溯江入汉，奉迎车驾。当下率兵出发，鼓棹前行。

镇南将军刘弘，亟遣江夏太守陶侃，与武陵太守苗亮，出堵夏口，又令南平太守应詹，调集水师，策应陶侃等军。是时，太宰颙尚在关中，亦命顺阳太守张光，带着步骑五千，至荆州协助刘弘。弘即使他前往复口，与侃合兵。侃与陈敏同郡，又与敏同年举吏。随郡内史扈怀，恐侃与敏相结，为荆州患，乃密白刘弘道："侃居大郡，握强兵，倘有异图，荆州便无东门了。"以小人腹，度君子心。弘笑答道："忠勤如侃，必无他虑，尽可放心。"怀乃退去。当有人传入侃耳，侃即令子洪及兄子臻，往荆为质，自明无贰。弘引为参军，且给资遣臻归省，临行与语道："贤叔出外御寇，君祖母年高，应该前去侍奉。匹夫交友，尚不负心，况身为大丈夫呢？"及臻归去，又加侃为督护，使他安心拒敏。驭将者固当如是。侃自然感激，整军待敌。适敏弟恢受乃兄伪命，挂了荆州刺史的头衔，充作前驱，进逼武昌。侃用运船为战舰，载兵击恢。或谓运船不便行军，侃怡然道："用官船击官贼，有何不便？但教统兵得人，无可无不可呢。"遂与恢交锋，连战皆捷。敏遣钱端继进，侃邀同张光、苗亮二军，共击钱端。端又败却，荆州兵威，震响江淮。敏只好收兵回去，不敢再窥江汉。

刘弘乃遣张光西归，且表叙诸将战功，列光为首。南阳太守卫展语弘道："张光系太宰腹心，公既与东海连盟，何不把光斩首，自明向背？"弘摇首道："宰辅得失，与光无涉，危人自安，岂是君子所为？"说着，竟遣光西去。及光入关，东海军亦至长安，弘遣参军刘盘为督护，往会越兵。越奉驾东归，加弘车骑将军，余官如故。弘积劳成疾，年亦浸衰，方拟申请辞职。草表未上，病势遽剧，竟在任所告终。弘专督江汉，威行南服，事成尝归功他人，事败辄归咎自己，遇有兴废，致书守相，必叮咛款密，所以人皆感悦，无不效命。僚属私相语道："得刘公一纸书，远胜十部从事。"弘殁后，统皆下泪。就是荆州士女，亦相率悲恸，若丧所亲，这可见刘公的惠泽及民了。朝议谥弘为"元"，追赠新城郡公。乱世有弘，可称一鹗。独弘司马郭劢，因弘已病殁，欲奉成都王颖入襄阳，奉为镇帅。弘子璠追述弘志，墨绖从戎，率府兵斩劢首，襄沔复安。太傅越手书致璠，甚加赞美，一面调高密王略代镇荆州。璠俟略莅任，奔丧还里。略行政未能如弘，寇盗又盛，有诏起璠为顺阳内史，使为略助。璠再出受职，江汉间翕然畏服，仍然安堵。父子济美，作述重光，却是晋史上的美谈。

　　还有南方的宁州，得了李氏兄妹二人，易危为安，也是出类拔萃的人材。宁州频年饥疫，边疆有一种五苓夷，逐渐强横，乘饥大掠，甚至围逼州城。刺史李毅正患重病，又闻夷人进攻，急上加急，遽致气绝，州民大恐。忽有一位年甫及笄的女英雄，满身缟素，趋至府舍，号召兵民，涕泣宣誓，无非说是"父殁身存，当与全城共同生死，力拒夷虏"等语。大众瞧着，乃是刺史的爱女，芳名是一秀字，郑重出名，极写李女。不由的肃然起敬，齐声应命。李秀复说道："我是一女子身，恐难制虏，还仗诸位举一主帅，专司军政，方保万全。"大众见她气概不凡，声容并壮，料知不是个弱女子，竟同心一德，愿推李秀权领州事。秀又朗声道："诸位推我暂为州主，试想全城责任，何等重大？敢问大众肯听我号令么？'众又齐声道："愿听指挥！"秀乃部署兵士，分队守城，并手定赏罚数条，揭示城门。条文皆井井不乱，令人畏服。夷人围攻兼旬，昼夜不休。秀身穿银铠，足踏蛮靴，左持宝剑，右执令旗，镇日里登城巡阅，未尝少辍；每伺夷人懈弛，即出兵掩击，屡有斩获。夷人却也中馁，只一时不肯解围。既而城中粮尽，无米可炊，不得已熏鼠拔草，聊充口食。秀坚忍如故，士卒亦皆感奋，誓死不贰。可巧毅子钊自洛中驰至，手下却带有数百兵马，来救州城。秀亦从城中杀出，内外合攻，竟把夷虏杀退，得将州城保全。

原来钊在洛阳就官，未曾随侍，此次毅得病身亡，当然由李秀报丧，并将夷人猖獗情形，一并告达，所以钊招募勇士，星夜南行，得与秀并力退敌。兄妹相见，如同隔世，秀即将州事让与乃兄，众亦愿奉钊为主。钊暂允维持，一面遣使入都，乞简刺史。晋廷选王逊为南夷校尉，兼刺宁州。逊既莅任，抚辑饥民，击平叛夷。那李钊兄妹，却早已扶榇回籍，居家守制去了。《晋书》不载此事，《列女传》亦不列李秀，惟《通鉴》于光熙元年三月，略叙其事，特表出之，以志女豪。

且说成都王颖，自洛阳奔至华阴，逗留数日，闻关中已破，车驾还洛，乃复折回南行，竟至新野。荆州司马郭劢，与颖勾通，为刘璠所杀，见上。颖知栖身无所，复渡河北向，欲走依公师藩。偏被顿邱太守冯嵩，要截途中，执颖送邺。范阳王虓，遂把颖拘禁起来。公师藩自白马渡河，前来寇邺。虓飞檄兖州刺史苟晞，统兵迎击，一战败师藩，再战斩师藩。独汲桑石勒等遁去，为后文伏线。晞仍还原镇，虓旋病死邺中。长史刘舆，恐邺人释颖图乱，因令人假充朝使，逼颖自尽，然后为虓发丧，上报朝廷。颖二子皆被杀死。旧有僚属，统已散尽，惟卢志自洛随奔，始终不离，并收殓颖尸，购棺暂厝。贵为皇太弟乃如此收场，争权利者其鉴诸！太傅越得知底细，嘉志信义，特召为军谘祭酒。又因刘舆防变未然，亦有殊劳，并征令入洛。越左右却先入白道："舆犹腻物，近即害人。"越即记入胸中，待舆到来，即淡漠相遇，不甚加礼。舆密视天下兵簿及仓库、牛马、器械等，一一详记。至会议时，他人不能猝答，與独应对如流。越不禁倾倒，叹为奇才，立命为左长史，宠任无比，并与商及镇邺事宜。與请调东嬴公腾镇邺中，所有并州刺史遗缺，荐了一个胞弟刘琨，谓可委镇北方。荐人之弟，亦荐己之弟，可谓两面顾到。越无不依议，便表琨为并州刺史，且进东嬴公腾为东燕王，领车骑将军，移督邺城诸军事。双方交代，事见后文。

　　惟河间王颙，逃入太白山中，匿居多日，不敢出头。会故将马瞻等，收集散卒，混入长安，杀毙关中留守梁柳，更偕始平太守梁迈，至太白山迎颙入城。偏弘农太守裴頠、秦国内史贾龛、安定太守贾疋等，疋即古文"雅"字。复起兵击颙。马瞻、梁迈为颙效力，立即率兵三千，前往拦阻。终因寡不敌众，一同战死。颙惶急无措，北平将军牵秀，镇守冯翊，持来援颙，得将三镇兵击退。太傅越闻颙又入关，忙遣督护麋晃，引兵西讨，途次接得三军败耗，惮不敢进。怎料到颙复闪变，长史杨腾，欲叛颙归越，诈传颙命，至秀军前，饬秀罢兵。秀出营相迎，兜头遇着一刀，竟尔毙命。这一刀不必细猜，便可知是杨腾下手了。秀本为颖将，随颖入关，乃为颙用。前时曾枉杀陆机，此次也遭人枉杀，天道好还，毕竟不爽。应十五回。腾既斩牵秀，又诳秀军，但说是奉令而行。兵士以秀无辜遭诛，益不服颙，相率散去。腾持秀首送入晃营，晃正拟进关，适都中传出急诏，乃是惠帝暴崩，太弟登基，循例大赦，眼见得是不必讨罪，乐得守候中途，静俟后命。

　　看官道惠帝何故暴亡？相传为被太傅越鸩死。惠帝并无疾病，一夕在显阳殿中，食饼数枚，才逾片刻，腹中忽然搅痛，不可名状，但卧倒床上，辗转呼号，当由内侍飞召御医。至御医入宫，见惠帝眼白口开，已不省人事，诊视六脉，已如散丝，便接连摇首道："罢了！罢了！不可救药了！"宫人问他是何病症，他尚未敢说明，及穷诘底细，方轻轻说出"中毒"二字，一溜烟似的出宫去了。究竟毒为何人所置，也无从查考，不过太傅越身秉国政，眼睁睁的视主暴崩，一些儿不加追究，便遣侍中华混等，急召太弟炽嗣位，显见得无私有弊呢。尚有一层可疑的情由，皇后羊氏，恐太弟得立，自己只做了一个皇嫂，不得为太后，已密召清河王覃，入尚书阁，有推立意。偏太弟炽同时进来，又由太傅越从旁拥护，一时情见势绌，没奈何闭口无言，任炽即位。照此看来，内外早生暗斗，后欲立覃，越欲立炽，呆皇帝做了磨心，平白地被人毒死，十有其九，是越进毒，羊后恐无此胆量呢。若使羊后进毒，应该先召清河王入宫了。统计惠帝在位十六年，改元七次，享年四十八岁。

太弟炽系武帝幼子，入承兄祚，大赦天下，是谓怀帝。尊谥先帝为"孝惠皇帝"，即号羊后为"惠皇后"，移居弘训宫，追尊所生太妃王氏为皇太后，立妃梁氏为皇后，命太傅越辅政。越请出诏书，征河间王颙为司徒。明明有诈。颙但困守长安一城，长安以外，统是附越，自知不能孤立，不如应诏赴洛，还可自解。这叫做拼死吃河豚。当下挈眷登车，出关东行，路过新安，忽来了一班赳赳武夫，手持利刃，拦住去路，且大声喝道："快留下头颅，放你过去！"头颅留下，怎能过去，这是作者调侃语，并非不通。颙出一大惊，但至此已逃无可逃，不得不硬着头皮，颤声问道："你等从何处差来，敢阻我车？"那来人反唇相诘，颙答道："我是河间王，现奉诏入洛，受职司徒，你等是大晋臣民，应该拜谒，怎得无礼？"来人一齐哗笑道："你死在眼前，还要称王说帝，岂不可笑？"说至此，便有数人跃登车上，把颙揪倒，扼住颙喉。颙有三子，都上前相救，怎禁得这班悍党，拳打足蹋，把三子陆续击死。颙被扼多时，气不能达，两手一抖，双足一伸，呜呼哀哉！小子有诗叹道：

> 豆釜相煎何太急？瓜台屡摘自然稀。
> 试看骨肉摧残尽，典午从兹慨式微。

究竟是何人杀颙，且至下回再表。

帝室相残，内讧四起，即如江东陈敏，不度德，不量力，妄思占踞半壁，称雄南方，意者其亦张昌、邱沈之流亚欤？父怒灭门，竟致忧死，不忠不孝，安能有成？观其劫持甘卓，使充太弟，指鹿为马，掩耳盗铃，尤觉可笑。及溯江西上，有刘弘以坐镇之，有陶侃以出御之，两战皆败，奔还扬州，非不幸也，宜也。弘父子以保境成名，尚有李氏兄妹，亦力捍宁州，乱世未尝无人，在朝廷之用与不用耳。但李秀一女子身，竟能誓众御夷，食尽不变，七尺须眉，能无愧死，此本回之所以大书特书也。至若颖、颙之死，皆由自取，而惠帝遇毒，戚亦自诒，以天下之大愚，致天下之大乱，其得在位十余年者，犹幸事耳，与东海何尤哉？然东海之敢行鸠主，罪固不可逭矣。

第二十回

战阳平苟晞破贼垒　佐琅琊王导集名流

　　却说新安杀颙的武夫，似盗非盗，实是由许昌将军梁臣，领着健卒数百名，扮做强盗模样，截路杀颙。许昌镇帅，是太傅越弟模，梁臣为许昌将，当然为模所遣。模杀颙后，就加封南阳王，可知主动力出越一人，自无疑义。前冀州刺史温羡，已起为中书监，得进官司徒；尚书仆射王衍，升授司空。*羡与衍均见十八回。*待惠帝安葬太阳陵，已是腊残春至。元日由怀帝御殿受朝，改元永嘉，颁诏大赦，除三族刑。

　　族诛本是虐政，但怀帝诏令革除，亦特别施仁，乃是太傅越所陈请，就中也有一段原因。自从清河王覃，不得入嗣，仍然退居外邸，覃舅吏部郎周穆与妹夫御史中丞诸葛玫，尚欲立覃，共向越进言道："今上得为太弟，全出张方私意，不洽众情。清河王本为太子，无端见废。先帝暴崩，多疑太弟，公何不效伊、霍盛事，安宁社稷呢？"语尚未终，越不禁瞋目道："大位已定，汝等尚敢乱言？罪当斩首！"两人吓得魂不附体，还想哀词辩诉，偏越毫不容情，即命左右驱出两人，赏他两刀。*穆与玫贸然进言，真是该死，但越未尝拷问，便即处斩，隐情亦可知了。*穆为越姑子，本应援大逆不道的故例，罪及三族，越总算法外行仁，表称玫穆世家，身外不应连坐，且因此请除三族旧刑。于是怀帝得下此诏，名为仁政，仍然由太傅越暗中营私呢。

越又请追复废太后杨氏尊号，依礼改葬，谥为"武悼"。怀帝年二十四，尚无子嗣，越因清河王未绝众望，不能无虑，乃倡议建立储君，即以清河王弟诠为太子。诠曾受封豫章王，尚在髫龄，越主张立诠，也是一番调停的苦心。怀帝践阼未久，不得不勉从越议，但因立储一事，免不得心下快快，乃援武帝旧制，听政东堂，每日朝见百官，辄留意庶政，勤谘不倦。黄门侍郎傅宣，叹为复见武帝盛事。怎晓得怀帝隐衷，是欲亲揽万机，免得军国大权，常落越手。越亦暗中窥透，自愿就藩。一再奉表，得邀俞允，许以原官出镇许昌，即调南阳王模为征西大将军，都督秦、雍、梁、益四州军事，镇守长安。改封东燕王腾为新蔡王，都督司冀二州军事，乃居邺中。腾前镇并州，屡遇饥年，又尝为汉刘渊部众所掠。自刘琨出刺并州，移腾镇邺。腾喜出望外，不待琨至，便即东下。吏民万余人，统随腾就食冀州，号为乞活，所遗人口，不满二万家，寇贼纵横，道路梗塞。腾移镇邺中，琨出刺并州，均见前回。琨至上党，探得前途多阻，乃募兵得五百人，且斗且前，得至晋阳。晋阳境内，也是萧条不堪，经琨抚循劳徕，流民渐集，才得粗安。腾至邺城，总道是出险入夷，可以无恐，那知汲桑、石勒，复来相扰，好好一条性命，被两寇催索了去。人有旦夕祸福。

桑自公师藩败没，仍逃入牧马苑中，勒亦相随未散，回应前回。两人仍纠集亡命，劫掠郡县。桑自称"大将军"，署勒为"讨虏将军"，又声言为成都王报仇，转战至邺。腾仓猝闻警，亟调顿邱太守冯嵩，移守魏郡，堵御寇盗。嵩出兵迎击，禁不住寇势凶横，竟至败绩。石勒为桑前锋，长驱至邺，腾素来悭吝，更因邺中府库空虚，格外鄙啬，待遇军士，务从克扣，部下皆有怨言。至石勒兵至城下，不得已犒赐将士，促令守城。但每人不过给米数升、帛数尺，将士未惬所望，当然不愿尽力，一哄而散。死不放松，亦何愚蠢。腾支撑不住，轻骑出奔。桑将李丰，窥悉腾踪，从后追蹑，约至数十里外，与腾相及。腾无可逃生，只得拔出佩刀，拨马交战，才经数合，被李丰刺中要害，跌落马下。从吏或死或逃，一个不留。丰斩了腾首，返报汲桑。桑与石勒已入邺城，放火杀人，无恶不作。邺宫室尽被毁去，烟焰蔽霄，旬日不灭。复发出成都王颖棺木，载诸车上，呼啸而去。再从南津渡河，将击兖州。

太傅越得知消息，飞调兖州刺史苟晞及将军王赞等，往讨桑勒。两下里相遇阳平，却是旗鼓相当，大小三十余战，互有杀伤，历久未决。太傅越乃出屯官渡，为晞声援，晞颇善用兵，见桑与勒锐气未衰，连战不下，索性不与交锋，固垒自守，以逸待劳。流寇最怕此策，既不得进，又不得退，坐至粮尽卒疲，各有散志。晞连日坐守，任令挑战，不发一兵，及见寇垒懈弛，始督军杀出，连破桑营，毁去八垒，毙贼万余。桑与勒收拾余众，渡河北走，又被冀州刺史丁绍，邀击赤桥，杀死无数。桑奔还马牧，勒逃往乐平。桑与勒从此分途。太傅越连接捷报，方还屯许昌，加丁绍为宁北将军，监督冀州军事，仍檄苟晞还镇兖州，加官抚军将军，都督青、兖军事。王赞亦从优加赏，不消细述。惟东平王楙，前经刘琨、田徽等出兵，怯走还镇，不敢与苟晞相抗，又经越调还洛阳，在京就第。怀帝即位，改封为竟陵王，拜光禄大夫，也不过循例议叙，不假事机，所以晞久镇兖州，训练士卒，累战不疲，威名称盛。叙入东平王，找足十八回文字。汲桑逃回牧苑后，乞活人田甄、田兰等，聚众同仇，为腾报怨，入攻马牧。桑不能拒，窜往乐陵，被甄、兰等追上杀死，且将成都王颖遗棺，投入智井中。枯骨尚遭此劫，生前何可不仁？嗣经颖旧日僚佐，再为收瘗及东莱王蕤子遵，奉怀帝诏，继承颖祀，乃得迁葬洛阳。东莱王蕤，系齐王攸子。

　　独石勒自乐平还乡，正值胡部大张督等，入据上党，胡人呼部长为部大，姓张名督。遂趋往求见。督本无智略，徒靠着一身蛮力，做了头目，勒能言善辩，见了督，说出一番绝大的议论，顿使督心服，惟命是从。原来勒欲往投刘渊，因恐孑身奔往，转为所轻，乃特向督游说，劝令归汉。见面时先恭维数语，引起督欢心，旋即迎机引入道："刘单于举兵击晋，所向无敌，独部大拒绝不从。如果得长久独立，原是最佳，但究竟有此能力否？"督沈吟道："这却不能。"勒又道："部大自思，不能独立，何不早附刘单于？倘迟延不决，部下或受单于赏募，叛了部大，自往趋附，反恐不妙。"督瞿然道："当如君言。"说着，即令部众守候上党，自与勒谒刘渊。渊正招致枭桀，当然延纳，授勒为辅汉军，封平晋王，命督为亲汉王。使勒至上党召入胡人，即归勒统带，作为亲军。

　　乌桓长伏利度，有众二千，出没乐平。渊尝遣人招徕，屡为所拒。勒却为渊设策，佯与渊忤，出奔伏利度。伏利度大喜，与勒结为弟兄，使勒率众回掠，勇敢绝伦，众皆畏服。勒复买动众心，益得众欢，遂返报伏利度。伏利度出帐迎勒，被勒握住两手，呼令部众将他缚住，且遍语众人道："今欲起大事，我与伏利度，何人配做主帅？"大众愿推勒为主。勒即笑顾伏利度道："众愿奉我，我尚不能自立，只好往从刘大单于，试问兄究有何恃，能反抗刘单于呢？"伏利度已被勒缚住，且思自己果不及勒，乃愿从勒教。勒遂亲为释缚，并为道歉，使伏利度死心塌地，始从勒归汉。勒弄伏利度如小儿，确是有些智术。刘渊大喜，复加勒都督山东征讨诸军事，并将伏利度旧有部众，统付勒节制调遣。勒遂得如虎生翼，不可复制了。

　　话分两头，且说伪楚公陈敏，占据江左，已历年余，刑政无章，民不堪命，又纵令子弟行凶，不加督责。顾荣等引以为忧，常欲图敏。适庐江内史华谭，遗荣等密书，且讽且嘲，略云：

> 陈敏盗据吴会，命危朝露，诸君或剖符名郡，或列为近臣，而更辱身奸人之朝，降节叛逆之党，不亦羞乎？吴武烈孙坚。父子，皆以英杰之才，继承大业，今以陈敏凶狡，七弟顽穴，欲蹑桓王孙。之高踪，蹈大皇之绝轨，远度诸贤，犹当未许也。皇舆东返，俊彦盈朝，将举六师以清建业，即金陵。诸贤何颜复见中州之士耶？幸诸贤图之！

荣得书，且愧且奋，因即密遣使人，往约征东大将军刘准，使发兵临江，自为内应，剪发明信。准乃遣扬州刺史刘机出向历阳，领兵讨敏。敏亟召荣入议，荣答道："公弟广武将军昶，历阳太守宏，均有智力，若使昶出屯乌江，宏出屯牛渚，据守要害，虽有强敌十万，也不敢入窥了。"敏即依荣议，分兵与二弟昶宏，令他去讫。尚有弟处在敏侧，待荣退出，便密语敏道："弟恐荣不怀好意，欲遣开我等兄弟，使彼得居中行事，一或生变，患且不测，不如先杀荣等为是。"敏瞋目道："荣系江东名士，相从年余，并未闻有异志，今遣我二弟，正恐别人未必可恃，故有此议，汝奈何叫我杀荣？荣一冤死，士皆离心，我兄弟尚得生活么？"杀荣原未必能生，不杀荣愈觉速死。昶司马钱广与周玘同为安丰人民，玘因递与密缄，劝令杀昶，协图反正。广复称如命，待昶至中途安营，熟睡帐中，即持刀突入，把昶刺死，即将昶首持示大众，谓已受密诏诛逆，如敢抗旨，夷及三族。众唯唯从命，遂由广勒兵回来，驻扎朱雀桥南，传檄讨敏。

敏闻广杀昶为变，惊惶得很，便遣甘卓拒广，所有坚甲精兵，尽付卓带去。顾荣恐敏动疑，忙驰入白敏道："广为大逆，义当速讨，但恐城内或有广党，意外构变，所以荣特来卫公。"敏愕然道："卿当四出镇卫，怎得就我？"荣乃辞出，竟往说甘卓道："江东事如果有成，我等理应努力，但看今日情势，可得望成功否？敏本庸才，政令反复，计画不一，子弟又各极骄矜，不败何待？我等尚安然受他伪命，与彼同尽？倘江西诸军，函首送洛，指为逆贼顾荣、甘卓首级，这岂非万世奇辱么？请君三思后行！"卓踌躇道："我本意原不愿出此，只因女为敏媳，堕入诡计，勉强相从。今若背敏，未始不是正理，只我女不免惨死了。"荣慨然道："以一女害三族，智士不为，且今日何尝不可救女呢？"卓造膝问计，荣与附耳数言，卓乃转忧为喜。俟荣退去，即出至朱雀桥，与广对垒，诘旦伪称有疾，高卧不起，亟遣使报敏，令女出视。敏尚不知有诈，竟遣卓女往省。卓得见爱女，麾兵渡桥，将桥拆断，与广合兵，并把北岸船只，一股脑儿撑至南岸。于是顾荣周玘及丹阳太守纪瞻等，统与甘卓、钱广，联合一气，同声讨敏。

敏闻报大惧，没奈何召集亲兵，得万五千人，出城御卓。两军隔水列阵，卓遥语敏军道："本欲与汝等同事陈公，奈顾丹阳、周安丰等名士，已皆变志，我亦不能支持，汝等亦宜早思变计。"敏众闻言，尚是狐疑未决，俄见顾荣跃马而出，揽辔遥语道："陈敏为逆，上干天怒。今新主当朝，派兵来讨，早晚将至，我等亦受密诏讨逆，汝等何尝不去，难道自甘灭族么？"说着，将手中所执的白羽扇，向敌一麾，敌众哗散，只剩下陈处一人，余皆溃去。一扇贤于十万军。敏亦只好回头北走，处随后同奔。顾荣复把白羽扇向后一招，部众即下舟渡江，登岸追敏。行不数里，便将敏兄弟擒住，解回建业。荣与甘卓等人，已尽入建业城，当即将敏兄弟处斩。敏长叹道：

"诸人误我，致有今日！"还要怨人。又顾弟处道："我负卿，卿不负我。"就使听了弟言，亦未必不致死。霎时间双首尽落，昆季归阴。所有敏弟及子，一并捕诛。只卓女不免守孀。

是时，征东大将军刘准，已经调任，继任为平东将军周馥。建业诸军，函着敏首，送交馥处，馥又传敏首至京师。有诏叙讨逆功，征顾荣为侍中，纪瞻为尚书郎太傅，太傅越辟、周玘为参军。荣等奉命北行，到了徐州，闻北方未靖，仍复折回。朝廷特派琅琊王睿为安东将军，都督扬州诸军事，使镇建业。睿由下邳启行，仍用王导为司马，同至江东，每事必向导咨谋，非常亲信。导劝睿优礼名贤，收揽豪俊，睿当然依从。但睿尚无重望，为吴人所轻，所以睿虽加意旁求，总觉乏人应命。导为睿设策，从睿临江观禊，睿但乘肩舆，导与掾属，皆跨着骏马，安辔徐行。吴中人士，望见仪从雍容，始知睿真心爱士，相率称扬。可巧顾荣、纪瞻等亦在江乘修禊，得睹丰采，也觉倾心，不由的望尘下拜。睿下舆答礼，毫无骄容，益令荣等悦服。及睿已回城，导因语睿道："吴中物望，莫如顾荣贺循，宜首先汲引，维系人心。二人肯来，外此无虑不至了。"睿乃使导往聘循、荣。循、荣各欢喜应命，随导见睿。睿起座相迎，殷勤款接，立授循为吴国内史，荣为军司，兼散骑常侍。所有军府政事，无不与谋。荣与循转相荐引，名流踵至。纪瞻入为军祭酒，周玘进为仓曹属，外如济阴人卞壶为从事中郎，琅琊人刘超为舍人，吴人张闿及鲁人孔衍并为参军，端的是英才济济，会聚一堂。吴中幕府，于斯为盛。为政在人，观此益信。

睿颇好酒，或致废事。导婉言进规，睿即引觞覆地，不复再饮。导又尝语睿道："谦以接士，俭以足用，清静为政，抚绥新旧，这便是创成大业的根本呢。"睿一一依议，见诸施行。果然吴会风靡，一体归诚。相传睿初生时，神光满室，户牖尽明，及年渐长成，日角上忽生长毫，皓白有光，隆准龙颜，目有精采，顾盼烨然。十五岁嗣父觐遗封，得为琅琊王。侍中嵇绍见睿状貌，便语人道："琅琊王毛骨非常，前途难量，当不至终身为臣，就是天子仪表，亦不过如是罢了。"既而太妃夏侯氏，病殁琅琊，睿表请奔丧，葬毕还镇，加封镇东大将军，开府仪同三司。

　　惟尚有一条异闻，载诸稗史，流传今古，当非尽诬。睿名为觐子，实为小吏牛金所生。觐妃夏侯氏，貌赛王嫱，性同夏姬。因小吏牛金入值，见是美貌少年，就与他眉挑目逗，竟成苟合，未几即身怀六甲，产下一男。觐颇有所疑，因爱妃貌美，生子又有异征，遂含忍不发，认为己子。从前司马懿执政时候，闻玄石图记中，有"牛继马后"的谶文，尝隐忌牛氏，把将校牛金鸩死。哪知后来复出一牛金与他孙妇勾引成奸，居然生下一睿，为司马氏后继，保住江东半壁，即位称帝，号为"中兴"，这大约是天数已定，人事难逃，凭你司马懿足智多谋，也不能顾及子孙，防闲终古呢。我说还是司马氏幸运，别人替他生子，多传了百余年。小子有诗咏道：

　　　　中菁遗闻不可详，但留一脉保残疆。
　　　　若非当日牛金力，怀愍沈沦晋已亡。

　　江东得睿镇守，差幸少安，惟江东以外，乱势方炽，不可收拾，欲知详情，试看下回接叙。

　　　　东嬴公腾，借兄之力，晋受王封，且调镇邺中，得避胡寇，可谓踌躇满志，不意有汲桑、石勒之乘其后，攻邺而追戕之。塞翁得马，安知非祸？腾亦犹是耳。苟晞用深沟固垒之谋，卒败桑、勒，桑窜死而勒北走，奔降刘渊，天不祚晋，欲留一痈以为晋患，此勒之所以终得逃生也。彼陈敏之盗据江东，智不若勒，乃欲收揽名士，而卒为名士所倾，夫岂名士之无良？正以见名士之有识耳。况琅琊王睿，移镇建业，得王导之忠告，招名士而礼用之。卒以成中兴之业，名士之有益于国，岂浅鲜哉？本回于琅琊王事，特别从详，正为后来中兴写照，不用贤则亡，削何可得，子舆氏固不我欺也。

第二十一回

北宫纯力破群盗　太傅越擅杀诸臣

却说江南既平，河北一带，尚是未靖。太傅越虽出镇许昌，朝政一切，仍然由他主持，怀帝统未得专行。越以邺中空虚，特请简尚书右仆射和郁为征北将军，往守邺城，且令王衍为司徒，怀帝自然准议。衍因往说越道："朝廷危乱，当赖方伯，须得文武兼全的人材，方可任用。"越问"何人可使"？衍却援举不避亲的古例，即将二弟面荐，一是亲弟王澄，一是族弟王敦。越便允诺，奏请授澄为荆州刺史、敦为青州刺史。有诏令二人任职，二人当然不辞。衍喜语二弟道："荆州内江外汉，形势雄固；青州面负东海，亦踞险要。二弟在外，我在都中，正好算作三窟了。"老天不由你料，奈何？

看官记着！荆州自高密王略出镇，亏得刘璠出为内史，才得安堵，见十九回。略未几即死，后任为山涛子山简，因璠得众心，未免加忌，特奏请迁调。不及乃父远识。晋廷徙璠为越骑校尉，荆湘遂从此多事。澄虽有虚名，无非是王夷甫一流人物，衍字夷甫。徒尚空谈，不务实践，要他去镇守荆州，眼见是不能胜任呢。王敦眉目疏朗，神情洒脱，少时即号称奇童，得尚武帝女襄城公主，拜驸马都尉，兼太子舍人，声名尤盛。但素性残忍，不惜人死。从弟王导曾说他不能令终，太子洗马潘滔亦尝讥他豺声未振，蜂目已露，人不噬彼，彼将噬人。如此刚暴不仁，衍却替他荐引，恃作护符，这也是知人不明，徒增妄想罢了。为澄、敦二人后来伏案。

敦甫经莅镇，即由太傅越征令还朝，授中书监。敦不免失望，但也只好奉召入都。青州刺史一缺，由兖州刺史苟晞调任。晞屡破巨寇，为越所重，常引晞升堂，结为异姓兄弟。此时潘滔为越长史，屏人语越道："兖州为东方冲要，魏武尝借此创业，现由苟晞居守有年。若晞有大志，便非纯臣，今不若移镇青州，厚加名号，晞必欣然徙去。公乃自牧兖州，经纬诸夏，藩卫本朝，这才叫做防患未然哩。"越颇以为然，自为丞相，领兖州牧，都督兖豫司冀幽并诸州军事；加苟晞为征东大将军，都督青州诸军事，领青州刺史，封东平郡公。

晞虽奉调东去，却已是猜透越意，暗暗生嫌。他本来严刑好杀，不肯少宽，在兖州时，迎养从母，颇加敬礼。从母为子求将，晞摇首道："王法无亲，若一犯法，我不能顾及从弟了，不如不做为妙。"从母固请如初，晞乃说道："不要后悔。"因令为督护。后来果然犯法，晞即令处斩。从母叩头吁请，乞贷一死，晞终不从。及斩讫返报，乃素服临哀，且哭且语道："斩卿是兖州刺史，哭弟是苟道将。"晞字道将。部下见他情法兼尽，很是惮服。实是一种权诈手段。至移镇青州，复思以严刑示威，日加杀戮，血流成川，州人号为"屠伯"。

晞弟名纯，亦颇知兵，由晞遣讨盗目王弥，得获胜仗。弥为惬音悝，县名。令刘伯根长史。伯根尝纠众作乱，为幽州都督王浚讨平，独弥亡命为盗，再集伯根遗众，出没青、徐。阳平人刘灵，少时贫贱，力大无穷，能手挽奔牛，足及快马，尝恨无人举引；又见晋室浸衰，不由的抚膺太息道："老天！老天！我一贫至此，莫非令我造反不成？"及闻王弥为乱，也招致盗贼，揭竿起事，乃自称大将军，寇掠赵魏。已而弥为苟晞所败，灵为别将王赞所败，两人俱奉书降汉，敛迹不出。忽顿邱太守魏植，为流民所迫，有众五六万，大掠兖州。太傅越急檄苟晞进援。晞出屯无盐，留弟纯居守青州。纯嗜杀行威，比晞还要利害，州民生谣道："一苟不如一苟，小苟毒过大苟。"如此凶残，安望有后。未几晞得诛植，乃仍还青州。偏王弥又复蠢动，党羽集至数万人，分掠青、徐、兖、豫四州，所过残戮，郡邑为墟。苟晞再奉诏出征，连战未克，太傅亦下令戒严，移镇鄄城。

会闻前北军中侯吕雍与度支校尉陈颜等，谋立清河王覃为太子，便由越一道矫诏，遣将收覃，幽锢金墉城。过了旬月，索性命人赍鸩，把覃逼死。拥立者，也属无谓；加害者，抑何太毒？但越只能制内，不能制外。那王弥竟从间道突入许昌，且自许昌进逼洛阳，越亟遣司马王斌，率甲士五千人入卫京师。还有凉州刺史张轨，亦遣督护北宫纯等，领兵入援。轨系汉张耳十七世孙，家住安定，才华明敏，姿仪秀雅，与同郡皇甫谧友善，隐居宜阳女儿山。泰始初年叔父锡入京为官，轨亦随侍，得授五品禄秩，嗣复进官太子舍人，累迁散骑常侍征西军司。他见国家多难，谋据河西，筮得《周易》中泰与观卦，投筴大喜道："这是霸兆，得未曾有哩。"遂求为凉州刺史。

天下无难事，总教有心人，果然得如所愿，一麾出守，及至凉州，适鲜卑为寇，盗贼纵横，便即调兵出讨，斩首万余级。嗣是威著西州，化行河右。张轨后嗣建国称凉，号为前凉，故特从详叙。至是闻王弥寇洛，因遣将勤王。晋廷方命司徒王衍都督征讨诸军事，发兵出御轘辕，被王弥一阵杀败，兵皆溃归。京师大震，宫城昼闭，弥竟进攻津阳门。可巧凉州兵驰至，统将北宫纯。入城见衍，与东海司马王斌会师，相约出战。纯愿为前驱，选得勇士百余人，作为冲锋，疾驰而出，与弥对垒，才经交锋，由纯飚动令旗，便突出一队身长力大的壮士，跨着铁骑，持着利刃，不管那枪林箭雨，只硬着头冲将进去。凉州兵也不肯落后，既有勇士为导，当然拼了性命，一齐跟入，任他王弥党羽，是百战剧盗，都落得心慌意乱，纷纷倒退。北宫纯趁势杀上，王斌亦领兵继进，杀得盗党血流漂杵，尸积成山。王弥大败，抱头东窜。

都中又驱出一支生力军，系是王衍所遣，军官是左卫将军王秉，来应北宫纯、王斌两军。两军正追杀数里，稍觉疲乏，因即让过王秉一路人马，听令追去。秉追至七里涧，王弥见来军服饰，与前略殊，还道是强弱不同，复思回身一战，当下勒马横刀，令盗众一律返顾，与秉接仗。盗众勉强应命，但已是胆怯得很，不耐久斗，略略交手，又复溃散。弥始知不能再战，只得与部下盗目王桑，逃出轵关，竟去投汉。汉主刘渊与弥本有旧交，当即遣使郊迎，且传令语弥道：“孤已亲至客馆，拂席洗爵，敬待将军。”弥闻令大喜，便随入见渊。渊即面授弥为司隶校尉，加官侍中，且命王桑为散骑侍郎。刘灵得王弥归汉消息，也亲往谒渊，受封平北将军。渊收了两个大盗，便用为向导，使子聪带兵数千，同袭河东。

可巧北宫纯自洛阳旋师，途次与聪兵相值，即杀将过去。聪不意官军掩至，顿时忙乱，且疑此外尚有伏兵，不敢恋战，匆匆的收兵遁回，麾下已死了数百人，纯乃归凉州，禀明张轨，申表奏闻。有诏封轨为西平郡公，轨辞不受命，且屡贡方物，藩臣中推为首忠，也是确评。

惟刘渊闻聪败还，未免失望，且因并州一带，由刘琨据守晋阳，无隙可乘，前遣将军刘景往攻，亦遭一挫，两方面统是败仗，尤觉得忧悔交并。侍中刘殷、王育进议道：“殿下起兵以来，年已一周，乃专守偏方，王威未振，甚属可惜。诚使命将四出，决机大举，枭刘琨，定河东，建帝号，鼓行南下，攻克长安，作为都城，再用关中士马，席卷洛阳，易如反掌。从前高皇帝建竖鸿基，荡平强楚，便是这番谋画，殿下何不仿行呢？”渊不禁鼓掌道：“这正是孤的初心呢！”遂号召大众，亲自督领，趁着秋高马肥的时候，禡纛起行。到了平阳，太守宋抽，惊惶的了不得，弃城南奔。渊得拔平阳城，再入河东。太守路述，却是有些烈性，募集兵民数千，出城搦战，怎奈众寡不敌，伤亡多人，没奈何退守城中。渊督众猛攻，相持数日，城垣被毁去数丈，一时抢堵不及，竟为胡马所陷。述还是死战，力竭捐躯。渊连得数郡，遂移居蒲子。上郡四部鲜卑陆逐延、氐酋单征，并向渊请降。渊又遣王弥石勒，分兵寇邺，征北将军和郁，也是贪生怕死，走得飞快，把一座河北险要的邺城，让与强胡。于是渊得逞雄心，公然称帝，大赦境内，改元永凤。命嫡子和为大司马，加封梁王，尚书令刘欢乐为大司徒，加封陈留王，御史大夫呼延翼为大司空，加封雁门郡公；同姓以亲疏为等差，各封郡县王；异姓以勋谋为等差，各封郡县公侯。就把这蒲子城，号为汉都。

看官记着！当时氐酋李雄，与刘渊同时称王，此次渊僭号称尊，比李雄还迟二年。李雄称帝，国号成，改元晏平，且在晋惠帝末年六月中。刘渊称帝，是在晋怀帝二年十月中。小子属辞比事，前文未及西陲，无复插叙，此次为刘渊称帝，不能不补叙李雄。五胡十六国开始，就是李雄、刘渊两酋长，最早僭号，看官幸勿责我漏落呢。补笔说得明白，更足令阅者醒目。

渊既僭号，两河大震。晋廷遣豫州刺史裴宪，出屯白马，车骑将军王堪出屯东燕，平北将军曹武出屯大阳，无非为防汉起见。偏刘渊得步进步、不肯少休，复遣石勒、刘灵率众三万，进寇魏、汲、顿、丘三郡，百姓望尘降附，多至五十余垒。勒与聪请诸刘渊，各给垒主将军都尉印绶，并挑选壮丁五万为军士，老弱仍令安居。魏郡太守王粹，领兵抵御，一战即败，被勒活捉了去，押至三台，一刀毕命。越年为晋怀帝永嘉三年，正月朔日，荧惑星入犯紫微，汉太史令鲜于复姓。修之，入白刘渊道："陛下虽龙兴凤翔，奄受大命，但遗晋未灭，皇居逼仄，紫宫星变，犹应晋室。不出三年，必克洛阳。蒲子崎岖，不可久安，平阳近有紫气，且是陶唐旧都，愿陛下上迎乾象，下协坤祥。"渊当然大喜，便即迁都平阳。会汾水滨有人得玺篆，文为"有新保之"四字，乃是王莽后投失，他却聪明得很，增刻"渊海光"三字，献与刘渊。渊表字元海，便称为己瑞，又复改元，即以"河瑞"二字为年号。封子裕为齐王，子隆为鲁王，聪为楚王，南向窥晋。

晋廷专靠太傅越为主脑，越不务防外，专务防内，真正可叹。他本已移镇鄄城，因鄄城无故自坏，心滋疑忌，乃徙屯濮阳。未几，又迁居荥阳，忽自荥阳带兵入朝，都下人士，相率惊疑。中书监王敦语人道："太傅专执威权，选用僚属，还算依例申请，尚书不察，动以旧制相绳，他必积嫌已久，来此一泄。不识朝臣有几个晦气，要遭他毒手呢。"及越既入都，盛气诣阙，见了怀帝，便忿然道："老臣出守外藩，尽心报主，不意陛下左右，多指臣为不忠，捏造蜚言，意图作乱。臣所以入清君侧，不敢袖手呢。"怀帝听了，大是惊惶，便问何人谋乱。越并未说明，即向外大呼道："甲士何在？"声尚未绝，外面已跑入一员大将，乃是平东将军王景，一作王秉，今从《晋书》。领着甲士三千人，鱼贯入宫，形势甚是汹涌，差不多与虎狼相似。越随手指挥，竟命将帝舅散骑常侍王延、尚书何绥、太史令高堂冲、中书令缪播、太仆卿缪胤等，一股脑儿拿至御前，请旨施刑。怀帝不敢不从，又不忍遽从，迟疑了好多时，未发一言。越却暴躁起来，厉声语王景道："我不惯久伺颜色，汝可取得帝旨，把此等乱臣，交付廷尉便了。"说着，掉头径去。跋扈极了。怀帝不禁长叹道："奸臣贼子，无代不有，何不自我先，不自我后，真令人可痛呢。"当下起座离案，握住播手，涕泣交下。播前在关中，随惠帝还都，应第十九回。与太弟很是亲善，所以怀帝即位，便令他兄弟入侍，各授内职，委以心膂。偏由越诬为乱党，勒令处死，叫怀帝如何不悲？王景在旁相迫，一再请旨，怀帝惨然道："卿且带去，为朕寄语太傅，可赦即赦，幸勿过虐，否则凭太傅处断罢。"景乃将播等一并牵出，付与廷尉，向越报命。越即嘱廷尉杀死诸人，一个不留。

何绥为前太傅何曾孙，曾尝侍武帝宴，退语诸子道："主上开创大业，我每宴见，未闻经国远图，但说生平常事，这岂是贻谋大道？后嗣子孙，如何免祸，我已年老，当不及难。汝等尚可无忧。"说到"忧"字，忽然咽住，好一歇才指诸孙道："此辈可惜，必遭乱亡。"你既知诸孙难免，何不嘱诸子辞官，乃日食万钱，尚云无下箸处，子劭尚日食二万钱，如此奢侈，怎得裕后？及绥被戮，绥兄嵩泣语道："我祖想是圣人，所以言有奇验哩。"后来洛阳陷没，何氏竟无遗种，这虽是因乱覆宗，但如何曾父子的骄奢无度，多藏厚亡，怎能保全后裔？怪不得一跌赤族了。至理名言。

越自解兖州牧，改领司徒，使东海国将军何伦，与王景值宿宫廷，各带部兵百余人，即以两将为左右卫将军，所有旧封侯爵的宿卫，一律撤罢。散骑侍郎高韬，见越跋扈，略有违言，便被越斥为讪上，逼令自杀。嗣是朝野侧目，上下痛心。越留居都中，监制怀帝。无论大小政令，统须由越认可，才得施行。

那汉大将军石勒，已率众十余万，进攻钜鹿常山，用张宾为谋主，刁膺、张敬为股肱，夔安、孔苌、支雄、桃豹、逯明为爪牙。除兵营外，另立一个君子营，专纳豪俊，使参军谋。张宾系赵郡中邱人，少好读书，阔达有大志，常自比为张子房。及石勒寇掠山东，宾语亲友道："我历观诸将，无如此胡将军，可与共成大业，我当屈志相从便了。"张子房为韩复仇，宾奈何颡颜事胡？乃提剑至勒营门，大呼求见。勒召入后，略与问答，亦不以为奇。嗣由宾屡次献策，无不合宜，因为勒所亲信，置为军功曹，动静必资，格外契合。正拟进略郡县，忽接刘渊命令，使率部众为前锋，移攻壶关，另授王弥为征东大将军，领青州牧，与楚王聪一同出兵，为勒后援，勒当然前往。并州刺史刘琨，急遣将军黄肃、韩述赴援。肃至封田，与勒相遇，一战败死。述至西涧，与聪争锋，亦为聪所杀。

警报传达洛阳，太傅越又令淮南内史王旷，将军施融、曹超，往御汉兵。旷渡河亟进，融谏阻道："寇众乘险间出，不可不防。我兵虽有数万，势难分御，不如阻水自固，见可乃进，方无他患。"旷怒道："汝敢阻挠众心么？"融退语道："寇善用兵，我等冒险轻进，必死无疑了。"遂长驱北上，逾太行山，次长平坂。正值刘聪、王弥两路杀来，捣入晋军阵内。晋军大乱，旷先战死，融、超亦亡。旷是该死，只枉屈了融、超。聪乘胜进兵，破屯留，陷长子，斩获至万九千级，上党太守庞淳，举壶关降汉，汉势大炽。刘渊连得捷报，更命聪等进攻洛阳，晋廷命平北将军曹武，集众抵御，连战皆败。聪入寇宜阳，藐视晋军，总道是迎刃立解，不必加防。弘农太守垣延，探得汉兵骄弛，用了一条诈降计，自谒聪营，假意投诚。聪沿路纳降，毫不动疑，哪知到了夜半，营外喊声连天，营内亦呼声动地，外杀进，里杀出，立将聪营踏平。聪慌忙上马，引众宵遁，侥幸得全性命。诸君不必细问，便可知是垣延的兵谋了。

垣延上表告捷，廷臣称庆，不料隔了两旬，那刘聪等复到宜阳，前有精骑，后有锐卒，差不多有七八万人，比前次猖獗得多了。小子有诗叹道：

外患都从内讧生，金汤自坏寇横行。
乱华戎首刘元海，典午河山一半倾。

毕竟刘聪能否深入，待至下回表明。

晋初八王之乱，越最后亡，观前文之害死长沙，已太无宗族情，顾犹得曰乂不死，都下之战祸，终难弭也。及纠合同盟，迎驾还洛，乂闻不亚桓文，几若八王之中，莫贤于越矣。惠帝之殁，谓越进毒，犹为疑案，至清河王之被鸩，而越之罪乃彰焉。王弥攻陷许昌，不闻速讨，徒遣王斌等五千人入卫，借非北宫纯之自西入援，前驱突陈，其能破百战之剧盗乎？张轨地位疏远，尚遣良将以勤王，越固宗亲，犹未肯亲自讨贼，其居心之险诈，不问可知。至其后带甲入朝，擅杀王延、缪播诸人，冤及无辜，气凌天子，设非外寇迭兴，几何而不为赵王伦也。要之有八王而后有五胡，八王犹甘心亡晋，于五胡何尤哉？

第二十二回

乘内乱刘聪据国　借外援猗卢受封

却说刘聪复至宜阳，同行诸将，乃是刘曜、刘景、王弥、呼延翼，骑兵五万，步卒三万，大有气吞河洛的势焰，都中大震。聪率轻骑先进，连败戍兵，直达都下，屯兵西明门。凉州刺史张轨再遣北宫纯等入援。纯至洛阳，与汉兵对面扎营，待至夜半，方率勇士千余人，直攻汉垒。聪亦预先防着，即令征虏将军呼延颢，开营抵敌。颢甫出营门，正与纯撞个满怀。纯眼明手快，一刀劈下，正中颢首，脑浆迸流，倒毙地上。汉兵见颢被杀死，顿时骇退，纯即踹入营中，左斫右劈，杀死汉兵数十人。聪喝令各军，上前拦阻，还是招架不住，亏得队伍尚齐，且战且行，退至洛水滨下寨。纯因夜色昏皇，也恐有失，便收兵回营。

越日，呼延翼营内自乱，步卒不服翼令，将翼杀死，竟自溃归。刘渊闻败，飞饬聪等还师。聪不肯遽退，表称"晋兵微弱，可以力取，不得以翼颢死亡，自挫锐气，遽尔班师"云云。渊乃听令留攻，聪复分兵进逼，自攻宣阳门，令曜攻上东门、弥攻广阳门、景攻大夏门，四面猛扑，声震山谷。太傅越婴城拒守，且调入北宫纯等，一齐登陴，随方抵御。聪攻了数日，竟不能入，不由的想入非非，要至嵩岳中去祷山神，求他保佑，速下洛城，嵩岳有灵，岂容汝蹂躏中原？当下留平晋将军刘厉及冠军将军呼延朗，暂摄军事，自己竟带着千骑，跨马而去。太傅越参军孙询，探得聪不在营中，谓可乘虚出击，越即令询挑选劲卒，得三千人，由将军邱光、楼哀等带领，潜开宣阳门，呐一声喊，冲将出去。呼延朗身不及甲，马不及鞍，冒冒失失，前来搠战。邱光楼哀双械并举，杀得朗手法散乱，一个疏忽，被邱光挑落马下，楼哀再加一槊，结果性命。此次汉将死亡，都出呼延氏，想是呼延家运已衰。刘厉忙麾兵相救，已是不及。且邱、楼二将越加胆壮，领着三千健卒，横冲直撞，辟易万人。厉亦只好却走。聪在半途闻变，忙即折回，方得招架一阵；邱、楼亦即收兵入城。刘厉恐为聪所责，竟投水自尽，聪不觉叹息。

王弥趋至聪营，向聪进言道："今既失利，洛阳犹固，殿下不如还师，再图后举，下官当立兖、豫二州间，收兵积谷，守候师期。"聪皱眉答道："前曾表请留攻，此时不待命令，便即还师，未免不合。"弥笑道："这有何虑，下官为殿下设法便了。"遂即致书宣于修之，托他解说。修之已料知聪军不利，既得弥书，便入白刘渊道："岁在辛未，当得洛阳，今晋气尚盛，大军不归，必败无疑。"渊乃促聪回军，聪始与刘曜同归。惟王弥南出轘辕，沿途流民，陆续趋附，多至数万人。

还有石勒一支人马，自攻破壶关后，仍留扰并州一带，收降山北诸胡，再与刘灵进攻常山。幽州都督王浚遣部将祁弘，邀同鲜卑部酋务勿尘等，带领十余万骑，来讨石勒。勒从常山退兵数里，至飞龙山前，依险列营，专待祁弘角斗。弘驱众直进，行近山麓，望见勒兵扎住，营伍颇严，便心生一计，使务勿尘领着本部，登山而下，直压勒营，自统部众与勒接仗。勒令刘灵守营，分兵趋出，奋斗祁弘。两边统是朔方劲旅，旗鼓相当，酣战了两三个时辰，未分胜败。不防务勿尘从后面杀下，突破勒营。刘灵保不住营寨，也只得出会勒军。勒军见营垒已破，当然慌乱，就是勒亦万分惊惶，自知立脚不住，不如夺路逃奔，一声呼啸，向南飞逸。刘灵迟走一步，被祁弘追及背后，用槊猛戳，穿通心胸，立即倒毙。大力将军，只好至冥间报效去了。余众约毙万余人。

勒垂头丧气，走保黎阳。及闻幽州兵回去，复分兵四出，攻陷三十余堡寨，又进寇信都。适东海司马王斌，出任冀州刺史，引兵拒勒，一战败亡。晋车骑将军王堪、北中郎将兼豫州刺史斐宪，奉诏联兵，合攻石勒。勒引兵还拒，道出黄牛垒，魏郡太守刘矩，举城降勒。勒收得粮械，兵势益振。裴宪胆小如鼷，探得勒众甚盛，即潜奔淮南，连兵马都不遑带去。王堪孤掌难鸣，也退保仓垣。勒便从石桥渡河，攻陷白马，坑死男妇三千余口，复东袭鄄城，杀害兖州刺史袁孚，再攻仓垣。王堪败没，还与王弥合兵，连下广宗、清河、平原、阳平诸县。捷书屡达平阳，刘渊加封勒为镇东大将军，兼汲郡公，又命聪、曜等出兵会勒，共攻河内。

河内太守裴整，飞表乞援。诏命宋抽为征虏将军，往援河内，被勒邀击中途，把抽杀死。河内人复执整降汉，整得受汉职，拜为尚书左丞。河内督将郭默，收整余众，自为坞主。刘琨表称默为河内太守，时已为怀帝永嘉四年。会值刘渊得病，召还各军，河北山东，暂得少安。渊后呼延氏殁，另立氏酋单征女为皇后，这位新皇后的姿色，端的是纤丽无比，美艳无双。自从单征降汉，便将女纳为渊妾，宠号专房。生子名乂，亦得殊宠。可巧渊妻病死，姜媵不下数十，偏被那娇娇滴滴的单氏女，越级超升，得为继后，且封乂为北海王。单氏感恩不已，镇日里振起精神，侍奉刘渊。渊见她靓妆媚骨，处处可人，不由的为色所迷，贪欢无度。怎奈少女多情，老夫已迈，渐渐的精力不支，酿成羸疾。蛾眉原是伐性，老年愈觉可畏。当下为顾托计，命梁王和为太子，齐王裕为大司徒，鲁王隆为尚书令，楚王聪为大司马大单于，特在平阳城西，置单于台，为聪任所。北海王乂为抚军大将军，领司隶校尉。始安王曜为征讨大都督兼单于左辅。廷尉乔智明为冠军大将军兼单于右辅。尚有同姓老臣陈留王刘欢乐，进官太宰；长乐王刘洋，进官太傅；江都王刘延年，进官太保。是时刘宣已死，故不列入。渊恃三人为心膂，所以加位三公，付他重任。到了病不能起，即召入禁中，亲授遗命，叫他拥立太子，同心辅政，三人自然遵嘱。越二日渊竟逝世，共计称王四年，称帝三年。

太子和嗣为汉主。和本渊妻呼延氏所生，前大司空呼延翼，便是后父，被杀洛阳，翼子名攸，官拜宗正。渊因他素无才行，终身不令迁官。侍中刘乘与聪有隙，西昌王刘锐未得预顾命，三人共怀不平，乃串同一气，入殿语和道："先帝不顾重轻，使三王在内总兵。大司马拥劲卒十万，逼居近郊，陛下不过做了一个寄主，将来祸难，恐不可测，不如早为设法，先发制人。"和颇以为然。夜召武卫将军刘盛、刘钦及左卫将军马景等，使图裕隆、聪乂诸王。盛抗声道："先帝尚在殡宫，四王未有逆节，今忽生他谋，自相鱼肉，臣恐不能邀福，反且召祸。况四海未定，大业粗成，陛下但应继志述事，开拓鸿基，幸勿误听谗言，疑及兄弟。古诗有言：'岂无他人，不如我同父。'陛下不信诸弟，他人如何轻信呢？"锐与攸正在和侧，闻言大怒道："今日计议，已由主上裁决，理无反讦，领军怎得妄言？"盛尚欲再言，已被锐拔出佩剑，劈为两段。可怜刘盛。钦与景不禁惶惧，慌忙应命，乃共在东堂设誓，诘旦举发。

转瞬间已是天明，由和派兵四路，分攻四王。锐与马景赴单于台，攻楚王聪；攸与右卫将军刘安国，诣司徒府，攻齐王裕；乘与钦攻鲁王隆；使尚书田密、武卫将军刘璿攻北海王乂。乂尚年少，不知守备，立被田密、刘璿等闯入，只好延颈待戮，不料命未该绝，由璿抢步上前，把乂轻轻掖住，招呼部曲，斩关急走，趋往单于台。密亦随行，共见刘聪，报明内变。聪见乂无恙，心下大喜。已寓微意。便命军士服甲持械，静待刘锐等到来。锐至城外，已知田密、刘璿举动，料聪必有预备，不敢轻往，当下折回城中，与攸、乘等会攻隆、裕。复恐安国与钦尚有异志，因再杀死二人，然后进攻司徒府。裕不能守御，竟为乱军所害。锐等移兵攻隆，隆亦被杀。

是夕，闻西明门外，喊声大震，乃是大司马聪，率领全军，来攻都城。锐、攸乘三人，亟趋上城楼，督众拒守。约莫过了一日有余，已被聪军攻入，乱兵四窜。锐等奔入南宫，聪军追入，把锐、攸、乘陆续擒住。刘和避匿光极殿西室，托词守丧。聪军持械直进，不管他皇叔不皇叔，顺手乱砍，立即毙命。刘渊口舌未干，三子即遭惨死，可见治国以礼，多力无益。聪入居光极殿，命诛锐、攸、乘三人，枭首通衢，示众三日。马景未闻遭诛，先后均得幸免，是何运气？群臣联笺上聪，请即尊位。聪呼众与语道："我弟乂为单后所生，子以母贵，应该嗣立，我愿退就单于台。"道言甫毕，即有一少年趋至聪前，长跪流涕道："先帝创业未终，全仗兄长继承先志，倘或舍长立幼，如何维持？还乞兄长勉从众言。"聪俯首瞧着，正是北海王乂，忙即离座搀扶。乂不肯起立，百官亦皆跪请，乃慨然答道："乂与群公，既因四海未定，国难尚多，谓孤年较长，迫孤就位，这乃国家大事，不便固辞。今孤当远遵鲁隐，俟乂年长，当复子明辟，表孤素心。"百官交口称颂，乂亦拜谢，阅者至此，总道聪有让德，谁知他另存歹意。乃皆起身出殿，筹备新君即位礼仪。

聪进谒单后，请安道歉，礼节甚恭。单后见他仪容秀伟，冠冕堂皇，不禁由爱生羡，待遇加优。且因聪保全己子，柔声道谢。句中有眼。聪听得一副娇喉，禁不住情迷心荡，再审视单氏花容，毕竟轻盈艳冶，与众不同。可惜耳目众多，不能无端调戏，没奈何按定了神，对答数语，徐徐辞出，转往别宫，去谒生母张夫人。原来聪为渊第四子，母为渊妾张氏，怀妊时梦日入怀，醒后告渊，渊称为吉征。嗣过了十五月，方产一男，形体伟岸，左耳有一白毛，长二尺余，闪闪有光，渊因取名为聪。幼时敏悟过人。年至十四，博通经书百家及孙吴兵法，又工书草隶，善作诗文。十五岁演习骑射，能弯弓三百斤，膂力骁捷，冠绝一时。渊亦谓此儿不可限量，很是锺爱。果然武艺超群，得登大位。称尊以后，改元"光兴"，尊单后为皇太后、张夫人为帝太后、立义为帝太弟，领大单于大司徒。立妻呼延氏为皇后，封子粲为河内王，领抚军大将军，都督中外诸军事。粲弟易为河间王，翼为彭城王，悝为高平王，乃为父渊发丧，移棺奉葬，号渊墓为"永光陵"，追谥为"光文皇帝"，庙号"高祖"。

聪既将国家要事，依次施行，所有王公百官，概仍旧职，毫无异言。他乐得趁闲寻乐，卖笑追欢，不过他心目中只有一人，要想同她勾搭，只苦不能下手，且有名分相关，似乎未便妄为。可奈意马心猿，不能自制，更且平时入省，时近芳容，越觉得撩乱情思，无从摆脱。嗣是朝朝暮暮，问安视寝，一个是垂涎已久，昏夜乞怜；一个是寂处难安，心神似醉。移花不妨接木，拢篙正可近舵，好风流处便风流，还管什么尊卑上下呢？况名分虽嫌未合，年貌正是相当，意外鸳鸯，倍饶乐趣。从此春生鏖帐，连夕烝淫，望断长门，同悲陌路。俗语说得好："好事不出门，恶事传千里。"这汉主聪的不法行为，才经数夕，已是喧传内外，统说他母子通奸。别人不过播为笑谈，最难堪的是北海王义，少年好胜，禁不起冷讽热嘲。有时入宫省母，隐约进规，那母亲却也怀惭，但木已成舟，无可挽回。到了黄昏时候，新皇帝复来续欢，不能再效于飞，与子同梦。两口儿确是情浓，只北海王引为恨事，已气愤得不可名状。恐皇嫂也作此想。

　　是时，略阳出了一个氐酋，叫做蒲洪，相传为夏初有扈氏苗裔，世作西戎酋长。洪家池中忽生了一枝蒲草，长约五丈，中有五节，略如竹形，时人号为蒲家，因即以蒲为姓。洪身长力大，权略过人，为群氐所畏服，威震一隅。即苻秦之祖，为后来十六国之一。汉主聪意欲羁縻，特遣使至略阳，拜洪为"平远将军"。洪不肯受命，却还来使，旋即自称秦州刺史略阳公。聪亦无暇过问。还是与母后调情，较为适意。惟雍州流民王如，寄居南阳，因晋廷逼他还乡，激使为乱，聚众至四五万，陷城邑，杀令长，自称大将军，向汉称藩。汉主聪当然收纳，且命石勒领并州刺史，使他略定河北，方好锐下河南。晋并州刺史刘琨，身当敌冲，恐孤危失援，为虏所乘，乃外结鲜卑部酋拓跋猗卢，表请为大单于，封为代公。这拓跋猗卢的履历，说来又是话长，小子只好略叙颠末。

　　这拓跋氏即索头部，俗喜用索编发，故号"索头"。世居北荒，不通中夏。至酋长毛始渐强大，统国三十六，大姓九十九，历五世至推寅，南迁大泽，又七世至邻。有兄弟七人，分统部众。邻传位与子诘汾，再使南迁，诘汾因徙居匈奴故地。相传诘汾好猎，尝出畋山泽间，见空中有一辎軿，冉冉下来，内坐一美妇人，姿容秀丽，自称天女，谓与诘汾有缘，竟下车握手，与他交合，尽欢而去。从古以来，未闻有这等天女。到了次年，诘汾再往原处游畋，天女又复来会，怀抱一男，授与诘汾，谓即去年成孕，得生此子，说毕复去。天女有这般无耻么？诘汾乃抱归抚养，竟得成人，取名力微。后来北魏传为佳话，编成二语道："诘汾皇帝无妇家，力微皇帝无母家。"便是为了这种原因。无稽之言勿听。诘汾死，力微立，复徙居并州塞外的盛乐城，部落浸盛。晋初，曾两遣嗣子沙漠汗入贡。力微活至一百四岁，方才病殁。沙漠汗已死，弟悉鹿立。悉鹿传与弟绰，绰传与子弗，弗死无嗣。叔父禄官嗣位，分国为三部，使沙漠汗子猗㐌，居代郡附近。猗弟猗卢，居盛乐城，自启上谷的北边。

猗卢善用兵，屡破匈奴、乌桓各部，降服三十余国。及刘渊起兵入寇，幽州刺史东嬴公腾，尝向猗处乞援。猗与弟猗卢，率众援腾，击散渊兵。腾表猗为大单于，既而猗禄官，先后去世，猗卢遂总摄三部。会刘琨至并州，欲讨匈奴遗裔铁弗氏等，因遣使卑辞厚礼，结交猗卢，请他出兵相助。猗卢乃遣从子郁律，领二万骑助琨，破铁弗氏酋长刘虎。琨遂与猗卢约为兄弟，指水同盟，且遣长子遵往质，嗣因汉寇益盛，乃请以代郡封猗卢。朝议却也依琨，授册转交。惟代郡尚属幽州管辖，幽州都督王浚，不肯照允，发兵击猗卢，致为猗卢所败。自是浚与琨有隙，琨但求得猗卢欢心，不暇顾浚。这是刘琨误处。猗卢以封邑暌隔，民不相接，乃率部落万余家，由云中入雁门，向琨求陉北地。琨既引他入境，不能再拒，只得将楼烦、马邑、阴馆、繁峙、崞五县人民，徙至陉南，就把陉北地让与猗卢，这便是拓跋据代的源流。小子又考得"拓跋"二字，也有寓意，鲜卑称土为拓，后为跋，所以叫做拓跋氏。

会汉主刘聪，大举图晋，命河内王粲，始安王曜，与王弥率兵四万，入寇洛阳。又令石勒发四万骑兵，与粲等会师，共至大阳城。晋监军裴邈，逆战渑池，败绩南奔。汉兵直指洛川，复分两路。粲出轘辕，勒出成皋，沿途四掠，烽火连天。刘琨在并州闻警，即与猗卢同约举兵，往讨刘聪、石勒。先遣人至洛阳，向太傅越报明。偏越别怀猜忌，复书谢绝。琨乃遣还猗卢，按兵不发。小子有诗叹道：

> 国势颠危已可忧，借资外助亦忠谋。
> 如何权相犹多忌，坐使神京一旦休！

欲知太傅越的隐情，试看下回分解。

刘渊以骁桀之姿，还踞朔方，进略河东，占平阳为根据地，又复遣将四掠，入窥洛阳，推其用意，无非欲为子孙帝王万世业耳。然身死未几，即有骨肉相戕之祸，司马氏因内乱而致危，不意刘汉亦蹈此辙，要之礼义不兴，鲜有不自相鱼肉者也。刘聪因乱得位，首烝母后，大本先亏，徒恃乃父之遗业，南向陵晋，晋之乱迄未有已，故刘聪得以乘之耳。彼刘琨之导入猗卢，虽未始非引虎自卫，然其时汉已势盛，胡马顿乘，得猗卢以牵制之，亦一用夷攻夷之权道也。东海不察，谢绝刘琨，坐待危亡，是真不可救药也夫。

第二十三回

倾国出师权相毕命　覆巢同尽太尉知非

却说太傅越拒绝刘琨，并不是猜忌外夷，实因青州都督苟晞与越有嫌，见二十一回。越恐他乘隙图乱，袭据并州，乃令琨固守本镇，不得妄动。琨只得奉令而行，遣还猗卢。那汉兵却齐逼洛阳，有进无退，洛阳城内，粮食空虚，兵民疲敝，眼见是不能御侮。太傅越乃传檄四方，征兵入援。前日拒绝刘琨，此时何又征兵？怀帝且面谕去使道："为我寄语诸镇，今日尚可援得，再迟即无及了。"可怜可叹！哪知朝使四出，多半不肯应召。惟征南将军山简，差了督护王万，引兵入援，到了涅阳，被流贼王如邀击一阵，兵皆溃散。王如且不能敌，怎能御汉。如反与徒党严嶷、侯脱等，大掠汉沔，进逼襄阳。荆州刺史王澄，号召各军，拟赴国难。前锋行至宜城，闻襄阳被困，且有失陷消息，不由的胆怯折回。汉将石勒，引众渡河，将趋南阳。王如等不愿迎勒，堵截襄城，顿时触动勒怒，移兵掩击，把贼党万余人悉数擒住。侯脱被杀，严嶷乞降，王如遁去。勒趁势寇掠襄阳，攻破江西垒壁四十余所，还驻襄城。

晋太傅越已失众望，心不自安，复闻胡寇益盛，警信屡至，乃戎服入见，自请讨勒。怀帝怆然道："今胡虏侵逼郊畿，王室蠢蠢，莫有固志。朝廷社稷，惟仗公一人维持，公奈何远去，自孤根本？"越答道："臣今率众出征，期在灭贼，贼若得灭，国威可振，四方职贡，自然流通。若株守京畿，坐待困穷，恐贼氛四逼，患且加盛。"看你如何灭贼？怀帝也不愿苦留，听越出征。越乃留妃裴氏，与世子毗及龙骧将军李恽、右卫将军何伦，守卫京师，监察宫省。命长史潘滔为河南尹，总掌留守事宜。于是调集甲士四万人，即日出发，并请以行台随军，即用王衍为军司。朝贤素望悉为佐吏，名将劲卒尽入军府，单剩着几个无名朝士，已老将官，局居辇毂，侍从乘舆。府库无财，仓庾无粮，荒饥日甚，盗贼公行。看官！试想这一座空空洞洞的洛阳城，就使天下太平，也不能支持过去，何况是四郊多垒，群盗交侵，哪里还得保全呢？谁为为之？孰令听之？越东出屯项，自领豫州牧，命豫州刺史冯嵩为左司马，复向各处传檄，略云：

> 皇纲失驭，社稷多难。孤以弱才，备当大任，自顷胡寇内逼，偏裨失利，帝乡便为戎州，冠带奄成殊域。朝廷上下，以为忧惧，皆由诸侯蹉跎，遂及此难。还要归咎他人。投袂忘履，讨之已晚，人情奉本，莫不义奋，当须会合之众，以俟战守之备，宗庙主上，相赖匡救，此正忠臣战士效诚之秋也。檄到之日，便望风奋发，勿再迟疑！

这种檄文，传发出去，并不闻有一州一郡，起兵响应，大约是看作废纸，都付诸败字篓中了。怀帝以越既出征，得离开这眼中钉，总好自由行动，哪知何伦等比越更凶，日夕监察，几视怀帝似罪犯一流，毫不放松。东平王楙，时改封竟陵王，未曾从军，因密白怀帝，谋遣卫士夜袭何伦。偏卫士都是何伦耳目，不从帝命，反先去报伦。伦竟带剑入宫，逼怀帝交出主谋。怀帝急得没法，只好向楙委罪。伦乃出宫捕楙，幸楙已得悉风声，逃匿他处，始得免害。

先是，汉兵日逼，朝议多欲迁都避难，独王衍一再谏阻，且出卖车牛，示不他移。至是扬州都督周馥，又上书阙廷，请迁都寿春。太傅越得悉馥书，谓馥不先关白，竟敢直接陈请，禁不住忿火交加，怒气勃发，即下了一道军符，令淮南太守裴硕，与馥一同入都。馥料知触怒，不肯遽行，但令硕率兵先进。硕诈称受越密令，引兵袭馥，反为馥败，乃退保东城，遣人至建业求救。琅琊王睿，总道是周馥逆命，即遣扬威将军甘卓等，往攻寿春。馥众奔溃，馥亦北走。豫州都督新蔡王确，系太傅越从子，即腾子。镇守许昌，当即遣兵邀馥，将他拘住，馥意气死。谁叫你多去饶舌？已而石勒攻许昌，确出兵抵御。行至南顿，正值勒驱众杀来，矛戟如林，士卒如蚁，吓得确军相顾失色，不待接仗，先已却走。确尚想禁遏溃卒，与决胜负，哪知部下已情急逃生，未肯听令。胡虏却抢前急进，毫不容怜，一阵乱砍，晦气了许多头颅。就是新蔡王确，也做了刀头鬼。可为周馥吐气。勒扫尽确军，遂进陷许昌，杀死平东将军王康，占住城池。

　　许昌一失，洛阳愈危，怀帝寝馈难安，尚日传手诏，令河北各镇将，星夜入援。青州都督苟晞，接受诏书，便向众扬言道："司马元超，越字元超。为相不道，使天下淆乱，苟道将怎肯以不义使人？汉韩信不忍小惠，致死妇人手中，今道将为国家计，惟有上尊王室，入诛国贼，与诸君子大功。区区小忠，何足挂齿呢？"说着，即令记室代草檄文，遍告诸州，称已功劳，陈越罪状。当有人传报都中，怀帝得信，复手诏敦促，慰勉殷勤。晞乃驰檄各州，约同勤王。适汉将王弥，遣左长史曹嶷行安东将军事，东略青州。嶷破琅琊，入齐地，连营数十里，进薄临淄。晞登城遥望，颇有惧色。及嶷众附城，才麾兵出战，幸得胜仗。嶷且却且前，晞亦且战且守。过了旬日，晞挑选精锐，开城大战。不意大风陡起，尘沙飞扬，嶷兵正得上风，顺势猛扑。晞不能招架，遂至败溃，弃城遁走。弟苟纯亦随晞出奔，同往高平。嗣是收募众士，复得数千人。会得怀帝密敕，命晞讨越。晞亦闻河南尹潘滔及尚书刘望等，向越构己，因复上表道：

> 奉被手诏，肝心若裂。东海王越，以宗臣得执朝政，委任邪佞，宠树奸党，至使前长史潘滔、从事中郎毕邈、主簿郭象等，操弄大权，刑赏由己。尚书何绥、中书令缪播、太仆缪胤皆由圣诏亲加拔擢。而滔等妄构，陷以重戮，带甲临官，诛讨后弟，翦除宿卫，私树党人，招诱逋亡，复丧州郡，王涂圮隔，方贡乖绝，宗庙阙烝尝之飨，圣上有约食之匮。征东将军周馥、豫州刺史冯嵩、前北中郎将裴宪，并以天朝空旷，权臣专制，事难之兴，虑在旦夕，各率士马，奉迎皇舆，思隆王室，以尽臣礼。而滔、邈等劫越出关，矫立行台，逼徙公卿，擅为诏令，纵兵寇抄，茹食居人，交尸塞路，暴骨盈野，遂令方镇失职，城邑萧条。淮豫之氓，陷离涂炭，臣虽愤懑，局守东崛，自奉明诏，三军奋厉，拟即卷甲长驱，径至项城，使越稽首归政，斩送滔等，然后显扬义举，再清胡虏，谨拜表以闻。

怀帝既得晞表，日望晞出兵到项，削除越权，偏是望眼将穿，晞尚未至。晞亦不是忠臣，何必望他？时已为永嘉五年仲春，怀帝近虑越党，外忧汉寇，镇日里对花垂泪，望树怀人。越党何伦等，倚势作威，形同盗贼，尝纵兵劫掠宦家，甚至广平、武安两公主私第，两公主系武帝女。亦遭蹂躏。怀帝忍无可忍，乃复赐诏与晞，一用纸写，一用练书，诏云：

> 太傅信用奸佞，阻兵专权，内不遵奉皇宪，外不协毗

方州，遂令戎狄充斥，所至残暴。留军何伦，抄掠官寺，劫制公主，杀害贤士，悖乱天下，不可忍闻。虽曰亲亲，宜明九伐。诏至之日，其宣告天下，率同大举。桓文之绩，一以委公，其思尽诸宜，善建弘略，道涩故练写副手笔示意。

晞接诏后，因遣征虏将军王赞为先锋，带同裨将陈午等，戒期赴项，并遣还朝使，附表上陈。略云：

奉诏委臣征讨，喻以桓文，纸练兼备，伏读跪叹，五情惶怛。自顷宰臣专制，委仗佞邪，内擅朝威，外残兆庶，矫诏专征，遂图不轨，纵兵寇掠，陵践官寺。前司隶校尉刘暾、御史中丞温畿、右将军杜育，并见攻劫。广平、武安公主，先帝遗体，咸被逼辱，逆节虐乱，莫此之甚。臣只奉前诏，部奉诸军，已遣王赞率陈午等，将兵诣项，恭行天罚，恐劳圣虑，用亟表闻。

朝臣赍表还报，行至成皋，不料被游骑截住，把他押至项城，往见太傅司马越。越令左右搜检，得晞表及诏书，不禁大怒道："我早疑晞往来通使，必有不轨情事，今果得截获，可恨！可恨！"你可谓守轨么？遂将朝使拘住，下檄数晞罪恶。即命从事中郎杨瑁为兖州刺史，使与徐州刺史裴盾，合兵讨晞。晞密遣骑士入洛，收捕潘滔。滔夜遁得免。惟尚书刘曾、侍中程延为骑士所获，讯明是为越私党，一并斩首。

越以为不能逞志，累及故人，且内外交迫，进退两难，不觉忧愤成疾，遂致不起。临死时召入王衍，嘱以后事。衍秘不发丧，但将越尸棺殓，载诸车上，拟即还葬东海。大众推衍为元帅，衍不敢受，让诸襄阳王范。范系楚王玮子，亦辞不肯就，乃同奉越丧。自项城启行，径向东海进发。大敌当前，还想从容送丧，真是该死。讣音传入洛中，何伦、李恽等自知不满众望，且恐虏骑掩至，不如先期出走，好良心。乃奉裴妃母子，出都东行。城外士民，相率惊骇，多半随去。还有宗室四十八王，也道是强寇即至，愿与何伦、李恽同行避难。都去寻死。于是都中如洗，只有怀帝及宫人，尚然住着。孤危无助，嵩目苍凉，自思乱离至此，咎实在越，因追贬越为县王，诏授苟晞为大将军大都督，督领青、徐、兖、豫、荆、扬六州诸军事。

汉将石勒，闻越已病死，立率轻骑追袭，倍道前进。行至苦县宁平城，竟得追及越丧。王衍本不知用兵，全然无备，就是襄阳王范等，都未曾经过大敌，彼此面面相觑，不知所为。还是一位将军钱端，稍有主意，麾动士卒，出拒勒众。两下交战，约二三时，勒众煞是利害，任意蹂躏，无人敢当，端竟战死。勒复指麾铁骑，围住王衍等人。衍众不下数万，没一个是敢死士，更兼统帅无人，号令不专。大都怀着一个遁逃秘诀，你想先奔，我怕落后，自相践踏，积尸如山。最凶横的是个石勒，出了一声号令，叫骑士四面攒射，不使衍等脱逃。可怜王衍以下，只有闭目待死，束手就擒。当下由胡骑突入，东牵西缚，好象捆猪一般，无一遗漏。除衍及襄阳王范外，如任城王济，宣帝司马懿从孙。武陵王澹，琅琊王同子，见前。西河王喜，济之从子。梁王禧，澹子。齐王超齐王同子，见前。及吏部尚书刘望、廷尉诸葛铨、前豫州刺史刘乔、太傅长史庾杲等，统被拿住，押入勒营。

勒升帐上坐，令衍等坐在幕下，顾问衍道："君为晋太尉，如何使晋乱至此？"衍支吾道："衍少无宦情，不过备位台司。朝中一切政治，统由亲王秉政，就是今日从军，也由太傅越差遣，不得不行。若论到晋室危乱，乃是天意亡晋，授手将军。将军正可应天顺人，建国称尊，取乱侮亡，正在今日。"卖国求荣，全无廉耻。勒掀须狞笑道："君少壮登朝，延至白首，身居重任，名扬四海，尚得谓无宦情么？破坏天下，正是君罪，无从抵赖了。"这一席语，说得衍无词可答，俯首怀惭。求荣反辱，令人称快。

勒命左右将衍扶出，更向他人讯问。众皆畏死，作乞怜状，独襄阳王范，神色不变，从旁呵叱道："今日事已至此，何必多言！"勒乃顾语部将孔苌道："我自从戎以来，东驰西骤，足迹半天下，未尝见有此等人物，汝以为可使存活否？"苌答道："彼皆晋室王公，终未必为我用，不如今日处决罢。"勒沈吟半晌，方道："汝言亦是。但不可加他锋刃，使得全尸以终。"说至此，即令将被虏诸人，统驱往民舍中，监禁起来。俟至夜半，使兵士推倒墙壁，压入室内。覆巢之下，尚有什么完卵呢？唯王衍临死呼痛，惨然语众道："我等才力，虽不及古人，但若非祖尚玄虚，能相与戮力，匡扶王室，当不至同遭惨死。"晓得迟了。说到"死"字，顶遇巨石压下，顿时头破血流，奄然长逝。卖国贼其鉴诸。余皆同时毕命，砌成一座乱石堆，也不辨为谁氏尸骸、何人血肉了。譬如做一石椁。

勒又命人劈开越棺，焚骨扬灰，且宣言道："乱晋天下，实由此人，我今为天下泄恨，故焚骨以告天地。"王弥弟璋，在勒军中，更将道旁尸首，一并焚毁。见有肥壮的死人，割肉烹食，咀嚼一饱，方拔营起行。到了洧仓，刚值何伦、李恽等仓皇奔来，冤冤相凑，投入虎口。李恽忙自杀妻子，逃往广宗，何伦亦奔向下邳。晋室四十八王及越世子毗，统被勒众虏去，死多活少。惟越妻裴氏，已经年老，无人注目，当时乘乱走脱，嗣被匪人掠卖，售入吴姓民家，作为佣媪。后来元帝偏安江左，始辗转渡江，得蒙元帝收养，才得令终。八王乱事，至是作一结束。小子恐看官失记，再将八王提出，表明如下：

汝南王亮宣帝懿子，为楚王玮所杀。楚王玮武帝炎子，为贾后所杀。赵王伦宣帝懿子，奉诏赐死。齐王冏齐王攸子，为长沙王乂所杀。长沙王乂武帝炎子，为张方所杀。成都王颖武帝炎子，为范阳长史刘舆所杀。河间王颙安平王孚孙，为南阳部将梁臣所杀。东海王越高密王泰子，病殁项城，尸为石勒所焚。

后人又另有一说，去亮与玮，列入淮南王允及梁王肜。俱见前文。惟《晋书》中八王列传，却是亮、玮、伦、冏、乂、颖、颙、越八人，小子依史叙事，当然援照《晋书》。总之，晋室诸王，好的少，坏的多。八王手执兵权，骄横更甚，后来是相继诛戮，没有一个良好结果。越虽是善终，终落得尸骨被焚，妻被掠，子被杀。这也是祖宗诒谋，本非忠孝，子孙相沿成习，不知忠孝为何事，此争彼夺，各不相让。骨肉寻仇，肝脑涂地，五胡乘隙闯入，大闹中原，神州致慨陆沈，衣冠悉沦左衽，岂不可恨？岂不可痛？古人说得好："告往知来。"如晋朝的往事，确是后来的殷鉴。奈何往者自往，来者自来，兵权到手，便不顾亲族，自相残杀，甘步八王的后尘，情愿将华夏土宇，让与别人窃割呢。借端寄慨，遗恨无穷。小子有诗叹道：

八王死尽晋随亡，滚滚胡尘覆洛阳。
为语后人应鉴古，兵戈莫再构萧墙。

虏焰大张，中原板荡，西晋要从此倾覆了。看官续阅下回，自见分晓。

司马越出兵讨勒，以行台自随，所有王公大臣，

多半带去，仅留何伦、李恽，监守京师。彼已居心叵
测，有帝制自为之想。能胜敌则迫众推戴，还废怀
帝，不能胜敌，即去而之他，或仍回东海，据守一
方；如洛阳之保存与否，怀帝之安全与否，彼固不遑
计及也。无如人已嫉视，天亦恶盈，内见猜于怀帝，
外见逼于苟晞，卒至忧死项坡，焚尸石勒，穷其罪
恶，杀不胜辜。然妻离子戮，终至绝后，厥报亦惨然
矣。王衍清谈误国，尚欲乞怜强虏，腼颜劝进，山涛
谓："何物老妪，生此宁馨儿？"吾谓实一贼子，何
宁馨之足云？襄阳王范，稍存气节，而临变无方，徒
自取死。余子皆不足齿数。晋用若辈为臣僚，虽欲不
亡，奚可得耶？本回录苟晞二表，所以罪越，述王衍
临死之语，所以罪衍，至结尾一段，更提出八王结
局，缀以叹词，语重心长，实为当世作一棒喝，固非
寻常小说，所得同日语也。

第二十四回

执天子洛中遭巨劫　起义旅关右迓亲王

　　却说怀帝因越已病死，改任大臣。进太子太傅傅祇为司徒、尚书令荀藩为司空；进幽州都督王浚为大司马，都督幽冀诸军事；南阳王模为太尉；凉州刺史张轨为车骑大将军；琅琊王睿为镇东大将军，兼督扬、江、湘、交、广、五州诸军事。复颁诏四方，促令勤王。可奈神州鼎沸，世乱益滋，两河南北，胡骑充斥，各镇将自顾不遑，怎能入卫？就是荆、湘一带，也闹得一塌糊涂。征南将军山简，驻守襄阳，俄为王如所逼，又俄为石勒所攻。他本是个酒中徒，时在高阳池滨游宴，童儿为简作歌道："山公出何许，住自高阳池。日夕倒载归，酩酊无所知。"照此看来，前时遣督护王万入援，事虽不成，还算他提醒精神，力图报效。回应前回。后来接连遇寇，安坐不稳，复迁屯夏口，勉强支撑。

　　外如荆州刺史王澄，误信谣言，折回江陵。亦见前回。适巴蜀流民，散居荆湘，与土人忿争，激成乱衅，戕杀县令，啸聚乐乡。澄遣内史王机，率兵往讨。流民已望风乞降，澄佯为许诺，暗令机乘夜掩袭，沈杀八千余人，所有流民妻子，悉数充赏。但尚有益、梁流民，未曾从乱，免不得兔死狐悲，更兼湘州参军冯素，亦欲尽诛流民，遂致流民大骇，寓居四五万家，同时造反。推醴陵令杜弢为主，奉为湘州刺史，南破零陵，东掠武昌。王机出军堵御，失利奔回。澄亦不加忧惧，且与机日夜纵酒，投壶博戏，消遣光阴。即如乃兄王衍，惨死宁平，他亦没甚悲戚，反抱着达观主义，得过且过罢了。

至若成都为李雄所据，前益州刺史罗尚，始终不能规复，反由李雄出兵东略，屡攻涪城。梓潼太守谯登，固守三年，食尽援穷，终遭陷没。登被擒不屈，致为所害。叙入此事，所以旌忠。长江上下游，如此扰乱，还有何人勤王？惟琅琊王睿镇守江东，尚觉安居无事，但他是已脱虎口，栖身乐国，何苦更投险地，来作孤注？所以宅中驭外的洛阳城，反弄到内无粮草，外无救兵。怀帝终日忧闷，徒唤奈何。会大将军大都督苟晞，表请迁都仓垣，并使从事中郎刘会，运船数十艘，宿卫五百人，谷米千斛，来迎乘舆。怀帝意欲从晞，召集公卿，决议行止。公卿已是寥寥，剩了几个糊涂虫，毫无智谋，当断不断。侍从左右，又只管眼前温饱，恋恋家室，未肯远行。究竟怀帝是个主子，不能孑身潜遁，没奈何顺从众意，又蹉跎了好几日。既而洛中饥困，人自相食，百姓流离转徙，十死八九。怀帝实不堪久居，再召公卿集议，决意启行。偏是卫从寥落，车马萧条，怀帝抚手长叹道："如何竟无车舆？"乃使傅祗出诣河阴，整治舟楫，自与朝士数十人，步行出西掖门。到了铜驼街，但见盗贼盈途，随处劫掠，料知不能过去，只好退回。度支校尉魏浚，率领流民数百家，出保河阴的硖石，有时掠得谷麦，献入宫廷。怀帝已饥不择食，未便问及来历，就将这谷麦赡济宫人，并加浚为扬威将军，仍领度支如故。居然做了贼皇帝。

蓦然间传入警报，乃是汉大将军呼延晏，率众二万七千人，杀奔洛阳来了，怀帝当然加忧。嗣是连接败耗，多至一十二次，统共合算死亡人数，直达三万余人。已而又闻汉兵日盛，刘曜、王弥、石勒三路人马，会同呼延晏，趋集都下，急得怀帝形色仓皇，不知所措。迁延数日，果然汉兵进逼，猛攻平昌门，城内汹汹，无心拒守。才阅一夕，便被汉兵陷入，再攻内城，杀人放火，猖獗得很。东阳门外，烟雾迷离，就是各府寺衙门，多被延烧。骚扰了一昼夜，竟尔退去。怀帝急命苟藩兄弟，具舟洛水，准备东行。藩与弟组奉命往办，船只甚少，东招西呼，才凑集了数十艘。不料汉兵又复转来，放起一把无名火，将各船一律毁尽。藩组两弟兄，不敢回都，竟逃往辘辕去讫。第一条好计。

　　原来前时攻入都门，只有呼延晏一支兵马。他在都中扰乱一宵，还恐孤军有失，未敢久留，所以引兵暂退。及王弥、刘曜先后继至，晏自然放心大胆，再来攻城。适见洛水中备有船只，料知晋主将遁，乐得乘机毁去，断他走路，遂与王弥再攻宣阳门。都中已经残破，越觉无人守御，晏与弥当即攻入。内城卫士，亦纷纷逃散。汉兵斩关直进，如入无人之境。两汉将驰入南宫，登太极前殿，纵兵大掠，所有宫中妇女，库中珍玩，抢劫一空。怀帝不能不走，带了太子诠、吴王晏、竟陵王楙等，趋出华林园门，欲奔长安。可巧刘曜自西明门进来，兜头碰着，一声号令，部将齐进，立把怀帝等抓住，拘禁端门，再拨兵收捕朝臣。凡右仆射曹馥，尚书闾邱冲、袁粲、王绲，河南尹刘默及王公以下百余人，悉数拿住，一并屠戮。太子诠与晏、楙二王，亦为所害。只留侍中庾珉、王俊陪侍怀帝，不令加刑。都下士民，被难死亡，约二万人。由曜命兵士迁尸至洛水北滨，筑为京观。复发掘诸陵，焚毁宗庙宫阙，大肆凶威。是年正岁次辛未，适应鲜于修之的前言。见二十二回。

　　曜又搜劫后妃，自皇后梁氏以下，分赏诸将，充作妻妾。自己拣了一个惠皇后羊氏，逼与为欢。羊皇后在惠帝时，九死一生，留居弘训宫中。年已三十左右，犹是鬓发红颜，一些儿不见憔悴，此次为曜所逼，仍然怕死，不得已委身强虏，由他淫污。其余后妃嫔嫱，也与羊后一般观念，宁可失节，不可捐生。剥尽司马氏的脸面。独故太子遹妃王氏，在宫被掠，为汉将乔属所得，王氏召还宫中，见十二回。属见她风韵未衰，便欲下手行强，自快肉欲。不料王氏铁面冰心，誓不相从，觑着属腰下佩剑，趁他未及防备，顺手拔来，向属猛刺，偏属将身一扭，竟得闪过。王氏执剑指属道："我乃太尉公女、皇太子妃，义不为胡逆所辱，休得妄想！"衍有此女，胜过乃父十倍。乔属至此，禁不住怒气上冲，便向王氏手中夺剑。究竟王氏是个女流，怎能相敌？霎时间剑被夺去，还手乱砍，呜呼告终。一道贞魂，上冲霄汉。看官欲知烈妇遗名，乃是王衍少女王惠风。仿佛画龙点睛。石勒最后入都，见都中已同墟落，掠无可掠，乃仍然引去，往屯许昌。

刘曜既污辱羊后，又杀害太子诸王，尚嫌财帛未足，不免怨及王弥，说他先入洛阳，格外多取。弥尚未知曜意，向曜献议道："洛阳为天下中州，山河四塞，城阙宫室，不劳修理。殿下宜表请主上，自平阳徙都此地，便可坐镇中原，奄有华夏了。"曜借端泄忿道："汝晓得什么？洛阳四面受敌，不可固守，况已被汝等掠夺净尽，只剩了一座空城，还有何用？"弥亦怒起，且行且骂道："屠各子，匈奴贵种，叫作屠各。莫非想自做帝王么？"遂亦引兵出洛，东屯项关。曜遣呼延晏押着怀帝及庾珉、王俊等赴平阳，复将宫阙焚去，挈了羊后，麾兵北行。汉兵已三路分趋，胡氛少散。司徒傅祗，曾出诣河阴，尚未还都。见上。便在河阴设立行台，传檄四方，劝令会师孟津，共图恢复。无如年垂七十，筋力就衰，偶然感冒风寒，就不能支，竟尔谢世。一路了。

大将军苟晞，屯兵仓垣。适太子诠弟豫章王端，自洛阳微服逃出，奔至晞处，晞始知洛阳已陷，即奉端为皇太子，徙屯蒙城，建设行台，自领太子太傅，都督中外诸军事。别将王赞出戍阳夏，他本出身微贱，超任上将，已不免志骄气盈，此次挟端承制，独揽大权，更觉得意气扬扬，饶有德色。平居侍妾数十，奴婢近千，终日累夜，不出庭户。僚佐等稍稍忤意，不是被杀，即是被笞；私党务为苛敛，毒虐百姓，因此怨声载道，将士离心。辽西太守阎亨，上书极谏，大触晞怒，即诱令入问，把他枭首。从事中郎明预，有疾居家，闻亨受戮，乃力疾乘车，入帐白晞道："皇晋如此危乱，乘舆播迁，生灵涂炭。明公亲禀庙算，将为国家拨乱反正，除暴安民，阎亨善士，奈何遭诛？预窃不解公意，所以负疾进陈。"此等人实不屑与谈。晞怒叱道："我自杀阎亨，与汝何涉，乃抱病前来，胆敢骂我！"预从容答道："明公尝以礼进预，预亦欲以礼报公。今明公怒预，恐天下亦将怒公。从前尧舜兴隆，道由禽受，桀纣败灭，咎在饰非，天子尚且如此，况身为人臣呢？愿明公暂且霁威，熟思预言。"晞见他意诚语挚，倒也不觉自惭，因巽词答复，遣令回家，惟骄惰荒纵，仍不少改。部将温畿、傅宣等，相继叛去，并且疫疠交侵，饥馑荐至，眼见是不能保守，坐待灭亡。

果然石勒从许昌杀来，先破阳夏，擒住王赞，复轻骑驰至蒙城。晞尚安坐厅中，与嬖妾等饮酒调情。直至勒兵已入，方惊出征兵，兵尚未集，寇已先临。那时大苟小苟，无处奔避，统被勒兵捉去。豫章王端，也即受擒。勒有意辱晞，锁住晞颈，且署为左司马，一面报告刘聪。聪加勒为幽州牧。王弥欲自王青州，只忌一勒，佯贻勒书，贺勒获晞，书中说道："公一鼓获晞，用为司马，猛以济宽，令弥拜服。果使晞为公左，弥为公右，天下有何难定呢？"勒览书毕，顾语参谋张宾道："王弥位重言卑，必非好意。"宾答道："诚如公言，宾料王公私意，无非欲据有青州，自安故土，弥本青州人。只恐明公蹑袭彼后，所以甘言试公。公不图彼，彼且图公了。"勒乃令宾作书答弥，谓愿与弥结欢，使弥主青州，自主并州，当即约期会盟。弥却信为真言，复书如约。欺人者卒被人欺。勒遂移营就弥，请弥至营内宴会。弥长史张嵩，劝弥勿往，弥不肯听，昂然径去。勒殷勤款待，酒至半酣，被勒拔剑出鞘，一挥了命，便即纵兵出营，持了弥首，往抚弥众。弥众不敢与争，只好降勒。于是弥在洛阳时，所掠子女玉帛，尽为勒有，勒始得如愿以偿了。目的物无非为此。

　　汉主聪闻勒擅杀王弥，手书诘责。勒表称王弥谋叛，所以加诛。聪因王弥已死，损一大将，不得不笼络石勒，乃加勒镇东大将军，督并、幽二州军事。苟晞、王赞潜谋杀勒，事泄被戮。豫章王端亦遇害，晞弟纯一并毙命。一路复了。勒复引兵南掠豫州诸郡，临江乃还，屯驻葛陂。尚有刘曜一军，进攻蒲阪。守将赵染，乃奉南阳王模军令，统兵留戍，至此竟举城出降。曜即遣染为先锋，使攻长安，自为后应。适河内王刘粲，亦由汉主聪遣发，领兵到来，与曜相会。曜偕粲同行，途次接赵染捷报，在潼关击破模兵，长驱至下邽，曜、粲大喜。未几又接染书，报称模已出降。粲志在劫掠，麾兵先进，及抵长安，染已将模拘至，令他见粲，且攘袂瞋目，旁数模罪，粲即令推出斩首。模妃刘氏，与次子范阳王黎，亦送至粲前。粲见刘氏姿貌平常，年亦半老，不禁冷笑道："此妇只合配我奴仆，奈何为王妃？"随即叫过胡奴张本，指刘与语道："赏了汝罢！"张本拜谢，竟领刘氏趋入帐后，大约是去效于飞了。王妃下配胡奴，可耻孰甚！范阳王黎，又由粲叱出处斩，惟模长子保，镇守上邽，幸得免难。都尉陈安，率模余众，出走依保，余如长史鲁繇、将军梁汾等俱作俘虏，由粲送入平阳。是时关西饥馑，饿莩盈途，粲无从饱掠，怏怏引去，留刘曜居守长安。曜得晋封中山王，领雍州牧，复遣兵出掠州郡，勒令归汉。

　　安定太守贾疋，惮汉兵威，方与诸氐羌等，奉书与曜，且送子弟为质。途次遇着冯翊太守索綝，问明情由，截使折回，同行见疋，慨然与语道："公为晋臣，怎得未战先降？况关西亦不乏将士，何不首先倡议，勉图兴复呢？"疋愧谢道："我非无此意，但恨兵力未足，暂图安民。今得君来助，自当受教。"原来綝为模从事中郎，出守冯翊，因模已败死，乃与安夷护军麴允、频阳令梁肃等，共议为模复仇，即由綝往说贾疋，约同起义。疋已依了綝言，綝便召麴允、梁肃同至安定，公推疋为平西将军，集众五万，共指长安。雍州刺史麴特、新平太守竺恢、扶风太守梁综亦望风响应，合兵十万，与疋相会，军势大振。

汉河内王粲，行次新丰，接得关西军警，忙令降将赵染、部将刘雅，往攻新平。索綝急引兵赴援，努力鏖斗，杀退赵、刘二将，再与贾疋会合，进攻刘曜。曜领兵至黄邱，一场大战，曜众败却，退还长安。疋移兵袭汉梁州，击毙汉刺史彭荡仲，又遣麴特等往攻新丰。也是卷甲衔枚，出其不意，得将刘粲杀败。粲奔还平阳，于是大集各军，合围长安。关西胡晋，翕然归附，大有叱咤风云，光复河山的气象。靡不有初，鲜克有终。

可巧前豫州刺史阎鼎，奉秦王业至蓝田，遣人告疋。疋乃发兵相迎，导入雍城，使梁综引众为卫，俟收复长安后，再定规程。这秦王业为吴王晏子，过继秦王柬为嗣，年甫十二，乃是司空荀藩外甥。藩与弟组同奔密县，业亦往依适阎鼎招集西州流民，也至密县，藩乃奉业为主，用鼎为佐。前中书令李昕、司徒左长史刘畴、镇军长史周顗、司马李述等，陆续趋至，谓鼎才可用，劝藩署鼎冠军将军，仍行豫州刺史事。鼎本天水人氏，意欲还乡，乃与大众商议，拟奉业入关。荀藩等俱籍隶东南，不愿西去，只因山东未靖，总须迁地为良，于是转趋许颍。会河阳令傅畅，祗子。寄书与鼎，谓不如速赴长安，起兵雪耻，鼎遂决意西往。行至中途，荀藩等俱皆奔回，鼎勒兵返追，暅等被杀，唯藩、组、顗、述四人，分路逃脱。鼎力追不及，才西趋蓝田，得疋相迎，转入雍城，这且待后再表。

且说荀藩兄弟及李述奔往荥阳，收集部属，往保开封。独周顗渡江东行，走依琅琊王睿。睿令顗为军谘祭酒，颇加礼遇。当时海内大乱，只江东少安，士大夫为避乱计，陆续东来。王导劝睿延揽俊杰，共得一百六人，皆辟为掾属，号"百六掾"。最著名的是前颍川太守刁协、东海太守王承、广陵相卞壶、江宁令诸葛恢、历阳参军陈頵、前太傅掾庾亮诸人。就是周顗亦参列在内。既而前骑都尉桓彝，亦奔投建业，见睿微弱，退语周顗道："我因中州多故，来此求全，乃单弱至此，怎能济事？"顗也未免欷歔。及彝往见王导，与谈时事，导口讲指画，议论风生，顿令彝心悦诚服。又还语周顗道："江左有管夷吾，我不必再忧了。"_{也恐未必。}建业城南有临沧观，在劳劳山上，有亭七间，名曰新亭。导每与群僚往游，设宴共饮。周顗饮了数觥，不由的悲从中来，凄然叹息道："风景不殊，举目有山河之异。"大众听了，具相顾流涕。惟导慷慨激昂，举觞与语道："我辈聚首一方，应共戮力王室，克复神州，奈何颓然不振，徒作楚囚对泣呢？"_{数语颇有丈夫气。}众乃收泪，相与谢过。导又借着酒兴，谈了一番匡复事宜，方才偕归。已而陈頵与王导书，请黜虚崇实，大略说是：

中华所以倾敝，四海所以土崩者，正以取才失所，先白望虚名之意。而后实事，浮竞驱驰，互相贡荐。言重者先显，言轻者后叙，遂相波扇，乃至凌迟。加有老庄之俗，倾惑朝廷，养望者为弘雅，政事者为俗人，王职不恤，法物沦丧，夫欲制远，必由近始，故出其言善，千里应之。今宜改张，明赏信罚，拔卓茂于密县，显朱邑于桐乡，然后大业可举，中兴可冀耳。朱邑卓茂皆东汉时人。

看官试阅颜书，应知晋室危亡，正坐此弊。就是隔江人士，过从如鲫，亦不过侈谈文物，雅号风流，若要他戮力从公，实是寥寥无几，导虽有志振兴，但究未能转移风俗，得了颜书，无非是付诸一叹罢了。小子有诗咏道：

> 不经坚忍不成忠，士节凌夷国本空。
> 但解清谈终误国，余风尚自染江东。

江东初造，百废待兴，忽闻石勒在葛陂治兵，有进攻建业消息，免不得又要开战了。欲知后事，且阅下回。

观怀帝之坐处危城，粮尽援绝，甚至欲出无车，欲奔无路，可见帝王失势，比庶民犹且不如。司马氏之列祖列宗，死后有知，应悔前时之挟权篡魏，反足贻祸子孙，是何如不为帝王之为愈也。刘曜、石勒、王弥辈，徒知屠掠，毫无英雄气象，不过因晋室无人，遂至横行海内，否则跳梁小丑，亦何能为？试看索綝、贾疋等之倡言起义，一鼓而集十余万人，破刘粲，败刘曜，兵威大震，向使始终如一，则中兴事业，当属诸愍帝，而琅琊王睿无与也。彼刘曜、石勒，亦乌能更迭称雄乎？要之得人者昌，失人者亡，两河已矣，江左虽多名士，亦不过互相标榜，无裨实用，此关洛之所以终亡，而江东之仍归积弱也。

第二十五回

贻书归母难化狼心　行酒为奴终遭鸩毒

却说石勒屯兵葛陂，课农造船，将攻建业。琅琊王睿，得知消息，乃大集士卒，使至寿春城会齐，即命镇东长史纪瞻为扬威将军，统兵讨勒。勒整兵抵御，两下相持至三月余。霖雨浸淫，连旬不绝，勒军中遇疫，粮食又尽，死亡过半。勒不免加忧，与将佐共议行止。右长史刁膺，谓不如输款江东，暂且求和，再作计较。勒愀然长啸，声尚未绝，即闪出三十余将，由孔苌为首领，厉声大呼道："刁长史休得胡言！试想我军未尝败衄，如何乞降？若分路进军，夜入寿春，斩吴将头，据城食粟，乘胜下丹阳，定江南，不出一年，可告成功，请刁公看着哩！"勒始有喜色，笑语诸将道："这才不愧为勇将了。"遂各赏铠马一匹。惟谋士张宾，始终无言。*别有会心*。勒顾问道："君意以为何如？"宾乃答道："将军攻陷京师，囚执天子，杀害王公，妻掠妃主，得罪晋室，擢发难数，奈何尚得改颜事晋呢？去年既杀王弥，不应南来，今天降霖雨，明明示意将军，速宜变计。"*天道有知，也不应助勒*。勒掀髯道："吾意拟将何往？"宾又道："邺城西接平阳，山河四塞，为将军计，亟宜北行据邺，经营河北。河北既定，南下未迟。今可令辎重先发，将军从后徐退，定保无虞。江东军闻我北去，幸得自全，哪里还愿追袭呢？"*为勒设想，原是此策最善*。勒攘袂鼓髯道："妙计！妙计！决从张君。"又叱责刁膺道："汝既来佐孤，应思共成大业，奈何劝孤降晋？本应处斩，姑念汝素来胆怯，别无歹意，特从宽贷，不来杀汝。"膺慌忙拜谢，赧颜退去。勒即黜膺为裨将，擢宾为左长史，称为右侯。

　　勒遣从子石虎，领着骑兵二千，抵挡晋军。自引兵出发葛陂，辎重在先，兵队在后，依次北去。石虎往向寿春，适值江南运船数十艘，载米到来，他即麾兵抢夺。不料两岸俱有伏兵，一鼓齐起，围击石虎。虎兵贪劫运米，已无纪律，当然四溃。虎亦拍马急奔，晋将纪瞻追击，直至百里以外，竟及勒军。勒整阵以待，很是严肃。瞻不敢进逼，乃退还寿春。勒复驱军北行，沿途皆坚壁清野，无从掠取。士卒饥甚，人自相食。致东燕渡河，闻汲郡太守向冰，聚众数千，驻扎枋头。勒恐被邀击，因召诸将问计。张宾鼓掌道："今我军欲渡河北去，正苦乏船，何妨向冰借用。"诸将闻言，俱不禁暗笑，连勒亦诧为奇语。宾又说道："诸君休笑！冰船尽在对岸，未入枋头，我若遣兵缚筏，从间道袭取冰船，载运大军，军一得济，还怕什么向冰呢？"勒依计而行，令部将孔苌、支雄，诣文荔津，缚筏夜渡。果然船中无备，尽被两将夺来。及冰得闻警，率军收船，不但船已被夺，且勒军亦陆续渡河。冰急忙回营，扼堑固守。

　　勒令主簿鲜于丰挑战，三面埋伏，诱冰出来。冰初意原不欲出战，经丰至垒门前，百般辱骂，惹动冰怒，乃开门来追。丰且战且走，引冰入伏，同时俱起，夹攻冰军。冰欲归无路，欲战无继，只好杀开血路，落荒遁去。勒得入冰营，尽取营中资械，长驱寇邺。守将刘演，将所有守兵，分布三台，为保邺计。曹操在邺中作铜雀台、金虎台、冰井台、号"邺中三台"。勒将孔苌等，即欲攻扑三台，张宾道："刘演虽弱，众尚数千，三台险固，未易攻拔，何必在此劳师？方今王浚、刘琨，为公大

敌，宜先往规取，区区一演，何足深虑！且天下饥乱，明公拥
众游行，人无定志，终非善策，不如急据要地，广聚粮储，西
禀平阳，北略幽并，方可图王称霸呢。"勒说道："右侯所言
甚是，但究应择居何地？"宾答道："莫如邯郸、襄国，请择
一为都。"勒喜道："我就进据襄国罢。"遂移兵至襄国，城内
无备，兵民骇散，勒不费兵力，安据了襄国城。宾又向勒进议
道："今将军据此为都，刘琨、王浚，必来相犯，若城垒未
固，资粮未广，二寇交至，如何对待？宜亟收野谷，充作军
食，一面速报平阳，具陈情形，将来缓急有恃，方可无虞。"
勒乃表达刘聪，分命诸将略冀州，收降郡县数处，得粮济勒。
刘聪亦复诏褒功，加勒散骑常侍，都督冀、幽、并、营四州军
事，领冀州牧，封上党公。

　　先是，勒被鬻茌平，与母王氏相失，王氏至此尚存，由并
州刺史刘琨，访得王氏踪迹，特遣属吏张儒将王氏迎入府厅，
款留数日，乃令儒偕王氏同行，送交石勒。勒得见王氏，母子
重逢，且悲且喜，一面厚待张儒。儒取出琨书，交勒启视，书
中说道：

　　　将军发迹河朔，席卷兖豫，饮马江淮，折冲汉沔，虽
　　自古名将，未足为喻，所以攻城而不有其人，略地而不有
　　其土，翕尔云合，忽复星散，将军岂知其然哉？存亡决在
　　得主，成败要在所附。得主则为义兵，附逆则为贼众，义
　　兵虽败而功业必成，贼众虽克而终归殄灭。昔赤眉黄巾，
　　横逸宇宙，所以一旦败亡者，正以兵出无名，聚而为乱。
　　将军以天挺之姿，威振宇内，择有德而推崇，随时望而归
　　之，勋义堂堂。长享遐贵，背聪则祸除，向主则福至，采
　　纳往诲，翻然改图，天下不足定，螳寇不足扫。今相授侍

中持节车骑大将军，领护匈奴中郎将襄城郡公，总内外之任，兼华戎之号，显封大郡，以表殊能，将军其受之，副远近之望也。自古以来，诚无戎人而为帝王者，至于名臣而建功业者，则有之矣。今之望风怀想，盖以天下大乱，亟须雄才，遥闻将军攻城野战，合于机神，虽不视兵书，暗与孙吴同契，所谓生而知之者上，学而知之者次，但得精骑五千，以将军之才，何向不摧？至心实事，皆张儒所具知，合当面述，伫待复音。

勒启书览毕，掀髯一笑，并不多言。唯设宴飨儒，款留一夕，至次日厚送赆仪，并取出名马珍宝，使儒转送刘琨，且给与复书，遣儒归报。儒即回晋阳，呈入勒书及礼仪。琨见书中寥寥数行，除首尾称呼外，只有四语，云：

事功殊念，非腐儒所闻。君当逞节本朝，吾自夷难为效。

琨掷下勒书，自思所谋未遂，禁不住长叹数声，随即趋入后庭，令歌伎数十人，作乐侑饮，排遣愁肠。原来琨素性奢豪，颇好声色。河南人徐润，善长音律，为琨所宠，琨竟擢为晋阳令。润恃势骄恣，干预政权。护军令狐盛，抗直敢言，屡劝琨除润，琨不肯从。已而润至琨处进谗，谓盛将劝公为帝，遂致激动琨怒，加盛死刑。琨母闻琨杀盛，召琨入责道："汝不能驾驭豪杰，与图远略，乃好佞恶直，害及正人，祸必及我。"琨母颇有远识，可惜终难免祸。琨颇自认过，极思矫正，但始终不肯诛润。到了愁闷无聊的时候，仍然借着声色，聊作欢娱。但部下将吏，总道他是纵逸忘情，互生讥议，再加令狐盛枉遭杀害，尤失人心。可见人不宜有偏嗜。

　　盛子泥潜踪奔汉，泣拜刘聪，乞师报仇。父仇怨不共戴天，但向虏乞兵，亦属不合。聪问及晋阳内容，泥具言虚实。聪不禁大喜，便令河内王粲，入寇并州，即用令狐泥为向导，一面使中山王曜，率兵继进。看官阅过前回，应知曜在关中，为贾疋等所围，此时曜已失败，弃城遁还，被贬为龙骧将军，留居平阳。及刘粲出攻并州，乃复使他领兵策应，无非叫他立功赎罪的意思。刘琨闻汉兵入寇，亟东出常山，招募兵士，但令部将郝诜、张乔，领兵拒粲。偏雁门诸胡乘隙造反，上党太守龚醇又复降汉，累得琨不能兼顾，没奈何遣使往代，至猗卢处乞援，自己决先平胡，然后御汉。哪知汉兵步步进逼，所遣郝诜、张乔二将，只与汉兵战了一次，便即败亡。刘粲、刘曜竟乘虚进袭晋阳，晋阳虽尚有士卒数千，多系老弱残兵，不足御寇。太原太守高乔及并州别驾郝聿等，由琨委他居守，他急不暇择，竟开门迎纳汉兵。徐润不知何往，史传中未及提叙，大约总是降汉了。粲与曜相继入城，搜杀刘琨家属，琨父母并皆遇害。

　　汉主聪得晋阳捷报，仍授曜为车骑大将军，命前将军刘丰为并州刺史，同镇晋阳。刘琨正杀退诸胡，蓦闻晋阳被围，急率轻骑还援，已是不及，乃复走常山，飞使敦促代公猗卢，速即济师。猗卢令子六修及兄子普根，将军卫雄、范班、箕澹等，率众数万，作为前锋，自率大军为后应，耀武扬威，直指晋阳。刘琨收得散卒数千骑，自常山往会，导至汾东。刘曜出兵搦战，渡汾对垒。曜军已经饱掠，各无斗志，那代兵方如出水蛟龙，飞扬奋迅，一往无前，杀得曜军七颠八倒，东走西奔。曜尚不肯遽退，还想上前招架，偏遇代将突入，攒槊丛刺，曜身中七创，竟致堕落马下。汉讨虏将军傅虎，奋勇救曜，杀退代将，把曜扶起，使乘己马。曜凄然道："我已不能再战了，宁可死在此地，将军不可无马，且驰还晋阳，请得大兵，为我报仇。"虎流涕道："虎蒙大王识拔至此，常思效命，今日正应致死了。况汉室初基，宁可无虎，不可无大王。"说着，扶曜上马，自己步行，冀曜至汾水旁，使曜涉汾，复返截追军，竟致战死。

曜奔回晋阳，夜与河内王粲，并州刺史刘丰，掠得晋阳子女，出城逸去。琨引猗卢大军，连夜追蹑，追及蓝谷，大破汉兵，擒住刘丰，斩汉将邢延等三千余级，伏尸数百里，只曜与粲飞马遁去。猗卢回至寿阳山，令部众陈阅尸首，流血盈途，山石皆赤。琨自营门步入拜谢，再乞进兵。猗卢道："我不早来，致君父母见害，未免抱愧。但君已得复州境，我军远来疲敝，不便再举。刘聪尚未可灭，容俟后图。"究竟是个外族，怎肯为琨尽力？琨亦不能相强，只好举酒饯行。猗卢留马牛羊各千余匹、车百乘，赠给与琨，并使部将箕澹、段繁，助戍晋阳，自引大军北归。琨入城后，收瘗父母尸骸，即将刘丰斩讫，取血祭灵，大恸一场。嗣见城中民居，已被掠尽，一时不能规复，又恐寇至难守，乃徙居阳曲，招集亡散，抚慰疮痍，徐图后举罢了。

且说关中郡县，自经贾疋、索綝等兴兵匡复，多半略定，复将刘曜逐出长安，于是奉秦王业为皇太子，由雍城迎入长安，创立行台，祭坛告类。类系祭名。并建宗庙社稷，下令大赦。用阎鼎为太子詹事，总摄百揆；加封贾疋为镇西大将军；遥授南阳王保为大司马，领秦州刺史。保即模子，见前。尚书令司空荀藩，仍守本职，令他督摄远近。藩弟组为司隶校尉，行豫州刺史。仍奉永嘉年号，承制行事。且时距怀帝被掳的时候，已隔一年，中原久无共主，海内尚怀念故君，又无强宗可以推戴，所以海内臣民，除成汉两国外，共沿称永嘉六年。

　　究竟怀帝掳入平阳，如何处置，应该补笔叙明。怀帝被汉兵拘住，由呼延晏押至平阳。汉主聪升殿受俘，堂皇高坐。呼延晏先行入报，聪当然欣慰，面加晏为镇南大将军。晏拜谢毕，起立一旁，即呼左右押入怀帝及晋臣庾珉、王俊等人。怀帝至此，身作俘囚，不得不向聪行礼。珉与俊随帝下拜。聪狞笑道："我父与汝先帝有交，应从宽宥，汝等可在此留居，听我命令便了。"怀帝与珉、俊两人，又不得不稽首称谢。国君死社稷，何必至虏庭，况后来仍不得生存呢。聪乃命退居别室，派兵监守，一面称诏行赦，改元嘉平，封晋主为平阿公，晋臣庾珉、王俊为光禄大夫。怀帝也只好忍垢含羞，做了胡虏的臣奴。好容易寄居一年，汉皇后呼延后去世，宫内发丧，汉臣当然吊送，晋君臣亦未能免例，大约亦低首送丧，这却毋庸细表。

　　先是刘聪上烝单太后，非常亲昵。太弟北海王乂，委实看不过去，屡至宫中进规单后，回应二十二回。单后又恨又惭，竟致成疾，不到一年，便即死别。聪悲悼万分，足足哭了好几日。嗣闻单后病死，由乂规谏所致，免不得与乂有隙。聪后呼延氏，又另存一种思想，时常忌乂。一日，向聪进言道："父死子继，古今常道，如陛下践位，实承高祖遗业，奈何今日立一太弟呢？妾恐陛下百年以后，粲兄弟将无遗种了。"不立太弟，未见粲等果得留种。聪半晌方答道："容我徐作计较。"呼延后复道："事缓变生。太弟见粲兄弟渐长，必至不安，万一有他人构衅，祸且立发了。陛下能容太弟，太弟未必肯侍陛下。"聪应声道："我知道了。"

　　单太后有兄名冲，曾仕汉为光禄大夫，平时出入宫禁，已有风闻，乃往东宫见乂，未言先泣。乂惊问何因？冲方与密语道："疏不间亲，主上已属意河内王，请殿下先机退让，免蹈危机！"乂瞿然道："河瑞末年，主上因嫡庶有别，尝让位与乂。乂因主上年长，故相推奉，天下系高祖的天下，兄终弟及，有何不可？就是粲兄弟将来序立，犹如今日。若谓疏不间亲，乂想子弟关系，相去无几，主上亦未必爱子憎弟哩。"_尚_{在梦中。}冲见乂未肯相信，因默然退去。惟聪虽听信妇言，有意废乂，但回忆单后生时，如何柔媚，如何亲爱，又不觉耳热面红，未忍将乂废去。蹉跎过了一两年，呼延后得病身亡，_想_{是忧死。}少了一个太弟对头，越将前事搁起。

且聪本好色，自单后死后，广选名家女子，充入后宫。及呼延后殁，即命司空王育女为左昭仪，尚书令任颛女为右昭仪，大将军王彰女、中书监范隆女、左仆射马景女皆为贵人，右仆射朱纪女为贵妃。均佩金印紫绶，轮流进御。后又探悉太保刘殷，家多丽姝，女二人，女孙四人，统是天姿国色，秀丽绝伦，遂欲一并纳入，充作嫔嫱。_{不问尊卑长幼，好算廓然有容。}太弟又独援同姓不婚的古例，上书切谏。聪乃转问太宰刘延年及太傅刘景，两人专知迎合，便齐声答道："太保自谓出自刘康公，_{系周朝卿士，见《春秋左传》。}与陛下同姓异源，何不可纳？"聪闻言大喜，便即召入刘氏二女及四女孙，拜二女为左右贵嫔，位在昭仪上，四女孙为贵人，位次贵嫔。六个美人儿，同时入宫，引得这位汉主聪，应接不暇，镇日里深居简出，罕闻外事。廷臣陈奏，辄令中黄门收入，归左右两贵嫔裁决。两贵嫔一名英，一名娥，隐寓娥皇、女英的意思。_{尧二女}_{名娥皇、女英。}刘殷本是晋臣，旧为新兴太守，陷没汉廷，历官侍中太保，并将二女及四孙女，尽献与聪，取荣求媚，这也是无耻已极了。_{应该斥骂。}

既而聪授晋主仪同三司，加封会稽郡公。庾珉、王俊，依次加秩。晋君臣入朝拜谢，聪引与共饮，从容语晋主道："卿前为豫章王时，朕在中原，曾与王武子即王济表字。见首文。访卿。卿尝示朕乐府歌，又引朕入射厅，同试技艺。朕得十二筹，卿与武子俱得九筹，卿赠朕柘弓、银砚，今可记忆否？"怀帝答道："臣怎敢失记，但恨当时不早识龙颜。"亏他厚脸说出。聪又道："卿家骨肉，何故屡相残害？"怀帝道："这是天意，实非人事。大汉将应天受命，故为陛下自相驱除。若臣家能守武帝遗业，九族敦睦，陛下何从得平河洛呢？"聪不禁大笑，饮至黄昏，竟呼出小贵人刘氏，赏与怀帝，且与语道："这是名公女孙，今赐为卿妻，卿好为待遇，幸勿轻视！"说至此，又转嘱刘氏数语，面封她为会稽国夫人，使怀帝即夕领去。

光阴容易，转瞬冬残，越年元旦，聪御光极殿，大宴群臣，使晋主改着青衣，旁立斟酒。怀帝不堪耻辱，满面生惭。庾珉、王俊，时亦在列，禁不住悲恸起来。聪顿时动恼，把他斥出。至怀帝行酒毕，亦令退去。过了旬月，有人告讦庾珉、王俊，说他阴谋变乱，将召刘琨入攻平阳，聪即遣人赍着毒酒，鸩死怀帝，并杀庾珉、王俊。总计怀帝在位四年余，臣虏一年余，殁时三十岁。小子有诗叹道：

> 青衣行酒作囚奴，天子宁甘拜黠胡？
> 畏死终难逃一死，何如临变早捐躯。

怀帝遇害，耗问四达，欲知晋朝有无嗣主，且至下回说明。

　　由石勒带及刘琨，由刘琨带及刘曜，由刘曜带及猗卢，事迹复杂，全赖作者一支妙笔，随事联属，方不至断断续续，足令阅者一目了然。下半回因秦王入关，串入怀帝，复由怀帝串入刘聪，叙及汉宫诸事，即以怀帝得配刘氏，主青衣行酒，遇害作结。看似随笔铺叙，而笔下煞费经营。阅者试览晋朝各史，有是穿插否？有是明白否？即此一回，已见作者苦心，而得失褒贬，又如见言表，是固兼有三长，与刘知几之言，隐相吻合者也。

第二十六回

诏江东愍帝征兵　援灵武麹允破虏

却说秦王业入居长安，已阅一年，长安新遭丧乱，户不满百，荆棘成林。太子詹事阎鼎与征西将军贾疋，职掌内外，又未免挟权专恣，未协舆情。汉梁州刺史彭荡仲，被疋袭死。见前回。荡仲子天护，纠合群胡，来攻长安。疋出拒天护，竟至败回。天护从后追击，时已日暮，疋误堕涧中，士卒奔散，无人捞救，再经天护等乱投矢石，眼见是一命归阴了。天护既得杀疋，引众自归，长安还得无恙。偏扶风太守梁综，调任京兆尹，与鼎争权，鼎将综杀死，另用王毗代任。综弟梁纬，方守冯翊，梁肃又新任北地太守，闻兄遇害，当然不服。索綝、麹允本来是倡义勤王，应称功首。及秦王入关，反被阎鼎做了首辅，专揽大政，两人亦暗抱不平。綝与梁氏兄弟，又系姻亲，因即共同联络，说鼎擅杀大臣，目无主上。一面上笺秦王，请加严遣，一面号召党与，即行声讨。鼎虑不能敌，出奔雍城，为氐人窦首所杀，传首长安。事功未就便自相残害，怎得不亡？于是麹允、索綝才得逞志，允领雍州刺史，綝领京兆太守，承制黜陟，号令关中。

至怀帝凶问，得达长安，秦王业举哀成礼，由綝、索两大臣及卫将军梁芬等，奉业即位，是谓愍帝，传旨大赦，改元建兴。命梁芬为司徒，麹允为尚书左仆射，录尚书事，索綝、为尚书右仆射，领吏部京兆尹。寻即加綝、卫将军，兼官太尉。

公私只有车四乘，百官无章服印绶，但用桑版署号，将就了事。嗣复命琅琊王睿为左丞相，都督陕东诸军事，南阳王保为右丞相，都督陕西诸军事，且诏谕二王道：

> 夫阳九百六之灾，虽在盛世，犹或遘之。朕以幼冲，纂承洪绪，庶凭祖宗之灵，群公义士之力，荡灭凶寇，拯拔幽宫，瞻望未达，肝心分裂。昔周召分陕，姬氏以隆，平王东迁；晋郑为辅，今左右丞相，茂德齐圣，国之昵属，当恃二公。扫除鲸鲵，奉迎梓宫，克复中兴；令幽、并二州，勒卒三十万，直造平阳；右丞相宜率秦凉、雍、武旅三十万，径诣长安；左丞相率所领精兵二十万，径造洛阳。分遣前锋，为幽、并后应，同赴大期，克成元勋，是所至望，毋替成命！

是时琅琊王睿，保守江东，无心北上，得新皇诏旨，但遣使表贺，不愿兴师。前中书监王敦，由洛阳陷没以前，已出任扬州刺史，幸不及祸。睿召为军谘祭酒，及扬州都督周馥走死，见二十三回。睿又令敦复任扬州都督征讨诸军事。江州刺史华轶及豫州刺史裴宪，不受睿命，均由敦会师往讨，斩华轶，逐裴宪，威名浸盛。荆州刺史王澄，屡为杜弢所败，走奔沓来。见二十四回。他与敦为同族弟兄，因即致书乞援。敦转达琅琊王睿，睿令军谘祭酒周顗往代，召澄为军谘祭酒，且遣敦接应周顗，同讨杜弢。敦乃进屯豫章，为顗后援。澄既得交卸，回过豫章，与敦相见。敦自然接待，共叙亲情。惟澄素轻敦，敦素惮澄，此次澄遭败衄，尚傲然自若，仍把那旧日骄态，向敦凌侮。敦也是一个杀星，至此怎肯忍受？眉头一皱、计上心来，佯请澄留宿营中，盘桓数日，暗中实欲害澄。澄尚有勇士二十人，执鞭为卫，自己尝手捉玉枕，防备不测。敦不便下手，复想出一策，宴澄左右，俱令灌醉，又伪借玉枕一观，澄不知有诈，出枕付敦。敦奋然起座，指澄叱责道："兄何故与杜弢通书？"澄亦勃然道："哪有此事？有何凭据？"敦置诸不理，即召力士路戎等，入室杀澄。澄一跃登梁，呶呶骂敦道："汝如此不义，能勿及祸么？"敦指麾力士，上梁执澄。澄虽力大，究竟双手不敌四拳，终被路戎等拿下，把他搤死。澄固有取死之道，但敦之残忍，已可概见。

太子洗马卫玠，素为澄所推重，时正寓居豫章，见敦忍心害理，不欲久依，乃致书别敦，奔投建业。未几即殁，年才二十七岁。玠系故太保卫瓘孙，表字叔宝，幼时风神秀异，面如冠玉，当时号为"璧人"。骠骑将军王济，即王浑子。为玠舅父，亦具丰姿，及与玠相较，尝自叹道："珠玉在侧，使我形秽。"又辄语人道："与玠同游，好似明珠在侧，朗然照人。"至玠年已长，好谈玄理，语辄惊人。王澄雅善清谈，每闻玠言，必叹息绝倒。时人尝谓："卫玠谈道，平子绝倒。"平子即澄表字。玠妻父河南尹乐广，素有清名。广号冰清，玠称玉润，翁婿联镳，延誉一时。怀帝初年，征为太子洗马。玠见天下将乱，奉母南行，到了江夏，玠妻病逝。征南将军山简，待玠甚优，且将爱女嫁为继室。玠纳妇山氏，又复东下，道出豫章，正值王敦镇守。敦长史谢鲲，相见倾心，欢谈竟夕。越日，引玠见敦，敦亦叹为名士。别敦后转趋建业。江东人士，素闻玠有美姿，聚观如堵。琅琊王睿，拟任以要职，偏玠体羸多病，竟致短命。玠被人看杀，语足解颐。谢鲲哭玠甚哀，人问他何故至此？鲲答道："栋梁已断，怎得不哀呢？"玠不过美容善谈，非必真命世才，后人称道不置，传为佳话。故随笔叙入。

且说王澄、卫玠，相继死亡。琅琊王睿乃别用华谭为军谘祭酒。谭先为周馥属吏，走依建业，睿尝问谭道："周祖宣馥字祖宣。何故造反？"谭答道："馥见寇贼滋蔓，神京动摇，乃请迁都以纾国难，执政不悦，兴兵讨馥。馥死未几，洛都便覆，如此看来，馥非无先见，必谓他有意造反，实是冤诬。"睿又道："馥身为镇帅，拒召不入，见危不扶，就是不反，也是天下罪人呢。"谭亦接着道："见危不扶，当与天下人共受此责，不能专责一馥呢。"睿默然不答。自问能无愧衾影否？参军陈頵，数持正论，犯颜敢谏，府吏多半相忌，就是睿亦恨他多言，竟出頵为谯郡太守。不信仁贤，故卒致偏安。既而长安忽又有诏命到来，当由睿接读，诏书有云：

> 朕以冲昧，纂承洪绪，未能枭夷凶逆，奉迎梓宫，枕戈烦冤，肝心抽裂。前得魏濬表，知公率先三军，已据寿春，传檄诸侯，协齐威势，想今渐进，已达洛阳。凉州刺史张轨，乃心王室，连旐万里，已到汧陇；梁州刺史张光，亦遣巴汉之卒，屯在骆谷。秦川骁勇，其会如林，间遣使探悉寇踪，具知平阳虚实。且幽、并隆盛，余胡衰破，顾彼犹恃险不服，须我大举，未知公今所到此处，是以息兵秣马，未便进军。今若已至洛阳，则乘舆亦当出会，共清中原。公宜思弘谋猷，勖济远略，使山陵旋返，四海有赖，故遣殿中都尉刘蜀、苏马等，具宣朕意。公茂德昵属，宣隆东夏，恢融六合，非公而谁？但洛都寝庙，不可空旷，公宜镇抚以绥山东。右丞相当入辅弼，追踪周召以隆中兴也。东西悬隔，跂予望之！

睿读罢诏书，踌躇半晌，始接待刘蜀、苏马，与他会谈。略说："江东粗定，未暇北伐，只好宽假时日，方可兴师"云云。刘、苏二人，亦不便力劝，当即告辞。睿使他赍表还报，便算复命。当时恼动了一位正士，竟从京口谒睿，愿假一偏师，规复中原。这人为谁？乃是军谘祭酒祖逖。江东如逖，寡二少双，故从特笔。

逖字士雅，世籍范阳，少年失怙，不修仪检。年十四五犹未知书，惟轻财好侠，慷慨有气节。后乃博览书史，淹贯古今，旋与刘琨俱为司州主簿，意气相投，共被同寝。夜半闻鸡鸣声，蹴琨使醒道："此非恶声，能唤醒世梦，披衣起舞。"有时与琨谈及世事，亦互相策励道："若四海鼎沸，豪杰并起，我与足下，当相避中原呢。"已而，累迁至太子舍人，复出调济阴太守。会丁母忧，去官守丧。及中原大乱，乃挈亲党数百家，避居淮泗。衣服粮食，与众共济，众皆悦服，推为行主。琅琊王睿，颇有所闻，特征为军谘祭酒，使戍京口。

逖常怀匡复，纠合骁健，谋为义举。闻睿两得诏书，仍未北伐，乃毅然入谒，向睿进言道："国家丧乱，并非由上昏下叛，实由藩王争权，自相残杀，遂致戎狄乘隙，流毒中原。今遗黎既遭酷虐，人人思奋，欲扫强胡，大王若决发威命，使如逖等志士，作为统率，料想郡国豪杰，必望风归向，百姓亦共庆来苏，中原可复，国耻可雪，愿大王毋失时机！"是英雄语。睿见他义正词严，倒也不好驳斥，乃使为奋威将军，领豫州刺史，给千人粮，布三千匹，惟不发铠仗，使逖自往招募。明明是不愿动兵。逖也不申请，当即辞归，便率部曲百余家，乘舟渡江，驶至中流，击楫宣誓道："祖逖若不能澄清中原，便想渡还，有如大江。"语至此，神采焕发，非常激昂，众皆感叹。及抵江阴，冶铁铸械，募得二千余人，然后北进。

并州都督刘琨，闻逖起兵渡江，慨然语人道："尝恐祖生先我着鞭，今祖鞭已进着了。"看官听说！这时候的刘琨，已由愍帝拜为大将军，都督并州诸军事。琨志在同仇，但苦力弱，当时曾奉一谢表，说得感慨淋漓，略云：

　　陛下略臣大愆，录臣小善，猥蒙天恩，光授殊宠，显以蝉冕之荣，崇以上符之位，伏省诏书，五情飞越。臣闻晋文以郤毅为元帅而定霸功，汉高以韩信为大将而成王业，咸有敦诗说礼之德，戎昭果毅之威，故能振丰功于荆南，拓洪基于河北。况臣凡陋，拟踪前哲，俯惧折鼎，虑在复𫘝。昔曹沫三败而收功于柯盟，冯异垂翅而奋翼于渑池，皆能因败为成，以功补过。陛下宥过之恩已隆，而臣自新之善不立，臣虽不逮，豫闻前训，恭谨之节，臣犹庶几。所以冒承宠命者，实欲没身报国，以死自效。臣闻夷险流行，古今代有，灵厌皇德，曾未悔祸。蚁狄纵毒于神州，夷裔肆虐于上国，七庙阙禋祀之飨，百官丧彝伦之序，梓官沦辱，山陵未兆，率土永慕，思同考妣。陛下龙姿日茂，睿质弥光，升区宇于既颓，崇社稷于已替。四海之内，肇有上下，九服之萌，复睹典制。但尚蒙尘于外，越在秦郊，烝尝之敬在心，桑梓之思未克。臣备位历年，才质驽下，权假位号，未报涓埃。得奉先朝之班，苟存偏师之职，赦其三败之愆，收其一功之用，使获骋志虏场，快意大逆，虽身膏野草，无恨黄墟。陛下偏恩过隆，曲蒙抽擢，遂授上将，位兼常伯，征讨之务，得从便宜，拜命惊惶，五情战悸，深惧陨越，以为朝羞。昔申胥不殉柏举，而成复楚之勋，伍员不从城父，而济入郢之绩。臣虽顽钝，无觊古人，其于披坚执锐，致身寇仇，当惟力是视，有死无二。受恩图报，谨拜表陈闻！

琨上表后，适值汉石勒从子石虎为勒所遣，率众攻邺。虎长七尺五寸，勇悍好杀，善战无前。勒尝因他生性凶残，意欲杀虎，还是勒母王氏，从旁戒勒道：“快牛为犊，多能破车，汝且容忍为是。”*真是养虎贻患。*勒乃罢议，屡使虎领兵为寇。邺中守将刘演，系刘琨兄子，据守三台，*见前回。*被虎攻入。

演奔廪丘，琨乃令演为兖州刺史，暂借廪邱为汛地。同时有三个兖州刺史，一为司空荀藩所遣，叫作李述；一为琅琊王睿所遣，叫作郗鉴；第三个便是刘演。琨因寇氛日亟，复议出师，即约同代公猗卢，会叙陉北，共谋击汉。猗卢乃遣拓跋普根，进屯北屈。琨亦进据蓝谷，使监军韩据，领兵攻西平。汉主聪使刘粲等拒琨，刘易等拒普根，兰阳等助守西平。琨见汉兵有备，又复退还。汉兵仍未撤回，为战守计。刘聪更命中山王曜，西攻长安。曜遣降将赵染为先锋，驱兵大进。愍帝忙遣麴允为冠军将军，出次黄白城，堵御汉兵。允与染交战数次，均皆失利，再加曜军从后继进，关东大震。愍帝又授索綝为征东大将军，引兵助允。染闻索綝复至军前，即向曜献策道："麴允、索綝，先后继至，长安必定空虚，若往掩袭，一蹴可下了。"曜亦以为奇计，立拨精兵五千，归染统带，使袭长安。染从间道绕出，直趋长安城下。长安果然无备，更兼染兵衔枚夜进，尤不及防。

　　三更已过，愍帝在秦宫酣寝，忽有卫士入报，说是汉兵已入外城，吓得愍帝梦中惊醒，慌忙披衣起床，走奔射雁楼。幸喜内城各门，还是紧闭，城上有卫卒保守，未曾失手，因此染不能攻入，只在龙首山麓，纵火大噪，焚掠诸营。待至天明，染始退屯逍遥园。晋将麴鉴，自阿城引兵入援，杀退赵染，乘胜追击，驰至灵武。刚值刘曜统兵前来，染得了援军，自然杀回。麴鉴部下只五千人，怎能抵敌得住，顿时奔溃，逃还阿城。曜与染就在灵武扎营，拟休息一宵，再攻长安。不料到了夜半，营外突然火起，满寨皆红。曜从睡梦中跃起，仓皇对敌。部众都睡眼蒙眬，穿了军服，不及持械，携了刀枪，不及衣甲，那外兵似潮涌入，如何阻拦？汉冠军将军乔智明，不识好歹，尽管向前堵截，突被来兵裹住，四面攒刺，戳毙帐中。汉兵无从抢救，越加心慌，彼此都逃命要紧，乱窜出营。曜与染亦料不可支，统从帐后遁去。到了晨光熹微，汉垒已都扫光，单剩了一堆尸骸，约莫有三五千名，来兵得胜而返，为首大将，乃是晋尚书左仆射麹允。允料曜恃胜无备，乘夜劫营，果得了一大胜仗，奏凯还师。倒戟而出。曜与染奔还平阳，好几月敛兵不动。

惟占据襄国的石勒，锐图幽、并，想出许多计策，既欺王浚，复绐刘琨，竟先将幽州夺去，然后规取并州。幽州都督王浚，自洛阳陷没后，设坛祭天，假立太子，自为尚书令，布告天下，托言密受中诏，承制封拜，备置百官，列署征镇。适前豫州刺史裴宪，由南方奔至。浚命宪与女夫枣嵩，并为尚书，大张威令，专行征伐。遣督护王昌、中山太守王豹等，会同鲜卑部长段疾陆眷，系务勿尘子。务勿尘见前十六回。及疾陆眷弟匹磾文鸯、从弟末抷，率众三万，共攻石勒。勒出战不利，奔还城中。末抷轻入城闉，为勒所获，勒即以末抷为质，遣人至疾陆眷处求和。疾陆眷恐末抷被杀，不得不允从和议，遂用铠马金银，取赎末抷。勒召末抷与饮，格外欢昵，约为父子，复厚赠金帛，送还疾陆眷军前。疾陆眷感勒厚惠，复与石虎订盟，结为兄弟，誓不相侵，引兵自去。王昌等失去厚援，当然退归。

看官记着！王浚与段氏，本来是甥舅至亲，相约为助，浚曾嫁女与务勿尘，故称甥舅。此次段氏被石勒诱去，仿佛似断了一臂，全体皆僵。父子且不可恃，遑问甥舅？浚尚不以为意，反与刘琨争冀州。原来代郡、上谷、广宁三郡人民，尚属冀州管辖，至是因王浚苛暴，趋附刘琨，所以浚愤愤不平，竟把讨勒各军撤回，与琨相距，往略三郡。琨不能与争，只好由他张威，三郡士女，俱被浚兵驱逐出塞，流离颠沛，奄毙道旁。浚且欲自称尊号，戕杀谏官，遂令强虏生心，伺间而入，这叫作"自作孽，不可活"呢。小子有诗叹道：

无才妄想建雄图，纵虐残民毒已遄。

天网恢恢疏不漏，诛凶手迹假强胡。

欲知王濬后事，且看下回详叙。

　　琅琊王睿，两次受诏，仍按兵不进；彼以江东为乐土，姑息偷安，已为有识者所共见。祖逖志士，击楫渡江，实为当时第一流人物；但大厦将倾，断非一木所能支持。他如江左夷吾，名未副实，余子碌碌，尤不足道。其稍称勇武者，则又如王敦辈之残忍好杀，致治不足，致乱有余耳。若愍帝草创长安，即遭内讧，预兆不祥；称尊以后，麹、索二相，智不足以御寇，才不足以保邦，灵武之役，得败刘曜，第一时之幸事耳。彼王浚、刘琨，名为健将，又自相龃龉，互构争端。要之晋室之败，在一"私"字，在一"争"字，诸王营私则相争，大臣营私则又相争，方镇营私，则更相争，内讧不已，而夷狄已入据堂奥，举国家而尽攫之，可哀也夫。

第二十七回

拘王濬羯胡吞蓟北　毙赵染晋相保关中

却说王濬骄盈不法，意欲称尊，商诸燕相胡矩。矩婉言谏阻，致拂濬意，被徙为魏郡守。燕国霍原，志节清高，濬屡征不就，再使人诱令劝进，原当然不从。濬竟诬原谋变，派吏拘原，枭首以徇。北海太守刘搏及司空掾高柔，相继切谏，又为濬所杀。女夫枣嵩最得濬宠，尚有掾属朱硕，表字丘伯，亦专事谀媚，甚惬濬心。两人朋比为奸，贪婪无度，北州有歌谣云：“府中赫赫朱丘伯，十囊五囊入枣郎。”又有一谣云：“幽州城门似藏户，中有伏尸王彭祖。”彭祖即王濬表字。濬又令枣嵩督率诸军，出屯易水，复召段疾陆眷，与同讨勒。疾陆眷已与勒有盟，哪里还肯应石？濬引为深恨，使人赍着金帛，往赂代公猗卢，令讨段氏。再檄鲜卑部酋慕容廆，发兵助讨。猗卢遣子六修往攻，为疾陆眷所败，退还代郡。独慕容廆所向皆捷，得取徒河。慕容氏已见前文。

先是河洛人氏，北向避乱，俱往依王濬，嗣见濬政刑日紊，往往他去，作塞外游。外族以段氏慕容氏为最盛，段氏兄弟，专尚武力，不礼文士。惟廆喜交宾客，雅览英豪，所以士多趋附，远近如归。廆尝自称鲜卑大单于，至王濬承制封拜，授廆散骑常侍、冠军将军、前锋大都督、大单于名号，廆却不受。此次奉檄攻段，并非甘为濬使，不过段氏盛强，亦中廆忌，所以乐得卖情，出兵拓土。他部下却有许多人物，分任庶政。河东人裴嶷、代郡人鲁昌、北平人杨耽为庾心腹；广平人游邃、北海人逢羡、渤海人封抽、西河人宋奭、河东人裴开为庾股肱；平原人宋该，安定人皇甫岌、皇甫真，渤海人封弈、封裕并典机要；会稽人朱左车、泰山人胡母翼、鲁人孔纂，皆为宾友。又平原宿儒刘赞为东庠祭酒，令子皝带着国胄，北面受业，居然习礼讲让，用夏变夷。慕容之兴，实基于此。幽州从事韩咸，监护柳城，入谒王濬，盛称庾下士爱民，无非是借庾讽濬，诱令改过的意思。不料濬竟翻起脸来，叱他私通外族，喝令斩首。

　　嗣是人心益离，往往叛入鲜卑，再加幽州一带，连岁饥馑，不是旱灾，就是蝗灾，百姓非常困苦。濬尚纵令枣嵩诸人，横征暴敛，荼毒生灵。古人有言："木朽虫生。"为了幽州衰敝，遂至汉将石勒，虎视眈眈。他还未敢遽行动手，拟先遣使往觇，探明虚实。僚佐请用羊祜、陆抗故事，见前文。致书王濬，以便通使。勒乃转咨右长史张宾。宾答道："濬名为晋臣，实图自立，但患四海英雄，不肯依附，所以迁延至今。将军威振天下，若卑辞厚礼，与彼交欢，犹惧未信，况如羊、陆抗衡，能使彼相信不疑么？"勒踌躇道："如右侯言，将用何术？"宾说道："荀息灭虞，勾践沼吴，俱见《春秋左传》。前策具在，奈何不行？"勒闻言大喜，便令宾草就一表，特遣舍人王子春、董肇，赍表诣濬，又使带去许多珍宝，半献王濬，半赠枣嵩。子春与肇领命至幽州，当由王濬召入，问明来意。子春格外谦恭，拜呈表文，濬即取表展览，但见纸上写着：

　　　　勒本小胡，遭世饥乱，流离屯厄，窜命冀州，窃相保聚，以救性命。今晋祚沦夷，中原无主，殿下州乡贵望，四海所宗，为帝王者，非公其谁？勒所以捐躯起兵，诛讨暴乱者，正欲为殿下驱除尔。伏愿殿下应天顺人，早登皇祚。勒奉戴殿下，如天地父母，殿下察勒微忱，亦当视之如子也。谨此表闻！

濬览表毕，禁不住喜笑颜开。再由子春等奉上珍物，都是五光十色，价值连城，_{好钓饵。}便命左右一概全收，使子春等左右旁坐，欢颜与语道："石公亦当世英雄，据有赵魏。今乃向孤称藩，殊为不解。"_{我亦不解。}子春本是辩士，随口答道："石将军兵力强盛，诚如圣论，但因殿下中州贵望，威振华夷，石将军自视勿如，所以愿让殿下。况自古到今，胡人为上国名臣，尚有所闻，从未有突然崛起，得为帝王。石将军推功让美，正是明识过人，殿下亦何必多疑呢？"_{欺弄王濬即此已足。}濬顿时大悦，面封子春等为列侯。子春等当然拜谢，退就宾馆。又将礼物一份，赠与枣嵩，托他善为周旋。嵩满口应承，入与王濬商议，遣使报勒，厚赆子春与肇，偕使同行。

既到襄国，勒先将劲卒精甲，藏入帐后，唯用羸卒站立，开府接使，北面拜受来书。濬使亦略有礼物相遗，内有麈尾一柄，勒佯不敢执，高悬壁上，且对濬使道："我见赐物，如见王公，当朝夕下拜呢。"随即款宴濬使，待如上宾，挽留了好几日，方才送归。复遣董肇奉表与濬，约期入谒，当亲上尊号，并修笺传达枣嵩，求封并州牧兼广平公。濬使返报，具言勒形势寡弱，款诚无二，再经董肇接踵到来，奉表递笺，喜得王濬翁婿二人，如痴如狂，一个是候补皇帝，一个是候补宰相，指日高升，说不尽的快活了。_{恐怕要请君入瓮。}

石勒部署兵马，将赴幽州，惟尚有一种疑虑，迟延未发。张宾入问道："将军果欲袭人，须掩他不备。今兵马已经部署，尚延滞不行，莫非虑及刘琨及鲜卑、乌桓等部落，乘虚袭我么？"勒皱眉道："我意原是如此，右侯有无妙策？"宾答道："刘琨及鲜卑、乌桓，智勇俱不及将军。将军虽然远出，彼亦未敢遽动。且彼亦未知将军一往，便能速取幽州。将军轻骑往返，不过二旬，就使彼有心图我，出师掩至，将军已可归来，自足抵御。若再恐刘琨路近，变生意外，何妨向琨请和，佯与周旋。琨与浚名为同寅，实是仇敌，万一料我袭浚，亦必不肯往援，兵贵神速，幸勿再延！"料事如神，可惜所事非主。勒跃然起立道："我所未了的事情，右侯能为我代了，还有何说？"遂命军士黉夜起程，亲自督行，所有与琨求和的书函，统委张宾办理。

宾替勒修笺，遣人达琨，无非说是"去逆效顺，讨汉自赎"等语。与对待王浚不同，便是看人行计。琨得笺大喜，移檄州郡，谓"勒已奉笺乞降，当与代公犄声，共讨平阳，这是累年积诚所感，得此效果"等语。仿佛做梦。勒在途中接得消息，越发放心前进，行至易水，为王浚督护孙纬所闻，忙驰入白浚，请速拒勒。浚笑语道："石公此来，正践前约，如何拒他？"说至此，旁立许多将佐，齐声进谏道："羯胡贪而无信，必有诡谋，不如出击为是。"浚不禁动怒道："他既有心推戴，正应迎他进来，汝等反谓可击，真正奇怪。"道言未绝，又由范阳镇守游统，奉书至浚，略言"石勒前来，志在劝进，请勿多疑"云云。看官！你道游统何故上书？原来统已阴附石勒，卖主求荣，所以特地报浚，借坚浚信。浚越以为真，便下令道："敢言击勒者，斩！"将佐乃不敢再言。浚且预备盛筵，俟勒入府舍时，替他接风。

过了两天，勒已率兵驰至，天适破晓，叫开城门。尚恐内有埋伏，先驱牛羊数十头进城，假称礼物，实欲堵截街巷，阻碍伏兵。待见城内空虚，乃麾众直进，立即四掠。浚左右亟请抵御，尚未邀允。但浚到此时，也觉惊惶，或坐或起，形神不安。勒率众升厅，召浚出见。浚还望他好意相待，昂然出来，甫至厅前，即被勒众七手八脚，把浚拘住。浚无子嗣，只有妻妾数人，被勒众入内搜劫，牵出见勒。濬妻乃是继室，年齿未暮，尚有姣容。勒拉与并坐，始令兵士推濬入厅。楼人妻而见其夫，太属淫恶，但莫非由濬自取。濬且惭且愤，向勒骂道："胡奴调侃乃公，为何凶逆至此？"勒狞笑道："公位冠元台，手握强兵，坐睹神州倾覆，不发一援，反欲自为天子，尚得谓非凶逆么？况闻公委任奸贪，残虐百姓，贼害忠良，毒遍燕蓟，这才叫做真正凶逆呢。"说着，即派部将王洛生，率领五百骑兵，先送濬往襄国。濬被押出城，愤投濠中，又被骑兵捞起，上了桎梏，匆匆去讫。勒收捕濬众万余人，一律杀死。

濬将佐等均诣勒帐谢罪，馈赂交错。独尚书裴宪，从事中郎荀绰，未见往谢。勒使人召至，面加呵责道："王濬暴虐，由孤亲来讨伐，首恶已擒，诸人俱来庆谢，二人乃甘与同恶，难道独不怕死吗？"宪接口道："宪等世仕晋朝，得蒙宠禄，濬虽粗悍，犹是晋室藩臣，所以宪等相从，不敢有贰。明公若不修德义，专尚威刑，宪等自知应死，也不愿求免了。"言毕，即掉头趋出。勒急忙呼还，待以客体，惟拿下枣嵩、朱硕，责他纳贿乱政，推出枭斩。游统自范阳进见，满望功成加赏，不料勒叱他不忠，也命斩首。应该处斩，足为卖主求荣者戒。又籍濬将佐亲戚，多半是积资巨万，只裴宪、荀绰家内，有书百余箱，盐米十余斛罢了。勒语僚属道："我不喜得幽州，但喜得二人呢。"遂令宪为从事中郎，绰为参军。甘心事羯，终非好汉。分遣流民，各还乡里。一住二日，便拟旋师。授前尚书刘翰为幽州刺史，使他居守蓟城。临行时毁去晋宫，挈着濬妻，驰还襄国。途次被濬督护孙纬邀击，勒众败溃，惟勒得逃还，连濬妻都不知去向了。又不知作谁家妇。勒回至襄国，尚有余忿，立将王濬枭首，函送平阳。汉主聪加授勒为大都督兼骠骑大将军，封东单于。

乐陵太守邵续，为濬所署，屯居厌次。续子又为勒所虏，使为督护，且令又往劝续降。续因孤危失援，暂且附勒。渤海太守刘胤，弃郡依续，且语续道："大丈夫当思立名全节，君为晋臣，奈何从贼自污呢？"续凄然谢过，并说明苦衷，行当自拔。可巧幽州留守刘翰，亦不欲从勒，特举城让与段匹磾。匹磾为段疾陆眷弟，已见前回，疾陆眷与勒联盟。独匹磾心下不愿，仍与刘琨通书，不忘旧好，故刘翰邀他守蓟，情愿去位。匹磾遂贻邵续书，招使归晋。续即复称如约。或谓续不宜背勒，自害嗣子。续泣答道："我出身为国，怎得顾子废义呢？"当下与勒相绝，即遣刘胤往报江东，愿听琅琊王睿驱遣。睿用胤为参军，遥授续为平原太守。石勒闻续负约，竟杀邵义，发兵攻续。续忙向蓟城乞援，段匹磾令弟文鸯，引众援续。续被围，幸得文鸯援兵，才能退敌。且与文鸯追至安陵，虏勒所署官吏，并驱回流民三千余家，然后还兵。

　　刘琨得悉幽州军报，始知为勒所绐，懊悔无及，乃复遣人诒代，与猗卢约同攻汉。猗卢方有内患，不遑赴约，琨亦只好罢休。会有长安使至，传示诏书，并报称关东大捷。琨暂留来使，询明大捷情形。

　　原来汉中山王刘曜，自被麴允击破营寨，与赵染奔回平阳。见前回。他却整缮兵甲，休养了好几月，又复从平阳出发，欲寇长安。曜进屯渭汭，染进屯新丰。晋征东大将军索綝，引兵出拒。行至新丰附近，早有虏谍报入染营，染奋然道："前次误堕诡计，致与中山王败退，今彼复敢前来，定是到此送死了。"长史鲁徽道："晋室君臣，亦知强弱难敌，只因我军入境，不得不拼死来争。古语有云：'一夫拼命，万夫莫当。'将军幸勿轻视。"染瞋目道："强盛如司马模，我一往取，势如摧枯，索綝一小竖子，不足污我马蹄，怕他什么！"时已天晚，即欲出营杀去，又经徽好言拦阻，勉强按住忿火，宿了一宵。次日早起，便率轻骑数百人，前往迎战，且扬言道："擒住索綝，还食未迟。"一面说，一面麾兵急进。到了新丰城西，正与綝军相遇。两下不及答话，便即厮杀起来。綝见染兵不多，却也生疑，但素知汉兵强悍，未可轻敌，因先麾动前队，与他交锋，约有两个时辰。染兵已经枵腹，气力不加。偏綝驱出后队的生力军，一拥齐上，逢人便斫，见马便戳，好象削瓜切菜一般，把染兵斩杀殆尽。染亦受伤，拨马奔回。后面追兵不舍，险些儿被他杀到，还亏鲁徽遣兵援应，方得保染回营。染且悔且叹道："我不用徽言，致有此败。"既而又咬牙自恨道："回去无面目见徽，不如杀死了他，免我生惭。"如此狠毒，禽兽不如。计划已定，方驰入营门，兜头碰着鲁徽，几似仇人相见，格外眼红，一声喝令，竟将鲁徽拿下。徽怅然道："将军不听忠言，愚愎致败。乃复忌贤害士，欲快私忿，天地有知，能令将军安死衽席么？"赵染戕僚降虏，心术可知，徽若果有智识，引避不暇，乃甘为属吏，死亦自取。染越加动恼，竟令杀徽。再向曜率众数万，从间道趋向长安。

愍帝因綝报捷，方加綝骠骑大将军承制行事，不防汉兵又进逼都城，连忙使麹允出御。允至冯翊，与曜、染交战一场，不幸败绩。当夜收拾败卒，再劫汉营，避实击虚，杀入汉将殷凯营内。凯慌张失措，被允擒斩。及曜、染整兵出救，允已退去。曜恐复为所袭，乃移攻河内太守郭默。默婴城固守。被围月余，粮食已尽，乃向曜乞籴，愿送妻子为质。曜得默妻子，总道默已愿降，乃给粮与默。哪知默得了粮米，仍闭城拒曜。曜将默妻子沈死河中，督兵再攻。默亦邵续之流亚，故叙笔不肯从略。默因使人夜缒出城，驰往新郑，向太守李矩乞援，矩令甥郭诵迎默。诵闻汉兵势盛，不敢遽进，会刘琨遣将刘肇带领鲜卑五百余骑，入援长安，道阻不通，乃还过矩营。矩邀肇同击汉兵。汉兵最怕鲜卑骑士，不战自去，河内才得解围。默率众依矩，远避敌冲。曜已退屯蒲坂，独染转攻北地。由麹允移师赴救，再与染对垒争锋。染夜梦鲁徽，弯弓注射，负痛惊醒。翌晨出战，被允诱入伏中，四面突出弓弩手，弦声齐响，箭如飞蝗。染虽然凶悍，哪禁得万镞飞来，霎时间集矢如猬，倒毙马下，余众多死。这一次射毙悍虏，总算是大获胜仗了。刘琨闻报，送还朝使，又向愍帝上表道：

逆胡刘聪，敢率犬羊，凭陵肇毂，神人同愤，退还奋怒。伏省诏书，相国南阳王保、太尉凉州刺史张轨纠合二州，同恤室。冠军将军麴允、骠骑将军索綝总齐六军，戮力国难，王旅大捷，俘馘千计。旌旗扬于晋路，金鼓振于河曲。崤函无虞刘之惊，汧陇有安业之庆，斯诚宗庙社稷，陛下神武之所致。含气之伦，莫不引领，况臣之心，能无踊跃？臣前与鲜卑猗卢，约讨平阳，适羯奴石勒，以诡计掩入蓟城。大司马王濬，受其伪和，为勒所虏。勒势转盛，欲来袭臣，城坞骇惧，惟图自守。又猗卢国内，适有变患，卢虽得诛奸臣，已愆成约，臣所以泣血宵吟，扼腕长叹者也。勒据襄国，与臣隔山，寇骑朝发，夕及臣城，同恶相求，其徒实繁。自东北八州，勒灭其七，先朝所授，存者惟臣，是以勒朝夕谋虑，以图臣为计，窥伺间隙，寇抄相寻。戎士不得解甲，百姓不得在野，天网虽张，灵泽未及。唯臣孑然与寇为伍，自守则稽聪之谋，进讨则勒袭其后，进退维谷，首尾狼狈，徒怀愤踊，力不从心。臣与二虏，势不并立，聪、勒不枭，臣无归志，比者秋谷既登，胡马已肥，前锋诸军，当有至者。臣愿首启戎行，身先士卒，得凭陛下威灵，使获展微效，然后陨首谢国，殁亦无恨矣！臣琨谨表。申录琨表，以揭其中。

愍帝得表，复遣大鸿胪赵廉持诏，拜琨为司空，都督并、冀、幽三州军事。琨辞去司空，拜受都督。且进加封猗卢为王，好教他感激图报，共讨刘聪。小子有诗咏道：

> 一木难为大厦支，枕戈泣血勉扶持。
> 臣躯未死心犹在，敢掬丹忱报主知。

欲知愍帝是否依议，且至下回再详。

王浚、刘琨，俱为石勒所赚，堕入狡谋；但琨尚可原，而浚不可恕。琨之意在于讨汉，故闻石勒之请降，即以为强虏可平，喜出望外，智虽不足，忠实有余。所不能无讥者，坐视幽州之陷没，不能忘私耳。王浚身为晋臣，坐拥强兵，既不能宣劳王室，复不能堵御强胡，信贪夫，戮正士，种种罪恶，史不胜书；其为石勒所侮弄，非不幸也，宜也，见拘堂上，委命强胡，谩骂亦何补乎？赵染本为司马模僚属，乃背模降虏，反訑訑然以杀模为能，新丰之败，不听鲁徽，反杀鲁徽，凶横至此，宁能久存？此其所以终遭射死也。要之梦梦者天，昭昭者亦天。恶报昭彰，近则在身，远则在子孙，人亦何苦逆天行事，自贻伊戚乎哉？

第二十八回

汉刘后进表救忠臣　晋陶侃合军破乱贼

却说愍帝得刘琨申请，加封猗卢为代王，许置官属，食代、常山二郡。猗卢向刘琨借材，请拨并州从事莫含，作为参军。含不欲去琨，琨乃语含道："并州单弱，外邻二寇，如我不才，尚得保存境土，实赖代王为援。我倾身竭资，奉事代王，且使长子为质，无非欲为国家雪耻。卿奈何徒顾小诚，转忘大体呢？"含乃往依猗卢。卢优礼相待，常与参商大计。惟卢有少子比延，最为昵爱，意欲立以为嗣。因使长子六修，出居新平城，且将六修母废去。父子兄弟，互生嫌隙，所以祸机暗伏，内外不安。卢亦防有变动，所以不能远出，助琨讨汉。

汉主聪自恃强盛，恣意奢淫。既将晋怀帝鸩死，复把小刘贵人收入后庭，仍为贵人。食品必备具珍馐，居处必穷极奢丽。左都水使者刘摅，失供鱼蟹，将作大匠靳陵，奉命筑造温明、徽光二殿，逾限不成，均枭首东市。又尝出外游猎，朝出晚归，观鱼汾水，用烛继昼。中军将军王彰，犯颜直谏，几致断首。还有彰女王氏，入宫为上夫人。见二十五回。代父乞哀，乃贷彰死罪，囚入狱中。再经聪母张氏，恨聪滥刑，三日不食。太弟又与河内王粲，舆榇切谏；还有太宰刘延年，率领百官，伏阙固诤，方将王彰释放。聪欲立左贵嫔刘英为继后，母张氏究嫌同姓，不使继立，因纳弟实二女徽光、丽光入宫，先使她们并为贵人，然后命聪择一为后。聪为母命所迫，没奈何指定徽光。会刘英父殁，得病身亡。英悲愤两迫，郁极致病，医药罔效，也即与聪长别，玉殒香消。聪乃立张贵人徽光为后，进后父将军实为光禄大夫。才阅数月，聪母张氏又殁。聪后徽光，哭姑甚哀，累得体瘠血枯，竟化做一场春梦，渺渺芳魂，返入冥途，仍至乃姑前侍奉去了。究竟红颜没福，或由刘英为祟，亦未可知。徽光已逝，丽光本可继立，但前此册立徽光，全由聪母作主，此时聪母已逝，眼见得中宫位置，被那刘家女夺去。刘英女弟刘娥，已由右贵嫔进为左贵嫔，挨次上升。即得为后，聪大加宠爱，特命造一鸾仪楼，鸾与凤同。为藏娇计。廷尉陈元达，上书谏阻道：

臣闻古之圣王，爱国如家，故皇天亦祐之如子。夫天生烝民而树之君，使司牧之，非以兆民之命，穷一人之欲也。晋民暗虐，视百姓如草芥，故上天剿绝其祚，眷佑皇汉，苍生引领，庶几息肩，怀更苏之望有日矣。我高祖光文皇帝，靖言惟兹，痛心疾首，故身衣大布，居不重茵，先皇后嫔，服无绮彩，重逆群臣之请，乃建南北二宫。今光极殿之前，足以朝群后，享万国矣；昭德、年温明二殿以后，足以容六宫，列十二尊矣。陛下龙兴以来，外殄二京不世之寇，内兴殿观四十余所，加以军旅数兴，馈运不息。饥馑疾疫，死亡相继，兵疲于外，民怨于内，为民父母，果若是乎？伏闻诏旨，将营鸾仪，中宫新立，诚臣等乐为子来者也。窃以大难未夷，宫宇粗给，今之新营，尤实非宜。况有晋遗类，西据关中，南擅江表，李雄奄有巴蜀，刘琨窥窬肘腋，石勒、曹嶷，贡篚渐疏，陛下释此不忧，乃更为中宫作殿，岂目前之所急乎？昔太宗孝文皇帝，承高祖指汉高帝刘邦。之业，惠吕息役之后，四海之富，天下之殷，粟帛流衍，尚惜百金之费，辍露台之役，历代比美，迹垂不朽，故能断狱四百，拟于成康。陛下承荒乱之余，所有之地，不过太宗之二郡，战守之备，非特匈奴、南越而已。孝文之广，思费如彼，陛下之狭，欲损如此。愚臣所以敢犯颜切谏，冒不测之祸者也。昧死上闻，幸陛下鉴之！

聪览毕全文，掷诸地上，愤然大怒道："朕为万乘主，但营一殿，何干汝鼠子事！乃敢妄言阻挠，藐视朕躬，不杀此鼠子，朕殿何由得成？"说至此，喝令左右："快将元达拿到，斩首市曹，妻子一并骈戮，令他群鼠共穴，方泄朕恨。"言已，自往逍遥园去了。元达闻旨，先自锁腰入园，且用锁扳及堂下李树，朗声大呼道："如臣所言，关系社稷至计，陛下不信，反命杀臣。臣死有知，当先诉上天，继诉先帝。朱云西汉时人。有言：'臣得与龙逢、比干，同游地下，亦可无恨。'但未审陛下为何如主，常得保全身名否？"聪闻言益怒，叱左右牵他出斩。偏元达抱住李树，不令人曳，恼得聪拍案狂呼，几欲自拔佩刀，下堂加刃。大司徒任恺、光禄大夫朱纪、左仆射范隆、骠骑大将军刘易等，齐跪堂下，叩头流血道："元达为先帝所知，开国受命，便已引置门下，彼亦尽忠竭虑，知无不言。臣等窃禄苟安，每对元达，自顾生惭。今元达语虽狂直，还乞陛下包容，开恩特宥。倘为了数语谏诤，即加诛戮，元达死固足惜，陛下亦累盛名，还乞三思！"聪怒尚未息，不肯依议。忽有一内侍踉跄出来，呈上一表，乃是新皇后的手笔，即由聪按阅道：

伏闻敕旨，将为营殿，今宫室已备，无烦更营。且四海未一，祸难犹繁，宜爱民力，廷尉之言，社稷之计也。陛下当加爵赏，而反欲诛之，四海谓陛下何如哉？夫忠臣进谏者，固不顾其身也。而人主拒谏者，亦不顾其身也，陛下为妾营殿，而杀谏臣，使忠良结舌者由妾，公私困敝者由妾，社稷陷危者由妾，天下之罪，皆萃于妾，妾何以当之？妾观自古败国亡家，未始不由妇人，每览古事，怒之不已，何由今日妾自为之，使后人视妾，犹妾之视前人也。妾复何面目仰侍巾栉？请归死此堂，以塞陛下之过！

聪看到"归死"二字，急得面色仓皇，连下文都不及看下，便顾语内侍道："快……快入报皇后，朕决赦元达了，愿皇后放怀！"应有此状，应有此言，但幸由刘后贤明，得成佳话。内侍奉命复入，聪再览表文，只有结末数语，料想是官样文章。也无心细阅，便召任顗等上堂，赐令旁坐，从容与语道："朕近来微得狂疾，往往喜怒失常，不能自制。元达原是忠臣，朕未及细察。幸诸卿能规我过失，竭诚效忠，朕且愧对诸卿，怎敢再违忠告呢？"任顗等听了聪言，无非将改过不吝的套话，说了几句，引得聪沾沾自喜，饶有欢容。当下指使左右，将元达开锁，赐给衣冠，亦令旁坐，取后表出示道："外辅如公等，内辅如皇后，朕可无后忧了。"遂改称逍遥园为纳贤园，堂为愧贤堂，且笑顾元达道："本意当使卿畏朕，偏今日使朕畏卿了。"非畏元达，实畏刘后。元达等拜谢而出。

小子演述至此，还要补叙数语：当元达抱树时，左右意存观望，不亟曳出，这是经刘后着人暗嘱，教他延挨时刻，好得进表，否则一个元达，怎能抵得住数人？就使力大如虎，也早被牵出斩首了。补添数语，免使阅者指摘，且更见刘后之贤。但刘聪虽似好贤，终不免荒淫败德。刘后聪明机警，可谏乃谏，不可谏亦只好听他做去。至嘉平四年正月，即晋愍帝建兴二年。天象地理，相继告变。有三日出自西方，径向东行，平阳地震，崇明观陷为陂池，水亦如血，有赤龙奋身飞去。最奇怪的是流星起自牵牛，入紫微垣，状如龙形，堕落平阳北十里，化为一肉，长三十步，阔二十七步，臭达平阳。肉旁常有哭声，昼夜不止。究是何物，可惜当时无博学家考究详明。平阳内外，哗称怪事。汉主聪亦不能无疑，乃召公卿等入问休咎。陈元达及博士张师，同声进对道："陛下问及星变，臣等恐吉少凶多，不久将至。若后庭内宠过多，三后并立，必致亡国败家。愿陛下思患预防，毋自取咎！"此不过闻聪私议，因有此谏，若谓流星化肉，应兆三后，恐无此征。聪摇首道："天变无常，难道定关人事么？"说着，拂袖入内，纵乐如故。

适刘后有娠，常患腹痛。等到十月满足，势将临盆，非常难产，晕死了好几次。经医官竭力救治，才得分娩。不料生下两种怪物，一是半红半白的怪蛇，一是有角有头的怪兽。蛇、兽并出，惊倒左右，霎时间蛇即窜去，兽亦遁走，不知去向。愈出愈奇，令人不可思议。有人蹑迹寻视，到了陨肉处，蛇、兽俱在，似死非死，也不敢下手掩捕，惟还报都中，益称奇异。刘后既遭难产，又出重惊，当然酿成危症，挨了数日，气绝而亡。如此贤后，似不应遘此奇疾，这想是为刘聪所累。那陨肉却也失去，哭声亦止。汉主聪最爱此后，丧葬仪制，格外从隆，予谥"武宣"，并将后姊刘英，亦追谥为"武德皇后"。

二刘既死，尚有四小刘，统想承恩邀宠，求跻后位。聪已将四小刘挨次序进，最长的进位左贵嫔，次为右贵嫔。不过立后问题，还未解决。一日，至中护军靳准宅中，饮酒为欢。准呼二女出谒，由聪瞧着，好似那仙子下凡，嫦娥出世，不由的拍起案来，连声叫绝。准趁势面启道："臣女月光、月华，年将及笄，倘蒙陛下不弃菲菲，谨当献纳。"恐是一条美人计。聪喜出望外，即夕载二女入宫，普施雨露，合抱衾裯，彻夜绸缪，其乐无极。翌日，即封二女为贵嫔。月光尤为妖媚，无体不骚，引得聪魄荡神迷，爱逾珍璧。过了旬月，竟立为继后。

又过了数月，复因左右两个刘贵嫔，侍奉有年，不便向隅，特册左贵嫔刘氏为左皇后，右贵嫔刘氏为右皇后，《通鉴》载月华为右皇后，今从《晋书》及《十六国春秋》。加号皇后靳月光为上皇后。真是后来居上。校尉陈元达上言："三后并立，适如臣虑，将来必有大患，务乞收回成命。"聪不肯从。且调元达为右光禄大夫，阳示优礼，阴实夺权。已而，太尉范隆、大司马刘丹、大司空呼延晏、尚书令王鉴等情愿让位元达，乃复徙元达为御史大夫、仪同三司。

元达复居谏职，仍常监察宫廷，得间便谏。可巧查得一种秽史，遂援了有犯无隐的故例，确凿陈词，递将进去。聪取览奏牍，乃劾上皇后靳氏，私引美少年入宫，与他苟合等情。看官！试想天下没有一个男儿汉，不恨妻室犯奸。聪虽宠爱月光，听了"犯奸"二字，也不禁忿火中烧，便趋入上皇后宫内，痛詈月光，并将元达原奏，随手掷示，令她自阅。月光情虚畏罪，只好呜呜咽咽，哀乞求怜。偏聪置诸不理，拂袖竟去。到了次日，竟有内侍报聪，说是上皇后服药自尽。聪又不禁追念前情，急去临视，见她颦眉泪眼，尚带惨容，顿时爱不忍释，又抱尸大哭一场，才令棺殓。从此由悲生愤，深嫉元达，无论什么规谏，都置若罔闻。甚且益肆荒淫，终日不出，但命子粲为丞相，总掌百揆，一切国事，俱委粲裁决便了。

惟聪虽不道，余威未衰。石勒、刘曜进退无常，终为晋患。愍帝孤守关中，势甚岌岌，只望着三路兵马，合力勤王。建兴三年二月，命左丞相睿为丞相，都督中外诸军事，南阳王保为相国，刘琨为司空。诏使分遣，加官进爵，无非是劝勉征镇的意思。无如琨在晋阳，介居胡羯，一步不能远离。保自上邽出据秦州，收抚氐羌，军势稍振，但也无心顾及长安。睿虽奄有江左，比并州、秦州两路，较为强盛，怎奈一东一西，相去太远。河洛未靖，荆湘又乱，中途被阻，未便行军，所以诏书日迫，睿总以道梗为辞，须俟两江戡定，方可启行。乐得推诿。小子查阅《晋书》，那时沿江乱首，莫如杜弢，次为胡亢、杜曾。杜弢已见前文，见二十四、二十五回。胡亢系前新野王歆牙门将，歆死后将佐四散。歆死张昌之难，见前文。亢至竟陵，纠集散众，自号"楚公"，用歆司马杜曾为竟陵太守。曾技勇过人，能被甲入水，不致沉没，所以亢恃为股肱，常使他出掠荆、湘。荆、湘人民，既苦杜弢、复苦胡亢、杜曾，当然不得宁居，流离失所。

　　荆州刺史周觊，甫经莅镇，便为杜弢所迫，退走浔水城。扬州刺史兼征讨都督王敦，屯兵豫章，见二十六回。急檄武昌太守陶侃、寻阳太守周访、历阳内史甘卓等，合兵讨弢。弢正进围浔水城，由陶侃督兵往援，使明威将军朱伺为前驱，奋击弢众。弢还保冷口，侃语朱伺道："弢必步向武昌，掩我无备，我军亟宜还郡，扼住寇踪，毋中彼计！"说着，仍遣伺带着轻骑，从间道先归，自率步兵继进。伺至江陵，城尚无恙，正在城外安营，遥闻喊声大震，料是弢众前来，不禁大呼道："陶公真是神算，有我在此，看贼能摇动我城否？"当下按辔待着。不到片时，弢众已至。伺即麾骑杀出，迎头痛击，反使弢意外惊疑，仓猝对敌。两下里正在酣战，不防后面又来了一支步兵，各执短刀，杀入弢阵。弢前后受敌，立即溃散，遁归长沙。伺会同步兵，追至数十里外，擒斩千人，方才回城。这支步兵，不必细问，便可知是陶侃带来。侃使参军王贡，向敦告捷，敦欣然道："今日若无陶侯，便无荆州了。"遂表侃为荆州刺史，令屯沔左。周觊自浔水城，追至豫章，仍奉琅琊王命令，召还建业，复任军谘祭酒，不消细叙。

　　惟侃使王贡，由豫章西还，道出竟陵。竟陵城内的杜曾，已因胡亢好猜失众，潜引故都督山简参军王冲，袭杀胡亢，并有亢部。贡想乘机邀功，径入竟陵城。诈传陶侃号令，授曾为前锋大都督，使击王冲。冲本在山简麾下，因简病殁夏口，所以聚众为乱。杜曾闻王贡言，乐得转风使航，将冲击死，即令贡报答陶侃。贡作书寄往沔左，但言曾愿投诚，未及矫命情事。侃乃征召杜曾，曾见来札中，并无"前锋大都督"字样，未免启疑，不肯应召。贡亦恐矫命事发，或至得罪，索性直告杜曾，且与曾合谋袭侃。侃哪知两人密谋，未及防备，蓦被杜曾潜兵突入，害得全营大乱。还亏命不该绝，侥幸逃生。百密难免一疏，可见行军之难。王敦得报，表夺侃官，以白衣领职。侃复邀同周访等，进破杜曾，敦乃复奏侃官。已而侃又为曾将王真所袭，败奔滠中，得周访援，方将王真击退。杜曾王贡与曾联合，到处劫掠。王敦又令陶侃、甘卓等，并力击曾。大小数十战，曾众多死，乃遣使诣建业，向睿乞降。睿不肯许，曾已穷蹙，因再贻南平太守应詹书，托他代为解免，当图功赎罪。詹将原书转呈建业，并称曾有清望，应许他悔恶归善，借息兵锋。睿乃使前南海太守王运，往受曾降，赦免前愆，令为巴东监军。

曾已受命，偏征曾诸将未肯罢兵，仍然攻曾不止。曾不胜愤恨，拘害王运，又复为乱，分遣部将杜弘、张彦，掩袭临川、豫章。临川内史谢摛被杀，豫章亦几被陷没，幸周访击杀张彦，逐去杜弘，豫章复安。陶侃专攻杜曾，曾使王贡挑战，横足马上，状极嚣张。侃出马遥语道："杜曾为益州小吏，盗用库钱，父死不奔丧，毫无礼义。卿本善人，奈何背我助逆？难道天下有白头贼么？"谓为贼不得至老。说至此，见贡敛容下足，易倨为恭，便不与交锋，还入原垒。夜间乃遣使慰谕，并截发为信，誓不记仇。贡遂趋降侃营，侃推诚相待，令贡反袭杜曾。曾骤为所乘，不能抵敌，除逃以外无别策。但贡与曾麾下将佐，均已熟识，当时向众大呼，降可免死，并可加官。于是人人解甲、个个投戈，单剩曾一人一骑，狂窜而去。贡收降众报侃，侃不戮一人，择尤录用，余皆给资遣归遂乘胜进复长沙，后来追索杜弢，竟无下落，想已是走死荒野了。小子有诗叹道：

> 漂摇风雨满神州，日下江河乱未休。
> 戡定荆湘非易事，论功应独让陶侯。

杜弢已死，只有杜曾未除，逃匿石城。丞相琅琊王睿，得了长沙捷报，承制颁给赦书，分赏诸将。欲知底细，容待下回说明。

陈元达，虏臣也，刘娥，虏后也，一沦左衽，一偶番主，就是有善可称，亦似在无足重轻之列。然孔子《春秋》，中国用夷礼则夷之、进于中国则中国之。无畛域之见存于其间，故《春秋》一书，流传万世。依例而推，则如元达之直谏刘聪，不得谓非忠臣；刘氏之疏救元达，不得谓非贤后。善善从长，恶恶从短，固史家应有之要旨也。杜弢为逆，胡亢、杜曾，又复从乱，乱逆之徒，人人得而诛之。陶侃、周访、甘卓等，合兵进讨，义在则然；但侃尤为忠勇，故叙侃较详，叙访、卓则皆从略，详略之分，均具深意，是又阅者所当体察也。

第二十九回

小儿女突围求救　大皇帝衔璧投降

却说琅琊王睿，因杜弢走死，湘州告平，遂进王敦为镇东大将军，都督江、扬、荆、湘、交、广六州诸军事，领江州刺史，封汉安侯。外如陶侃以下，无甚超擢，唯奖叙有差。敦既握六州兵权，得自选置官属，权势益隆。当时江东一带，内倚王导，外恃王敦，曾有"王、马共天下"的谣言。实是王、牛，并非王、马。荆州刺史陶侃，最称有功，反中敦忌。侃却未悉敦情，但知平乱，复引兵往击杜曾。适愍帝派侍中第五猗为安南将军，监领荆、梁、益、宁四州军事。猗自武关南下，由杜曾至襄阳往迎，曲致殷勤，且娶猗女为俘妇，竟与猗分据汉沔，作为犄角。及侃赴石城攻曾，也未免恃胜生骄，视为易取。司马鲁恬谏侃道："兵法有言，知己知彼，百战百胜。杜曾非可轻视，公当小心将事，毋中彼计。"侃不以为然，径向石城进发。到了城下，麾兵猛攻。曾多骑士，突然开门，纵骑突出，冲过侃垒。侃率众抢城，不遑顾后，哪知前面由曾杀出，后面又有骑兵返击，几至腹背受敌，为曾所乘，还亏侃军素有纪律，临危不乱，才得勉力支持，但兵众已战死了数百人。曾见侃力战不退，也不愿返守石城，因下马别侃。侃亦不欲进逼，由他自去。

时晋廷因山简已殁，见前回。续派襄城太守荀崧都督荆州、江北诸军事，驻节宛城。杜曾自石城出走，引众往攻荀崧，突将宛城围住。崧不意寇至，顿时慌乱，又兼兵少食寡，势难久持，不得已向外乞援，为解围计。当时襄阳太守石览，为崧故吏，崧即缮就书函，拟遣人送达襄阳，求发援兵。偏僚佐不敢出城，得了崧命，都面面相觑，呆立不动。崧急得没法，只得据案欷歔；蓦见一垂髫女子，从屏后出来，振起娇喉，向崧朗禀道："女儿愿往！"写得突兀。崧惊起俯视，乃是亲女荀灌，年只一十三龄。不由的叹息道："汝虽愿往投书，但身为弱女，如何突围？"灌奋答道："城亡家破，同时毕命，果有何益？女儿年虽幼弱，颇具烈志。倘能突出重围，乞得援兵，那时城池可保，身家两全，岂不甚善？万一不幸，为贼所困，也不过一死罢了。同是一死，何若冒险一行。"说至此，竟把两道柳眉，耸上眉棱，现出一种威毅的气象。旁边站立的僚佐，都不禁暗暗喝采，啧啧称奇。自知愧否？灌又向外召集军士，慨然与语道："我父被困，诸君亦被困，譬如同舟遇难，共虑覆亡。我一弱女子身，不忍同尽，所以自愿乞援。今夜即拟出发，如有与我同志，即请偕行。退贼以后，我父不惜重赏，与诸君共享安乐，愿诸君三思！"言未毕，即有壮士数十名，踊跃上前道："女公子尚不惜身命，我等怎敢自阻？愿为女公子先驱！"全从义愤激起。灌又顾语僚佐道："灌冒昧求援，往返必需时日，守城重责，我父以外，还仗诸公。"僚佐听了，也不好再为推诿，便即应声如命。灌乃与勇士立约，准至夜半出城，自己入内筹备。

到了黄昏时候，饱餐一顿，便即束住头巾，缚紧腰肢，身穿铁铠，足着蛮靴，佩了三尺青虹剑，携了两把绣鸾刀，出至堂上，辞别乃父。荀崧瞧着，好似一个女侠模样，不觉又喜又惊，便嘱语道："汝既愿往，我也不便阻汝，须要小心为上。"灌答道："女儿此去，必有佳音，愿父亲勿忧！"全无一些儿女态，真好英雌。崧乃递与乞援书，灌接藏怀中，即奋然告别道：

"女儿去了。"*此四字胜过易水荆卿。*一面说，一面出厅，但见壮士数十名，俱已扎束停当，携械待着，经灌一声招呼，都上前听令。灌命大众上马，自己亦跨上征鞍，驰至城边，潜开城门，一声驱出。杜曾营外，只有侦骑巡逻，见城内有人出来，忙即报知杜曾。待曾拨兵出阻，灌等已穿垒过去。曾兵相率来追，被灌指麾壮士，回杀一阵，砍倒曾兵数名。究竟夜深天黑，咫尺不辨，曾兵亦何苦寻死，乐得退还。

灌得驰至襄阳，入谒石览，呈上父书。览见灌是个少女，却能突围求救，自然另眼相看。再经灌词气慷慨，情致纯诚，当即满口应承，即日赴援。灌尚虑览兵未足，再代崧草书，遣人飞报寻阳太守周访，请他为助，自与石览兵众，还救宛城。城中日夕望援，见有救兵到来，欢声四噪，荀崧即督众出迎。灌引览至城下，被杜曾兵阻住，当即跃马冲入，且战且前。览军随进，奋力突阵，荀崧亦已杀出，里应外合，即将杜曾兵击退。崧、览并马入城，灌亦随进。未几，又来了一员小将，带兵三千，也来援崧。杜曾见救兵陆续到来，料知宛城难下，见机引去。看官欲问小将为谁？乃是周访子抚。崧迓抚入城，与览并宴。席中谈及乃女突围事情，览与抚同声赞美。从此灌娘芳名，遂得传诵一时，称扬千古了。*力为巾帼褒扬。*

石览、周抚，辞归本镇，不在话下；惟杜曾退次顺阳，遣人至荀崧处上笺，有"乞求抚纳，讨贼自效"等语。崧因宛中兵少，恐曾再至，不得不复书允许。陶侃闻报，亟贻崧书道："杜曾凶狡，性如鸱枭，将来必致食母。此人不死，州土不安，足下当记我言，幸勿轻许。"崧不听侃言，果然杜曾复出，进围襄阳。亏得襄阳有备，无隙可击，曾始退去。侃将还江陵，欲至王敦处告别。部将朱伺等，俱向侃谏阻，谓敦方见忌，不宜轻往。侃以为敦不足惧，慨然竟行。见敦以后，果为所留，别用从弟王廙为荆州刺史。侃吏郑攀、马俊等，诣敦上书，共请留侃，敦当然不许。攀等相率恨敦，竟率徒党三千人，西迎杜曾，同袭王廙。激使为变，谁实尸之。廙奔至江安，调集各军讨曾。曾既得郑攀等人，复北合第五猗，来攻王廙，廙又为所败。王敦嬖人钱凤，素来嫉侃，遂诬称攀等为乱，实承侃旨。看官！试想敦既与侃有嫌，又经钱凤从旁媒孽，顷时起了杀心，披甲持矛，拟往杀侃。转念一想，不便杀侃，又复回入。再一转念，仍要杀侃，又复趋出。辗转至四五次，为侃所闻，竟昂然见敦，正色与语道：“使君雄断，当裁制天下，奈何迟疑不决呢？”言毕，趋出如厕。未免太险，但看下文梅陶等之谏，想侃已与接洽，故有此胆。谘议参军梅陶、长史陈颂，并入谏敦道：“周访与侃，乃是姻亲，相倚如左右手，岂有左手被断，右手不应么？愿公慎重为是！”敦意乃解，释甲投矛，命设盛筵，召侃同宴，且调侃为广州刺史。侃宴毕即行，惟侃子瞻尚留敦处，由敦引为参军。

先是，广州人民不服刺史郭讷，另迎前荆州内史王机为刺史。王机见二十四回。机至广州，恐为王敦所讨，因遣使白敦，情愿转徙交州。敦却也允诺，故令侃往刺广州。偏机收纳杜曾将杜弘，杜弘见前回。听了弘言，仍欲还取广州。可巧陶侃驰至，击破王机及杜弘，机走死道中，弘奔投王敦。广州平定，侃得进封柴桑侯，食邑四千户。侃在州无事，辄朝运百甓至斋外，夜运百甓至斋内。左右问为何因？侃答说道：“我方欲致力中原，不宜过逸。今得少暇，欲借此习劳，免致筋力废弛呢。”左右乃服。只是郑攀等与廙相拒，尚未了结，俟至下文再表。

且说汉中山王刘曜，奉汉主聪命，复出兵寇掠关中。晋愍帝令麹允为大都督，率兵抵御；索綝为尚书仆射，都督宫城诸军事，保守长安。曜至冯翊，太守梁肃，弃城奔万年。冯翊为曜所得，再移兵攻北地。麹允出至灵武，因兵力单弱，不敢轻进，再上表长安，乞请济师。长安无兵可调，只得向南阳王征兵。南阳王保与僚佐商议行止，僚佐皆说道："蝮蛇螫手，壮士断腕，今胡寇方盛，不如且断陇道，见可乃进。"从事中郎裴诜道："今蛇已螫头，头可断不可断么？"诘问得妙。保实不愿援长安，但使镇军将军胡崧为前锋都督，待诸军会集，然后进援。恐不耐久持了。麹允待援不至，又表请奉帝就保。索綝从中阻议道："保得天子，必逞私图，不如不去。"就保亦危，不就保益危，看到下文，是綝已隐有异志了。乃不从允议，但促允速援北地。允不得已集众赴救。行至中途，遥望北地一隅，烟焰蔽天，仿佛大火燎原，不可向迩，心下已未免惊疑，又见有一班难民，狼狈前来，便饬军停住，问及北地情形。难民答说道："郡城已陷，往救恐不及了。且寇锋甚盛，不可不防。"说毕，即踉跄趋去。允听了此言，进退两难。不料部众竟先骇散不待允令，便即奔回。允也只好拍马返走。

其实，北地尚未陷没，由曜纵火城下，计惑援兵，就是一班难民，也是汉兵假扮，来给麹允。允不辨真伪，竟堕曜计，回至磻石谷，又被曜众杀到，此时还有何心对敌，连忙奔窜，走入灵武城内。麾下不过数百骑兵，还算带头归来，是一幸事。允颇忠厚，惜无断制，威不足服人，惠不能及众，所以诸将慢法，士卒离心。直揭病根，瑕不掩瑜。安定太守焦嵩，本是由允荐举，嵩却瞧允不起，很是倨傲，至是允遣使告嵩，饬即进援。嵩冷笑道："待他危急，往救未迟。"遂却还来使，但言当会齐人马，然后趋救。允亦无法催逼，只好束手坐视。

那刘曜已攻取北地，进拔泾阳，渭北诸城，相继奔溃。曜长驱直进，势如破竹。晋将鲁充、梁纬等，沿途堵御，均为所擒。曜素闻充贤，召令共饮，且劝充道："司马氏气运已尽，君宜识时变计，能与我同心共事，平定天下不难了。"充怅然道："身为晋将，不能为国御敌，自致败覆，还有何面目求生？若蒙公惠，速死为幸！"曜连称义士，拔剑付充，充即自刎。梁纬亦不肯降曜，也被杀死。纬妻辛氏，亦在成所，同时遭掳。辛氏形容秀丽，仪态端庄，曜不禁艳羡起来。便好言慰谕，想把她纳为姜滕。独不怕羊氏吃醋么？辛氏大哭道："妾夫已死，义不独生。况烈女不事二夫，妾若隳节，试问明公亦何用此妇？"曜亦叹为贞女，听令自杀，命兵士依礼棺殓，与纬合葬。鲁充遗骸，照样办理。忠臣烈妇，并得千秋，死且不朽了。特笔。

曜遂率众逼长安，西都大震。愍帝四面征兵，朝使运发。并州都督刘琨，拟约同代王猗卢，入援关中。偏猗卢为子所弑，国中大乱。小子于前回起首，曾叙及猗卢宠爱少子，黜徙长子六修，并及修母。嗣因六修入朝，猗卢使下拜比延。六修不愿拜弟，拂袖竟去。猗卢饬将士往追，将士亦不服猗卢，纵还新平城。偏猗卢尚不肯干休，督兵往讨。六修佯为谢罪，掩袭父营。猗卢未曾预备，再经将士离叛，一哄散去，单剩猗卢一人，逃避不及，竟为乱军所害。猗卢从子普根，居守代郡。闻得猗卢死耗，仗义兴师，往攻六修。前次为猗卢废长立幼，因致舆情不服，此次闻六修以子弑父，又不禁激起众愤，俱来帮助普根，同讨六修。究竟人心不死。六修连战失利，旋即伏诛。普根嗣立，国中尚未大定，当然不能助琨。琨孤掌难鸣，怎能入援长安，琅琊王睿，路途遥远，又一时不能西行；只有凉州刺史张寔遣将王该，率步骑五千人入援。

寔系凉州牧张轨子。轨镇凉有年，始终事晋，每遇国家危难，辄发兵勤王，晋封为太尉、凉州牧、西平公。愍帝二年六月，轨寝疾不起，遗令诸子及将佐，务安百姓，上思报国，下思宁家。已而轨没，长史张玺等，表称世子实继摄父位。愍帝乃诏寔为凉州刺史，袭爵西平公，赐轨谥曰"武穆"。轨能忠晋，故特表明。凉州军士，得着玉玺一方，篆文为"皇帝行玺"

四字，献与张寔。寔承父命，不肯背晋，即将玉玺送入长安，并奉上诸郡方贡。有诏命寔都督陕西军事，寔弟茂拜秦州刺史。及长安被困，寔乃遣王该入援，但该带兵不多，眼见是不能却虏。安定太守焦嵩，始与新平太守竺恢、弘农太守宋哲等，引兵救长安。散骑常侍华辑，曾监守京兆、冯翊、弘农、上洛四郡，也募众入救。同至霸上，探得曜众甚盛，仍不敢前进，作壁上观。南阳王保，遣胡崧带兵进援。崧尚有胆力，独至灵台袭击曜营，得破数垒。索綝、麴允并未遣人犒赏，崧怀恨退去，移屯渭北，未几竟驰还槐里。曜见晋军各观望不前，乐得麾众大进，攻扑长安。綝索两人，保守不住，即由外城退入内城，外城遂致陷没。曜复攻内城，围得水泄不通。

城中粮食已尽，斗米值金二两，人自相食，或饿死，或逃亡，唯凉州义勇千人，入城助守，誓死不移。太仓有麴数十饼，由麴允先时运入，舂碎为粥，暂供宫廷，寻亦食尽。时已为愍帝三年仲冬，雨雪霏霏，饥寒交迫，外面的钲鼓声、刀箭声又陆续不绝，日夜惊心。愍帝召入麴允、索綝，与商大计。允一言不发，只有垂泪。綝想了多时，但说出了一个"降"字。綝前时为模复仇，约同起义，尚有丈夫气象，胡为此时一变至此？愍帝亦不禁涕泣，顾语麴允道："今穷厄如此，外无救援，看来只好忍耻出降，借活士民。"允仍然不答。忽有将吏入报道："外面寇兵，势甚猖獗，恐城池不能保守了。"索綝便抢步出去，允亦徐退。愍帝长叹道："误我国事，就是麴、索二公。"随即召入侍中宗敞，叫他草就降笺，送往曜营。

敞持笺出殿，转示索綝。綝留敞暂住，潜使子出城诣曜，向曜乞请道："今城中粮食，尚足支持一年，急切未易攻下，若许綝为车骑将军，封万户郡公，綝即当举城请降。"曜不禁动怒，叱责綝子道："帝王行师，所向惟义。孤将兵已十五年，未尝用诡计欺人，你前时何故绐允？必待他兵穷势竭，然后进取。今索綝所言如此，明明是晋室罪臣，天下无论何国，不讲忠义，乱臣贼子，人人得诛。果使兵食未尽，尽可勉力固守，否则粮竭兵微，亦宜早知天命，速即来降，何必欺我！"说着，即令左右将綝子推出，枭首徇众，送还城中。綝得了子首，当然悲哀，惟自己总还想保全性命，没奈何遣发宗敞，使诣曜营乞降。

曜收了降笺，令敞返报。愍帝委实没法，自乘羊车，衔璧舆榇，驰出东门。群臣相随号泣，攀车执愍帝手，哭声震地。何益国事？愍帝亦悲不自胜。御史中丞吉朗掩面泣叹道："我智不能谋，勇不能死，难道就随主出降，北面事虏么？"说至此，即向愍帝前叩别，且启愍帝道："愿陛下好自珍重，恕臣不能追随陛下！臣今日死，尚不失为晋臣呢。"索綝其听之！拜毕起身，用头撞门，头破脑裂，倒地而亡。愍帝到了此时，已无主宰，意欲不去，又不好不去，乃径诣曜营。曜接见愍帝，居然行起古礼，焚榇受璧，暂使宗敞奉帝还宫，收拾行装，指日东行。

越宿，曜入长安城，检点图籍府库，令兵士入迫愍帝及公卿等迁往曜营。又越一日，曜派将押同愍帝等人，送往平阳。愍帝登汉光极殿，汉主聪早已坐着，由愍帝稽首行礼。麹允伏地痛哭，触动聪怒，命将允拘入狱中，允即自杀。还是与吉朗同时殉国，较为清白。聪授愍帝为光禄大夫，封怀安侯，赠麹允车骑将军，旌扬忠节、独责索綝不忠，处斩东市。斩得爽快。一面下令大赦，改元麟嘉，命中山王曜假黄钺大都督，统领陕西军事，进官太宰，改封秦王。于是西晋两都，一并覆灭，西晋遂亡。总计西晋自武帝称尊，传国三世，共历四主，凡五十二年。小子有诗叹道：

　　洛阳陷没已堪哀，谁料西都又被摧？

怀愍相随同受掳，徒稽史迹话残灰。

西晋虽亡，尚有征镇诸王。能否兴废继绝，且至下回再表。

　　以十三龄之弱女，独能奋身而出，突围求援，如此奇女子，求诸古今史乘中，得未曾有，本回力为摹写，尤足使女界生色。吾慨夫近世女子，厕身学校，假"平等自由"四字为口头禅，居然侈言爱国，要求参政，曾亦闻有苟灌之实心实力，得保君亲否耶？他如梁纬妻辛氏，秉贞抱节，不肯苟全，谁谓中国妇女，素无学识？以视今日之略识之无，眼高于顶，自命为士女班头，而反荡检逾闲，不顾道德，吾正不愿有此奇邪之学识也。麹允、索綝，奉愍帝而续晋祚，复降刘曜而亡晋室，出尔反尔，自相矛盾，而索綝尤为不忠。允之死已有愧鲁充、吉朗诸人，綝之被杀，并有愧麹允。等是一死，而或则流芳，或反贻臭，奈之何不辨之早辨也？愍帝谓误我事者，麹、索二公，其言诚然。或谓愍帝用人不明，未尝无咎然愍帝年未及冠，又继流离颠沛之余，情有可原，迹更可悯，而索綝之罪，不容于死，试证以苟女、梁妻，其相去为何如乎？

第三十回

牧守联盟奉笺劝进　君臣屈辱蒙难丧生

却说长安陷没，愍帝被掳，荡荡中原，又变了没有正主的国家。霸上屯着的援兵，都已遁还，就是凉州差来了王该，也收回义勇，与黄门郎史淑同去。<small>回应前回，一丝不漏。</small>当愍帝出降前一日，淑曾亲受诏命，赍着愍帝手书，加拜张寔为凉州牧，承制行事。且诏中有云"朕已命琅琊王睿，继摄大位，愿公协赞，共济多难"云云。淑得先入王该营中，所以与该同往。行到姑臧，就是凉州治所，当下入见张寔，报明愍帝被掳情形。寔辞官不受，大哭三日。又遣司马韩璞等，率步骑万人，东往击汉，并赍南阳王保书。有云："王室多难，不敢忘死，况朝廷倾覆，天子蒙尘，东向悲愤，死有余责。今遣璞等讨贼，愿公即日会师，同建义举，寔当唯命是从。"这书亦付璞带去。璞至陕西，为寇所阻。自思手下只有万人，怎能敌得过数万汉兵，不如见机引还，尚保万全，乃麾兵径归。就是寄保一书，亦不得达。惟凉州一带，幸由张氏镇守，尚得无恙。先是关中有意谣云："秦州中，血没腕，惟有凉州倚柱观。"及长安失陷，汉兵四掠，氐羌亦乘隙蠢动，骚扰陇右。雍、秦两州人民，十死八九，惟凉州得安，果如歌谣相符。弘农太守宋哲，自长安奔至建康，由琅琊王睿接见。哲从怀中取出愍帝诏书，南面宣读。睿下阶跪伏，但听哲读诏道：

遭遇迍否，皇纲不振。朕以寡德，奉承洪绪，不能祈天永命，绍隆中兴，至使凶胡敢率犬羊，逼迫京辇。朕今幽塞穷城，忧虑万端，恐一旦奔溃，因令平东将军宋哲，诣丞相府，具宣朕意，使摄万几，恢复旧都，修缮陵庙，以雪大耻而报深仇，是所至望！丞相其毋辞！

诏既读毕，睿起身接受，留哲在府。哲复述及长安情状，睿乃入易素服，出次举哀，且移檄四方，拟即北征。西阳王羕，系前汝南王亮第三子，见前文。曾从睿渡江，睿承制拜为抚军大将军。至是邀同僚佐牧守，上笺劝进，睿不肯从。羕等再三固请，睿慨然流涕道：“孤乃皇晋罪人，惟有蹈节死义，誓雪国耻，得能济事，尚可自赎，且孤本受封琅琊，若诸贤见逼，再四不已，孤只有仍归原国便了。”你亦知罪么？但恐言不由衷，徒然欺人。说罢，便自呼私奴，命驾归国。羕等不敢再劝，但请依魏晋故事，称为“晋王”。睿乃允诺，择日即晋王位，设坛西郊。届期受僚属参谒，改元建武，愍帝尚在平阳。睿既不欲称尊，何必急急改元。号建业为建康，颁令大赦。除杀祖父母、父母及刘聪、石勒等，不从此令外，悉数宥免。遂备置百官，立宗庙社稷。

有司请立王太子，睿爱次子宣城公裒，意欲为嗣，因商诸王导道：“立子应该尚德否？”导主张立长，谓世子绍与宣城公，朗俊相同，但立长较为顺理，幸勿乱序。睿乃立世子绍为王太子，次子裒为琅琊王，奉恭王后，恭王名觐，见前。使镇广陵。绍与裒同为宫人荀氏所生，颇得睿宠。唯睿妃虞氏，素妒荀宫人。荀氏不免怨望，为睿所闻，遂致见疏。虞妃无子，至睿为晋王时又已去世，所以立绍为嗣。绍虽见立，荀氏仍不得加位，但追尊虞氏为王后，这也无庸细评。西阳王羕，受封太保。外如征南大将军王敦，进为大将军领江州牧；右将军王导，进为骠骑将军，领扬州刺史，都督中外诸军事。左长史刁协为尚书左仆射，右长史周顗为吏部尚书，军谘祭酒贺循为中书令，右司马戴渊王邃为尚书，司直刘隗为御史中丞，参军刘超为中书舍人，余亦封拜有差。王敦辞去州牧；王导因敦外握兵权，亦辞去中外都督；贺循亦自称老病，辞去中书令，睿皆准如所请。惟改任循为太常卿。循为江左儒宗，明习礼仪，颇为睿所推重。还有刁协历仕中朝，熟谙旧事，睿亦随事谘询。江东草创，百事待举，一切兴作，多由二人决议，才见推行。

未几，又来了一个名士，姓温名峤，字太真，乃是故司徒温羡从子，本是祁县人氏，父憺为河东太守。峤生性聪颖，博学能文，年十七时，已有盛名，州郡辟召，均皆不就。后为东阁祭酒，补授潞令。平北大将军并州刺史刘琨妻，系峤从母，琨因引为参军，迁擢上党太守，加建威将军，拒击石勒，辄有战功。琨进官司空，复任峤为右司马。小子尝阅《世说新书》，亦称《世说新语》，为刘宋临川王义庆所著。载有峤艳史一则。峤元配王氏，早年病殁。从姑刘氏有一女，秀外慧中。刘氏嘱峤觅婿，峤自有婚意，但佯答道："佳婿难得，若有人似峤，可能中意否？"刘氏道："不敢望汝。但教品学少优，便可将就了。"过了两三日，峤即入报道："已得佳婿了，门地恰也清高。婿现为名宦，与峤相似。"刘氏大喜。峤即取出玉镜台一枚，作为聘物，刘氏当然收下。到了婚期，峤引导彩舆，往迎新嫁娘。刘家还道峤是媒妁，待以常礼。及刘女登舆，峤亦随回，竟令彩舆抬入己家，居然改穿吉服，自作新郎，与女交拜。礼毕入房，女用手自披纱扇，顾峤大笑道："我原疑是老奴！"峤亦笑道："如峤可得配卿否？"女本来慕峤，自然乐允。旧中表作为新夫妇，相亲相爱，更逾常人。惟看官不要误作琨女，琨妻是峤的从母，俗例叫姨母，若刘氏是峤的从姑，乃是姑母，与姨母不同。《尔雅》谓父之从父姊妹为从姑，母之姊妹为从母。这事虽无关时势，但古今传为韵事，所以小子也随笔叙入，见得峤风流自喜，确是一个不羁才。

至长安陷没的时候，琨为石勒所攻，奔入蓟城，当时也有一段情事，不得不补叙明白。汉主聪使刘曜攻长安，复使石勒攻并州，双方并举，免得琨入援长安。勒进陷廪邱，守将刘演通往段氏，演守廪邱见二十六回。勒复进围乐平。太守韩据，向琨求救。适琨子遵，因代有内乱，见前回。引着代将卫雄、箕澹等，并及人马牛羊，趋回晋阳。琨得了资助，即拟出兵拒勒。箕澹谓代众新附，不宜轻用。琨急欲平寇，不从澹言，且使澹率代众为前趋，往救乐平，自屯广牧为后援。澹中石勒埋伏计，丧失兵马一大半，走还代郡。韩据亦弃城他窜，并土大震。那石勒确是厉害，又从间道袭晋阳，留守长史李弘，竟举城降勒。于是琨进退失据，不得已奔往蓟城，投依段匹磾。匹磾已领幽州刺史，见五十二回。见琨来奔，很加器重，与琨约为兄弟，并结姻好，两人遂歃血同盟，期复晋室。一面檄告华夷，邀同太尉豫州牧荀组、镇北将军刘翰、单于广宁公段辰、辽西公段眷、冀州刺史邵续、兖州刺史刘广、东夷校尉崔毖、鲜卑大都督慕容廆等，并推晋王睿为晋主，同心讨汉。就是汉将曹嶷，占据齐鲁间郡县，自守临淄，筑广固城，因与石勒有隙，也去汉附琨，愿戴晋王。琨即令温峤南赴建康，奉书劝进。峤奉令即行，母崔氏不愿峤往，牵住峤裾，峤绝裾径去。未免太忍，但为出行，亦属难辞。兼程至建康，王导、周顗等，素闻峤名，迎入客廨，问明来意。峤取笺出示，导等大喜，即引入见睿。睿而加慰劳，且取笺展览道：

臣闻天生烝民，树之以君，所以对越天地，司牧黎元。圣帝明王，监其若此，知天地不可以乏享，故屈其身以奉之；烝黎不可以无主，故不得已而临之。社稷多难，则戚藩定其倾，郊庙或替，则宗哲纂其祀。是以弘振遐风，式固万世，三五以降，靡不由之。伏维高祖宣皇帝，肇基景命；世祖武皇帝，遂造区夏。三叶重光，四圣继轨，惠泽侔于有虞，卜世过于周氏。自元康以来，艰难繁兴，永嘉之际，氛厉弥昏，宸极失御，登遐丑裔，国家之危，有若缀旒；赖先后之德，宗庙之灵，皇帝嗣建，日物克甄，诞授钦明，服膺聪哲，玉质幼彰，金声凤振。冢宰摄其纲，百辟辅其政，四海想中兴之美，群臣怀来苏之望。不图天不悔祸，大灾荐臻，国未忘难，寇害寻兴。逆胡刘曜，纵逸西都，敢肆犬羊，陵虐天邑。主上幽劫，复沈虏庭，神器流离，再辱荒逆。臣每览史籍，观之前载，厄运之极，古今未有。苟在食土之毛，含血之类，莫不叩心绝气，行号巷哭。况臣等荷宠三世，位厕鼎司，闻问震惶，精爽飞越，且惊且愧，五情无主。臣闻昏明迭用，否泰相济，天命无改，历数有归，或多难以固邦国，或殷忧以启圣明。是以齐有无知之祸，而小白为五霸之长；晋有骊姬之难，而重耳主诸侯之盟。社稷靡安，必将有以扶其危；黔首几绝，必将有以继其绪。

伏维陛下，玄德通于神明，圣姿合于两仪，应命世之期，绍千载之运。符瑞之表，天人有征，中兴之兆，图谶垂典。自京畿陨丧，九服奔离，天下嚣然，无所归怀，虽有夏之遘夷羿，宗姬之罹犬戎，蔑以过之。陛下抚征江左，奄有旧吴，柔服以德，伐叛以刑，抗明威以慑不类，杖大顺以号宇内。纯化既敷，则率土宅心，义风既畅；则遐方企踵，百揆时叙于上，四门穆穆于下。昔少康之隆，夏训以为美谈；宣王中兴，周诗以为休咏。况茂勋格于皇天，清晖光于四海，苍生颙然，莫不欣戴，声教所加，愿为臣妾者哉。且宣皇之胤，惟有陛下，亿兆依归，曾无与二。天祚大晋，必将有主，主晋祀者，非陛下而谁？是以迩无异言，远无异望。讴歌者无不吟讽徽猷，讼狱者无不思于圣德。天地之际既交，华夷之情允洽。一角之兽，连理之木，以为休征者，盖有百数；冠带之伦，要荒之众，不谋同辞者，动以万计。是以臣等敢考天地之心，因函夏之趣，昧死上尊号，愿陛下存舜禹至公之情，挟由巢抗矫之节，以社稷为务，不以小行为先；以黔首为忧，不以克让为嗣。上慰宗庙乃顾之怀，下释普天倾首之勤。则所谓生繁华于枯荑，育丰肌于朽骨，神人获安，无不幸甚。

臣闻尊位不可久虚，万几不可久旷。虑之一日，则尊位已殆；旷之浹辰，则万几以乱。方今踵百王之季，当阳九之会，狡寇窥窬，伺国瑕隙，黎元波荡，无所系心，安可废而不恤哉？陛下虽欲逡巡，其若宗庙何？其若百姓何？昔者惠公虏秦，晋国震骇，吕郤之谋，欲立子圉，外以绝敌人之志，内以固阃境之情，故曰丧君有君，群臣辑睦，好我者劝，恶我者惧。前事之不忘，后代之元龟也。陛下明并日月，无幽不烛，深谋远猷，出自胸怀。不胜犬马忧国之情，待睹神人开泰之路。是以陈其乃诚，布之执事。臣等忝于方任，久在退外，不得陪列阙廷，与睹盛礼，踊跃之怀，南望罔极，敢布腹心，幸乞垂鉴！

睿既览毕，半晌才说道："主上播越，正臣子见危致命的时候，奈何敢妄窃天位呢？"遂留峤在建康，另遣使赍递复书，语云：

　　豺狼肆毒，荐复社稷，亿兆颙颙，延首囷系。是以居于王位，以答天下，庶几迎复圣主，扫荡仇耻，岂可猥当隆极？此孤之至诚，著于退逊者也。公受奕世之宠，极人臣之位，忠允义诚，精感天地，实赖远谋，共济艰难，南北回邈，同契一致。万里之外，心存咫尺，公其抚宁华戎，致罚丑类，动静以闻！

　　琨得晋王睿复书，便与段匹磾商议，先讨石勒，再击平阳。匹磾推琨为大都督，自为琨副，联名檄州郡牧守，会师襄国，且发兵出屯固安，俟集各军。偏匹磾从弟末抷，得勒厚赂，多方阻挠。各州郡牧守，亦多徘徊观望，未闻出师。琨与匹磾，只好付诸长叹，同归蓟城。总之晋乱已甚，天怒人怨，大势一去，无可挽回。汉主聪原是不道，但势方强盛，连虏二帝。晋室王公，半多束手，有几个侈谈匡复？或力不从心，或言不由衷，全局似散沙一般，怎能毅然进讨，问罪平阳呢？建武元年十二月，汉主聪复弒愍帝，简直如屠戮犬豕一般，从臣只死了一个辛宾，总算是孤忠耿耿，碧血千秋。

　　这愍帝遇弒原因，全是聪子粲一人主张，说将起来，又有一番颠末，应该约略叙明。自聪多内宠，不理朝政，凡事皆委粲办理，且加封晋王。粲不但欲代父统，并想奄有中原，做一个华夷大皇帝。惟事有先后，第一着下手，非除太弟乂不可。乂在东宫，亦窃窃自危。一日，天忽雨血，东宫延明殿中，下血尤多。乂且惊且忧，转问太傅崔遹、太保许遐，两人齐声道：“天象已明示殿下，须要流血一次，方可安枕。试想主上立殿下为太弟，无非暂安众心。今已属意晋王，任为相国，权

势威重，高出东宫。殿下若再容忍过去，位必难保，且有不测
的危祸，故不如先发制人，免为彼算。"乂迟疑不答。两人复
并说道："今东宫卫兵，不下四千，相国轻佻，但教遣一刺
客，便足了事。余王并幼，有何能为？若殿下有意，二万精
兵，叱嗟可致，一鼓入云龙门，卫士必倒戈相迎，正无烦费力
呢。"乂终不从。这却不能咎乂。

东宫舍人荀裕，竟入告汉主聪，报称崔许劝太弟谋反。聪
立收崔许入狱，寻即诛死，别使冠威将军卜抽，率兵监守东
宫，禁乂朝会。乂非常忧惧，上表乞为庶人，请以晋王粲入
嗣。抽将表捺住，不使上达。乂虽未被废，已等囚奴。从前乂
妾靳氏，为护军靳准从妹，与役吏宣淫，被乂窥透奸情，杀死
靳氏，且屡次嘲准。准暗生忿恨，尝至粲处进谗，谓乂将谋
变，窃发有期。粲不禁着急，向准问计。准说道："主上爱信
太弟，若猝然相告，未必肯信，不如撤回东宫监守，使太弟仍
得交通宾客。太弟素好待士，必不加防。俟探得间隙，下官乃
可举发，再将太弟往来宾佐，拘住数人，利诱威逼，不怕大狱
不成！"金壬狡谋，大率如此。粲喜从准言，便令卜抽引兵撤回。
乂还道是相国有情，得免禁锢，哪知他是请君入瓮的诡谋。

汉主聪更加糊涂，沈湎酒色，好几月不出视朝。后宫佩皇
后玺绶，多至七人，以靳月华为正皇后，又拣了一个宫人樊
氏，使侍巾栉。樊氏系聪母张氏侍婢，生小入宫，垂髫后妖媚
无比，便得偷沾雨露，仰沐皇恩。聪宠爱逾恒，竟令她为上皇
后，做了靳月光的替身。采葑采菲，无以下体。想聪必熟读此诗。
从来女子小人，往往有连带关系，宫中既有若干宠妾，当然有
若干权阉。中常侍王沈、宣怀，中宫仆射郭猗等皆嬖幸用事，
车服第舍，僭越诸王，子弟多出为守令靳准欲设法除乂，不得
不联络阉人，表里为奸。东宫少府陈休、左卫将军卜崇人品清

正，素嫉宦官，虽在公座，不与王沈等交言。侍中卜干尝引窦、武、陈蕃故事，见《后汉演义》。隐戒休、崇、休、崇情愿一死，不肯少屈，果然俭人构陷，大祸临头。汉主聪忽御上秋阁，命收陈休、卜崇，及特进綦毋达，大中大夫公师彧、尚书王琰田歆、大司农朱诞一并加诛。綦毋达等同为宦寺所忌，故亦连坐。侍中卜干，见诏旨猝下，慌忙谏阻，甚至叩头流血。王沈站立聪侧，厉声叱干道："卜侍中胆敢拒诏么？"聪闻沈言，拂衣竟入。休、崇等遂被牵出市曹，一齐处斩。干趋退后，有诏黜为庶人。

太宰河间王刘易、大将军渤海王刘敷、粲弟。御史大夫陈元达、光禄大夫西河王刘延等，联名上表，弹劾宦官。汉主聪反将所上表章，取示王沈，且笑语道："群儿为元达所引，乃致有此痴语呢？"沈即叩头称谢。聪复召粲入问，粲极言沈等忠清，因复封沈等为列侯。刘易闻诏，伏阙上疏，稽首固谏。聪竟大怒，把易疏撕碎，掷还刘易。易乃趋出，恚忿而死。陈元达临丧大恸道："人之云亡，邦国殄瘁，我从此不能再言，还要活着做什么？"及吊毕归家，亦服毒自杀。可不早去？

既而聪宴会群臣，引见太弟乂，见他面目憔悴，涕泣陈词，也不觉潸然泪下，乃与乂畅宴，待遇如初。那靳准、王沈等，却非常惶急，亟谒相国刘粲，授与密计。粲即使私党王平，往语太弟乂道："顷得密旨，谓京师将有大变，请饬左右衷甲戒严，豫备不虞。"乂信为真言，命宫臣衷甲以待。不意靳准、王沈，借此诬乂。聪听信谗言，竟使粲往围东宫，收捕太弟僚佐，屈打成招，自诬与乂谋反。供词入呈。聪反称沈等忠贤，并废乂为北海王。粲又使准进毒鸩乂，乂死得不明不白，无处伸冤。东宫官属，亦枉死了数十人。粲得立为皇太子，仍领相国大单于，总摄朝政如故。

会聪出猎上林，召晋愍帝行车骑将军，使他执戟前导，行三驱礼。平阳父老，聚观道旁，都不觉惨然道："这便是长安故天子呢！"粲时在列，听到是言，触起旧感。俟罢猎回宫，即向聪进言道："周武王岂愿杀纣，正恐同恶相求，容易生患，不如早除为是。"聪踌躇道："前杀庾珉、王俊，尚滋众议，我今不忍再行此事。"粲不肯遽退，又复力请。经聪以他日为约，方才退出。未几又在光极殿会宴。聪使愍帝行酒洗爵，及更衣时，又使执盖。晋尚书郎辛宾，侍从愍帝，不由的目击心伤，起抱帝腰，大哭失声。实属无谓。不过表明一腔愚忠。聪愤愤道："想汝不望再活，愿随庾珉辈后尘呢。"遂叱左右扯出辛宾，一刀杀死。愍帝吓得乱抖，只因死期未届，尚使退回。

会荥阳太守李矩，招降洛阳汉将赵固，使与河内太守郭默，共攻汉境，师次小平津。聪令太子粲出御，固因扬言道："要当生缚刘粲，赎还天子。"粲即使人奉表道："今司马睿跨据江东，赵固、李矩同逆相济，皆以故主为口实，须亟杀子业，示绝民望。彼矩、固等无词可借，士卒必离，不战自溃了。"聪乃害死愍帝，时年才一十八岁。小子有诗叹道：

> 一君陷死几何年，又听平阳惨报传。
> 执盖洗樽犹遇害，可怜天地两腥膻。

愍帝遇害，赵固、郭默等众，又被粲发兵击退。那时晋室统绪，当然要属诸晋王睿了。欲知底细，请看下回便知。

两都陷没，晋室垂尽，所留遗者，惟南阳、琅二王，同居征镇，欲求继绝，舍二王其谁与归？但南阳

王保，局处秦州，琅琊王睿，雄踞江左，两者相较，
固应属睿而不属保。即以才行言之，睿亦似稍胜一
筹。刘琨等之联名劝进，谁曰不宜？惜乎睿有继承之
势，而无匡复之心，怀愍穷蹙，不闻出援，至长安失
守，移檄北征，亦不过徒有虚名，未见实事，此作者
之所以不能无讥也。下半回叙愍帝被弑事，夹入汉太
弟乂之死谏，原为销纳之笔，但西晋于此告终，汉亦
由是大乱。骨肉相残，必至覆祀，无古今中外一也，
观于此而知作者之垂戒深矣。

第三十一回

晋王睿称尊嗣统　汉主聪见鬼亡身

却说愍帝凶闻，传至建康，晋王睿斩衰居庐，百官请上尊号，睿尚不许。前会稽内史纪瞻，上书申请，大略说是：

陛下性与天道，犹复役机神于史籍，观古人之成败，今世事举目可知，不为难见。二帝失御，宗庙虚废，神器去晋，于今二载。梓宫未殡，神人无主。陛下膺箓受图，特天所授，使六合革面，遐荒来庭，宗庙既建，神主复安，亿兆向风，殊俗毕至。若列宿之绾北极，百川之归巨海，而犹欲守匹夫之谦，非所以阐七庙，隆中兴也。但国贼宜诛，当以此屈己谢天下耳。而欲逆天时，违人事，失地利，三者一去，虽复倾匡于将来，岂得救祖宗之危急哉？适时之宜万端，其可纲维大业者，惟理与当。晋祚屯否，理尽于今，促之则得，可以隆中兴之祚；纵之则失，所以资奸寇之权，此所谓理也。陛下身当厄运，纂承帝绪，顾望宗室，谁复与让？当承大位，此所谓当也。四祖廓开宇宙，大业如此，今五都燔爇，宗庙无主，刘、石窃弄神器于西北，陛下方欲高让于东南，此所谓揖让而救火也。臣等区区，尚所不许，况大人与天地合德，日月并明，而可以失机后时哉？机不可失，时不再来，幸陛下垂察！

　　瞻一面上书，一面已安排御座，召集百官，力劝晋王睿登位。睿尚徘徊不进，至瞻等拥他升殿，还令殿中将军韩绩，撤去御座。瞻厉声叱绩道："帝座上应列星，谁敢妄撤？妄撤即斩！"睿也为动容。瞻即请睿下即位令，慰副民望。睿乃允诺，当有草令官缮就文辞，颁发朝堂，令云：

　　　　孤以不德，当厄运之极，臣节未立，匡救未举，夙夜所以忘寝食也。今宗庙废绝，亿兆无系，群官庶尹，咸勉之以大政，亦何敢辞？谨从众请，即日履新，特此令知！

　　令文甫下，忽由奉朝请周嵩，递入一笺，乃是谏阻登基，与众不同。略言："古时帝王，义全后取，让成后受，故能享世长久，万载重光。今梓宫未返，旧京未清，何不训卒励兵，先雪大耻？待至功德具隆，自然天与人归！"云云。这一张笺文，映入睿目，不由的心下一惊，默忖多时，才把原笺递示百官，又说出几句谦逊的话头。曲折写来，心术已昭然如揭。纪瞻等顿时大哗，统言周嵩无知，应从贬斥。右将军王导进言道："诸公不必哗噪，殿下亦不必过谦。圣如孔子，犹言从众，一二人异议，何足介怀。请殿下易衣登座，君临万民，然后四海有主，方好壹意讨虏了。"睿闻导言，始决意践阼，复入内改着法服，衮冕出郊，祭告天地，还朝即皇帝位，受百官谒贺。百官依次俯伏，三呼已毕，睿命导并升御床。导固辞道："若太阳下同万物，苍生何从仰照呢？"睿乃罢议，因即下诏道：

　　　　昔我高祖宣皇帝，诞应期运，廓开王基。景文皇帝。奕世重光，缉熙诸夏。爰暨世祖，应天顺时，受兹明命，功格天地，仁济宇宙，昊天不融，降此鞠凶。怀帝短世，越去王都，天祸荐臻，大行皇帝崩殂，社稷无奉。肆群后三司六事之人，畴谘庶尹，至于华戎，致辑大命于朕躬。
予一人畏天之威。用弗敢违，遂登坛南岳，受终文祖；燔
柴颁瑞，告类上帝。惟朕寡德，缵我弘绪，若涉大川，罔
知攸济。惟尔股肱爪牙之佐，文武熊罴之臣，用能弼宁晋
室，辅予一人，思与万国，共同休庆。钦哉惟命！

看官记着！睿是江东开国的第一个主子，历史上称为东
晋，又因他后来庙号，叫作"元皇帝"，所以沿称"元帝"。
先是江左有童谣云："五马浮渡江，一马化为龙。"时人都莫
名其妙。至永嘉年间，睿与西阳王羕、汝南王祐、亮长孙。南
顿王宗、彭城王释，宣帝弟东武城侯馗曾孙。相继渡江，睿独得
为帝，童谣始验。但穷究底细，实是牛代马后，小子于前文
中，已经叙过，想看官应早接洽呢。话休絮烦。且说元帝睿既
已即位，颁诏大赦，复改建武二年为太兴元年，立王太子绍为
皇太子。绍幼年聪颖，素得父宠，数岁时，坐置膝下。适长安
使至，元帝问绍道："汝谓日与长安，孰近孰远？"绍答道：
"长安近，不闻人从日边来。"次日，元帝款待来使，并宴及
群僚，又召绍出问道："究竟长安近呢，还是日近呢？"绍却
答言日近。元帝失色道："汝曾言长安近，为何今日异词？"
绍又答道："举目见日，不见长安，所以说是日近。"元帝益
觉惊异，群僚当然推为奇童。及长，颇知仁孝，喜属文辞，又
善武艺，好贤礼士，虚心纳谏，与庾亮、温峤等，为布衣交。
亮风格峻整，善谈老庄。仍不脱竹林窠臼。元帝称亮有清才，因
纳亮妹为绍妇，绍为太子，庾氏当然为太子妃，亮亦得侍讲东
宫。元帝尝以韩非书赐太子，亮进谏道："申、韩刻薄伤化，
不足取法。"太子绍深纳亮言，故不尚烦苛，专主宽简，中外
目为贤储君。

绍弟琅琊王裒，曾奉父命，带领锐卒三万，往助豫州刺史

祖逖，北讨石勒。逖自击楫渡江，进至谯城。见二十六回。流
人张平、樊雅，曾聚众谯郡，自称坞主。逖使参军殷义，往招
平、雅，义意甚轻平，谓平屋只可作厩，又见大镬，谓可置铁
器。平夸言是帝王镬，待天下清平，大有用处。义冷笑道：
"头且不保，尚爱这镬么？"平勃然怒起，拔剑斩义。义真不知
世务，徒自取死。遂督众固守。逖往攻不克，以重利啗平将谢
浮，使杀张平。浮将平刺死，携首献逖。惟樊雅尚据住谯城，
未肯降服。逖更使人说降，谯城乃下。石勒遣从子虎围谯，适
南中郎将王含，使参军桓宣往援，虎乃退去。逖表宣为谯国内
史。至琅琊王哀驰至，谯城已经解围。哀还建康，数月病殁。
哀有弟冲，封东海王，使继故太傅越宗祀，尊越妃裴氏为太
妃。见二十三回。冲弟晞，亦封武陵王。加王导骠骑大将军，
开府仪同三司。仍进王敦为江州牧。迁刁协为尚书令，荀崧为
尚书左仆射。其余内外文武各官，俱增位二等。惟出周嵩为新
安太守，阴示薄惩。

　　忽由河北传到骇闻，乃是前并州都督刘琨，竟被幽州刺史
段匹磾杀死。看官阅过前文，应知匹磾与琨，约为兄弟，申以
婚姻，同盟讨汉，齐心事晋，为什么凶终隙末，反致害琨呢？
原来元帝即位，曾命琨为太尉，仍广武侯，匹磾为渤海公。会
匹磾因兄死奔丧，琨遣嫡子群送往。偏匹磾从弟末抔，私通石
勒，率众袭击匹磾。末抔得贿事见前回。匹磾走脱，刘群为末抔
所执，厚礼相待，许琨为幽州刺史，诱群同攻匹磾。群不得已
允了末抔，作书遗父，请为内应。偏匹磾回蓟，防备末抔，屡
遣探骑侦察，凑巧末抔使人，被他拘住，搜得群书，献与匹
磾。匹磾即将原书示琨，琨大为惊异。匹磾道："我知公无他
意，所以白公。"琨答道："与王同盟，志匡王室，伫仗威力
期雪国耻。若儿书密达，乃是末抔为反间计，离我二人，我终
不私爱一子，负公忘义呢。"匹磾也一笑而罢。琨本别屯故征

北府小城，此次由匹磾召来，彼此证明心迹，情好如初。琨即欲还屯，匹磾弟叔军白兄道："我等俱系胡人，向为晋所轻视。今不过畏我兵众，所以甘心俯就，若我骨肉构祸，示以间隙，适使彼得图我，倘有人奉琨发难，我族将从此无遗了。"匹磾因留琨不遣。琨庶长子遵，留居征北府小城，闻琨被拘，遂与琨左长史杨桥，并州治中如绥，闭门自守。匹磾使人慰谕，遵等不从。经匹磾发兵围攻，相持兼旬，小城中粮尽食空。守将龙季猛暗降匹磾，斩桥绥，执刘遵，开城纳匹磾兵。遵与群俱皆失计，徒致害死乃父。琨迭闻变故，自知难免，索性将生死置诸度外，毫不慌忙，惟尚有一腔忠愤，无处可挥，特吟五言诗一首，寄赠别驾卢谌，诗云：

> 幄中有悬璧，本自荆山球。维彼太公望，昔是渭滨叟。邓生何感激？千里来相求。白登幸曲逆，曲逆候陈平。鸿门赖留侯。张良。重耳凭五贤，小白相射钩。能通二霸主，安问党与仇？中夜抚枕叹，想与数子游。吾衰久矣夫！何其不梦周？谁云圣达节？知命故无忧。宣尼悲获麟，西狩泣孔丘。功业未及建，夕阳忽西流。时哉不我与，去矣如云浮。朱实陨劲风，繁英落数秋。狭路倾华盖，骇驷摧双辀。何意百炼刚，化作绕指柔？

诗中寓意，无非借鸿门、白登故事，激励卢谌。谌无甚奇略，但用常词酬和，且谓琨措词未合，不应作帝王思想。琨见他不知己意，付诸一叹罢了。已而代郡太守辟闾嵩，辟闾系复姓。与雁门太守王据，后将军韩据同谋，欲袭匹磾，救出刘琨。不料韩据女为匹磾儿妾，得知三人密计，竟告匹磾。匹磾即诱执王据、辟闾嵩，并皆杀死。会江州牧王敦，寄书匹磾，嗾使杀琨。不知他所挟何仇？莫非因忠奸不同，故有此举？匹磾亦虑众为变，托称建康有诏，处琨死刑。琨闻敦使到来，顾语子侄道："处仲敦字处仲。使来，不闻见告，这明明是诱杀我呢。死生有命，但恨仇耻未雪，愧与君亲相见地下呢。"因呜咽流涕。俄顷，即有吏趋入，伪传诏命，逼琨自缢。琨子侄四人，亦俱被害。卢谌等率琨遗众，走依末抷，奉琨子群为主，暂依末抷部下。末抷、匹磾，益寻仇不已，晋人尤不服匹磾，相率离散，匹磾亦转盛为衰。

元帝闻匹磾杀琨，尚畏匹磾势焰，不敢指斥，且未尝为琨举哀。琨右司马温峤，表称琨尽忠帝室，应加褒恤。元帝不报，但除琨为散骑侍郎。峤既悲琨死，又闻母亡，因固辞职位，苦请北归。有诏不许，且责峤道："今寇逆未枭，诸军奉迎梓宫，尚不得进，峤怎得专顾私难，任官不拜呢？"峤不得已受命。

会凉州刺史西平公张寔，遣牙门将蔡忠，通问建康，书中尚用"建兴"年号，不称"太兴"。当时东西悬隔，元帝即位的诏书，尚未颁到，所以犹仍旧号，且遣忠东行，亦非无因。南阳王都尉陈安，举兵叛保，入逼上邽。保向凉州告急，寔发步骑二万人往援，安始退去。凉州兵还镇，谓保欲自称尊号，破羌都尉张诜，因向寔献议道："南阳王不思国耻，遽欲称尊，将来必不能成功。晋王近亲，且有名德，公当为天下首倡，奉戴江东。"寔依诜言，乃使忠诣建康。及忠自建康西归，寔亦已知元帝即位，并由忠代赍诏书，虽语多慰勉，寔含有专制的意义。寔也未免怀嫌，阳若奉晋，阴实离晋，嗣是凉州亦别为一国了。即十六国中之一。

当时尚有南安赤亭水名。羌人姚弋仲，为后汉时西羌校尉迁那子，怀帝末年，因见中国大乱，得由赤亭东徙榆眉，华夷人民，襁负相随，共有数万。弋仲遂自称扶风公。为后秦开国张本。略阳氐酋杨茂搜，见前文。有子难敌，袭踞梁州。刺史张光愤死，光子迈战殁，嗣由州人张咸，纠众逐去难敌，举州附成。成主李雄，得管领梁、益二州，难敌回至略阳，适茂搜病死，便嗣立为氐王，这也是一路杂胡。代王普根，戡定国难，不久即死，国人立猗卢从子郁律为主。郁律好武，击走铁弗部酋刘虎，收降虎众，又西取乌孙故地，东并勿吉诸部，士马精强，复得雄长北方。还有慕容廆庶兄吐谷浑，吐谷，读若突欲。与廆分部自治。会二部马斗，廆遣人诮浑，浑即率众西徙，后复度陇而下，据洮水西，拓地至白兰，地方数千里。鲜卑谓兄为阿干，廆追怀兄浑，为作《阿干歌》。浑子甚多，相传有六十人，长子吐延嗣位，未几为羌人所杀，子叶延继立。叶延好学尚礼，谓"公侯之子，得用王父字为氏"，因把"吐谷浑"三字作为国号，后来享国最长，在五胡十六国外，好算是一个西徼的雄封哩。连述数国，自成一来。

独汉主聪，骄淫荒虐，不修政事，朝廷内外，无复纲纪，佞人日进，货赂公行，后宫赏赐，动至千万。聪次子大将军敷，屡次泣谏，聪大怒道："尔欲乃公速死么？朝朝暮暮，生来哭人。"敷积忧病死。河东大蝗，犬豕相交，东宫四门，无故自坏，内史女人，化为丈夫，灾异不绝，聪毫不戒惧。已而聪所居螽斯百则堂，猝遭火灾，焚死聪子孙二十余人。聪自投床下，哀塞气绝，良久乃苏。但事过又忘，淫昏如故。中常侍王沈，有一养女，年方十四，娇小玲珑，为聪所爱，拟立为左皇后。尚书令王鉴、中书监崔懿之、中书令曹恂等上书谏阻，略云：

> 臣闻皇者之立后也，将以上配乾坤之性，象二仪敷育之义。生承宗庙，母临天下，亡配后土，执馈皇姑。必择世德名宗，幽娴令淑，乃副四海之望，称神祇之心。是故周文造周，姒氏以兴，关雎之化洽，则百世之祚永。孝成

汉成帝。任心纵欲，以婢为后，使皇统亡绝，社稷沦倾。有周之隆，既如彼矣，大汉之祸，又如此矣。从麟嘉以来，乱淫于色，纵沈之女弟，刑余小丑，犹不可侍琼寝，污清庙，况其家婢耶？六宫妃嫔，皆公子公孙，奈何一旦以婢主之。何异象榱玉簪，而对腐木朽槛哉？臣恐无渥于国家，反有害于宫寝也。明知冒渎，不敢不陈，谨昧死上闻！

聪览毕大怒，即令中常侍宣怀，传语太子粲道："鉴等小子，慢侮国家，狂言虓语，无复君臣上下礼节，速即加刑。"粲一奉命，便饬兵吏收捕鉴等，牵往市曹。金紫光禄大夫王延，驰至殿门，意欲入谏。王沈密嘱司阍，不许入内。沈却自赴市曹监刑，用杖叩鉴等道："庸奴！庸奴！尚能逞刁么？乃公养女为后，干汝甚事？"鉴瞋目叱沈道："竖子！以竖子对庸奴，恰是绝对。使皇汉灭亡，即由汝等鼠辈与靳准一人。我死后，当诣先帝前诉汝，活捉汝等至地下。"懿之亦厉声道："靳准枭声獍形，必为国患。汝等为国蠹贼，党同枭獍，今日食人，他日人亦食汝，看汝能活到几时？"沈且怒且惭，立使刑吏加刃，刀光起处，首皆落地，时人都为呼冤。

中常侍宣怀，也觅得一个丽姝，作为养女，献入汉宫。聪多多益善，一视同仁，复立她为中皇后。这八九个年少娇娃，轮流供御，再加后庭粉黛，不下千百，任令聪随意选召，日夕淫嬲，就使铜头铁骨，也为所熔，何况是血肉身躯呢？聪渐觉不支，奄卧光极殿寝室中，常闻鬼哭，更迁至建始殿中，鬼哭如故。

聪少子东平王约，已经夭逝。一日，聪适昼寝，并未睡熟，蓦见帐外有一人影，举目审视，不是别人，正是东平王约，禁不住大声呼异，声浪一传，那人影复杳然不见。这是聪淫欲过度，目光昏乱，并非真正见鬼。聪越加惊疑，便召太子粲入室，握手叮咛道："我寝疾缠绵，见闻多怪，今又见约来此，想是我命该终，此儿特来迎我呢。人死果有神灵，我亦何必怕死。但现今世难未平，汝不必拘守谅闇古制，朝死夕殓，旬日出葬便了。"何劳汝嘱，他已情愿汝速死了。粲含糊答应。聪又命粲颁发诏令，征刘曜为丞相，石勒为大将军，并录尚书事，夹辅朝政，二人皆奉表固辞。粲复入白，聪乃改令刘景为太宰，刘骥为大司马，刘顗为太师，朱纪为太傅，呼延晏为太保，并录尚书事。范隆守尚书令，仪同三司；靳准为大司空，领司隶校尉，皆选决尚书奏事。

过了数日，聪病加剧，满身呼痛，等到气竭声嘶，两目一翻，呜呼死了。共计在位九年，太子粲嗣为汉主，依聪遗命，旬日即葬，追谥聪为"昭武皇帝"，庙号"烈宗"。小子有诗叹道：

> 九载淫荒恶贯盈，到头一死国随倾。
> 及身幸免儿孙受，莫向苍天怨不平。

粲既嗣位，恣行无道，比乃父还要荒淫。欲知详情，试看下回续叙。

纪瞻、周嵩，一劝晋王睿称尊，一阻晋王睿即位；劝睿者以继统为正，阻睿者以雪耻为先，固皆持之有故，言之成理者也。但观睿之无志北征，则知纪瞻之请，实自揣摩迎合而来，不若周嵩之义正词严，较为直谅耳。睿一即位，使王导并坐御床。夫自古无君臣共坐之理，睿喜极忘怀，故有此语，然则睿之情亦大可见矣。若汉主刘聪，荒淫不道，天变人异，不

足以儆其心，甚至刑余养女，俱册为后，古人谓并后
匹嫡，足为乱本，如聪之所为，正不特并后匹嫡已
也。乃在位九年，竟获考终，阅者几疑恶报之未彰。
不知报愈迟者祸愈烈，试观下回靳准之乱，掘墓毁
庙，尽屠刘氏，乃知聪之恶为最甚，而报之惨亦蔑以
加矣。

第三十二回

诛逆登基羊后专宠　乘衅独立石勒称王

却说刘粲为刘聪长子，少时却也聪隽，具文武才。自得为宰相后，威福自专，远忠贤，近奸佞，任情严刻，拒谏饰非；好兴宫室，罗列姬媵，相国府仿佛紫宫。及继承大位，毫无戚容。聪后靳月华，得尊为皇太后，樊氏号"弘道皇后"，宣氏号"弘德皇后"，王氏号"弘孝皇后"，这四后俱在妙年，未满二十，面庞儿均皆齐整，模样儿又皆轻狂，此次刘聪已死，眼见得四位嫠妇，不耐守孀。好在嗣主粲能体心贴意，善代父劳，一身周旋四后，夜以继日，挨次烝淫。妇人家水性杨花，乐得屈尊就卑，共图欢乐。聪只烝一单后。粲能烝及四人，确是跨灶。但粲已有妻孥，未免多嘴，粲乃立妻靳氏为皇后，想又是靳准家儿。子元公为太子，大赦境内，改年汉昌。

司空靳准，阴蓄异志，潜入白粲道："臣闻诸公欲行伊、霍故事，将先杀太保，次杀臣身，另推大司马统摄万几。陛下若不先图，臣恐祸机不远，便在旦夕间了。"粲矍然道："恐无此事，休得相疑！"准怏怏退出，恐粲转告诸刘，反致杀身，乃急商诸太后、皇后，教她们乘间进谗。二后俱系靳家儿女，当然唯命是从，趁着粲入宫行乐，便说诸刘如何设谋，如何废主。虽是无端捏造，一经莺簧百啭，竟觉得语语似真。靳月华尤善逞刁，对着粲前，呜咽与语道："宗臣等密谋废立，无非为嗣君烝淫而起，嗣君欲脱免此祸，幸勿再至妾宫，妾愿与陛下生别，冀得少安。”看官试想！粲与靳月华，已似胶漆相投，融成一片，哪里还分拆得开？经此一激，遂不管它是真是假，是好是歹，便毅然下令，收速太宰上洛王刘景、太师昌国公刘颢、大司马济南王刘骥，大司徒齐王刘劢等，一股脑儿斩首。骥弟车骑大将军吴王刘逞，亦连坐被诛，惟太傅朱纪、太保呼延晏、太尉兼尚书令范隆出奔长安。

粲又大阅上林，谋讨石勒，命丞相刘曜为相国，都督中外诸军事，贸镇长安。授靳准为大将军，录尚书事。准暗嘱内侍，令劝粲晏处后宫，凡军国重事，尽付大将军裁决。粲正流连四美，倚翠偎红，巴不得有此良臣，代主国事，好使他安心纵乐。哪知准怀着鬼胎，潜谋不轨，乃大权到手，遂矫托粲旨，用从弟靳明为车骑将军，靳康为卫将军。<small>仿佛王衍三窟。</small>所有宫廷宿卫，概归兄弟三人节制，于是决计作乱，戎兵待发。金紫光禄大夫王延，老成硕德，向负时望，准欲引为臂助，遣人与谋。延怎肯从乱，且拟入宫告粲，途次为靳康所劫，送至准处。准把延拘住，当即勒兵入宫。宫中无人阻拦，一任准等闯进，直登光极殿，使人执粲。粲尚在太后宫中，与靳月华饮酒调情，突见甲士驰入，还道是同宗发难，走匿床下。甲士呼道：“司空有令，请主上升殿！”粲听了“司空”两字，不待收捕，便放胆出来，随甲士趋入殿中。哪知靳准竟高升御座，瞋目叱粲，说他种种淫虐，罪在不赦。粲才觉着忙，双膝跪下，叩头乞哀。<small>女婿向岳丈磕头，理所应有，可惜这岳丈不肯容情。</small>准置诸不睬，竟喝令左右，将粲刺死，一面拘拿刘氏眷属，无论男女，不问少长，皆屠戮东市，只留着靳太后、靳皇后二人。发掘刘渊刘聪陵墓，枭聪死尸，焚毁刘氏宗庙。<small>准与刘氏无仇，乃残毒至此，是必冥冥之中，另有一种公案。</small>嗣是彻夜鬼哭，声闻百里。惟征北将军刘雅，得出奔西平。准自号“大将军汉天王”，称制置百官，召语汉臣胡嵩道：“从古无胡人为天子，今将传国玺付汝，汝可送还晋家。"既屠刘氏，却不愿为帝，靳准毋乃太愚。嵩不敢受。准又怒起，立命杀嵩，另派人通使司州。司州尚有晋属地，由河内太守李矩，迁为刺史，闻汉使到来，不知何因。至相见时，来使语矩道："刘渊屠各_{注见前文}小丑，因大晋内乱，乘隙称兵，矫称天命，至使二帝幽没北廷。现由靳大将军汉天王，为晋复仇，屠灭刘氏，谨率众扶侍梓宫，请代表上闻！"矩乃飞奏元帝，遣太常韩胤等奉迎梓宫。胤尚未至平阳，那刘曜、石勒等，已合兵攻准，眼见是战云扰扰，不便进行。准潜居宫禁，超擢私党，诛锄异己，仍将王延释出，令为左光禄大夫。延怒骂道："屠各逆奴，我岂肯为逆臣？快快杀我！且剜我左目置西阳门，右目置建春门，好看相国大将军入都，同诛逆贼哩。"准当然大愤，把延杀死。

相国刘曜，自长安发兵讨逆。大将军石勒，亦率精锐五万人，先驱讨准，据住襄陵北原。准屡拨兵挑战，勒坚壁不动，通书刘曜，愿会师同进。曜行抵赤壁，正与呼延晏、朱纪、范隆相遇，报明平阳惨状，且言曜母及兄，亦俱遭害。曜不禁大恸，誓报亲仇。呼延晏等遂请曜即尊，谓："国家不可一日无主，应先加尊号，维系众望。"曜即依议，就在赤壁设坛，行即位礼，大赦境内，惟准一门不在赦例。改元光初，使朱纪领司徒，呼延晏领司空，太尉范隆以下，各仍原职。遣使拜石勒为大司马大将军，加九锡，增封十郡，进爵赵公。勒进攻平阳，收降羌、羯人民七万余名，均徙往所部郡县。刘曜亦檄征北将军刘雅、镇北将军刘策，进屯汾阴，作为声援。

靳准闻两路进兵，恐不能敌，乃使侍中卜泰，持了乘舆服御，送往勒营，情愿修和。勒将泰囚送曜营，曜释了泰缚，婉颜与语道："先帝末年，实乱大伦，司空仿行伊、霍故例，使朕得登大位，不特无罪，并且有功；若能早迎大驾，当以政事相委，宁止免死？卿可为朕入城，具宣此意。”泰乃别去，返报靳准。准已害曜母及兄，恐曜未必相容，因沈吟不决。会车骑将军乔泰、王腾，卫将军靳康与将军马忠等，刺杀靳准，推靳明为盟主，再使卜泰赍奉传国六玺，献与刘曜。曜欣然语泰道：“使朕得此神玺，建帝王大业，实赖卿力。”因厚待卜奉，嘱令返报，许他归降。

　　石勒闻卜泰持玺降曜，未尝报勒，遂不禁怒起，增兵攻明。明出战屡败，婴城固守，且遣人向曜求救。曜使刘雅等纳降，靳明率平阳士女万五千人，奔归曜营，不料曜变了面目，俟明入见时，一声呼喝，便把他两手绑住，推出枭斩，且将靳氏全家诛戮，就是靳太后、靳皇后等，亦悉数祭刀。惟靳康女，饶有姿容，为曜所羡，拟纳为皇后。女慨然道：“陛下既诛妾父母兄弟，还要留妾何用？况妾家犯了逆案，致受诛夷，古人惩逆锄恶，尚当污宫伐树，难道可容留子女么？”靳家亦有烈女，不得谓部娄之下，必无松柏。说至此，泪容满面，越觉令人生怜。曜怎忍下手，还与她譬喻百端。康女总咬定一个“死”字，始终不肯从曜。曜乃纵令自去，且免康一子，使奉靳氏宗祀。迎母胡氏丧于平阳，还葬粟邑，谥为“宣明皇太后”，追尊三代为皇帝，徙都长安，前筑光世殿，后筑紫光殿。立羊氏为皇后。

　　羊氏就是晋惠帝继室。从前五废五复，九死一生，不料尚有这一段外缘，要去做那外国皇帝的正宫。曜尝私问羊氏道：“我比司马家儿优劣何如？”羊氏嫣然一笑，复柔声作昵语道：“陛下乃开国圣主，怎得与亡国庸夫，互相比论？彼贵为帝王，只有一妻一子及本身三人，尚不能保护，使妻子受辱庶人手中。妾当时已愤不欲生，何意复有今日？妾生长高门，误配庸奴，尝怪世间男子，为什么无丈夫气？及得侍陛下，趋奉巾栉，乃知天下自有丈夫，正不能一概并论呢。”亏她老脸，说得出这种话儿。曜闻言大悦，宠爱有加。羊氏也格外逢迎，床第承欢，情好百倍。接连生下三子，长名熙，次名袭，幼名阐，并得曜宠。曜前妻卜氏，已有子数人，曜竟舍长立幼，以羊氏长男熙为嗣，册为太子，另封诸子为王。缮宗庙，定社稷，用司空呼延晏议，谓："晋以金德王天下，今宜承晋，取金水相生之义，不必沿汉旧号，可改称为赵。赵出天水，正与水德相符。"于是自称"大赵"，复以匈奴大单于为"太祖"，冒顿读若墨特，见《前汉演义》。配天，渊配上帝，牲牡尚黑，旗帜尚玄，颁令大赦。且使侍中郭汜，持节署石勒为太宰，领大将军，进爵赵王。

勒已入平阳，修复渊、聪二墓，收瘗刘粲以下百余尸骸，并将浑仪乐器，徙至襄国，一面遣左长史王修，至长安献捷，且贺曜即位。修谒曜称臣，呈上勒表。曜见表文中多恭逊语，很是欣慰，便留修馆宴，待遇甚优。勒有舍人曹平乐，前由勒遣至长安，应对皆如曜意。曜使侍左右，未曾遣归，至是独向曜进言道："大司马遣修到此，外表输诚，内觇强弱，待修一返，报明虚实，彼必将潜兵西来，轻袭乘舆。羯人无信，不可不防！"曜矍然道："卿言甚是，朕几为他所算。"遂发轻骑追还郭汜，且将王修牵出斩首。修随吏刘茂逃归，报明修被杀情形，勒遂回襄国，捕诛平乐家人，夷及三族，追赠修为太常，并下令示众道：

> 孤兄弟之奉刘家，人臣之道过矣。若微孤兄弟，岂能南面称朕哉？根基既立，便欲相图。天不助恶，使假手靳准，孤惟事君之体，当资舜求瞽瞍之义，故复推崇令主，齐好如初。何图长恶不悛，杀奉诚之使，帝王之起，复何常耶？赵王赵帝，孤自取之，名号大小，岂其所节耶？此后与刘氏绝好，俾众周知！

自勒下此令后，与曜交恶，遂成仇敌，这便是胡羯分离的张本，也就是刘曜灭亡的祸根了。夷狄原无信义，但曜勒交恶，曲在曜，不在勒。秦州刺史陈安，即晋南阳王保都尉，他本是个反复无常的小人，曾叛保附汉，叛保事，见前回。寻复降成。及刘曜即位，又遣人至曜处奉表，为保复仇。原来保闻愍帝凶耗，便欲称尊，好容易过了一年，竟自称晋王，改元建康，分置官属。保体极肥大，相传重量至八百斤。想非十六两秤。平居嗜睡，暗弱无能。部将张春、杨次，触怒被责，因忿恚不平，相谋杀保。陈安尝逼攻上邽，偏此次上表刘曜，自称秦州刺史，托名讨贼。曜权词答复，安即引兵攻杀杨次，张春遁去。当下检出保尸，用天子礼安葬，私谥曰"元"，因即向曜告捷。曜授安为大将军，使镇上邽。嗣是晋又失去秦州。

还有蓬陂坞主陈川，尝自号"宁朔将军"，兼陈留太守。晋豫州刺史祖逖，遣人招抚，川愿效指挥。逖攻张平、樊雅时，川曾拨部将李头往助，力战有功，得逖优待，赠给骏马。头感叹道："若得此人为主，虽死无恨。"及平诛雅降。均见前回。头仍返蓬陂，不意陈川疑头归逖，将头杀死。头党冯宠，率亲属四百人，投奔逖军。川得报益怒，竟入掠豫州诸郡，大获子女车马，满载而归。行至谷水，突有一彪人马，从斜刺里杀出，截住川众，不许饱扬。川众顾命不遑，乱奔乱窜，还管什么辎重。那时子女车马，仍得重归。

看官欲问这支人马的来历，便是由祖逖差来，统将叫做卫策。策既截还所掠，还报祖逖。逖命将子女车马，各归原主，一无所私，百姓大悦。独川恐逖进讨，思借外援，自忖长安太远，未便通使，不如就近依附石勒，或得呼应较灵，乃奉书襄国，乞降求救。石勒即遣从子石虎，率兵五万，往援陈川。可巧祖逖亦引兵来攻，彼此相见，免不得一场大战。逖兵寡失利，退驻梁国。既而勒将桃豹，复率精骑至蓬关，遂与石虎、陈川，共击祖逖。逖设伏待着，败虎前驱。虎乃退去，与陈川同还襄国，留桃豹守川故城，即蓬陂坞。当下由虎倡议，请勒自称尊号。勒左长史张敬、右长史张宾，左司马张屈六、右司马程遐及诸将佐百余人，当然赞成虎议，异口同辞。勒佯不肯允，虎等又复上书道：

　　臣等闻有非常之度，必有非常之功，有非常之功，必有非常之事。是以三代陵迟，五霸迭兴，静难济时，绩侔睿古。伏维殿下天纵圣哲，诞应符运，鞭挞宇宙，弼成皇业，普天率土，莫不来苏。嘉瑞征祥，日月相继。物望去刘氏，威怀于明公者，十分而九矣。今山川夷静，星辰不孛，夏海重译，天人系仰。诚应升御中坛，即皇帝位，使攀附之徒，蒙尽寸之润，请称大将军大单于领冀州牧赵王，依汉昭烈在蜀、魏王在邺故事，以河内、魏郡、汲郡、顿邱、平原、清河、巨鹿、常山、中山、长乐、乐平十一郡。并前赵国、广平、阳平、章武、渤海、河间、上党、定襄、范阳、渔阳、武邑、燕国、乐陵十三郡，合二十四郡户二十九万为赵国，封内依旧，改为内史。准禹贡冀州之境，南至盟津，西达龙门，东至于河，北至塞垣，以大单于镇抚百蛮，罢并、朔、司三州，通置部司以监之。伏愿钦若昊天，垂副群望，克日即位，翘首俟命！

　　勒览书后，尚装出许多做作，西向五让，南向四让。越演越丑。僚佐等叩头固请，勒乃允诺，即赵王位，赦境内殊死以下，腾出百姓田租半额，分赐孝悌力田及死义子孙，帛各有差。孤老鳏寡，每人谷二石，大酺七日。依春秋列国及汉初侯王故例，每世称元，号为赵王元年。史家称为后赵，示与刘曜有别。勒建社稷，立宗庙，营东西官署。从事中郎裴宪，参军

傅畅、杜嘏，并领经学祭酒；参军续咸、庾景，并领律学祭
酒；任播、崔浚，并领史学祭酒；中垒将军支雄、游击将军王
阳，并领门臣祭酒。禁胡人陵侮华族，遣使循行州郡，劝课农
桑，朝会始用天子礼乐。加张宾为大执法，专总朝政，位冠僚
首。署石虎为单于元辅，都督禁卫诸军事，加骠骑将军，赐爵
中山公。其余群臣，授位进爵有差。又悉召武乡耆旧，坌至襄
国，与同欢饮，畅叙平生。独旧邻李阳，不敢赴召。阳尝与勒
争沤麻池，互致殴伤，所以畏缩不前。勒掀髯道："我方经营
天下，岂与匹夫为仇？阳尽管前来，决无他患。"乃又遣乡人
召阳，阳只好硬着头皮，随同见勒，伏地谢罪。勒下座扶阳，
引臂令起，且与笑语道："孤往日惹卿老拳，卿亦饱孤毒手，
事成已往，何足介怀？"因特给巨觥，命他畅饮，并赐阳甲第
一区，拜为参军都尉。不念旧恶，原是厚道，惟拜官赐第，毋乃太
过。嗣复下令道："武乡是我故里，譬如汉朝的丰沛，百年以
后，魂灵仍当归复，应豁除三世赋役，不得苦我乡人。"

　　会闻桃豹自蓬陂败还，颇以为虑，乃致书与逖，愿同和
好。看官阅过上文，已知豹居守蓬陂，逖亦使部将韩潜，率兵
掩入蓬陂坞，据住东台，从东门出入。豹守西台，从南门出
入，与潜相持至四旬。逖用布囊盛土，伪作米状，使千余人运
囊与潜，又别使数人挑米继进。豹见他陆续运粮，发兵出劫，
挑米各人，弃担遁去。豹众正苦饥疲，夺得粮米，自然喜欢。
独豹以逖粮食充足，不免加忧。逖却令部将冯铁，梭巡汴水。
适值勒将刘夜堂，运粮馈豹。冯铁即报知韩潜，会兵截击，逐
走夜堂，尽夺军粮。豹闻粮被夺去，料知难守，遂冒夜出走，
遁往东燕城。

　　逖又使韩潜进次封邱，冯铁据有蓬陂，自至雍邱驻节，规
画两河，剿抚兼施。石勒所遣各镇戍，不是散走，就是降逖，
累得勒无法可施，只好与逖通好，乞求互市。逖得书不报，但

默许商人往来，按货课税，收利十倍。勒因逖籍隶范阳，祖父墓皆在故里，特令范阳守吏代为修墓，并置守塚二家。逖乃遣使报谢，贻赠方物。勒厚赏逖使，报逖礼仪，计马百匹，金五十斤。既而逖将童建，擅杀新蔡内史周密，走降石勒。勒斩建首，函送与逖，且寄逖书道："叛臣逃吏，是我深仇，建负将军，胆敢叛亡，我国非逋逃薮。亦与将军同恶，故枭恶以闻。"逖答书称谢，自是勒众来降，逖亦不纳，彼此各禁侵暴。两河南北，少得安息。小子有诗咏道：

> 中流击楫誓澄清，百战河南众丑平。
> 毕竟祖鞭先一著，虏庭也自慑威名。

石勒与逖修和，另图幽、冀并三州。欲知他略地情形，待至下回再详。

靳准屠刘氏，刘曜亦屠靳家。天为刘氏之纵恶，而假手靳准；又为靳氏之肆逆，而假手刘曜。然则世人亦何苦纵恶肆逆，而自取灭门之祸哉？靳康有女，尚知守贞；而羊氏曾为中国皇后，乃委身强虏，献媚贡谀，我为中国愧死矣。篇目特标明羊后，嫉之也。石勒之力攻靳明，固未免营私；但如靳氏之敢为大逆，正应声罪行诛，岂可如曜之挟诈欺人，诱其降而复歼之乎？故略情原迹，勒尚不失为正，而曜则行同鬼蜮，未足服人；至杀靳使，而其理尤曲矣，宜乎勒之背曜独立也。

第三十三回

段匹磾受擒失河朔　王处仲抗表叛江南

却说幽州刺史段匹磾，害死刘琨，因致舆情不服，多半叛离。见三十一回。末抔复屡攻匹磾，匹磾不能支持，拟北奔乐陵，往依冀州刺史邵续。行至盐山，忽被一大队人马截住，统将叫作石越，乃是石勒麾下的前锋。匹磾不敢恋战，引众急退，已被石越掩杀一阵，零零落落，走保蓟城，已而石勒复遣部将孔苌，攻陷幽州诸郡，势将及蓟。匹磾大惧，又弃城出奔，拟往上谷。偏偏代王郁律，发兵扼阻，不令前进。匹磾恐代兵追来，慌忙窜去。途次又被末抔邀击，连妻子都不及顾，但与弟文鸯等，走依邵续。续顾念旧情，留任匹磾。匹磾前曾救续，事见二十七回。匹磾凄然语续道："我本夷人，因慕义破家，君若不忘旧好，乞与我同讨末抔，感惠无穷。"匹磾如果知义，何致枉杀刘琨。续慨然许诺，即督领部曲，与匹磾同击末抔，斩获甚众，末抔仓皇遁去。末抔弟占据蓟城，匹磾与弟文鸯，复移兵往攻。

唯邵续还屯乐陵。石勒从子石虎与别将孔苌，伺续空虚，竟来攻续，突至城下，大掠居民。续麾兵出救，虎诈败佯输，诱续远追，暗中却令孔苌，带着精骑，绕出续背，前后夹攻。续中箭落马，为虎所擒，缚至城下，胁令招降守兵。续呼兄子笠等，慷慨与语道："我志欲报国，不幸至此，汝等但努力守城，奉匹磾为主，勿生贰心。"语毕自退。虎将续解往襄国，勒使人责续道:"汝前既归我,后复叛我,国有常刑,汝甘受否?"续答说道:"续为晋臣,宜尽臣节,本无贰心。前次委命纳贽,无非为保全乡宗起见,大王不察愚衷,诛及续子,使续不得早叩天门,是大王负续,非续负大王。大王如欲杀续,续自甘就死,尚有何言?"勒闻续言,顾语张宾道:"续言忠挚,孤且增惭,右侯可为孤招待便了。"宾奉勒命,延续入馆,厚加慰抚。寻复令续为从事中郎。续不愿事勒,亲自灌园鬻菜,作衣食资。勒称为高士,临朝时辄加叹赏,激励百僚。

惟续被擒后,匹磾得报,急与文鸯还救乐陵,中途为石虎所遮,兵皆骇散。亏得文鸯多力,带领数百亲兵,保住匹磾,血战入城,与续子缉及续从子存笠等,乘陴拒守。石虎、孔苌屡攻不克,苌恃强无备,反为文鸯所袭,大败一阵,退军十里。虎亦却走。既而虎与苌,又复进攻,相持兼旬,城内粮食垂尽,城外亦被掠一空。文鸯请诸匹磾,愿决一死战,匹磾不许。文鸯毅然道:"我以勇力著名,故为民所倚望。今不能救民,已失民心,况粮竭无援,守亦死、战亦死,同是一死,何如一战,倒还好杀死几个胡虏。"说毕,径率壮士数十骑出战。石虎见文鸯出来,麾兵围绕,至数十匝。文鸯手执长槊,左挑右拨,十荡九决,戳毙虎兵无数。人尚未困,马却已乏,乃伏鞍少憩。虎高呼道:"兄与我俱出夷狄,久欲与兄同为一家,今天不违愿,复得相见,何必苦战,请释仗共叙。"文鸯骂道:"汝为寇贼,早该致死,天不祚我,使我骨肉相戕,令汝犹得称雄,我宁斗死,不为汝屈。"说着,下马再战,槊忽折断,拔刀冲突,自辰至申,腹枵力尽,然后被执。城上守兵,当然夺气。*文鸯原是勇士,惜乎徒勇无谋。*

先是邵续被围,报至建康。吏部郎刘胤,曾奏闻元帝道:"北方藩镇,只一邵续,倘复为石虎所灭,何以对忠臣义士?请亟发兵往救,免致沉沦。"元帝不能用。至续已陷没,乃令王英持节北行，令续子缉承袭父职。英到了乐陵，坐居围城，不能南归。匹磾欲与英突围，同赴建康。偏邵续弟泪，曾为乐安内史，不许匹磾出城，且欲执英送虎。匹磾正色道："卿不遵兄志，逼我不得归朝，已经无礼，且并欲执天子使，送交寇虏。我虽夷人，却未闻有这般横逆哩。"泪竟迫令缉、笠等，舆榇出降。石虎入城见匹磾，尚拱手行礼。匹磾道："我受晋恩，志在灭汝，不幸我国自乱，竟致如此，既不能死，也不能为汝加敬呢。"虎竟拥匹磾出城，令与文鸯等同往襄国。勒授匹磾为冠军将军，文鸯为左中郎将，散诸流民三万余户，各复本业，分置守宰，按地抚治。于是、幽、冀并三州，俱入后赵。匹磾留居襄国，犹常着晋朝服，持晋旌节，一住年余。旧部又密谋规复，仍推匹磾为主，不幸事泄，为勒所杀。文鸯、邵续，亦被鸩死。了过段匹磾等。惟末抔尚存，臣事后赵，奄然不振，后文自有表见，暂且搁下。

且说晋江州牧王敦，扼守长江，权倾中外，但虑杜曾难制，特嘱梁州刺史周访，叫他努力擒曾，且预把荆州刺史一职，作为酬劳。上有元帝，敦怎得私约酬庸？可见敦已目无君上。先是杜曾出没汉沔，纠合郑攀、马俊屡与荆州刺史王廙为难，小子于前文二十九回中，曾已叙明。嗣由武昌太守赵彦、襄阳太守朱轨，合兵救廙，杀败郑攀、马俊等军，攀等惶恐乞降。杜曾亦请击第五猗以自赎，廙因杜曾服罪，乃自江安赴荆州，留长史刘濬屯戍扬口。竟陵内史朱伺白廙道："曾乃猾贼，佯示屈服，诱公西行，待公启程，他定来袭扬口了。"廙不信伺言，便即就道。途次，接得刘濬急报，曾等果入袭扬口，慌忙遣伺还援，扬口已经被围。伺力战受伤，浮水得免。曾遣人招伺，伺拒绝道："我年逾六十，不能再从君作贼了。"乃还就王廙，病殁甑山。杜曾已陷入扬口，复击退朱轨各军，径趋沔口。轨等再战败死，曾势大振。幸周访屯兵沌阳，出奇制胜，大败曾兵。曾还走武当，汉沔复平。

访本为豫章太守，至是始迁南中郎将，领梁州刺史，进屯襄阳。访慨语将佐道："春秋时晋楚交兵，城濮一战，楚已败退，晋文谓得臣未死，尚有忧色。今不斩曾，祸难未已，我当与诸君再接再厉，誓诛此贼。"于是整缮兵马，再拟进击。可巧王敦以荆州相属，乐得公私两济，鼓勇直前。曾在武当，未及豫备，被访领兵突至，踊跃登城，曾众溃散。独曾狼狈出走，距城约数十里，由访部将苏温，引兵追来。曾欲逃无路，欲战无兵，只好束手就擒，牵入访营。访历数曾罪，腰斩以徇，复移军转攻第五猗。猗闻曾败没，已吓得魂胆飞扬，哪里还敢对敌？东逃西窜，结果是仍入罗网，为访所获。适王敦移镇武昌，访即将猗解往，且作书白敦，谓："猗本中朝所署，为曾所逼，应特加宽宥，不可加诛。"敦方欲杀人示威，怎肯听信周访？待猗解至，即升座叱责，置诸重辟。

时王廙已早莅荆州，滥杀陶侃将佐，士民交怨。元帝颇有所闻，征廙为散骑常侍，令访代任荆州刺史。敦以前时曾与访约，至此得朝廷委任，正好践言，倒也没有异议。偏从事郭舒语敦道："荆州虽遇寇难，现状荒敝，但究系用武要区，不可轻易假人，公宜自领为是。访既刺梁州，已足报功，倘再移荆州，恐尾大不掉，转为公忧。"敦听了舒言，竟易初志，便表达元帝，请留访仍任梁州，愿自领荆州刺史。虽由郭舒进谗所致，但主权总在王敦，敦怀私失信，咎将安辞？元帝不好驳议，只得加敦荆州牧，命访留任，但使为安南将军。访平素谦逊，不自矜功，此次也不禁动怒，贻书诋敦，敦裁笺作答，强为慰解，并馈访玉环玉碗，申明厚意。访将环、碗掷地，顾叱敦使道："我非贾竖，不爱珍宝，怎得把此物欺我哩？"敦使自去。访务农训卒，秣马厉兵，本意欲宣力中原，规复河洛。自与敦有隙，隐料敦有异志，遂壹意防敦。守宰有缺，即择心腹补任，然后奏闻。敦虽然加忌，但惮访勇略，未敢逞威。无如访已垂老，天不假年，平曾后仅阅一载，竟致病逝。

访系南安人氏，与陶侃素相友善，且结为儿女姻亲。庐江人陈训，有相人术，当访与侃卑贱时，尝语二人道："二君皆位至方岳，功名亦大略相同。但陶得上寿，周得下寿，寿有长短，事业不能不少异了。"及访病殁梁州任所，年六十一，尚小侃一岁。两人俱为刺史，适如训言。有诏赠访为征西将军，赐谥曰"壮"。另调湘州刺史甘卓继任，兼督沔北诸军事，仍镇襄阳。

卓未到时，王敦已遣从事中郎郭舒，监襄阳军。至卓已莅镇，敦乃召还郭舒，元帝征舒为右丞，敦留舒不遣，自是元帝亦未免疑敦，另引刁协、刘隗为腹心，裁抑王氏权势。就是佐命元勋王茂弘，即导表字，见前。亦渐被疏远。中书郎孔愉谓："王导忠贤，且有勋望，仍宜委任如初。"元帝竟出愉为司徒左长史。王导尚随势浮沈，没甚介意，独王敦愤愤不平，上疏陈请道：

臣从弟王导，昔蒙殊宠，委以事机，虚己求贤，竭诚奉国，遂借恩私，居辅政之重。帝王体远，事义不同，虽皇极初建，道教方阐，维新之美，犹有所阙。臣每慷慨于退远，愧愤于门宗，是以前后表疏，何尝不寄言及此。陛下未能少垂顾盼，畅臣微怀。顷导见疏外，导诚不能自量，陛下亦未免忘情。天下事大，尽理实难，导虽凡近，未有秽浊之累，既往之勋，畴昔之顾，情好绸缪，足以激厉薄俗，明君臣合德之义。昔臣亲受嘉命云："吾与卿及茂弘，当管鲍之交。"臣忝外任，渐冉十载，训诱之诲，日有所忘，至于斯命，铭之于心。窃犹眷眷，谓前恩不得一朝而尽。伏维陛下，圣哲日新，广延俊乂，临之以政，齐之以礼。顷者令导内综机密，出录尚书，杖节京都，并统六军。既为刺史，兼居重号，殊非人臣之礼。流俗好凭，必有讥谤，宜省录尚书杖节及都督。且王佐之器，当得宏达远识，高正明断，道德优备者为之。以臣暗识，未见其才。如导辅翼积年，实尽心力。自来霸王之主，何尝不任贤使能，共相终始。管仲有三归反坫之讥，子犯有临河要君之责，萧何、周勃得罪囹圄，然终为良佐。以导之才，何能无失？当令任不过分，役其所长，以功补过。若圣恩不终，则遐迩失望，天下荒弊，人心易动；物听一移，将致疑惑。臣非敢苟私亲亲，惟欲效忠于社稷耳。事阙补衮，不尽欲言。

这篇奏疏，明明是心怀怨望，挟制朝廷。使人到了建康，先至导第，取疏出示。导摇手道："此疏不便上闻，烦汝持还便了。"因将原疏封固，交与来使，缴还王敦。敦不甘罢休，仍遣人直接奏陈。元帝览到此疏，也觉介意，夜召谯王承入宫，出疏与阅，且语承道："朕待敦不为不厚，今敦要求不已，语多忿激，究宜如何处置？"承答道："陛下不早为抑损，致有今日，若再加姑息，祸患不远了。"元帝亦不免叹悔。越日，复召刘隗入商。隗请速简重臣，出镇方面，以备非常。元帝点首，适王敦表荐宣城内史沈充，代甘卓为湘州刺史，元帝不从，复召语谯王承道："王敦奸逆已著，视朕如惠皇帝，朕若不图，必蹈覆辙。湘州地居上游，形势冲要，怎得再用王敦私人，同恶相济？看来只好烦劳叔父，为朕一行。"承答说道："臣仰承诏命，唯力是视，何敢辞劳？但湘州甫遭寇乱，人物凋敝，若奉命莅镇，必及三年，方可从戎。否则时日迫促，教养两难，虽粉身亦恐无益呢。"却有先见之明。元帝竟颁下诏书，令承为湘州刺史。

承系谯王逊次子，即宣帝弟城阳亭侯进庶孙，兄随已殁，承得袭父爵，秉性忠厚，为元帝所亲信。此次出刺湘州，陛辞就道，行至武昌。撤去戎备，坦然见敦。敦不得不设宴相待，席间用言讽承道："大王系雅素佳士，恐未足为将帅才。"承知他有意诮己，便应声道："铅刀虽钝，或堪一割，公亦休得轻人。"敦付诸一笑。及宴毕散席，敦入语参军钱凤道："彼不知畏惧，漫学壮语，显见是虚憍无术，有什么能为呢？"遂听令赴镇。

阅年为太兴四年，春季天变，日中有黑子，夏仲地震，终南山忽崩，时人目为不祥。元帝益恐王敦为乱，更命尚书仆射戴渊，为征西将军，出督司兖豫并雍冀六州军事，领司州刺史，镇守合肥。丹阳尹刘隗，为镇北将军，出督青、徐、幽、平四州军事，领青州刺史，镇守淮阴。两人皆假节领兵，名为讨胡，实隐为防敦起见。且迁王导为司空，录尚书事，外尊内疏，一切机事，多不与议，但遥与刘隗密通敕奏，决定施行。隗实一庸才，元帝亦太误信。敦探悉刘隗专政，即寄书与隗，略言："足下近得圣眷，朝野共知。现今北虏未灭，中原鼎沸，敦欲与足下等，戮力王室，共静海内。事若有成，帝祚永隆，否则从此无望了。"隗复书道："鱼相忘于江湖，人相忘于道术，竭股肱之力，济以忠贞，便是区区素志，愿与公各勉将来。"敦得复书，见他言外寓意，更加忿恨。复表陈："古今忠臣，见疑君上，俱由奸臣交构所致。"这明明是指斥刘隗。元帝益生疑忌，但因筹备未固，暂加敦羽葆鼓吹，借示羁縻。

敦视刘隗、刁协等人均非己敌，惟豫州刺史祖逖，颇为所惮。逖已肃清河南，荡平群丑，方拟规画河北，逐渐进取。偏朝廷简派戴渊，来统豫州。逖因渊徒有虚名，不足共事，心甚怏怏。且闻王敦与刁、刘构隙，将致内乱，眼见是国家多难，势不能恢复中原，于是感愤成疾，日重一日。临危时，尚营缮虎牢，命诸将筑垒，工未告竣，魂已长辞。当时豫州分野，发现妖星，术士戴洋，谓祖豫州九月当死。历阳人陈训，亦谓西北当折一大将。就是逖亦知自应星象，抱病长叹道："我志平河北，乃天不佑国，偏欲杀我，我死尚有何望呢？" 长使英雄泪满襟。已而果殁，享年五十有六。豫州士女，若丧考妣。谯梁百姓，多为立祠。有诏赠逖车骑将军，令逖弟约，代领州事。约无抚驭才，士卒离心。王敦得祖逖死耗，喜出望外，遂以为天下无敌，决计发难。是时为太兴五年正月，元帝方改元永昌，颁诏大赦。那王敦发难的表文，接踵呈入，表云：

> 刘隗前在门下，邪佞谄媚，谮毁忠良，疑惑圣听，遂居权宠，挠乱天机，威福自由，中外杜口。晋魏以来，未有此比。倾尽帑藏，以自资奉，大起事役，以扰士民。臣前求迎，诸将妻息，圣恩听许，而隗绝之，使三军之士，莫不怨愤。又徐州流人，辛苦经载，家计始立，隗悉驱逼，以实己府。当陛下践阼之始，投刺王官，本以非常之庆，使豫蒙荣分，而隗使更充征役，仍依旧名，百姓哀愤，怨声盈路。臣备位宰辅，与国存亡，诚乏平勃济时之略，然自忘驽驷，志存社稷，岂可坐视成败，以亏圣美？事不获己，乃进军致讨。愿陛下深垂省察，速斩隗首，则众望餍服，皇祚复隆。隗首朝悬，诸军夕退。昔太甲不能遵明汤典，颠覆厥度，幸纳伊尹之勋，殷道复昌。汉武雄略，亦惑江充，至乃父子相屠，流血丹地，终能克悟，不失大纲。今日之事，有逾于此。忆昔陛下坐镇扬州，虚心下士，优贤任能，宽以得众。故君子尽心，小人毕力，如臣暗蔽，预奉徽猷，王业遂隆，维新克建，四海延颈，咸望太平。自从信隗以来，刑罚不中，街谈巷议，皆云如吴之将亡，闻之惶惑，精魂飞散，不觉胸臆摧破，泣血横

流。陛下当令祖宗之业，存神器之重，察臣前后所启，奈何弃忽忠言，遂信奸佞，谁不痛心？愿出臣表，谘之朝臣。介石之讥，不俟终日，令诸军早还，不至虚扰，则四海乂安，社稷永固矣。擐甲待命，无任翘企！

表文既上，遂带领水陆各兵，出发武昌。宣城内史沈充，本系王敦爪牙，还至吴兴原籍，招募徒众，起应王敦。敦至芜湖，命充为大都督，督护东吴诸军事，又上表罪状刁协，迫令加诛，建康大震。小子有诗叹道：

> 果然蜂目露豺声，藐视朝廷敢逞兵。
> 纵使刁刘难免咎，叛君毕竟是横行。

欲知元帝如何对付，下回再行说明。

先儒于段匹磾之死，多以全节许之，独本书叙述匹磾，贬过于褒，非好为此苛论也。刘琨志匡晋室，而匹磾杀之；彼固尝与琨结为昆季矣，口血未干，遽下毒手，对琨则不义，对晋即不忠。至杀琨以后，人心不附，迄为羯胡所虏，犹授石氏冠军将军之职；临难不死，徒著晋服，持晋节，自命为晋室忠臣，欺人耶？欺己耶？李陵答苏武书，有"虚死不如立节"之言，而后人鲜有为陵恕者，何于段匹磾而独嘉之也？王敦蜂目，潘滔早料其噬人；而元帝反付以重权，令督六州军事。夫当时义勇卓著，如祖逖、周访、陶侃诸人，皆可分任，乃专用一残忍无亲之王敦，虽欲不乱，得乎？况有刘隗、刁协之从中酝酿者哉！

第三十四回

镇湘中谯王举义　失石头元帝惊心

却说元帝连接逆表，已知王敦造反，不由的动起怒来，当下飞召征西大将军戴渊、镇北将军刘隗，还卫京师，一面下诏讨敦。略云：

> 王敦凭恃宠灵，敢肆狂逆，方朕太甲，欲见幽囚，是可忍也，孰不可忍？今当统率六军，以诛大逆，有杀敦者封五千户侯。朕不食言。

敦闻诏后，毫无惧色，仍决意进兵，且拣选名士，入居幕府：一是故太傅羊祜从孙羊曼；一是前咸亭侯谢鲲；一是著作佐郎郭璞。曼本为黄门侍郎，迁晋陵太守，坐事免官，敦却引为左长史。曼性嗜酒，此时为敦所邀，不便固辞，乐得借酒溷迹，多醉少醒。那谢鲲是个放浪不羁的人物，能琴善歌，家住阳夏，表字幼舆，尝为东海掾吏，因佻达无行，除名回籍。邻家高氏女有姿色，鲲屡往挑引，被该女投梭中唇，击落门齿两枚，时人作韵语讥鲲道："佻达不已，幼舆折齿。"鲲不以为羞，怡然长啸道："尚不害我啸歌，折齿亦何妨呢！"究乖名教。既而王敦辟为长史，与讨杜弢，叙功得封咸亭侯。嗣因母忧去职，至敦将作乱，仍使起复，且召入与语道："刘隗奸邪，将危社稷，我欲入清君侧，卿意以为何如？"鲲答道："隗诚足为祸首，但城狐社鼠，何足计较。"此语恰还近理。敦愤叹道：
"卿乃庸才，不达大体。"造反可谓大体吗？便令鲲为豫章太守。
鲲即日告辞，又留住不遣。及起兵东下，逼鲲同行。鲲随时通
变，却也无喜无忧。

　　惟郭璞家世河东，素长经学，好古文奇字，通阴阳算历。
尝拜隐士郭公为师，得青囊中书九卷，日夕研究，并通五行天
文卜筮诸学。惠怀时河东先乱，璞筮得凶象，避走东南，抵将
军赵固泛地。适固丧良马，璞谓能起死回生，固向璞求术，璞
答道："可用健夫二三十人，俱持长竿东行，约三十里，见有
丘林社庙，便用竿打拍，当得一物，可急持归来，医活此
马。"固如言施行，果得一物，仿佛似猴。璞令置马旁，便向
马鼻嘘吸，马一跃而起，鸣食如常，惟此物遁去，不知下落。
固大加诧异，厚给资斧。行至庐江，太守吴孟康，由建康召为
军谘祭酒，孟康不欲南渡。璞替他卜《易》，谓庐江不宜再
居。孟康疑为妄言，不甚礼璞。璞寄居逆旅，见主人有一婢，
婉娈可爱，便想出一法，取小豆三斗，分撒主人住宅旁。主人
晨出，见赤衣人数千围绕，大骇奔还。璞自言能除此怪，谓宜
贱鬻此婢，怪即立除。主人不得已从了璞言，将婢卖去。璞即
为画一符，投入井中，数千赤衣人，皆反缚入井，杳无形影。
主人大悦，厚赐璞资。其实该婢为璞所买，不过嘱人间接，至
赆仪到手，除婢价外，尚有余资，且得了一个如花似玉的美
鬟，挈领而去，途中偎玉倚香，不问可知。术士之环，往往
如此。

　　过了数旬，庐江果被寇蹂躏，村邑成墟。璞既过江，宣城
太守殷祐，引为参军，屡占屡验。寻为王导所闻，征璞为掾。
尝令卜筮，璞惊说道："公当有灾厄，速命驾四出，至数十里
外，有柏树一株，可截取至此，长如公身，置卧寝旁，灾乃可
免了。"导亟向西行，果有柏树一株，取置寝室。数日，有大

声出寝室，柏树粉碎，导独无恙。恐亦如前次撒豆成人之术，第借此以愚王导。

时元帝尚未登位，璞筮得咸、井二卦，便白王导，谓东北有武名郡县，当出铎为受命符瑞，西南有阳名郡县，井当上沸。已而武进县人，果在田中得铜铎五枚，献入建康。历阳县中井沸，经日乃止。及元帝为晋王时，又使璞占易，得豫及暌卦。璞说道："会稽当出瑞钟，上有勒铭，应在人家井泥中。爻辞谓先王作乐崇德，殷荐上帝，便是此兆。"作乐两语，见《周易》豫卜象辞。未几，由会稽剡县，在井中发现一钟，长七寸二分，口径四寸半，上有古文奇书十八字，只有"会稽岳命"四篆文，尚易辨认，余皆莫识。璞独指为灵符，元帝就此称尊。安知非郭璞隐铸此钟，藏此井内？璞尝著《江赋》，又作《南郊赋》，词皆伟丽，为元帝所叹赏，因命为著作佐郎。后来迭上数疏，无非借灾祥变异，略进箴规。

王敦闻璞能预知，致书与导，召璞一行。导遣璞往武昌，敦即令为记室参军。璞知敦必为乱，恐自己预祸，常以为忧。大将军掾陈述，表字嗣祖，素有重名，为敦所重。敦将起兵，述即病逝。璞临哭甚哀，且向枢连呼道："嗣祖嗣祖，安知非福？"璞知将来遇祸，何不设法他去？难道命已注定，不能自免吗？惟敦见朝廷无人，必能逞志，所以率兵遽发，毫不迟疑。敦兄王含，曾在建康留仕，官拜光禄勋，闻敦已至芜湖，遂溜出都门，乘舟归敦。敦曾遣使告梁州刺史甘卓，约与同反，卓佯为允诺。及敦已出兵，卓竟不赴，但使参军孙双，往阻敦行。敦惊问道："甘侯已与我有约，奈何失信？我并非觊觎社稷，不过入除凶邪。事成以后，当使甘侯作公，烦汝归报，幸勿渝盟。"双回报甘卓，卓叹道："昔陈敏作乱，我先从后违，时人讥我反复无常。我若复作此态，如何自明？越要受人唾骂了。"乃使人转告顺阳太守魏该，该答复道："该但知尽忠王室。今王公举兵内向，显是悖逆，怎得相从呢？"卓得闻该言，益不愿与敦同行。

敦又使参军桓罴至湘州，请谯王承为军司。承长叹道："我将死了！地荒民寡，势孤援绝，不死何为？但得死忠义，亦所甘心。"因拘住桓罴，即檄长沙虞悝为长史。悝适遭母丧，承亲自往吊，向悝问计道："我欲讨王敦，但兵少粮乏，且莅任不久，恩信未孚。卿兄弟系湘中豪杰，当如何教我？"悝答道："大王不以悝兄弟为鄙劣，亲临下问，悝兄弟敢不致死。但本州荒敝，实难进讨，不如收众固守，传檄四方，先分敦势，然后图敦，或尚可望捷哩。"承遂授悝为长史，悝弟望为司马，督护诸军，当即移檄远近，劝令讨逆。零陵太守尹奉、建昌太守王循、衡阳太守刘翼、春陵令易雄皆应声如响，举兵讨敦。惟湘东太守郑淡不从。淡系敦姊夫，甘心附恶，承使司马虞望讨淡，淡出拒被诛，传首四境，徇示吏民。

承复遣主簿邓骞，往说甘卓道："刘大连隗字大连。虽然骄蹇，自失民心，但与天下无甚大害。大将军王敦，蓄憾称兵，敢向北阙，忠臣义士，应当共愤。公受任方伯，奉辞伐罪，便是齐桓晋文的盛举了。"卓微笑道："桓文事非我所能，若尽力国难，乃我本心，当徐图良策。"总未免多疑少决。骞再欲进言，旁有参军李梁，为卓献议道："东汉初年，隗嚣跋扈，窦融保守河西，徐归光武，终享令名。今将军控驭上游，还可效法古人，按兵坐待。若大将军事捷，公必得方面，不捷亦可邀朝命。代大将军后任，始终不失富贵，何必出生入死，与决存亡哩？"言未毕，骞即接口驳梁道："古今异势，怎得相比？从前光武创业，中国未平，故窦融可从容观望；今将军已久事晋室，理应为国尽力。襄阳又不若河西，可以固守，假使大将军得克刘隗，还镇武昌，增石城戍卒，绝荆湘粮运，试问将军将归何处？参军将依何人呢？"梁被骞一驳，倒也哑口无言。

惟卓尚迟疑不决，留骞小住，再决行止。

骞待了两三日，未见举动，乃复见卓道："今公既不为义举，又不承大将军檄，莫非坐自待祸么？骞想公数日不决，大约恐强弱不同，未能制胜。实则大将军部曲，不过万余，至留守武昌，只得五千人。将军麾下，势且过倍，本旧日的盛名，率本府的精锐，杖节鸣鼓，效顺讨逆，何忧不克？何患不成？为将军计，当乘虚先攻武昌。武昌一下，据军实，施德惠，镇抚二州，截断大将军归路，大将军当不战自溃，怎能还与公敌？今有此机会，乃束手安坐，自待危亡，岂非不智？岂非不义？"快人快语。卓听了骞语，也觉眉动色扬，跃跃欲动。

可巧来了王敦参军乐道融，由卓召入，问明来意。道融答道："大将军催公东行，公果愿意呢，还不愿意呢？"卓半晌不答一词。道融请屏除左右，然后进白道："道融此来，实为大将军所遣，促公启程，免得后顾。但道融究是晋臣，不便专事大将军，试想人主亲临万机，自用谯王为湘州，并非专用刘隗，乃王氏擅权构衅，背恩肆恶，举兵犯阙，敢为不韪。公受国重寄，若与他同逆，便是违悖大义，生为逆臣，死作愚鬼，岂不可惜？今不若伪许出兵，却暗地驰袭武昌。逆众闻风生惧，自然溃散，公就得坐建大功了。"慷慨激昂，也是邓骞流亚。卓乃转疑为喜，起座答说道："君言正合我意，我志决了。"恐怕还是未决。乃使道融与骞同留幕下，参议军事，一面约同巴东监军柳纯，南平太守夏侯承，宜都太守谭该等，檄数敦罪，合军致讨。更遣参军司马赞、孙双，奉表入都，报明起义情形。再使参军罗英，南赴广州，邀同刺史陶侃，会师讨敦。侃便遣参军高宝，引兵北上，作为声援。

元帝加卓为镇南大将军，都督荆、梁二州军，领荆州牧，兼梁州刺史。侃为平南将军，都督交、广二州军事，兼领江州刺史。王敦闻警，却也心惊，惟令兄含，固守武昌，慎防袭

击。另拨南蛮校尉魏乂、将军李桓，率兵二万，往攻长沙。长
沙为湘州治所，城郭不完，资储又阙，单靠谯王承一腔忠义，
乘城守着，到底是不能久持。或劝承南投陶侃，或退保零桂。
零陵、桂阳。承慨然道：“我起兵时，志在死节，岂可贪生苟
免，临难即逃？事若不济，我身虽死，我心总可告无愧哩。”
遂遣司马虞望，出城交战，互有杀伤。嗣复连战数次，望中箭
而亡，全城恟惧。

邓骞闻长沙被围，请诸甘卓，乞即赴援。卓尚欲留骞，骞
一再固辞，乃使参军虞冲，偕骞同赴长沙，赍交谯王承书，
谓：“当出兵沔口，断敦归路，湘围当然可解，请暂从严守”
云云。承遣还虞冲，付与复书，略言：“江左中兴，方在草
创，不图恶逆，启自宠臣。我忝为宗室，猝受重任，不胜艰
巨，但竭愚诚。足下能卷甲速来，尚可望救，若再迟疑，唯索
我于枯鱼肆中。”这一番书辞，也算是万分迫切，偏甘卓年已
垂老，暮气甚深，当驰檄讨敦时，颇似蹈厉发扬，饶有执戈前
驱的状态，及过了数日，便即衰靡下去。想亦如今之所谓五分钟
热心者。且州郡各军，一时亦未能趋集，他便得过且过，无心
去顾及长沙了。

且说戴渊、刘隗，奉命入卫。隗先至建康，百官迎接道
左。隗首戴岸帻，腰悬佩刀，谈笑尽欢，意气自若。及入见元
帝，与刁协同陈御前，请尽诛王氏。元帝不许，隗始有惧色。
司空王导，率从弟中领军邃、左卫将军廙、侍中侃彬、及诸宗
族二十余人，每日辄诣台待罪。尚书周顗，晨起入朝，行径台
省。导呼顗表字道：“伯仁！我家百口，今当累卿。”顗并不
旁顾，昂然直入，既见元帝，却极言导忠，申救甚力。元帝颇
加采纳，且命顗侍饮畅谈。顗素嗜酒，至醉乃出。导尚守候，
又连呼伯仁。顗仍不与言，但顾语左右道：“今年当杀诸贼
奴，好取斗大黄金印，系诸肘后了。”狂态如绘，然终因此送命。

一面说，一面趋归宅中，又上表明导无罪，语甚切挚。导未知底细，还疑顗从中媒孽，暗暗切齿。会有中使出达帝命，还导朝服，导入阙谢恩，叩首陈词道："逆臣贼子，无代不有，可恨今日出自臣族。"元帝跣足下座，亲执导手道："茂弘！朕方欲寄卿重命，何烦多言。"导拜谢而起，自请讨敦。乃诏命导为前锋大都督，加戴渊骠骑将军，同掌军务；进周顗为尚书左仆射，王邃为右仆射；又使王廙往谕王敦，饬令撤兵还镇。敦怎肯从命，留廙不遣。廙为敦从弟，乐得在敦营中，希图荣利。敦即自芜湖进向石头，元帝命征虏将军周札为右将军，都督石头诸军事，另简刘隗屯守金城。复亲自披甲上马，出阅诸军，晓谕顺逆，然后还都。

敦既至石头，欲攻金城，敦将杜弘献计道："刘隗死士颇多，未易攻克，不如专捣石头，周札少恩，兵不为用，必致败覆。我得败札，隗众亦自然骇走了。"敦点首称善，即命弘为前锋，驱兵至石头城下，鼓噪攻城。城内守兵，果无斗志，多半思遁。札料不能战，竟开门纳弘。弘麾众直入，安安稳稳的据住石头。敦亦继进，登城自叹道："我今不能为盛德事了。"谢鲲在旁接入道："大将军何出此言？但使从今以后，日忘前忿，庶几君臣猜嫌，亦可日去，便无伤盛德呢。"敦默然不答。旋闻刁协、刘隗、戴渊等，率众来攻，便麾兵出战。刁、刘等本不知兵，所领军士，没甚纪律，一经对垒，统皆观望不前。那王敦部下，未曾剧战，一些儿没有劳乏，便仗着一股锐气，横冲直撞，驰突无前。自辰至午，刁、刘、戴三部将士，均已溃走，三帅也拨马奔还，再经王导、周顗及他将郭逸、虞潭，分道出御。导与顗已不相容，巴不得顗军战败，哪肯同仇敌忾？而且号令不一，行止不同，徒落得土崩瓦解，四散奔逃。郭逸、虞潭相继败走，顗亦退还，王导并不出兵，也且同声报败，愿受那丧师失律的污名。直揭王导罪状，不为曲讳。

　　败报连达宫廷，太子绍忍耐不住，拟自督将士出战，决一存亡，当下升车欲行。中庶子温峤，执辔进谏道："殿下乃国家储贰，关系至重，奈何轻冒不测，自弃天下？"绍尚欲前进，被峤抽剑断靷，然后停留。太子尚有雄心，故后来卒能诛逆。宫廷宿卫，惊慌的了不得，逃的逃、躲的躲，只有安东将军刘超及侍中二人，尚留值殿中。元帝到了此时，一筹莫展，但脱去戎衣，改著朝服，闷坐殿上，顾语刘超道："欲得我座，亦可早言，何必如此害民？"前时不肯北征，总道是可以偏安，谁知复有此日？超亦无词可劝，随声叹息。蓦闻敦纵使士卒，入掠都下，喧嚷声与啼哭声，杂沓不休。元帝乃遣使谕敦道："公若不忘本朝，便可就此息兵，共图安乐。若未肯已，朕当归老琅琊，自避贤路。"简直要拱手让人了。敦置诸不理，急得元帝没法摆布，越觉慌张。确是庸牛。

　　适刁协、刘隗狼狈入宫，俯伏座前，呜咽不止。元帝握二人手，相对涕洟，好一歇，才说出两语道："事已至此，卿二人速去避祸。"协答道："臣当守死，不敢有贰。"元帝又道："卿等在此，徒死无益，不如速行。"说着，便顾令左右，选择厩马二匹，赐与隗、协，并各给仆从数人，令他速去。二人拜别出殿，协老不堪骑，又素乏恩惠，一出都门，从人尽散，单剩他一人一骑，行至江乘，为人所杀，携首献敦。隗返至第中，挈领妻孥及亲信数百人，出都北去，竟投后赵，勒用为从事中郎，累迁至太子太傅，竟得寿终。小子有诗叹道：

　　　　无端构衅动京尘，一死犹难谢国人。
　　　　况复逃生甘事虏，叛君误国罪维钧。

　　究竟元帝能否免祸，且至下回再详。

　　谯王承与甘卓，皆不附王敦，传檄讨逆，迹似相同，而心术不同。承甫莅长沙，兵单粮寡，加以乱离之后，城郭不完，自知不能御侮，而桓黑一至，即置狱中，毅然决然，不少迟疑，彼固舍生取义，而置利害于不顾者。卓则多疑少决，临事迟疑，论者谓其年老气衰，以至于此，实则畏死之见，与生俱来。当陈敏为逆时，甘心被胁，甚且冒充太弟，摇惑人心，设非畏死，何至昏愦若此？故谯王承之忠，乃为真忠，甘卓非其伦也。刁协、刘隗，智不足以驭人，勇不足以却病，构衅有余，救乱不足。王敦一发，即陷石头，仓猝抵御，狼狈败还。刁协尚有守死不贰之言，而隗则不发一语，即挈妻孥而远遁。谁为首祸，乃置天子于不顾，竟藉虏廷以求活耶？元帝不察，尚以为忠，纵使避祸，此江左之所以终慨式微也。

第三十五回

逆贼横行廷臣受戮　皇灵失驭嗣子承宗

却说刁协走死，刘隗奔往后赵。王敦并非不闻，本亲君侧
已清，理应入朝谢罪，收兵还镇，但敦是个蜂目豺声的忍人，
既已起事，怎肯就此罢休？当下据住石头，按兵不朝，明明是
胁迫元帝，志在横行。元帝无法抵制，只得令公卿百官，统往
石头，劝令罢兵。敦盛气相见，不待百官开口，便先问戴渊
道："前日交战，君尚有余力否？"渊听了此语，暗暗吃惊，
勉强接口道："怎敢有余，但苦不足。"敦又问道："我今为此
事，天下以为何如？"渊答道："但论形迹，未免指公为逆；
若体诚心，应该谅公为忠。"*模棱语恐不足欺奸。*敦冷笑道："卿
也好算是能言了。"又顾周顗道："伯仁！汝未免负我。"顗抗
声道："公兴兵犯顺，下官亲率六军，不能尽职，终致王师挫
败，这原是有负公心呢。"敦被顗讥嘲，倒也无词可答，但召
入王导，屏人与语道："老弟不用我言，险些儿灭族了。"导
答道："兄亦太觉孟浪，今日侥幸得志，还是祖宗的荫庇，得
休便休，幸勿太过。"敦掀髯道："弟为何这般胆小？刁、刘
余党，尚列朝廷，还须除去数人。且主子由我等推戴，怎得疑
忌我家？就使主位不移，也当有一番改革，方免后忧。"导又
道："但教朝廷悔祸，不再加忌，我兄弟长得安全，也好趁此
罢手了。"*可见导当时心术。*敦尚是摇首，导乃退出。原来元帝
即位时，敦忌帝年长，意欲另立幼君，以便专政，独导不肯依

敦，所以敦有此云云。

导出与百官商议一番，还白元帝。百官承导意旨，当然不敢斥敦，但请元帝颁发赦书，并加王敦官爵，饬令退兵。元帝无可如何，只得下诏大赦。进王敦为丞相，都督中外诸军，录尚书事，封武昌郡公，领江州牧。使太常荀崧赍册诣敦，敦语荀崧道："我此来不望升官，唯欲为国家除患，一切封爵，我不愿受，烦卿缴还便了。"*实是无君，非特伪让而已。*崧申劝数语，敦终不听，乃辞归复命。敦又召集百官，议废太子，呼中庶子温峤至前，厉声诘问道："太子有何德望？卿侍东宫，理应深知。古人有言：'事父母几谏。'主上有过，不闻太子谏阻，难道尚得称孝么？"峤从容答道："钩深致远，非浅见所能窥，据峤看来，太子实是贤孝，就是公来辇下，亦未闻东宫抗议，贻误国家，怎见他不从中几谏哩？"大众亦随声附和，齐称太子有道。说得敦无可辩驳，不得不自发自收，含糊过去。百官乃复还朝。

元帝召周顗入见，蹙然与语道："近日大事，二宫无恙，诸人平安，大将军果得副民望么？"顗答道："二宫原如明谕，臣等生死，尚未可知。"元帝不禁长叹。顗退至朝堂，护军长史郝嘏等，与顗相遇，都劝顗暂避凶锋。顗奋袂道："我备位大臣，坐睹朝廷丧败，已足增羞，岂尚可草间求活，外投胡越么？"郝嘏等乃不便再劝，各叹息而去。果然不到数天，即致发作，首恶是王敦参军吕猗，从恶是王敦堂弟王导。*书法严刻。*吕猗尝为台郎，性好谄谀，为周顗、戴渊所嫉，此时出为敦助、竟乘隙白敦道："顗与渊俱负重名，今日不除，必为公患。"敦本忌二人才望，一闻猗言，遂起杀心。适值王导复入，便顾问道："周、戴望重南北，果应登列三司否？"导默然不答。敦又道："若不应列三司，止可使为令仆么？"导又不答。敦复张目道："既不应列三司，又不应为令仆，看来只好杀却了。"导仍然不答。三问三不答，无非不满周、戴。敦即遣部将邓岳，率兵往捕周𫖮、戴渊。

敦复召谢鲲入问道："近日都下人士，有无异议？"鲲应声道："物议悠悠，原不足计，但公尝谓朝臣重望，莫如周、戴，诚使大用二人，群情自然帖服了。"敦动怒道："君真粗疏，不达时事，二人怎可大用？我已遣人收捕了。"鲲不禁骇愕，再欲进言，旁有参军王峤，向敦谏阻道："济济多士，文王以宁，想公定知此语，奈何捕戮名士？"敦怒上加怒，竟欲杀峤。鲲亟进谏道："公举大事，不妄戮一人。峤不过纾言忤意，便欲把他衅鼓，也未免过甚了。"敦乃释峤不诛，惟黜峤为领军长史。周𫖮被收，道经太庙，向庙大呼道："贼臣王敦，倾覆社稷，枉杀忠臣，神祇有灵，应速诛殛，并使漏网。"说至此，被兵士用戟刺口，血流至踵，仍不改形。道旁行人，俱为流涕。至石头城南门外，正值戴渊亦被绑前来。渊已面无人色，𫖮仍容止自若，引颈就刑。𫖮被害后，渊首亦相随落地。同是一死，勇怯悬殊，泰山鸿毛，所以有别。

元帝又使王彬劳敦，慰劳他做甚？难道他能杀大臣么？彬素与𫖮善，先往哭𫖮，然后见敦。敦见他面目凄惨，尚有泪痕，便问为何事？彬直说道："见伯仁尸首，不禁凄惨，所以下泪。"敦愤然道："伯仁自寻死路，死何足惜！汝与他有什么情谊，反去哭他？"彬答道："满朝大臣，如伯仁忠直，实不多得。况朝廷新下赦诏，伯仁本无大罪，无故遭此酷刑，怎得不悲？怎得不哭？"敦又道："汝莫非病疯么？"彬不禁瞋目道："如兄抗旌犯顺，杀害忠良，谋为不轨，如此过去，恐祸及全家了。"说着，词气慷慨，声泪俱下。敦攘臂起诉道："汝这般无礼，狂悖已极，难道我不能杀汝么？"这数语声达帐外。王导闻知，抢步趋入，忙为排解，且劝彬向敦拜谢。彬直答道："脚痛不能拜。况彬并未尝得罪，何必致谢。"敦狞视道："脚痛比颈痛，究竟是何种利害？"彬仍无惧容，仍不肯拜。导恐他再起冲突，即扯彬同出，导有愧彬多矣。敦乃不复追究。后来导入检中书故事，方见颙上表救己，执表流涕道："我虽不杀伯仁，伯仁由我而杀，幽冥中负此良友了。"死骨已朽，追悔何益？

且说王敦既杀死周颙、戴渊，仍未罢兵。敦将沈充陷入吴郡，吴国内史张茂被杀。此时镇南大将军甘卓，但出屯睹口，逗留不进。卓兄子印，曾为敦参军，敦先遣印归卓，嘱令传语道："君兴师相抗，自守臣节，我也不敢怪君。但我为身家起见，不得不然，事平便当归镇，君亦可返旆襄阳，彼此再结旧好，往事不必重提了。"甘卓本来是没甚主意，见印得归来，已喜出望外，且闻敦有意修好，乐得观望徘徊，在途观变。既而敦又遣台使赍骈虞幡，晋朝有白虎、骈虞二幡。白虎是催军，骈虞是解斗。令卓退兵。卓问明台使，得周、戴二人死状，乃流涕语印道："我正恐王敦得志，必害忠良，尚幸圣上元吉，太子无恙。我据敦上流，想敦未必敢遽危社稷，我若进夺武昌，敦无路可归，必劫持天子，越加猖獗。今不如还守襄阳，再作后图罢了。"便下令军中，拔营退回。都尉秦康，邀同乐道融，道融见前回。相偕进谏道："将军奈何还兵？试想将军仗义东行，无非为讨逆起见，逆敦不除，有进无退，今正当分兵，堵截彭泽，使敦上下不得相救，众自离散，敦势既孤，一战可擒。若就此中止，转失人望。况将军麾下，士卒多思除逆立功，博取富贵，乃索然退回，恐反将嫁祸将军，将军尚能安然西还么？"苦口危言，难救膏肓沈痼。卓不肯从。道融复连番泣谏，仍不见听，竟致忧愤而殁。卓竟引兵退入襄阳去了。

王敦闻甘卓还军，当然心慰。令西阳王羕为太宰，王导为尚书令，王廙为荆州刺史，擅易百官及各处镇将，转徙黜免，数以百计。乃拟率兵西还武昌，谢鲲进言道："公入都以来，累日不朝，所以功业虽成，众心未服。今若入朝天子，使君臣两释猜嫌，尚有何人不服呢？"敦沈吟道："我若入朝，能保无他变吗？"鲲答道："鲲近日入觐，主上正侧席待公，宫省穆然，必无他虞。若防有他变，鲲愿侍从。"敦勃然道："君等屡来饶舌，我若杀君等数百人，也没有什么害处。"一味蛮横。鲲见他声色俱厉，料难再谏，因即告退，未几病殁。敦始终不朝，自思布置已妥，便即启行，径还武昌。

　　南蛮校尉魏义等，为敦所遣，围攻湘州。见前回。谯王承婴城拒守，已将匝月。宜都内史周级，曾密遣兄子该入长沙，向承投书，约为援应。该留住围城，见承危急，自请出外求援。承乃缒该出城，复命从事周崎，与该俱出。冤家巧着对头，竟被义军阻住，擒送义营。义升座语崎道："汝尚望活否？"崎答道："生死由公，要死就死。"义又道："汝若肯从我言，不但得活，并且加赏。"崎问为何语？义说道："今令汝至城下，传语守卒，但言大将军已克建康，甘卓退还襄阳，外援阻绝，不如出降为是。"崎即允诺，径往城下，朗声大呼道："我不幸为贼所获，恐城中未知消息，故来相报。各处援兵，便可到来，请诸君努力坚守便了。"义闻崎易词传报，不禁大怒，立命军士牵回，把崎杀死。一面严刑讯该，问他何故到此。该诡词作答，甚至掠死，终不肯稍吐真情，乃父周级，才得免祸。是忠臣，是孝子。

　　义等奋力攻城，连日不已。嗣又由王敦递到台臣书疏，令义射入城中。守兵知建康失守，莫不怅惋，但尚誓死守着，各无贰心。有时潜兵出扰，杀获义军多名。相持至百余日，粮食已尽，士卒多死。衡阳太守刘翼，又复阵亡，于是支持不住，为义所陷。谯王承尚率领残兵，巷战多时，害得械尽力穷，相继被执。长史虞悝，骂义助逆不忠，义先令斩首。悝子弟俱对悝号泣，悝慨然道："人生总有一死，今阖门为忠义鬼。死得留名，尚有何恨？"遂伸颈受刑。子弟亦多被杀害。义用槛车载承，及舂陵令易雄、解送武昌。佐吏统皆逃散，惟主簿桓雄、西曹书佐韩阶、从事武延易服改装，扮作家僮模样，随承同行，不离左右。义见桓容止不凡，料非常人，将他杀毙。阶与延仍无惧容，依然随着。途次遇着荆州刺史王廙，是密承王敦意旨，来杀谯王承。承便即被害，年五十有九。为司马氏中之佼佼者。阶、延两人，收尸棺殓，送入都中，安葬乃去。

惟易雄拘入武昌，意气慷慨，绝不少屈。王敦取出湘中原檄，遣人示雄道："小小邑令，檄中乃敢署名？"雄答道："确有此事，可惜雄位卑力弱，不能救国。今日战败被执，死也甘心。"敦因他义正词严，不便明戮，暂令释缚，使就客舍。大众以雄复更生，相率道贺。雄微笑道："我不过暂活数天，怎得再生？"果然不到数日，由敦潜遣心腹，害死易雄。惟长沙主簿邓骞，遁归故里，魏义屡遣人搜索，里人皆为骞寒心。骞笑道："这有何怕？我料他不欲杀我，反将用我。他新得湘州，多杀忠良，自知不满众口，所以求我出见，畀我一官，聊塞人望呢。"说毕，径赴长沙见义。义果称为古时解扬，命为别驾。解扬，春秋时晋人。既而托疾引归。

晋廷调陶侃为湘州刺史，王敦不欲侃赴湘，贻书止侃。侃闻敦势力尚盛，且按兵养晦，并将前时所遣的参军高宝，亦召还广州，徐作计较。独甘卓引还襄阳，竟变易常度，性情粗暴，举动失常，常对镜自照，不见头颅，顾视庭树，仿佛头在树上，越加惊疑。全是怕死的心肠，激动出来。府舍中金柜忽鸣，声重似槌，召巫入卜。巫言金柜将离，所以悲鸣。主簿何无忌及家人子弟，皆劝卓随时戒备。卓闻谏辄怒，呵叱交加，复遣散兵众，令他务农，毫不加防。襄阳太守周虑，得敦密书，嘱使图卓。虑遂想了一计，诈称湖中多鱼，劝卓遣发左右，向湖捕取。卓为虑所绐，即令帐下亲卒，都往捕鱼。到了夜间，正要就寝，忽听外面有人马声，非常喧嚷，惊出探视。适值周虑带兵进来，正要诘问，已被虑拔出佩刀，兜头劈下。卓将头一闪，刀中肩上，流血倒地；再复一刀，结果性命。卓有四子，俱为所杀。虑即枭卓首级，送与王敦。畏死者亦难免一死么！敦心下大喜，便命从事中郎周抚，往督沔北诸军事，代抚镇守襄阳。抚为故梁州刺史周访长子，得袭父荫，任官武昌太守。他与父志趣不同，甘心助敦，得敦亲信，所以特加委任。虎父生犬子。

敦既得志，骄倨益甚，四方贡献，多入府中。将相岳牧，皆出门下。用沈充、钱凤为谋主，诸葛瑶、邓岳、周抚、李桓、谢雍为爪牙。充等皆凶险残暴，大起营府，侵人里宅，剽掠市道。百姓互相咒诅，但祝王敦早亡。敦尚作福作威，自领宁、益二州都督，好象没有君主一般。会荆州刺史王廙病死，敦并不奏闻，即令卫将军王含，代刺荆州，都督沔南诸军事。又使下邳内史王邃，都督青、徐、幽、平四州军事，镇守淮阴。武昌太守王谅，为交州刺史，且令谅诱杀交州刺史修湛。朝廷毫无主权，长江上下游，全然是王敦的势力圈。余如淮北河南，屡受后赵寇锋。泰山太守徐龛，忽叛忽降，结果为石虎所破，龛被擒斩。兖州刺史郗鉴，退保合肥，徐州刺史卞敦，亦退保盱眙。石虎复进陷青州，别将石瞻，又攻取东莞、东海。河南为后赵将石生所攻。司州刺史李矩、颍川太守郭默，屡战屡败，转向赵主刘曜处乞援。曜出击石生，大败奔还。敦默南奔建康，李矩亦率众南归，病殁道中。豫州刺史祖约，自谯城退守寿春，陈留被陷。嗣是司、豫、青、徐、兖诸州，均被后赵夺去。总括一句，简而不漏。

元帝内迫叛臣，外逼强寇，名为江左天子，几乎号令不出国门。累日穷愁，无可告语，遂致忧郁成疾，卧床不起。自思内外重臣，只有司徒荀组，尚是老成宿望，因迁官太尉，兼领太子太保，意欲使他主持朝事，遥制王敦。偏纽年已六十有五，未曾入拜，便即谢世。元帝很是悲叹，索性将司徒、丞相二职，暂从罢撤，不再补官。好容易过了数宵，元帝病势加剧，遂致弥留，不得已召入司空王导，嘱授遗诏，令辅太子绍即位。是夕驾崩。总计元帝在位五年，改元二次，享年四十七岁。

元帝生平无甚设施，只有节俭一端，尚传后世。有司尝奏太极殿广室，应施绛帐。有诏令冬施青布，夏施青练。宫中将册封贵人，侍从请购金雀钗，又奉诏不许；所幸郑夫人，衣无文采，但着练裳；从母弟虞，筑屋过制，尝流涕谕禁，终使改作。所以轻赋薄税，民无怨声。可惜自治有余，治人不足，终致魁柄下移，豺狼当道，含羞忍垢，饮恨终身，这也是可怜可叹呢。评论精确。

太子绍受遗即位，是谓明帝，循例大赦，尊生母荀氏为建安郡君，别立第宅，颐养慈颜。是时已为永昌元年腊月，未几即腊尽春来。元日因梓宫在殡，不受朝贺，年号尚沿称永昌。再阅一月，始奉梓宫，葬建平陵，庙号“中宗”，尊谥“元帝”。明帝送葬尽哀，徒跣至陵所，亲视封墓，然后还宫。又阅月，方改元太宁，立妃庾氏为皇后，后兄亮为中书监。命特进华恒为骠骑将军，都督石头水陆诸军事。

兖州刺史郗鉴，为安西将军，都督扬州江西诸军事。这两处镇将，是由明帝特别简任，明明是防备王敦，阴令扼守。如弈棋然，先下暗着，以此知明帝不凡。敦也知明帝谋略，密谋篡逆，特上表称贺，且讽朝廷征己入朝。明帝将计就计，即下手诏，召敦诣阙，且加敦黄钺班剑，奏事不名，入朝不趋，剑履上殿。敦托辞入觐，引兵至姑孰，屯驻湖县，仍然不进。请迁王导为司徒，自领扬州牧，部署军士，拟将犯阙。侍中王彬，系敦从弟，再四谏阻。敦面色遽变，顾视左右，意欲收彬。彬正色道："君前时害兄，今又欲杀弟么？"原来彬从兄豫章太守王棱，曾为敦所害，所以彬有是言。敦听了彬语，也觉不忍，乃出彬为豫章太守。复因郗鉴督领扬州江西，诸多牵掣，乃表请授鉴尚书令，使他入辅。明帝也即准议，鉴闻命入都，道过姑孰，与敦相见，自述志趣，语多激昂。敦留鉴不遣，继思鉴为名士，不应加害，乃许令东行。鉴至建康，遂与明帝谋讨王敦，明帝方得着一个心腹士了。小子有诗咏道：

> 君明还要仗臣忠，一德同心始立功。
> 莫道茂弘堪寄命，赤心到底让郗公。

究竟王敦曾否行逆，明帝能否致讨，一切详情，容至下回表明。

　　元帝实一庸主，毫无远略。始则纵容王敦，使据长江上下游；继则信任刁协、刘隗，疑忌王敦，激之使叛。而外无可恃之将，内无可倚之相，孤注一掷，坐致神京失守，受制贼臣。刁协死，刘隗遁，周顗、戴渊，又复被戮，其不为敦所篡弑者，亦几希矣。谯王承之与城俱亡，最称忠节。甘卓误承，周虑绐卓，卓畏死而终死，甚至四子骈戮，且何若用乐道融言，断彭泽，据武昌，或得建功立业，不幸败死，犹不失为忠义鬼。百世而下，以卓视承，其相去为何如耶？元帝忧愤成疾，中年崩殂，犹幸付托得人，不致亡国，此专制之朝，所以不能无赖于君主也。

第三十六回

扶钱凤即席用谋　遣王含出兵犯顺

却说明帝谋讨王敦，虽与郗鉴定有密谋，究竟事关重大，王室孤危，未便仓猝从事。那王敦谋逆的心思，日甚一日。敦有从子允之，年方总角，性甚聪警，为敦所爱。一夕，侍敦夜饮，稍带酒意，便辞醉先寝。敦尚未辍席，与钱凤等商议逆谋，均为允之所闻。允之恐敦多疑，就用指控喉，吐出许多宿食，累得衣面俱污，还是闭眼睡着，伪作鼾声。童子能用诈谋，却也非凡。及敦既散席，果然取烛入焗，见允之寝处污秽，尚自熟睡，不由的呼了数声。允之明明醒着，却假意将身转侧，仍然睡去。敦置不复顾，自去安寝，才不疑及允之。允之自喜得计，睡至天明，方整理被褥，不消细叙。既而允之父王舒，得拜廷尉，允之即求归省父，得敦允许，便赴建康，急将敦、凤秘谋，详告乃父。舒与王导入白明帝，阴为戒备。敦还道逆谋未泄，但欲分树宗族，陵弱帝室，因请徙王含为征东将军，都督扬州江西诸军事，王彬为江州刺史。这三人中，只有含为敦兄，同恶相济，舒、彬虽为敦从弟，却未甘助逆，所以明帝尽从敦请，一并迁调。

会稽内史周札，前在石头城时，尝开门纳敦军，见三十四回。敦迭加荐擢，迁右将军，会稽内史，封东迁县侯。札兄子懋，为晋陵太守，封清流亭侯；懋弟筵，为征虏将军，兼吴兴内史；筵弟赞，为大将军从事中郎，封武康县侯，赞弟缙，为太子文学；封都乡侯。还有札次兄子飚，亦得为临淮太守，封乌程公。一门五侯，贵盛无比。及筵丁母忧，送葬达千人，因此反为王敦所忌。敦适有疾，钱凤劝敦早除周氏，敦也以为然，迁延未发。周顗弟嵩，由敦引为从事中郎，每忆兄无故遭殃，心常愤愤。敦无子嗣，便养王含子应为继子，并令统兵。嵩为王应嫂父，因私怨王敦，遂谓应难主军事。敦闻嵩言，不免疑嵩。时有道士李脱，妖言惑众，自称八百岁，号为"李八百"。由中州至建业，挟术疗病，得人信事。有徒李弘，转趋灊山，煽惑更甚，诡言应谶当王。敦遂乘隙设谋，唆使庐江太守李恒，上表建康，谓："李脱谋反，勾通周札等人，请即捕脱正法"云云。晋廷接到此表，饬吏捕脱，讯得种种妖言，即将脱枭斩都市。敦得脱死信，一面遣人至灊山，收诛李弘；一面就营中杀死周筵，并把周嵩也连坐在内，说他与筵串同一气，潜通周札，故一概就戮。

　　嵩为故安东将军周濬次子，与兄顗，俱为濬妾所生。濬妾李氏，名叫络秀，系汝南人。濬为安东将军时，尝出猎遇雨，避止李家。李氏父兄，均皆外出，独络秀在室，宰牲备饭，款待濬等。濬左右约数十人，均得饱餐。且闻内室寂静刁常，并无忙乱形状，不由的惊诧起来，暗地窥望，只有一女一婢，女容甚是秀美，濬因即生心，既回府舍，便令人赍给金帛，往酬李氏，并求李女为妾。李氏父兄，颇有难色。络秀道："门户寒微，何惜一女，若得连姻贵族，将来总有益处。否则得罪军门，恐反因此惹祸哩。"此女有识，并非情急求婚。父兄听了，也觉女言有理，不得已遣女归濬。濬当然宠爱，迭生三子，长即顗，次即嵩，又次名谟。顗等年长，濬已去世，络秀顾语诸子道："我屈节为妾，无非为门户起见。汝家仍不与我家相亲，我亦何惜余生，愿随汝父同逝罢。"顗等惶恐受教，乃与李氏相往来。晋代最重门阀，自周、李联为姻戚，李氏始得列入望族，免人奚落，及颛等并作显官，母亦得受封。会逢冬至令节，母子团圞聚宴，络秀因举觞相庆道："我家避难南来，尝恐无处托足。今汝等并贵，列我目前，我从此可无忧了。"嵩起语道："恐将来难如母意。伯仁志大才短，名高识闇，好乘人敝，未足自全。嵩性抗直，亦为世所难容，惟阿奴碌碌，当得终养我母呢。"阿奴就是谟小字。络秀闻言，未免不欢，哪知后来果如嵩言，只有谟得免戮，送母归灵，官至侍中中护军乃终。络秀入《列女传》，故随笔补叙，惟嵩既有自知之明，仍难免祸，弊在不学耳。

且说王敦既枉杀周嵩、周筵，复遣参军贺鸾，往诣沈充，向充拨兵，执杀周札诸兄子，进袭会稽。札未尝预防，仓猝被兵，但率麾下数百人，出城拒战，兵散被杀。札贪财渔色，专务刻啬，库中本储有精仗，及贺鸾兵至，左右请拨仗给兵，札尚靳惜，但将敝械出给，所以士卒离心，终至夷戮。札曾附逆，不死何为？

是时已为太宁二年，敦病尚未愈，延至夏季，病且加重，矫诏拜养子应为武卫将军，兄含为骠骑大将军，开府仪同三司。钱凤入省敦疾，乘便问敦道："倘有不讳，便当将后事付应么？"敦唏嘘道："应尚年少，怎能当此大事？我果不起，只有三计可行。"凤复问及三计，敦说道："我死以后，即释兵散众，归事朝廷，保全门户，最为上计。若退还武昌，敛兵自守，贡献不废，便是中计。及我尚存，悉众东下。万一侥幸，得入京都；不幸失败，身死族灭，这就是下计了。"凤应命退出，召语同党道："如公下计，实为上策，我等就此照行罢。"呜呼罢了。遂致书沈充，约同起兵，再犯建康。

中书令温峤，前遭敦忌，由敦表请为左司马。峤竟诣敦所，佯为勤敬，尝进密谋，从敦所欲，厚结钱凤，誉不绝口。凤字世仪，峤与同僚谈及，必称钱世仪精神满腹。凤得峤赞扬，喜欢的了不得，遂与峤为莫逆交。可巧丹阳尹缺人，尚未补允，峤向敦启闻道："京尹责任重大，地扼咽喉，公宜急荐良才，免得朝廷用人，致有后悔。"敦答道："卿言诚是，但何人可补此缺？"峤说道："莫如钱凤。"敦召凤与语，凤情愿让峤，峤一再推辞，凤推峤愈坚，敦遂表峤为丹阳尹，使觇伺朝廷。有诏召峤莅镇。峤本意是欲得丹阳，可以入依帝阙，设法图敦，所谋既遂，即向敦告辞。敦力疾起床，为峤钱行。凤亦列席。峤恐自己去后，为凤所觉，或致遣人追还，因且饮且思，蓦得一计，便假作醉态，向凤斟酒，迫令速饮。凤略觉迟慢，峤即用手版击堕凤帻，且作色道："钱凤何人？温太真行酒，乃敢不速饮么？"凤亦觉变色。敦见峤已醉，忙出言劝解，始无争言。至撤饮后，峤与敦话别，涕泗横流，既出复入，如是三次，方上马径去。凤入语敦道："峤与庾亮有旧交，心在晋室，恐此去未必可恃。"敦冷笑道："太真饮醉，稍加声色，汝怎得便来相谗？"观此可见温峤用计之妙。凤碰了一鼻子灰，默然退去。

过了数日，接得建康探报，谓峤入建康，即与庾亮日夕密商，共图姑孰。敦勃然道："我乃为小物所欺，可恨可恨！"随即致书王导，略言："太真别来几日，胆敢负我，我当募人生致太真，亲拔舌根，方泄我恨。"导此时已不愿附敦，置诸不理。峤与庾亮等定议讨敦，并有郗鉴为助，相偕入奏。明帝已有动机，再问光禄勋应詹，詹亦赞同众议，乃决意兴师。但究竟敦军情形，尚未详察，意欲亲往一窥、验明虚实，遂自乘巴滇骏马，微服出都，随身只带得一二人，直至湖阴，察敦营垒。敦正昼寝，梦见旭日绕城，红光炎炎，顿时惊寤。适帐外有侦骑入报，说有数人窥营，内有一人状甚英武，想非常侣。敦不禁跃起道："这定是黄须鲜卑奴，来探虚实，快快追去，毋使逃脱。"帐下将士，即有五人应声，控骑出追。

看官道黄须鲜卑奴，是何出典？原是明帝生母荀氏，系代郡人，明帝状类外家，须色颇黄，故敦呼为黄须奴。追兵出发，明帝已经驰去，马有遗粪，用水浇沃。道旁有老妪卖饼，由明帝购得数枚，赠以七宝鞭，并语老妪道："后有骑兵追来，可取鞭出示。"说着即行。俄而追骑至卖饼处，问及老妪，老妪即取示七宝鞭。谓："客已去远，恐难追及。"追骑互相把玩，遂致稽迟，且见马粪已冷，料不可及，乃拨马还营，明帝始得安然还宫。虽是胆略过人，但亦太觉冒险。越宿临朝，遂加司徒王导为大都督，领扬州刺史；丹阳尹温峤，为中垒将军，与右将军卞敦，共守石头城。光禄勋应詹，为护军将军，都督前锋及朱雀桥南诸军事。尚书令郗鉴，行卫将军，都督从驾诸军事。中书监庾亮，领左卫将军。尚书卞壸，行中军将军。导等俱皆受职，惟郗鉴谓徒加军号，无益事实，固辞不受，但请征召外镇，入卫京师。乃下诏征徐州刺史王邃、豫州刺史祖约、兖州刺史刘遐、临淮太守苏峻、广陵太守陶瞻等，即日入卫。一面拟传诏罪敦。王导闻敦已病笃，谓："不如诈称敦死，嫁罪钱凤，方足振作士气，免生畏心。"总不免掩耳盗铃。乃率子弟为敦举哀，并令尚书颁诏讨罪，大略说是：

> 先帝以圣德应运，创业江东。司徒导首居心膂，以道翼赞，故大将军敦参处股肱，或内或外，夹辅之勋，与有力焉。阶缘际会，遂据上宰，杖节专征，委以五州。刁协、刘隗，立朝不允，敦抗义致讨，情希骥騄。骥騄兵谏，见春秋列国时。兵虽犯顺，犹嘉乃诚。礼秩优崇，人臣无贰。事解之后，劫掠城邑，放恣兵人，侵及宫省，背违赦诏，诛戮大臣，纵凶极逆，不朝而退。六合阻心，人情同愤。先帝含垢忍耻，容而不责，委任如旧，礼秩有加。朕以不天，寻丁酷罚，茕茕在疚，哀悼靡寄。而敦曾

无臣子追远之诚，又无辅孤同奖之操，缮甲聚兵，盛夏未至，辄以天官假授私属，将以威胁朝廷，倾危宗社。朕愍其狂戾，冀其觉悟，故且含隐、以观其后。而敦矜其不义之强，仍有侮辱朝廷之志，弃亲用疏，背贤任恶。钱凤竖子，专为谋主，逞其凶慝，诬罔忠良。周嵩亮直，谠言致祸。周札、周筵，累世忠义，札尝附逆，安得为忠？吁受谗构，残夷其宗。秦人之酷，刑不过五。敦之诛戮，滥及无辜，灭人之族，莫知其罪。天下骇心，道路以目。神怒人怨，笃疾所婴。昏荒悖逆，日以滋甚，乃立兄息以自承代。从古未有宰相继体，而不由王命者也。顽兄相奖，无所顾忌，擅录冶工，私割运漕，志骋凶丑，以窥神器。社稷之危，匪旦则夕。天不长奸，敦以陨毙，凤承凶宄，弥复煽逆，是可忍也，孰不可忍？今遣司徒导、丹阳尹峤等，武旅三万，十道并进；平西将军邃、即王邃。兖州刺史遐、奋武将军峻、即苏峻。奋威将军瞻，即陶瞻。精锐三万，水陆齐势。朕亲御六军，率同左卫将军亮、护军将军詹、中军将军壶、骠骑将军南顿王宗、镇军将军汝南王祐、太宰西阳王羕等，被练三千，组甲三万，总统诸军，讨凤之罪。豺狼当道，安问狐狸？罪止一人，朕不滥刑。有能诛凤送首者，封五千户侯，赏布五千匹。冠军将军邓岳，志气平厚，识明邪正。前将军周抚，质性详简，义诚素著。功臣之胄，情义兼常，往年从敦，情节不展，畏逼首领，不得相违，论其乃心，无贰王室。朕嘉其诚，方欲任之以事。其余文武，为敦所授用者，一无所问。刺史二千石，不得辄离所职，书到奉承，自求多福，无或猜嫌以取诛灭。敦之将士，从敦弥年，怨旷日久。或父母陨殁，或妻子丧亡，不得奔赴，衔哀从役，朕甚愍之，希不凄怆。其单丁在军，皆遣归家，终身不调。其余皆给假三

年，休讫还台，当与宿卫同例三番。明承诏书，朕不
负信。

这诏传到姑孰，为敦所见，非常懊恼，但当久病似后，忽
又惹动一片怒意，转至病上加病，不能支持。惟心中总不肯干
休，即欲入犯京师，便召记室郭璞筮《易》，决一休咎。璞筮
《易》毕，直言无成。敦含怒问道："卿可更占我寿，可得几
何？"璞答道："不必再卜，即如前卦，已明示吉凶。公若起
事，祸在旦夕。唯退往武昌，寿不可测。"敦大怒道："卿寿
尚得几何？"璞又道："今日午刻，命已当终。"敦即命左右拘
璞，牵出处斩。璞既出府，顾语役吏道："当至何处？"役吏
答称南岗头。璞言："我命当尽双柏树下。"及抵南岗，果有
柏树并立。璞又道："此树应有大鹊巢。"役吏偏索不得。璞
再令细觅，枝上果得一大鹊巢；为叶所蔽，故一时不得相见。
先是璞经越城间，遇一人，呼璞姓名。璞即赠以裤褶，辞不肯
受。璞语道："尽可受得，不必多谦，将来自有分晓哩。"于
是领受而去。及遇害时，便是此人行刑，感念璞惠，替璞棺
殓，埋葬岗侧。后璞子骜，为临贺太守，才得改葬。璞撰卜筮
书甚多，又注释《尔雅》、《山海经》、《穆天子传》、《三仓方
言》及《楚辞》、《子虚上林赋》，约数十万言，均得流传后
世，死时四十九岁。及王敦平后，得追赠弘农太守。好艺者多
以艺死，郭景纯便是前鉴。

敦既杀璞，即使钱凤、邓岳、周抚等，率众三万，东指京
师。敦兄含语敦道："这是家事，我当自行。"乃复使含为元
帅。钱凤临行，向敦启问道："事若得克，如何处置天子？"
敦瞋目道："尚未南郊，算什么天子？但教保护东海王及裴
妃，此外尽卿兵力，无庸多顾了。"裴妃即东海王越妻，已见前
文，但不知王敦何意，乃命保护？凤领命即发，王含亦随后东行。

敦又遣人上表，以诛奸臣温峤等为名，明帝当然不睬。孟秋朔日，王含等水陆五万，掩至江宁西岸，人情惶惧。温峤移军水北，烧断朱雀桥，阻住叛兵。含等不得渡，但在桥南列营。明帝欲亲自往击，闻桥梁毁断，不禁动怒，召峤入问。峤答道："今宿卫单弱，征兵未集，若被贼突入，危及社稷，宗庙尚恐不保，何爱一桥梁呢？"明帝方才无言。王导作书致含，劝令退兵，书云：

近闻大将军困笃，或云已至不讳，惨怛之情，不能自已。寻知钱凤首祸，欲肆奸逆，朝士忿愤，莫不扼腕。窃谓兄备受国恩，当抑制不逞，还镇武昌，尽力藩任，乃猝奉来告，竟与犬羊俱下，兄之此举，谓可得如大将军昔日之事乎？昔年佞臣乱朝，人怀不宁，如导之徒，心思外济。不管亲口供状。今则不然，大将军来屯于湖，渐失人心，君子危怖，百姓劳敝，将终之日，委重安期。即王应字。安期断乳未几，又乖物望，便可袭宰相之迹耶？自开辟以来，曾有宰相以孺子为之者乎？诸有耳者，皆知将为禅代，非人臣之事也。先帝中兴遗爱在民，圣主聪明，德洽朝野。兄乃欲妄萌逆节，凡在人臣，谁不愤叹？寻门户大小，受国厚恩，今日之事，明目张胆，为六军之首，宁为忠臣而死，不为无赖而生。但恨大将军桓文之勋不遂，而兄一旦为逆节之臣，负先人平素之志，既没之日，何颜见诸父子于黄泉，谒先帝于地下耶？今为兄计，愿速建大计，擒取钱凤一人，使天下获安，家国有福。若再执迷不悟，恐大祸即至。试思以天子之威，文武毕力，压制叛逆，岂可当乎？祸福之机，间不容发，兄其早思之。

王含得书，并不答复。导待了两日，未见回音，因复议及战守事宜。或谓王含、钱凤挟众前来，宜由御驾自出督战，挫他锐气，方可制胜。郗鉴道："群贼为逆，势不可当，宜用智取，未便力敌。且含等号令不一，但知抄掠，吏民惩前毖后，各自为守，以顺制逆，何忧不克？今贼众专恃蛮突，但求一战，我能坚壁相持，旷日持久，彼竭我盈，一鼓可灭。若急思决战，万一蹉跌，虽有申胥等投袂起义，何补既往，奈何举天子为孤注呢？"申胥即申包胥，春秋时楚人。于是各军皆固垒自守，相戒勿动。王含、钱凤，屡次出兵挑战，不得交锋，渐渐的懈弛起来。郗鉴却夜募壮士千人，令将军段秀殳中军司马曹军等，率领过江，掩他不备，突入含营。含仓皇命战，前锋将何康，出遇段秀，战未三合，被秀一刀，劈落马下。含众大骇，俱拥含遁走。段秀等杀到天明，斩首千余级，方渡江归营。王敦养病姑孰，闻含败状，盛气说道："我兄好似老婢，不堪一战，门户衰败，大事去了。看来只好由我自行。"说至此，便从床上起坐，方欲下床，不料一阵头晕，仍然仆倒，竟致魂灵出窍，不省人事。小子有诗咏道：

> 病亟犹思犯帝京，狼心到死总难更。
> 须知公理留天壤，乱贼千年播恶名。

毕竟王敦性命如何，且看下回续表。

王敦三计，惟上计最足图存；既已知此计之善，则中计下计，何必再言。其所以不安缄默者，尚欲行险侥幸，冀图一逞耳。钱凤所言，正希敦旨，故敦未尝谕禁，寻即内犯，要之一利令智昏而已。王允之伪醉绐敦，确是奇童，温峤亦以佯醉戏敦，并及钱凤。敦虽狡猾，不能察峤，并不能察允之，而妄思篡逆，几何而不覆灭乎？元帝之为敦所逼，实为王导所误。导固附敦，至温峤入都，敦犹与导书，将生致太真，其往来之密切可知。及明帝决意讨敦，敦尚未死，而导且诈为敦发丧，嫁罪钱凤，如谓其不为敦助，奚可得乎？厥后与王含一书，情伪益著。惟郭璞精于卜筮，乃居敦侧而罹杀机，岂真命该如此耶？吾为之怀疑不置云。

第三十七回

平大憝群臣进爵　立幼主太后临朝

　　却说王敦晕倒床上，不省人事，惊动帐下一班党羽，都至床前省视，设法营救，才见王敦苏醒转来。敦长叹数声，张目四顾，见舅羊鉴及养子王应，俱在床侧，便呜咽道："我已不望再活了。我死应便即位，先立朝廷百官，然后办理丧事，方不负我一番经营。"还想做死皇帝么？鉴与应唯唯受命。越宿敦死，应秘不发丧，用席裹尸，外涂以蜡，暂埋厅中。自与诸葛瑶等，任情淫狎，不顾军情。

　　王含自江宁败后，退驻数里，遥促沈充会师，再图进攻。明帝也恐沈充前来，特遣廷臣沈桢，往说沈充，许为司空，劝令投诚。充摇首道："三司重任，我何敢当。古人谓币重言甘，实是诱我，今日正应此语。况丈夫共事，始终不移，若中道变心，便失信义，将来还有何人容我呢？"顺逆不明，自寻死路。遂举兵趋江宁。宗正卿虞潭，因病乞休，辞还会稽故里，至是独起义余姚，传檄讨充。明帝即授潭为会稽内史。前安东将军刘超，宣城内史钟雅，亦皆募兵举义，与充为敌。义兴人周蹇，杀死王敦所署太守刘芳；平西将军祖约，亦逐敦所署淮南太守任台。彼此俱效命朝廷，交口讨逆。沈充尚怙恶不悛，自率万余人，兼程北行，与王含合兵。司马顾扬说充道："今欲举大事，偏被王师先扼咽喉，锋摧气沮，相持日久，必致祸败。今不若决破栅塘，引湖中水，灌入京邑，一面乘着水势，纵舟进攻，这便是不战屈人的上计。此计不行，或借我军初至的锐气，并合东西各军，十道并进，我众彼寡，所向必摧，尚不失为中计。若欲转祸为福，因败为成，诱召钱凤计事，设伏斩凤，携首出降，乃是今日的下计。"我谓下计，却是上计。充迟疑半晌，终不作答。扬料充无成，遁归吴兴。

那兖州刺史刘遐，临淮太守苏峻，已各率精兵万人，同来勤王。明帝连夜召见，慰劳有加，并出库帛分赐将士，众皆踊跃。沈充、钱凤，欲因北军初到，迎头进击，乃自竹格渚渡淮，直前攻扑。护军将军应詹、建威将军赵胤等，拒战失利，退至宣阳门。充与凤乘胜进逼，拔栅将战，不意刘遐、苏峻，从东塘横击过来，把充、凤两军冲断，再加应詹赵胤，也来助战，杀得充、凤大败亏输，夺路飞奔，还逾淮水，人不及济，后面追兵大至。叛众纷纷投水，溺毙至三千人。刘遐尾追不舍，行至青溪，又奋击沈充一阵，充狼狈走脱。

寻阳太守周光，系周抚弟，因王敦举兵，也率数千人助敦。既至姑孰，与王应相见，便欲入省敦疾。应嗫嚅道："我父病中，不愿见客，且待异日进见罢！"光退语道："我远道来赴，不得一见王公，想必是已死了。"遂急赴军前，云探乃兄。抚闻光至，当然出见。光开口便语道："王公已死，兄何故与钱凤作贼？"大众闻言，都不胜惊愕，连周抚亦有悔心，即夕遁还。王含势孤失援，也毁营夜遁。

明帝本已出屯南皇堂，闻叛党尽走，乃还宫大赦，惟敦党不在赦例。申命庾亮督同苏峻等军，往追沈充。温峤督同刘遐等，往追王含、钱凤。含奔回姑孰，拟挈王应同奔荆州。应谓不如投依江州。含皱眉道："大将军生前，与江州屡有龃龉，奈何往依？"应答道："正为江州平日异趋，所以宜往。彼时大将军兵马强盛，江州尚不肯阿附，识见高出常人，今见我困阨，必然相怜，不致加害。若荆州守文拘谨，怎能意外行事

呢？"王应虽少智过乃父，但天道恶淫，岂容竖子漏网？含不肯依
言，竟与应载一扁舟，往奔荆州。荆州刺史王舒，遣兵出迎。
俟含父子入城，立命拿下，缚住手足，投诸江中，眼见是葬身
鱼腹了。江州刺史王彬，却密具舟楫，静待王含父子，日久不
至，料知罹死，却引为己恨。*王含为逆，何足深惜，彬亦未知大*
*体。*钱凤走至阖庐洲，为周光所杀，函首诣阙，自赎前愆。沈
充奔回吴兴，闻故吴内史张茂妻陆氏，招茂旧部，在途中守候
充至，将执充脔割，为夫复仇。*茂为充所杀，见三十五回。*充不
敢竟归，绕道奔窜，竟致失路，误入故将周儒家。儒诱充入复
壁中，因笑语充道："我今日得三千户侯了。"充始知为儒所
赚，乃流涕与语道："汝能顾义活我，我必厚报；若为利杀
我，我死必令汝灭族，不要后悔。"儒竟杀充，传首建康。充
子劲，例当坐诛，为乡人钱举所匿，幸得免死。后来劲竟灭周
氏，如充所言。*充为叛贼，顾能作厉鬼耶？*

　　晋廷因叛党悉平，当然解严。有司发掘王敦尸首，焚去衣
冠，扶尸跪着，枭去首级，与沈充首同悬高桥。郗鉴入奏明帝
道："前朝诛杨骏等人，皆先加官刑，后听私殡。臣以为逆敦
既伏王诛，不妨使全私义，可听敦家收葬，借示皇恩。"明帝
准如所请，乃将敦首取下，听令葬埋。敦党周抚、邓岳，相偕
出亡。抚弟光拟给兄路资，阴图执岳。抚怒道："我与邓伯山
同亡，如欲害邓，宁先杀我。"伯山即岳表字，俄而岳至，抚
即趋出，遥与岳语道："快去！快去！我弟尚不相容，何论他
人。"岳回身返走。抚亦取得资斧，追及邓岳，同窜入西阳蛮
中。后来再经大赦，才得东还。

　　明帝加封王导为始兴公，温峤为建宁公，卞壸为建兴公，
庾亮为永昌公，刘遐为泉陵公，苏峻为邵陵公，郗鉴为高平
侯，应詹为观阳侯，卞敦为益阳侯，赵胤为湘南侯，下此按功
晋秩，不胜殚述。有司奏称王彬等为敦亲族，均应除名，复诏

谓："司徒导大义灭亲，应宥及百世，况彬等皆司徒近支，毋庸再问。"大义灭亲四字，恐导不足当此。惟王敦纲纪，悉令除籍，参佐并皆禁锢。温峤又上疏解免道：

> 王敦刚愎不仁，忍行杀戮，亲任小人，疏远君子，朝廷所不能制，骨肉所不能阻。处其朝者，恒惧危亡，故士人结舌，道路以目，诚贤人君子，道穷数尽，遵养时晦之辰也。且敦为大逆之日，拘录人士，自免无路，原其私心，岂遑宴处？如陆玩、羊曼、刘胤、蔡谟、郭璞，常与臣言，备知之矣。必其赞导凶悖，自当正以典刑，如其枉陷奸党，还宜施之以宽。臣以玩等之诚，闻于圣听，当受同贼之责，苟默而不言，实负其心。陛下仁圣含弘，思求允中，臣阶缘博纳，于非其事，诚在爱才，不忘忠益，谨昧死上闻！

明帝览疏，颇加感动，特下群臣议决。郗鉴谓："君臣有义，义在死节，不应偷生。王敦佐吏，虽多被胁，但进不能谏止逆谋，退不能脱身远引，有亏臣道，宜加义责。"此外或从峤议，或如鉴言，论久未决。还是明帝有意行仁，终从峤请，于是敦党皆免连坐。张茂妻陆氏，诣阙上书，语多哀痛，表面上是为茂谢罪，说他不能克敌，自致阵亡，实际上是为茂请封，无非说是"略迹原心，应待恩恤"等语。明帝乃赠茂太仆，且拨库帑，�恤遗孥。陆氏始谢恩归家。也算一个奇妇人。即而再叙前勋，命王导为太保，兼领司徒，西阳王羕领太尉，应詹为江州刺史，刘遐为徐州刺史，苏峻为历阳内史，庾亮加护军将军，温峤加前将军，惟导固辞不受。江州本由王彬镇守，骤遭易任，吏民未安。嗣经詹加意怀柔，才得翕服。

转瞬又是一年，明帝追赠谯王承、甘卓、戴渊、周顗、虞望、郭璞、王澄等官，不及周札。札故吏为札讼冤，尚书卞壸，谓札居守石头，开门延寇，不当追赠。偏王导出来申辩道："往年札守石头，王敦逆迹未彰，如臣等俱昧先几，无怪一札。要想回护自己，不得不回护周札。后来瞧破逆情，札便举身委国，横被诛夷。札未尝有义举，怎得谓举身许国？臣意宜与周、戴同例，一并赠谥。"郗鉴听着，心下很是不服。我亦不服。便从旁参议道："周、戴死节，周札延寇，迹异赏同，何从劝善？如司徒议，谓往年王敦犯顺，不妨延纳，是谯王周、戴等，俱当加责，何得赠谥？今三臣既予褒扬，札尚不应加贬么？"是极。导尚强辩道："札与谯王、周、戴，虽所见不同，后来均至死节，奈何必吹毛索瘢呢？"鉴又道："王敦谋逆，好似履霜坚冰，由来已久，必谓敦往年入犯，义等桓文，难道先帝亦如幽厉么？"说到此语，驳得王导俯首无词。明帝终不忍违导，仍赠札官。

会因储君未立，国本有关，乃立长子衍为皇太子。衍为皇后庾氏所出，年甫五龄。受册礼毕，大酺三日，增文武官员各二级，赐鳏寡孤独布帛，每人二匹。调荆州刺史王舒为安南将军，都督广州诸军事，领广州刺史，即迁陶侃为征西大将军，都督荆、湘、雍、梁诸军事，领荆州刺史。侃性极勤谨，终日敛膝危坐，军府诸事，检摄无遗。远近文牍，随到随答，不使积滞。宾佐求见，无不接谈。尝语人道："大禹圣人，尚惜寸阴，至如众人，当惜分阴，怎得逸游荒醉？生无益于世，死无闻于后耶？"诸参佐或好饮好博，偶至废事，侃随时查察，搜得酒器摴蒱等具，悉令投江，将吏有犯，且加鞭扑，严词儆戒道："摴蒱系牧猪奴戏，汝等奈何出此？"摴蒱即博具。是时清谈余风，尚未尽改，侃辄忿恨道："老庄浮华，并非先王法言，怎可遵行？君子当振衣冠，摄威仪，哪有蓬头跣足，自诩宏达呢？"古今传为格言，故备录之。人民有所奉馈，必问所由

来。若系力作所致，虽微必喜，慰赐三倍，否则掷还不受。一
日出游，见有一人，手持禾秆，结谷未熟，因问作何用？答称
禾遗路旁，所以拾取。侃大怒道："汝未尝为农，乃戏取人
稻，还不知罪么？"竟加鞭数十，方才叱退。荆州士女，闻侃
复至，互相庆贺。且因侃注重农桑，便相戒嬉游，各勤工作。
因此家给人足，境内大安。侃既不旷时，又无弃物，竹头木
屑，并皆收藏，旁人都不解侃意。及元旦宴贺，积雪始晴，厅
前余雪尚湿，侃即将木屑铺地，往来交便，人始知侃有先见，
号为精明。这且慢表。

　　且说明帝既调王舒至广州，寻复徙镇湘州，即以湘州剌史
刘顗，移督广州，复命尚书令郗鉴，为车骑将军，都督青、兖
二州军事，暂镇广陵。授领军将军卞壸为尚书令，寻复进尚书
仆射，荀崧为光禄大夫，录尚书事，用尚书邓攸为尚书左仆
射。此种叙述，看似闲文，实与后文俱有关系。到了闰七月间，明
帝忽得暴病，医药罔效，势且垂危，亟召太宰西阳王羕、司徒
王导、尚书令卞壸、车骑将军郗鉴、护军将军庾亮、前将军温
峤、领军将军陆晔，并受遗诏，使辅太子诏云：

　　　　自古有死，贤圣所同。寿夭穷达，归于一概，亦何足
　　深痛哉？朕抱病日剧，常虑忽然，仰惟祖宗洪基，不能克
　　终堂构，大耻未雪，百姓涂炭，所以有慨耳。不幸之日，
　　敛以时服，一遵先度，务从俭约，劳众崇饰，皆勿为也。
　　衍以幼弱，猥当大重，当赖忠贤，训而成之。昔周公匡辅
　　成王，霍氏拥育孝昭，义存前典，功冠二代，岂非宗臣之
　　道乎？凡此公卿，时之望也，敬听顾命，任托付之重，同
　　心断金，以谋王室。诸方岳征镇刺史将守，皆朕牙城推毂
　　于外，虽事有内外，其致一也。故不有行者，谁捍牧圉？
　　臂若唇齿，表里相资，宜戮力一心，若合符契，要以缉事

为期。百辟卿士，其总已以听于冢宰，保佑冲幼，弘济艰难，永令祖宗之灵，宁于九天之上，则朕没于地下，无恨黄泉。特此留谕，钦哉惟命！

越日，明帝驾崩，年仅二十七岁，在位只得三年。右卫将军虞胤、左卫将军南顿王宗，本得明帝亲信，使典禁兵，入值殿内，掌守宫门管钥。当明帝寝疾时，庾亮尝夜入奏事，向宗求钥。宗辄不与，且叱亮使道："这难道是汝家门户，好自由出入么？"语亦近理，但不察缓急事宜，一味蛮言，亦属非是。亮从此恨宗。及明帝疾笃，群臣多不得进见。亮疑宗胤有异谋，排闼入见，请黜逐二人，明帝不从。既授遗诏，更命亮为中书令，亮因得专政。太子衍承统嗣位，群臣奉上玺绶，独王导称疾不至。无非忌一庾亮。卞壶入朝正色道："王公非社稷臣，大行在殡，嗣皇甫立，岂是大臣辞疾时么？"这数语传入导耳，导乃舆疾而至，谒见新主，行即位礼。再由大众会议，谓嗣皇年甫五龄，不能亲政，应请母后临朝。于是尊母后庾氏为皇太后，垂帘训政。命王导录尚书事，与中书令庾亮，夹辅帝室。导遇事退让，推亮主持。亮又是太后亲兄，太后当然倚任，所以军国重事，全归亮一人裁决，导不过列一虚名罢了。亮迁南顿王宗为骠骑将军，改授汝南王祐为卫将军。一面料理丧葬，至十月初旬，奉梓宫出葬武平陵，庙号"肃祖"，尊谥曰"明"。明帝在位三年，能奋发有为，亲除大憝，不可谓非英主。谥法称明，却是名实相符。可惜天不永年，未壮即殁。至太子衍立，便是成帝，越年改元咸和。

尚书左仆射邓攸及徐州刺史刘遐、江州刺史应詹，相继去世。邓攸就是邓伯道，系平阳襄陵人氏，早丧父母，以孝友闻。祖殷尝为中庶子，攸得承祖荫，年逾弱冠，即为太子洗马，嗣出为河东太守。永嘉末年，陷没石勒，勒使为参军。攸不愿事虏，觑隙南奔，途挈妻子及从子绥，不幸遇贼，行装被掠。攸因子侄皆幼，不能并携，拟弃子存侄，与妻贾氏商议道："我弟早亡，只有一子，理不可绝。但我儿亦幼，势难两全，只好把我儿弃去。我若得存，天必鉴我苦衷，再当使我生子。"贾氏涕泣从命。不愧攸妻。攸将子缚诸树上，挈绥急遁，辗转至江东。元帝令为中庶子，寻复出守吴郡，载米赴任，不受俸禄，但饮吴水。会吴郡大饥，亟开仓赈民，先行后奏，致挂弹章，还算元帝仁恕，不加攸罪。嗣因遇病辞职，始终不取吴郡一钱。百姓遮道挽留，攸乃小停，待夜潜去。及病愈复起，入拜侍中，复迁吏部尚书。好几年才得超任右仆射。越年即殁，追赠光禄大夫。攸妻贾氏，终不得孕。攸生前纳得一妾，颇加宠爱。旋讯妾家属，乃是北人遭乱，流落江南，述及父母姓名，竟是攸的甥女。攸非常悔恨，乃不复蓄妾，终至无嗣。时人尝叹为天道无知，乃使伯道无儿。从子绥服丧三年，悲号擗踊，不啻亲生，这也好算得恩义两全了。犹子比儿，可为伯道一慰。

　　刘遐为故冀州刺史邵续女夫，勇健无敌，冀人常拟为关、张、关羽、张飞。河朔大乱，遐曾遣使至建康，禀承元帝节制，元帝命为龙骧将军。遐妻邵氏，亦勇敢有父风，遐尝为石虎所围，邵氏披甲跨马，督率数骑，陷阵救遐。遐亦奋呼杀出，与妻同归。后来渡江入朝，累任刺史，因功封泉陵公，已见前文，殁后得追赠安北将军。应詹汝南人，弱冠知名，博通文艺。前镇南大将军刘弘，系詹祖舅，引詹为长史，委以军政，措置咸宜。嗣迁南平太守，兼督天门、武陵二郡，讨平叛蛮，民皆爱戴。寻且破杜弢、败杜充、钱凤，出刺江州，亢洽民情。病笃时，尚致书陶侃，勖以忠义。少府卿韦泓，得詹厚惠，祀詹终身。江州百姓，闻詹病殁，远近举哀。晋廷追赠詹为镇南大将军，予谥曰"烈"。小子有诗叹道：

贤如伯道竟无儿，邵女能军又守嫠。
再看江州悲雾起，茫茫天道果难知？

徐江二州，既亡刺史，免不得着人补授，欲知何人继任，容至下回再详。

王敦既平，余党概免连坐，虽曰行恕，究属过宽。温峤之上疏营解，安知非由王导之嘱托，始有此议乎？至追赠周札一事，尤属不经。卞壸、郗鉴之言，百世不易，而导欲自洗前愆，必使札与周、戴同例，明帝竟曲从所请，此苏峻、祖约之叛，所以不旋踵而又兴也。且明帝以未壮之年，遽尔溘逝；黄口幼儿，居然嗣位。青年国母，便即临朝；国事委诸元舅，老成相继沦亡，天不祚晋，降兹艰厄，江左其何自再振乎？

第三十八回

召外臣庾亮激变　入内廷苏峻纵凶

却说刘遐、应詹，相继去世，晋廷特派车骑将军郗鉴，出领徐州刺史，前将军温峤，出领江州刺史，再命征虏将军郭默，为北中郎将，监督淮南诸军事。刘遐妹夫田防，及部将史迭、卞咸、李龙等，不愿他属，竟拥遐子肇接任，反抗朝命。遐妻邵氏，谕止不从，乃潜自纵火，毁去甲械，免得滋乱。田防等尚不肯罢手，仍部署徒众，准备迎敌。晋廷即遣郭默进兵，往讨乱党。默甫就道，那临淮太守刘矫，已乘便袭击，得斩田防、卞咸。史迭、李龙奔往下邳，由矫督兵追及，也即擒诛，传首诣阙。朝议令刘遐遗眷及参佐将士，悉还建康。且因邵氏与肇，本未从乱，仍令肇袭父爵，留都养母。这已不必细表。

惟郗鉴陛辞出都，朝臣皆为饯别。王导常称病乞假，至是也出送鉴行，为尚书令卞壸所见，即上书劾导，说他亏法从私，失大臣体，应免官示罚。宫廷虽搁起不提，但举朝皆惮鉴风裁，各有戒心。壸平生廉俭，处事勤敏，不肯苟合时趋。丹阳尹阮孚，尝语壸道："君常无闲泰，终日劳神独不嫌辛苦么？"壸正色道："诸君子道德恢弘，侪尚风流，壸不与同性，自甘劳役，宜被人笑为鄙吝了。"是时贵游子弟，多慕王澄、谢鲲等人，好为放达。壸在朝指斥道："悖礼伤教，实犯大罪，中朝倾覆，皆由此辈，我恨不一洗恶习哩。"实是正论。随即商诸王导庾亮，拟奏劾当时名士。导与亮皆以文采为高，怎肯依议？亶只得罢休。惟导素尚宽和，能得众心，至亮专国政，任法裁物，不满人意。豫州刺史祖约，自恃重望，不落人后，偏明帝顾命，但及郗、卞诸人，于己无与，不由的心下怏怏。及遗诏褒进大臣，又不及约，连陶侃亦不得与列，所以约与侃书，疑亮从中舞弊，故意删除，侃因此亦不能无嫌。侃且如此，遑问他人。

历阳内史苏峻，讨贼有功，威望素著，部下甲仗精锐，遂致轻视朝廷，又尝招纳亡命，仰食县官，稍不如意，即肆忿言。事为庾亮所闻，当然加忌，故令温峤出督江州，居守武昌，复调王舒为会稽内史，阴树声援。一面修缮石头城，作为预备。丹阳尹阮孚，私语亲属道："江东创业未久，主幼时艰，庾亮轻躁，德信未孚，恐祸乱又将发作了。"遂求为广州刺史，得请即行。却是趋避的妙法。南顿王宗，被亮调为骠骑将军，失去要职，遂生怨望，常与苏峻往来通书，欲废执政。亮颇有所闻，已有意除宗，可巧中丞锺雅，劾宗谋反，遂不请诏令，即使右卫将军赵胤，率兵捕宗。宗也挈部出拒，战败被杀，贬宗族为马氏。宗三子绰、超、演，皆废为庶人。西阳王羕，系是宗兄，也降封为弋阳县王。前右卫将军虞胤，已徙职大宗正，至此复左迁桂阳太守。宗是王室近支，羕又是先王保傅，一旦蔫黜，罪状不明，势不能惬服舆情，成帝全未闻知。过了多日，始问及亮道："前日的白头公，许久不见，究往何处？"原来宗多白发，故呼为白头公。亮沈吟半晌，方答称谋反伏诛。成帝流涕道："舅言人反，便好杀死，倘人言舅反，应该如何处置呢？"幼主能作是语，却也不凡。亮不禁失色。但总以幼主易欺，遇有异己，必加排斥。

宗党卞阐，亡奔历阳，亮遣人往索，苏峻匿阐不与，去使只好回报，亮益恨峻。适后赵将军石聪，进攻寿春。豫州刺史

祖约，正在寿春驻守，见三十五回。闻后赵兵至，亟向建康乞
援。亮前已忌约，竟不发兵。人可弃，地亦可弃么？聪进寇阜
陵，建康大震。幸苏峻遣将韩晃，领兵邀截，方得击退聪兵。
亮欲作涂塘，以遏胡寇。涂即滁河，在寿春东，若就河筑塘，
便将寿春隔开。祖约闻报大恚道："这明明是欲弃我呢。"遂
与苏峻，密谋抗命，互通往来。庾亮以峻约勾连，必为祸乱，
拟下诏征峻入朝。司徒王导劝阻道："峻好猜疑，必不肯奉
诏，不若姑示包容，待后再议。"亮不以为然，召集群臣同众
扬言道："苏峻狼子野心，终必作乱。今日颁诏征峻，就使彼
不顺命，为祸尚浅，若再经年月，势且益大，不可复制。譬如
汉朝七国，削亦反，不削亦反哩。"语非不是，但知彼不知己，如
何制胜？大众闻言，莫敢驳议。独卞壸接入道："峻外拥强兵，
逼近京邑，一旦有变，朝发夕至，现在都下空虚，还请审慎为
是。"亮不肯从。壸知亮必败，乃与江州刺史温峤书，略云：

> 元规亮表字。召峻意定，怀此于邑。温生足下，奈此
> 事何？壸今所虑，是国之大事，峻已出狂意而召之，是更
> 速其祸也，必纵毒螫以召朝廷。朝廷威力，即桓桓称盛，
> 接锋履刃，尚未知能否擒逆。王公亦同此情。壸与之力
> 争，终不见信，本出足下以为外援，而今更恨足下在外，
> 不得相与共谋，如何如何？幸足下教之！

峤得书后，即作书谏亮，亮终不听。峻已得消息，遣司马
何仍入都，与亮婉商道："讨贼外任，远近惟命，若欲峻内
辅，实不相宜，请俯允通融，幸勿固执！"亮仍然不许，遣回
何仍，召北中郎将郭默为后将军，领屯骑校尉；命司徒右长史
庾冰，为吴国内史，严兵戒备。于是下诏征峻为大司农，加官
散骑常侍，令峻弟逸代领部曲。峻复上表道："昔明皇帝亲执

臣手，使臣北讨胡虏，今中原未靖，臣何敢自安？乞补青州界一荒郡，俾臣得效鹰犬微劳，不胜万幸！”这一篇表文，呈递建康，亮置诸不理，但促峻即日入都。观峻两次请求，尚非决意叛国；何物庾亮，必欲激成巨变？峻整装将发，欲行又止。参军任让入语道：“将军求处荒郡，尚不见许，事势至此，恐无生路，不如勒兵自守，还可求全。”阜陵令匡术，亦阻峻入朝，峻遂不应诏，私自征兵。

温峤闻变，便致书与亮，愿率众入卫京师。亮复峤书道：“我忧西陲，且过历阳，足下幸勿越雷池一步，免我西忧。”峤乃罢议。亮尚遣使谕峻，示无他意。峻语朝使道：“台下说我欲反，我怎得再活哩？我宁山头望廷尉，不能廷尉望山头。从前国家，危如累卵，非我不济。狡兔既死，猎狗应烹，我已自分一死，不过我无端遭枉，死也要死得明白呢。”朝使见话不投机，自然东归。峻即遣参军徐会，驰赴寿春，推祖约为盟主，共讨庾亮。约不禁大喜，从子智衍，又赞成约旨，便拟发兵助峻。谯国内史桓宣语智道：“本因强胡未灭，将戮力致讨，奈何反还抗帝室呢？使君欲为雄霸，何不助国讨峻，自显威名？今乃与峻同反，怎得久存？”智视为迂谈，鼻作嗤声。宣更求见约，又以闭门羹相待，乃与约断绝，不通往来。约遂遣兄子祖沛、逖之子。内史祖涣、女婿淮南太守许柳，率兵会峻。逖妻许氏，即许柳姊，固谏不从。姊为约嫂，弟为约婿，亦觉名义不合。峻既得约兵，因即发难。

当有警报传入建康，有诏命尚书令卞壸领右卫将军，会稽内史王舒行扬州刺史事，吴兴太守虞潭督三吴诸郡军事，整缮行伍，筹备出师。尚书右丞孔坦、司徒司马陶回，司徒属下有司马。共至王导前献议道：“峻已倡乱，必将东来。今请乘峻未至，急断阜陵，守江西当涂诸口，阻住叛兵，以逸待劳，一战可决。若峻迟回不发，我亦可往攻历阳，否则我尚未往，彼已先来，人心一动，便不能与战了。"导极口称善，转告庾亮。亮不知兵法，踌躇未决。才阅两日，果得姑孰紧报，峻将韩晃、张健等，掩入姑孰，所有盐米，尽被取去。亮叹悔无及，乃颁诏戒严，自督征讨诸军事。授右卫将军赵胤为冠军将军，兼历阳太守，使与左将军司马流，出守慈湖；另派前射声校尉刘超，为左卫将军，侍中褚翜，典征讨军事，并使弟庾翼，白衣从戎，领数百人戍石头。

宣城内史桓彝，拟起兵赴难，长史裨惠谓："郡兵寡弱，山民易扰，不如静守待时。"彝厉色道："汝独不闻古语么？见无礼于君者，若鹰鹯逐鸟雀。见《春秋左传》。今社稷危迫，君主受困，难道尚坐视不成？"说毕，即调集数千人马，进屯芜湖。峻将韩晃，乘他初至，便掩杀过去。究竟宣城兵弱，敌不过历阳锐卒，战不多时，竟致败退。韩晃就进攻宣城，彝退保广德，晃纵兵四掠，饱载而还。徐州刺史郗鉴，表请入卫，有诏令他备御北寇，不必移兵。时已残冬，雨雪载涂，彼此未便行军，因得相持过年。

未几，为咸和三年正月，江州刺史温峤，出屯寻阳，遣督护王愆期、西阳太守邓岳、即前文之邓岳，遇赦复官。鄱阳太守纪睦为前锋，进次直渎。荆州刺史陶侃，也遣督护龚登，率兵会峤，听峤驱遣。苏峻恐日久兵集，屡促韩晃等进攻慈湖。慈湖守将司马流，素来懦弱，未战先怯，但请济师。庾亮再拨侍中锺雅，为骁骑将军，督领水师，前往助流。不防流为韩晃所袭，猝被摧陷，竟至败死。赵胤亦拒战失利，慈湖被夺，单剩锺雅一支舟军，如何济事，没奈何拨棹退回。苏峻径率祖涣、许柳等，拥众二万人，自横江东渡，直登牛渚，进至蒋陵复舟山。台军节节败退，警报与雪片相似，庾亮未免惶急。陶回复入献计道："石头设有重戍，峻必不敢直下。回料他必出间道，当从小丹阳步行前来，若用伏兵邀击，定可擒峻。峻既受擒，祖约等自无能为了。"亮谓峻必直向石头，不从回言。嗣闻峻果出小丹阳，夜迷失道，部伍尽乱。亮又自悔失机，纵峻得入。愚而好自用，戕必及身。都中大惧，吏民相率潜奔，朝臣亦各遣妻孥，东出避难。独左卫将军刘超，挈妻孥入居宫内，冀定众心。

亮又传出诏书，命卞壸都督大桁以东军事，大桁即朱雀桁。所有锺雅、赵胤、郭默等军，尽归节制。壸尚有继母裴氏，亦奉养京师，至此与母诀别，挈得二子眕、盱，慨然赴敌，出战西陵。峻兵凶悍，远过台军，任尔卞将军如何忠愤，不顾死生，怎奈兵不用命，孤掌难鸣。叛军节节向前，台军步步退后，结果是旗靡辙乱，舆尸败归。既而峻又进攻青溪栅，壸再率诸军抵御，两军攻守多时，未分胜负。偏是天不做美，竟起了一阵绝大的东风。峻因风纵火，烟雾迷漫，栅内各军，避火不暇，如何抗拒，霎时间栅尽延烧，一炬成墟。天实为之，谓之何哉？壸知事不济，决计死节，尚率左右力战。时正背疮新愈，创痕未合，一经气愤，流血淋漓，再加用力过度，顿至暴裂，自觉忍痛不住，大叫一声，血从口出，倒地而亡。二子追随父后，见父毕命，亦痛不欲生，索性突入敌阵，格杀叛党数十名，身上各受重创，相继捐生。部下将壸尸抢回，舁入壸家。母裴氏抚尸大恸道："父为忠臣，子为孝子，谅无遗恨，只恨我年已老，尚见此惨剧哩。"壸字望之，系济阴冤句人，阵亡时，年四十八。还有丹阳尹羊曼，守住云龙门，与黄门侍郎周导、庐江太守陶瞻，统皆战死。

庾亮在宣阳门内，麾兵布阵，尚未及列，众皆散走，不得已挈弟三人，及郭默、赵胤，俱奔寻阳。临行时，顾侍中锺雅道："后事一概委公。"雅答道："栋折榱崩，究是何人所致？"亮愀然道："事已至此，也不必再言了。"闹得一塌糊涂，竟以一走了之，真好计策。说着，匆匆出城，趋驾小舟。乱兵沿途劫掠，亮执弓射贼，误中舵工，应弦即倒。技艺又如此不精。船上各相惊失色，亮独不动，且徐徐道："此手何可使著贼？"你手不可着贼，人家的性命，如何视同草菅？众见他形态雍容，方才心定，驶舟而去。

峻兵突入台城，毁去台省及诸营寺署，焚掠一空。司徒王导，驰入宫廷，急语侍中褚翜道："至尊当速御正殿，君可启阁，请御驾出来。"翜即诣翜中，抱掖成帝，出登太极前殿。导及光禄大夫陆晔苟崧、尚书张闿，共登御床，夹卫幼主；左卫将军刘超及侍中锺雅、褚翜，站立两旁；太常孔愉，朝服守宗庙。峻兵呼噪而至，叱令褚翜下殿。翜兀立不动，还声呵斥道："苏冠军来觐至尊，军人怎得侵逼？"峻兵被他一斥，倒也面面相觑，不敢闯入殿门。小立多时，待峻不至，乃转往后宫。宫中统是女侍，如何阻挡，被乱兵东牵西扯，劫去多人。所有珍玩衣饰，亦遭掳掠，甚至庾太后宫中，亦胆敢搜索。左右女侍，稍有姿色，便难幸脱。乱兵夺得子女玉帛，一拥出宫，复去劫掠豪门，任意凌侮，不但夺取财货，还要驱役官僚，令他肩挑背负，送往蒋山，稍一迟延，便加鞭挞。前江州刺史王彬，去职入都，受职光禄勋，索性抗直，与乱兵争论数语，乱兵即鞭捶交下，几至击死。最可悲的是宦家妇女，多被他掖往僻处，褪去衣服，污辱一番，且赤条条的任她们立着，自往别处抢掠。妇女含羞忍耻，或觅得敝席坏毡，少蔽身体；无毡无席，用土自覆。哀号声震动内外。苏峻并不加禁，纵兵横行。宫中所藏布帛二十万匹，金银五千斤，钱亿万，绢数万匹，谷米数百斛，一股脑儿搬往峻营，只留御厨中食米数石，聊供御膳。或语侍中锺雅道："君性亮直，必不为寇贼所容，何不见几趋避？"雅答道："国乱不能救，君危不能扶，尚欲趋避求生，朝廷要用什么臣子呢？"还是硬汉。

既而峻称诏大赦，惟庾亮兄弟，不在赦例。平素颇推重王导，故仍使为原官，自为骠骑大将军，录尚书事。令祖约为侍中太尉尚书令，许柳为丹阳尹，马雄为左卫将军，祖涣为骁骑将军。弋阳王羕，徒步见峻，称述峻功，峻当然心喜，仍封羕为西阳王，兼官太宰，录尚书事。峻复遣兵攻吴国内史庾冰。冰系亮弟，所以峻不肯干休。冰不能御，弃郡奔会稽，行至浙江，追兵尚不肯舍。幸有吴卒引冰下船，覆以草荐，吟啸鼓棹，泝流而去。每过逻所，辄用棹叩船，口作吴歌道："苏将军，悬赏缉庾冰，庾冰正在此，奈何不问侬？"岸上逻兵，见他舟中无人，还道他是酒醉胡言，由他过去。冰得幸免，往依会稽内史王舒。

庾亮奔抵寻阳，宣太后诏，命温峤为骠骑将军，开府仪同三司，又加徐州刺史郗鉴为司空。峤怆然道："今日当以灭贼为急，若无功加官，何以服天下？"遂辞官不受。一面分兵给亮，涕泣誓师，志在讨峻，且先遣使奉表建康，慰问二宫起居。偏苏峻已经防着，出屯湖阴，不容外使出入，峤使只得返报。其实太后庾氏，已不堪忧郁，得病身亡，年仅三十二岁。太后性本仁惠，兼美容仪，临朝一事，曾推让再三，不得已乃受。咸和元年，有司请追赠后父琛及母邱氏，又由太后固让，终不见从。只是阴教虽娴，难语治国，名为训政，实都归庾亮一人主持，酿成叛乱，终至忧愤而崩。小子有诗叹道：

> 汹汹乱党入宫城，母后遭凶饱受惊。
> 三十二年悲短命，九原应自怨亲兄。

欲知建康能否再安，且待下回再表。

　　王敦甫平，苏峻又乱。敦见忌于元帝，遂蓄异图；峻见忌于庾亮，乃生变志。推原祸始，皆由朝廷驭将无方，酿成巨衅。然庾亮之失，较元帝为尤甚。峻虽有不臣之心，但观其闻召之始，遣使白亮，自愿外迁，乃征命已下，又复乞补荒郡；倘亮许为通融，尚未敢称兵犯阙，大祸潜消，未可知也。乃一再不许，激之为乱。温峤、郗鉴，求入卫而俱却之；孔坦、陶回，谋截击而复不从。事前无弭变之方，临事无御贼之策，卒至忠臣战死，乱党入都，凭陵宫阙，劫掠府库，辱官吏，污士女。而亮反驾舟远逸，窜匿寻阳，谋人家国者，果可若是之躁妄粗疏、轻狂狡狷耶？故吾谓苏峻之乱，亮实首祸，而峻犹其次焉者也。

第三十九回

温峤推诚迎陶侃　毛宝负剑救桓宣

却说建康为苏峻所困，内外不通，宫中一切情事，外人无从得闻。江州刺史温峤，原想进兵讨逆，无如京城消息，一无所知，也不好冒昧前进。可巧有都人范汪，从间道奔至寻阳，报称："苏峻政令不壹，贪暴凶横。人情愤怒，共愿诛峻，朝廷亦待援甚急，宜速进讨"云云。峤即使汪转白庾亮，亮即令汪参护军事。

峤与亮本相友善，因互推为盟主。峤有从兄名充，佐峤戎幕，独向峤进议道："陶征西位重兵强，何不推为领袖？"陶侃为征西大将军，见三十七回。峤颇以为然，遂遣督护王愆期，驰往荆州，邀侃同赴国难。侃与庾亮有隙，且以未预顾命为恨，见前回。便答愆期道："我乃疆场外将，未敢与闻内事。"陶公大误。愆期依言复峤，峤再手书敦勉，终不见从。乃复遣使语侃，但说是"仁公且守，仆当先行"。使人已发，适参军毛宝，从他处回来，亟入见峤道："欲举大事，当与天下共谋，古人谓师克在和，便是此意。就使情迹可疑，尚留示人不觉，况自为携贰，尚能成事么？公急追使改书，推诚相与，料陶公亦不至固执了。"峤乃追还去使，另草一书，说得诚诚恳恳，愿奉侃为盟主。果然使人往返，得了效果，由侃遣督护龚登，率兵诣峤。峤有众七千，洒泪登舟，一面列数苏峻罪状，移告各镇。文云：

贼臣苏峻、祖约，同恶相济，用生邪心，天夺其魄，死期将至，遣负天地，自绝人伦。寇不可纵，宜增军进讨，屯次溢口。即日护军庾亮来营，宣太后诏，寇逼官城，王旅挠败，出告藩臣，谋宁社稷。后将军郭默、冠军将军赵胤、奋武将军龚保，与峤督护王愆期、西阳太守邓岳、鄱阳内史纪瞻，率其所领，相寻而至。逆贼肆凶，陵轹宗庙，火延官掖，矢流太极。二宫幽逼，宰相困迫，残虐朝士，劫辱子女。承闻悲惶，精魂飞散。峤阍弱不武，不能殉艰，哀恨自咎，五情摧陨，惭负先帝托负之重，义在毕力，死而后已。今躬率所统，为士卒先，催进者军，一时电击。西阳太守邓岳、寻阳太守褚诞等，连旗相继。宣城内史桓彝，已勒所属，屯滨江之要。江夏相周抚，与邓岳同时还朝，得为江夏相。乃心求征，军已向路。昔包胥楚国之微臣，重趼致诚，义感诸侯。蔺相如赵邦之陪隶，耻君之辱，按剑秦庭。皇汉之季，董卓作乱，妖迁献帝，虐害忠良，关东州郡，相率同盟。广陵功曹臧洪，郡之小吏耳，登坛歃血，涕泪横流，慷慨之节，实属群后。况今居台鼎，据方州，列名邦，受国恩者哉！不期而会，不谋而同，不亦宜乎？

二贼合众，不盈五千，且外畏胡寇，城内饥乏。后将军郭默，已于战阵俘杀贼千人。贼今虽残破都邑，其宿卫兵人，即时出散，不为贼用。祖约情性褊窄，忌克不仁。苏峻小子，惟利是视，残酷骄猜，权相假合，江衰兴义以抗其前，强胡外寇以蹑其后，运漕隔绝，资食空悬，内乏外孤，势何得久？群公征镇，职在御侮。征西陶公，国之耆德，忠肃义正，勋庸弘著。诸方镇州郡，咸齐断金，同禀规略，以雪国耻。苟利社稷，死生以之。峤虽恡劣，忝据一方，赖忠贤之规，文武之助，君子竭诚，小人尽力。

高操之士，被褐而从戎；负薪之徒，匍匐而赴命。率其私仆，致其私仗，人士之诚，竹帛不能载也，岂峤无德而致之哉？士禀义风，人感皇泽耳。且护军庾公，帝之元舅，德望隆重，率郭后军等，与峤戮力，得有资凭，且悲且庆，若朝廷之不泯也，其各明率所统，毋后事机。赏募之信，明如日月，有能斩、约峻者，封五等侯，赏布万匹。忠为令德，为仁由己，万里一契，不在多言。

这篇移文，分使四颁，满望各处响应，同时举义。不意陶侃督护龚登，竟至峤舟相见，说是得陶公来书，促令还镇。弄得峤莫名其妙，慌忙将登留住，再遣王愆期致书陶侃，书中有云：

仆谓军有进而无退，宜增而不可减。近已移檄远近，言于盟府，克日大举。南康、建安、晋安三郡军，并在路次，同赴此会，惟须仁公督军戾止，使齐进耳。仁公今乃召还督护，疑惑远近，成败之由，将在于此。仆才轻任重，实赖仁公笃爱，远禀成规，至于首启戎行，不敢有辞。仆于仁公，当如常山之蛇，首尾相衔耳。或者不达高旨，将谓仁公缓于讨贼，此声难追，仆于仁公并受方岳之任，安危休戚，理既同之。且自倾之顾，绸缪往来，情深义重，著于人士之口，一旦有急，亦望仁公悉众见救。况社稷之难，惟仆偏当一州，州之文武，莫不翘企。假令此州不守，约、峻树置官长于此，荆楚西逼强胡，东接逆贼，因之以饥馑，将来之危，必有甚于今日者。以大义言之，则社稷颠覆，主辱臣死。公进当为大晋之忠臣，参桓文之义，开国承家，铭之天府；退当以慈父雪爱子之痛。约、峻凶逆无道，囚制人士，裸其五体，近日来者，不可忍见，骨肉生离，痛感天地。人心齐一，咸皆切齿。今之进讨，如以石投卵，无虑不克。若出军既缓，复召兵还，人心乖离，是为败于几成也。愿深察所陈，以副三军之望。

愆期到了荆州，奉书与侃。侃展书详览，至"慈父雪爱子之痛"句，不禁流涕道："我儿果死了吗？"看官！你道侃子为谁？原来就是庐江太守陶瞻，小子在前回中，已曾叙及，不过尚未说明侃子。就是当时内外断绝，陶瞻战死，侃虽稍有所闻，尚未确悉，此次得了峤书，已经证实，当然生悲。愆期复接口道："公子殉难，真实不虚。且苏峻乃是豺狼，如得逞志，四海虽广，肯容明公托足么？"侃将书放下，投袂而起，立即大集将士，戎服登舟，与愆期同赴峤军，倍道急进。将至寻阳，令愆期先行返报。愆期驰抵峤营，峤问明原委，喜出望外，只庾亮捏着一把冷汗，惟恐侃来报复，不得不与峤相谋。_{谁叫你平日量狭？}峤说道："陶公既来赴难，谅不至再记前嫌，就使尚有芥蒂，总教向彼谢过便了。有峤在此，保无他忧。"遂与亮回舟相迎，两下会叙，由峤引导庾亮，代达殷勤。侃见亮趋入，故意不睬，亮只好硬着头皮，向侃拜谢。_{急来抱佛脚。}侃拈须冷笑道："庾元规乃拜陶士行么？"亮见他词色不佳，慌忙引咎自责，亏得他生就厚脸，又有三寸妙舌，说得悱恻动人。_{赖有此尔。}侃意乃少解，握住亮手道："君侯修石头城，防备老子，今日反来相求，才知老子是忠心为国，未尝通叛呢。"峤在旁婉劝，侃益释然，便相偕入寻阳城，大开筵宴，欢谈竟夕。越宿复登舟启行，东指建康，共计戍卒四万，旌旗相蔽，轴轳互连，钲鼓声远达数百里。

徐州刺史郗鉴，在广陵接得亮书，并所传太后诏旨，已流涕誓众，指日勤王。及闻陶、温联兵东指，复遣将军夏侯长，间行语峤道："公既仗义兴师，鉴愿执鞭从事。但闻叛贼欲挟天子，东入会稽，请公先立营垒，屯据要害，防贼逃逸，又断彼粮道，坚壁清野，与贼相持。贼进不得攻，退无所掠，不出旬月，自然溃散了。"峤深服鉴策，遣还夏侯长，麾舟进行。

苏峻闻四方兵起，用参军贾宁计，自姑孰还据石头，分兵拒敌，一面入宫劫迁幼主，出居石头城。司徒王导与峻力争，舌剑谈锋，怎敌真刀真槊？毕竟拗他不过，强胁幼主登车。八龄天子，骤遭迫辱，哪得不掩面哀啼？将军刘超、侍中锺雅，并步行相随。天适大雨，道路泥泞。峻给刘、钟二人乘马，二人皆不愿乘坐，且泣且行。到了石头，扶帝下车，入居仓屋，尘栖委积，不堪小住。峻即号为行宫，令亲信许方等人，补充司马督殿中监，外托宿卫为名，内实监制刘超、锺雅。超与雅日侍帝侧，还有右光禄大夫荀崧、金紫光禄大夫华恒、尚书荀邃、侍中丁潭等，同处患难，各不相离。成帝在宫，尝读《孝经》、《论语》，超仍然禀授，不使少闲。一息尚存，此志不容少懈。峻既忌超，又复敬超，时有馈遗，超皆不受。左光禄大夫陆晔，为峻所迫，令守行台，峻党匡术守台城。

尚书左丞孔坦，奔往陶侃，侃令为长史，与同计议。坦谓："须联合东军，两面夹攻，方可灭贼。"侃也称良策，只虑道路中梗，不得相通。事有凑巧，那司徒王导，已遣密使得达三吴，托称太后诏谕，勉令东军起义，入救天子。于是会稽内史王舒，使庾冰为奋威将军，领兵万人，西渡浙江。吴兴太守虞潭、吴国内史蔡谟、前义兴太守顾众等均望风起应，募兵讨贼。潭母孙氏，系吴孙权族孙女，早岁守釐，教子有方，至是复尽发家僮，随潭助战，且鬻去环佩衣饰，充作军资，复召潭申诫道："汝当移孝作忠，舍生取义，勿以我老为累呢。"是真贤母。潭益加奋勉，整兵将行。孙氏又闻会稽内史王舒，遣子允之为督护，乃再语潭道："王府君遣子出征，汝何不相效，反出人下？"潭因令子楚为督护，使为前驱，往会允之。允之与庾冰，同至吴国。冰曾任吴国内史，见前回。蔡谟以冰当还旧任，即去职让冰，彼此同心协力，相继西进。途次与峻将管商、张健等相值，两下交锋，互有杀伤，急切不能抵京。东边方兵争未决，西边亦战舰迭乘，陶侃、温峤，进军茄子浦。峤因部兵习水，不善陆战，因下令军中，如有擅自登岸，立处死刑。

会峻送米万斛，馈运祖约，约遣司马桓抚率兵接应，为峤前锋将毛宝所闻，便欲上岸劫粮。部将以军令为辞。宝奋然道："兵法有言，将在外，君命有所不受。今贼粮在道，难道可纵令过去，仍不登岸邀击么？"遂不暇白峤，即麾兵上岸，鼓勇直前，杀退桓抚及运粮等人，把粮米一并夺来，始向峤处请罪。峤大喜道："君能通变达权，立功不小，何罪可言？"遂荐宝为庐江太守。陶侃亦表请王舒监浙东军事，虞潭监浙西军事；郗鉴都督扬州八郡军事，节制舒潭等军。鉴率众渡江，与侃等会合。雍州刺史魏该，亦引兵诣侃。侃乃麾动舟师，直指石头，屯次查浦。峤军另屯沙门浦。苏峻闻西军大至，自登烽火楼，望见长江一带，舟楫如林，不禁失色道："我原防温峤，能得众心，今果成事实了。"说毕，下楼派兵，分道扼守。庾亮使督护王彰，领兵进击，为峻党张曜所败，乃使司马殷融，送节谢侃。侃答语道："古人三败，君侯尚止二次，当今事势急迫，不宜自扰，致惑军心。"遂遣还殷融，劝令静守。侃部下都欲决战，侃与语道："贼众尚盛，未可争锋，不如宽待时日，用计破贼，方保万全。"由是按兵待变，未尝进攻。

苏峻得再遣部将韩晃，往攻宣城。宣城内史桓彝，前次入讨无功，反致败还。见前回。长史裨惠，复劝彝通好苏峻，权与周旋，冀纾兵祸。彝勃然道："我受国厚恩，义在致死，怎能忍耻与逆臣通问？事或不济，也是命数使然，虽死无恨。"
遂遣偏将俞纵，往戍兰石。纵在戍未久，不遑修缮，闻韩晃掩
至，只得驱兵出战。晃系百战悍将，部众又都精锐，眼见俞纵
不是敌手，纵虽拼死奋斗，可奈部卒力弱，再进再却。左右劝
纵退军，纵叹息道："我受桓侯厚恩，理当死报，我不负桓
侯，犹桓侯不负国家。今日是我绝命时期了。"说着，策马突
阵，竟至战死。韩晃乘胜进薄宣城。彝困守多日，势孤力屈，
终遭陷没，为晃所害。不没两忠。

　　先是彝与郭璞为友，尝令璞筮定休咎，筮既成卦，璞即用
手搅乱，彝惊问何因？璞怅然道："卦与我同。丈夫当此，必
无良好结果，奈何奈何？"已而璞语彝道："我与君情好多年，
如来访我，尽可入室，但千万不可如厕。倘或误犯，必至客主
有殃。"彝记在心中，未敢犯忌。一日过饮至醉，竟闯入璞
家，觅璞无着，便往厕所。家人忙来拦阻，已是无及。他见璞
对厕兀立，裸身被发，衔刀奠醊，禁不住狂笑起来。却是好笑。
璞闻声回顾，见是桓彝，不觉大惊，掷刀与语道："我前嘱君
勿来厕所，君竟失约，不但祸我，君亦难免。天数难逃，无可
禳解了。"彝似信非信，尚疑璞为捣鬼，大笑而去。谁料后来
果如璞言，两人俱不得善终。命也何如。

　　话休叙烦，且说陶侃、温峤屯兵江上，自夏经秋，已经累
月。峤本主张急进，屡次出战，亦皆失利。侃决意坐守，并未
与峻党交锋。会因峤军败还，峻兵尚耀威江岸，拟迫侃军，侃
军多有惧色。监军李根，请诸陶侃，拟筑白石垒，以蔽舟车。
侃依根议，即拨兵黄夜赶筑，至晓即成。忽闻峻军内有号炮
声，诸将互相惊愕，总道是峻来攻垒，独长史孔坦驳议道：
"峻若攻垒，必待东北风起，今天气清静，必不敢来，尽可勿
虑。"诸将问何故鸣炮？坦又道："我料他必发兵东出，堵御
东来各军。"诸将尚不肯信，及侦骑来报，果由峻出兵东向，

击败王舒、虞潭等军。孔坦复献议道："峻兵既得败东军，必来攻白石垒了，须亟遣重兵镇守。还有一虑，东军败退，京口随在可危，宜速使郗公还镇，尚可无忧。"侃乃使庾亮率精兵二千，往守白石，又令郗鉴与后将军郭默，同戍京口，立大业、曲阿、庱亭三垒，分峻兵势。

峻果率步骑万余，攻白石垒。幸由庾亮严守，无隙可乘，方才退去。忽闻祖涣、桓抚等来袭湓口，侃料是祖约应峻，双方并举，遂拟遣雍州刺史魏该，率兵往御。便有军吏入报道："魏刺史病故了。"侃惊疑道："魏刺史病殁，只好由我自行了。"遂往会温峤，拟留峤暂统各军，自率偏师，往援湓口。莫非有去意么？峤尚未答言，旁有一将应声道："义军恃公为主帅，公奈何轻行？此等小贼，只配末将等往剿呢。"侃见是毛宝发言，便问宝愿往否？宝答称愿往，奉令即行。途次接得谯国警耗，乃是祖涣、桓抚道出谯国，竟将谯城围住，当由宝兼程赴援，才到城下，即被涣、抚等一阵冲突，并令弓弩手更番迭射，毙宝前队多人。宝向前力战，也为流矢所中，贯髀彻鞍。宝使人蹋鞍拔箭，流血满靴，他却毫不呼痛，收军暂退。等到箭声中断，复转身杀上，冲将过去。涣与抚已自幸得胜，不加防备，忽见宝跃马冲来，一时未及拦阻，竟被突入。宝军见主将受伤，尚如此奋勇，哪有不相率感奋，一齐随上。你刀我斧，尽力掩杀，立将敌阵捣乱。桓、抚料不可敌，拨马先逃。祖涣独力难支，自然随走，谯城因得解围。内史桓宣，得出城迎宝，宝见他憔悴得很，不能再当冲要，乃使他东赴峤营，自率军进捣东关，攻破合肥戍垒。会接峤营来使，召令东还，乃引兵退归。

祖约闻宝已退去，又欲派兵进击。不料故尚书令陈光，号召徒党，潜入攻约，好容易把约擒住，及仔细审视，乃是一个假祖约，貌似相类，实出两人，姓名叫做阎秃，系约帐下的从

吏。约已从后墙逸出，无从追获了。想还有数月可活。光斩了阎
秃，恐约召兵来攻，不能抵敌，乃北奔后赵，请石勒袭取寿
春。勒遂令石聪、石堪、领兵渡淮，径抵寿春城下。又由光寄
发密书，诱动约将，使为内应。内外连结，顿将祖约逐去。约
奔往历阳，聪等掳得寿春人民二万余户，渡淮北还。小子有诗
咏道：

> 昆季如何大不同，乃兄靖虏弟兴戎。
> 痴心未遂先遭逐，叛贼由来少令终。

祖约败蹶，苏峻当然失势。峻将路永、匡术、贾宁等，向
峻献策，峻却不从。究竟所献何计，容待下回叙明。

陶侃为晋室重臣，拥兵上游，理应为国图存，与
同休戚；乃以一时之私忿，置国家于不顾，宁非大
误？温峤一再贻书，推为盟主，而侃犹不从，甚至龚
登已遣，尚欲召还，何私憾之深，一至于此耶？及闻
陶瞻战死，舐犊生哀，乃登舟东指，与峤相会，然犹
讥嘲庾亮，情见乎词。亮固有误国之罪，而侃亦不得
为保国；若非温峤之推诚相与，则侃必不肯赴难，其
去亮果几何也？厥后屯兵江上，旷日持久，虽峻兵尚
盛，未易撄锋，然其徘徊瞻顾之状，犹可想见。桓彝
之死，安知非侃之敛兵不动，有以致之？以视温峤之
志在勤王，毛宝之志在戮力，盖不能无惭德矣。虞母
孙氏尚知大义，奈何以堂堂之须眉，反出巾帼下？吾
不禁为陶士行叹息云。

第四十回

枭首逆戡乱成功　宥元舅顾亲屈法

却说苏峻部将路永、匡术、贾宁等人，闻祖约败奔历阳，恐势孤援绝，不能成事，特向峻献议，劝峻尽诛司徒王导等，断绝人望，别树腹心。峻素来敬导，不允众议，路永遂生贰心。王导探知消息，即使参军袁眈，诱永归顺，永便即从导。导欲奉帝出奔，恐被峻党拦阻，反致不妙，因挈二子恬、恰，与路永俱奔白石，往依义军。舍主自去，亦太取巧。

陶侃、温峤，与苏峻相持日久，仍然不决。峻却分兵四出，东西攻掠，所向多捷，人情汹惧。就是朝士奔往西军，亦云峻众势盛，锐不可当，侃未免灰心。独峤怒答道："诸君怯懦，不能讨贼，反来誉贼么？"话虽如此，但屡战不胜，也觉胆寒。已而峤军粮尽，向侃告贷。侃愤愤道："使君曾与我言，不患无良将、无兵粮，但欲得老仆为主帅。今数战皆败，良将何在？荆州接近胡、蜀二虏，当备不虞，若再无兵食，如何保守？仆便当西归，更思良策，他日再来灭贼，也是未迟。"君可忘，子亦可忘吗？峤闻言大惊，忙答说道："师克在和，古有明训。从前光武济昆阳，曹公拔官渡，兵以义动，故能用寡胜众。今峻约小竖，凶逆滔天，何患不灭？峻骤胜生骄，自谓无敌，若诱令来战，一鼓可擒，奈何自败垂成，反欲却退哩？况天子幽逼，社稷颠危，四海臣子，正当肝脑涂地，奋不顾身，峤与公并受国恩，何能坐视？事若得济，臣主同休；万一无成，亦惟灰身以谢先帝。今日势成骑虎，不能再下，公或违众独返，人心必沮，沮众败事，义旗将回指公身了。"侃默然不答。

峤乃退出，与参军毛宝熟商，宝奋然道："下官能留住陶公。"乃诣侃进言道："公本应镇守芜湖，为南北声援。前既东下，势难再返，军法有进无退，非但整率三军，示众必死，就是一退以后，士心离沮，仓皇失据，必致败亡。前日杜弢为乱，亦尝猖獗，公一举灭弢，始享盛名，今难道不能灭峻么？贼亦畏死，未必统是勇悍，公可先拨给宝兵，上岸截粮。若宝不立功，然后公去，人情也不致生恨了。"侃方答道："君既肯奋力杀贼，我愿依议。"遂加宝为督护，拨兵数千，遣令速往。宝奉令即行。

竟陵太守李阳，又替峤白侃道："今温军乏食，向公借粮。公若不借，必至温军溃散，大事无成，阳恐各军将集怨公身，公虽有粟，也无从得食了。"侃乃分米五万石，接济峤军。嗣闻毛宝告捷，把句容湖熟诸屯粮，悉数毁去，这屯粮是苏峻的根本，根本既撤，料峻军必至乏食，久将自乱。侃乃留屯江上，不复言归。

峻遣韩晃、张健等，往攻大业戍垒。不出孔坦所料。垒为后将军郭默所守，被韩晃等困住，水泄不通。守兵无从汲水，甚至取饮粪汁，聊自解渴。郭默不耐苦守，突围出奔，惟留戍卒守着。郗鉴在京口驻节，蓦闻郭默潜遁，不免加忧。参军曹纳进言道："大业为京口屏蔽，大业失守，京口恐难保全，不如亟还广陵，再图后举。"鉴摇手不答，但命左右召集僚佐。至僚佐已集，方责纳道："我尝受先帝顾命，不能预救危难，虽捐躯九泉，未足塞责。今强寇在迩，众志未定。君为我腹心，乃倡议退归，摇惑众心，教我如何驭众呢？"说至此，便旁顾左右，拟将纳推出斩首。纳吓得魂不附体，慌忙跪伏哀求，僚佐亦替他解免，方得贷死。鉴即拨兵助守大业，且遣使至侃军乞援。

侃欲亲自赴救，长史殷羡进谏道："我兵不惯步战，若往救大业，不能得胜，大事反从此去了。今不若急攻石头，石头得克，大业不劳往救，自然解围呢。"侃依羡言，遂与庾亮、温峤、赵胤等会商。使亮等率着步兵，从白石南进，自督水军攻石头城。亮等皆如侃议，乃分率步兵万人，登岸南行。胤为前驱，峤与亮为后应。

苏峻闻步兵来攻，亲率八千人迎战，遣子硕与部将匡孝，分领前军数十骑，先薄胤军。匡孝骁勇异常，当先开路，及与胤军相遇，仗着那一杆铁槊，左挑右拨，运动如飞，胤兵纷纷落马，无人敢当。后队兵士，相率倒退。胤亦禁遏不住，只好退走。峻在马上遥望，见胤军退去，不禁惹起野心，顾语左右道："孝能破贼，难道我不如孝么？"说着，即挈数骑前进，往追赵胤。*寻死去了。*可巧温峤军至，来助胤军，并力将匡孝杀退。孝已回马他遁，峻却冒冒失失，向前突阵。峤、胤两军已经排齐队伍，准备厮杀，还怕什么苏峻？峻见不可敌，回趋白木陂，忽听得"扑蹋"一声，马失前蹄，竟至扑倒。峻亦随向前扑，不能安坐，正拟下马易骑，不防背后有物投来，忍不住一阵奇痛，便即跌下。看官道是何物？原来是一种兵器，叫作钩矛，俗语呼为"钩头枪"。这钩头枪是何人所掷？乃是彭世李千。

彭、李两人，为陶侃部将，从峤助战，见苏峻返奔，便策马力追。峻闻后有追兵，脚忙手乱，马缰一松，因致颠踬。彭、李见他马蹶，相距还有数丈，只恐峻得脱逃，所以将矛遥掷，也是苏峻恶贯满盈，命数该绝，巧巧掷中背上，遂至坠地。彭世、李千立刻驰至，下马拔刀，将峻枭首。峻手下尚有数骑，逃命要紧，走得一个不留。温峤、赵胤等一并趋集白木阪，命将峻尸脔割如糜，毁去尸骨。众军齐呼万岁。峻兵八千人，顿时骇散，惟石头城还未溃乱。峻弟逸在城中，由司马任让等，奉为主将，闭城自守。峻将韩晃，得峻死耗，撤大业围，引还石头。他将管商、弘徽，尚留攻庱亭垒，为郗鉴部将李闳，及长史滕含所破。管商走降庾亮，弘徽走依张健。温峤进薄石头城，就在城外设立大营，暂作行台，布告远近，凡故吏二千石以下，皆令赴台自效。官吏陆续趋集，各思图功。见危即避，闻利即趋，真是好计。

时光易过，两下相持，又过残年。光禄大夫陆晔，本由峻派守行台，峻将匡术，派守台城。至是晔令弟尚书陆玩，劝术反正。术见大势已去，乐得变计求生，遂举台城归附西军。百官亦乘势出头，推晔督领宫城军事。陶侃又遣毛宝入守南城，邓岳入守西城，建康复定，只有石头未下。右卫将军刘超、侍中锺雅，与建康令管旆等，拟奉成帝出赴西军，不幸密谋被泄，即由任让奉苏逸令，带兵入宫，拘住、超雅。成帝下座，将超、雅二人抱住，且语且泣道："还我侍中右卫。"让不肯从，扯开成帝，竟把二人牵出，一刀一个，杀死了事。复大发兵攻台城，韩晃当先，逸与从子硕继进，用了火弓火箭，射入城中，焚去太极东堂，延及秘阁。毛宝饬兵士扑救，自执弓矢，登城守御，弓弦响处，无不倒毙。晃见宝箭法如神，便仰首呼宝道："君号勇果，何不出斗？"宝亦答道："君号健将，何不入斗？"晃不禁大笑，再欲攻城，忽接到石头被攻消息，乃收兵退去。

苏逸、苏硕先已引还，那围攻石头的兵马，便是陶侃、温峤等军。就是扼守京口的郗鉴，亦遣长史滕含等入助。滕含带着步兵，在石头城下待着，邀击苏逸。逸退还时，被含痛击一阵，伤亡甚多。苏硕后至，与含混战，方得杀开走路，拥逸入城。至韩晃到来，含已退去；硕自恃骁勇，率领壮士数百，渡淮赴战，正值温峤截住，乘硕渡至中流，麾舟急击，把硕兵冲作数段。硕长陆战，不善水斗，弄得进退两难，立被峤军击毙。石头戍兵，闻硕败死，统皆夺气。韩晃开城出走，兵士争先恐后，一齐狂奔，无如门隘难容，五相践踏，死不胜计。滕含正在城外巡弋，趁机掩杀，门不及闭，便得攻进，兜头碰着苏逸，两马相交，刀枪并举，不到数合，被含卖个破绽，刺逸下马。含将李汤，从旁趋至，将逸擒住，任让急来抢救，已是不及。含麾众围让，让欲走无路，也即受擒。

成帝尚在行宫，由含将曹据入卫，抱帝赴温峤船。峤率群臣迎谒，顿首请罪。成帝虽然年稚，究竟在位四年，多见多闻，也说了几句慰劳的话儿，均令起身。未几陶侃亦至，见过成帝，奉入京师，随即诛死苏逸，并斩任让。让与侃有旧交，侃请贷一死，成帝流泪道："他杀我侍中右卫，怎得赦免呢？"侃多怀私，反不及幼主明白。侃不便再言，让乃伏诛。又捕戮西阳王羕及羕二子播、充。司徒王导，由白石入石头，令取故节，侃嘲语道："苏武节似不如是。"导不禁赧颜，侃一笑而散。于是颁诏大赦。

峻党张健，奔驻曲阿，弘徽、韩晃等，先后趋至。健拟东窜吴兴。弘徽谓不如北走，两人争论起来。健拔出佩刀，剁毙弘徽，遂使韩晃等乘车陆行，自己乘舟水行。舟车中满载子女玉帛，由延陵东赴吴兴，东军尚未退去，即由王允之亲督将士，截住水陆两路叛党，大破张健、韩晃，夺得男女万余口，并金银布帛等物。健晃收拾余众，改向西奔，又被郗鉴阻住，不能过去，因转走岩山。鉴使参军李闳，领兵追击，健等逃匿山冈，不敢出战。惟韩晃挟箭两囊，至山腰中，自坐胡床，弯弓迭射。闳麾众登山，前驱多中箭倒毙，直至箭已射尽，才得杀上，把晃围住，四面攒击。任你韩晃如何枭悍，也落得身首异处，一命呜呼。闳众挟刃再登，搜杀健等，健料不能免，惶恐出降。阅责他罪恶滔天，立命枭首。自是峻党尽平。冠军将军赵胤复遣部将甘苗，往攻历阳。祖约部将牵腾，开城迎苗。约挈领家族，及左右数百人，逃奔后赵去了。

两叛既灭，江左粗安，惟建康宫阙，已成灰烬，一时不及筑造，但借建平园为宫。温峤欲迁都豫章，三吴人士，请迁都会稽。议出两岐，纷纭未决。司徒王导，独主张仍旧，排斥众议道："孙仲谋与刘玄德，俱言建康饶有王气，足为皇都，怎得无端迁徙呢？古时圣帝明王，卑宫菲服，不求华丽，若能务本节用，休养生息，不出数年，元气渐复，自见蕃昌；否则移居乐土，亦且成墟，即如近来北寇，日伺我隙，我再避往蛮越，更属非计，道在镇定如常，安内驭外，才无后忧。"此语却说得有理。温峤等听到此言，也以为导有远见，取消前议，不复迁都，即用褚翜为丹阳尹。翜收集散亡，尽心抚卹，京邑复安。

朝廷论功行赏，进陶侃为侍中太尉，封长沙公，兼督交、广、宁州诸军事。郗鉴为侍中司空，封南昌公。温峤为骠骑将军，开府仪同三司，加散骑常侍，封始安公。陆晔进爵江陵公。此外得进封侯伯子男，不可胜计。追赠卞壸、桓彝、刘超、锺雅、羊曼等官爵，并各赐谥。峻党路永、匡术、贾宁，相继反正，王导欲悉予封阶。温峤道："永等皆苏峻腹心，首为乱阶，负罪甚大，晚虽改悟，未足赎罪。诚使得全首领，已为幸事，岂尚可再给荣封么？"导乃罢议。

陶侃因江陵偏远，请移镇巴陵。有诏依议，侃乃辞去。温峤亦陛辞归镇，朝议欲留峤辅政。峤推让王导，谓系先皇旧臣，仍当照常倚任，不宜参用藩臣，因固辞而出。且以京邑荒残，资用不足，特将私蓄财物，留献宫廷，然后西行。温太真确是纯臣。惟庾亮初谒成帝，稽颡谢罪，嗣复上表辞职，欲阖门投窜山海。成帝手诏慰谕，谓系"社稷危难，责不在舅"

云云。未免左袒。亮自觉过意不去，又上书引咎道：

　　臣凡鄙小人，才不经世，阶缘戚属，累忝非服，叨窃弥重，谤议弥兴。皇家多难，未敢告退，遂随谍展转，便膺显任。先帝不豫，臣参侍医药，登遘顾命，又豫闻后事，岂云德授，盖以亲也。臣知其不可，而不敢逃命，实以田夫之交，犹有寄托，况君臣之义，道贯自然。哀悲眷恋，不敢违拒。加以陛下初在谅暗，先后亲揽万机，宣通外内，臣当其责，是以激节驱驰，志以死报。顾乃才下位高，知进忘退，乘宠骄盈，渐不自觉。进不能抚宁为外，退不能推贤宗长，遂使四海谤怨，群议沸腾。祖约、苏峻，不堪其愤，纵肆凶逆，事由臣发。社稷倾覆，宗庙虚废，先后以忧逼登遐；陛下旰食逾年，四海哀惶，肝脑涂地，臣之招也，臣之罪也。朝廷寸斩之，屠戮之，不足以谢祖宗七庙之灵。臣灰身灭族，不足以塞四海之责。臣负国家，其罪实大，实天所不覆，地所不载。陛下矜而不诛，有司纵而不戮，自古及今，岂有不忠不孝，如臣之甚？不能伏剑北阙，偷存视息，虽生之日，犹死之年。朝廷复何理齿臣于人次？臣亦何颜自次于人理？臣欲自投草泽，思愆之心也。愿陛下览先朝谬授之失，虽垂宽宥，全其首领，犹宜弃之，任其自存自殄，则天下粗知劝戒之纲矣。冒昧渎陈，翘切待命。

这书呈入，复有诏复答道：

　　苏峻奸逆，人所共闻，今年不反，明年必反。舅勃然而召，正是不忍见无礼于君者也。论情与义，何得谓之不忠乎？若以总率征讨，事至败丧，有司宜绳以国法，诚则然矣。但舅申告方伯，席卷东来；舅躬擐甲胄，卒得珍逆。社稷乂安，宗庙有奉，岂非舅与二三方伯，忘身陈力之勋耶？方当策勋行赏，岂可咎及既往？舅当上奉先帝付托之重，弘济艰难，使冲人，永有凭赖，则天下幸甚！

亮既接诏，尚欲逃入山海，准备舟楫，东出暨阳。可不必做主了。诏令有司收戢各舟，亮乃改求外镇，效力自赎，因出督江西宣城诸军事，拜平西将军，假节豫州刺史，领宣城内史，镇守芜湖。还有湘州刺史卞敦，前曾闻难不赴，但遣督护带领数百人，随从大军。陶侃劾敦阻军观望，请槛车收付廷尉。敦原宜劾，但出自陶公，扪心果能免疚否？独王导谓丧乱甫平，应从宽宥，惟徙敦为广州刺史。敦适抱病，不愿南行，乃征为光禄大夫。未几病死，尚追赠散骑常侍，赐谥曰"敬"。宜削去右旁，谥一苟字。

温峤自建康西还武昌，舟过牛渚矶，水深不可测摸，相传下多怪物。峤发出奇想，令毁犀角照水，果见怪物丛集，或乘马，或乘车，多着赤衣，奇形异状，见所未见。是夕，卧宿舟中，梦有一异人来语道："与君幽明相隔，何故照我？"峤尚欲详问，被异人用物击来，适中门牙，痛极而醒。次日，齿尚觉痛，他本有齿疾。至此因痛不可耐，将牙齿拔落二枚，不意痛仍未痊，反致唇舌艰涩，如中风状。莅镇以后，医治无效，不到旬日，便即去世，年只四十有二。江州士民，相率下泪。有诏赠峤侍中大将军，赐钱百万、布千匹，予谥"忠武"。即令峤军司刘胤，嗣为江州刺史。陶侃、郗鉴，表称胤不胜任，宜别简良才，王导不从。

胤素纵酒渔色，不恤政事。后将军郭默，曾为胤所侮，时常怀恨。此时留屯淮北，竟率兵夜向武昌，候旦开门，突然掩入，诈称有诏收胤，不问他人。胤部下将吏，不知何因，未便拒抗。默突入内寝，胤尚拥妾同卧，被默牵出床下，一刀砍死。妾有姿色，取为己有，又掠得金宝及胤妻女，自称江州刺史，一面将胤首传入建康，诬胤谋逆。王导虑不可制，但令默为豫州刺史，不敢问罪。王导专尚姑息。武昌太守邓岳，驰白陶侃。侃即上表讨默，且致导书道："郭默害方州，就用为方州，倘再害宰相，莫非便使为宰相么？"诘问得妙！导复书谓："遵养时晦，留待足下。"侃览书大笑道："这乃遵养时贼哩。"遂驱兵登舟，直向武昌，四面环攻。默将张丑、宋侯等，惧侃威势，缚默出降。侃斩默枭首，解送京师。诏令侃兼督江州，并领刺史。小子有诗叹道：

藐视王章太不伦，况经矫诏害疆臣。
若非当日陶公在，时贼居然得苟新。

侃既平默，威名益震，连后赵都惮他英威，不敢南窥。惟后赵主石勒，时正强盛，并吞前赵。欲知详情，请看下回分解。

　　合东西各军之力，夹攻苏峻，犹至旷日无功，非将帅之皆无用，弊在号令不专，互相观望耳。苏峻之突阵被斩，实遭天殛，非尽由人力也。试观书中所叙，唯温峤一人，志在讨逆，彻始贯终；毛宝勇敢，未始非为峤所激，感奋而成；陶士行辈皆无取尔。庾亮身为元舅，败不能死，徒自引咎，以塞众谤。卞敦观望不前，仍不加罪，晋政不纲，亦可知矣。成帝幼冲，原无足怪，司其责者，实惟王导，而时人反目为江左夷吾，其然，岂其然乎？

第四十一回

察钤音异僧献技　失军律醉汉遭擒

却说后赵主石勒，乘晋内乱，连夺司、豫、青、徐、兖诸州，见三十五回。复遣兵进扰江淮，攻陷寿春。见三十九回。一面令石虎等率众四万，从轵关西行，往攻刘曜，略定河东五十余县，进迫蒲坂。曜大发水陆各军，亲自督领，由卫关北渡黄河，为蒲坂援应。石虎闻曜军大至，不免震惧，乃撤围退兵。曜追至高候，得及虎兵，两下交战，虎兵大败，偏将石瞻战死，余众亦伤亡大半，伏尸二百余里，丧失资械，不可胜计。虎逃奔朝歌，曜乘胜南下，攻金墉城。后赵守将石生，竭力抵御，曜猛扑不克，因决穿千金堨外的流水，灌入城中。城内兵民，险些儿变成鱼鳖，幸亏金墉城素来坚固，不致坍没。石生移民登阜，麾兵乘城，日夜严防，兀自支撑得住。曜见金墉难拔，又分兵转攻汲郡、河内，后赵荥阳太守尹矩、野王太守张进等，均迎降曜军，曜势大振，襄国戒严。

是时石勒右长史张宾，已经病殁，勒如失左右手，尝临丧大恸道："天不欲我成事么？何故夺我右侯？"不令汝死，老天然是有情。既而令司马程遐，代为右长史。遐智计不及张宾，但因妹为勒妾，得预政权。勒每与遐议及国事，意见不合，辄流涕道："右侯遽舍我长逝，乃令我与此辈共议，岂非天数？"又要归咎于天，天岂常来顾汝么？及曜围金墉，勒拟亲出为援，程遐等入谏道："刘曜乘胜南行，一时难与争锋，惟金墉城坚粮足，不致遽陷，待曜师老力疲，自然退去。大王不宜亲动，一或躁率，难保万全，大业反从此失败了。"勒怒叱道："汝等何知？休来妄言！"遏尚欲再谏，勒竟拔剑置案，几欲动手杀遏，遏乃怯退。

先是参军徐光醉后忘情，致忤勒意，为勒所幽。至是勒复忆光，释令出狱，召与商议道："刘曜乘高候胜仗，进围洛阳，看似锋不可当，但孤思曜带甲十万，围攻一城，多日不克，势必懈怠。若率我锐卒，击彼怠兵，无虑不胜。倘迟至洛阳不守，曜必鼓勇前来，席卷河北，直至冀州。我军为彼所慑，不战必溃，大事去了。程遏等不欲我行，卿意以为何如？"光应声道："大王所料，确是胜算，试想刘曜既战胜高候，不能进临襄国，乃反往攻金墉，显见是无能为呢。诚使大王督兵亲征，彼必望旗奔败，平定天下，在此一举，何必多疑。"勒狞笑道："如卿才合孤心哩。"遂下令调集人马，克日启行。

勒平时常敬礼西僧佛图澄，因复将出师休咎，令他预决。澄忽作梵语道："秀支替戾冈，仆谷劬秃当。"勒听了茫然不解，请澄释明意义。澄乃答道："秀支便是兵，替戾冈是出行的意义，仆谷指刘曜胡位，劬秃当就是捉人意。依此解释，定能出兵拒曜了。"勒又问出自何经？澄答称是相轮寺铃音。铃音可作预谶么？勒将信将疑。澄自言尚有一法，可觇未来。当由勒请令一试，澄谓须展期七日，七日内令一童子持斋，斋期满，方能觇视，于是如法施行。眨眼间已是七日，澄即入见，在勒前行法，令左右取过麻油及胭脂，二物搅合，置诸掌心，又用两手摩擦，好一歇方才启掌，粲然有光。勒等只见他掌中光芒，看不出什么奇异，独持斋七日的童子，顾视澄掌，不禁大诧道："内有无数兵马，捉住一须长面白的大人。"澄即语勒道："这就是刘曜了。"掌中有如此幻影，无怪如来佛能捉孙悟空。勒乃大喜，即令亲将石堪、石聪，往会豫州刺史桃豹等，各率部众趋荥阳。复饬石虎进据石门，自统步骑四万，出发襄国，下令敢谏者斩。程遐等自然不敢再言，一任勒上马登途去了。

但佛图澄究是何人，能有这般秘术？相传澄生长天竺，本姓帛氏，至晋怀帝永嘉四年，始至洛阳。自云百有余岁，能服气摄生，连日不食。每持神咒，役使鬼神，腹旁有一孔，用絮塞住，夜间拔絮露孔，光照一室。又尝至流水侧，从孔中取出脏腑，就水洗净，还纳腹中，洛人称为奇僧。至洛中大乱，投依勒将郭黑。黑从勒四出，每预知行兵吉凶，勒当然疑问。黑谓由澄所授，因即召澄相见，试以道法。澄取钵盛水，焚香持咒，立见钵中生出青莲，花光曜日，勒乃惊服。嗣是勒有举动，澄辄先知。勒为赵王至五年，襄国大旱，勒令澄祷雨。澄言祷求无益，别有良法。遂率徒侣往石井岗，掘得死龙一条，长约尺余，取置水盂，半日复苏。澄向龙咒诵，用酒为奠，蓦见龙一跃上升，腾往天空，即见阴霾四塞，大雨倾盆，田野沾足。因改名天井岗为龙岗。

过了数年，襄国城壕，水源骤涸，勒又求澄设法。澄笑答道："城壕无水，敕龙往取便了。"勒本字世龙，疑澄有心嘲弄，亦笑语道："正因龙不能取水，所以商诸高僧。"澄乃正色道："这是实语，并非戏言。水泉无论大小，必有神龙居住。今城堑水源，在西北五里团丸祠下，若非敕龙取水，水何从来？"说毕自出。随引弟子法首等数人，径至团丸祠下，自坐绳床，烧安息香，口中念念有词，絮絮不绝。直至三日三夜，方有小水流动，一小龙长五六寸，随水出没，人民相率趋观。澄禁令逼视。不到半日，水势骤涨，汹涌澎湃，流满隍堑，龙亦不知去向了。澄返报石勒，勒益加敬礼，号为"大和尚"。这且待后再表。事见《十六国春秋》中。

　　且说赵王刘曜，自据位称尊后，起初还从善纳谏，用游子
远为车骑大将军，讨平氏羌。依侍中乔豫、和苞等言，罢建宫
室。又在长乐宫东隅立太学，未央宫西隅立小学。凡百姓年在
十三以上、二十五以下，聪颖可教，俱令入学肄业，共得千五
百人。命中书监刘均领国子祭酒，散骑侍郎董景道为崇文祭
酒，居然尊经讲道，用夏变夷。曜后羊氏，虽得专宠干政，究
竟也没有什么权力。曜立羊氏为后，见三十二回。在位四年，境
内尚称平安，不过与后赵已成仇隙，屡有兵争。是年五月，终
南山忽崩。长安人刘终，从山崩处拾得白玉一方，上有篆文
云："皇亡皇亡，败赵昌，井水竭，构五梁。咢酉小衰，困嚣
丧鸣。呜呼呜呼，赤牛奋靷其尽乎。"终莫名其妙，但赍玉献
曜。曜臣都称为石勒将灭，乃有此征，因联翩入贺。曜也以为
天锡祯祥，特斋戒七日，至太庙中拜受瑞玉，命终为奉车大
夫。好象做梦。独中书监刘均上书道：

　　　　臣闻国主山川，故山崩川竭，国君为之不举。终南京
　　师之镇，国之所瞻，无故而崩，其凶可知。昔三代之季，
　　其灾也如是，今朝臣皆言祥瑞，臣独言非，诚上忤圣旨，
　　下违众议。然臣不达大理，窃所未同。何则，玉之于山石
　　也，犹君之于臣下。山崩石坏，象国倾人乱。"皇亡皇亡。
　　败赵昌"者，此言王室将为赵所败，赵因之而昌大。今大
　　赵都于秦雍，而勒跨全赵之地，"赵昌"之应，当在石
　　勒，不在我也。"井水竭，构五梁"者，"井"谓东井，
　　秦之分也，"五"谓五车，"梁"谓大梁，五车、大梁，
　　赵之分也，此言秦将绝灭以构成赵也。"咢"者岁之次，
　　名"作咢"也，言岁驭作咢酉之年，当有败军杀将之事。
　　困谓困敦，岁在子之年名，玄嚣亦在子之次，言岁驭于
　　子，国当丧亡。"赤牛奋靷"，谓赤奋若，在丑之岁名也，

"牛"谓牵牛，东北维之宿，丑之分也，言岁在于丑，当灭之殆尽，无复遗也。太岁在酉曰"作噩"，在子曰"困敦"，在丑曰"赤奋"，若语见《尔雅》。此其诚悟蒸蒸，欲陛下勤修德化以禳之耳。纵为嘉祥，尚愿陛下夕惕以答之。《书》曰："虽休勿休"，愿陛下追踪周旦盟津之美，捐鄗虢公梦庙之凶，谨归沐浴以待妖言之诛，则国家幸甚！

曜览毕均书，倒也怃然动容。廷臣劾均"狂言瞽说，诬妄妖瑞，应作大不敬论"。曜却谓"不问灾祥，均当深戒，怎得加罪刘均"。越年，又从并州献入玉玺一枚，文为赵盛二字。曜乃不复称瑞，但收贮库中罢了。既而征服仇池王杨难敌，又因秦州刺史陈安叛乱，亲往讨平。赤亭羌酋姚弋仲，亦称臣受封。姚弋仲见前文。凉州牧张寔，为帐下将阎涉所戕，张寔见第三回。寔弟张茂，平定内乱，嗣为凉州刺史。曜复率领戎卒二十八万，进攻凉州。茂惮曜兵威，奉表称藩，曜乃退兵。自是渐即骄盈，沈湎酒色。羊后病死，更立侍中刘昶侄女刘氏为后。才阅一年，刘氏又病不能起，留有遗言，请纳从妹刘芳。芳女姿色，比姊秀美，年甫十三，已长七尺八寸，垂手过膝，发与身齐。曜当然纳入，即册为继后。时已为光初十一年。光初为刘曜年号，见三十二回。曜命骠骑将军刘述为大司徒，侍中刘昶为太保。召公卿以下子弟，入阙亲选，见有材武出众，便使为亲御郎，被甲乘马，随同出入。尚书郝述、都水使者支当等，谓"人主不宜日近武人"，致触曜怒，勒令服毒自尽。是夕，曜梦见空中降下三神，统是金面丹唇，东向逡巡，不言即退。当下恍惚前追，屈身下拜，俯履三人足迹。俄而惊寤，细思梦兆，辨不出什么吉凶。翌晨，召入公卿，令他详梦。一班谐臣媚子，无非曲意献谀，交口称贺，惟太史令任义，谓梦兆不祥，列陈见解，大略说是：

> 三者历运统之极也，东为震位，王者之始次也。金为
> 兑位，物衰落也。丹唇不言，事之毕也。逡巡揖让，退舍
> 之道也。为之拜者，屈服于人也。履迹而行，慎勿出疆
> 也。东井，秦之分也，五车，赵之分也，秦兵必大起，亡
> 主丧师，留败赵地，远至三年，近七百日，其应不远，幸
> 熟思而慎防之！

曜闻言大惧，即亲祀二郊，修缮神祠，遍祷名山大川，大
赦死罪以下，减免百姓半租。徒务表面，有何益处？越年，春令
大旱，好几月不见甘霖，曜偏分兵袭仇池、攻凉州、略河南，
一些儿不加轸恤，但令出掠境外，夺得子女玉帛，还充府实。
国人遇有旱灾，令他四出纵掠，不可谓非理财妙诀。又越年出败石
虎，便是围攻金墉城一役。补叙刘曜数年间事，使知败亡之由来。
后赵主石勒，自救金墉。至大碣渡河，时当仲冬，寒风似
刀，河滨更甚。及勒军将渡，忽天气转为晴和，风静冰泮，安
然得济。济毕又狂风大起，沉阴如故。勒大喜道："这是天神
佑我哩。"此番才喜有天了。遂改名大碣为灵昌津。参军徐光，
亦随勒南行，勒顾语光道："刘曜闻我出兵，若移兵成皋，据
关拒我，方为上策；依洛为营，负水自固，乃是下策；坐守洛
阳，束手待擒，便成无策了。"既而勒至成皋，会集诸军，得
步兵六万，骑兵二万七千，鼓行而进，一路无阻，并不见有曜
军。勒举手上指，又自指额，连声呼天，天何言哉。复令兵士
卷甲衔枚，从间道出巩訾间，昼夜不休，直至洛水。遥见曜兵
俱退驻对岸，连营十余里，差不多有十多万人，更不禁大喜
道："曜真庸奴，为我所料，诸将士已好贺我了。"大众闻言，
统向勒道贺。勒扬鞭得意，督步骑入宣阳门，由守将石生出

接，迎入故太极前殿，升座劳众，休息一宵。越宿，乃部署兵马，整顿器械，准期明日出战。命石虎率步卒三万人，自城北趋西，攻曜中军；石堪、石聪各领骑兵八千人，自城西趋北，击曜前锋。三人领命归营。勒又预戒亲卒，五更造饭，黎明饱餐，开城助战。

这一边已安排就绪，那一边尚杂乱无章。刘曜围攻金墉，已过了三月有余，他见坚城难下，索性置诸度外，镇日与群臣饮博，酣醉无度，不恤士卒。左右或进言相规，曜斥为妄语，连杀数人。及闻勒渡河亲至，方拟遣兵增戍，堵截勒兵。议尚未定，勒兵已抵洛水。前驱谍使，被曜候骑获得一人，献入营中。曜亲问道：“大胡自来么？率众几何？”谍使答道：“大王自来，兵势甚盛。”曜闻言不禁失色，便下令撤围，退营洛水西岸。<small>叙出曜军情形，方与上文接笋。</small>到了勒兵入城，曜尚无布置，仍然拼命饮酒。临战的早晨，已闻石虎、石堪等两路杀来，还要饮酒数斗，喝得醉意醺醺，方披甲上马。马无故悲鸣，立住不动，经曜挥了数鞭，反见马倒退下去，一前一却，几乎把曜掀落，亏得左右将曜扶住，仓猝下马，改乘他骑。<small>已兆不祥。</small>曜疑是酒力未足，致马作怪，再命左右进酒一斗，一气喝干，乃策马出营，径诣西阳门。

说时迟，那时快，石虎从左杀到，石堪、石聪从右杀来。曜兵抵挡不住，纷纷溃乱。曜已烂醉如泥，不知进退，但向西阳门驰去，不防石勒带着亲兵，由阊阖门绕至西阳门，迎头击曜。曜醉眼蒙眬，望不出什么石勒，惟听得一声大喝道：“刘曜快来受死！”这一语传入耳鼓，才把十分酒意，吓退三分。又见前面兵士，好几个滚下头颅，乃拍马返奔，忙不择路，只管沿洛水边乱跑。又听背后有人叫道：“刘曜休走！”曜也不敢回头，飞马奔逃。那后面的箭镞，接连射来，可恨背上不生眼睛，无从闪避，徒受了三处箭伤。马亦中了数箭，负痛乱跃，高低不辨，竟致陷入石渠。曜慌忙提缰，马足虽得拔出，马力已竭，坠倒水滨，曜亦当然同坠。可巧水结成冰，将人马一同搁住，不致沈溺。还是溺死的好。奈左右俱已逃散，无人相救。俄而追兵驰到，用着挠钩等件，将曜钩起。曜身上又受创十余，卧在地上，由他捆缚，勉强开眼一瞧，面前立着一马，马上坐着一员大将，正是后赵都尉石堪。堪见曜西奔，率马追来，用箭射倒刘曜，遂得擒曜报功。

曜兵一半逃去，一半被杀。勒乃下令道："我只欲擒求一人，今已得擒住，将士等可抑锋止锐，毋得再加杀戮，有伤天仁。"于是收军入城，牵曜至河南丞廨，把他拘住。一面宰牛设飨，大犒将士。一连三日，方班师北还襄国，使征东将军石邃，押曜同行。曜创痕未痊，不能行动，因用马车载曜，令金创医李永，与曜同载，沿途疗治。既至北苑市，三老孙机，请诣勒前，愿一见曜，勒即允诺。机持酒一大觥，进白刘曜道："仆谷王，关右称帝王，当持重，保土疆；轻用兵，败洛阳，祚运穷，天所亡；开大量，进一觞。"曜见机庞眉皓首，须发似银，乃接觞答语道："老翁年当近百，尚这般康健么？我当为公满饮此觞。"说着，一吸立尽。适配胃口。孙机乃退。勒闻机言，也为怅然道："亡国奴，应该使老叟数罪哩。"及驰入襄国，勒令曜居永丰小城，遣还伎妾，与曜为伴，惟派兵监守，不准曜出入自由。

先是两赵连岁交兵，互有擒获，勒将石佗，为曜军所擒，便即杀死。曜将刘岳、刘震，为勒军所擒，尚未被杀，至此岳、震等得奉勒命，许令见曜。曜瞿然道："我道卿等久为灰土，不意石王仁厚，全宥至今。我骤杀石佗，有愧石王，无怪今日遭祸呢。"乃留岳、震等同宴，终日始别。此时已近死期，乐得痛饮数杯。勒使人语曜，令致彼太子熙书，嘱使远降。曜不从勒意，但饬熙"与群臣维持社稷，不必为我易虑"云云。

勒因此嫉曜，寻即将曜害死。曜僭位十三年，岁次戊子，兵败被擒，正与刘均言相符。小子有诗叹道：

讖纬遗文宁足凭？荒耽才是国亡征。
古今多少沧桑感，无道保邦得未曾。

曜子熙居守长安，能否保全宗祀，且看下回自知。

佛图澄之种种秘术，俱载前史，相传至今，是否确凿，亦无从证实。即果有其事，亦不过如张陆、于吉之流耳。律以治国平天下之大道，澄固未足语此也。刘曜少时，以聪慧闻，刘渊尝称为"千里驹"；及长尤多奇略，自比乐毅、萧、曹，刘聪又以世祖魏武拟之；及靳准篡汉，仗义讨贼，再兴刘氏，似乎刘渊父子之言，不为无见，乃观其金墉一役，醉态昏迷，毫无军谋，仓猝一战，便为所擒，岂其天夺之魄，使汩性灵？抑亦由沉湎酒色，乃有此昏庸之结果也！世间自有大丈夫，特淫妇人之媒词耳。曜顾信之不疑，酿成骄态，其曷能免灭亡之祸哉？

第四十二回

并前赵石勒称尊　防中山徐遐泣谏

却说刘熙居守长安，接得乃父被擒消息，当然大骇，急与南阳王刘胤等，商量方法。胤本是刘曜嫡子，为元配卜氏所生，从前靳准作乱，胤逃匿邻近郁鞠部。及刘曜即位，郁鞠部送胤归国。曜见他身长多力，意欲废熙立胤。胤舅左光禄大夫卜泰及太子太保韩广等，均谓不宜废立，胤亦涕泣固辞。曜也追忆羊后，不忍废熙，乃封胤为王，号为皇子，追谥元配卜氏为"元悼皇后"，进卜泰为太子太傅，仪同三司。其实太子熙，原是懦弱，就是胤亦徒有外表，未足称能。曜率兵南下时，胤且进署大司马，辅熙居守。一切政事，归胤裁决，所以曜陷没后赵，熙即召胤计议。胤谓长安难守，不如退保秦州。尚书胡勋进言道："今主子虽已丧亡，国家尚未残缺，兵士不下数十万人，正可并力扼险，堵御石氏，万一力不能拒，再走未迟。"胤怒叱道："汝敢挠沮众心么？"遂喝令左右，把胡勋牵出斩首。胤不但无能，且是个糊涂虫，怎能保国？勋既冤死，还有何人再敢多嘴，遂相率奔往上邽。首都一动，各镇皆摇，汝阴王刘厚、安定王刘策，各弃镇西走，关中大乱。

将军蒋英、辛恕，拥众数万，入据长安，遣人奉表后赵，情愿投降。石勒览表，即敕洛阳守将石生，乘便西略。生即带领部曲，径入长安。那时刘胤却率兵数万，从上邽出发，来与石生争长安城。前时已愿弃去，此时复欲夺还，奇极怪极。陇东、武都、安定、新平、北地、扶风、始平诸郡胡人，亦奋起应胤。胤军次仲桥，石生婴城自守，飞使向襄国乞援。勒即遣石虎往救，拨给骑兵二万，由虎带去。虎行至义渠，与各郡胡人相值，好似虎入羊群，不值一扫，夷人四面遁去，虎即进捣胤营。胤闻胡人败遁，已是心怯，没奈何出营迎战。两阵对圆，锋刃相交，虎麾动铁骑，冲入胤阵，纵横驰骋，十荡十决。胤慌忙奔还，经虎从后追击，杀得尸横遍野，血流成渠，遂进薄上邽城下。上邽城内的将吏，见胤逃还，都吓得魂魄飞扬，哪里还敢抵御？不到数日，便即溃散。虎挥众登城，擒住赵太子熙、南阳王胤及王公卿校以上三千余人，一律杀死，所有后宫妃妾，俱分给将士。惟曜有女安定公主，年甫十二，却生得身材窈窕，眉目轻盈。虎取为己有，也不管她年龄长幼，到了夜间，便将她抱入寝处，恣情行乐，亏得胡人体质，本来强壮，还勉强容受得住，但已是蕊破花憔，不堪狼藉了。身入虎口，不死亦伤。欢娱数夕，方挈女东行，并徙赵台省文武、关东流民及秦雍大族九千余人，俱至襄国，又坑死王公等及五郡胡人，共五千余名，比虎狼还要凶暴。前赵遂亡。总计自刘渊僭号，共历三传，前称汉，继称赵，凡三十五年。刘曜受擒，岁次戊子，刘熙被屠，岁次己丑。困豸丧鸣，赤牛其尽，白玉篆文，至此毕验了。

石虎还至襄国，赍献前赵传国玺，并拟上勒尊号，奉为赵帝。勒未肯遽许，再经内外百僚，全体申请，无非说是"功德并隆，祥符俱萃，应亟崇徽号，下副人望"等语。勒又迁延过年，始自称为"赵天王"，行皇帝事。名称亦奇。立妻刘氏为王后；世子弘为太子；余子宏为骠骑大将军，都督中外诸军事，兼大单于，封秦王；斌为右卫将军，封太原王恢；为辅国将军，封南阳王；进中山公虎为太尉，兼尚书令，易公为王；虎子邃为冀州刺史，封齐王；石生为河东王，堪为彭城王。署左长史郭敖为尚书左仆射，右长史程遐为右仆射，徐光为中书令，领秘书监。此外，文武百官，各封拜有差。侍中任播等参议，谓赵承金为水德，旗帜尚玄，牲牡尚白，子社丑腊，方符天命。勒依议而行。右仆射程遐进言道："天下初定，应明罚敕法，显示顺逆。从前汉高斩丁公，赦季布，便是此意。大王自起兵以来，褒忠诛逆，中外归心，惟江左叛臣祖约，犹存我国，窃为不解。且约大引宾客，又占夺先人田里，地主多衔怨切骨，大王何尚事姑容，不申天罚呢？"勒本谓约不忠，有心鄙薄，虽然前次收纳，却未尝召见，约降后赵，见四十回。至此听了遐言，便使人给约道："祖侯远来，未暇欢叙。今幸西寇告平，国家无事，可率子弟来会，借表积诚。"言外又与订会期。

约得了此信，当然欣慰。届期这一日，约挈子弟登殿，求见赵天王石勒。勒佯称疾，但令程遐接待。遐邀入别室，引与共饮，暗中着人诈托约言，召约亲属，一并到来。约见全族俱至，不禁动疑，且室外甲士趋集，料知凶多吉少，自思无法脱身，索性拼命乱喝，得能从此醉死，也省得眼见惨刑。偏程遐瞧透约意，待约半醉，便起座大言道："天王有令，祖约叛国不忠，罪应诛夷。"这语说出，甲士俱从外突入，立将祖约拿下，所有约亲信数十人，均被驱出，牵往市曹。蓦见有一群罪犯，由兵役押令前来，仔细一瞧，乃是一班蓬头少妇，垢面童儿，没一个不是家眷。此时心如刀割，险些儿晕了过去。忽有一数龄稚子，趋至约旁，手牵衣襟，哭呼外祖。约手未被缚，便将稚子抱起，且泣且语道："外孙外孙，汝外祖不该背国，连害汝曹。"悔也迟了。旁边走过似虎似狼的甲士，把他外孙夺去，掷诸地上，已是跌个半死。一声炮响，刀光四闪，可怜祖约以下的男子，不论老少长幼，都做了无头鬼。就中只有祖逖庶子道重，由后赵左卫将军王安，买嘱兵士，将他留下，为安携去。余如妇女妓妾，也算赦免，但已皆没为官奴，分充羯人的婢妾去了。叛国贼听著！

看官道王安何人，肯救逖子？原来安本羯奴，为逖所得，留侍左右，很加宠爱。及逖镇雍邱，安亦浸长，逖与语道："石勒与汝同种，汝可往依，免汝久羁他乡，汝可愿否？"安尚不忍别，逖复说道："我亦不在尔一人，尔尽管前去便了。"遂厚给路资，遣令北去。安得见勒，累擢至左卫将军，及闻约族骈诛，不禁长叹道："怎可使祖士稚无后呢？"乃设法取出道重，匿居僧舍，令为沙门。时道重尚只十岁，及石氏灭后，始得南归。这未始非忠臣之报。逖有兄祖纳，与约异母，憎纳如仇，尝闲散家居，览书自乐。约为逆时，纳得不坐。及约奔降后赵，纳仍在江东，由温峤荐引，辟为光禄大夫，卒获考终。祖氏一脉，赖此不亡。道重归宗，便与纳子孙同居，不在话下。

且说石勒既自称天王，群臣尚申表固请，统说是名位未正，应加帝号。勒乃加号称帝，改元建平，由襄国迁都临漳，追尊三代。妻称皇后，王子弘为皇子，封进百官，毋庸再叙。惟史家因前赵已亡，此后但称勒为"赵主"，不称"后赵"，小子亦依史叙述，止称为赵，看官不要疑我脱漏一字呢。叙法绵密。勒并吞关陇，复窥江淮，特遣荆州监军郭敬，与南蛮校尉董幼，寇晋襄阳。晋南中郎将周抚，不能固守，退保武昌，襄阳遂陷。中州流民，悉数降赵，就是前平北将军魏该弟遏，亦率领部曲，自石城降敬。敬遂毁襄阳城，徙百姓至沔北，就樊城旁增筑城堡，居民屯兵，作为城镇。赵主石勒，即署敬为荆州刺史，领秦州牧。陇右氐羌，不受赵命，兴众为乱。勒遣河东王石生往讨，一鼓荡平，赵威大震。东方的高句骊、肃慎诸国，贡入楛矢，宇文部并献名马。凉州牧张骏，本承叔父张茂遗命，嘱令服事晋室，仍守祖制，所以茂死骏继，自称晋大将军凉州牧，与前赵屡起战争。前赵亡，后赵主勒，遣使至凉州，拜骏征西大将军，兼凉州牧，加九锡殊礼，骏抗拒不受。及氐羌为石生所败，多奔凉州，骏恐生乘胜进击，乃遣官诣赵，奉贡称臣。还有西域诸部落，如高昌、于阗、鄯善、大宛等，亦皆向赵奉贡，不惮远行。

赵主勒喜出望外，遂欲大营邺宫，自壮观瞻。廷尉续咸上书切谏，勒大怒道："不斩此老，朕宫如何得成？"说着，即饬御史收咸下狱。中书令徐光进规道："陛下天资聪睿，臣以为将超越唐虞，今乃厌闻直言，是将变作桀、纣了。咸言可用即用，不可用亦当大度包容，奈何反欲加诛呢？"勒乃叹道："人主不得自专，一至于此。朕岂不知咸言为忠，但偶与为戏呢。匹夫略积家资，尚想购一别室；况富有天下，难道不能营缮一宫？将来终当筑造，现且暂停工作，不负忠言。"乃释咸引见，面加慰谕，赐绢百匹、稻百斛。随命公卿百寮，荐举贤良方正、直言秀异、孝义清廉各一人。一面就襄国西偏，创造明堂、辟雍、灵台，侈然有上法姬周的痴想。

既而霖雨经旬，中山西北，水忽暴涨，漂集巨木百余万根，共至堂阳。勒闻报大喜道："天意欲我营邺宫哩。"遂大兴工作，亲授规模。自建平二年孟秋营造，历久未成。越年正月，勒仍在旧殿朝见群臣，遍赐盛宴。酒至半酣，顾语中书令道："朕可比古时何等君主？"光答道："陛下神武谋略，越过汉高；雄材卓荦，超绝魏武。自古以来，罕可比伦，大约为轩辕黄帝的流亚哩。"勒掀髯道："人生岂不自知？卿言未免太过。朕若遇汉高祖，当北面臣事，与韩彭毗肩；若遇光武，当并驱中原，未知鹿死谁手？大丈夫行事，须磊磊落落，皎如日月，怎可似曹孟德、司马仲达辈，曹操字孟德，司马懿字仲达。欺人孤儿寡妇，窃取天下？如朕品诣，应在二刘上下。轩辕乃上古圣人，朕何敢比拟哩？"群臣闻言，皆下座叩首，齐呼万岁。

勒本不识文字，但好令诸生讲读古书，静坐听诵，或出己意评论得失，类皆中肯，人多佩服。一日听读《汉书》，至郦食其劝立六国后，不禁惊诧道："此法大误，何故能得天下？"及闻为留侯张良所阻，乃恍然道："赖有此呢。"聪明原是过人，可惜不学。勒视当世人物，都不足取，惟晋豫州刺史祖逖与荆州牧陶侃，先后推重，目为将才。侃方镇守巴陵，闻襄阳被陷，武昌垂危，倒也吃一大惊；接连是苏峻旧将冯铁，暗杀侃子，奔依石勒，得为戍将。害得侃又惊又悲，乃缮就一书，遣人赍往临漳，责勒纳用叛臣。勒有心干誉，便召入冯铁对着侃使，把他斩首。侃使才告谢南归。侃再遣长史王敷，赍送江南珍宝，与勒修好，并表谢忱。勒当即收受，厚待王敷，并赠赆仪。敷乃返报。

看官，你道侃果真愿与勒和么？他因襄阳失守，意欲设法规复，所以计上加计，令他自弛兵备，好乘虚夺回襄阳。既得王敷归报，便从巴陵移镇武昌，命子斌率领锐卒，会同南中郎将桓宣，往袭樊城。赵将郭敬，果然无备，且督兵南掠江西。桓宣等掩入城中，将所有居守兵民，悉数俘获，又料敬必还援，使斌留镇樊城，自往涅水埋伏，截敬来路。敬得樊城警报，挟怒前来，到了涅水，听得一声号炮，伏兵猝发，他却毫不惊慌，分头抵敌。桓宣也督众力战，自午至暮，方将赵兵杀败，陆续退去。这一次鏖斗，赵卒原死了多人，宣兵亦伤亡过半。宣因飞使报侃，再请济师，侃令兄子南阳太守臻、竟陵太守李阳，率兵万人，共攻新野，遥应樊城。郭敬往救新野，又吃了一回败仗，方才北遁。襄阳城前已被毁，无人守着，当由侃军唾手取回，侃即命桓宣镇守。宣重修城寨，招集流亡，简刑罚，课农桑，复成重镇。赵一再进攻，终不能克。宣镇襄阳十余年，远近畏怀，时人比诸祖逖、周访，可见得捍边固圉，全靠着有良将呢。总断一笔。

惟赵主石勒，中了侃计，叹息累日，暗想陶侃用伪和计，夺去襄阳，自己亦好如法炮制，与晋言和。计策已定，待至建平四年正月，借着贺年的名目，遣使至晋，奉帛修好。偏晋廷拒绝来使，且将所献各帛，焚毁都下。赵使撞了一鼻子灰，匆匆北归。勒顿时怒起，又欲动兵侵晋。偏偏天变迭兴，内忧隐伏，转令一个足智多谋的石季龙，有所顾忌，未敢妄行。

建平三年的夏天，已是疾风骤雨，雷震建德殿端门及襄国市西门，殛死五人。既而雹降西河介山，大如鸡卵，平地水深三尺。太原、乐平、武乡、赵郡、广平、钜鹿千余里，树木摧折，禾稼荡然。勒避殿禳灾，且问中书令徐光，主何凶兆？光言：“介山为介之推所依，之推焚死，阴灵未泯，宜普复寒食故制，立祠奉祀。”原来勒曾禁止寒食，故光疑之推为祟，因致此灾。黄门郎韦謏，驳去光议，独援《春秋左氏传》言，谓：“藏冰失道，阴气发泄为雹，与之推无关。若以之推为贤臣，但令绵介间人民奉祀，便足申敬，何必普及全国呢。”此说较光语为长，但《左氏传》亦非真足据。勒从謏议，只命并州复行寒食，更迁冰室至极寒处所，期顺天时。

到了建平四年的夏天，红日当空，寂静无风，塔上一铃，无故自鸣。佛图澄素识铃音，说是“国有大丧，不出今年”。过了数日，有流星大如象尾，足似蛇形，自北极西南流动，约五十余丈，光芒烛地，坠入河中，声闻九百余里。勒亦自觉非祥。忽爱子斌暴亡，遂疑为流星所应，将备棺殓。忽佛图澄趋入道：“小殿下尚未致死，何故骤令入棺？”勒惊叹道：“朕闻虢太子死，扁鹊能起死回生，难道大和尚亦能救死么？”澄答一“能”字，遂取杨枝沾水，且洒且咒，果见尸身少动，手足渐能屈伸。澄即向前握手道：“可起来了。”言已，斌即坐起，饮食如常。勒因命诸少子居澄寺中，托他照管。惟太子弘年已弱冠，留居东宫，襄办军国大事，凡尚书奏请，多归太子参决。次为骠骑大将军、大单于、秦王宏，亦得预政，权侔主相。石虎守邺有年，前时宏为大单于。虎甚不平，私语于石邃道："我身当矢石二十余年，得成大赵基业，大单于位置，应该属我，奈何反轻授黄口婢儿？俟主上晏驾后，当尽杀无遗，方泄我恨。"勒自号英明，奈何养虎贻患？及弘、宏兄弟，得专国政，虎益怏怏。

弘素好文士，尝引与交游。石勒谓："世未承平，不宜右文轻武。"乃使刘彻任播等教弘兵书，王阳教弘击刺，但弘已性格生成，终不脱文人气象。勒尝语徐光道："大雅弘字大雅。惴惴，可惜不类将种。"光答道："汉高祖以马上取天下，孝文帝治以玄默。守文令主，原与创业不同，何必过忧。"勒始有喜色。光因进言道："皇太子仁孝温恭，中山王雄暴多诈。陛下万岁以后，臣恐社稷必危，宜渐夺中山威柄，休使上逼储君。"勒虽然点首，但因虎累立大功，也未便遽夺虎权。既而右仆射程遐，复入白道："中山王勇武权智，群臣莫及。看他志意，除陛下一人外，统皆蔑视。今专征日久，威振内外，性又不仁，残暴好杀，诸子又并长大，似虎添翼，共预兵权。陛下在日，谅无他变，将来必致跋扈，非少主臣，还请陛下绸缪，早除此患。"勒变色道："今天下未平，兵难未已，大雅年少，宜资辅弼。中山系佐命功臣，亲同鲁卫，朕方欲委以重任，何至如卿所言。卿莫非因中山在侧，虽然身为帝舅，将来不得专政，故有此虑？朕已早为卿计，如或不讳，先当使卿参预顾命，卿尽可安心哩。"遐不禁流泪道："臣实公言，并非私计，陛下奈何疑臣有私？中山虽为皇太后所养，究竟非陛下骨肉，难语恩义，近不过托陛下神规，稍建功绩，陛下报以重爵，并及嗣子，也可谓恩至义尽了。魏任司马懿父子，终被篡国，前鉴未远，怎得不防？臣累沐宠荣，又与东宫托附瓜葛，若不尽言，尚望何人？陛下今不除中山，恐社稷不复血食了。"以疏间亲，亦非良策。勒终不肯丛。遐只好叩头告退，小子有诗叹道：

养虎原为心腹忧，如何先事未绸缪。
毁巢取子犹难料，漫向廷臣诩智谋。

遐退出后，适与徐光相遇，免不得有一番叙谈。欲知后事，且至下回表明。

枭桀如石勒，不可谓非一世雄，观其智料刘曜，算无遗策，卒能举前赵而尽有之。及称尊以后，诛祖约，戮冯铁，虽曰权谋，不戾正道，天下之恶一也。约为晋臣，敢行悖逆，不诛何待？铁系逆党，又杀侃子，召而诛之，谁曰不宜？示人以彰瘅之公，与世无爱憎之异，勒之自矜磊落者，其以此夫。然明于远而忽于近，知其著未见其微，以凶残暴戾之石虎，不善驾驭，致贻后患。徐光谏之而不用，程遐言之而反致疑，此其所以身死未几，而子嗣沦亡也。

第四十三回

背顾命鸮子毁室　凛梦兆狐首归丘

　　却说程遐出遇徐光，便与光叙谈，述及进谏不从情形。光答道："中山王对我两人，时常切齿，不但与国有害，且必累及家祸。我等总当预先设法，保国安家，怎可坐待危祸哩？"遐皱眉道："君有什么良策？"光想了多时，方答说道："中山手拥强兵，威势甚盛，我等无拳无勇，如何抵制？看来只好再三进谏，得能感悟主心，方得转祸为福呢。"但靠此策，何能制虎？遐摇首道："只恐主上未必肯从。"光说道："待我再去一试罢。"说毕乃散。过了数日，光入内白事，见勒面有愁容，便乘间讽勒道："陛下廓平八州，驾驭海内，为何神色未怡？当有隐患。"勒怅然道："今吴蜀未平，书轨不一，司马家儿，未绝丹阳，后世将疑我未应符箓，难为真主。我一想着，便不觉有忧色了。"光应声道："臣以为陛下忧及心腹，哪知陛下徒忧及四肢；四肢尚不足忧，腹心乃是大患呢。从前魏承汉祚，为正朔帝王；刘备虽绍兴巴蜀，总不能谓汉尚未亡；吴尝跨据江东，与魏无损。今陛下包括二都，平荡八州，适与魏王相符。彼司马家僻居江左，无异刘备；李氏据蜀，尚逊孙权；帝王大统，不属陛下，将属何人？这不过是四肢的微患，无庸深忧。惟中山王托陛下威灵，所向无敌，中外共目为英武，有类陛下。可惜他残暴多奸，见利忘义，迹同管蔡，情异伊霍，且父子并据权位，势倾王室。臣见他尚未满意，阴蓄异图。近在东宫侍宴，傲慢不恭，轻视太子，陛下想亦察觉，不过曲示宽容。臣恐陛下传及太子，宗社必生荆棘。这才是腹心重病，足为大患，奈何陛下顾小忘大呢?"勒默然不答。光当然说不下去，没奈何趋回私第。

已而安定府间报称蛇鼠相斗、越宿蛇死，临泾亦报称马忽生角，长安城内又报称鸡有怪声。勒不以为意，西巡沣水宫，途次感冒风寒，竟致成疾，便即还都。那病势日加沈重，因召太子弘、中常侍严震与中山王虎，并侍禁中。虎立即入宫，矫托勒命，阻住弘、，不准入侍，就是王公大臣等问疾，也一概拒绝。内外隔断，不通音问，连勒病势的增减，都无人知晓。虎又召还秦王宏及彭城王堪。巧勒病少痊，起床散步，忽见宏进来请安，便向虎惊问道："秦王何故来此？我使王等出处藩镇，正为今日的预备。竟是何人召入，还是不召自来呢？如或有人矫制召王，便当处斩。"虎慌忙答语道："秦王想念陛下，暂时归省，今即遣令还镇便了。"宏闻虎言，才知是虎擅召，只因虎势力逼人，未敢与辩，不得已含忍而退。待了数日，并无遣还命令，又只好留住都下。勒问虎曾否遣宏，虎诈言奉谕即遣，所以勒不复再言。

是时荧惑入昴，星陨邺中；又有赤黑黄云，绵亘如幕，声如雷震，坠地后气热如火，尘起连天。勒是番王，未必尽应天象，且据新学家言，天象与人事无关，惟史家罗列灾象，故略述一二。勒病势复剧，势难再起，乃遗令三日即葬，概从俭朴。牧守等不必奔丧，仍令照常镇守。内外百寮，既葬除服，毋禁婚嫁祭祀、饮酒食肉。又复申嘱数语道："大雅文弱，恐未能绍承我志，中山以下，宜各司所典，勿违朕命。大雅与斌宜好自维持，司马氏即汝等殷鉴，务须互相和好，勿蹈彼辙。中山王亦当三思周霍，勉力匡辅，我死方得瞑目了。"恐不能如汝所愿。言讫即逝，年正六十，僭位十五年。虎主持勒丧，棺殓既毕，即舁棺夜瘗山谷，人不能测。这是何意？想亦如魏武疑冢，恐被人发掘，或即由勒私嘱石虎，亦未可知。别使大臣子弟六十人，为挽歌郎，引锦一匹，备具文物仪卫，虚葬城外，号高平陵，尊为"高祖明皇帝"。

当下劫出太子弘，使他升殿，胁令手书，收捕程遐徐光下狱，并召齐王邃入宫宿卫，监制太子。文武百官，统皆骇散。弘亦大惧，情愿让位与虎。虎冷笑道："君薨，世子当立，这是古今通义，臣怎敢背越礼法？"弘料虎不怀好意，复泣陈："才力庸弱，不堪重寄，还是让位为是。"虎变色道："如果不堪重任，天下自有公论，也不能私相授受呢。"岂亦想磊磊落落么？遂逼弘登位，改元延熙。文武百官，各进位一等，惟将程遐、徐光牵斩市曹。虎自为丞相、魏王、大单于，加九锡礼，据魏郡等十三邑，总摄百揆。虎妻郑氏为魏王后；长子邃为王太子，加官侍中大将军，都督中外诸军，并录尚书事；次子宣为车骑大将军，领冀州刺史，封河间王；三子韬，为前锋将军，司隶校尉，封乐安王；四子遵为齐王；五子鉴为代王；六子苞为乐平王。徙太原王斌为章武王。所有虎旧时僚属，悉署台省要职。改称太子宫为崇训宫，勒后刘氏以下，俱迁居崇训宫中。凡故宫侍女，具有姿色，及车马珍宝服饰玩好等类，尽被载入丞相府署。令镇军将军夔安为左仆射，尚书郭殷为右仆射。安与殷均虎党羽，所有举措，俱禀虎后行。虎虽未篡位，简直与君主无二。

勒后刘氏，不堪胁迫，密召彭城王石堪入见，流涕与语道："皇祚恐将覆灭了。王与先帝，义同父子，应该顾全一脉，毋致凌夷。"堪唏嘘道："先帝旧臣，均已被斥，宫廷僚属，统是中山心腹，无可与谋。臣惟有出奔兖州，据住廪丘，挟南阳王为盟主，勒子恢为南阳王，见前回。宣太后诏，号召诸镇牧守，令各起义兵，入讨桀逆，方能济事。"刘氏道："事已万急，便应速发，毋使日久变生。"堪应命而出，微服轻骑，往袭兖州。不料兖州有备，未能掩入，部下不过百余骑，如何持久？只好南奔谯城。石虎得知消息，亟遣部将郭太等追击。行至城父，与堪相值。堪兵单力寡，被太围住，一阵乱箭，把堪射倒，活捉了去。虎见了石堪，怒冲牛斗，即命左右取出鼎镬，将他炙死，复召石恢还都。嗣探得刘氏与谋，竟带兵入崇训宫，逼令自杀，别尊弘母程氏为皇太后。

关中镇将石生，洛阳镇将石朗，闻虎敢杀太后，很是不平，遂连兵讨虎。虎留子邃居襄国，自率步骑七万人，倍道攻金墉城，朗不意虎兵骤至，仓猝守御，偏守兵各无斗志，相率骇走，城即被陷，朗被擒住。虎命先刖朗足，继砍朗首，然后移兵转攻长安，用将军石挺为前锋大都督，引兵急进。石生遣部将郭权，与鲜卑涉璝部落，共二万人为前驱，自统大军为后应。权等到了潼关，正值石挺领兵前来，两下争锋。鲜卑兵骁悍异常，横冲直撞，立将挺阵捣破。挺竟战死，众多覆没。虎亦退走渑池，暗中差人赍着重赂，买嘱鲜卑，令他反攻石生。鲜卑贪赂忘信，背了郭权，还击生军。生猝不及防，单骑奔长安，又恐虎兵追至，潜逃至鸡头山。前此俱为骁将，何此时统皆没用？郭权尚有余众三千，退保渭汭。虎令裨将石广，与权相持，自率轻骑入关，竟至长安城下。长安守将蒋英，倒还凭城抵拒，好容易过了十多日，为虎所破，蒋英阵亡。再分兵四觅石生，且悬赏购募。生部下又贪厚赏，斩生出降。郭权孤军在外，当然不能支持，即逃往陇右。虎又遣将军麻秋进讨氐酋略阳公蒲洪，见前文。洪率部落二万户降虎，虎授洪为龙骧将军，使居枋头。羌帅姚弋仲，亦率众迎接虎军。虎又拜弋仲为奋武将军，兼西羌大都督，令徙居清河滠头。乃引兵东还襄国，颁令大赦，且讽弘命建魏台，一如魏武辅汉故事。寻闻郭权据住上邽，向晋投诚，晋授权为镇西将军，领秦州刺史。石广进攻失利，乃再遣将军郭敖及章武王斌等，率步骑四万人攻权。行次华阴，那上邽人闻风惶骇，竟将权刺死，函首迎降。

虎因乱党悉平，踌躇满志，便欲篡移赵祚。适秦王隐有违言，即将他拘入别室，幽禁起来。弘更大惧，亲往魏宫，奉玺与虎。父如龙而儿如豚，奈何？虎摇首道："帝王大业，当由天下人公论，怎得屡来扰我？"遂却玺不受。弘流涕还宫，入白太后程氏道："先帝种果不得再遗了。"让位求生，还做不到，真正苦极。未几，即由尚书省出名，向虎上书，请依唐虞禅让故事。虎勃然道："弘性愚惇，居丧无礼，不能君临天下，直可废去，说什么禅让呢？"倒还爽快，免得许多做作。便令右仆射郭殷持节入宫，废弘为海阳王，迫令徙居。弘徐步就车，顾语左右道："愚昧不堪承统，自惭群后。但也由天命已去，致遭此祸，尚复何言？"左右统皆流涕，宫人亦恸哭失声，于是群臣俱诣魏台劝进。虎下书道："王室多难，海阳自弃，四海任重，勉从推戴。但朕闻道合乾坤，方可称皇；德协神人，方可称帝。皇帝尊号，朕不敢当，今暂称为"居摄赵天王"，聊副众望。"既自称朕，又不愿称皇帝，此次未免近迂。群臣不好违议，虎即号居"摄赵天王"，升殿视朝，改元建武，立子邃为太子，进夔安为太尉，郭殷为司空，韩晞为尚书左仆射，魏概、冯莫、张崇、曹显为尚书，申锺为侍中，王波为中书令，此外文武百官，俱进秩有差。当下放出毒手，命将故主弘及太后程氏，并秦王宏、南阳王恢等，一股脑儿锁禁崇训宫，派兵监守。暗中却嘱使党羽，乘夜突入，凡自程太后以下，悉数被戕。弘在位才得逾年，只二十二岁而终。

是时各郡镇将，俱奉表贺虎。独西羌大都督姚弋仲，称疾不贺。虎疑他有异志，屡次发使驰召。弋仲始至，正色语虎道："弋仲尝谓大王命世英雄，奈何把臂受托，乃遽行篡夺呢？"虎答道："我岂乐为此谋，但海阳年少，恐不能了家事，所以代为主治，卿亦太不谅我哩。"弋仲听不入耳，奋衣趋出。虎见弋仲诚实，也不加罪。实是自愧。惟因谶文中云："天子当从东北来。"乃特备法驾，东往信都，再向北方环巡一周，然后还都，这算是自己应谶的意思。全是痴想。

徐州从事朱纵，不服赵政，杀毙刺史郭祥，举城降晋。虎遣将军王朗击纵，纵奔淮南。虎率众南下，行近历阳，但欲张皇声威，恫吓晋廷，实无深入用兵的意思。历阳太守袁耽，吓得心胆俱裂，飞使报达建康，混称石虎入寇。江南已有好几年不闻兵革，骤得此信，都是错愕失措，相顾彷徨。再加太尉荆州牧陶侃，已经病亡，朝廷失去一座长城，更觉得守边乏材，不寒而栗。小子叙到此处，又不得不将侃死情形，略为表明。

侃自克复襄阳后，见前回。晋廷因功加赏，拜侃为大司马大将军，剑履上殿，入朝不趋，赞拜不名。侃上表固辞，不肯受赏。相传侃少时往渔雷泽，网得一织布梭，取回家中，悬挂壁上。俄而天大雷雨，梭化为龙，破壁飞去。侃视为祥征，有志自负。寻复在夜间得了一梦，乃是身生八翼，奋飞上天，得登天门八重，惟一重不得闯入。内有阍人，携杖出击，触身坠地，致折左翼，痛极而寤。次日左腋尚痛，数宿乃愈。又尝诣厕所，见一人朱衣介帻，敛版前谒道："君有长者风，故特来报。君将来当得公封，位至八州都督。"言讫不见。嗣复有相士师圭，握视侃手，随即指示道："君左手中指有直纹，理当封公。若向上贯彻，便贵不可言了。"侃闻圭言，就用针戳中指上纹，欲使纹路上达。忽有指血漂入壁上，流为"公"字。再用纸揩指中恶血，也现出一个"公"字，愈拭愈明。及都督八州，受封长沙公，自思前事俱验，不敢再有他望。且每念及折翼梦兆，更恐盈满致祸，屡与僚佐言及，将上书乞休。僚佐再三苦留，方才中止。至成帝咸和七年，侃已七十六岁，一病垂危，即上表辞职，略云：

臣少长孤寒，始愿有限，过蒙圣朝历世殊恩，陛下睿鉴，宠灵弥泰。有始必终，自古而然。臣年垂八十，位极人臣，启手启足，当复何恨。但以陛下春秋尚富，余寇不诛，山陵未反，所以愤忾兼怀，不能已已。臣虽不知命，年时已迈，国恩殊特，赐封长沙，陨越之日，当归骨故土。臣父母旧葬，尚在寻阳，拟以来秋奉迎窀穸，待葬事讫，乃告老下藩。不图所患，遂尔绵笃，伏枕感结，情不自胜。臣间者犹谓犬马之齿，尚可小延，欲为陛下西平李雄，北吞石虎，是以遣毌丘奥于巴东，授桓宣于襄阳，良图未叙，于此长乖。此方之任，内外之要，愿陛下速选臣代，使必得良才，奉宣王猷，遵成臣志，则臣死之日，犹生之年。陛下虽圣姿天纵，英奇日新，方事之殷，当赖群俊。司徒导鉴识经远，光辅三世；司空鉴简素贞正，内外惟允；平西将军亮雅量详明，器用周时；即陛下之周、召也。献替畴咨，敷融政道，地平天成，四海幸赖。谨遣左长史殷羡，奉送所假节麾幢曲盖、侍中貂蝉太尉章。荆江州刺史印传邮载、仰恋天恩，悲酸感结。以后事付右司马王愆期，加督护统领文武职衔，俾臣得归死首丘，虽在泉壤，亦拜赐无穷矣。谨待死上闻。

表文已发，即将军谘器仗，牛马舟车，照簿移交。仓库自加管钥，付与王愆期掌管。自己一无所私，乃力疾登舆，出府自去。愆期等送至江口，洒泪告别。侃顾语道：“老子婆娑，徘徊未去之意。正为君辈，今恐当长别了。”说罢，下舆登舟，行至樊溪，越宿便逝。讣闻晋廷，即有诏颁发道：

故使持节侍中太尉，都督荆、江、雍、梁、交、广、益、宁八州诸军事，荆、江二州刺史长沙郡公，经德蕴

哲，谋猷弘远；作藩于外，八州肃清；勤王于内，皇家以
宁。乃者桓文之勋，伯舅是凭，方赖大猷，俾屏予一人。
前进位大司马，礼秩册命，未及加崇，昊天不吊，奄忽薨
殂。朕用震悼于厥心，今特追赠大司马，予谥曰"桓"，
祀以太牢。魂而有灵，嘉兹宠荣。

　　总计侃在军中四十一年，雄毅有权，临机善断，事无大
小，莫不明察，因此兵民不敢相欺。自南陵至白帝城，道不拾
遗。尚书梅陶，尝与友人书云："陶公机神明鉴似魏武，忠顺
勤劳似孔明，非陆抗诸人所能及。"太常卿谢裒子安，亦谓：
"陶公用法，常得法外意。"可见得陶侃才名，实为东晋诸臣
的翘楚，不过苏峻乱时，稍存芥蒂，不离俗见，未免有些阙憾
哩。评论公允。晋廷以侃既寿终，特调平西将军豫州刺史庾亮，
代镇武昌。亮名不副实，又辟殷浩为记室参军，专谈《老》、
《易》，徒尚风流，怎能与陶侃时相比？一闻石虎南来，正是
自顾不暇。晋廷选不出将才，只好仍请出这位年高望重的王茂
弘，抵御羯寇，当下加官大司马，假黄钺，都督征讨诸军事。
成帝时已十有四岁，也观兵广漠门，分遣诸将。命将军刘仕救
历阳，赵胤屯慈湖，路永戍牛渚，王允之戍芜湖。司空郗鉴，
亦使广陵相陈光率众卫京师、中外戒严，非常紧急。小子有诗
叹道：

　　　　到底江南暮气深，一闻寇至便惊心。
　　　　纷纷遣将徒滋扰，虎子怀安不尔侵。

欲知后来有无战事，且待下回再表。

　　　石勒之有从子虎，犹刘渊之有族子曜。曜助渊而

建汉祚，虎佐勒而成赵业，当时之为主立功，情固相同。厥后曜得嗣聪，虎得继弘，迹亦相类。但曜之得国，取诸靳准之手，尚有中兴之名；虎则直攫勒子而有之，其罪大，其恶极，曜尚不若是也。夫刘氏之亡，主之者勒，辅之者虎，而勒之妻孥，亦终为虎所残灭。养虎噬人，即还而自噬，何报应若是之速耶？若东晋将才，足以畏赵者，惟祖逖、陶侃二人，而侃之功为尤大。史称其都督八州，据上流，握强兵，潜有窥窬之志，每思折翼之祥而止，是说未足尽信。侃生平并无逆迹，第当苏峻之乱，不遽入援，必待温峤之敦促而始发，时人乃疑其有贰耳。然袁氏了凡，犹谓其诬，是则侃固东晋之名臣欤？本回又于侃之没世，特加详叙，正善善从长之遗意也。

第四十四回

尽愚孝适贻蜀乱　保遗孤终立代王

却说晋廷防备石虎，遣将调兵，慌张的了不得。忽有探马来报，赵兵退向东阳去了，建康城中，方稍稍安定。嗣闻石虎已回临漳，乃下诏解严，但授南中郎将桓宣为平北将军，都督江沔前锋征讨诸军事，领司州刺史，仍镇襄阳。石虎还都后，复遣征虏将军石遇，率同骑兵七千人，渡过沔水，进攻桓宣。宣督兵守城，更遣人至荆州乞援。荆州都督庾亮，亟使辅国将军毛宝、南中郎将王国、征西司马王愆期等，往救襄阳。石遇掘地攻城，三面掘通三窟，欲从地道，入达城中。宣早已防着，招募壮士，先在地道中守候。俟外兵潜入，用了火器，向地道外烧将出去，外兵连忙倒退，已死伤了好几百人，遇策全然失败。宣又纵兵杀出，获得铠马甚多，弄得遇无法可施。又闻援兵将至，自己军粮垂尽，乃撤围夜遁。宣收回南阵者郡难民，共八千余人，诏令宣督南阳、襄阳、新野、南乡诸军事兼梁州刺史。毛宝为征虏将军，镇守邾城。边境少安。

是年，已为成帝第十年，应加元服，改元咸康。增文武位秩各一等，大酺三日。成帝甚推重王导，幼时相见，每向导下拜；即位后手书与导，犹必加"惶恐言"三字，下诏亦云"敬问"。导年垂六十，常有羸疾，不能赴朝。成帝亲幸导第，纵酒作乐，尽欢乃归。世未平治，亦不应在大臣第饮酒作乐。遇有要政召询，必令乘舆入殿，赐座案侧。导性和缓，与人无忤，所以两遇内乱，终得保全禄位，安享天年。独导妻曹氏，性甚妒忌，为导所惮。导密营别馆，居住姬妾，老头儿尚欲藏娇么？不料为曹氏所闻，即欲往视。导恐众妾被辱，忙令备车，自去保护。车夫驾马稍迟，竟至迫不及待，即改乘牛车，自执麈尾柄驱牛，驰至别馆，使众妾避匿他处。及曹氏到来，已变了一间空屋，但向导诟詈不休。导如痴聋一般，置诸不理，曹氏亦急得没法，只好怏怏归去。不能齐家，安能治国？但以柔道制悍妻，不可谓非良诀。太常蔡谟，闻知此事，向导戏语道："朝廷将加公九锡了。"导自言无功无德，决不敢受。谟笑语道："可惜未曾备物，但有短辕犊车，长柄麈尾罢了。"导不禁色变，谟大笑而去。导引为耻事，尝语僚属道："我昔与诸贤共游洛中，并未闻有蔡克儿，今反来侮弄老夫，也太不循礼了。"原来谟父名克，曾为河北从事中郎，新蔡王腾，为汲桑等所害，克亦殉难。腾死时，见前文。谟少有令名，累任至太常，素好诙谐，故与导为戏。导当时颇觉不平，后来事过情忘，却也不忍报复，这便是他的大度。想是为冤杀伯仁，所以改过。话休叙烦。

且说成帝即位以后，西、北两方的僭国，除前、后赵兴亡，并见前文外，尚有成代二国，先后代嬗，也经过许多沿革，应该大略表明。成主李雄，据有巴蜀，却安享了二三十年。彼时中原大乱，晋代播荡，势不能顾及西隅。就是前、后两赵，也只管寇扰两河，无暇西略。雄既将巴蜀占据，已是心满意足，兴学校，薄赋敛，与民休息，无志动兵，所以四海鼎沸，蜀独安全。未始非蜀民之幸。惟朝无威仪，官无禄秩，君子小人，服章无别，免不得品流猥杂，贤否混淆，又因舍子立侄，致启后来的争端。当时说他贻谋不臧，酿成祸患，其实也是国运使然，不能专责李雄。

雄尝立妻任氏为后，任氏无子，惟有姜子十余人。他因长

兄荡，战死成都，见前文。荡子班性颇仁孝，且尝好学，遂命
立为太子。雄叔父太傅骧，与司徒王达进谏道："先王传子立
嫡，无非为防备篡夺起见，吴王舍子立弟，终致专诸刺僚；指
春秋吴王余祭事。宋宣不立与夷，独立穆公，终致华督弑主。亦
见《春秋左传》。事贵守经，不宜自紊，请三思后行！"雄叹道：
"我从前起兵据蜀，不过举手扦头，本无帝王思想。适值天下
丧乱，得安西土，诸君谬相推戴，忝窃大位。自思目前基业，
皆为先考所贻；吾兄嫡长，不幸捐躯，有子成材，应使主器，
怎得私子忘侄呢？我志已定，毋庸多言。"语亦近理。骧知难再
谏，退朝流涕道："乱从此起了。"

　　会凉州牧张骏，遣使诣蜀，劝雄自去帝号，向晋称藩。雄
复称："晋室陵夷，德声不振，所以称长西方，盖欲远尊楚
汉，推崇义帝，见汉史。雄借以比晋。却是《春秋》大义。假使晋
出明主，我亦相从，引领东望，非自今始了。"一派滑头话。骏
还道雄语出真诚，很加敬服，自是聘问不绝。既而骏为赵兵所
逼，不得已向赵称臣。见前回。及赵有内乱，复欲通表建康，
因遣使向成借道，雄不肯许。骏又使治中从事张淳，再向成称
藩，卑辞假道。雄佯为允诺，暗使心腹扮作盗状，将俟淳出东
峡，把他颠覆江中。可巧有蜀人桥赞，侦知消息，潜往告淳。
淳乃使人白雄道："寡君使臣假道上国，通诚建康，实因陛下
嘉赏忠义，乐成人美，故有此举。今闻欲使盗杀臣江中，威刑
不显，何以示人？"雄不意密谋被泄，只答称："并无此事。"
司隶校尉景骞，谓："淳系壮士，不如留为我用。"雄答道：
"壮士怎肯为我留？卿且先探彼意。"骞遂往见淳道："卿体丰
肥，天热未便行道，不如小住我国，待至天凉，再行未迟。"
淳答道："寡君以皇舆播越，梓宫未返，生民涂炭，故遣淳通
诚上都，会议北伐。就使汤山火海，亦所不辞，寒暑何足惮
呢？"雄乃引淳入见，并问淳道："贵主英名盖世，地险兵强，

何不亦乘时称帝，自娱一方？"淳应声道："寡君自祖考以来，世笃忠贞，近因仇恨未雪，方且枕戈待旦，何暇自娱？"雄不禁怀惭，赧颜与语道："我乃祖乃父，也是晋臣，前与六郡流民，避难此地，为众所推，乃有今日。果使晋室中兴，自当率众归附，卿至建康，可为我达意。"说着，即厚礼馈淳，遣淳就道。淳谢别而出，自往建康去了。可谓不辱使命。

会太傅李骧病死，雄令骧子寿为大将军，西夷校尉，都督中外诸军事，如骧故例。此亦一祸本。又命太子班为抚军将军，班弟玕为征北将军，兼梁州牧。嗣遣寿督同征南将军费黑、征东将军任邵，陷晋巴郡。太守杨谦，退保建平，费黑乘胜进逼。建平监军毌丘奥，退屯宜都。寿引兵西归，但使任邵，屯巴东。已而又调费黑攻朱提。朱提与宁州相近，刺史尹奉，发兵往援。黑屡攻不下，寿亲督兵往攻，包围数月，城中食尽。朱提太守董炳，及宁州援将霍彪等，开城出降。寿复移兵攻宁州，尹奉闻风惶惧，亦举州降寿。寿迁奉至蜀，自领宁州刺史。雄因寿有功，加封建宁王，召令还朝。寿乃分宁州地，别置交州，使降将霍彪，为宁州刺史，爨琛为交州刺史，自引兵还成都。

时雄在位，已三十年，寿逾六十，忽头上生痈，脓血淋漓。雄子车骑将军越等，统憎嫌的了不得，不愿近前。独班亲为吮痈，毫无难色，每当尝药，辄至流涕，昼夜不脱冠带，侍奉寝宫。可奈雄痈大溃，不可收拾，加以前时百战，伤痕甚多，至此相继溃决，遂至丧命。大将军建宁王寿，受遗诏辅政，拥班嗣位，尊谥雄为"武帝"，庙号"太宗"。班依谅闇古礼，苫次守丧，政事皆委寿办理。

雄子越，曾出镇江阳，前虽入省，未几即还，此次闻讣奔丧，自思大位传班，很觉不平，遂与弟期密谋为乱。班弟玕，却瞧透三分，劝班遣越还镇，并出期为梁州刺史，戍葭萌关。

班言梓宫未葬，怎可遽遣？不如推诚相待，使释猜嫌。想是多
读古书，执而不化。许再加苦谏，班非但不从，反调许出戍涪
城。适天空有白气六道，流动不休，太史令韩豹入奏，谓：
"宫中有阴谋起兵，兆主宗亲。"班尚未悟，但在殡宫居哭，
日夕闻声。越与期黇夜突入，班尚对棺恸哭，不防刀光一闪，
头已落地，两目间还带泪痕。年终四十有七，在位不满一年。
迂愚亦足致死。

越又杀班仲兄领军将军都，诈传太后任氏命令，诬班罪
状，废为戾太子。期欲奉越嗣位，越却让与弟期，这却令人不
解。期遂僭就大位。徙封建宁王寿为汉王，进任大都督。又封
兄越为建宁王，位兼相国，加大司马大将军，与寿并录尚书
事。仲兄霸为镇南中领军，弟保为镇西中领军，从兄始为征东
将军，代越镇江阳。一面移雄遗枢，出葬安都陵。

始因期弑主篡位，隐怀不服，乃与寿密商，意图讨逆。寿
惮不敢发，始不禁怒起，竟向期告变，反说寿欲为逆。前后如
出两人，可见人禽之界，只判几希。期本拟诛寿，适值涪城守将李
离，抗命起兵，将为兄复仇。期欲借寿敌离，因改变前意，令
寿出攻涪城。寿先遣人告离，为言去就利害，示明去路。离料
不能敌，便与部将进会罗凯等，弃城东奔，向晋乞降。寿据实
报期，期即使寿为梁州刺史，居守涪城。越年期改元玉恒，立
妻阎氏为皇后，仍尊任氏为皇太后。

期为雄第四子，生母冉氏，本为贱妾。任氏见期面目清
秀，移养为儿，故期事任氏，不啻己母。仆射罗演，为班母
舅，表面上虽为期臣，心中恨期甚深，常欲杀期泄忿。汉王相
上官澹，与演友善，遂同谋杀期，改立班子幽为主。事尚未
行，计已先泄。期即收杀演、澹，并害班母罗氏。嗣是期放斥
旧臣，专任亲幸，外倚尚书令景骞及尚书姚华、田褒，内恃中
常侍许涪等人，庆赏刑威，但令数人裁决，纪纲废弛，法度荡

然，国势渐见衰颓了。暂作一束。

且说代王郁律，为猗𢸄猗卢从子，自猗𢸄子普根殁后，入嗣王爵，已见前文。姿质雄壮，饶有威略。击走匈奴支部刘虎，收降刘虎从弟路孤，复西取乌孙故地，东并勿吉西境，士马精强，雄长朔方。赵主石勒遣使通问，愿与郁律结为兄弟。郁律不许，斩使示威。东晋授册加封，亦拒绝不纳。好容易过了五年，普根母惟氏。欲立己子贺傉，想把郁律摔去。郁律向来疏阔，毫不加防。那惟氏却阴结诸将，乘间逞谋，得将郁律害死，并戮部酋数十人。郁律有子什翼犍，幼在襁褓，母王氏匿居袴中，向天遥祝道："天若有意存孤，切切勿啼。"果然什翼犍并不发声，好似睡熟一般。王氏藏儿出帐，惟氏令诸将监视，但见她子身外徙，总道妇女没有能力，乐得放走，哪知她已挈儿出去。还有什翼犍兄翳槐，年已长成，向居外部，故亦得避难逃奔，往依贺兰部酋蔼头。蔼头系翳槐舅家，就是王氏带出什翼犍，亦借贺兰为藏身地。蔼头当然收纳，概令羁居。惟氏遂得立贺傉，自己出来训政，总握朝纲。她恐赵主记念前仇，或致加兵，因特着人赍书往赵，说是："翳槐已受天诛，今另立新君，力反旧政，情愿修好邻邦。"赵主勒问明情形，含糊答应，惟索交宗子为质。代使答须回禀太后，方可定夺，勒乃遣归。赵人因他权归惟氏，特号他为"女国使"。

过了四年，惟氏病死，贺傉始得亲政，但贺傉素来懦弱，未足服人。不似乃母。各部酋多半生贰，阴有违言，累得贺傉胆怯心虚，徙居东木根山，倚险筑城，作为都邑。他尚恐各部进逼，时怀忧俱，愁里光阴，不堪消受，结果是心神劳悴，终丧天年。得马安知非祸。贺傉死后，弟纥那嗣。纥那较为刚猛，制服诸部，又向贺兰部酋蔼头索交翳槐。蔼头顾全亲谊，不肯从命。纥那即约同宇文部，共击蔼头。蔼头向赵求救，赵拨兵助蔼头，破宇文部，并逐纥那，纥那退保大宁，于是蔼头号召诸部，拥立翳槐为代王，再向大宁进兵。纥那复奔宇文部，收合余烬，徐图恢复。翳槐当然加防，因使季弟什翼犍，至赵为质，与敦和好，隐树外援。纥那却也生畏，不敢动兵，偏是蔼头恃拥立功，骄恣不臣，非但不修职贡，还要今岁索金，明岁索币，屡与翳槐为难。翳槐初尚容受，积忿至六七年，实是忍耐不住，因诱蔼头入帐，暗伏甲士，刺杀蔼头。蔼头一死，各部酋俱咎翳槐负德，相继离叛。两造俱属非是。纥那得乘隙而入，再还大宁，与诸部共攻翳槐。翳槐奔邺依赵，赵王石虎遣将军李稷等，帮助翳槐，往攻纥那。纥那拒守数月，部落复叛，自知不能久持，弃城奔燕。

翳槐复得为代王，就盛乐筑城，安然居住。先后在位九年，得病不起，召庶弟屈孤与语道："我命在旦夕，想难再生，两弟皆非治国才，看来只有迎立什翼犍，方可主持社稷，长治久安。"未几遂殁。孤欲奉兄遗命，往迎什翼犍，独屈有心自立，故意迁延，各部酋互相私议，谓："国家不可无君，什翼犍在赵为质，来否尚未可定，就使得来恐为屈所拒，未必得位。屈刚暴多诈，难为人主，不如杀屈立孤，较为妥当。"议定后，当即举行，共入盛乐，把屈杀死，请孤即日正位。孤流涕道："孤实不才，未堪承统，诸公如不忘先王，应各守遗言，迎立什翼犍。否则孤宁饮刃，尚可对我父兄。"不亚曹子臧吴季札。各部酋见他名正言顺，倒也未便抗议，但虑赵未肯放还质子。孤复道："由我自往，不患什翼犍不来。"遂跨马出都，星夜驰至赵都，入见赵主石虎，说明来意。石虎果然迟疑，孤慨语道："孤奉先君遗命，来迎什翼犍，若大王见疑，孤情愿留身为质，但求放还什翼犍便了。"石虎听了，不禁赞许道："孝友兼全，情义两尽，我怎得不曲成人美哩。"残庚如虎，犹知仁义。因遣令俱归。孤拜谢而出，即与什翼犍同还。

什翼犍年方十九，身长八尺，仪表过人，隆准龙颜，立时发长委地，卧时乳垂至席。翳槐尝目为英器，所以留有遗嘱，使立什翼犍。既归故帐，就在繁畤北设坛登位，创立正朔，纪元建国。革弊制、订新仪，仿华夏立国规程，设立百官，分掌众务。用代人燕凤为长史，许谦为郎中令，特定叛逆杀人奸盗诸刑律，号令严明，政事清简，人民悦服，相率趋附。在位甫及三年，已得众数十万人，东自濊貊，西至破落那，南距阴山，北及沙漠，统禽然向慕，无复异言。果非凡品。什翼犍又大会诸部，议定都灅源川，彼此持论未决，什翼犍母王氏道："我先世以来，居无定所，无非为防患起见。今国家多难，尚未奠平，若必筑城定都，恐一旦寇至，无从避难，不如仍守旧制罢！"什翼犍依了母命，不复营都，但将境内分作二大部，北境命孤监守，南境命实君监守。孤即什翼犍弟兄，实君系什翼犍子，年甫数龄，另遣大臣为辅。什翼犍虽然有室，不过系出卑微，并非望族。此次拟立皇后，意欲求婚他国，较示优崇。当时北方强国，除赵以外，要算燕王慕容廆。什翼犍乃遣使诣燕，乞与和亲，小子有诗咏道：

奉币远来乞许婚，欲加象服待邦媛。
休言齐大非吾耦，得匹豪宗即外援。

究竟慕容氏曾否许婚，待至下回续叙。

李雄舍子嗣而立班，李班尽子道以事雄，雄能传贤，班能全孝，不可谓非盛德事，然卒酿成篡夺之祸者，何哉？盖非有盛德者，不能为盛德事。有尧之盛德，而后能开禅让之局；有舜之盛德，而后能化顽傲之心。否则如宋宣公，如吴王余祭，皆以授受之不经，酿成隐祸，何怪于李雄？即宋殇吴僚之遭弑，亦

皆与李班相同，何惑于李班？顾或者谓班性仁孝，乃
罹惨祸，几疑天道之无知，实则班似仁而实迂，似孝
而实愚，对盗跖而谈礼义，入裸国而被衣冠，几何不
为所戕害也？什翼犍以患难余生，终得嗣统，惟氏不
能杀，石虎不能拘，冥漠中似隐有护之者。然郁律无
过而被戕，贺傉无才而攘国，其不能不辗转推迁，属
诸什翼犍之身，亦理数之所必然者也。况有翳槐之知
人，与拓跋孤之守义乎哉？

第四十五回

杀妻拏赵主寡恩　协君臣燕都却敌

却说燕王慕容皝，就是慕容廆第三子。慕容廆见前文。廆为鲜卑大单于，建牙辽西大棘城，礼贤下士，声望日隆。平州刺史崔毖，密结高句丽、段、氏、宇文氏，合谋灭廆，三分廆地，廆遣子皝，与长史裴嶷，击破宇文部。段氏、高句丽皆惧，遣使乞和。崔毖遁往高句丽。廆乃使裴嶷献捷建康，晋封廆为辽东公，都督幽、平二州诸军事，领平州牧，仍为鲜卑大单于。廆因置官司守宰，立子皝为世子，命庶长子翰为建威将军，少子仁为征虏将军，分守要塞。赵遣使通和，因廆拒命，嗾使宇文部酋乞得归，再引兵攻廆。廆仍命皝等出御，连败乞得归，直入宇文部帐，虏得人民牲畜，奏凯班师。乞得归穷蹙失势，为别部逸豆归所逐，窜死荒郊。逸豆归继为宇文部长，收复故土。复经慕容皝率兵往讨。逸豆归惶恐乞盟，方才引还，皝威名大振。补叙慕容廆，兼及慕容皝，文法不漏。已而廆得病身亡，寿终六十五岁。廆自晋武帝十年时，受晋封为鲜卑都督，直至封公去世，共阅四十九年。

皝承袭父位，忌翰及仁，翰奔依段氏。仁据住平郭，与皝为仇，尽取辽东地。皝督兵攻克辽东，轻骑趋平郭，掩仁不备，擒仁而归，杀死了事。又遣将军封奕等，击败段氏宇文氏，遂自称燕王，立妻段氏为王后，子俊为王太子，拜封奕为国相，韩寿为司马，裴开、阳骛、王宇、李洪等为列卿，历史上称为前燕。即十六国中之一。至代王什翼犍，遣使求婚，觊闻什翼犍才名，自为两雄相遇，愿与和亲，乃将妹兴平公主嫁与什翼犍。什翼犍大喜，迎为王后，就在盛乐城筑起宫室，暗寓金屋藏娇的意思。

　　看官记着！这时候除东晋外，共为五国，赵为最大，次为成，次为燕，次为代，次为凉。提要钩玄，点醒眉目。凉州牧张骏，虽未曾僭号，但境内统称他为凉王，不过他尚守先命，仍然称藩晋室，自遣张淳赴建康，见前回。晋廷格外嘉尚，特拜骏为大将军，都督陕西雍、秦、凉州诸军事。骏乃岁修朝贡，通使不绝。至成帝咸康元年冬季，骏复遣参军魏护，奉表晋都，请即北伐。表文有云：

　　　　东西隔塞，逾历年载，凤承圣德，心系本朝，而江湖寂静，余波莫及，虽肆力修涂，同盟靡恤，及至奉诏，悲喜交并。天恩光被，褒崇辉渥，即以臣为大将军，都督陕西雍、秦、凉州诸军事。休宠震赫，万里怀戴，嘉命显至，衔感屏营。伏维陛下天挺岐嶷，堂构晋室，遭家不造，播幸吴楚，宗庙有黍离之哀，园陵有殄废之痛，普天咨嗟，含气悲伤。臣专命一方，职在斧钺，遐域僻陋，势极秦陇，人怀反正，谓石虎、李期之命，曾不崇朝，而皆篡继凶逆，鸱目有年，东西辽旷，声援不捷，遂使蛣虫鼓翼，四夷喧哗，向义之徒，更思背诞。铅刀有干将之志，萤烛希日月之光，是以臣前章恳切，欲并力声讨，而陛下雍容江表，坐视祸败，怀目前之安，替四祖之业，驰檄布告，徒设空文，臣所以宵吟荒漠、痛心长路者也。且兆庶离主，渐冉经世，先老销落，后生靡识，忠良受枭悬之罚，群凶贪纵横之利，怀君恋故，日月告流，虽时有尚义之士，畏逼首领，哀叹穷庐。臣闻少康中兴，由于一旅，光武嗣汉，众不盈百，祀夏配天，不失旧物。况以荆扬剽悍，尽州突骑，吞噬遗羯，在于掌握哉！愿陛下敷弘臣虑，永念先绩，敕司空鉴征西亮等，泛舟江沔，首尾齐举，臣愿执羁鞚以从，廓清河朔不难矣。拜表神驰，无任引企！

这篇表文到了建康，正值成帝筹备大婚，有什么工夫，去讨北虏？但不过礼遣魏护，期诸他日罢了。越年二月，册立杜氏为皇后，后系故镇南将军杜预曾孙女，父乂曾为丹阳丞，姿容秀美，擅有盛名。前宣城内史桓彝尝谓卫玠神清，杜乂形清。王导从子秘书郎羲之，亦称乂肤若凝脂，目如点漆，可谓神仙中人。怎奈天不假年，早岁去世，所遗仅一女子。妻裴氏嫠居养女，谨守礼教，甚有德音。女少擅容仪，姿采发越，有<small>是父应有是女。</small>惟年至二七，尚未生齿，因此人来求婚，往往中止。及成帝选为中宫，纳采这一夕，齿忽尽生，当时传为奇闻，至备礼入宫时，成帝亲御太极前殿，受群臣庆贺，盛赐筵宴，直至昼漏已尽，宫门悬籥，百官始散席告归。后与成帝同年，乾坤合德，龙凤呈祥，当然恩爱缠绵，不消细说。<small>当张骏申请北伐时，插入立后一段，虽是按时叙事，未免寓有讽意。</small>

惟张骏因未遂所请，再遣使申陈前意，适值赵主石虎，迁都邺城，闻张骏常与晋往来，料有他故，特命侦骑四布，遇有凉州使人，由西赴东，往往把他截住，<small>拘回邺中，</small>所以骏使东行，多不得达。

石虎自恃富强，浸成骄侈，命在旧都筑太武殿，新都造东西宫。太武殿基高二丈八尺，纵六十五步，阔七十五步，砌以文石，下置窟室，设卫士五百人，用漆灌瓦，金珰银楹，珠帘玉壁，穷工极巧，不计价值。殿上施白玉床，流苏帐，特制金莲花，盖住帐顶。广采良家美女充作宫妾，服珠玉，被绮縠，长黛轻裾，多至万余人。又教宫女占星气、习骑射，用女骑千人为卤簿，皆着紫纶巾，衣熟锦裤，金银镂带，五色成文，每一出游，必令她们随行，执羽仪，鸣鼓吹，仿佛天女散花，令人眩目。

是时，境内大旱，粟二斗值金一斤，百姓嗷嗷待哺。虎却徭役并兴，日夜不休，又使牙门将张弥，至洛阳宫中，迁徙钟虡、九龙、翁仲、飞廉等物，搬入邺城。一钟沉入河流，募得泗水壮士三百人，捞取此钟，岸上系着竹絙，驱牛百头，仿辘轳法，引钟出水，才得捞起，用大舟载归。石虎大悦，赦二岁刑，赍百官粟帛，赐民爵一级。又依尚方令鲜飞计议，就邺南投石河中，欲造飞桥，工费数千万亿，桥竟不成。既而赵太保夔安等，上虎尊号，甫入殿庭，庭燎油沸，猝然倒下，散及百官身上，炮得头青面肿，有几个火气攻心，舁回家中，竟致暴毙。虎引为深恨，拿下值殿侍臣成公段，责他疏忽，腰斩阖门。

先是，虎已欲称尊，戴服衮冕，将祀南郊，尝揽镜自照，不见己首，乃大加惶惧，不敢称帝。至此因群臣劝上尊号，但自称"赵天王"，再就南郊筑坛，即位受朝。天王与皇帝何殊？岂即可保全首领么？立后郑氏为天王后，太子邃为天王太子，惟诸子反降王为公，宗室且降王为侯。这是何意？大约即民无二王之意。郑后小字樱桃，本为晋兖从仆射郑世达家歌妓，没入襄国。虎见她妖冶绝伦，即纳为己妾。虎元配郭氏，系征北将军郭荣女弟，虎本与她相敬如宾，未尝反目。不过郭氏无子，常为虎忧。及樱桃入室，生成一种淫妒性质，先用柔媚手段把虎迷住，然后掩袖工谗，媒孽正室。郭氏不堪忍受，免不得反唇相讥，哪知虎袒护樱桃，不令郭氏插嘴。郭氏如何肯依，竟致与虎争执。虎性似烈火，口舌不足，继以武力。拳打足踢，立将郭氏殴毙，再娶清河崔氏女为继室。相处年余，适值樱桃生男，崔氏欲养为己子，樱桃不许。俄而婴儿夭殇，樱桃又对虎哭诉，捏称崔氏挟嫌诅咒，致子夭亡；且多取胡儿为养子，未识何心。虎闻言大怒，急取弓箭，召崔入问。崔徒跣出庭，且泣且语道："勿妄杀妾，乞听妾言！"虎狞笑道："汝若不生歹意，何必着忙。且还入座中，随汝分剖。"崔氏转身入座，不防背后弓弦声响，急欲闪避，已是不及，刚刚穿入胸中，倒地毕命。虎善哑人，遂问爱妻。

自是樱桃得为虎继妻，生有二男，长子就是太子邃，小名阿铁，次子名遵，受封郡公。邃秉性阴鸷，膂力过人。确是有遗传性。虎既立邃为天王太子，复命他参决尚书奏事，且常顾左右道："司马氏父子兄弟，自相残灭，故使朕得至此，试想阿铁是我大儿，我肯忍心杀他么？"慢着！左右齐声道："陛下父慈子孝，怎出此言？"已而太子邃恃宠生骄，因骄成暴，酗酒渔色，纵慾无度。或终日游畋，入夜乃归；或夜出宫臣家，见有姿色妇女，即迫与交欢，有时且妆饰宫人，斩首洗血，置诸盘上，传示四座。又采纳美貌女尼，白日宣淫，狎媟既毕，便视作猪羊一般，洗剥宰割，与猪羊肉合贮一器，煮熟取食，有余遍赐左右，令他分尝一脔。肉味何如？河间公石宣、乐安公石韬，皆邃庶弟，得虎宠爱。邃独视如仇雠，虎毫不加察，也变做一个糊涂虫，左抱娇妾，右执大觥，镇日里昏醉沈迷，不问朝事。邃尝有事呈报，虎嫌他琐碎，即呵斥道："这等小事，呈报什么？"后来邃未报闻，被虎察觉，又召邃入骂道："为什么揩匿不报？"邃未免记述前言，益触虎怒，往往鞭笞交下，不少宽贷。邃屡遭鞭责，当然不平，私语中庶子李颜等道："官家指主子言。很难服侍，我欲行冒顿故事，卿等肯从我否？"冒顿弑父自立，见前汉书。颜等不敢置词，都与傀儡相似。邃即托词有疾，不出莅事，暗中却带领宫僚，共计五百余骑，往饮李颜家。酒至半酣，顾颜与语道："我欲往杀河间公。"

颜答言："今日饮酒，且从缓图。"邃又狂饮数觥，因酒使气，勃然起座，即上马饬众道："快随我杀河间公，如或不从，便当斩首。"大家骇走。颜叩头苦谏，邃亦醉不能支，踉跄趋归。

虎闻邃有疾，拟往探视，命人驾车，蓦见一人趋入，叩马谏阻道："陛下不宜屡往东宫。"虎瞧将过去，乃是大和尚佛图澄，遂延他入座，且命停车不赴。原来佛图澄言多奇验，很为虎所敬信。及与澄谈了数语，澄即别去，虎又不禁怀疑，瞋目大言道："我为天下主，难道亲如父子，反不相信么？"随即遣女官觇邃。邃佯呼与语，背地里拔出佩剑，殴击女官。幸亏女官身材伶俐，只被他击了一下，便转身逃出，奔回报虎。虎乃大怒，收逮中庶子李颜等三十余人，当面诘问。颜知无可讳，具白邃状。虎仍责他辅导无方，都令推出斩首，全是强暴行为。因将邃幽锢东宫。甫经半日，便令释出，传他入见。邃照常朝谒，并未叩谢，拜毕便退。虎令左右传谕道："太子当入朝中宫，奈何便去？"邃似无所闻，昂头径出。于是虎怒不可遏，立废邃为庶人，仍把他拘禁起来。到了夜间，索性遣人杀邃并邃妻张氏，及男女二十六人，一律诛死，同瘗一棺。又杀东宫僚属二百余人，就是邃母王后郑樱桃，也连坐得罪，被废为"东海太妃"，另立河间公宣为太子，宣母杜昭仪为后。

适燕主慕容皝，遣使至赵，具表称藩，愿乞师会讨段氏。虎最喜用兵，又见皝表文恭顺，当然大悦，便与来使约定师期，遣他归报，当即招募壮士三万人，赐官龙腾中郎。旋命横海将军桃豹、渡辽将军王华，统领舟师十万，出漂渝津；虎骧将军支雄、冠军将军姚弋仲，统领步骑十万，充作前锋，往伐段氏。虎也督率亲兵，出次金台。段氏酋长名辽，闻赵将入犯，先遣从弟段屈云，进袭幽州刺史李孟，退保易州。及支雄兵到，击退屈云，复长驱直进，连拔四十余城。燕王慕容皝，亦出兵遥应，攻掠令支北面。令支即段氏建牙处，段辽使弟兰御鲵，为鲵所诱，引入伏中，大破兰兵，驱五千户而返。辽南北皆败。又闻赵兵已入安次，杀毙部酋那楼奇、不由的心惊意骇，急率母妻子姓等，黈夜出奔，逃往密云山。辽左长史刘群、右长史卢谌、司马崔悦等，封好府库，遣使至虎军乞降。虎再遣将军郭泰、麻秋，带着轻骑二万，倍道追辽。行至密云，与辽相遇，辽众无心恋战，怎能敌得过赵兵？眼见是仓皇四溃，如鸟兽散。辽亦单骑窜去，连母妻都不及顾，尽被赵兵掣住，又乘势追杀，斩首三千级。虎直入令支，据住辽宫，正值辽子乞特真，赍献表文，情愿投诚，并贡名马百匹。虎许令降附，收受名马，徙民户二万余人，入居司、雍、兖、豫四州。

是时，燕王慕容廆，已早还师，不复来会。虎恨他无礼，拟移军攻燕。佛图澄随虎偕行，从旁谏阻道：“燕势方盛，福德正隆，现在未可加兵，不若班师为是。”虎作色道：“我率大众进攻，战必胜，攻必取，区区小竖，唾手可擒，能逃到哪里去呢？”太史令赵揽亦入谏道：“燕地岁星所守，行师无功，且恐受祸。”虎大怒道：“你也敢来阻我么？”命左右鞭揽百下，把他逐出，谪为肥如长。当下引众出令支城，攻入燕境，并遣使招诱民夷。燕地各郡县，却也闻风惶骇，相继请降。虎得燕城三十六，乘锐东进，直捣棘城，有众数十万，四面猛扑，呐喊声震彻辽东。

燕王鲵日夕担忧，竟欲出走。帐下将士慕舆根进言道：“赵强我弱，不宜轻动，大王若一举足，全局瓦解，适张赵威。若赵人掠我国民，夺我府实，兵多粮足，如何可敌？且赵人四面环迫，正欲大王畏惧出亡，奈何堕他诡计？今不若固守坚城，镇定士心，观形察变，出奇制胜，就使不能济事，走亦未晚，怎可望风委去，自速灭亡哩？”言之有理。鲵乃决计守城，但面上总难免惧色。玄菟太守刘佩献议道：“今强寇在外，众志惊惶，国事安危，系诸一人。大王今日，无从推诿，当振作精神，率厉将士，不宜再示疲弱。事已万急，臣愿拼死出击，就使不能大捷，亦可小挫敌锋，借定众心呢。"皝乃许诺。佩即率敢死士数百骑，乘夜出城，掩击赵兵。赵兵虽然防备，究竟夜深月黑，不知有多少来军，仓猝抵敌，虚张声势。那佩众却人自为战，不按纪律，但用短兵突阵，乱砍乱斫，俘斩赵兵数百名，便收军入城。为了这一番踹营，赵兵稍稍气沮，守卒才有生机。

　　皝再向封奕问计，奕答道："石虎凶残已甚，人神共嫉，祸败将至，计日可待。今倾国远来，攻守势异，彼虽强横，无能为患。若顿兵多日，必将自乱，大王但坚守不怠，俟彼退去，遣锐追击，必得大胜。"皝意乃安。石虎射书招降。守兵拾书呈皝，皝扯碎来书，慨然说道："孤方欲规取天下，肯降这凶竖么？"既而虎督兵猛攻，四面蚁附，缘城而上。守将慕舆根等力战不退，所有缘城的赵兵尽被击仆。相持至十余日，赵兵死了无数，终不能克。虎无法可施，只好引退。行了数里，忽见后面尘头大起，燕兵努力追来。为首一员少年将官横槊跃马，当先趋至，大呼："石虎快来受死。"虎闻声怒起，饬令大众回马接战，偏各军都有归志，不服号令，随你石虎如何督饬，只是掉头不顾，落荒窜去。小子有诗叹道：

　　　　自古佳兵定不祥，况兼暴戾等豺狼。
　　　　劳师已久军心溃，失律贻凶即否臧。

　　欲知石虎能否退敌，下回再当表明。

　　晋元东渡，两河为墟，胡羯鲜卑诸部落，乘势入据，互相吞并，其目无典午也久矣。独凉州张氏，本为汉族，世奉晋室，如张骏之申请北伐，尤为东晋史上仅见之文字。本回录入原表，所以旌张氏之忠也。惜乎！江左诸君，志在偏安，无暇北讨，而残虐凶暴之石虎，反得横行河洛，称霸一方，天地晦盲，虏腥四煽，岂非一极大厄运欤？夫石虎宠妾杀妻，性本残忍，及子邃谋逆，连坐妻孥。邃有罪当诛，邃之妻子，何为俱诛？东宫僚属，宁无臧否？一并屠戮，其草菅人命也甚矣！至若攻燕一役，顿兵城下，日久无功，虽由燕臣之善谋，坚守不挠，要亦由石虎之暮气已深，天不容其再逞耳。否则如慕容廆之戕贼骨肉，背盟败约，亦石虎之流亚也，虎何至遽为所败哉！

第四十六回

议北伐蔡谟抗谏　篡西蜀李寿改元

却说石虎还至中途，遇着燕兵追来。燕将叫作慕容恪，乃是慕容皝的第四子。恪为皝妾高氏所生，高氏无宠，恪亦失爱。及恪年十五，容貌雄毅，谋虑精详，皝始目为奇童，授以孙吴兵法，至是统兵追虎，部下不过二千骑，却击败赵兵十余万人。赵兵原是劳敝，不堪再战，但亦由恪勇往直前，乃得大破虎众，斩获至三万余级，夺还三十六城，奏凯而回。虎狼狈还邺，检点各军，统皆残缺，独游击将军石闵，一军独全。闵本姓冉，世居魏郡，石勒破魏，掳得闵父冉瞻，少年有力，为勒所爱，乃命待虎左右，使为虎养子，瞻遂易姓为石，历任左积射将军，封西华侯，后竟战死。虎悯瞻殉难，因抚闵如孙，使承父荫。闵既长成，也饶勇略，得为北中郎将游击将军。至是从虎出师，还军时队伍整齐，不缺一人。虎极口赞赏，奖叙有加。养虎贻患，好一个冥中报应。复召赵揽为太史令，一面造船积谷，再图攻燕。

时段辽尚在密云山，遣使诣赵，乞赵发兵相迎；嗣复中悔，又遣使至燕，谢罪投诚。燕王皝亲率诸军迎辽，辽与皝相见，自述前时使赵情形，现当助燕拒赵，计歼赵军。皝大喜过望，便遣慕容恪带领精骑，埋伏密云山，专待赵军到来。赵主石虎，怎知段辽中变，竟遣征东将军麻秋，领众三万，往迎段辽。临行时却面嘱麻秋道："受降如受敌，不可轻忽哩。"毕竟有些智略，可惜已中人计。又命尚书左丞阳裕为军司马，令作向导。裕本段氏旧臣，前次赵军入蓟，战败降赵。虎因他驾轻就熟，所以命助麻秋，也是格外谨慎的意思。麻秋领兵前进，还道是石虎过虑，尽管纵马急行。将到三藏口，乃是密云山入谷要道，远远探望，只有深林丛箐，并无兵马往来，他遂麾兵入谷。才经一半，猛听得胡哨声起，深谷震响，始觉得毛发森竖，胆战心惊。正顾虑间，那慕容恪已挥动伏兵，两面杀来，秋慌忙退兵，怎奈山路崎岖，易进难退，一时情急失措，竟致自相蹂踏，伤毙甚多。再经燕兵大刀阔斧，当头乱劈，就使铜头铁骨，也被斫伤。何况是血肉身躯，怎禁得这番横暴？当下赵兵三万人，约死了二万有余。单剩得几千残兵，保秋还奔。秋马已受伤，下马急跑，才得幸免。

阳裕已被燕兵擒去。赵将单于亮失马被围，冲突不出，索性倚石危坐。燕兵叱令起来，亮厉声道："我是大赵上将，怎肯受屈小人？汝等若能杀我，尽可下手，否则让开走路，听我自归。"燕兵见他状貌伟岸，声气雄壮，倒也不敢进逼，但遣人走报慕容皝。皝用马迎亮，召与叙谈，大加器重，遂授为左常侍。亮见皝厚礼相待，也即受命。从前平州刺史崔毖东遁，妻女没入燕庭。_{崔毖事见前回。}皝命将毖女妻亮，且释出阳裕，使为郎中令，遂载辽俱归，待若上宾。越年，辽复谋叛，乃把辽杀死，并辽党数十人。又遣长史刘翔，参军鞠运，至晋报捷，并乞册封，晋廷未许，惟闻赵为燕败，也不禁跃跃思逞，倡出北伐的议论来了。_{也想出些风头，其实可以不必。}

看官道何人首倡此议？原来是征西将军庾亮。_{出诸彼口，尤属不符。}咸康四年，成帝命司徒王导为太傅，郗鉴为太尉，庾亮为司空。导性宽厚，委任诸将赵胤、贾宁等，多不奉法，朝臣多引以为忧。亮不服王导，挟嫌尤深，尝与太尉郗鉴书道："人主春秋既盛，尚不稽首归政，究竟怀着何意？况身为

师傅，豢养无赖，更属非宜。公与下官并受顾命，朝廷有此大
奸，不能扫除，他日到了地下，如何对得住先帝？现拟与公同
日起事，廓清君侧，公作内应，亮为外援，不患无成，愿公勿
疑！"鉴览书后，付诸一笑，并不答复。有人探悉此事，报知
王导，劝导密为防备。导叹息道："我与元规谊同休戚，当无
异心，果如君言，我便角巾还第，有什么畏惧呢？"话虽如
此，但因亮在外藩，却要来干预内政，心下总未免不平。尝遇
西风尘起，举扇自蔽，慢慢地说道："元规尘污人。"<small>晋臣多半</small>
<small>矫情。</small>晋廷诸臣，统因导老成宿望，为帝师傅，格外推重，且
拟降礼相见。太常冯怀商诸光禄勋颜含，含正色道："王公虽
为傅相，究竟是个人臣，礼无偏敬，诸君如要降礼，可请自
便。鄙人年老，未识时务，但知遵守古礼呢。"及冯怀别去，
转告亲友道："我闻伐国不问仁人，<small>冯祖思怀字祖思。</small>意欲谄
人，偏来问我，莫非我有邪德不成？"随即上表辞官，退归琅
琊故里；再历二十余年，安殁家中。<small>表明高尚。</small>

惟庾亮既反对王导，又欲窃名邀誉，借着北伐的虚声，张
皇中外。因特援举不避亲的古义，把两弟登诸荐牍，一是临川
太守庾怿，谓可监督梁、雍二州军事，使领梁州刺史，镇守魏
兴；一是西阳太守庾翼，谓可充任南蛮校尉，使领南郡太守，
镇守江陵。再请授征虏将军毛宝，监督扬州及江西诸军事，与
豫州刺史樊峻，同率精骑万人，出戍邾城。然后调集大兵十
万，分布江沔，由自己移镇石城，<small>此非江南之石头城，乃在沔水</small>
<small>左近。</small>规复中原，乘机伐赵。表文上面，说得天花乱坠，俨然
有运筹帷幄，决胜疆场的状态。<small>这叫做画饼充饥。</small>成帝览到亮
表，也不禁怦然心动，便将表文颁示廷臣，令他议复。太傅王
导是朝中领袖，且又得成帝诏命，升任丞相。这番军国大事，
当然要他首先裁决，导看了表文，掀髯微笑道："庾元规能行
此事，还有何说，不妨请旨施行。"<small>言下有不满意，实是请君入</small>

瓮。太尉郗鉴接口道:"我看是行不得的,现在军粮未备,兵械尚虚,如何大举?"忠厚人口吻。此外百官,亦多赞成鉴议。太常蔡谟,更发出一篇大议论,作为议案,由小子录述如下:

盖闻时有否泰,道有屈伸。暴逆之寇,虽终灭亡,然当其强盛,皆屈而避之,是以高祖受屈于巴汉,忍辱于平城也。若争强于鸿门,则亡不终日,故萧何曰:"百战百败,不死何待也。"原始要终,归于大济而已,岂与当亡之寇,争迟速之间哉?夫惟鸿门之不争,故垓下莫能与之争。文王身圮于羑里,故道泰于牧野;勾践见屈于会稽,故威申于强吴。今日之事,亦犹是耳。贼假息之命垂尽,而豺狼之力尚强,为吾国计,莫若养威以待时。时之可否,系于胡之强弱;胡之强弱,系于石虎之能否。自石勒举事,虎常为爪牙,百战百胜,遂定中原,所据之地,同于魏世。及勒死之日,将相欲诛虎,虎独起于众异之中,杀嗣主,诛宠臣;内难既定,千里远出,一举而拔金墉,再举而擒石生,诛石聪如拾遗,取郭权如振槁;还据根本,内外;平定,四方镇守,不失尺土。以是观之,虎为能乎,抑不能也?假令不能者为之,其将济乎,抑不济也?

贼前攻襄阳而不能拔,诚有之矣;但不信百战之效,而徒执一攻之验,譬诸射者百发而一不中,即可谓之拙乎?且不拔襄阳者,非虎自至,乃石遇之边师也。桓平北桓宣为平北将军,见前。守边之将耳,遇攻襄阳,所争者疆场之土,利则进,否取退,非所急也。今征西指庾亮。以重镇名贤,自将大军,欲席卷河南,虎必自率一国之众,来决胜负,岂得以襄阳为比哉?今征西欲与之战,何如石生?若欲守城,何如金墉?欲阻沔水,何如大江?欲拒石虎，何如苏峻？凡此数者，宜详较之。石生猛将、关中精兵，征西之战，殆不能胜也。金塘险固，刘曜十万众所不能拔，今征西之守，殆不能胜也。又当是时洛阳关中，皆举兵击虎，今此三镇，反为其用，方之于前，倍半之势也。石生不能敌其半，而征西欲当其倍，愚所疑也。苏峻之强，不及石虎，沔水之险，不及大江；大江不能御苏峻，而欲以沔水御石虎，又愚所疑也。昔祖士稚在谯。田于城北，虑贼来攻，预置军屯以御其外。谷将熟，贼果至，丁夫战于外，老弱获于内，多持炬火，急则烧谷而走，如此数年，竟不得其利。

是时贼唯据沔北，方之于今，四分之一耳。士稚不能捍其一，而征西欲御其四，又愚所疑也。或云贼若多来，则必无粮。然致粮之难，莫过崤函，而石虎首涉此险，深入敌国，平关中而后还。今至襄阳，路既无险。又行其国内，自相供给，方之于前，难易百倍，前已经至难，而谓今不能济其易，又愚所疑也。然此所论，但说征西既至之后耳，尚未论道路之虏也。自沔以西，水急岸高，坌贯泝流，首尾百里，若贼无宋襄之义，及我未阵而击之，将如之何？今王师与贼，水陆异势，便习不同，寇若送死，虽开江延敌，以一当千，犹吞之有余，宜诱而致之，以保万全。若弃江远进，以我所短，击彼所长，惧非庙胜之算也。鄙议如此，伏乞明鉴？

这篇大文，表示大众，没一人敢与他批驳。就是呈入御览，成帝亦一目了然，料知北伐是一种难事，乃诏亮停止北伐，不必移镇。会太尉郗鉴得疾，上疏逊位，疏中有云：

臣疾弥留，遂至沈笃，自忖气力，不能再起，有生有死，自然之分，但忝位过才，曾无以报，上惭先帝，下愧日月，伏枕哀叹，抱恨黄泉。臣今虚乏，危在旦夕，因以府事付长史刘遐，乞骸骨归丘园，惟愿陛下崇山海之量，弘济大猷，任贤使能，事从简易，使康哉之歌，复兴于今，则臣虽死，犹生之日耳。臣所统错杂，率多北人，或逼迁徙，或是新附，百姓怀土，皆有归本之心。臣宣国恩，示以好恶，处以田宅，渐得少安。闻臣疾笃，众情骇动，若当北渡，必启寇心。太常臣谟，平简贞正，素望所归，可为都督徐州刺史，臣亡兄子晋陵内史迈，谦爱养士，甚为流亡所宗，又是臣门户子弟，堪任兖州刺史。公家之事，知无不为，是以敢希祁奚之举，祁奚春秋时晋人。迫切上闻。

这疏上后，不到数日，便即谢世，年已七十有一。鉴系高平金乡人，忠亮清正，能识大体，殁后予谥"文成"，所有朝廷赠恤，一如温峤故事。且依鉴遗疏，迁蔡谟为徐州刺史，都督徐、兖二州军事，即授郗迈为兖州刺史。可巧丞相王导，与鉴同时起病，先鉴告终，成帝特别哀悼，特遣大鸿胪监护丧事，赠襚典礼，仿诸汉博陆侯霍光，及晋安平献王司马孚，予谥文献。导卒年六十有四，当时号为中兴第一名臣。看官阅过前文，应知导毕生事实，究竟优劣何如，请看官自下断语，小子恕不琐叙了。意在言中。且随郗鉴带叙，明示导不如鉴，有瑜不掩瑕之意。

成帝征庾亮为丞相，亮复表固辞，乃进丹阳尹何充为护军将军，亮弟会稽内史庾冰为中书监，领扬州刺史，充并参录尚书事。冰办理政务，不舍昼夜，礼遇朝贤，引擢后进，朝野翕然归心，号为贤相。胜过乃兄。独庾亮尚欲北伐，又想申表固请，适接邾城失守警信，方不敢再提北伐二字。邾城虚悬江北，内无所倚，外接群夷，真是孤危得很。从前陶侃在日，镇守武昌，僚属屡劝侃分戍邾城，侃乃引集将佐，渡水指示道："此城为江北要冲，差不多是虎口中物，我国家现在势力，只能保守江南，倚江为堑，阻住戎马，若出守此城，必致引虏入寇，非但无益，反且有损。我闻孙、吴御魏，尝用三万兵扼守此城，今我兵不过数万，怎能分顾？不若弃为空地，省得夷人生心，我却好安守江南，尚不失为中策呢。"将佐因侃说得有理，当然无言，随侃渡江回镇。侃既去世，由亮代任，亮视邾城为要地，谓可借此进兵，乃使毛宝、樊峻，往守邾城，见本回上文。果被石虎闻知，立遣大都督夔安，带领石鉴、石闵、李农、张貉、李菟等五将，分率五万人，进攻邾城。毛宝忙向亮求救，亮反视若无事，不急往援，终致邾城陷没。宝与峻突围出走，为赵兵所追，俱投江溺死。夔安又转陷沔南，连拔江夏、义阳等郡，进围石城。还亏竟陵太守李阳，发兵掩击，得破赵兵，斩首五千余级，才将赵兵杀退。亮始终不敢渡江，但上表谢过，自愿贬降三等，权领安西将军。有志北伐者，果如是乎？有诏免议，惟庾怿为辅国将军，领豫州刺史，监督宣城庐江历阳安丰四郡军事，镇守芜湖。亮自邾城陷没，忧慨成疾，旋即殁世，年五十二，追赠太尉，谥曰"文康"，进护军将军何充为中书令，命南郡太守庾翼为安西将军，领荆州刺史，都督江、荆、司、雍、梁、益六州诸军事，代亮镇武昌。

翼年仅及壮，超居大任，时人恐他不能称职，他却竭尽志虑，劳谦不懈，戎政严明，经略深远，自是公私充实，舆论帖然。惟翼志大言大，好谈兵事，既欲灭赵，又思平蜀，仍不脱阿兄气习。因通使燕凉，拟与和好，倚为外援。那赵主石虎却也雄心思逞，贻书西蜀，志在并吞江南，愿与蜀主平分。蜀本称成，此时已改号为汉，就是主子李期也已遭弑，为大将军李寿所篡了。李期见四十四回。

期据位后，骄虐日甚，滥杀无辜，籍没资财妇女，充入后宫，内外汹汹，道路侧目。镇南大将军李霸，镇北大将军李保，俱系雄子，相继暴亡，朝臣都说是为期所鸩。期从子尚书仆射李戴素有才名，期又诬他谋反，迫令自尽。大将军汉王李寿本为期所忌，幸得不死，外镇涪城。亦见前文。每当入朝，辄诈造边书，辞以警急。会有巴西处士龚壮谒见李寿，为寿划策，劝他入袭成都。看官道是何因？原来龚壮父叔，前为李特所杀，壮早欲报仇，苦不得间，历年悲恸，服阕未除，远近称为孝子。寿亦闻壮名，礼征不起。及寿与期有嫌，为壮所知，乃拟借寿泄恨，密加游说。寿竟信壮言，遂与掾吏罗恒、解思明谋攻成都。期亦防寿为变，屡遣中常侍许涪窥寿，侦察动静。又鸩杀寿养弟安北将军李攸。一面与建宁王越及尚书令景骞、尚书田褒、姚华等，共议袭寿。将要发兵，不料寿已先发，自率步骑万人，由涪城径趋成都，用部将李奕为先锋，长驱直达。寿子势为翊军校尉，留居成都，正是一个好内应。马上开城迎接，李奕先入，李寿继进，便围住宫门，鼓噪不休。期不及防备，急得没法，只得遣人出慰寿军。寿奏称建宁王越，与景骞、田褒、姚华，以及李遐、李西，统皆怀奸乱政，宜加重辟。期尚未复报，已由寿指挥兵士，收捕越等，随到随诛。兵士乘间四掠，数日乃定。寿即矫称任太后令，废期为邛都县公，幽居别室，追谥戾太子李班为"哀皇帝"。于是大会将佐，熟商后事。

罗恒、解思明、李奕，劝寿称镇西将军、益州牧、成都王，向晋称藩，执邛都公，送往建康。独寿妹夫任调，与侍中李艳，司马蔡兴等，请寿称帝，不宜屈膝江东。寿乃令卜人占验吉凶，卜人视得卦兆，谓可作数年天子。任调跃起道："一日为帝，已足称威。况多至数年呢。"怪不得古今盗贼，都想自做皇帝。解思明驳说道："数年天子，何如百世诸侯？"寿微笑

道："朝闻道，夕死尚可。任卿语原是上策哩。"*所望在此。*遂
僭即帝位，改国号汉，纪元汉兴，追尊父骧为"献皇帝"，母
昝氏为皇太后，立妻阎氏为皇后，世子势为皇太子，命旧吏董
皎为相国，罗恒为尚书令，解思明为广汉太守，任调为征北将
军，领梁州刺史，李奕为西夷校尉，从子权为宁州刺史，所有
公卿守令，一律参换，旧臣近亲，悉皆摈斥，特用安车乘马，
征龚壮为太师，壮独不受，乃听令缟巾素带，待若宾师。*庸中
佼佼。*邛都公李期，被幽兼旬，慨然叹道："天下主降为小县
公，生不如死。"说着，即解带自缢，年仅二十五，在位三
年，寿谥为"幽公"。期妻子徙死穷边。小子有诗叹道：

> 敢戕孝子乱天常，叛贼何能不速亡？
> 容易得来容易失，投环尚幸免刑章。

寿既僭位，便得赵主石虎来书，约他连兵寇晋，究竟寿如
何复赵，待至下回说明。

　　亡西晋，摅怀愍者，非他，一为刘曜，一即石勒
也。曜为勒所灭，已受冥诛；勒虽死而虎尚存，雄暴
且过于勒。为典午复仇计，原宜北伐，为河朔救民
计，亦宜北伐，庾亮之奏请伐赵，似也。所惜者，亮
有其志而无其才耳。蔡谟之驳议，非谓赵不可伐，正
以亮之不能伐赵，不得不为此激切之辞也。若夫李期
篡国，刑政无章，此而能久，谁不可为天下主？李寿
直入成都，一举而即废之；彼尚以小县公为快怏，自
言生不如死，遂致投环毕命，曾亦思李班何罪，乃擅
加弑逆乎？我杀人，人亦杀我，推刃之报，固其宜
也，于李寿乎何尤？

第四十七回

饯刘翔晋臣受责　逐高钊燕主逞威

却说汉主李寿得了赵主来书，竟喜出望外，即遣散骑常侍王嘏、、中常侍王广，驰赴邺中，与赵定约。龚壮曾上陈封事，劝寿附晋，寿不肯从；至是又谏阻联赵，仍然不听；且大修军舰，储粮缮甲，准备东下。一面命尚书令马当为六军大都督，调集军士七万余人，齐至东场，由寿亲往校阅，并下书誓众，略言"吴会遗烬，久逋天诛，今将大兴百万，躬行天讨"云云。小人得志，往往大言不惭。及军舰告成，便分载水师，舣集成都城下。寿登城俯瞩，但见帆樯蔽日、轴舻横江，不由的露出骄容，扬扬得意。偏群臣多与寿异心，相率谏阻道："我国地小兵单，只可自守，不应进取。且吴会险远，更未易图，一动不如一静，幸勿为赵所误，自蹈危机。"寿怒叱道："天与不取，反受其咎，今赵欲与我平分江南，正是天授我朝的机会，奈何勿往？"广汉太守解思明，再向寿反复陈词，极言利害，寿终不信。至龚壮申疏切谏，谓通胡宁可通晋，并援假虞灭虢事以戒寿，寿尚以为非。又经群臣叩头固争，方才罢议。大众齐称万岁。

寿有旧将李闳，前为东晋所获，得间奔赵。寿向赵致书，请遣还李闳。书中称虎为"赵王石君"，虎未免不悦，付诸廷议。中书监王波进言道："李闳尝志在故国，以死自誓，诚使陛下遣还蜀汉，使彼感恩，理当纠率宗族，归向王化，就使不如臣料，我国将多士众，何必留这一人？今寿既自称尊号，簪据一方，若我用制诏，彼必不受；不如赠以国书，示彼大度，免有违言，这也未始非怀柔之计。"虎意乃释然，遣阏使归。适挹娄国献入楛矢，波谓"可转赠巴蜀，使寿知我国威服远人"，虎亦依议，因派使臣偕阏赴蜀，往送楛矢。及使至返国，报称李寿并未称谢，且下令国中道："羯使来庭，献楛矢。"于是石虎大怒，黜免王波，令以白衣领职。既而凉州牧张骏，遣别驾马诜至赵，贡献方物，虎颇有喜色，览及来文，语多謇傲。虎转喜为怒，即欲斩诜。全是喜怒无常。侍中石璞道："今日为陛下大患，莫若江东，区区河右，何关轻重？今若斩马诜，必征张骏，出师西略，无暇南讨，建业君臣，反得苟延过去，岂非失策？况凉州一隅，就使胜彼，也不足为武，不胜反贻笑四邻，倒不如格外厚抚，使彼改图谢罪，彼若执迷不悟，往讨未迟。"璞与王波却同是一流人物。虎乃礼待马诜，便即遣归。

忽闻燕兵有入侵消息，乃大加防备，集兵五十万，具船万艘，自河通海，运谷千一百万至乐安城；且由幽州东迄白狼山，广兴屯田，括取民马，得四万余匹，大阅宛阳，为攻燕计。哪知燕王皝已探悉虎谋，密与诸将商议道："石虎专顾乐安城，总道是防守重复，固若金汤。若蓟城南北，必不设备，我今从间道出发，掩他不备，破彼积聚，才不致他轻觑哩。"说着即整率各军，从蠮螉塞攻入赵境，连破各戍，直抵蓟城。幽州刺史石光，拥兵数万，不敢出战，但闭城拒守。燕兵转渡武遂津，驰诣高阳，沿途焚毁积聚，掠徙幽、冀三万余户而还。虎闻燕兵入境，急拟整军对敌，一时未及召齐，只好迁延数日。到了兵马会集，燕兵已饱载远扬，虎始知皝有智略，倒也不敢轻自出兵了。皝引兵归国，因前使刘翔等，尚留江东，未见北返，乃再贻晋中书监庾冰书，责他忘仇误国，大略说是：

> 君以椒房之亲、舅氏之昵总据枢机，出纳王命，兼拥列将州司之位，昆弟网罗，显布畿甸，自秦汉以来，隆赫之极，岂有若此者乎？以吾观之，若功就事举，必享申伯之名；如或不立，不免梁窦之迹矣。每观史传，未尝不宠恣母族，使执权乱朝，先有殊世之勋，寻有负乘之累，所谓爱之适足以为害。吾尝愍历代之王，不尽防萌终宠之术，何不以一土之封，令藩国相承，如周之齐陈？如此则永保南面之尊，宁复有黜辱之忧乎？窦武、何进，虚己好善，天下归心，虽为阉竖所危，天下嗟痛，犹有能履以不骄，图国亡身故也。方今天下有倒悬之急，中夏遘僭逆之寇，家有漉血之怨，人有复仇之憾，宁得安枕逍遥，雅谈卒岁？吾虽寡德，过蒙先帝列将之授，以数郡之人，尚欲并吞强虏。是以自顷及今，交锋接刃，一时务农，三时用武，而犹师徒不顿，仓有余粟，敌人日畏，我境日广。况乃王者之威，堂堂之势，岂可同年而语？若之何不自振作，反为胡人笑也？传曰："畏首畏尾，身其余几。"幸执事图之！

是时江左君臣，为了燕使乞封问题，议论经年，尚未决定。燕使刘翔争论数次，晋廷总借口成制，谓"大将军不处边，异姓不封王"，翔不得所请，所以淹留不去。至燕王皝贻书责冰，冰颇加惭惧，乃与中书令何充商议，不如封皝为王。充尝与刘翔会叙，翔直言语充道："四海板荡，忽已三纪，宗社为墟，生灵涂炭，这正庙堂宵旰忧劳、卧薪尝胆的时候。翔羁居年余，每见诸公宴安江左，以奢靡为荣，以放诞为贤。试问如此过去，怎能尊主济民呢？"应被揶揄。充闻翔言，也觉抱愧。因与冰联名奏请，乞封慕容廆为大将军、幽州牧、大单于、燕王。成帝下诏依议，翔既得奉诏，乃入朝辞行。朝旨又授翔为代郡太守，翔固辞不受，叩头趋出，当下与晋臣等告别，整装启行。公卿等饯送都门，宴饮尽欢。翔慨然道："古时少康兴夏，一成一旅，尚灭有穷，勾践霸越，甲楯三千，终沼强吴，蔓草尚宜早除，况国仇呢？今石虎、李寿，志在吞噬，王师即未能澄清北方，亦当从事巴蜀，一旦石虎先人举事，西并李寿，据形胜地以临东南，虽有智士，恐也不能善后了。"是有心人吐属。中护军谢广，时亦在座，奋衣起应道："刘君高论，实获我心，应该大家努力呢。"已而饮毕撤席，翔等自去，晋臣等当然散归。

才过数日，忽宫中传出大丧，乃是皇后杜氏，得病而亡，百官相率入临，毋庸絮述。杜后在位六年，未得子嗣，享年只二十有一。当时三吴女子，并簪白花，好似素奈一般。相传为天亡织女，因着素服，哪知适应在杜后身上。成帝下诏治丧，概从节俭，应筑陵墓，但求洁扫，不得滥用涂车刍灵。又禁远近遣使吊赗，俟至葬讫，概令臣民释服。追谥杜后为"恭皇后"。杜后殁后，宫中要算周贵人最邀宠眷，生有二男，长名丕，次名奕。后文自有表见。

好容易过了一年，元旦正值日食，都人目为不祥。又越半载，成帝不豫，竟至辍朝。王公大臣统至宫门请安，不意有中书符敕颁发出来，谓不得擅纳宰相，大众不禁失色。中书监庾冰独不改容，徐徐说道："敕从何来？我备位中书，毫不接洽，可见得是虚伪了。"当下入宫拷问，果无是敕。冰且戒饬僚吏，此后务从审慎，不必追究既往，所以群疑俱释，镇定如常。冰颇能持大体。及入谒成帝，见帝病已垂危，拟请以琅琊王岳为嗣。岳系成帝母弟，比成帝仅少一岁，冰因成帝二子，皆在襁褓，即丕、奕。故欲立长君。中书何充在侧，私语庾冰道:"父子相传,先王旧典,若嗣立皇弟,如何处置孺子?"冰答道:"强寇逼伺,国家未靖,倘再立幼主,如何支持社稷呢?"未几,由成帝传召大臣,并授顾命,除冰、充二人外,尚有武陵王昱、元帝子。会稽王昱,元帝少子。尚书令诸葛恢,均至榻前受旨。冰即请立琅琊王岳。成帝颔首,便令冰代草遗诏,诏云:

> 朕以眇年获嗣洪绪,托于王公之上,于兹十有八年,未能阐融政道,剪除逋祲,夙夜战兢,不遑宁处。今忽遘疾,竟致不起,是用震悼于厥心。千龄奕字千龄。眇眇,未堪艰难,司徒琅琊王岳,亲则母弟,体则仁长,君人之风,允塞时望,肆尔王公卿士其辅之,以祗奉祖宗明祀,协和内外,允执其中。呜呼!敬之哉!无坠祖宗之顾命!

遗诏既已草就,冰等乃退。越三日,成帝驾崩,年只二十二。帝冲龄嗣统,受制舅家,苏峻叛乱实由庾亮一人激成。及乱事告平,迁亮出镇,成帝方得亲理万几。但亮尚思干预朝纲,引子弟为要援,庾冰居内,庾翼居外,还算有些才干,足当大任。惟豫州刺史庾怿,素性褊狭,尝与江州刺史王允之有嫌,特遣人赍送毒酒,谋害允之。允之却也小心,先把酒令犬试饮,犬一饮即毙,因将情状表闻。成帝不禁动怒道:"大舅已乱天下,小舅复敢出此么?"这语传到芜湖,怿悔惧交并,又当庾亮殁后,失一护符,自恐得罪被谴,遂致仰药自杀。本欲害人,反致害己,可为阴险者鉴。王公大臣,始畏成帝英明,且成帝崇俭恶奢,力求简约,尝欲就后园增设射堂,估计需四十金,便即罢议。可惜年方逾冠,便即去世,这也是气运使然,无可挽回呢。

皇弟琅琊王岳,受遗入嗣,即皇帝位,是谓康帝。封成帝子不为琅琊王，不弟奕为东海王，追尊成帝为"显宗"，奉葬兴平陵，进中书令何充为骠骑将军、中书监庾冰为车骑将军，令他同心辅政，匡奕王室。此外文武百官，各增二等。立王妃褚氏为皇后。后为豫章太守褚裒女，裒字季野，为京兆人氏，慎重寡言，夙负盛名。桓彝尝谓季野有皮里春秋，说他外无臧否，内寓褒贬。谢安亦极加推重，尝语人云："裒虽不言，却具四时正气。"郗鉴辟裒为参军，嗣迁司徒从事中郎，转任给事黄门侍郎。成帝闻裒女端淑，因聘为母弟琅琊王妃，至是夫尊妻贵，遂得正位中宫。裒方出为豫章太守，特旨征召，迁官侍中。他却不愿内任，有志避嫌，坚求外调。适江州刺史王允之病殁，乃令裒代刺江州，出镇半洲。

越年元旦，改正朔为建元元年。"建元"二字，由庾冰议定。冰拥立康帝，原以长君利国为名，但未尝不怀着一种鬼胎。康帝为成帝母弟，当然是庾氏次甥，冰仍居舅氏地位，不致疏远，所以年号亦议定建元，取'再兴中朝'的意义。有人入语冰道："从前郭璞遗下谶文，曾云'立始之际丘山颓'，今年号建元，建训为立，元训为始，'丘山'即嗣皇本名，据此看来，这年号应即改易，不宜自应谶语。"冰也觉失惊，渐复自叹道："吉凶早定。但改年号，恐未必就能禳灾呢。"遂仍用建元二字。果然康帝不能永年，事见后文。冰谓言凶早定，我亦云然，但冰不应自存私意。

且说燕王皝既受晋册封，特授刘翔为东夷校尉，领大将军长史。使内史阳裕为左司马，令至龙山西麓，督工筑城。建立宗庙宫阙，取名龙城，率众徙居，作为新都。皝见慕容翰，曾出奔段氏，见四十五回。段氏败亡，又北走宇文部，部酋逸豆归忌翰才名，阴欲加害。翰乃佯狂酗饮，或被发歌呼，或拜跪乞食，逸豆归以为真疯，不复监察，听令自由。翰得随地往返，默览山川形势，一一记忆。皝追忆翰才，且因他挟嫌出奔，并非叛乱，特令商人王车，至宇文部觇翰，劝令归国，并密遗弓矢。

翰遂窃逸豆归名马，自挈二子，携弓矢逃归。逸豆归闻翰脱走，忙使骁骑百余名追翰，将要追及，翰回身顾语道："我久客思归，既得上马，断无还理。我前此佯作愚狂，实是诳汝，我艺犹在，幸勿相逼，自取死亡哩。"追骑见他手下寥寥，不肯退回，仍然趋进。翰复朗声道："我久居汝国，不愿杀汝，汝今可距我百步，握刀立住，我若得射中汝刀，汝即可回去，非我敌手；如或我射不中，汝等尽可追来。"前追骑乃解刀立住，由翰射箭。翰发箭射去，"叮噹"一响，正中刀环，追骑便即骇走。翰得揽辔徐归。

皝闻翰至，大喜出迎，握手道故，殷勤款待，仍署翰为建威将军。翰乃为皝设策道："宇文部强盛日久，屡为我患。今逸豆归性情庸闇，将帅非才，国无防卫，军无部伍。臣久在他国，熟悉地形。彼虽远附强羯，声势不接，缓急难恃，我若发兵往击，可保必胜。惟高句丽接近我国，常相窥伺，我果破灭宇文，免不得使彼生惧，俟我一出，必且掩我不备，乘虚深入。我少留兵卒，不足自守；多留兵卒，不足远行，这却是心腹大患，应该早除。宇文部只知负固，料不能远来争利。我既得取高句丽，再还取宇文部，势如反手，立见成功。至两国既平，利尽东海，国富兵强，无返顾忧，然后好徐图中原了。"独不闻鸟尽弓藏、兔死狗烹之语，乃必设策毒人，真是何苦？皝连声称善，即召集将士，出攻高句丽。

高句丽古称朝鲜，系周时箕子旧封，汉初为燕人卫满所篡，两传即亡，地为汉有。见《前汉演义》。至汉元帝时，汉威已衰，不能及远，高朱蒙纠众自立，创建高句丽国，后来日渐强大，屡寇辽东。慕容氏据有辽土，尚与高句丽时有战争，朱蒙十世孙钊，号称"故国原王"，正与慕容皝同时。皝既决意东略，遂与诸将会议军情。诸将谓高句丽有二道，北道坦平，南道险狭，今不如从北道进兵，较为无虞。独慕容翰献议道："不入虎穴，焉得虎子？臣谓宜南北并进，使他应接不暇，方可得志。且虏情必谓我从北道，当重北轻南；我正可避实击虚，以南道为正兵，北道为偏师。大王宜自率锐骑，掩入南道，出其不意，直捣彼都；别遣他将出北道。就使北道无功，我已取彼腹心，四肢亦何能为呢？"皝依翰议，即命翰为前锋，由南道进兵，自督劲卒四万为后应。另派长史王宇等，率兵万五千人，从北道徐入。

高句丽王钊，果然如翰所料，注重北面，所有国中精锐，悉令出诸北道；即命弟武为统帅，自挈老弱残兵，防备南道。不意慕容翰从南道杀来，部下都是锐卒，搅入高句丽阵中，好似虎入羊众，所向披靡。钊尚勉强抵敌，东拦西阻，至慕容麑继进，势如潮涌，无坚不摧，高句丽兵统是羸弱，哪里还能招架？不是被杀，就是四溃，单剩钊子身逃走，不敢还都。燕兵乘胜长驱，攻入高句丽都城。钊母及妻子统被燕兵拘住，钊父利墓，亦为所掘，所有库中珍宝，及男女五万余口，悉遭掳掠。

高句丽都城，叫作丸都，简直是搬徙一空，变做墟落。皝还拟穷兵追钊，闻北道兵已经败没，乃变计言归，载钊父尸，及钊母、钊妻、钊子，并子女玉帛等，一并驱回。临行时，复将丸都城毁去。钊穷无所归，不得已遣使至燕，奉款称臣，乞还父尸及母妻等。皝将钊父尸发还，留母为质。钊亦没法，只好收拾残众，徙都国内城。小子有诗叹道：

慈母娇妻悉受擒，丸都王气尽销沉。
须知御侮需才智，庸弱何能免敌侵？

　　皝既战胜高句丽，乃规取宇文部，究竟宇文部是否被灭，且看下回分解。

　　有国耻而不能雪，有国仇而不能报，偷安旦夕，故步自封，宜其见笑外人，为慕容廆所揶揄，与燕使刘翔之讥议也。庾冰身为大臣，但知久揽政权，拥立次甥，听其言，未始非计，问其心，不免近私，其与亮怿之相去，有几何哉？慕容廆贻书而即惧，至若何充抗议，乃以长君为借口，固执不从，对外何怯，对内何勇也？皝用慕容翰言，欲图宇文部，先攻高句丽，并且避实击虚，皆如所料。高钊败走，九都陷没，子女玉帛，悉数掳归。翰之为皝计固得矣，而其自为计则未也。故国破而谋臣亡，翰其能免此祸乎？

第四十八回

斩敌将进灭宇文部　违朝议徙镇襄阳城

却说慕容廆既破高句丽，即谋取宇文部。宇文部酋逸豆归，却先遣国相莫浅浑，引兵击燕。觊反下令诸将，不准出战，但须严守堡寨。无处非计。莫浅浑数次挑战，无人对敌，还道是燕兵怯弱，不足为虑，遂报知逸豆归，述及燕兵畏懦情形。逸豆归信以为真，遂酣饮纵猎，不复设备。哪知过了一月，燕兵奋击莫浅浑，莫浅浑大败而逃，但以身免，会众都被燕兵俘去。逸豆归方才着急，忙遣骁将涉奕干等，调集精兵，防堵燕军。果然慕容廆乘胜大举，令建威将军慕容翰为先锋、刘佩为副，率着骑士二万，作为正兵，再分遣广威将军慕容军、渡辽将军慕容恪、平狄将军慕容霸及折冲将军慕舆根，三道并进，自引亲兵为后应。左司马高诩道："我军今伐宇文部，无虑不胜，惟恐将帅未免罹殃。"说着，也不愿回家，但使人传语妻孥，嘱及家事，便即从军前行。

宇文将涉奕干，自恃骁勇，麾众逆战。慕容翰、刘佩、高诩等，与他厮杀，两下鏖斗，足足战了半日有余，未分胜负。时将天暮，翰等拟鸣金收军，不防对面阵内，一声梆响，箭如雨发，燕兵多被射倒。翰不禁大忿，自与刘佩、高诩断后，麾军退还。那来箭尚未中断，竟向翰等射来。翰、佩、诩三将，各中流矢，忍痛支持，且战且回。既归本营，检点兵马，伤亡不少。翰令受伤军士皆至后帐休养，自与佩、诩拔去箭镞，幸尚未中要害，不过各负创痛，彼此敷上箭疮药，方觉少瘥，一面遣人报达燕王皝。皝使人复语道："奕干雄悍，勇冠三军，未可轻敌。不如暂避凶锋，待虏势骄怠，然后进战，自足制胜。"翰奋然道："逸豆归尽出锐卒，付与涉奕干，正为奕干素有勇名，威倾全部，我能杀败涉奕干，部众闻风畏惧，不战自溃了。惟我在宇文部有年，素知奕干有勇无谋，徒播虚声，未识韬略。但教用一小计，便可擒戮渠魁，奈何避锋示弱，挫我兵气呢？"遂佯为高卧，累日不起，暗中却约同平狄将军慕容霸，为夹攻计。霸年方二九，善用双槊，有万夫不当之勇，他本与翰等分道异趋，及得翰书，方与翰约期会兵，同攻涉奕干。

涉奕干屡逼翰营，再四搦战，见翰兵固垒不动，他便令兵士指名辱骂，罗罗苏苏，无非说"翰背德负义，应速受死"等语。翰置若罔闻，但戒军士妄动，违令者斩。约莫过了三五天，已知慕容霸将到，便自起整军，披甲上马，开营跃出。涉奕干正来挑战，还道慕容翰照常闭垒，仍无战事，因此饬众散坐，信口喧哕。不意翰一马当先，厉声大呼道："涉奕干休得罗唣，今日是汝死期，特来取汝首级。"写得突兀。涉奕干虽然骁勇，见翰突至，声若洪钟，也不禁慌乱起来，忙令部众上马，倒退里许，才与接战。部众不知就里，疑是涉奕干怯退，相率骇走，无复行列。翰引兵杀上，好似摧枯拉朽一般，刺倒敌兵好几百名。涉奕干大吼一声，舞着大刀，挺身接战。翰略与交锋，一来一往，约有数合，刘佩驰马冲至，代翰战住涉奕干，翰即退下。俟佩续战数合，又命高诩替佩。是用车轮战计。涉奕干连战三将，并不退缩，刀法盘旋，一无渗漏。诩负疮未愈，反敌不住涉奕干，涉奕干刀法一紧，没头没脑的劈来，害得诩眼花缭乱，几乎不能招架。忽斜刺里驰到一将，戏槊并举，左槊格住涉奕干刀锋，右槊刺入涉奕干心窝，涉奕干不及闪避，仓猝被刺，鲜血直喷，一声狂叫，倒毙马下。写涉奕干死状，益见其有勇无谋。

看官道来将为谁？原来就是慕容霸。霸既挑死涉奕干，便趁势乱戮虏兵，虏兵已失了主将，当然乱窜，逃得慢的都做了刀头鬼。于是慕容霸在先，慕容翰在后，直入宇文部，沿途无人阻挡，一任他杀到虏庭。逸豆归素无恩惠，部下离心，都一哄儿遁去，仅剩逸豆归家属，如何固守？急忙相挈遁逃，窜往漠北，宇文氏从此散亡。燕王皝接得捷报，也驰入宇文氏都城，尽收畜产资货，辟地千余里，徙宇文部众五万余至昌黎。先是涉奕干居南罗城，为宇文部各城领袖，皝命改为威德城，使弟左将军彪居守，自引诸军还都。赵主石虎因宇文部本为藩属，累岁朝贡不绝，至此闻逸豆归被兵，特派右将军白胜，并州刺史王霸，出兵相救。及行至宇文部，已成墟落，只得进攻威德城。连日未克，撤兵退去，反被慕容彪追击一阵，丧失许多辎重，连兵士亦死了千人。虎闻白胜等败还，也只有付诸一叹，再探逸豆归消息，已在漠北病死，无从援助了。了过宇文氏。

高诩、刘佩箭疮迸发，相继毕命。诩善占天文，皝尝与语道："卿有佳书，独不肯给我，未免不忠。"诩答道："臣闻人君执要，人臣执职；执要乃逸，执职乃劳。所以后稷播种，尧不预闻。今欲占候天文，必须深夜不寐，未晨即兴，备极劳苦，非至尊所宜亲为，殿下何用出此哩。"观此知高诩前言，当是从占候而知。皝乃罢议。惟慕容翰还军后，亦因箭疮未愈，卧病多日，嗣得渐瘥，在家试骑乘马，有人与翰有嫌，向皝进谗，诬翰诈病不朝，私习骑乘，恐将为变。皝虽借翰勇略，但心下常自忌翰，竟不察真伪，遂赐翰死。翰闻命自叹道："我负罪出奔，幸得重还，直至今日方死，已是迟了。但羯贼跨据中原，我不自量，意欲为国家荡一区夏，此志不遂，遗恨无穷，这想是命数使然，尚有何言呢。"说毕，即仰药而死。弑庶兄，害功臣，儁之残忍可见。

会代王什翼犍，因儁妹兴平公主病亡，复向燕求婚，儁使纳马千匹作为聘礼。什翼犍不允，复书多倨慢语。什翼犍娶燕王儁妹，见四十五回。儁遣世子俊等往讨，什翼犍遁去，俊乃退还。既而犍复遣部酋长孙秩至燕谢罪，儁乃遣女适代，嫁与什翼犍为继室，一面请代女为己妃。什翼犍乃将翳槐遗女，遣嫁慕容廆。什翼犍本为慕容廆妹夫，乃娶儁女为继室，是变做儁婿了。又复将翳槐女嫁儁，翳槐为犍兄，兄女为儁妻，儁又变为犍之侄婿，未知彼时将如何相呼？燕代仍旧和好，待后再表。

且说晋安西将军庾翼，代兄亮镇守武昌，府舍中屡有妖怪，乃欲移镇乐乡，上书朝廷，乞如所请。朝议纷纭未决，征虏长史王述独向车骑将军庾冰上笺，谓不宜徙镇，略云：

> 乐乡去武昌千有余里，数万之众，一旦移徙，新立城壁，公私劳扰。又江州当派流数千里，供给军府，力役增倍。且武昌实江东镇戍之中，非但捍御上流而已，缓急赴告，呼应不难。若移乐乡，远在西陲，一旦江渚有虞，不相接救，宁不可虑？方岳重将，固当居要害之地，为内外形势，使窥窬之心，不知所向。昔秦忌亡胡之谶，卒为刘项之资，周恶㜣弧之谣，适启褒姒之乱。是以达人君子，直道而行，禳避之道，皆所不敢。但当凭人事之胜理，思社稷之长计耳。安西之请，似不可行，乞公鉴之！

冰得笺后，颇以为然，乃撤销翼议，仍令镇守武昌。骠骑将军何充本与冰同受遗诏，夹辅晋室。嗣见冰自恃贵戚，事多专断，乃不欲在朝尸位，乞请外调。朝旨乃令充出镇京口，都督扬、徐二州军事，兼领徐州刺史。自是冰主内政，翼主外务，兄弟相应，又把那东晋国家，变做庾氏的产业了。

时琅琊内史桓温，为宣城内史桓彝子，彝殉难后，晋廷特加优恤，使温得尚南康公主。温性情豪爽，议论崇闳，尝与庾翼友善。翼甚相器重，当成帝未崩时，曾上疏推荐道："温系当世英雄，愿陛下勿以常人相待，常婿相畜。诚使委以重任，必能弘济艰难，方叔召虎不难复见哩。"但知其一，未知其二。成帝乃令温为琅琊内史。温与翼彼此通问，互相标榜，即互相期许。翼常欲灭赵取蜀，及得温怂恿，更跃跃欲动，遂遣使东约燕王皝，西约凉王骏，克期并举，当即上表道：

　　羯贼石虎，年垂六十，奢淫理尽，丑类怨叛，又欲决死辽东，皝虽骁果，未必能固。若北无掣肘之虏，则江南将不异辽左矣。臣所以辄激天良，不顾怨咎，然东西形援，未必尽举，且议北进，移镇安陆，入沔五百里，通道涓水，先率南郡太守王愆期，江夏相谢尚，寻阳太守袁真，西阳太守曹据等，精锐三万，风驰上道，并勒平北将军桓宣，往取丹水，摇荡秦雍，御以长辔，用逸待劳。比及数年，兴复可冀。臣既临许洛，窃谓桓温可渡戍广陵，何充可移据淮泗，路永可进屯合肥。伏愿表上之日，便决圣听，不可广询同异，以乖事会。兵闻拙速，不闻工之久也。谨此吁闻。

这表既上，遂调发所统六州兵马，昼夜催迫。百姓不堪需索，怨声盈路。康帝遣使谕止，朝士亦多贻书劝阻。还有车骑参军孙绰，又上笺力谏。翼皆不从，径引众出发夏口，复上表请徙镇襄阳，略云：

　　臣近以胡寇有散亡之势，暂率所统，致讨山北，略复江夏数城。臣以九月十九日发武昌，以二十四日达夏口，简卒搜乘，停当上道，而所调供牛马，来处皆远，百姓所畜，谷草不充，并多羸瘠，难以涉路。加以向冬野草渐枯，往返二千里，或容蹉顿，辄便随事筹量，权停此举。又山南诸城，每至秋冬，水多燥涸，运漕用功，实为艰阻。窃思襄阳为荆楚之旧，西接益梁，与关陇咫尺，北去洛河，不盈千里，土沃田良，方城险峻，水路流通，转运无滞，进可以扫荡秦赵，退可以保据上流。臣虽不武，意略浅短，荷国厚恩，志存立效，是以受任四年，唯以习戎为务，实欲上凭圣朝威灵之被，下借士民义愤之诚，因寇衰衅，渐临逼之。去年春，曾上表请据乐乡，广农蓄谷，以伺二寇之衅，乃值天高听邈，未垂察照。朝议纷纭，遂令微诚不畅。自尔以来，上参天人之微，下采降俘之言，胡寇衰灭，为日不远。臣虽未获长驱中原，馘截凶丑，亦不可不进据要害，徐思攻取之宜。是以量宜入沔，徙镇襄阳，其谢尚王愆期等，悉令还据本戍，须到所在，驰遣启闻。

康帝迭览翼表，与己意实不相同，就是中外臣僚，也多有异议，只庾冰、桓温，与前谯王承子无忌，极口赞成。两庾统是元舅，虽康帝亦拗他不过，只得听他施行。冰因翼移镇襄阳，亦欲外出为继，作翼声援。康帝乃使冰都督江、荆、宁、益、梁、交、广七州，及豫州四郡军事，领江州刺史，出镇武昌，为翼援应，且加翼都督征讨诸军事。征徐州刺史何充入朝辅政，录尚书事，调琅琊内史桓温，都督青兖徐三州军事，领徐州刺史。召还江州刺史褚裒，入为卫将军，领中书令。

转眼间已是一年，翼有众四万，驻节襄阳，六会僚佐，具陈旌甲，亲授各将弓矢，分给后尚余三箭，遂奋身起座道：

"我今日引众北行，有如此矢。左右可取正鹄至百步外，由我迭射，试看我能命中否？"说着，已有军吏摆好箭靶。翼三射三中，顿时大众喝采，喧声如雷。当下檄令梁州刺史桓宣，往击丹水。宣奉檄出兵，行至丹水附近，正与赵将李罴相值。罴骁勇过人，部下亦多精锐，竟将宣军杀败。宣失利奔回，翼奏贬宣为建威将军。宣惭愤成疾，竟致谢世。翼令长子方之为义城太守，代领宣众，又授司马应诞为襄阳太守，参军司马勋为梁州刺史，并戍西城。

时赵王石虎方大兴土木，连筑台观四十余所，又营洛阳、长安二宫，工役多至四十余万人，并欲自邺城起造阁道，直达襄国。一面饬河南四州，整备舟械，为南侵计；并、朔、秦、雍，筹集兵马，为西略计；青、冀、幽、州，储积刍粟，为东攻计。诸州军赶造甲胄，共集五十余万人，还有舟夫篙工，又多至十七万名。再加公侯牧宰，竞营私利，暴敛横征，民不堪命。贝邱人李弘乘势为乱，自言姓名应谶，号召党羽，署置百僚。经石虎派兵剿捕，始得诛灭，连坐至数千家。虎以为乱党立平，无人敢侮，索性日日畋游，纵情淫乐。又尝微服出行，觇察工役。侍中韦��婉言规谏，虎厚赐谷帛，似重善言，其实是并不少��，荒诞如故。秦公韬为虎庶子，常得虎宠，独太子宣隐加猪忌，与韬有嫌。右仆射张离向宣献媚，谓宜减削诸公府吏，免致侵逼东宫，宣闻言大悦，即令张离上书奏请，得虎允许。遂饬秦燕义阳乐平四公府，只准置吏百九十七人，兵二百人。四公以下，三成减二。为这一番裁减，得腾出兵士四万，悉配东宫。诸公相率含怨，遂生暗衅。石虎尚似睡在梦中，一些儿没有察觉。

会青州守吏报称济南平陵城北，有一石头雕制的老虎，忽然活动，走至城东南，后有狼狐千余头跟着，所过脚迹，统皆成蹊。石虎大喜道："石虎便是朕名。自西北徙至东南，大约天意欲使朕荡平东南呢。天意不可违，应敕诸州兵悉集，明年当由朕亲率六军，奉天南讨便了。"全是妄想。于是群臣皆贺。就中有一百七人，上《皇德颂》，说得石虎功德巍巍，尽情谀媚。虎益加欢忭，遂制令民家五户，出车一乘，牛二头，米十五斛，绢十匹，违令者斩，不足亦斩。可怜百姓无从筹给，甚至卖男鬻女，上供军需，尚不满数，没奈何自缢道旁。乡村林麓，遗骸累累，一方怨气，酿成变异。泰山上面，有石自燃，八日乃灭。东海有大石自立，旁有血流。邺西山石间出血，流十余步，延袤二尺余。太武殿初成，壁上多绘古圣先贤、忠臣孝子、贞夫烈妇，忽皆变做异状，狰狞可怖；过了旬日，头皆缩入肩中，仅余冠巾露出。虎也觉惊异，秘不使宣。惟佛图澄为虎所信，呼令入视。澄但歔欷流涕，不发一言。*澄为奇僧，何不借端规谏？乃徒以流涕了事！* 已而虎御太武前殿，宴飨群臣，见有白雁数百翔集，虎命群臣起射，无一得中；复由自己射雁，亦无所得，不由的惊诧起来，乃召问太史令赵揽。揽密白道："白雁集庭，是宫室将空的预兆。陛下但静镇宫城，不可南行，便足隐弭此变了。"*还是揽能善谏。* 虎因往至宣武观，大阅军士，各军已会集百余万，候命南下，当由虎校阅一番，饬令散归，全体解严。嗣是虎无意南下，但饬各戍将严守本汛，不得擅离，所以晋朝的庾翼庾冰，主张北伐，调兵遣将，瞎闹了一年有余，虽然不见成功，还算是未经大敌，不至大败。至康帝建元二年九月，帝忽寝疾，日甚一日，险些儿要归天了。小子有诗叹道：

国丧才了又遭丧，两载君王一旦亡。
毕竟丘山容易倒，谶文未必尽荒唐。

谶文见前回。欲知康帝曾否崩逝，且看下回再表。

　　慕容翰之智，足以料涉奕干，并足以料逸豆归，
独于慕容廆之雄猜好忌，反不能逆料，卒至自杀其
身，岂明能烛远，而昧于察近耶？盖喜功之心一深，
往往忽近图远，能料敌人于千里之外，而于萧墙之
间，转轻心掉之。文种见诛于勾践，韩信被杀于吕
后，皆类是耳。彼晋之庾翼庾冰，亦未始非喜功之
士，才不逮慕容翰，而权且过于慕容翰。幸而赵虎荒
虐，将士离心，晋康庸弱，主权旁落。两庾得张皇其
词，违众自行，丹水一战而桓宣败还，先机已挫，假
令石氏之百万雄师，长驱南牧，试问两庾将如何对待
乎？谋之未臧，乃欲以侥幸图功，虽曰名正言顺，其
如才力之未逮何也？

第四十九回

擢桓温移督荆梁　降李势荡平巴蜀

却说康帝寝疾，日甚一日，内外诸臣，免不得有些惶急。最紧要的第一着，是储嗣未定，将来康帝不起，应由何人承统？大众遂开紧急会议，一面且遥问二庾。庾冰、庾翼仍欲推立长君，拟立会稽王昱为嗣。见四十七回。惟何充在内建议，愿立康帝长子聃为太子，领司徒蔡谟等亦皆赞成。此时两庾在外，鞭长莫及，内事统由何充作主，一经议定，便即册定东宫。两庾亦无可奈何，只有暗恨何充罢了。悔不该出外图功。未几，康帝告崩，年仅二十有二，在位只阅两年。何充等奉太子聃即位，是为穆帝。聃甫及二龄，镇日里需人保抱，怎能亲揽万几？当下由何充、蔡谟，想出一策，尊康帝后褚氏为皇太后，即请太后临朝摄政。当下推蔡谟领衔，上奏太后道：

嗣皇诞哲岐嶷，继承天统，率土宅心，兆庶蒙赖，陛下体兹坤道，训隆文母，昔涂山光夏，简狄熙殷，实由宣哲，以隆休祚。伏惟陛下德侔二姒，淑美关雎，临朝摄政，以宁天下。今社稷危急，兆庶悬命，臣等章惶，一日万几，事运之期，天禄所钟，非复冲虚高让之日。汉和熹顺烈，并亦临朝，近明穆指明帝后庾氏。故事，以为先制。臣等不胜悲怖，谨伏地上请，乞陛下上顺祖宗，下念臣吏，推公弘道，以协天人，则万邦协庆，群黎更生，天下幸甚！臣等幸甚！

　　褚太后览奏后，亦下了一道诏旨，无非说是"嗣主幼冲，宜赖群公同心夹辅，今既众谋佥同，恳切上词，当勉从所请，暂遵先后故事"云云。于是遂临朝称制。何充希太后旨，独表荐后父褚裒宜总朝政。太后乃命裒为侍中，兼卫将军，录尚书事。偏裒以近戚避嫌，固辞内职，坚请外调，乃改授裒都督徐、兖、青三州，并扬州二郡军事，兼徐、兖二州刺史，仍官卫将军，出镇京口，另征江州刺史庾冰入朝。冰适有疾，不便就征，已而病笃，临终时，语长史江虨道："我将死了，报国初心，不能终展，岂非天命？我死以后，殓用常服，毋得妄用官物呢！"言讫而逝。冰清廉自矢，临财不苟，殁后无绢为敛，又室无妾媵，家无私积，时人传为美谈。一节之长，亦必备录。讣闻朝廷，追赠侍中司空，予谥"忠成"。庾翼得报，留子方之戍襄阳，自还夏口，兼辖冰所遗部兵。有诏令翼仍督江州，并领豫州刺史。翼表辞豫州，又请移镇乐乡，廷议不许。翼乃缮修军器，大修积谷，勉图后举。但尚遣益州刺史周抚、西阳太守曹据，侵入蜀境，与蜀将李桓接战，得破蜀兵，夺得辎重牲畜，随即还师。

　　越年元旦，晋廷改元永和，皇太后御太极殿，悬设白纱帷，抱帝临轩，颁诏大赦。进武陵王晞为镇军大将军、开府仪同三司，镇军将军顾众为尚书右仆射，且复召褚裒入辅。吏部尚书刘遐及长史王胡之，向裒进言道："会稽王令德雅望，可作周公，理宜授以大政，公何弗推德让美，避重就轻呢？"裒乃辞不就征，即表称会稽王昱，可当大任。有诏令昱为抚军大将军，录尚书六条事。吏部、殿、中、五、兵、玉、曹、度支、五民，号为"六条"。昱清虚寡欲，好为玄辞，尝引刘惔王濛韩伯为谈客，郗超为抚军掾，谢万为从事中郎，清谈遗俗至此复盛，这也是司马家的气运了。

会由江州都督庾翼上表，报称患病甚剧，特荐次子爰之为荆州刺史，委以后任。朝旨尚未答复，接连是讣状上闻，乃追赠翼为车骑将军，予谥曰"肃"。当时廷臣会议，谓："诸庾世在西藩，人心向附，不如从翼所请，即令爰之继任。"独何充驳斥道："荆楚为我国西门，户口百万，北控强胡，西邻劲蜀，难道可用一白面少年，当此重任么？我看现在牧守，只有徐州刺史桓温，才略过人，足守西藩，外此恐皆未及呢。"会稽王昱亦以为然。独丹阳尹刘惔，私白昱道："温原有大才，可惜心术未纯，此人得志，适为国忧。荆州地控上游，夙号形胜，怎可令他往镇，酿成后患？为大王计，不如自请出守。惔虽不敏，粗具智识，若以军司马见委，效劳麾下，谅亦不至偾事呢。"言人所未言，不为无智。昱未信惔言，竟遣使传诏，命温代翼，都督荆梁诸州军事。

惔字真长，世居沛国，祖宏曾为光禄勋，表字终嘏。宏兄粹，字纯嘏，官至侍中。宏弟潢，字仲嘏，官至吏部尚书。兄弟并有时名，都人尝谓"洛中雅雅，唯有三嘏"。惔父耽亦尝为晋陵太守，中年去世，家无遗财。惔与母任氏，寓居京口，织履为业，人莫能识。独王导留意延揽，推为清才。后来入登仕籍，音望鹊起，得尚明帝女庐陵公主。会稽王昱待如上宾，每一列座，语辄惊人，无敢与辩。就是桓温，亦服他伟论。温尝问惔道："近日会稽王谈玄，有进境否？"惔答道："大有进境，不过未列上乘，只好排在第三流哩。"温惊问道："第一流当属何人？"惔答道："当在我辈。"温一笑而散。

小子前时叙及桓温，但云为宣城内史桓彝子，就中尚有许多故事，尚未详载，应该撮要申明。温生未及期，为故将军温峤所见，便谓温有奇骨，又试温使啼，声甚洪壮，峤极叹为英物。彝因婴儿为峤所赏，遂取名为温，表字元子。峤笑语道：

"移姓为名，此后我将易姓呢。"及彝为苏峻部将韩晃所害，
泾令江播，亦曾助晃。桓彝殉难，见前文。温年方十五，枕戈泣
血，誓复父仇。播已反正，随时戒备，无隙可乘。越三年，播
病死发丧，温佯为吊客，挟刃踵门，突入丧次，斫死播子彪等
三人，随即自首。朝廷嘉温孝义，不复论罪，温以此得名。及
温年逾冠，姿貌甚伟，面有七星。刘惔尝语人道："温眼如紫
石棱，须作猬毛磔，是孙仲谋司马宣王的流亚呢。"语有分寸，
与对会稽王昱语相符。既而温得尚公主，见前。累任至荆梁都
督。他本是个豪爽不羁、睥睨一切的人物。既得蟠踞上游，手
握重兵，当然想做些事业，显些威风。

　　到了永和二年，何充又复病殁，晋廷予谥文穆，特进前国
子祭酒顾和为尚书令，前司徒长史殷浩为扬州刺史。这两人为
褚裒所荐。和以孝著名，正直有余，干济不足。浩父名羡，尝
为豫章太守，就是不肯寄书、掷诸流水的殷洪乔，羡字洪乔。
浩素尚风流，谈吐不俗，前为庾亮参军，得亮信任。亮殁后，
屏居墓侧，屡征不起，时人目为管、葛，王濛、谢尚且相偕劝
驾，不得邀允，归途互语道："深源不起，如苍生何？"浩越
不肯出，越负令名。独庾翼谓："丧乱时代，此辈只应束诸高
阁。俟天下太平，再议任使。"嗣翼为江荆都督，拟辟浩为司
马，致书与浩，有"毋为王夷甫，即王衍，见前。当出图济世"
等语，浩当然不就。桓温亦尝轻浩，谓少时尝与浩游戏，共骑
竹马，我将竹马弃去，浩辄取归，可见浩出我下。至是命浩为
扬州刺史，浩尚固辞。会稽王昱贻书劝勉，至有"足下去就，
关系兴废"二语，于是浩乃授命就职。何必摆这般架子？桓温隐
加鄙薄，每叹朝廷用人失宜，惟因情急建功，尚无暇顾及内
事，但与僚佐等议伐胡蜀，准备出师。江夏相袁乔白温道：
"胡、蜀二寇，俱为我患。但蜀虽险固，比胡为弱，再加李势
无道，臣民不附。若用精卒万人，轻赍疾进，直趋蜀境，待彼

警觉，我已得入据险要，就使李氏君臣，出来抵御，也可一战成擒了。"温大喜道："诚如卿言。"将佐等尚多异议，谓："我军入蜀，赵必乘虚袭我，不可不防。"袁乔又申驳道："羯赵久据河朔，内讧不已，势亦凌衰。且闻我万里出征，总道我有内备，未敢轻举，就使逾河南来，沿江诸军，亦足自守，可无他忧。惟蜀土富实，号称天府，从前诸葛武侯恃蜀为固，抗衡中夏，今即不能为害，究竟他据住上游，易为寇盗，我若乘机袭取，得蜀财，抚蜀众，岂非国家的大利么？"温奋起道："我志决了，卿可为我先驱，我为卿后应，灭蜀就在此举了。"乔应声道："愿效微劳。"温遂令乔率水军二千人，充作前锋；自与益州刺史周抚、南郡太守谯王无忌等，领军继进。即日拜表入都，不待复报，便即启行。晋廷接到温表，虑温兵少无继，骤入险地，恐难成功。独丹阳尹刘惔，料温必克，或问惔如何先知？惔笑道："温素好博。今日伐蜀，与博相似，若自知不胜，如何肯行？但恐温既胜蜀，未免专恣，倒是朝廷的隐忧了。"始终是看透温志。这且不必絮叙。

且说蜀已称汉，汉主李势就是李寿的太子。见四十六回。寿篡位后，尝欲与赵连横图晋，经龚壮再三谏阻，方才中止。壮劝寿向晋称藩，寿终不从，因此壮辞疾归里，终身不复入成都。寿初尚宽俭，旋由使臣往返邺中，屡述石虎威强，宫殿美丽，刑禁苛严，寿不禁生慕，乃改从侈汰，也居然大修宫室，广凿陂池，募工兴役，多多益善。臣下偶有谏议，即指为诽谤，置诸极刑。左仆射蔡兴，入宫极谏，竟被叱出处斩。右仆射李嶷，也因直言忤旨，诬以他罪，下狱论死。并把李雄诸子，一律骈戮。好容易过了五年，忽得了一种重病，镇日里狂言谵语，闹个不休，不是说李嶷索命，就是说蔡兴伸冤，喧噪了好几天，终落得一命呜呼，伏惟尚飨。太子势嗣称汉帝，改元太和，尊嫡母阎氏为皇太后，生母李氏为太后。阎氏无子，势为寿妾李氏所出。李父名凤，前为李骧所杀。凤女没入掖庭，身长貌美，姿态动人，寿遂纳为姜媵，生子名势。杀人父而纳其女，怪不得生亡国儿。势亦脑满肠肥，腰带十四围，犹善附仰，蜀人称为奇姿。所娶妻室，也是姓李，父作子述。即位后，册为皇后。李后也连生数女，不得一男。

势弟汉王广求为太弟，势不肯允。旧臣马当、解思明，相偕入谏道："陛下兄弟不多，若复加废黜，恐益孤危，不如从汉王议，可固国基。"势默然不答。两人又复力请，惹动势怒，将他们叱出。嗣复疑马当等与广有谋，竟使相国董皎，收诛马当、解思明，夷及三族。思明素有智谋，抗直敢谏，临刑长叹道："国家不亡，赖有我等数人，今我等无罪遭诛，国亡不远了。"说着，伸首就刑，毫无惧态。马当亦素得民心，及两人死后，士卒无不动哀。

势且令太保李奕，袭执汉王广，贬广为临邛侯。广服毒自尽，奕得受命为镇东大将军，镇守晋寿。越年，奕竟谋反，攻陷巴东，蜀人相率从奕，聚至数万，遂进迫成都。势登城拒战，奕单骑突门，守兵觑奕不防，暗放冷箭，得中奕脑，倒毙马下，叛众骇散。势引兵屠抄奕家，独见奕女有色，贷她死罪，带回宫中。是夕即令她侍寝，一夜欢娱，曲尽恩爱，诘旦即封女为妃，并大赦境内，改元嘉宁。自是日益淫纵，渔财好色，每令内侍访求美妇，不问她有夫无夫，但教面貌韶秀，尽令强取入宫，该夫或稍争执，当即杀死。后庭妇女，多至千百，势遂日夜宣淫，不问国事，坐此众叛亲离，夷獠四起。群下谏净，无一听从，反且横起夷戮，冤气盈衢。宫人张氏，妖淫善媚，大得势宠。一夕，忽化大斑理蛇，长约丈余，由势逐出宫门，窜入苑中。到了夜半，蛇复入宫，卧势床下，势益惊俱，呼令武士，将蛇杀死。张氏想是蛇妖，故终化为蛇，但妇人心性，多半是蛇蝎，幻影何足深怪？还有一个郑美人，也是势所宠爱，忽然化为雌虎，噬食宫人。宫人大哗，各持械驱逐，虎竟自毙。此外怪异，不可胜举。势尚不少改，依然荒淫。

蓦得边戍急报，晋桓温引军入境，前锋已到青衣江。势乃出调将士，遣叔父右卫将军李福、从弟镇南将军李权与前将军昝坚等，带领数千人，自山阳趋往合水，堵截晋军。诸将谓宜设伏江南，以逸待劳，昝坚不从，引兵渡江，竟向犍为进发。那时晋军已进次彭模，与汉兵相距不远。桓温拟分作两军，异道并进。袁乔道：“今悬军深入，不遑返顾，事若得济，大功可成，否则将无遗类。为我军计，惟有同心并力，一战扬威，若分作两路，反致军心不壹，一或偏败，大事去了。故不如合军亟进，弃去釜甑，但赍三日干粮，示无还志，方得将士死力，战胜可豫决了。”温依乔议，留参军孙盛、周楚，在彭模守住辎重，自率步兵，径趋成都。蜀将李福进攻彭模，被孙盛一鼓击退。桓温进遇李权，三战三捷，蜀兵尽败还成都。昝坚到了犍为，方知与温异道，急忙返渡沙头津，还救成都。行至十里陌，但见晋车已排好阵势，旌旗甲仗，甚是精严，不由的魂驰魄散，相率窜去。

势闻各军俱溃，不得已乃悉众出战，到了笮桥，正与温军相遇，两下交战，蜀兵却也利害，迎头痛击。晋参军龚护阵亡，温未肯遽却，尚自麾军前搏，不防前面突来一箭，险些儿射中脑前，亏得温眼明手快，纵辔一跃，那箭向马头落下，得免受伤。温遭此一吓，也觉胆寒，便勒马不进。大众俱不敢向前，即欲退还，令鼓吏击鼓退兵。偏鼓吏误作进鼓，又蓬蓬勃勃的擂将起来，袁乔拔剑当先，督众力战。于是人人拼死，争突敌阵。势不能抵御，败回成都，各军皆溃。温遂进薄成都城，四面纵火，焚毁城门，守兵大骇，一日数惊。汉中书监王瑕，散骑常侍常璩劝势出降。势转问侍中冯孚，孚答道：“东汉时吴汉征蜀，尽诛公孙氏，今晋下书不赦，若诸李出降，恐

亦未必能保全呢。"势乃夜开城门，与昝坚等突围出走，奔至
葭萌城。_{逃亦无益。}温得入成都，拟即遣兵追势，可巧势遣散
骑常侍王幼，来送降书，由温展开，只见纸上写着道：

> 伪嘉宁二年，略阳李势，叩头死罪，伏维大将军节
> 下：先人播流，恃险因衅，窃有双蜀，势以闇弱，复统末
> 储，偷安荏苒，未能改图。猥烦朱轩，践冒险阻，卒士狂
> 愚，干犯天威，仰惭俯愧，精魂飞散，甘受斧锧，以衅军
> 鼓。伏惟大晋，天网恢宏，泽及四海，恩过阳日，逼迫仓
> 卒，自投草野。即日到白水城，谨遣私署散骑常侍王幼，
> 奉笺以闻，并敕州郡投戈释仗。穷池之鱼，待命漏刻，诸
> 乞矜鉴！

温既得降书，便令王幼还报，准他投诚，不加罪责。幼奉
令去后，果见李势面缚舆榇，趋至军门。还有李福、李权等十
余人，也随同前来。温开营纳降，令势入见，当即释缚焚榇，
以礼相待。随将李势等送往建康，所有汉司空谯献之等，仍用
为参佐，举贤旌善，蜀人大悦。惟汉尚书仆射王誓、镇东将军
邓定、平南将军王润、将军隗文等，复纠众拒温。温与袁乔、
周抚等，分头扑灭，阵斩王誓、王润，惟邓定隗文遁去。温留
成都三十日，振旅还江陵，留盖州刺史周抚，镇守彭模。既而
邓定、隗文，复入据成都，迎立故国师范长生子范贲为帝，捏
造妖言，煽动蜀境。蜀人多半趋附，也猖獗了一两年。嗣经益
州刺史周抚，引兵往剿，围攻多日，方得破入成都，擒斩范贲
等人，蜀土复平。李势到了建康，受封为归义侯。总计李氏据
蜀，自特为始，至势被灭，共得六世，凡四十六年。势居建康
十二年乃死，小子有诗叹道：

筚桥一败蜀中休，面缚迎降也足羞。

试问十年天子贵，何如百世作诸侯？

温既平蜀，晋廷论功行赏，拟封温为豫章郡公。忽有一人出来谏阻，欲知他姓甚名谁，容待下回再表。

本回叙桓温之发迹，以及桓温之建功，当其时头角不凡，英才卓荦，固俨然一忠臣子也。杀江彪而报父仇，无惭孝义；轻殷浩而加鄙薄，不愧灵明。至引兵伐蜀，一鼓荡平，举四十六年之蜀土，重还晋室，此固庾冰、庾翼之所不能逮，何充、司马昱之所未及料也。假令功高不伐，全节终身，即起祖逖、陶侃而问之，亦且自叹弗如。乃中外方称为英器，而刘惔独料其不臣，天未祚晋，惔不幸多言而中。盖古来之奸雄初起，如曹操、司马懿辈，未有不先自立功，而继成专恣者，温亦犹是也，而惔之所见远矣。